DISCARD / ELIMINÉ

LA REINE DES PLUIES

KATHERINE SCHOLES

LA REINE DES PLUIES

Traduit de l'anglais (Australie)
par Marthe Lomont

belfond
12, avenue d'Italie
75013 Paris

Titre original :
THE RAIN QUEEN
publié par Pan Macmillan Australia Pty Limited.

Tous les personnages de cet ouvrage sont fictifs et toute ressemblance avec des personnes réelles, vivantes ou mortes, serait pure coïncidence. La Tanganyika Inland Mission est un organisme fictif et ne représente aucune œuvre missionnaire véritable. De même, toute référence à l'Église d'Angleterre n'a aucun rapport avec le Anglican Diocese of Central Tanganyika ou avec ses représentants.

Si vous souhaitez recevoir notre catalogue
et être tenu au courant de nos publications,
envoyez vos nom et adresse, en citant ce livre,
aux Éditions Belfond,
12, avenue d'Italie, 75013 Paris.
Et, pour le Canada,
à Vivendi Universal Publishing Services,
1050, bd René-Lévesque-Est,
Bureau 100,
Montréal, Québec, H2L 2L6.

Pour Claire, Andrew et Hilary,
qui ont partagé avec moi
le voyage de l'enfance, d'un pays à l'autre
— de la Tanzanie à la Tasmanie.

Prologue

1974, Dodoma, Tanzanie, Afrique orientale

Dans le cimetière de la cathédrale anglicane, deux cercueils attendaient d'être mis en terre. L'un mesurait trente centimètres de plus que l'autre mais, à part cela, ils paraissaient exactement semblables, faits de simples planches de bois brut fraîchement sciées. À côté se dressait la silhouette massive de l'évêque Wade, drapé dans une robe violette brodée de fils d'or. Son teint pâle virait au pourpre et la sueur coulait le long de ses tempes.

Il contemplait une foule énorme qui s'entassait le long des allées, entre les tombes, sur le toit ou le capot des Land Rover garés à l'extérieur de l'enceinte. Certains s'accrochaient même aux branches des vieux manguiers ombrageant le cimetière.

Les missionnaires s'étaient regroupés à l'avant, accompagnés d'autres Occidentaux et d'une demi-douzaine de journalistes armés d'appareils photo et de carnets. Derrière eux se tenaient les Africains de la mission, soigneusement vêtus à l'occidentale, et un petit groupe d'Indiens portant turbans et saris. Les habitants du village venaient ensuite, océan de peaux noires ponctué de vêtements et de couvertures aux couleurs vives.

L'évêque leva la main pour réclamer le silence. Puis se mit à lire un ouvrage qu'un pasteur africain tenait ouvert devant lui. Sa voix forte couvrait sans peine le brouhaha sourd : toussotements, reniflements, pleurs d'enfants et, au loin, le bruyant embrayage d'un camion sur la route.

— « Car nos mains étaient vides lorsque nous sommes venus en ce monde, elles le seront encore lorsque nous repartirons. »

9

Il poursuivit sa lecture quelques minutes puis ralentit son débit en devinant un changement dans l'assemblée, un subtil et silencieux déplacement de son centre d'intérêt. Quand il leva la tête, son regard fut attiré vers un coin éloigné du cimetière et ses yeux s'écarquillèrent. Un groupe de guerriers africains se frayait un chemin au milieu de la foule, hautes silhouettes aux membres élancés, les cheveux couverts de boue, le cou orné de perles colorées, leurs lances de chasse étincelant sous les rayons du soleil.

Au milieu du petit groupe marchait une femme blanche. On distinguait brièvement, entre les épaules nues des hommes, l'éclat d'une peau claire, un regard ferme et de longs cheveux épars d'un roux flamboyant. Sur son passage, un murmure courut dans la foule telles des vaguelettes ridant la surface de l'eau.

Le surprenant cortège fit halte à quelques pas de l'évêque et la femme blanche se plaça face aux cercueils. Grande et mince, elle était vêtue d'une tenue de brousse raidie par la sueur et la poussière. À la différence des autres femmes de l'assistance, elle portait un pantalon retenu à la taille par une cartouchière de cuir. Parfaitement immobile, le visage figé, elle regardait droit devant elle, apparemment inconsciente de l'émoi suscité par son arrivée.

L'évêque reprit sa lecture. Quand ce fut fini, il annonça que le chœur allait entonner un cantique puis se tourna délibérément vers les chanteurs dans l'espoir de mobiliser à nouveau l'attention de l'assemblée. Mais la femme silencieuse était toujours à la périphérie de son champ de vision...

— « Guide-moi, ô Jéhovah, pèlerin cheminant sur cette terre stérile ! »

Forts et clairs, les mots se fondaient en une puissante supplique.

— « Pain du ciel, pain du ciel, nourris-moi jusqu'à ce que je sois rassasié... »

Tandis que résonnait le dernier couplet, l'évêque fit un signe à l'un de ses assistants. Une fillette sortit alors de la foule, suivie par l'épouse d'un des missionnaires. Sa robe bleue bien amidonnée frôlait ses genoux à chacun de ses pas. Elle avançait tête baissée, ses cheveux noirs voilant son visage, portant dans ses bras deux bouquets de fleurs, ensemble disparate d'orchidées sauvages, de tournesols, de feuillage et de fleurs des champs, manifestement de sa composition.

Au moment où la mince silhouette s'approchait des cercueils, une femme africaine quelque part dans la foule lança une longue plainte sonore. D'autres voix se joignirent à elle, et bientôt un concert de gémissements couvrit les dernières strophes du cantique. Jusqu'alors, tout se passait comme si les funérailles avaient été abandonnées à l'évêque et au clergé, mais la vue de cette enfant s'approchant des cercueils de ses parents déclencha une douleur collective impossible à contenir et qu'aucune liturgie n'eût pu apaiser. Un chagrin profond, sauvage, s'empara de la foule.

Debout entre les deux boîtes de bois, la petite Kate posa l'un des bouquets de fleurs sur le cercueil de son père, prenant soin de le placer bien au milieu du couvercle. Puis elle se tourna vers l'autre cercueil, celui qui contenait le corps de sa mère. Son regard erra sur les planches comme s'il pouvait voir au travers. Est-ce que maman a les yeux ouverts ? se demandait l'enfant. Ou fermés, comme si elle dormait ?...

On ne l'avait pas autorisée à voir les corps. Trop jeune, à ce qu'ils disaient. On ne lui avait pas précisé que les corps avaient été mis en pièces à coups de machette, mais Kate le savait.

Même les visages ? aurait-elle voulu demander.

De toute façon, personne ne s'attendait qu'elle dise quoi que ce soit. Pleurer, dormir, manger et avaler des pilules, voilà tout ce qu'on exigeait d'elle. Surtout pas qu'elle pose des questions.

« C'est une bénédiction du ciel que tu n'aies pas été là, répétaient-ils. Remercie Dieu de t'être trouvée ici en pension. Il vaut mieux ne pas y penser... »

Un journaliste surgit de la foule et s'accroupit avec son appareil photo pour saisir le moment où l'enfant déposait le second bouquet de fleurs. Kate le fixa, visage figé, tandis qu'il s'approchait encore pour trouver un meilleur angle. Des mots tournoyaient dans sa tête comme une formule magique, leitmotiv endiguant le flot de ses pensées.

Affermis ton cœur. Telle est la volonté de Dieu.

Affermis ton cœur.

Les mots lui venaient à l'esprit en swahili, ces mêmes mots prononcés quelques jours plus tôt par la directrice de l'école. Elle se revoyait encore avec elle dans le petit bureau, observant un inconnu qui disait :

— Quelque chose de terrible est arrivé...

Affermis ton cœur.

La fillette balaya la foule des yeux et son regard croisa celui de la grande femme aux cheveux roux, un regard ferme. Elle lui trouva l'air vaguement familier, mais le souvenir n'était pas assez fort pour traverser la brume qui avait envahi son esprit. Ses yeux se portèrent plus loin, sur le paysage entourant le cimetière. Les arbres étaient en pleine floraison, l'époque de la moisson était proche. Elle se représenta le maïs qui poussait dans les *shambas*. Les tiges devaient être déjà hautes, leurs épis dorés mûrissaient au cœur de leur étui soyeux. Quelques semaines encore et ce serait la fin de la famine, le temps d'une nouvelle saison...

Kate regagna sa place à côté de la femme du médecin et s'y tint tranquille, les yeux fixés sur la pointe de ses chaussures dont le cuir noir luisant était couvert d'une fine poussière rouge.

La voix de Mme Layton bourdonna soudain contre son oreille et Kate la regarda avec surprise.

— Et si nous rentrions à la maison maintenant ? Je veux dire... chez moi, précisa-t-elle très vite. Il n'est pas nécessaire que tu restes ici plus longtemps !

Elle voulut sourire à l'enfant, mais ses lèvres tremblaient. Saisissant Kate par le coude, Mme Layton lui fit traverser la foule. Un jeune homme muni d'un appareil photo et d'un calepin se hâta de les rejoindre.

— Excusez-moi, puis-je vous poser quelques questions ?

Il avait un visage avenant mais, avant qu'il ait pu ajouter quoi que ce soit, Mme Layton lui fit signe de s'écarter.

— Adressez-vous à l'évêque !

Et, sans attendre, elle entraîna Kate au loin.

Les obsèques terminées, après un dernier cantique, l'assemblée commença à se disperser. Soucieux de les interviewer, les reporters se hâtèrent de rejoindre les missionnaires qui s'attardaient par petits groupes, comme s'ils refusaient d'admettre que la cérémonie ait pris fin.

Le jeune journaliste s'approcha de l'évêque. Il avait lu le communiqué publié deux jours plus tôt dans la presse, une confirmation laconique du meurtre de deux missionnaires, le Dr Michael Carrington et son épouse Sarah, dans un poste isolé à l'ouest du pays, près de la frontière du Rwanda. On ignorait les motifs d'une telle barbarie, précisait le texte ; un troisième ressortissant blanc, présent à la mission ce jour-là, n'avait subi aucun dommage. C'était tout. Il n'était fait aucune mention des autres « informations » qui, pourtant, s'étaient rapidement répandues dans les environs de Dodoma. Apparemment, la femme avait été dénudée avant d'être tuée. Plus bizarre encore, la rumeur mentionnait qu'on lui avait glissé un œuf dans la bouche.

— Il y a quelques points sur lesquels je désirerais obtenir des précisions, commença le journaliste.

Après avoir mené la cérémonie à son terme, l'évêque paraissait fatigué et déprimé. Le journaliste comprit qu'il devait limiter ses questions.

— Pouvez-vous confirmer qu'on avait bien glissé un œuf...

Aussitôt, une expression douloureuse contracta le visage du prélat. Le jeune homme se força néanmoins à poursuivre :

— ... dans la bouche... de Mme Carrington ?

L'évêque hocha la tête et répondit d'un ton las :

— L'attaque s'est produite au moment des fêtes de Pâques, et l'on peut voir dans ce geste sauvage une référence à la coutume des chrétiens d'échanger des œufs pendant cette période. (Il parlait d'une voix monotone, comme s'il récitait une réponse déjà prête.) Partout dans le monde, là où est propagé le message d'amour du Christ, se trouvent des gens qui y répondent par la haine.

Il reprit son souffle et le journaliste en profita pour lancer une nouvelle question après avoir consulté son calepin.

— Quel âge a la fillette ?

— Douze ans.

— Que va-t-il advenir d'elle ?

— Elle va regagner l'Australie. Puisqu'elle n'a aucune famille, son éducation sera prise en charge par la mission, qui veillera à ce qu'elle reçoive la meilleure instruction.

Le journaliste griffonna quelques notes.

— Comment réagit-elle ?

— Elle est forte, répondit tristement l'évêque. Tout ce que nous pouvons faire, c'est prier afin que sa foi lui vienne en aide.

Un autre journaliste se présenta à son tour – un homme plus âgé, cheveux gris clairsemés et visage luisant de sueur. Au moment où il ouvrait la bouche, l'évêque leva la main et commença à s'éloigner.

— Je vous en prie, j'en ai assez dit.

Le nouveau venu, nullement découragé, courut après lui et lança :

— Et la troisième personne présente au moment du crime ? Il s'agissait d'une femme, n'est-ce pas ? Une certaine Annah Mason ?

— C'est exact, répondit l'évêque en hâtant le pas.

— Elle a été témoin du meurtre ? insista le plus âgé.

Puis, sans attendre la réponse, il poursuivit :

— Comment se fait-il qu'ils l'aient épargnée ? Surtout quand on pense à ce qui est arrivé aux deux autres... !

Le jeune journaliste parut choqué par l'insistance de son compagnon mais, désireux de recueillir la moindre information, il lui emboîta le pas.

— Et cette... Mlle Mason... est-il vrai que c'était aussi une de vos missionnaires ? Et qu'elle a été obligée de présenter sa démission ? Pouvez-vous me dire pour quelle raison ?

Le feu roulant de questions s'interrompit net lorsque l'évêque se retourna brusquement pour leur faire face. Les deux hommes reculèrent avec prudence, impressionnés par sa haute taille et, surtout, par son visage figé dans la colère. Puis, sans un mot, l'évêque s'éloigna à grands pas, laissant derrière lui les journalistes frustrés.

— Elle était bien là, vous savez, précisa le plus âgé à son compagnon. Celle qui s'appelle Annah Mason.

Il se passa la langue sur les lèvres, comme s'il languissait de se désaltérer. Le plus jeune jetait des regards inquiets alentour.

— Avez-vous pu lui parler ?

— À Mlle Mason ? J'y ai pensé, naturellement. Mais l'un de ses compagnons africains m'a menacé de sa lance. Elle avait l'air vraiment... très pointue. Dommage.

Il hocha la tête, glissa dans une poche un crayon tout mâchonné puis s'éloigna avec un haussement d'épaules.

Kate se retrouva dans un salon baigné de soleil, entourée d'étrangers qui lui offraient à manger. Elle prit dans sa bouche une masse froide et dense qu'elle réussit à mastiquer, puis en avala quelques bouchées avant de repousser son assiette.

On la conduisit alors dans un débarras où étaient alignées plusieurs caisses de bois ayant autrefois contenu du thé. Mme Layton lui expliqua que quelqu'un avait emballé tout ce que ses parents possédaient au poste de Langali pour l'expédier ici. Les caisses partiraient par bateau pour l'Australie le moment venu. Elle tendit à la fillette un certain nombre d'objets mis de côté à son intention et dont elle pourrait avoir besoin. Kate reconnut la bible de son père et la maigre collection de bijoux de sa mère.

— Merci...

Après leur avoir jeté un coup d'œil distrait, elle les abandonna sur le sol et se dirigea sans attendre vers une caisse pour y prendre l'une de ses poupées. Autrefois, se rappela-t-elle, on l'enveloppait chaque Noël d'un linge blanc pour figurer l'Enfant Jésus dans la crèche.

— Tu peux la garder aussi, suggéra Mme Layton.

Kate haussa les épaules, remit la poupée dans la caisse et se tourna vers un grand carton.

— J'ai rangé là des effets qu'il m'a paru inutile de conserver, expliqua Mme Layton. Principalement des vêtements. Nous les donnerons aux Africains.

Elle fronça les sourcils en voyant Kate se pencher pour extraire une vieille paire de chaussures qui avaient appartenu à sa mère. Elles étaient propres mais élimées car Sarah les portait tous les jours pour circuler entre la cuisine et l'hôpital. Kate les approcha de son visage, respira l'odeur musquée de la transpiration. Puis elle les serra contre sa poitrine.

Au bout de quelques instants, Mme Layton vint poser une main sur son épaule.

— Pleure, mon enfant. Il faut laisser le chagrin s'exprimer.

Kate garda la tête baissée. Elle ne parvenait pas à pleurer. Il lui semblait que ses larmes s'étaient transformées en un bloc compact qui lui nouait la gorge.

Seule dans une chambre d'amis à peine meublée, Kate s'agenouilla à côté de son lit pour prier. Ses lèvres remuaient mais aucun mot n'en sortait. Elle ne parvenait ni à penser ni même à éprouver le moindre sentiment. Elle se sentait perdue, vide, comme morte elle aussi. Elle se demanda si c'était à cause des pilules que le Dr Layton lui avait données. Au bout de quelques minutes, elle se releva, trouva les chaussures de Sarah et les enfila. Elles étaient bien trop grandes et Kate les aurait perdues si elle avait essayé de marcher. Elle se contenta de rester assise sur le bord de son lit, apaisée de sentir sur sa peau l'empreinte déformée des pieds de sa mère. Il lui semblait que Sarah venait juste de les enlever… qu'elles gardaient encore un peu de sa chaleur…

À moitié endormie, elle grimpa dans son lit et se glissa entre les draps amidonnés. La porte de la chambre s'ouvrit. Fermant vite les yeux, elle se raidit dans l'attente d'un nouveau baiser de Mme Layton ou d'un autre visiteur importun. Pourquoi tenaient-ils tous à l'embrasser ? Jamais ils ne remplaceraient la tendresse de sa mère.

La personne qui s'approchait du lit sentait la cendre et le beurre. Kate risqua un regard entre ses cils.

— Ordena ?

Sa vieille *ayah*.

Non, pensa aussitôt Kate, impossible. Qui aurait pu l'amener jusqu'ici ? La route était longue depuis Langali…

— Est-ce que ce n'est pas moi qui t'ai tenue dans mes bras quand tu étais toute petite ? dit une voix de femme.

— Tu es venue, souffla Kate, incrédule.

— Bien sûr que je suis venue.

Ordena se pencha pour prendre la fillette dans ses bras. Lentement, doucement, elle se mit à la bercer comme si elle était redevenue un bébé. La vieille nounou se balançait d'avant en arrière en chantonnant, chacun de ses mouvements porté par le rythme régulier d'une berceuse africaine. Peu à peu, Kate se détendit. Elle se pelotonna contre ce sein familier. Et les larmes, enfin, purent couler.

PREMIÈRE PARTIE

1

1990, Melbourne, Australie

Un plateau d'argent chargé de coupes de champagne apparut dans son champ de vision. Kate en prit une et la posa soigneusement à côté de ses papiers.

— Merci !

Levant les yeux, elle vit une jeune infirmière devant elle. Un badge agrafé à sa blouse indiquait son nom : *Meg McCausland. Intérimaire.*

— C'est l'agence qui vous envoie ?

Meg hocha la tête.

— Je suis déjà venue ici il y a quelques mois. J'ai pensé que ce serait plus calme au moment de Noël.

— Détrompez-vous. C'est l'époque la plus chargée, répondit Kate. (Elle baissa la voix.) Nos patients racontent à leurs amis qu'ils partent en voyage alors qu'ils viennent se faire opérer ici. Ils rentrent chez eux pour le nouvel an.

— Avec des rides en moins et l'air beaucoup plus jeunes ! renchérit Meg en riant. Ce n'est pas un mauvais calcul, quand on peut se le permettre !

Kate sourit et but une gorgée de champagne. Les bulles glacées lui piquèrent la langue, laissant un arrière-goût savoureux. Puis, après avoir jeté un rapide coup d'œil à sa montre, la jeune femme se remit au travail. Meg s'attardait dans le bureau et entreprit d'ajouter sur un brûle-parfum quelques gouttes d'huile aromatisée. Elle leva le minuscule flacon pour déchiffrer l'étiquette. *Véritable encens de Bethlehem.*

— Tous les ans, j'accepte de travailler le soir de Noël en raison du bon salaire, soupira-t-elle. Mais, chaque fois, je le regrette amèrement.

19

(Elle se tourna vers Kate.) Et vous ? Ne pouviez-vous prendre un congé pour les fêtes de fin d'année ?

— Cela ne me dérange pas de travailler le soir de Noël, répondit Kate sans cesser d'écrire. Je ne suis pas croyante.

— Mais… et les réjouissances ? Les repas en famille, tout ça… Cela ne vous manque pas ?

Kate secoua la tête sans répondre. Elle se redressa pour ramasser quelques pétales de fleurs fanées tombés sur le téléphone.

— Vos parents ne vivent pas à Melbourne ? insista Meg.

— Non.

— Ils habitent bien l'Australie ?

Kate déplaça quelques dossiers, consciente que Meg attendait une réponse.

— Ils sont morts, dit-elle brusquement. Dans un accident, il y a longtemps.

Émue, Meg la regarda d'un air embarrassé.

— Je suis désolée, murmura-t-elle. Sincèrement désolée.

Un silence tendu s'installa entre les deux femmes. Quelque part, au loin, un petit groupe chantait des cantiques de Noël.

Kate finit par prendre pitié de Meg, qui oscillait d'un pied sur l'autre, mal à l'aise.

— Ne vous en faites donc pas. Après tout, vous ne pouviez pas savoir. (Elle saisit un programme de travail et le consulta.) Vous devriez commencer vos rondes. Mme James désire qu'on lui change son pansement. Ainsi que la patiente de l'appartement 2. Et ce sont des personnes qui n'aiment pas attendre.

Meg parut soulagée de voir la conversation s'orienter vers un sujet plus routinier.

— Je m'en suis aperçue ! Honnêtement, je ne sais pas comment vous faites pour les supporter à plein temps. Le travail est bien payé, mais malgré tout…

— J'aime être ici, répondit simplement Kate.

Meg leva les sourcils.

— Vous voulez dire… tout ça ?

Elle balaya d'un geste la pièce luxueusement aménagée. Au centre de chirurgie esthétique Willoughby, on ne regardait pas à la dépense. L'arbre de Noël lui-même était décoré aux couleurs de la clinique – beige avec des angelots dorés et des rubans de soie bleu ciel.

— Non, dit vivement Kate, pas ça. J'aime le fait que les gens viennent ici de leur plein gré. C'est leur propre choix. Rien à voir avec un véritable hôpital. Il n'y a pas d'urgences, tout est parfaitement contrôlé.

— Mais alors, pourquoi avoir choisi le métier d'infirmière ? s'étonna Meg.

Kate réfléchit un instant puis haussa les épaules.

— L'histoire habituelle, je pense. Florence Nightingale et sa légende.

Meg approuva d'un hochement de tête.

— Ah ! Les hommes en blanc et toutes ces histoires romantiques...

Kate sourit. Elle savait que la plupart des infirmières rêvaient de séduire un médecin, mais elle n'était pas de celles-là.

Au même instant, un signal rouge se mit à clignoter sur le mur et Meg s'éloigna à contrecœur.

Aussitôt, Kate se remit au travail à la hâte, griffonnant rapidement, soucieuse d'avoir quitté les lieux avant le retour de l'intérimaire. Elle était lasse de ses questions trop directes. « Qu'est-ce qui vous a fait choisir le métier d'infirmière ? » Kate ébaucha un sourire mélancolique en se demandant ce que la jeune fille aurait pensé si elle lui avait donné la véritable réponse : jamais elle n'avait voulu suivre cette voie. D'autres avaient choisi pour elle au moment de ses quinze ans. Son chemin avait été irrévocablement tracé par un coup du sort...

Alors qu'elle rêvassait, paresseusement étendue sur la pelouse de l'école, on vint prévenir Kate qu'elle était attendue dans le bureau de la directrice. Rien d'extraordinaire à cela. Attentive à son bien-être, Mlle Parr la convoquait souvent pour parler avec elle de sujets aussi variés que l'organisation des fêtes d'anniversaire ou le choix de nouveaux vêtements de sport. Cependant, cette fois, Kate éprouva une sorte de malaise. La semaine de Pâques approchait, date anniversaire de son arrivée à l'école, et on se gardait d'y faire allusion. Kate Carrington – la jeune pupille de la mission. Une pauvre fille avec une seule valise, pas de famille, pas de maison. Une étrangère qui comptait son argent en cents et en shillings et qui, parfois, sans même s'en apercevoir, se mettait à parler en swahili...

Après une courte pause employée à lisser ses cheveux et à aplatir sa jupe, elle frappa à la porte de la directrice.

— Entre !

En pénétrant dans la pièce, Kate se trouva face à un homme de haute taille vêtu d'un costume bleu marine. Elle sut aussitôt qu'il n'était pas de la mission car le secrétaire général et ses assistants portaient toujours des vêtements de brousse en nylon ou des tenues de sport.

— Nous nous sommes déjà rencontrés, dit l'homme en s'inclinant vers elle.

Il flottait dans sa voix comme une ombre de tristesse et Kate sentit son estomac se nouer. Elle serra poliment la main qu'il lui tendait.

— M. Marsden est journaliste, précisa vivement Mlle Parr. Il t'a interrogée il y a quelques années à propos de tes parents. À présent, il voudrait rédiger la suite de... de cette affaire. Le secrétaire général de la mission est favorable à ce projet. (Elle se tut un instant pour lancer à Kate un regard pénétrant.) Cela dépend entièrement de toi, bien sûr. Tu n'y es pas du tout obligée.

Kate se sentit soulagée. Mlle Parr ne disait jamais rien qu'elle ne pensât profondément. Sur un simple geste de sa part, elle mettrait aussitôt cet homme à la porte. Seulement, voilà : le secrétaire général de la mission voyait cette visite d'un bon œil. Depuis des années, la mission procurait à Kate tout ce dont elle avait besoin : vacances scolaires, visites chez le dentiste ou chez le coiffeur – même un petit chat. Mais, Kate le savait, la mission ne vivait que de dons, et la première histoire écrite sur l'assassinat de ses parents avait rapporté des milliers de dollars. Sans doute en serait-il de même pour la suite.

— Cela m'est égal, déclara-t-elle au journaliste en réussissant à sourire.

Tout en prenant des notes, l'homme l'interrogea sur ses amitiés, ses passe-temps favoris, ses matières préférées en classe. Kate faisait traîner en longueur ses réponses, redoutant chaque nouvelle question. Elle savait que le journaliste ne s'intéressait pas réellement aux détails de sa vie quotidienne. À un moment ou à un autre, il s'enhardirait à poser les véritables questions. Était-elle heureuse ? Réussissait-elle, aujourd'hui, à oublier le passé ou bien la tragédie de Langali avait-elle ruiné sa vie ? L'appréhension lui nouait la gorge, les mots avaient de plus en plus de mal à franchir ses lèvres. Mais les questions redoutées ne vinrent pas et Kate finit par réaliser que le journaliste n'avait pas le courage de les lui poser. Elle commença à se détendre. En parlant de son chat, elle regardait par-dessus l'épaule de l'homme en direction de la fenêtre. Sur la branche d'un arbre, un oiseau balançait un ver au-dessus d'un nid où pointaient des petits becs affamés.

Le journaliste finit par refermer son carnet et fit comprendre d'un signe à Mlle Parr qu'il en avait terminé. Soudain, une dernière idée le traversa.

— Qu'avez-vous l'intention de faire plus tard, quand vous aurez terminé vos études ?

Kate le fixa longuement en silence. C'était une question toute simple, et pourtant elle en ignorait la réponse. Chaque fois qu'elle essayait de considérer son avenir, il lui apparaissait aussi vide que le passé. Seul le présent avait une forme et un sens. Mais Mlle Parr n'aimerait sûrement pas qu'elle évoque cela. Au collège St John, on ne cessait de leur répéter que l'essentiel était de regarder devant soi, de se fixer des buts.

— Je serai infirmière, s'entendit-elle répondre. (À sa grande surprise, les mots avaient été prononcés d'un ton ferme.) Je veux aller travailler en Afrique, comme mes parents.

Dans le silence qui suivit, Kate perçut le bruit du crayon de l'homme courant sur le papier. Au-dehors, les oisillons réclamaient encore de la nourriture.

— Merci, dit le journaliste. C'est une magnifique réponse.

L'histoire fut publiée la semaine suivante. Bien que la question concernant son avenir n'eût occupé qu'un bref instant de cette rencontre, le sujet fut abondamment développé par le journaliste. L'article était accompagné d'une grande photo de Kate tenant son chat contre sa joue. Une légende s'étalait en caractères gras au-dessous :

UNE FILLE COURAGEUSE
SUR LES TRACES DE SES PARENTS MARTYRS

L'article eut une diffusion considérable. Dans les semaines et même les mois suivants, on ne cessa de féliciter la jeune fille pour sa courageuse décision. Dès lors, son avenir fut tracé. Modifier ses plans aurait été trahir la mémoire de ses parents, trahir la mission et Dieu.

Tout ce qui comptait, en somme.

Kate gara sa voiture à l'endroit habituel, sous les frondaisons épaisses d'un tilleul. Le long du sentier menant à la maison, elle contempla l'étroite terrasse victorienne. Il émanait de la demeure un curieux sentiment d'abandon. La chambre à coucher en façade était vide et les rideaux rarement tirés. Pour Noël, Kate s'était contentée de fixer une petite couronne de houx à la porte d'entrée. Dans ce cadre austère, la décoration semblait presque déplacée.

Kate pénétra dans l'entrée faiblement éclairée, traversa la salle de séjour et se dirigea directement vers l'arrière de la maison. Puis, après avoir déverrouillé la porte-fenêtre, elle sortit dans son jardin.

Les ombres de l'après-midi, déjà longues, s'étiraient à travers la cour, mais le soleil était encore chaud et Kate sentit sa caresse réconfortante sur ses épaules. Elle regarda autour d'elle avec plaisir. L'été était arrivé de bonne heure après un printemps pluvieux, et la chaleur lourde d'humidité avait favorisé une floraison luxuriante. Toutes les plantes, qu'elles soient vivaces ou à feuillage persistant, avaient fleuri en même temps. Les bosquets étaient fraîchement taillés, les allées désherbées et chaque pouce de plate-bande soigneusement recouvert d'un paillis. Jamais le petit jardin n'avait été aussi joli.

Kate parcourut lentement le sentier, inspecta chaque parterre. Elle s'arrêta pour admirer un bourgeon de rose, effleurant les pétales encore étroitement serrés, leur surface moite et veloutée teintée d'un délicat rose pâle. Il lui semblait même sentir leur parfum à peine naissant.

Une explosion déchira soudain le calme du crépuscule. Kate sursauta. Le bruit cessa presque aussitôt mais, dans le silence qui lui succéda, elle l'entendait encore résonner. Les battements de son cœur s'accélérèrent. Elle connaissait ce son et la manière dont il transperçait l'air, laissant derrière lui un désagréable écho. Pas de doute, il s'agissait bien d'un coup de fusil tiré tout près.

La jeune femme bondit vers la clôture. S'accrochant aux poteaux de la palissade, elle se hissa sur la pointe des pieds pour regarder dans le jardin adjacent. De prime abord, tout lui parut normal – le vaste terrain mal tenu, la bâtisse avec ses stores baissés, la porte arrière entrouverte. Mais, après avoir balayé des yeux le terrain, elle frémit en apercevant près du jacaranda une forme allongée sur le sol, un long fusil à deux coups près d'elle.

Kate longea la barrière à grands pas. Elle savait qu'un peu plus loin on pouvait la franchir en écartant trois poteaux. Il lui fallut quelques instants pour les retrouver, presque enfouis sous un buisson de roses trémières. De plus en plus inquiète, elle écarta vivement les hautes tiges en songeant qu'elle aurait peut-être dû commencer par appeler une ambulance. Puis, elle se glissa à travers l'étroite fente de la haie. Au passage, un clou accrocha sa jupe d'uniforme et la déchira.

Une fois de l'autre côté, elle se mit à courir tête baissée pour éviter l'entrelacs des branches, se frayant à grand-peine un chemin à travers les mauvaises herbes enchevêtrées. En s'approchant de la silhouette allongée, elle reconnut sa voisine, une inconnue qui s'était installée à côté depuis peu. Kate l'avait aperçue quelquefois par-dessus la clôture, haute silhouette surmontée d'épais cheveux gris rassemblés en un chignon négligé.

Penchée sur elle, Kate chercha les traces d'une blessure mais ne vit aucune goutte de sang. La femme gisait simplement sur le sol, haletante.

— Madame ? Est-ce que vous allez bien ?

La femme tourna la tête. Ses grands yeux gris-vert la fixèrent d'un regard réfléchi. Un long moment s'écoula. Elle entreprit alors de se relever en s'agrippant aux branches du jacaranda. Kate hésita, ne sachant s'il fallait l'aider ou non, tant elle manifestait de détermination à s'en sortir seule. Quand la femme fut debout, le souffle encore court, elle se tourna vers Kate et esquissa un sourire tremblant. Puis, avec un air de triomphe, elle montra du doigt un grand serpent noir coupé en deux, dont chaque moitié se tortillait sous un buisson. À cette vue, Kate tressaillit : même dans cet état, il pouvait encore mordre. Elle fut surprise de découvrir un serpent à Parkville. Il avait dû venir du ruisseau, prenant ce jardin en friche pour un refuge épineux.

— Est-ce que ça va ? répéta Kate.

Toujours essoufflée, la femme gardait ses doigts crispés sur les branches de l'arbre. Kate supposa que le recul de l'arme lui avait fait perdre l'équilibre, la laissant étourdie sur le sol.

— Oui, répondit-elle enfin. Je crois que ça va. Mais je suis encore sous le choc...

Elle détourna les yeux, évita le regard de Kate, comme gênée de se montrer dans cet état. Kate réalisa qu'elle n'était pas aussi âgée que ses cheveux gris le laissaient supposer. Un peu plus de cinquante ans peut-être... Difficile à dire. Elle avait ce visage rude, intemporel, de quelqu'un qui a passé de nombreuses années au soleil.

D'un geste, elle fit comprendre à Kate qu'elle souhaitait son aide pour marcher. Avant de lui prendre le bras, Kate ramassa le lourd fusil, vérifiant instinctivement qu'il n'était plus chargé. Le canon sentait encore la poudre et son odeur âcre réveilla en elle un souvenir enfoui...

Un soleil brûlant sur l'herbe sèche. Une petite fille avance à pas lents et prudents, comme un chat, attentive à ne pas faire craquer les brindilles ou les feuilles. Les yeux fixés sur la main de son père. Stop ! lui fait-il comprendre d'un signe. Une brusque agitation. Il a vu quelque chose. Elle s'immobilise, frissonnante, et vacille. Il s'accroupit, vise – et tire. Le calme est soudainement rompu. Puis il lui adresse un large sourire tandis qu'elle part d'un éclat de rire. Ce soir, ils auront quelque chose à manger...

Kate sentit peser sur son bras le métal froid de l'arme alors qu'elle s'approchait de la femme, gênée par cette soudaine proximité avec une inconnue. Une mèche de ses cheveux gris lui effleura la joue et elle perçut un parfum musqué mêlé à une faible odeur de transpiration.

Elles se dirigèrent ensemble vers une sorte de perron ouvert sur l'arrière de la maison. Un fauteuil à bascule était placé face à un cercle de briques où l'on distinguait quelques bûches à demi consumées au milieu de cendres encore fumantes.

Kate connaissait déjà l'existence de ce feu. La femme l'avait allumé le lendemain même de son installation. Quand elle avait senti la fumée, Kate avait d'abord pensé que sa nouvelle voisine brûlait de mauvaises herbes. Mais en jetant un coup d'œil discret par-dessus la clôture, elle avait aperçu la silhouette aux cheveux gris assise près du feu en train de contempler les flammes. Des heures plus tard, la scène n'avait pas changé. À la tombée du jour, un vieux poêle de campeur était apparu et la femme y avait mis une casserole à cuire pour son dîner.

— Y a-t-il quelqu'un à qui je pourrais téléphoner pour vous ? demanda Kate.

— Non, non, tout ira bien. J'ai l'habitude de me débrouiller seule.

Son accent était indéfinissable, ni australien, ni anglais. Il évoquait un pays lointain, mais Kate n'aurait su dire lequel.

— Désirez-vous que je vous apporte un verre d'eau ?

— Oui, c'est gentil. Merci.

La femme sourit en plissant les yeux, et Kate se dit qu'elle avait dû être très belle. Elle l'était encore, d'ailleurs. Ses cheveux, quoique gris, étaient épais et brillants, et son visage conservait une solide ossature, de celles qui vieillissent bien. Elle portait le genre de vêtements qu'on met pour jardiner, un pantalon kaki usagé et une chemise de coton froissée. Apparemment, elle non plus ne fêtait pas Noël.

— Vous trouverez du jus de citron frais dans le frigo, dit-elle en esquissant un geste en direction de la porte de service. Et deux verres sur un rayon du placard.

La porte arrière donnait sur une cuisine à l'ancienne meublée simplement d'un poêle à bois contre le mur et d'une table en pin. En dehors de l'évier et de quelques placards, il n'y avait pas d'autre mobilier. Pas de tasses ni de bols ou de soucoupes visibles, pas de bouteilles ni de pots, aucun signe de nourriture. Même en sachant que la femme n'était pas là depuis longtemps, l'endroit paraissait étrangement vide.

Kate traversa la pièce et ouvrit le réfrigérateur – presque vide, lui aussi, à part quelques carottes, une pomme, un paquet de beurre et une théière en porcelaine blanche.

Cette femme doit être un peu dérangée, songea Kate en hochant la tête. Elle tire sur des serpents, cuisine sur un feu extérieur et met sa théière dans le frigo. Mais quand elle en souleva le couvercle, un parfum de citrons verts fraîchement pressés se répandit dans l'air et elle aperçut dans le récipient d'épaisses tranches de fruit à la peau verte flottant dans le jus. Elle jeta un coup d'œil par la fenêtre. La femme était toujours assise sur le fauteuil à bascule, telle que Kate l'avait laissée. Mais elle ne s'abandonnait pas au repos. Assise bien droite, elle avait le regard fixé sur la porte, attendant son retour.

Après avoir rempli deux verres de jus de citron, Kate les déposa par terre près du feu puis alla chercher un second siège sur la véranda. Une fois installée, elle but une petite gorgée de jus. La boisson était froide et acide, à peine sucrée, très rafraîchissante. Il lui sembla distinguer la trace d'une autre saveur. Elle dégusta lentement une autre gorgée pour tenter de l'identifier.

— Basilic, dit la femme, qui ne la quittait pas des yeux.

— Ah oui ! approuva Kate.

Elles restèrent là en silence, les yeux fixés sur les cendres d'où montaient de paresseux rubans de fumée. Kate respira profondément, savourant l'odeur du feu mourant. Elle lui semblait à la fois poétique et familière. Mais aussi terriblement lointaine, comme appartenant à un autre monde. Rien à voir avec les feux allumés l'été pour des barbecues. Celui-là, au contraire, évoquait les feux de camp qu'on entretenait la nuit afin d'écarter les lions et qui servaient, le jour, à préparer la cuisine. Ils duraient longtemps, chaque couche de cendres représentait chacun des jours qui passaient, chaque repas, chaque naissance, chaque mort...

Les cloches de l'église tintèrent au loin. Les deux femmes échangèrent un regard exprimant une même pensée tacite. C'était le jour de Noël. Et elles étaient seules, toutes les deux.

— Je m'appelle Jane.

— Et moi Kate.

De nouveau le silence. Kate remarqua une chèvre à la robe brun-fauve attachée tout près d'un arbre fruitier. Elle mâchonnait une petite broussaille, ses lèvres épaisses cherchant les tiges fraîches et tendres.

— C'est elle qui entretient l'herbe, observa Jane. Le jardin est un peu négligé.

Kate hocha la tête et sourit poliment. La maison était restée inoccupée toutes ces dernières années et l'arrière-cour retournait à l'état sauvage. La jeune femme regarda la chèvre, dont la gueule débordait de feuilles. À cette allure, pensa-t-elle, l'endroit serait défriché en peu de temps. Elle se remémora le remue-ménage provoqué par l'arrivée de l'animal. Les habitants de la rue s'étaient plaints auprès de l'agent immobilier pour apprendre à leur grande consternation que cette femme n'était pas une nouvelle locataire mais la propriétaire des lieux, de retour d'un séjour outre-mer. Et si elle désirait garder un animal dans son jardin, c'était son droit. Peu après, des poulets firent également leur apparition, et on pouvait les apercevoir dans les branches des arbres. Un coq se fit entendre au point du jour. Et l'odeur du feu de bois emplissait constamment l'air. Des voisins arrêtèrent Kate dans la rue pour l'interroger sur cette nouvelle venue insolite, mais elle se garda de leur révéler que sa voisine passait ses journées dehors devant un feu de camp et qu'il lui arrivait même de dormir sur la véranda. Après tout, ce n'était pas leurs affaires. Et elle n'avait nullement l'intention de se mêler à leurs bavardages.

— Depuis combien de temps habitez-vous ici ? demanda Jane en désignant du menton la terrasse voisine.

— Oh, depuis longtemps… Mais je n'y suis venue que par intervalles.

Après avoir considéré un instant sa jeune voisine en silence, Jane reprit :

— Comment saviez-vous qu'il y avait un passage dans la palissade ?

D'abord, Kate hésita, puis elle ne vit aucune raison de dissimuler la vérité.

— C'est moi qui l'ai fait. Enfant, j'aimais venir dans ce jardin. La maison était vide. (Elle parcourut du regard le grand terrain mal entretenu.) Cela me donnait l'impression d'avoir tout un royaume à explorer.

— Vous avez grandi ici ?

— Pas vraiment. La maison appartenait à ma famille, mais nous n'y avons vécu que quelques années.

— Je suppose que vous alliez là-bas pour jouer ? s'enquit Jane en pointant le doigt vers un vieux merisier pleureur au tronc noueux qui se dressait à l'autre bout du jardin.

Surprise, Kate se tourna vers elle.

— Mais oui !

Jane sourit. Un sourire qui illumina son visage, ranimant la beauté de sa jeunesse.

— L'été, quand le feuillage est épais, vous vous glissiez dessous et vous vous sentiez à l'abri du monde entier.

Kate croisa son regard. C'était exactement ce qu'elle avait ressenti.

— Moi aussi, enfant, j'ai joué dans ce jardin, dit Jane. La maison appartenait à ma grand-mère.

Une cigale se mit à chanter dans un arbre voisin. Kate observa un poulet en train de gratter le sol près de la porte arrière. Elle n'avait pas envie de prolonger la conversation. Jane non plus, apparemment, mais le silence entre elles n'avait rien d'embarrassant. Assise là, son verre vide tiédissant au contact de sa paume, Kate se sentait doucement pénétrée par la tranquillité de cette fin d'après-midi.

Au bout d'un moment, Jane se pencha vers une table de jeu à côté d'elle, attirant l'attention de Kate sur un vieux tourne-disque. Le solide coffret gainé de cuir vert était cabossé et taché par l'usage. Une étiquette d'aéroport pendait à l'une des poignées. Quand le couvercle fut levé, laissant apparaître le plateau et le bras noir brillant muni d'une aiguille, Kate eut l'impression de le reconnaître. Autrefois, chez ses parents, il existait un appareil identique. Mais, à l'époque, il était encore neuf – un petit trésor familial qu'on lui interdisait de toucher.

Des craquements précédèrent les premières notes d'un refrain entonné par une voix de femme. La mélodie flotta dans le jardin, l'imprégnant de ses tonalités riches et fortes, porteuses d'une profonde mélancolie.

Bercée par la musique, Kate regarda sa propre maison. Vue sous cet angle, elle lui rappelait un heureux passé. Cachée sous le merisier, elle s'imaginait alors être une étrangère qui contemplait pour la première fois les rideaux aux fenêtres, le linge sur la corde, inspectant chaque détail susceptible de trahir le fait qu'ils n'étaient pas des Australiens quelconques mais une famille de missionnaires de retour d'un pays lointain.

Les Carrington avaient vécu là près de deux années pour y poursuivre leurs études. Malgré une lancinante nostalgie de l'Afrique, la famille avait su rapidement apprécier les joies de cette nouvelle existence en Australie. En l'absence d'Ordena ou de Tefa pour aider au ménage, ils cuisinaient, faisaient ensemble le ménage et les courses. Sans hôpital pour accaparer les soirées de Michael, ils avaient le temps de jouer et de parler. Ils sortaient, allaient au cinéma et au restaurant. Ce partage d'expériences nouvelles avait créé entre eux des liens particulièrement étroits.

Dans les souvenirs de Kate, cette période était comme enchâssée dans un écrin de lumière. Elle avait toujours été reconnaissante à la mission d'avoir gardé la petite maison à son intention, afin qu'elle puisse y revenir une fois ses études terminées. Elle avait alors éliminé soigneusement toute trace des précédents locataires pour que les lieux redeviennent vierges de réminiscence étrangère.

Kate vit Jane l'observer. Elle esquissa rapidement un sourire, dans l'espoir que son visage ne trahisse pas les sentiments qui venaient de l'envahir.

— Il faut que je m'en aille.

Elle se redressa, mais Jane lui fit signe d'attendre la fin du disque.

La mélodie s'attardait, prolongeant l'émotion. Lorsque ce fut fini, Kate se leva.

— Je trouverai le chemin moi-même, dit-elle avec un geste vers la barrière.

Toutefois, la musique semblait avoir donné de nouvelles forces à Jane, qui insista pour faire quelques pas en sa compagnie. Quand elles se dirent au revoir, elle lui effleura doucement le bras.

Tandis qu'elle sortait sans se retourner, Kate sentit le regard de la femme posé sur elle. Elle se surprit à s'efforcer de marcher gracieusement comme le lui recommandait son *ayah* lorsqu'elle était enfant.

Étire ton cou. Laisse tomber souplement les bras. Imagine que tu tiens une cruche d'eau sur la tête...

À l'avant de la maison, Kate vit que la végétation folle cédait la place à un joli jardin victorien. À l'évidence, quelqu'un avait été chargé d'entretenir cette partie de la propriété où s'alignaient avec monotonie buissons taillés et plates-bandes. Depuis la rue, aucun passant ne pouvait soupçonner que, derrière cette austère et solide façade, se dissimulait une arrière-cour envahie d'herbes folles.

De retour dans son propre jardin, Kate s'intéressa au bassin qu'elle avait l'intention d'aménager à côté de la porte arrière. S'aidant d'un mètre à ruban, elle entreprit d'en relever le tracé sur le plan. La place était si étroitement limitée que le projet devait être très précis. Elle travailla lentement, avec grand soin, jusqu'à ce que les premières mesures d'un nouvel air lui parviennent du jardin voisin. Elle leva alors les yeux, surprise. C'était une musique rythmée, brillante, complètement différente de la précédente. Elle reconnut une chanson des années soixante qu'on passait parfois, à la clinique : *Puppet on a String*, interprétée par Sandy Shaw. Jane devait aimer écouter les succès de sa jeunesse, évoquer une époque pleine d'espérances où elle rêvait d'un avenir heureux. Comment aurait-elle pu savoir, alors, qu'elle finirait sa vie seule ? Après tout, n'était-ce pas aussi le sort qui attendait Kate ? Elle aussi, lorsque le temps aurait fait son œuvre, flotterait à la dérive, isolée du reste du monde. Curieusement, cependant, cette pensée la réconfortait. L'idée de vivre coupée des autres lui était devenue familière.

Elle l'avait expérimentée une première fois quand on l'avait envoyée en pension à Dodoma. Mais là-bas il y avait Jésus, l'ami toujours présent. Il y avait aussi ses parents qui l'attendaient à la maison et qu'elle retrouvait aux vacances. Langali était loin de Dodoma, mais pas totalement inaccessible. Langali et Dodoma, l'école et la maison, un seul et même monde divisé en deux sphères bien distinctes.

Pourtant, après que Kate eut intégré la pension de Melbourne, les choses s'étaient révélées bien différentes. Comme elle s'était sentie seule ! Plus de maison ni de famille puisque ses parents, comme on le lui avait expliqué avec douceur, étaient « retournés à Jésus ». Kate avait réussi néanmoins à survivre, et même à apprécier la liberté découlant de l'absence de tout lien. Elle avait appris à vivre seule sans pour autant se sentir solitaire.

En levant les yeux par-dessus la barrière, la jeune femme observa la fine volute de fumée qui s'élevait du feu de camp. C'était étrange de songer qu'elle et Jane étaient installées là, côte à côte, dans deux maisons voisines, vivant chacune pour soi. Deux femmes séparées par une génération, complètement étrangères l'une à l'autre – à l'exception de cette curieuse et insignifiante coïncidence qui les avait fait jouer toutes deux sous un même vieux merisier pleureur.

2

Sur les rayonnages du placard à provisions s'alignaient des boîtes soigneusement étiquetées. Kate déballait ses achats d'épicerie et rangeait chaque article à sa place quand elle entendit frapper à la porte d'entrée. Elle déposa les derniers paquets et, tandis qu'elle se dirigeait vers la porte, de nouveaux coups insistants résonnèrent.

Sur la défensive, elle ouvrit la porte brusquement, prête à repousser l'intrus d'un ton sec. Personne ne se présentait ainsi à l'improviste, sauf les démarcheurs ou quelque enquêteur chargé de sondages. Rien de tel, pourtant : Jane, sa nouvelle voisine, se tenait sur le seuil. Elle portait les mêmes vêtements de jardin que la veille, mais cette fois elle avait noué autour de son cou une écharpe aux vives couleurs. Ses cheveux pendaient librement sur ses épaules. Elle avait l'air plus forte, plus saine – plus jeune.

— Pourrais-je vous emprunter une tasse de sucre ?

Kate la fixa en silence, se demandant si elle parlait sérieusement. Puis elle se souvint du placard vide.

— Bien sûr, répondit-elle en souriant. Je vais vous en chercher.

En traversant le hall d'entrée, elle sentit que Jane la suivait. Elle continua d'avancer, cachant sa surprise. Jane s'arrêta sur le seuil de la salle de séjour et Kate la vit promener un regard attentif sur les sièges scandinaves modernes, la table basse en stratifié avec son vase de gerberas aux jolis pétales. Dans la pièce, un seul objet semblait incongru : une statue africaine primitive posée sur la cheminée et représentant un éléphant.

Jane se dirigea droit vers elle pour l'examiner attentivement.

— Où avez-vous trouvé cela ?

— Une amie me l'a offerte.

À chaque Noël, Lucy adorait choisir ses cadeaux sur un catalogue d'artisanat ethnique proposant des objets venus des quatre coins du monde. Kate conservait le cadeau jusqu'à la première visite de Lucy, puis s'en débarrassait ensuite.

Jane reposa la sculpture pour s'intéresser à une série de dessins fixés sur un panneau de liège. Ils représentaient des esquisses de jardins et toutes portaient la même signature : Kate Creigh. Chaque projet était différent des autres : des bassins, des tonnelles, des haies bien taillées ou des bancs à l'emplacement soigneusement choisi. Tous étaient de facture plutôt classique et destinés à un jardin aux vastes proportions.

Kate laissa Jane devant les dessins et se rendit dans la cuisine pour prendre dans un placard un paquet de sucre non entamé.

— Voilà ce qu'il vous faut, dit-elle en regagnant le salon.

Mais Jane n'était plus là. Elle se tenait à présent devant la porte-fenêtre et observait le jardin.

Derrière la terrasse, la cour était très étroite. Elle aurait convenu à l'ambiance intime d'un joli jardin de cottage encombré de parterres de fleurs et d'herbes odorantes semées au gré de l'inspiration. Pourtant, Kate avait conçu quelque chose qui faisait soupçonner des espaces cachés, comme si la partie offerte au regard n'était qu'un petit coin d'un grand et généreux jardin. Elle y avait parfaitement réussi. Au milieu des haies bien taillées, des plates-bandes allongées et des sentiers plutôt larges, on avait une sensation d'aisance et d'équilibre que seul un jardin de bonne taille aurait dû normalement apporter. Il fallait simplement éviter de regarder la clôture.

L'air pensif, Jane penchait la tête en contemplant l'ensemble. Son regard se posa sur l'espace réservé au bassin.

— C'est bien la dernière chose que vous pourrez placer ici, observa-t-elle.

Kate ne répondit pas, nullement disposée à abandonner l'œuvre créatrice qui avait occupé avec bonheur ses week-ends et ses vacances depuis si longtemps.

Après un moment de silence, Jane se tourna vers elle.

— Merci pour le sucre.

Kate l'accompagna jusqu'à la porte d'entrée. Sur le seuil, Jane marqua une pause comme si elle voulait ajouter quelque chose, mais elle se contenta finalement d'un geste d'adieu.

Kate referma la porte en fronçant les sourcils. Quelles étranges manières ! Elle semblait cacher quelque chose.

Elle se pencha pour regarder par l'œilleton de sécurité et vit la haute silhouette de Jane s'éloigner lentement sur le chemin. Parvenue à la hauteur de la boîte aux lettres, celle-ci s'arrêta, jeta un rapide coup d'œil par-dessus son épaule, souleva le couvercle et saisit une lettre à l'intérieur. Puis elle éleva l'enveloppe des deux mains et l'examina attentivement. Le regard de Kate se figea. Que pouvait donc bien lui apprendre son adresse ? La seule chose susceptible d'intéresser Jane, c'était son nom.

Un nom adopté voilà longtemps.

Un faux nom.

Pendant ses études en Australie, Kate avait toujours été la fille de deux missionnaires assassinés, l'héroïne d'un tragique fait divers qui avait marqué les esprits. À l'école, les filles la jalousaient pour cette réputation qui l'associait à quelque chose d'à la fois grandiose et lointain. Cela avait valu à Kate une popularité qu'elle avait d'abord acceptée avec soulagement. Mais, au fil du temps, bien des questions vinrent la tourmenter. Pour commencer, le sens même de l'œuvre des missionnaires, cette philosophie du devoir et du sacrifice qui avait si profondément marqué son éducation. Elle conçut des doutes sur cet héritage intellectuel et moral tout en étant déterminée à demeurer à jamais fidèle au souvenir de ses parents martyrs. Elle était et serait toujours la fille des Carrington. Le drame survenu à Langali représentait la toile de fond sur laquelle se déroulerait le fil de son propre destin.

Mais, voilà cinq ans, tout avait changé.

Un beau matin, le facteur lui remit un paquet plat, de petites dimensions. Elle découvrit sous l'emballage une enveloppe et un livre. Sur la couverture de ce dernier s'étalait un titre en gros caractères : *Le Livre des martyrs modernes*.

Kate l'avait contemplé avec une froide méfiance. Après avoir glissé l'enveloppe dans le livre, elle en feuilleta les premières pages. L'auteur le lui avait dédicacé d'une fine écriture à l'encre bleue :

Que Dieu vous bénisse.
Révérend Christopher White.

Un signet avait été placé au début du chapitre six : « La tragédie de Langali ».

Kate se mit à lire, ses yeux s'accrochant aux mots malgré elle. L'auteur décrivait les Carrington. D'abord Michael, présenté comme l'incarnation même du héros classique, du légendaire « médecin de brousse » : fort, ingénieux, d'une extrême compétence. Kate connaissait bien cette image. Elle avait la même dans ses souvenirs d'enfant ; son père était un être parfait, tout-puissant, au-delà des faiblesses du genre humain, et en tous points différent des autres hommes qu'elle avait rencontrés.

Sarah Carrington était vue plus simplement sous les traits d'une épouse et mère aimable, dévouée, secondant sans relâche son mari dans son œuvre. La description suscita en Kate une certaine déception. Le révérend White parlait de Sarah comme tous les autres représentants de la mission. Il manquait à ce portrait une touche de vivacité, de chaleur. Mais ses souvenirs étaient déjà lointains, aussi Kate finitelle par admettre telle une vérité indiscutable les mots imprimés sous ses yeux. Sarah donnait tout aux autres et existait peu pour elle-même. Exactement le genre de femme que Kate aimait et admirait le moins.

L'auteur louait ensuite l'état d'esprit des missionnaires, prêts à tous les sacrifices pour leur vocation et leur foi – jusqu'à la mort. On sentait là quelque chose d'inéluctable, comme si la mort de Michael et de Sarah avait été voulue par Dieu. Leur martyre ne représentait pas seulement l'acte final de leur vie, il en était l'essence même, l'instant suprême qui donnait un sens à ce qu'ils avaient entrepris auparavant.

Qu'en est-il de moi dans tout cela ? aurait voulu demander Kate. Moi, leur enfant, abandonnée par ce massacre. Ne suis-je donc qu'un élément secondaire ? Un rebut inutile ? Elle se remémora un évangéliste américain rencontré un jour, un jeune homme dont la carrière entière reposait sur le fait qu'il était le fils de missionnaires assassinés en Amazonie. Kate avait compris que derrière son large sourire se cachait l'envie désespérée de se trouver un rôle personnel au sein de cette tragédie. Comme si, pour exister, une seule alternative s'offrait à lui : marcher sur les traces de ses parents ou s'écarter diamétralement de leur chemin. Il n'y avait pas de voie médiane.

Le révérend White décrivait ensuite les circonstances du meurtre des Carrington. Kate préféra retourner dans la maison pour s'asseoir. Ses doigts tremblaient tandis qu'elle tournait les pages. En quelques paragraphes, le révérend relatait ce qui s'était passé à Langali au moment de Pâques 1974. Rien de bien nouveau jusque-là.

Pourtant, après ce rappel des faits, l'auteur mentionnait certaines rumeurs qui avaient circulé à l'époque. On avait rapporté qu'un œuf avait été enfoncé dans la bouche de Sarah. La gorge serrée, le cœur battant à tout rompre, Kate cessa de lire pour déglutir nerveusement. Elle aurait voulu s'en tenir là mais ne put résister à l'envie de poursuivre, de savoir. L'auteur précisait qu'il avait lui-même vérifié l'exactitude des faits dans le rapport de police. Il s'agissait d'un œuf provenant du village, petit, cuit et orné de taches de couleur. Une coupe contenant des œufs décorés à l'identique avait été trouvée sur la table de la salle à manger. La référence aux fêtes de Pâques étant évidente, on en avait conclu que l'attaque avait été motivée par des sentiments hostiles aux chrétiens.

Mais le révérend White ne partageait pas cet avis et rappelait que les œufs possédaient une signification particulière dans les pratiques de sorcellerie. Par ailleurs, dans un passage dont le style trahissait une certaine agitation, il indiquait que le rapport de police citait également un fétiche indigène trouvé sur les lieux, une sorte de poupée dotée de cheveux humains, comme c'est souvent le cas. Détail étrange, cette chevelure était de couleur rousse et raide, très semblable à celle de l'invitée demeurant alors chez les Carrington : Annah Mason.

À l'époque de la tragédie, bien des personnes s'étaient étonnées que cette autre femme blanche, elle aussi désarmée et vulnérable, ait été épargnée. Le rapport de police signalait que le drame l'avait plongée dans un tel état de choc qu'elle avait été incapable de répondre aux questions. On ne pouvait donner aucune explication raisonnable au fait qu'elle avait survécu.

Le révérend White trouvait étrange la présence d'Annah Mason chez les Carrington. Certes, elle avait autrefois travaillé avec eux et séjourné à Langali. Mais, chassée entre-temps de la mission pour des raisons obscures, elle n'y demeurait plus depuis longtemps. L'évêque Wade, responsable du poste à cette époque, avait égaré un certain nombre de dossiers importants. Le révérend White se gardait donc d'accuser Annah Mason d'un quelconque méfait. Il se contentait d'indiquer que la tragédie de Langali restait entourée d'un sombre mystère et que bien des questions ne connaîtraient sans doute jamais de réponses.

Kate contempla le livre, les idées confuses. Que cherchait donc à prouver l'auteur ? Que la sorcellerie aurait pu jouer un rôle dans la mort de ses parents ?

Dans sa cuisine moderne, impeccablement propre, l'évocation même d'une telle hypothèse semblait déplacée, absurde. Pourtant, un frisson secoua la jeune femme, un sentiment de terreur profondément ancré dans les racines de son enfance – le souvenir à demi effacé d'un cercle inscrit dans la poussière du sol et de traces de pas qui le contournent. Une rangée de pierres liées les unes aux autres et tachées de sang. L'effroi d'Ordena à la vue d'une carcasse de mouton pendue à un arbre. On avait un jour raconté à Kate l'histoire d'une sorcière noire qui chevauchait nue le dos d'une hyène la nuit, avec à la main une torche enflammée, enduite de beurre fabriqué avec le lait de l'animal. La fillette avait ensuite demandé à sa mère s'il était réellement possible de traire une hyène. Sarah avait ri à cette idée, mais Kate avait eu l'impression d'entrevoir quelque chose de secret, de sombre et de puissamment authentique.

Elle pencha la tête et se frotta le visage comme pour effacer ces pensées. Son coude heurta le livre ; l'enveloppe qu'elle avait glissée dedans tomba sur le sol.

Kate la ramassa et l'ouvrit. Elle contenait deux feuillets. Le premier portait l'en-tête familier de la mission. Il indiquait brièvement que la lettre jointe était arrivée quelques années auparavant, mais que le secrétaire général avait décidé d'attendre la majorité de Kate pour la lui transmettre. Elle venait seulement d'être découverte dans le dossier et lui était adressée en même temps que l'ouvrage du révérend White.

Laissant tomber le feuillet, Kate déplia la lettre. Ses yeux se portèrent aussitôt sur un nom écrit à la main.

Annah Mason.

La jeune femme frissonna. Elle n'avait pas envie d'aller plus loin, pourtant, il le fallait…

Selon la lettre, Annah Mason souhaitait entrer en contact avec Kate. Elle avait été l'amie la plus proche de Sarah, aussi y avait-il certaines choses que Kate devait savoir. Après avoir lu ces lignes, elle pourrait répondre à l'adresse indiquée.

C'était tout.

Kate regarda fixement l'adresse :

Kwa Moyo, bureau de poste de Murchanza, Tanzanie.

Murchanza ! La ville la plus proche de Langali…

Le nom familier la traversa d'une pointe douloureuse. Quant à Kwa Moyo, elle savait que cela signifiait « maison du cœur » en swahili. S'agissait-il d'un village ou d'une ferme ? Elle n'avait jamais entendu ce nom auparavant.

Kate se mit à faire les cent pas dans le salon, s'efforçant de réfléchir calmement. Qui était cette femme ? La connaissait-elle ? Des missionnaires passaient parfois par Langali pour aller en Ouganda. Et de nombreuses infirmières avaient travaillé à l'hôpital au cours des années. Cependant, même en creusant tout au fond de ses souvenirs, elle ne pouvait se rappeler aucune Annah, pas plus qu'une infirmière nommée Mason.

Plantée devant la fenêtre, Kate jeta un regard vague dans le jardin. Une partie d'elle-même souhaitait rencontrer cette femme qui avait assisté au meurtre de ses parents et partagé leurs derniers jours. Mais une autre, plus puissante, redoutait cette confrontation. Pourquoi risquer d'augmenter encore son chagrin ? On ne pouvait rien changer à la réalité. Celle de ses cauchemars, des visions récurrentes de flaques de sang, l'écho des cris de terreur dans la nuit, le spectacle atroce des chairs mutilées. Cette réalité qui lui faisait hâter le pas devant les étals des bouchers et fuir certains films violents, pourtant prisés par ses amis. Des souvenirs obsédants qu'elle avait tenté de noyer sous des images similaires au cours de ses nuits de travail dans les unités de soins intensifs où l'on accueillait les victimes d'accidents de la route ou de rixes urbaines. Elle avait aussi essayé de canaliser ses terreurs en se perfectionnant dans l'art délicat des sutures, et était devenue experte pour recoudre les chairs déchirées. Mais rien n'avait agi. Les terreurs, le chagrin étaient toujours présents. Au fil du temps, une seule vérité s'était imposée : on ne pouvait survivre si l'on s'abandonnait à sa douleur. Kate avait bien retenu la leçon. Il fallait enfouir le passé, tout faire pour l'oublier.

Affermis ton cœur.

Kate froissa la lettre dans son poing fermé. Une vague de colère la traversa. Qu'est-ce qui autorisait cette femme à s'introduire ainsi dans sa vie ? À déterrer une peine si soigneusement dissimulée ? Pour qui se prenait-elle pour lui demander ainsi un entretien comme si elle était une amie ?

La jeune femme traversa la pièce en direction de la cheminée. L'âtre était occupé pour l'été par une pile décorative de pommes de pin et de petit bois. Elle gratta une allumette et y mit le feu.

Quand les flammes furent assez hautes, elle y jeta la lettre d'Annah Mason et contempla le feuillet qui s'enroulait sur lui-même et noircissait tandis que l'encre tournait au vert. Ensuite, elle se mit à déchirer les pages de l'ouvrage du révérend White et à les jeter à leur tour dans les flammes, d'abord une à une puis le reste du livre d'un seul coup. Elle le regarda brûler, se transformer en cendres.

Après quoi, elle sortit acheter un journal. Ce fut en feuilletant les annonces de décès qu'elle se choisit un nouveau nom – Marianne Creigh. Il y avait une sorte de sinistre ironie à emprunter le nom d'une morte. Pourtant, lorsqu'il lui fallut remplir les documents afin de légaliser sa nouvelle identité, elle ne put renoncer au prénom que ses parents avaient choisi pour elle. Ainsi devint-elle Kate Creigh.

Le même jour, elle écrivit à la mission pour demander qu'on ne lui réexpédie plus aucun courrier et rédigea quelques lignes sèches à l'intention d'Annah Mason : elle la priait de s'abstenir définitivement de toute tentative de relation avec elle. Elle rassembla les objets qui dans la maison pouvaient évoquer l'Afrique ou le christianisme, les enferma dans une cantine métallique qu'elle rangea dans le coin le plus écarté du grenier.

Ce dépouillement nouveau lui fut agréable. Elle prit plaisir à entendre ses pas résonner sur le sol débarrassé des tapis africains, à se sentir entourée de murs nus. À l'instar de ce nouveau décor, elle se sentait lisse et vide. Telle une page blanche, prête pour que s'y inscrive une nouvelle histoire.

L'œil toujours rivé au judas, Kate vit Jane remettre soigneusement l'enveloppe dans la boîte aux lettres. La femme aux cheveux gris semblait troublée, mal à l'aise.

Kate gagna la cuisine, l'esprit en ébullition. Pourquoi sa voisine avait-elle voulu vérifier son nom ? Qu'espérait-elle découvrir ? Sans doute s'agissait-il d'une excentrique, une de ces natures asociales qui se repaissent de la vie d'autrui. Pourtant, il y avait en Jane quelque chose qui contredisait cette suggestion. Il se dégageait d'elle une sorte de gravité, une force profonde à ne pas négliger.

Penchée sur un buisson, Kate coupait les fleurs fanées pour les jeter dans un sac à ordures. À peine venait-elle de nettoyer la moitié du massif qu'elle sentit un regard posé sur elle. Levant les yeux, elle aperçut sa voisine par-dessus la clôture. Elle en éprouva une certaine irritation – la veille, elle était déjà venue emprunter du sucre – mais face à ce visage chaleureux, elle se ressaisit aussitôt.

— Bonjour ! lança Jane.

Ses yeux parcoururent attentivement le jardin de Kate, les lignes sinueuses et nettes des sentiers, et se posèrent finalement sur la clôture. Elle sourit.

— J'étais en train de me dire qu'il vous faudrait davantage d'espace pour vous sentir plus à l'aise. Alors une idée m'est venue. Vous savez, je n'ai pas besoin d'un aussi grand jardin pour moi toute seule. Pourquoi ne pas déplacer la clôture ?

Kate la contempla, pensant avoir mal compris. Personne ne donnait comme ça, sur un coup de tête, un bout de terre à son voisin !

Pourtant l'offre paraissait sérieuse. Elle fixa Jane sans trouver quoi répondre.

— Nous pourrions fixer cela par écrit, poursuivit cette dernière. Ainsi vous seriez rassurée sur le sérieux de ma proposition. Si vous envisagez des travaux d'embellissement, pas question d'entreprendre un tel travail pour un jardin dont les limites sont incertaines. J'y ai longuement pensé.

Sur ces mots, elle se tut tout en continuant à sourire.

Kate croisa son regard. Que pouvaient dissimuler ces yeux gris-vert ? Elle finit par secouer la tête.

— Merci. C'est une offre très généreuse, mais il m'est impossible d'accepter.

— Pensez-y, suggéra Jane. Vous pourriez avoir cette parcelle.

Avec la main, elle traça d'un geste circulaire une ligne imaginaire sur le sol, puis tourna les talons pour regagner sa maison.

Kate la regarda partir avant de s'approcher presque timidement de la clôture, curieuse d'examiner l'endroit indiqué par Jane. Aussitôt, elle sut comment réorganiser son jardin pour l'agrandir. Elle pourrait même y installer un véritable bassin entouré d'une bordure pavée. Elle voyait déjà les urnes de pierre remplies de fleurs de lotus...

D'un hochement de tête, elle repoussa ces visions d'espace, de lumière, de mouvement. Pas question d'accepter l'offre. Pourtant, les paroles de Jane flottaient encore dans l'air, terriblement tentantes. Abandonnant le buisson et ses fleurs fanées, Kate rentra à la maison.

Une légère brise venue de l'ouest pénétra avec elle dans la salle de séjour. Les dessins de jardin, sur le mur, se soulevèrent, ondulant contre le panneau de liège. Kate les dépassa d'un pas rapide sans les regarder.

3

À l'abandon depuis des années, la terre était lourde et dure. Kate jeta son sarcloir, retira ses gants de cuir. La préparation du sol était un travail pénible. Et il faisait si chaud ! Son maillot était trempé de sueur, elle avait des ampoules aux mains et ses épaules lui faisaient mal. Mais on constatait les progrès. Quelques plates-bandes étaient en place et le tracé de l'allée se devinait déjà. Bientôt, elle pourrait faire venir le plombier pour envisager l'installation du bassin et décider si l'alimentation en eau se ferait depuis la maison de Jane ou depuis la sienne.

Près d'un mois s'était écoulé depuis qu'elle avait accepté l'offre de sa nouvelle voisine. Celle-ci lui avait montré une lettre par laquelle elle signifiait clairement son accord, emportant la décision de Kate, comme si le fait de voir les mots écrits noir sur blanc rendait la proposition plus crédible…

Dans un premier temps, Kate commença par abattre l'ancienne clôture. Une nouvelle barrière fut installée pour garder la chèvre et les poules de Jane à l'écart du nouveau jardin. Il s'agissait d'un large treillis plastique laissant passer le regard et Kate s'était promis de faire pousser un feuillage tout le long dès que possible. Mais, pour l'instant, la préparation du sol en prévision de plantations tardives accaparait toute son énergie.

Comme la chaleur de l'après-midi devenait de plus en plus forte, Kate abandonna le sarclage et gagna un autre espace déjà bêché, prêt à recevoir l'engrais. Elle était à genoux en train de disperser les granulés quand elle perçut des pas rapides faisant légèrement craquer l'herbe sèche. Elle leva les yeux et découvrit avec surprise Jane qui s'approchait, portant deux verres de jus de citron sur un plateau.

Depuis qu'elles s'étaient mises d'accord à propos du nouveau jardin, Jane n'avait pas une seule fois approché Kate. Elle se contentait de rester près de son feu, d'écouter de la musique ou de vaquer à ses occupations. Au fil des jours, Kate avait vu disparaître sa crainte d'être trop souvent dérangée par sa voisine, et elle en était même venue à souhaiter davantage de contacts. Il aurait été agréable de partager avec elle la joie qu'elle éprouvait devant ses nouveaux aménagements. Il lui arrivait parfois de lever les yeux tout en bêchant dans l'espoir de croiser le regard de Jane et de lui faire signe. Elle avait même envisagé de cueillir quelques fleurs et de les lui porter pour égayer sa cuisine si austère.

Et voilà que Jane venait à elle…

— On dirait que vous avez besoin de faire une pause, observa cette dernière.

Kate sourit. La boisson fraîche et acidulée serait la bienvenue dans la chaleur moite de cette fin d'été. Après lui avoir tendu un verre, Jane se pencha au-dessus de la clôture afin d'examiner les progrès de l'aménagement.

— Que comptez-vous mettre là ? demanda-t-elle en désignant un massif rond.

— Des roses, répondit Kate, avec une bordure de violettes.

— Rien d'autre ?

Kate secoua la tête. Elle obtiendrait ainsi un effet très net, presque austère.

— Vous aimez que chaque chose soit exactement à sa place, n'est-ce pas ? reprit Jane.

Elle esquissa un sourire qui fit apparaître de fines ridules au coin de ses yeux.

— En effet, répondit Kate en hochant la tête. Je suppose que c'est dans ma nature.

Toutes deux burent leur verre, contentes de partager cet instant de calme.

— J'ai eu un jardin autrefois, moi aussi, déclara soudain Jane. Mais il n'était pas comme celui-ci. (Elle tourna son regard vers son propre terrain saccagé par la chèvre.) Ni comme celui-là.

— Comment était-il ?

— Eh bien… différent, tout simplement.

Elle détourna les yeux et une ombre passa tout à coup sur son visage, révélant une peine profonde.

Le silence tomba, dense, pesant. Jane se détourna brusquement et se dirigea vers sa maison, sans emporter ses verres.

Quelques instants plus tard, Kate la vit debout devant le feu, occupée à jeter du bois dans les flammes de plus en plus hautes.

Le couvercle du tourne-disque était baissé. Seule une mince spirale de fumée s'élevait du foyer cerné de pierres. Le calme n'était troublé que par la chèvre mâchonnant des morceaux d'écorce.

— Hello ! appela Kate en approchant du fauteuil à bascule.

Jane sursauta. Je l'ai peut-être réveillée, se dit aussitôt Kate, mal à l'aise.

— Désolée de vous déranger, lança-t-elle précipitamment. Je voulais juste vous demander si vous seriez d'accord pour que je traite également vos arbres. (Elle désigna d'un geste ample le jardin de Jane, puis agita le flacon de pesticide qu'elle tenait à la main.) Il est toujours préférable de traiter la totalité d'un terrain, du moins quand c'est possible. Cela évite la propagation des maladies.

Jane examina l'étiquette.

— Si l'on plante côte à côte certains végétaux, on peut éviter d'avoir à utiliser ces ingrédients chimiques, observa-t-elle.

Kate ne répondit pas. C'était la première fois qu'un désaccord, même infime, surgissait depuis leur rencontre. Elle respira profondément avant de répondre.

— C'est un produit très efficace. Je m'en sers chaque année…

— Pourquoi n'essaieriez-vous pas le pyrèthre ? suggéra Jane. On l'extrait du chrysanthème. C'est beaucoup plus sain et ça marche très bien aussi.

— D'accord, si c'est ce que vous préférez, dit vivement Kate, soulagée de voir une solution se profiler.

Elle détestait l'idée d'avoir un différend avec Jane. Le partage du jardin avait fait naître entre elles une véritable amitié, mais leur lien n'en demeurait pas moins encore fragile.

— Je reviendrai demain, si cela vous convient, reprit-elle.

Elle tourna les talons, mais Jane posa sur son bras une main étonnamment froide.

— Attendez ! Restez donc pour le thé. C'est presque l'heure.

À l'aide d'un bâton, elle se mit à fouiller dans les braises encore luisantes. Deux formes noircies, couvertes de cendres, en émergèrent. Jane en posa une sur une assiette émaillée qu'elle tendit à Kate. Elle fit un geste de la main en direction de la table à jouer. À côté du tourne-disque se trouvaient un ravier de beurre et une salière.

— Servez-vous mais… attention… c'est chaud !

Kate s'assit et réalisa que l'autre chaise se trouvait toujours exactement à la place où elle l'avait mise lors de sa première visite. Jane l'avait peut-être fait exprès, dans l'attente de son retour. En tout cas, elle ne semblait pas avoir beaucoup de visites. Parfois, Kate apercevait quelqu'un entrer par la porte de devant et ressortir sans jamais s'attarder. La femme semblait n'avoir ni famille ni amis.

— Voulez-vous un couteau et une fourchette ? demanda Jane.

Kate hésita. Si la question était banale, le regard que Jane posait sur elle était d'une étrange intensité. Elle se sentait en quelque sorte mise à l'épreuve.

— Non, merci.

Elle ouvrit la boule noirâtre, révélant la chair fumante d'une patate douce. Ses doigts se tachèrent de cendre et de charbon, et s'éveilla en elle une sensation enfouie depuis longtemps. Il lui semblait que ses doigts étaient alors plus courts, plus potelés, ses ongles plus sales…

— Bravo ! approuva Jane sans la quitter des yeux. C'est la seule manière de s'y prendre.

Elle avait laissé sa patate douce dans la cendre et, adossée à son siège, regardait Kate mordre une bouchée et ouvrir aussitôt la bouche pour exhaler un souffle brûlant. Jane se mit à rire comme si la scène lui faisait plaisir. Après un instant de silence, elle désigna le ciel, le jardin, le feu d'un geste large de la main.

— Que c'est beau tout cela…

— Oui, très, reconnut Kate.

La remarque ne lui en sembla pas moins curieuse. Certes, c'était un beau jour d'été, mais il en était ainsi déjà depuis plus d'une semaine. Sans doute Jane devait-elle avoir quelque raison particulière pour apprécier cet instant. Ne sachant comment réagir, elle se contenta de lui sourire.

Le chaud parfum des roses embaumait l'air du soir. Kate inspira profondément tout en se frayant un passage entre les vigoureux buissons qui bordaient le chemin d'accès à la maison de Jane. Deux jours plus tôt, cette dernière lui avait laissé un petit mot accroché à sa brouette. Une invitation à dîner, avec la date et l'heure du rendez-vous, qui insistait sur l'importance de se présenter à la porte de devant. Aucune réponse n'étant réclamée, il n'avait pas dû échapper à sa voisine que Kate passait tout son temps libre chez elle, seule – exactement comme elle. Deux femmes de la même espèce...

Kate n'avait aucune idée de ce qui l'attendait. Plus tôt dans la journée, elle avait aperçu Jane près de son feu en train de plumer une volaille, éparpillant le duvet gris dans la brise. Plus tard, elle l'avait vue sortir de la maison avec sur le bras une longue robe du soir de couleur crème qu'elle avait suspendue pour l'aérer à une branche du vieux cognassier.

Elle baissa les yeux sur sa propre robe, un fourreau sans manches d'un rouge profond qui, elle le savait, rehaussait la nuance de ses cheveux. Elle s'était changée deux fois avant d'arrêter son choix, avait remis en question son maquillage et essayé deux sortes de coiffure, toutes opérations accomplies dans un état d'excitation plus approprié à un rendez-vous galant qu'à un dîner avec une voisine d'un certain âge. La vérité était que Jane exerçait sur elle une étrange fascination. Les quelques paroles échangées par-dessus la clôture, les rares instants partagés près du feu, à manger ou à écouter de la musique, avaient suffi pour que Kate se sente de plus en plus attirée par cette – presque – inconnue, comme s'il se dégageait de ce voisinage un pouvoir qui allait croissant. Kate espérait bien ce soir en apprendre davantage sur Jane – quelle avait été sa vie, où et avec qui elle l'avait passée...

La porte s'ouvrit toute grande dès que Kate eut frappé. Jane se tenait sur le seuil et faisait signe à son invitée d'entrer. Mais Kate resta un instant immobile, bouche bée d'admiration devant la haute silhouette drapée de soie crème. Les cheveux relevés dégageaient un cou long et gracile. Un collier africain tranchait sur son pâle décolleté – grains d'ambre reflétant la lumière en éclats orange et jaunes semblables à des flammes.

— Allons directement à la salle à manger, proposa Jane.

Sa voix elle-même semblait changée.

Kate la suivit dans le hall d'entrée. À chaque pas de Jane, on entendait le léger froissement de sa longue jupe de soie.

Éclairée par une profusion de bougies, la salle à manger évoquait l'atmosphère magique d'un temple. Les mets étaient disposés sur une longue table de chêne, un peu comme une offrande. Au centre, sur un énorme plat d'argent, trônait une volaille rôtie entourée de patates douces grillées sous la cendre. Il y avait un plat d'épinards cuits à l'étouffée avec des cacahuètes et un autre de bouillie de maïs blanc – de l'*ugali*.

Kate se figea à ce spectacle. Tout s'éclairait à présent. Le feu de plein air, le fusil, le bracelet d'ivoire que Jane ne quittait jamais, le collier d'ambre – même la bougainvillée en pot près de la porte arrière. Autant d'indices évoquant l'Afrique. Kate avait toujours su que sa voisine avait vécu à l'étranger. Pourquoi, alors, n'avait-elle jamais fait le rapprochement ? Avait-elle refusé l'évidence ?

— Asseyez-vous.

Jane tira une chaise devant un des deux couverts disposés sur la table : une assiette de porcelaine ivoire cerclée d'or et une serviette soigneusement pliée pour chacune. Pas de fourchettes, ni de cuillers ou de couteaux.

Kate s'assit et laissa ses pensées vagabonder. Jane n'était certainement pas une missionnaire, pensa-t-elle. Tout dans sa personne, sa façon de s'habiller et même l'entretien de sa maison le prouvait. Elle n'appartenait pas au monde que Kate avait laissé derrière elle. Il n'y avait donc rien à craindre.

— Je vais chercher le champagne dans le réfrigérateur, dit Jane.

Avant de quitter la pièce, elle se retourna pour jeter à Kate un bref regard qui, en un instant, abolit l'espace entre elles.

Kate attendit, immobile. Savoir qu'elle et Jane partageaient les mêmes racines – l'amour d'un pays lointain – éveilla en elle un soudain désir, qui prit bientôt de l'ampleur pour devenir ardent telle une fièvre dans son sang. Elle avait brusquement envie de courir retrouver Jane, de lui ouvrir toutes ses pensées, tous les sentiments enfouis au fond de son cœur depuis si longtemps. Cette femme connaissait l'Afrique, mais ce n'était pas une missionnaire. Pour la première fois, Kate pourrait parler à une personne capable de la comprendre. Elle pourrait lui dire ce que cela signifiait d'être l'enfant de martyrs, convaincue que l'histoire serait considérée d'un point de vue complètement différent. Elle pourrait lui expliquer combien l'idée même de mission lui semblait aujourd'hui erronée. Ses parents avaient gâché leur vie, gâché leur mort. Tout ce chagrin n'avait aucun sens.

Elle inclina la tête. Comme ce serait bon de pouvoir se décharger de tout ce poids sur quelqu'un… Elle s'imagina Jane s'approchant d'elle, le contact de sa robe de soie, le parfum d'herbes sur sa peau. Elle se blottirait dans ses bras minces, exprimerait sa peine.

Au bruit des pas de Jane, Kate leva les yeux. Son regard tomba sur un panneau sculpté africain posé sur le buffet. La forme peu naturelle des corps lui révéla qu'il s'agissait de *shetani*, statues magiques représentant des esprits. Elle eut l'impression qu'ils la regardaient, qu'ils l'avertissaient. Une fois les choses lancées, semblaient-ils lui dire, nul ne pouvait savoir où elles mèneraient, ni comment tout cela finirait…

Jane plaça le champagne dans un seau à glace et s'assit sur l'autre chaise. Elle semblait un peu haletante, ses yeux brillaient.

— Je vais réciter le bénédicité, dit-elle.

Kate baissa la tête mais ne ferma pas les yeux. Pas plus que Jane, dont le regard demeura fixé sur Kate avec intensité.

— Aujourd'hui, Dieu nous a bénies. Car cette nourriture donnera de la force à nos deux mains. Amen.

Les mots ébranlèrent Kate jusqu'au plus profond d'elle-même. C'était le bénédicité qu'elle récitait, enfant, avant chaque repas, celui que son ayah, Ordena, avait inventé pour elle.

Personne d'autre ne le connaissait, à part les Carrington. Jane voulut sourire mais elle n'y réussit pas. Elle parut soudain pâlir, comme effrayée.

— Je suis Annah Mason, dit Jane.

Un profond silence tomba sur les deux femmes.

Kate restait immobile, le visage figé par le choc, tel un masque. Quand elle parla enfin, ce fut pour s'écrier d'une voix ténue, presque enfantine, une voix qu'elle ne reconnut pas.

— Je ne vous connais pas !

Annah Mason prit soudain une profonde inspiration. Kate crut entendre un hoquet de surprise ou de douleur.

— Oh, mais si ! J'étais la meilleure amie de Sarah, votre mère. Voilà pourquoi je suis ici. Je suis venue d'Afrique pour vous retrouver.

Les yeux fixés sur Kate, elle parlait lentement, détachait chaque mot, chaque phrase pour leur donner plus de poids.

— Il y a des choses que vous devez savoir. Des choses que je dois vous dire.

Kate sursauta, abasourdie, cherchant à saisir les mots, à comprendre ce que disait cette femme. Une seule pensée surnageait dans la confusion de son esprit.

Elle n'est pas morte. Elle vit ici, à côté de chez moi.

Des bribes de passages lus dans *Le Livre des martyrs modernes* lui revinrent à l'esprit. La sorcellerie. Le fétiche. Une femme chassée de la mission.

— Je ne vous connais pas, répéta-t-elle.

Mais, tandis qu'elle prononçait ces mots, un doute s'empara d'elle. Ces yeux... ne lui semblaient-ils pas familiers ? Et le bénédicité d'Ordena...

— Notre voisinage n'est pas une coïncidence, expliqua Annah Mason. Votre maison m'appartenait autrefois. J'en ai fait don à vos parents. (Une expression de douceur traversa son visage.) En réalité, c'était pour Sarah. Elle s'inquiétait car vos parents ne possédaient pas d'endroit où se retirer. C'était ma meilleure amie, vous savez. J'aurais donné n'importe quoi pour elle tant je l'aimais.

— Arrêtez, intervint Kate. Je ne veux plus rien entendre !

— Il le faut, pourtant.

Kate regarda la porte. Elle sentait le chagrin s'accumuler au-dessus de sa tête, prêt à fondre sur elle. Trois pas suffiraient pour s'évader, ne plus rien écouter. Partir loin, loin de tout cela.

Annah se mit à tousser, penchée sur sa serviette. Ses épaules se contractaient douloureusement à chaque spasme. La toux, de plus en plus suffocante, semblait ne jamais vouloir s'arrêter.

Kate ne put s'empêcher de la considérer avec inquiétude.

— Est-ce que ça va ? Voulez-vous un verre d'eau ?

De la tête, Annah fit signe que non, tout en cherchant à reprendre son souffle. Kate ne bougeait pas de sa chaise, incapable de s'en aller et de laisser cette femme dans un tel état.

Quand la crise fut passée, Annah reprit aussitôt la parole.

— La mission a refusé de me mettre en rapport avec vous. Ils m'ont dit qu'il n'en était pas question, que cela risquerait de trop vous bouleverser. Alors j'ai attendu que vous soyez plus âgée et je vous ai envoyé une lettre.

— À laquelle j'ai répondu, intervint Kate, que je ne voulais rien entendre de vous, ni à ce moment-là ni plus tard. Je me suis exprimée clairement.

Annah approuva de la tête.

— C'est vrai. En fin de compte, j'ai su qu'il me fallait venir ici. Et trouver un autre moyen de vous approcher…

Kate plissa les yeux.

— Voilà pourquoi vous m'avez donné le jardin ! Vous vouliez établir avec moi une relation amicale. Pour cela, vous avez prétendu être quelqu'un d'autre. (Sa voix s'étrangla.) Vous m'avez trompée !

Elle se mit soudain à haïr cette femme avec ses cheveux relevés et sa robe soyeuse. Elle aurait voulu retrouver Jane, dans son pantalon kaki couvert de cendres, ses cheveux tombant en mèches désordonnées.

— J'y étais obligée, Kate.

Annah parlait d'un ton ferme, mais ses yeux imploraient.

— Si je m'étais présentée à votre porte, vous m'auriez jetée dehors.

Kate la regarda, songea aux semaines écoulées. Elle réalisa que sa voisine avait tout fait pour nouer un lien avec elle et le transformer peu à peu en amitié, maîtrisant son impatience, dissimulant ses véritables motivations.

— Vous avez raison, répondit-elle froidement. Je vous aurais jetée dehors. Je ne veux pas me rappeler le passé. C'est terminé. Je l'ai abandonné derrière moi.

— Vous ne pouvez pas faire cela, fit lentement Annah.

Kate se leva et repoussa si brusquement sa chaise qu'elle heurta le buffet. Une des sculptures africaines tomba et roula par terre. Kate se pencha au-dessus de la table et, saisie d'une soudaine fureur, plongea ses yeux dans ceux d'Annah.

— Ne me dites pas ce que je dois ou ne dois pas faire ! Vous n'avez aucune idée de ce que signifie vivre dans le présent. Car jamais on ne peut y parvenir totalement. (Elle reprit son souffle.) Il se produit des choses. Tout va pour le mieux et, un jour, vous montez dans un tram. Un Noir s'assied à côté de vous. C'est l'heure de pointe. Il est serré contre vous, sa peau sombre touchant la vôtre. Vous sentez son souffle... Et vous commencez à penser à ce qui est arrivé autrefois. Impossible de descendre du tram. Impossible de s'éloigner de lui. Une nausée vous saisit. (La voix n'était plus qu'un murmure.) Cela vous rend malade.

Penchée en avant sur son fauteuil, Annah avait les yeux rougis par les larmes longtemps retenues.

— Je peux vous aider, Kate. Laissez-moi vous parler, vous dire ce qui s'est réellement passé.

— Non, gémit Kate. Je ne veux pas savoir. Cela ne m'intéresse pas.

— Il *faut* que vous sachiez. (Le ton était rude à présent.) Pour Sarah. Pour sa mémoire.

— Taisez-vous !

Kate quitta précipitamment la table et traversa la pièce en trébuchant ; son coude heurta l'une des bougies, dont la cire se répandit sur le bois. Au moment où elle atteignait la porte, la voix d'Annah s'éleva, les mots volèrent jusqu'à elle, forts et clairs.

— Vous serez toujours une enfant de cette terre. Rien ne pourra y changer.

Kate s'arrêta net. Ces paroles ressemblaient à une formule magique. Bénédiction... ou malédiction ? Elle regarda derrière elle et vit Annah, assise à la même place, une main pointée dans sa direction.

Elle eut la sensation que l'air se refermait sur elle pour l'emprisonner et, tournant les talons, elle s'enfuit à toutes jambes, traversa le jardin à la même allure, ne ralentit que devant sa propre porte. Des larmes lui vinrent aux yeux au moment où elle tirait la clé de sa poche. Elle fit un pas en avant et, saisie d'un vertige, appuya la tête contre la solide porte d'entrée.

Les derniers mots d'Annah résonnaient dans sa tête : « … une enfant de cette terre. Rien ne pourra y changer. »

Elle ferma les yeux, submergée par une vague de chagrin. Comme elle aimait cette phrase ! « Enfant de cette terre. » C'est ainsi que les Africains désignaient les Blancs nés dans leur pays. Toute petite déjà, Kate avait su que cette étiquette faisait d'elle quelqu'un de différent, de spécial. De plus intimement lié à cette Afrique si chère. La silhouette des arbres épineux se découpant sur le ciel embrasé par le coucher du soleil. Le vol des flamants roses. L'odeur de la poussière mêlée à celle de la bouse de vache séchée. Les touffes d'herbe à éléphant s'étendant au loin tel un immense tapis noueux. Toutes ces choses qui appartenaient à son monde. À son pays. À sa maison.

Cet endroit qu'elle avait aimé.

Et perdu.

Les jours suivants, Kate abandonna le jardin à lui-même, ignora les mauvaises herbes importunes et les plates-bandes fraîchement bêchées qui se desséchaient sous le soleil. Elle prit des tours de service supplémentaires à la clinique, cherchant refuge dans le monde intemporel des parfums coûteux, des épais tapis et de la douce musique d'ambiance. Elle se plongea dans les détails de la vie de ses patients : le mariage que celle-ci comptait sauver en rajeunissant son visage, le travail qu'une autre espérait conserver, le souvenir douloureux d'un enfant unique qu'une troisième avait perdu. Pendant des heures, Kate parvenait à oublier puis, tout à coup, elle levait les yeux et le visage de Jane – ou plutôt d'Annah – lui apparaissait. La ramenait à Langali. Lui demandait de remonter le temps, d'entendre à nouveau les cris, de retrouver la terreur, l'odeur du sang sur le sol.

Quand finalement elle prit un jour de repos, Kate, épuisée, se proposa d'en passer une bonne partie dans son lit. Mais elle fut réveillée très tôt par les bêlements de la chèvre. Encore ensommeillée, la jeune femme songea que l'animal devait convoiter une herbe tendre que sa corde, trop courte, lui interdisait de brouter…

Elle se leva, prit son petit déjeuner. La chèvre continuait à bêler, aussi lui devint-il impossible d'ignorer l'insistance de cet appel. Elle sortit donc pour voir ce qui se passait et, s'abritant sous les arbres, jeta un coup d'œil dans le jardin. La chèvre était attachée près du feu, où elle avait littéralement mis à nu le cercle de terre accessible au bout de sa corde. Kate fronça les sourcils. Il lui semblait impossible que sa voisine eût abandonné si longtemps l'animal. En s'approchant, elle vit que le fauteuil à bascule était vide et le feu complètement mort. Pas la moindre volute de fumée ne montait des cendres.

Elle traversa prudemment le jardin, désireuse de ne pas être aperçue. Pas question de rencontrer cette femme, cette Annah Mason. Un jour ou l'autre, il lui faudrait bien affronter le fait qu'elles étaient voisines, mais pas aujourd'hui.

La chèvre fit des bonds de joie à la vue de Kate.

— On dirait que tu as faim, hein ? murmura-t-elle en détachant la corde.

L'animal poussa un bêlement reconnaissant puis s'éloigna aussitôt.

Kate regarda autour d'elle et constata que la porte arrière était ouverte, le pot de jus de citron toujours posé sur la table à jouer, le couvercle du tourne-disque levé. Une fine couche de poussière recouvrait le verre. Kate sentit l'inquiétude monter en elle.

— Ohé ? Êtes-vous là ? appela-t-elle d'une voix hésitante. Annah ?

Le nouveau nom, si peu familier, flotta dans la tiédeur de cette matinée. Pas de réponse. Kate se dirigea vers la porte arrière et fit quelques pas à l'intérieur de la maison, jetant un coup d'œil dans la cuisine vide avant de pénétrer dans le hall. Le courant d'air fit voleter les rideaux. Ses pas résonnaient dans la maison silencieuse et devinrent plus hâtifs quand elle quitta la salle à manger, toujours encombrée de bougies à demi consumées, pour inspecter une salle de bains, un débarras, un salon, et enfin la chambre.

Les draps étaient en désordre. Des tasses sales traînaient sur la table de nuit à côté d'une fleur fanée dans un vase et d'un assortiment impressionnant de médicaments. Depuis le seuil, Kate perçut une bouffée de parfum – une odeur musquée totalement inconnue mais si délicieuse que, malgré son anxiété, elle marqua une pause pour inspirer profondément. Elle se pencha sur les remèdes de la table de nuit et, parmi une collection d'emballages pharmaceutiques, repéra le nom du médecin traitant : M. S. Contin. La plupart des cachets étaient des mélanges à base de morphine. Toutes les prescriptions étaient faites au nom de Mlle Annah Mason. Kate fut parcourue d'un frisson. Une seule raison expliquait la présence de ces drogues : soulager un patient en phase terminale, quand tout espoir de guérison est abandonné.

La conclusion était très claire, incontournable : Annah était gravement malade, au seuil de la mort.

Kate resta un instant immobile tandis que des images traversaient son esprit. Annah, le jour de leur première rencontre, étendue à terre, reprenant difficilement son souffle. Annah entretenant son feu, nourrissant sa chèvre, écoutant de la musique. Annah dans sa longue robe de soie crème, si belle, qui dissimulait sa maladie. L'apparence de force et de courage qu'elle offrait, comme soutenue par une flamme intérieure.

Où pouvait-elle être ?

La question occupa l'esprit de Kate avec une insistance angoissante, et elle quitta la pièce. Une fois dehors, elle scruta le jardin à l'abandon. Tout semblait normal. La chèvre mangeait la croûte carbonisée d'une patate douce. Les poules étaient perchées dans l'arbre à côté de la clôture arrière. Soudain, elle aperçut quelque chose près de la barrière entre les deux propriétés. Une tache de couleur dans la verdure.

— Annah !

Kate courut vers elle avec l'impression d'avancer trop lentement, ses yeux scrutaient la forme étendue sur le sol, face contre terre, pieds nus et vêtue d'une chemise de nuit de coton bleu. Quand elle fut plus proche, Kate aperçut le visage tourné sur le côté. Une masse de cheveux gris en désordre sur une joue pâle.

Kate s'agenouilla, ses membres douloureux sous l'effet du choc et de l'inquiétude. La femme ne donnait aucun signe de vie. Mais derrière le chant des cigales et le bruit lointain de la circulation, Kate perçut faiblement la respiration d'Annah, légère, rapide et accompagnée de râles. Kate se pencha plus près ; sa formation d'infirmière l'aidait à surmonter sa panique. Les doigts sur le cou d'Annah, elle trouva le pouls, faible mais régulier.

— Est-ce que vous m'entendez ?

Sa voix tendue par l'inquiétude résonna étrangement, mais il n'y eut pas de réponse.

Kate tourna le corps sur le côté et remarqua la maigreur de ses membres. Il n'y avait plus guère que la peau sur les os. Jamais elle n'aurait cru Annah si maigre.

Quand elle eut fini de l'installer au mieux, on aurait presque pu penser qu'Annah se reposait, une main nichée sous la figure. Le râle de sa respiration pouvait passer pour un léger ronflement. Elle portait toujours ses grains d'ambre et le collier glissait en cascade de son cou jusque sur le sol.

— Je ne serai pas longue, assura Kate. Restez tranquille. Je reviens tout de suite.

Elle courut chez elle afin d'appeler une ambulance et, les doigts crispés sur l'écouteur, tremblait en composant le numéro. Une fois le standardiste en ligne, alors qu'elle répondait aux questions de routine, elle ne cessa de frapper du pied la porte du placard derrière elle, comme pour accélérer le processus.

Puis elle rejoignit Annah et s'agenouilla près d'elle.

— Tout va bien, dit-elle en caressant la mince épaule. L'ambulance arrive.

Le son de sa voix sembla pénétrer plusieurs épaisseurs. Annah gémit, tenta de redresser la tête.

— Restez tranquille, murmura Kate. Ne vous inquiétez pas.

Annah ouvrit soudain tout grands les yeux et les fixa sur Kate, qui frissonna. Les mots apaisants qu'elle s'apprêtait à prononcer restèrent collés dans sa gorge tant le désespoir sur le visage de la femme était poignant. Les lèvres d'Annah bougèrent, tentèrent de former des mots. Les râles accompagnant sa respiration se firent plus sonores. Elle s'évanouit, épuisée par ces efforts, et demeura immobile, les yeux fermés.

Il fallut quelques instants à Kate pour réaliser qu'Annah ne respirait plus ; son pouls avait cessé de battre et un calme étrange s'était emparé de son corps.

— Non ! Je vous en prie, gémit Kate.

Ses yeux s'emplirent de larmes et elle resta un moment désemparée, ne sachant comment réagir. Cependant, très vite, une autre partie d'elle-même entra en action. Étendue contre le corps immobile, elle chercha son pouls et soupira, soulagée, quand elle finit par découvrir un faible battement. Elle tira en arrière la tête d'Annah, dont le menton tomba, donnant au visage une expression de méfiance.

Sauve-moi, si tu le peux...

Kate inspira profondément et posa sa bouche sur celle d'Annah, pressant fortement sur les lèvres, qui s'ouvrirent comme dans un baiser d'amour. Elle expira, ce qui eut pour effet d'emplir d'air les poumons. Puis elle releva la tête, regarda la poitrine se soulever et laissa s'écouler quelques secondes avant de recommencer l'opération.

Elle poursuivit le mouvement sans relâche. Respirer, compter, respirer, un goût salé dans la bouche, celui de la sueur des deux corps qui se mêlait.

À chaque pause, Kate prêtait l'oreille dans l'attente de l'ambulance. Toujours rien. Avec le calme qui régnait, le moindre bruit prenait de l'ampleur. Le frottement du tissu contre un autre tissu, des cheveux contre d'autres cheveux, des herbes coupantes sous ses genoux.

Les lèvres d'Annah étaient pâles mais ne viraient pas au bleu.

53

Kate perçut enfin au loin le son d'une sirène qui se rapprochait pour cesser brusquement lorsque, dans un bruit de freins, le véhicule pila devant la maison.

— Par ici ! appela-t-elle.

Elle entendit les portes s'ouvrir et se refermer. Un médecin surgit à ses côtés.

— Bon travail ! dit-il en la repoussant doucement.

Il plaça l'embout d'un appareil de réanimation dans la bouche de la femme inconsciente tandis que Kate, agenouillée près de lui, cherchait à se rendre utile.

— Tout va bien, mon chou. Vous pouvez me laisser faire maintenant.

Kate s'écarta et alla s'adosser contre le cognassier. Elle s'accrocha aux branches dans le but de calmer le tremblement qui la secouait et de retrouver un rythme de respiration normal. Quand une voix retentit tout près, elle sursauta violemment.

— Est-ce votre mère ?

Kate posa les yeux sur le visage empreint de sympathie du médecin.

— Non. Je suis juste une voisine.

Mais des larmes lui montèrent aux yeux tandis qu'elle répondait. L'homme posa sur son épaule une main gantée de caoutchouc.

— Allons, ne vous en faites pas. Nous avons réussi à la stabiliser. Dans quelques instants, elle sera à l'hôpital.

Kate vit le corps d'Annah enveloppé d'une couverture, un masque à oxygène sur le visage. On le plaça sur une civière. Quelques personnes s'étaient rassemblées autour de l'ambulance.

Un infirmier s'approcha de Kate.

— Vous pourrez téléphoner à l'hôpital plus tard pour avoir des nouvelles.

Le corps d'Annah avait disparu dans l'ambulance, la civière glissant avec souplesse sur ses rails. Soudain, Kate ne put supporter de la laisser seule, sa main dans celle d'un étranger.

— Je viens avec vous, décida-t-elle.

Sans attendre la réponse, elle grimpa à l'arrière de la voiture.

Kate n'avait pas pénétré dans un véritable hôpital depuis des années. Elle avait oublié cette odeur si caractéristique qui flottait dans les couloirs, une odeur de renfermé et de désinfectant, mêlée à des relents de nourriture chaude. Des infirmières et des médecins circulaient partout, chaussés de semelles élastiques. Tous avaient l'air tendu et fatigué.

Assise sur un banc dans un couloir grisâtre, Kate attendait des nouvelles d'Annah. En se rappelant les médicaments découverts sur la table de nuit, elle songea que, même si on la tirait d'affaire, il ne s'agirait que d'une rémission temporaire. La maladie dont elle souffrait l'emporterait bientôt. C'était sans doute pour cela qu'elle était revenue à Melbourne. Pour mourir chez elle. Pourtant, cela n'avait pas de sens. Depuis son retour, cette femme avait fait son possible pour recréer le mode de vie qu'elle avait en Afrique, comme si cette contrée lointaine était son véritable pays. Et elle ne semblait avoir ici aucun ami. À l'exception de Kate.

Je suis venue d'Afrique pour vous retrouver.

La jeune femme ferma les yeux au souvenir de ces paroles. Tout s'éclaircissait peu à peu. Annah avait choisi de passer les derniers mois de sa vie en Australie non parce qu'elle s'y sentait chez elle mais parce qu'elle avait quelque chose à confier à Kate. Quelque chose que celle-ci avait refusé d'écouter.

Près de deux heures s'étaient écoulées quand une infirmière vint chercher Kate afin de la conduire au chevet d'Annah. Elle sentit ses jambes faiblir en s'approchant du lit. Annah paraissait si fragile, étendue là, dans ce grand lit, des tubes branchés dans les bras et les narines, un masque sur le visage, et sa respiration assistée par le sifflement régulier de l'appareil de réanimation. Difficile de croire que la même personne vaquait dans son jardin hier encore, avec pour seuls compagnons une chèvre et des poulets.

Quelqu'un était entré dans la pièce sans que Kate en prenne conscience. Un toussotement discret et un froissement de papier attirèrent son attention. Elle se retourna et découvrit un jeune médecin portant une liasse de documents.

— Je suis le Dr Johnson. J'ai cru comprendre que vous étiez une amie de la malade et...

— De quoi souffre-t-elle ? interrompit Kate.

Le médecin réfléchit, habitué à peser chaque mot, à ménager les sensibilités.

— Je suis infirmière, insista Kate. Je sais qu'elle est très malade.

— En effet. Elle a une pneumonie. Mais... il ne s'agit là que d'une complication. J'ai parlé à son médecin traitant. Nous avons trouvé les remèdes qu'il lui prescrivait. Elle souffre d'un cancer. (Il jeta un coup d'œil à Kate, qui fit un signe d'assentiment, comme pour confirmer qu'elle le savait déjà.) Au stade terminal, précisa le médecin.

Kate hocha de nouveau la tête. Son visage restait impassible mais son cœur battait à grands coups douloureux. Le Dr Johnson s'avança vers le lit et parla à voix basse.

— Elle ne vivra plus très longtemps. Une crise comme celle-ci est peut-être une bénédiction. (Il soupira.) La question est : faut-il intervenir ? Ou la laisser partir...

— Que voulez-vous dire ?

— Eh bien, il est possible que Mlle Mason ne puisse désormais plus se débrouiller toute seule. C'est souvent le cas après une telle rechute. Selon son médecin, elle n'a aucune famille. Personne pour s'occuper d'elle.

— Elle m'a, moi, déclara Kate d'un ton ferme.

— Mais vous n'êtes qu'une voisine...

Kate se retourna pour regarder le médecin bien en face.

— Non. Pas seulement. Je l'ai connue enfant, elle était la meilleure amie de ma mère. Et, aujourd'hui, elle est aussi mon amie. (Le médecin hocha la tête tandis que les mots coulaient de la bouche de Kate comme un flot libérateur.) Je m'occuperai d'elle. Je vous ai dit que j'étais infirmière.

Il fit un geste de la main en signe de compréhension.

— Très bien. Je vous crois.

— Je vous en prie, faites tout ce qui est en votre pouvoir pour la sauver.

— Oui, oui, bien sûr.

Le médecin entreprit de rédiger une ordonnance. Il leva les yeux un instant plus tard, croisa le regard interrogateur de Kate.

— Piqûres intraveineuses d'antibiotique, précisa-t-il.

— Quoi d'autre ? s'enquit Kate.

— Je lui prescris un traitement global.

— Merci, dit-elle avec un sourire.

Le docteur marqua une pause, crayon levé, et parcourut des yeux le visage de Kate.

— Je suis heureux de pouvoir vous aider.

Quand il fut parti, Kate tira une chaise et s'assit à côté du lit, l'esprit absorbé par une seule pensée, un seul désir... que cette femme survive. Non parce qu'elle était Annah Mason et avait des révélations à lui faire. Mais parce qu'elle était Annah, tout simplement. Quelqu'un qui avait su accéder à une part secrète du cœur de Kate, un espace d'une sensibilité particulière car elle l'avait jalousement protégé de tout contact. C'était une expérience terrifiante, douloureuse, mais qui en même temps lui apportait une grande force, une précieuse chaleur. Un peu comme approcher au plus près du noyau même de la vie, d'un trésor inestimable que Kate ne voulait pas perdre.

Elle avança la main pour effleurer le bras d'Annah et remarqua une bande de peau plus pâle sur le poignet, là où elle portait d'habitude le bracelet d'ivoire gravé de lignes noires. Jetant un coup d'œil sur la table de nuit, Kate le vit placé maintenant dans une soucoupe en inox, avec le collier de grains d'ambre. Tous deux étaient soigneusement étiquetés et portaient le nom de la malade avec son numéro d'entrée.

En tournant la tête vers celle-ci, le regard de Kate fut attiré par un point sombre sur la peau blanche, que laissait entrevoir une fente de la chemise de nuit d'hôpital.

Penchée sur le lit, elle écarta doucement le vêtement...

Sa bouche s'ouvrit sous l'effet de la surprise. Sur la peau tendre du sein droit, un dessin formé de trois lignes courbes était gravé dans la chair en bleu sombre et noirci à la cendre.

Une cicatrice rituelle.

Le cœur battant, Kate ne pouvait en détacher les yeux. Elle en avait vu souvent de semblables sur des Africains. Mais sur une femme blanche...

Elle retourna s'asseoir après avoir remis la chemise en place. Lui revinrent en mémoire les soupçons dont faisait état *Le Livre des martyrs modernes* à propos d'Annah Mason. Et voilà que cette femme gisait là, dans un lit d'hôpital, à l'agonie, gardant son secret...

Kate demeura de longues heures au chevet d'Annah, refusant de s'alimenter ou de rentrer chez elle afin d'y attendre des nouvelles. Elle regardait les liquides s'écouler par le goutte-à-goutte, les remèdes se diffuser dans le corps immobile. Elle aurait voulu pouvoir y ajouter un peu de sa propre force.

La journée passa. Des infirmières entraient et sortaient, prononçant quelques paroles de sympathie, administrant un traitement. Aucun changement ne s'opérait. Kate chercha dans sa mémoire les mots oubliés d'une prière.

Père céleste, donne à cette femme la force de guérir.

Il y avait eu un temps où prier lui était aussi facile que respirer, mais à présent elle ne trouvait rien d'autre que ces paroles insipides.

Mieux valait abandonner tout désir de prier, d'espérer. Il fallait se préparer au pire, laisser le cours des choses se dérouler...

Dans le jardin d'Annah, Kate remplit la cuvette où venait boire la chèvre et arrosa quelques plantes. Puis elle pénétra dans la maison, parcourant lentement chaque pièce à la recherche d'un trousseau de clés pour fermer la porte arrière. Elle se sentait très fatiguée et aspirait à boire une bonne tasse de thé après s'être contentée toute la journée de boissons tièdes dans des gobelets de polystyrène.

N'ayant trouvé aucune clé dans la cuisine ni le hall d'entrée, elle explora la chambre à coucher. Les ambulanciers avaient emporté tous les médicaments qui encombraient la table de nuit, mettant ainsi au jour une photo en couleur dont le cadre était appuyé contre le mur.

Kate s'approcha aussitôt car il lui semblait reconnaître un cliché figurant autrefois dans l'album de ses parents. On y voyait en gros plan deux visages de femmes, côte à côte. L'un était celui de Sarah, jeune, affichant une expression de bonheur. L'autre, celui de son amie aux cheveux roux, la marraine de Kate, tatie Nan.

— Annah…, murmura-t-elle.

Saisissant la photo, elle la plaça sous la lumière d'une lampe pour l'étudier attentivement. Les joues de la femme s'étaient creusées et les cheveux roux étaient devenus gris. Mais les yeux clairs et la bouche généreuse n'avaient pratiquement pas changé. Elle distinguait maintenant avec netteté la ressemblance. Aucun doute n'était permis : Annah Mason était bien tatie Nan.

Kate contempla le portrait. Elle n'avait conservé que de rares souvenirs de cette femme dont elle se rappelait le visage surtout grâce à ce cliché. Sarah le lui montrait souvent et lui racontait toutes sortes d'anecdotes concernant sa marraine. Kate savait que sa mère la considérait comme sa meilleure amie, même après que les deux femmes eurent été séparées quand tatie Nan fut affectée à un autre poste. Mais les missionnaires étaient habitués à cette éternelle errance. Le travail passait avant tout et les amitiés devaient s'y adapter.

Perplexe, Kate fronça les sourcils. Les souvenirs qu'elle avait de tatie Nan ne coïncidaient pas avec ce qu'elle avait entendu dire d'Annah Mason. Dans les récits de Sarah, tatie Nan était toujours bonne, gentille et avisée.

Elle pensa soudain au cadeau offert par sa marraine lorsqu'elle était enfant, l'objet le plus précieux qui lui eut alors appartenu. Désormais relégué au grenier avec tout ce qui lui rappelait l'Afrique, il n'en était pas moins resté très précieux à son cœur. Il s'agissait d'une pierre sculptée représentant un caméléon. Par la suite, l'objet avait scandalisé les missionnaires chargés de son éducation, et Kate avait dû prétendre l'avoir perdu pour qu'on ne le lui enlève pas. Car tous ceux qui connaissaient l'Afrique savaient bien que le caméléon était l'une des représentations du diable.

Elle reposa la photo et se mit à fouiller la chambre. Elle contenait si peu de meubles que les quelques possessions d'Annah ne furent pas longues à dénombrer : un microscope dans une boîte en bois, quelques vêtements de brousse, une brosse à cheveux à dos d'argent. Puis elle aperçut un carnet de correspondance recouvert d'un vélin usagé et fermé par un ruban. Après un instant d'hésitation, elle décida de l'ouvrir. Il contenait une enveloppe d'épais papier cartonné d'où s'échappèrent plusieurs feuillets pliés.

Dernières volontés et testament d'Annah Mackay Mason.

Kate parcourut le document et repéra aussitôt deux mots au milieu de l'habituel jargon juridique : Kate Carrington.

Annah l'avait nommée seule bénéficiaire de tous ses biens.

La gorge sèche, Kate chercha la date à laquelle le papier avait été rédigé. Elle remontait à plus de vingt ans. Pendant toutes ces années, Annah n'avait jamais failli à son désir : léguer un jour cette maison et ce jardin à sa filleule.

À la fin du document se trouvait un codicille rédigé deux mois plus tôt. Il contenait les dernières volontés d'Annah. Celle-ci désirait que ses cendres soient ramenées en Afrique, à Kwa Moyo. Ainsi, songea tristement Kate, elle savait qu'elle ne reverrait pas l'Afrique. En venant ici pour la retrouver, elle avait accepté de mourir seule dans un autre pays, loin de cette terre qu'elle aimait tant et où elle se sentait chez elle. Un sacrifice inutile puisque Kate ne l'avait pas laissée parler. À présent, elle était en train de mourir, inconsciente, à l'hôpital.

Kate eut soudain envie de s'échapper loin de cette pièce paisible et obscure. Sans se préoccuper de verrouiller les portes, elle courut à travers le jardin jusqu'à sa maison, piétinant sans y penser les plates-bandes.

De loin, elle entendit la sonnerie du téléphone et ouvrit à la hâte avant de se précipiter à l'intérieur et de saisir le récepteur.

Mon Dieu, faites qu'Annah vive, pensa-t-elle, affolée. Ne la laissez pas mourir !

À l'autre bout du fil, une voix de femme s'exprima avec calme et concision.

— Mlle Mason a repris connaissance. Nous avons débranché l'appareil de réanimation et elle respire par elle-même. Venez. Elle demande à vous voir.

L'infirmier qui se tenait sur le seuil semblait satisfait. Il voulut parler à Kate mais elle l'écarta, impatiente de voir Annah. Les grands yeux gris-vert étaient maintenant ouverts. Dans la masse de cheveux gris qui s'étalaient sur l'oreiller se devinaient encore quelques reflets roux.

— Kate, murmura Annah en swahili, vous êtes venue.

Les yeux pleins de larmes, Kate lui répondit dans la même langue.

— N'est-ce pas normal que je sois ici ?

— Je voudrais vous parler, souffla Annah d'une voix faible où pourtant se devinait un reste d'énergie. C'est la dernière chose qui me reste à faire.

Les jours suivants, Kate ne quitta pas son chevet, l'encourageant à se reposer, à retrouver des forces. Annah insistait pour se confier à elle.

— Vous allez bientôt sortir d'ici, promettait alors Kate. Nous aurons tout le temps, ensuite, pour parler…

Annah obéit, consciente du fait que quelques mots suffisaient pour l'épuiser et la laisser haletante. Elle proposa à Kate d'occuper ces moments à lui parler de sa propre vie. Elle écoutait, immobile, attentive au récit que la jeune femme lui faisait de son travail, de ses amis ou encore du dernier homme qu'elle s'était efforcée d'aimer mais qu'elle avait laissé partir…

Pendant ce temps, Annah mangeait, se reposait, avec l'énergie d'un soldat se préparant pour le dernier assaut. Un matin, elle demanda à Kate d'aller chez elle chercher certains paquets qui contenaient des herbes, des racines séchées ainsi que d'autres ingrédients rapportés d'Afrique. Selon les instructions détaillées qui lui furent données, Kate les fit bouillir pour obtenir une épaisse boisson sombre. En la remuant dans un pot, elle eut l'impression que l'auteur du *Livre des martyrs modernes* surveillait l'opération par-dessus son épaule. Quand tout fut prêt, elle versa l'infusion dans un flacon et l'emporta à l'hôpital, dissimulé dans un sac en papier brun. Ce remède maison redonna à Annah les dernières forces qui lui manquaient encore.

Puis vint enfin le jour où le médecin autorisa la malade à rentrer à la maison.

Contre toutes les recommandations des infirmières et des docteurs, Annah insista pour s'installer dehors dans son fauteuil à bascule. Elle demanda à Kate d'allumer le feu afin de respirer l'odeur de la fumée de bois, même si cela la faisait tousser. Kate resta à ses côtés, assise sur l'autre chaise, versant le jus de citron contenu dans la vieille théière et choisissant la musique pour le tourne-disque. Quand le soir tomba, elle alla chercher à la cuisine la lampe à huile et la déposa entre elles.

Le feu mourut et le silence s'installa, de plus en plus profond. Annah commença à s'agiter. Soudain, elle se pencha en avant et son regard ferme se posa sur Kate.

— Je crois que le moment est venu pour vous d'écouter mon histoire...

DEUXIÈME PARTIE

4

1962, Tanganyika, Afrique orientale

Étendue sur l'étroite banquette, Annah s'était enroulée dans un drap blanc maculé de sueur et de suie. Bien qu'il fût encore tôt, elle était complètement éveillée, incapable de trouver le repos. Des souvenirs chaotiques de la veille tournoyaient dans sa tête : la promenade dans les rues de Dar es-Salaam au petit matin, le tumulte de la gare et les bagages oscillant sur le dos des porteurs, un océan de visages noirs, la main d'un lépreux mendiant de quoi manger...

On frappa à la porte du compartiment. Annah sursauta et se redressa, écartant le drap froissé.

— Qui est là ? demanda-t-elle, un peu inquiète.

— Petit déjeuner, madame, répondit du corridor une voix forte.

La jeune femme enfila rapidement sa robe de chambre et s'assit près de la fenêtre dont le rideau était encore tiré. Elle dut hausser la voix pour couvrir le roulement du train.

— Entrez !

Un homme coiffé d'un turban rouge entra à reculons dans l'étroit espace, portant un plateau chargé d'un service en argent. Annah reconnut le jeune sikh qui avait préparé sa couchette la veille au soir. Il détourna poliment le regard et déposa le plateau sur la tablette devant elle.

— Nous avons pris de l'altitude pendant la nuit, dit-il, et son accent mélodieux s'accordait au mouvement du train. L'air est sec ici. Ce sera plus agréable.

— Où sommes-nous ?

Tout en posant la question, elle tira le rideau et regarda à l'extérieur. Le spectacle lui coupa le souffle. Sous ses yeux se déployait un paysage immense, presque irréel. Une terre rouge et nue s'étendait à perte de vue, ponctuée d'affleurements rocheux. Des arbres épineux couronnés de feuillage déployaient leurs branches avec grâce sur un ciel bleu de Chine.

— Dans la plaine centrale du Tanganyika, madame, précisa l'Indien.

— Oui, murmura Annah dans un souffle, sentant naître en elle une excitation nouvelle. Oui !

Enfin...

Le long voyage des jours précédents lui avait permis d'étudier la végétation tropicale de la côte. Elle avait guetté des signes de changement, mais le soir était tombé sur le même paysage. La nuit lui avait préparé la transformation tant attendue, une transformation totale. De l'autre côté de la vitre, l'Afrique de ses rêves s'offrait à ses yeux. Le pays qu'elle attendait depuis si longtemps.

Le sikh tenta d'attirer son attention sur le plateau du petit déjeuner, versant le thé et disposant les toasts, mais le regard de la voyageuse restait fixé au-dehors.

Un village apparut. Un amas de huttes longues et basses faites de terre sèche. Un baobab au tronc épais, ses branches déchiquetées et entremêlées. Un enclos à bétail formé de piquets épineux. Des chèvres. Des bœufs à bosse. Un berger très grand drapé dans un tissu rouge, immobile.

Un sourire se dessina sur les lèvres d'Annah.

— Vous êtes déjà venue ici ? demanda poliment le sikh. Et vous êtes heureuse d'y revenir ?

Anna leva les yeux vers lui.

— Non, répondit-elle. C'est mon premier voyage en Afrique.

Elle avait l'impression de mentir. Ces lieux lui étaient si familiers ! Elle les avait toujours aimés.

— Ma tante vivait ici, précisa-t-elle. Elle m'a décrit ce pays dans ses lettres.

Tout en parlant, elle observa de nouveau au-dehors, les mots d'Eliza semblaient prendre vie.

Le sikh plaça une serviette propre à côté du petit lavabo de porcelaine installé dans un coin. Puis il s'inclina et quitta le compartiment. Annah but le thé fort et chaud, une boisson légèrement amère mais très rafraîchissante.

— *Chai*, dit-elle pour tester son swahili.

Elle examina le pot de lait – *maziwa*. Fidèle aux recommandations d'Eliza à propos du lait non bouilli et du risque de tuberculose, elle avait évité d'en ajouter à son thé. Les toasts et la marmelade d'orange lui inspirèrent suffisamment confiance pour qu'elle décide de les manger. Ainsi que la banane, protégée par sa peau.

Confortablement adossée à son siège de cuir, Annah dégusta son petit déjeuner en regardant le paysage défiler par la vitre. Puis, elle saisit son sac, en sortit une liasse de papiers qu'elle étala sur la tablette – une poignée de feuillets cornés, jaunis par l'âge, couverts d'une fine écriture penchée à l'encre bleue et parfois illustrés de croquis, de cartes ou de diagrammes.

Elle commença à parcourir les lettres, repérant des passages si souvent lus qu'elle les connaissait par cœur. Chaque phrase semblait ouvrir une fenêtre sur l'infini, sur un mode de vie qui avait enflammé l'imagination d'Annah près de dix ans plus tôt. Elle était âgée d'à peine seize ans lorsqu'elle avait découvert les lettres de sa tante, dissimulées dans le grenier familial. Dès les premières lignes, elle s'était sentie captivée par la vie que décrivait Eliza, infirmière dans la brousse du Tanganyika. L'imagination avait fait le reste et, jour après jour, elle s'était mise à rêver de partir là-bas, elle aussi, dans ces contrées sauvages où les léopards rôdaient sous les fenêtres, où des guerriers nomades venaient faire soigner et panser leurs blessures de combat, où les opérations d'urgence se déroulaient à la lueur d'une lampe à pétrole.

Elle reposa les pages usées. La dernière feuille de la liasse n'était pas une lettre écrite à la main, mais une communication de la Direction des missions du Tanganyika, tapée à la machine sur un papier à en-tête officiel, qui annonçait la mort d'Eliza Thwaite des suites d'une malaria. Le document datait du 16 novembre 1937. Annah fut parcourue d'un frisson, comme le jour où elle en avait pris connaissance.

1937. L'année de sa naissance.

Elle ferma les yeux et se retrouva dans le grenier poussiéreux, penchée sur le tas de lettres. Elle avait conscience des sourds battements de son cœur, de son souffle court. Mais aussi, peu à peu, de quelque chose d'autre qui s'installait en elle progressivement. Et définitivement. Une chaleur toute proche, une présence muette.

Dans une illumination, elle sut alors avec certitude qu'elle suivrait les traces d'Eliza. Elle sentit sur ses épaules le poids d'une cape semblable à celles qu'avait portées cette femme dont la vie s'était achevée au moment où la sienne commençait.

— J'irai, murmura-t-elle. Emmène-moi...

Au moment où ses lèvres formaient les mots, elle eut l'impression de sentir tout près d'elle la chaleur d'un être invisible qui l'entourait, la soutenait. Elle chercha à l'identifier et comprit soudain : c'était Dieu dont parlait Eliza dans ses lettres, celui qui l'avait appelée au loin pour cette mission.

Père céleste, Roi des rois, Seigneur tout-puissant...

Elle retrouva facilement les mots, si souvent prononcés au cours des innombrables offices religieux auxquels elle avait participé pendant sa scolarité. Mais une autre image se forma dans l'esprit d'Annah tandis qu'ils lui montaient aux lèvres. Celle d'une femme en vêtements de brousse, les cheveux serrés dans un chignon, un bébé à la peau noire niché dans les bras.

Eliza...

Annah leva les yeux, alertée par le changement d'allure du train. Après des kilomètres de ligne droite, il amorçait maintenant une longue courbe. Elle apercevait par la vitre la locomotive avec son panache de fumée blanche flottant comme une crinière, fonçant avec audace et puissance sans paraître affectée par le voyage. Annah sourit. Cette image était en harmonie avec ses pensées, avec la confiance qu'elle ressentait, courageuse jeune fille prête à affronter le premier défi de sa vie.

Quand le train atteignit les faubourgs de Dodoma, Annah examina une nouvelle fois sa tenue. Une heure plus tôt, elle s'était soigneusement préparée, mettant des vêtements propres et bien repassés, brossant ses cheveux, lavant sa figure et ses mains. Debout devant le petit miroir, elle examina son reflet un peu trouble et étudia le sourire qu'elle afficherait à sa descente du train. Elle désirait paraître amicale mais pas trop hardie, confiante mais sans arrogance. Elle s'y entraîna une fois assise, immobile pour ne pas froisser sa jupe, tentant d'oublier les filets de sueur qui lui coulaient dans le dos.

Pour se distraire, elle regarda par la fenêtre. Dodoma avait beaucoup changé depuis l'époque d'Eliza. C'était devenu une véritable ville, avec des immeubles occidentaux modernes, des voies de circulation bien tracées. Il y avait même une cathédrale – Annah aperçut son dôme au-dessus du feuillage des hauts flamboyants. Quelque part se trouvait l'hôpital central de Dodoma, songea-t-elle. Elle avait hâte de le découvrir. C'était l'orgueil de la mission – un hôpital moderne construit à l'emplacement de ce qui n'était à l'origine qu'un dispensaire primitif. Créé et dirigé par une seule femme – sœur Eliza Thwaite.

Le train entra en gare avec force grincements métalliques et jets de vapeur. Le quai était encombré d'Africains dont la plupart tenaient un grand panier en équilibre sur leur tête. D'autres portaient des cages de bambou où caquetaient des poulets. Drapées dans des tissus aux vives couleurs, les femmes soutenaient les mêmes charges que les hommes, avec parfois, en plus, un enfant niché sur leur dos dans un pli de vêtement. Le regard d'Annah balaya ces taches de couleur mouvantes et s'arrêta sur une rangée de visages pâles. Une douzaine d'Occidentaux étaient postés un peu à l'écart. Annah sentit son estomac se nouer. Elle avait été informée par lettre qu'une délégation l'accueillerait à la gare pour lui souhaiter la bienvenue. Elle supposa qu'il s'agissait bien de cela mais elle fut étonnée par leur nombre.

Le train s'arrêta après une dernière secousse. À travers la vitre de son compartiment, Annah examina le groupe de Blancs. Ils bavardaient entre eux, les femmes avec les femmes, les hommes avec les hommes. Tout, dans leur attitude, témoignait de leur condition de missionnaires. Ils n'avaient rien d'un groupe d'exploitants agricoles ou de touristes en route pour un safari. Sans doute cela tenait-il à leurs vêtements, leur comportement ou, encore, l'expression de leurs visages. Ils affichaient cet air raisonnable et concret, ce maintien sérieux et plein d'assurance de ceux qui ont des responsabilités importantes et se savent prêts à y faire face. À leur vue, Annah se sentit fugitivement fière de faire bientôt partie de leur groupe.

— Sœur Mason ?

Un homme se penchait dans le compartiment, aussi la jeune femme se leva-t-elle vivement.

— C'est moi…

— Je m'appelle Jack Masters, secrétaire principal de la mission.

Au lieu de lui tendre la main pour l'aider à descendre, il grimpa dans le wagon, la considéra un instant en silence puis sourit.

— Bienvenue au Tanganyika.

Annah lui sourit en retour – un sourire ordinaire, pas celui qu'elle avait préparé. Mais cela ne semblait guère avoir d'importance car Jack Masters s'était déjà détourné pour contempler les bagages encore empilés dans le filet. Voyant qu'il fronçait les sourcils, Annah se remémora le carnet d'instructions de la mission et se demanda si elle avait commis quelque maladresse, par exemple en emportant trop de choses.

L'air embarrassé, Jack s'adressa à Annah sans la regarder.

— Le problème, c'est que… Eh bien… il semble que vous deviez repartir demain. L'évêque…

— Repartir ? coupa Annah sans comprendre.

— Il y a eu un changement de programme. Alors, je me demandais s'il ne serait pas plus commode de laisser vos bagages ici. Ils ne risqueront rien au bureau du chef de gare. Et demain...

— Pas question. Il doit y avoir une erreur. Je suis la nouvelle infirmière. Pour l'hôpital de Dodoma. (Elle faillit dire : l'hôpital d'Eliza.) Je reste ici.

Envahie par une panique soudaine, sa voix fléchit, prit un ton plaintif. Les yeux fixés sur l'homme, elle semblait implorer son accord. Elle était venue à Dodoma, elle y resterait.

Jack Masters s'approcha de la porte du compartiment et parla d'un ton apaisant.

— Écoutez, sœur Mason. Vous devez être très fatiguée. Et certainement affamée. Mme Menzies vous a préparé un petit déjeuner. Ensuite, vous verrez l'évêque et il vous expliquera tout.

Comme il se détournait pour héler un porteur, Annah s'approcha.

— Monsieur Masters...

— Jack.

— Très bien... Jack.

Elle hocha la tête, mal à l'aise. Un peu plus grande que son interlocuteur, elle prit soin de regarder droit devant elle, sans baisser les yeux vers lui.

— Je suis sûre que vous comprendrez. Voyez-vous, je préférerais ne pas laisser mes bagages ici. Il vaudrait mieux qu'ils m'accompagnent – jusqu'à ce que j'aie vu l'évêque. Je vous en serais reconnaissante.

Elle parvint à lui adresser un sourire, celui qu'elle avait préparé, cette fois.

Jack leva les bras en signe de soumission.

— Très bien, comme vous voudrez. Après tout, cela ne fait pas grande différence. Daudi va s'en occuper.

— Merci.

Annah poussa un soupir de soulagement. L'évêque allait sans doute réparer ce malentendu. Laisser ses affaires ici ne ferait que compliquer les choses. Dès ce soir, elle s'installerait à l'hôpital dans les chambres réservées aux infirmières.

— Alors, d'accord pour un petit déjeuner ? proposa Jack. Mme Menzies prépare les meilleurs scones du pays.

— Avec plaisir. Je meurs de faim.

C'était un mensonge. Elle se sentait au contraire tendue et mal à l'aise. Son seul désir était de se débarrasser au plus vite du petit déjeuner pour rencontrer sans tarder l'évêque.

À la suite de Jack, elle descendit sur le quai. Les quelques minutes qui venaient de s'écouler avaient suffi pour que la foule se disperse. Annah aperçut les missionnaires postés un peu plus loin. Ils lui tendirent la main quand elle s'approcha d'eux.

— Bienvenue à la mission, lui dirent-ils avec de chaleureux sourires. Bienvenue dans le diocèse. Bienvenue au Tanganyika.

Annah attendait qu'on lui souhaite la bienvenue à Dodoma.

Mais personne ne le fit.

— C'est très simple, expliqua l'évêque. Une de nos infirmières a pris des vacances. Sur un steamer. Trois jours de croisière sur le lac Tanganyika.

Tel un animal en cage, il arpentait son bureau, cherchant à dépenser un trop-plein d'énergie sans doute alimenté par la colère.

— Elle a rencontré une espèce d'ingénieur, un type venant de l'Ouganda. Et ils sont tombés amoureux.

Il marqua une pause, lèvres pincées, laissant les mots abhorrés flotter dans l'air.

— Ils se sont fiancés, et naturellement elle a démissionné.

Annah ouvrit la bouche pour intervenir, mais l'évêque l'ignora.

— Pour remplacer cette infirmière, j'ai dû opérer trois transferts. Ce n'est pas une chose simple car il me faut tenir compte de l'expérience, de la formation et des exigences de la mission.

D'un geste, il désigna une grande carte du Tanganyika accrochée au mur.

— Sœur Alison occupera le poste vacant à Berega. Sœur Barbara, elle, remplacera sœur Alison à Kongwa. Et vous prendrez la place de sœur Barbara. Ainsi nous aurons tous...

— Non, vous ne comprenez pas, interrompit Annah. Je suis venue pour travailler ici, vous ne pouvez pas m'envoyer ailleurs. J'ai été désignée pour ce poste.

Emportée par son désespoir, elle avait parlé un peu trop vite. Ses yeux balayèrent le mur du fond, où s'alignaient des photos encadrées. Parmi elles, un portrait d'Eliza, fondatrice de la mission de Dodoma. Annah lui adressa une prière muette.

— Je sais très bien qui vous êtes, répliqua l'évêque sèchement. Puisque vous abordez le sujet, autant vous préciser tout de suite que j'étais opposé à votre venue ici. C'est une mission, pas une entreprise familiale. Vous n'avez pas hérité de ce poste.

Tout en parlant, il examina la jeune femme d'un regard froid. Elle vit qu'il évaluait la qualité de sa robe, toute simple et classique mais provenant d'un bon couturier. Elle replia ses pieds équipés de chaussures plates, en cuir d'Italie.

— Très franchement, quand votre nom a été avancé, j'y ai vu deux inconvénients. Vous êtes la nièce d'Eliza Thwaite. Et la fille d'un homme riche. Cependant, j'ai accepté de vous donner une chance, compte tenu de vos qualifications et de vos références. Mais laissez-moi vous rappeler que vous ne bénéficierez d'aucun traitement de faveur.

Annah baissa les yeux. L'évêque écarta une chaise avec brusquerie, rayant le parquet bien ciré, puis se dirigea vers la carte murale.

— En raison de vos qualifications et malgré votre manque d'expérience du travail sur le terrain, vous serez en poste à Langali en tant qu'infirmière en chef. C'est le mieux que je puisse faire dans ces circonstances.

Figée de stupeur, Annah regarda le doigt de l'homme tracer une ligne à travers la carte, s'éloignant de l'actif centre du pays où figuraient un grand nombre de noms de missions et de croix symbolisant des églises pour se diriger vers l'ouest à travers une vaste étendue vide. Elle le vit atteindre l'extrémité la plus éloignée du Tanganyika.

— C'est là, dit l'évêque d'un ton insouciant. La ville la plus proche est Murchanza. Tout près de la frontière du Rwanda, aujourd'hui rebaptisé république du Rwanda depuis qu'il s'est dissocié du Burundi.

Pour illustrer ses propos, il désigna l'ancien nom imprimé sur la carte et remplacé au crayon par le nouveau. Mais les yeux d'Annah glissèrent vers un autre nom barrant toute la région à l'ouest du Tanganyika : Congo belge. Les lettres, largement espacées, couvraient un immense territoire qui s'étendait aussi vers le sud.

Le Congo.

Visions de sang et de terreur... Deux ans plus tôt, des centaines d'Européens – hommes, femmes, enfants – avaient été massacrés par les Congolais après que la Belgique eut accordé au pays son indépendance. Annah avait lu dans les publications de la mission des comptes rendus de ces atrocités par des réfugiés belges qui avaient pu gagner sains et saufs le Tanganyika. Ils étaient arrivés à Dodoma hébétés par l'horreur des scènes dont ils avaient été les témoins, ne possédant rien d'autre que les vêtements qu'ils portaient.

— Vous travaillerez avec le Dr Michael Carrington, poursuivit l'évêque. Un médecin remarquable, très expérimenté. Ce sera pour vous une excellente occasion de vous former de la meilleure manière.

(Il se tut un instant et croisa le regard de la jeune femme.) Vous ne manquerez pas de compagnie féminine, rassurez-vous. Il y aura aussi un petit « m ».

Annah se contenta d'un hochement de tête pour signaler qu'elle avait compris. C'était ainsi, en effet, qu'on désignait les épouses. Les documents officiels se contentaient d'indiquer le nom du missionnaire et, s'il était marié, d'ajouter au-dessous un petit « m ».

— Mme Carrington – Sarah – est une personne exceptionnelle, reprit l'évêque. Elle aide énormément Michael à l'hôpital. Je suis persuadé qu'une fois installée là-bas vous y serez très heureuse.

Il prononça ces derniers mots sur un ton qui n'admettait pas de réplique.

Annah se leva. Elle nota que l'évêque, d'une stature imposante, la dépassait largement. Elle le regarda en s'efforçant de garder son calme, de retenir ses larmes et d'empêcher ses lèvres de trembler.

— Quand dois-je partir ?

Le visage de l'évêque parut s'adoucir. Il consulta sa montre puis laissa son regard errer, à travers la vitre, sur un grand jardin verdoyant dominé par un gigantesque poivrier.

— Il y a un train demain matin. Vous avez de la chance, vous savez. Les Carrington sont l'un de nos meilleurs couples de missionnaires. À présent, ma femme vous attend pour le thé. (Comme il se retournait vers Annah, son expression s'illumina d'un sourire.) La voilà. Parfaitement à l'heure, comme toujours...

Il faisait frais à l'ombre du poivrier, dont les longues branches retombaient autour d'eux, les isolant du monde extérieur. Des chaises avaient été disposées autour de la table de manière à favoriser les conversations privées.

— Du sucre ? proposa la femme de l'évêque en tendant à Annah une coupe en porcelaine de Chine et une cuiller en argent ciselé.

— Non, merci, madame Wade.

Annah était assise bien droite sur sa chaise, tenant avec précaution sa soucoupe et sa tasse d'une main, les jambes ramenées sur le côté et les pieds croisés sur ses chevilles, comme on le lui avait appris à l'école.

Mme Wade eut un hochement de tête approbateur.

— C'est ce que je dis toujours... Nous absorbons suffisamment de sucre, inutile d'en rajouter.

Elle but une gorgée de thé puis plongea la main dans un sac au crochet, posé à ses pieds, et en sortit un chapeau blanc qu'elle tendit à Annah. Il semblait fait d'une multitude de petites pièces disparates en paille, filet ou lin.

— Qu'en pensez-vous, ma chère ?

Annah sourit poliment.

— Très joli.

Mme Wade parut satisfaite.

— Je suis en train de le confectionner à l'intention de l'une de nos infirmières qui va bientôt rentrer chez elle pour les vacances. Ici, à Dodoma, je peux mieux me tenir au courant de la mode. Je vois du monde, je reçois des magazines. (Elle tournait et retournait le chapeau sur sa main, admirant son œuvre.) Souvent, ces dames m'écrivent ensuite et me disent combien elles ont été heureuses de constater que leur chapeau convenait parfaitement.

Elle se tut et jeta un coup d'œil acéré aux vêtements d'Annah.

— Non qu'il faille suivre la mode sans restriction, ajouta-t-elle. Votre jupe, par exemple, me semble un peu courte.

Un soudain mouvement des branches tombantes fit pénétrer un éclat de soleil dans le cercle d'ombre. Une grande silhouette se profila à contre-jour.

— Sœur Barbara ! s'exclama Mme Wade. Nous parlions justement de vous.

La tasse d'Annah vacilla sur sa soucoupe tandis qu'elle se levait en hâte.

— Permettez-moi de vous présenter sœur Annah Mason, poursuivit Mme Wade avec un gracieux sourire mondain. Comme vous le savez, elle va reprendre votre poste à Langali.

Annah avança légèrement la main au cas où la nouvelle venue aurait voulu la lui serrer. Mais sœur Barbara se contenta de rester immobile et de la fixer avec intensité. L'évêque et sa femme se contentaient de détailler ses vêtements, ses cheveux. Les yeux de sœur Barbara, au contraire, semblaient plonger bien plus profondément en elle, comme pour voir de quel bois elle était faite…

Pour se donner une contenance, Annah se mit à son tour à détailler la nouvelle arrivante, et cet examen lui suggéra un diagnostic peu complaisant : âgée, trop grosse, les cheveux trop courts… Toutefois, elle dégageait aussi une impression de force, de loyauté, elle inspirait confiance.

— Vous aimerez Langali, finit par dire sœur Barbara. J'ai été heureuse là-bas.

Annah hocha timidement la tête. L'idée de quitter Dodoma lui semblait toujours irréelle. Sans parler du fait de se retrouver bannie à l'extrémité occidentale du pays...

— J'ai travaillé avec votre tante Eliza, vous savez. C'était une femme merveilleuse.

À ces mots, l'intérêt d'Annah se ranima et des douzaines de questions se bousculèrent dans son esprit. Mais, avant qu'elle ait pu en poser une seule, sœur Barbara abordait déjà un autre sujet.

— Pendant que je suis ici, dit-elle, je pourrais jeter un coup d'œil à vos affaires pour voir si vous avez bien tout ce qu'il vous faut. Langali n'est pas Dodoma. Vous devrez vous débrouiller exclusivement avec ce que vous aurez apporté.

Mme Wade débarrassa Annah de sa tasse et de sa soucoupe pour les poser sur la table.

— Voilà qui me semble une excellente idée, ma chère.

Abandonnant le chapeau blanc, elles sortirent de sous les frondaisons pour marcher dans l'éclatante lumière du soleil. Annah suivit les deux femmes à travers la pelouse en songeant à ses bagages empilés dans un coin du hall lambrissé de bois de M. et Mme Wade. Elle se demanda si les autres missionnaires avaient remarqué le monogramme marquant le cuir de la valise : Louis Vuitton, signe de la vie luxueuse qu'avait été la sienne.

Quelques semaines avant qu'Annah parte pour l'Afrique, Eleanor, sa mère, était entrée dans sa chambre avec une valise.

— Je désire que tu prennes celle-ci, avait-elle déclaré en la posant sur le lit. Je l'ai achetée à Paris.

Le bagage était pratiquement neuf, son cuir lisse et brillant, ses serrures dorées étincelantes.

— Ma vieille valise sera bien suffisante, avait rétorqué Annah.

Eleanor avait écarté cette suggestion d'un geste de la main.

— Apprends que Louis Vuitton équipe tous les aventuriers. Dans sa boutique, à Paris, il y a la photo d'un coffre fabriqué exprès pour Savorgnan de Brazza, un célèbre explorateur. Il est allé en Afrique, lui aussi.

Annah avait poussé un soupir. Sa mère était décidée à ajouter une note de romantisme et de prestige à la vie que sa fille avait choisie.

— Je ne suis pas une aventurière, avait-elle protesté. Je pars pour être missionnaire.

Eleanor avait hoché la tête, l'air contrarié.

— Je n'aurais jamais dû conserver ces lettres. Si seulement je les avais brûlées...

Annah s'était détournée dans l'espoir d'arrêter le torrent imminent de larmes et de récriminations. En vain...

Ni Mme Wade ni sœur Barbara ne parurent s'intéresser particulièrement à sa valise. Leur attention se porta surtout sur les vêtements soigneusement pliés qu'elle contenait. Sœur Barbara en sortit une jupe, faisant tomber par terre des feuilles de papier de soie.

— Bonne étoffe, approuva-t-elle. La transpiration ne marquera pas.

Elle examina l'ourlet pour voir si on pouvait rallonger le vêtement. Puis elle s'intéressa aux uniformes d'Annah, trois robes blanches toutes neuves et soigneusement empesées, accompagnées d'un petit bonnet en demi-cercle qui n'avait aucun rôle pratique mais servait en quelque sorte de repère. Celle qui le portait était une infirmière qualifiée.

— Est-ce que tout a été marqué ? demanda sœur Barbara. (Annah fit signe que oui.) Bien.

Mme Wade fronça les sourcils en découvrant un roman à la couverture de cuir, encore un cadeau d'Eleanor.

— *La Ferme africaine*, par Isak Dinesen. (Elle posa le livre sur le tas d'objets jugés inappropriés à Langali.) Inutile de l'emporter. Vous trouverez toute la lecture que vous souhaiterez dans la bibliothèque des Carrington.

Annah regardait les deux femmes, partagée entre une certaine reconnaissance pour leur intérêt et un mouvement de révolte devant la fouille de ses affaires personnelles. Elle se souvint des écrits d'Eliza à propos de la nécessité de dominer ses sentiments et d'accepter les situations dans lesquelles on se trouvait. Il est important de se souvenir que cela sert toujours à quelque chose, avait-elle observé. Cela rend plus fort et donne meilleur caractère.

Elle baissa les yeux sur ses mains crispées. Il lui semblait entendre une petite voix.

Commençons...

La transformation, l'élimination de toutes les scories.

Plus tôt cela commencera et plus vite tu en émergeras – plus simple, plus propre. Tu deviendras un instrument de travail plus efficace. Forgé au feu de l'expérience et de la discipline.

Annah continua à sourire et approuva d'un signe de tête quand une des chemises de dentelle d'Eleanor fut écartée.

Sœur Barbara exhuma enfin une veste qui se trouvait tout au fond de la valise. Le vêtement était d'un rose éclatant.

— Plutôt... osé, cette teinte, lâcha-t-elle d'un air perplexe.

— Cela va attirer l'attention, renchérit Mme Wade.

Annah tenta de regarder la veste avec les yeux des deux femmes. Mais elle lui faisait toujours la même impression que le jour où elle l'avait découverte au rayon des vêtements d'importation d'un magasin de Melbourne. Parmi les tons sombres de la collection d'automne, sa couleur joyeuse – un rose profond – lui avait rappelé les couchers de soleil. Elle l'adorait.

— Je l'aime beaucoup, dit-elle. Je désire l'emporter.

Comme sœur Barbara et Mme Wade la regardaient sans mot dire, elle crut bon de préciser :

— Je l'ai achetée tout spécialement pour ce voyage. Comme je sais que les femmes africaines portent des vêtements de couleurs vives, j'ai pensé…

— Dieu du ciel ! explosa soudain Mme Wade. Il n'y a pas lieu de rivaliser avec les Africains, ma chère. C'est parfaitement exclu ! Le choix de cette couleur est une erreur, croyez-moi !

Elle se tut brusquement, embarrassée d'avoir ainsi dévoilé le fond de sa pensée. Toutes deux regardèrent en silence Annah replier la veste et la ranger au fond de sa valise.

— Souvenez-vous seulement qu'en cas de doute vous n'avez qu'à vous adresser à Mme Carrington, dit sœur Barbara. Suivez son exemple et vous ne vous tromperez jamais. (Elle plongea les yeux dans ceux de la jeune femme.) Et… que Dieu vous bénisse.

Sous ce regard ferme, Annah sentit une vague de chaleur la parcourir. Un souvenir d'Eliza. Le réconfort d'une femme plus âgée cherchant à guider, à aider. Elle eut le sentiment que tout irait bien. Elle ne serait pas toute seule à Langali. Dieu serait à ses côtés. Et aussi Mme Carrington.

Elle baissa les yeux sur sa valise maintenant fermée, prête pour un prochain départ. Le moment était venu d'adopter les nouvelles perspectives au lieu de s'accrocher à ses rêves. Eliza aurait relevé ce défi sans hésiter, pensa Annah.

Et c'était bien ce qu'elle allait faire, elle aussi.

5

Le train à destination de l'ouest ne comportait pas de wagon de première classe. Assise sur une banquette de bois, Annah avait le visage balayé par un vent chaud soufflant d'une fenêtre sans store. C'était un air épais, qui sentait le charbon. De la suie recouvrait toutes les parties visibles de son corps et ses vêtements. Pas une fine poussière noire, comme la veille, non, une pellicule crasseuse. Elle avait essayé de la brosser, mais le mélange avec la transpiration avait formé des traînées sombres et grasses.

Au début du voyage, d'autres passagers avaient partagé son compartiment. Un groupe d'Africains habillés de vêtements occidentaux passablement usés était monté avec elle à Dodoma. Ses espoirs de pouvoir exercer avec eux le swahili appris en Australie s'envolèrent quand ils répondirent à ses salutations dans ce qui lui parut être un dialecte local. Ils descendirent du train un peu plus loin et une vieille religieuse africaine fit son apparition. Mais, après avoir murmuré une brève formule de politesse en anglais, la femme avait sombré dans un sommeil profond. Trois heures plus tard, elle s'était éveillée au moment où le train s'arrêtait à une minuscule halte en rase campagne. Avec un vague signe de tête en direction d'Annah, elle était alors descendue en toute hâte. Il y eut encore quelques allées et venues mais, à la nuit tombée, quand vint le moment de penser au sommeil, Annah se retrouva seule dans son compartiment. Elle préférait cela à la compagnie d'étrangers ; néanmoins, elle dormit mal.

Puis vint le matin. Le soleil se leva, éclairant un paysage en constante évolution. La plaine centrale – l'Afrique d'Eliza – s'effaçait graduellement pour laisser place à une région de collines entrecoupées de vallées marécageuses et de nappes de forêt épaisse. Tout baignait dans le vert. Pas ce ton frais et lumineux de la côte, mais le vert des lianes entremêlées et des cimes opaques de feuillages si denses qu'ils donnaient l'impression d'une présence rampante, menaçante.

La chaleur sèche fut remplacée par une brume humide. Annah sentait la sueur couler de ses pores et baigner tout son corps d'une moiteur collante. Elle avait découvert avec joie six bouteilles d'eau dans le panier-repas remis par Jack Masters et trois étaient déjà vides, alors qu'elle n'avait pratiquement pas touché aux piles de scones et de sandwiches rangées à côté.

Après avoir cherché une position un peu plus confortable sur le siège trop dur, elle ferma les yeux dans l'espoir de trouver quelque répit à cet assaut de poussière et de vent. Au bout de quelques minutes, bercée par le roulement régulier du train, elle se laissa glisser dans une sorte d'engourdissement.

Dans cet état de douce somnolence, l'écho d'une conversation provenant du couloir traversa son esprit. Elle crut d'abord à un rêve, mais ce qu'elle entendit la fit s'éveiller complètement.

— J'étais en train de pêcher dans le Yakanyaru près de la frontière du Rwanda...

C'était une voix d'homme ; il parlait anglais avec un accent américain. Les mots parvenaient avec force à Annah, dominant le bruit du train.

— ... pas de problèmes avec le poisson. Mais il y avait tous ces corps qui descendaient le courant. Des bébés, des enfants, des femmes, des hommes. Tous des Africains...

Annah se tourna vers la porte. Elle vit s'élever la spirale bleue d'une fumée de cigarette dans le couloir.

— ... certains étaient mutilés. Mains coupées, yeux arrachés... (Les mots continuaient à couler, odieux, brutaux.) Ils avaient massacré un village entier. Bon sang ! Il ne restait pas âme qui vive !

Un second voyageur marmonna une réponse.

— Ils appellent ça « indépendance », poursuivit l'Américain. Nous avons d'abord eu un bain de sang au Congo. Et maintenant voilà les Rwandais qui s'y mettent ! (Il eut un rire bref, sinistre.) Pour moi, c'est plutôt la loi de la jungle !

Annah ferma les yeux, soudain hantée par la vision de corps noirs flottant sur les remous d'un grand fleuve. Des pas s'approchèrent et elle souleva les paupières pour découvrir un homme grassouillet à la peau claire plaçant un sac de toile dans le filet à bagages. Il s'assit en face d'elle.

Elle lui jeta un regard vague, incapable de détourner sa pensée de la scène qu'il venait de décrire. L'homme s'adossa à son siège, étendit les jambes.

— Bonjour. Je m'appelle Dick Peterson.

— Enchantée, répondit Annah d'un ton poli mais distant.

— Vous êtes missionnaire ?

— En effet.

— Et que faites-vous ? (Les yeux bleus de Dick Peterson avaient pris une expression légèrement moqueuse.) Infirmière ? Institutrice ? Rejoignez-vous votre mari ?

— Je suis infirmière.

Annah se détourna et regarda le paysage par la fenêtre. Elle aurait voulu que l'homme s'en aille, se volatilise, emportant avec lui ses sinistres histoires qui semblaient souiller ce moment.

Blottie contre la vitre, elle sortit de son sac *La Ferme africaine*, le livre offert par Eleanor, qu'elle avait glissé discrètement dans une de ses poches pendant que sœur Barbara regardait ailleurs. Elle l'ouvrit au hasard et, incapable de se concentrer, fit mine de lire.

Le temps s'écoulait lentement. Annah essaya de dormir mais les images horribles revenaient la tourmenter comme un cauchemar. Elle fut soulagée quand le train ralentit et que l'Américain se leva pour prendre son sac dans le filet.

La gare était petite, mais très animée. Des porteurs attendaient avec leur chariot de bois ; des marchands ambulants proposaient de quoi manger et se désaltérer. Le regard d'Annah tomba avec nostalgie sur une publicité pour Coca-Cola et elle imagina sur sa langue le goût piquant de la boisson.

L'Américain sortit sans un mot. Annah le suivit des yeux par la fenêtre. En constatant que le train semblait se vider de presque tous ses voyageurs, l'anxiété la saisit. Tous semblaient avoir une bonne raison de descendre ici et, brusquement, elle eut envie d'en faire autant.

La locomotive siffla et le train se remit en marche. Il n'y avait plus rien à faire maintenant, qu'à rester tranquille et à attendre.

Il était un peu plus de midi quand la lumière s'obscurcit soudain au-dehors. Annah eut l'impression que le train pénétrait dans un tunnel, même s'il ne faisait pas totalement noir. On devinait dans la pénombre extérieure des branches, des feuilles, des lianes. C'était une forêt dense au feuillage étroitement serré.

Comme dans *Le Livre de la jungle*, songea Annah. Afin de chasser la sourde inquiétude que faisait naître en elle cette obscurité, elle se rappela son livre d'enfant préféré et se représenta Mowgli, le petit héros de Kipling, se balançant dans les lianes. Mais il n'y avait ici ni oiseau au plumage brillant, ni singe bavard. Rien qu'un interminable défilé d'arbres dont la présence silencieuse et sinistre pesait sur elle.

Par moments, la forêt devenait plus clairsemée et le ciel réapparaissait, aussi clair et bleu qu'avant, pour être de nouveau avalé par la forêt un peu plus loin. Penchée à la fenêtre, les yeux brûlants, Annah bravait l'air en mouvement afin de scruter le paysage. Elle aperçut au loin quelques toits de branchages en forme de cônes. La vue des huttes rondes éveilla en elle un regret en songeant qu'Eliza avait vécu parmi les Ugogo, qui construisaient des cases basses au toit plat. C'était ce peuple qu'Annah s'était promis de découvrir.

Elle poussa un profond soupir, inhalant en même temps un peu de suie. Si ses calculs étaient corrects, elle allait atteindre la dix-septième gare après Dodoma.

Murchanza, la fin de son voyage vers l'ouest.

Annah se tenait debout à côté du train devant une cabane en bois à la peinture écaillée. Elle supposa qu'il s'agissait du guichet où l'on vendait les billets, même si la misérable construction paraissait abandonnée depuis des années. Tout comme le reste, d'ailleurs, songea la jeune femme en parcourant des yeux ce lieu désolé qui ne ressemblait en rien à une gare. Pas de quai, juste un espace dégagé à côté des rails, et aucune habitation en vue. Sans doute Murchanza n'était-il pas véritablement un terminus. On avait probablement cessé de poser des rails par manque d'équipement.

Elle était la seule à être descendue du train. Le conducteur de la locomotive s'offrit à lui porter ses bagages tandis que le garde et un autre homme rechargeaient la machine en eau et en bois de chauffage.

— Est-ce que quelqu'un vient vous chercher ? demanda le conducteur dans son meilleur anglais.

Annah regarda autour d'elle. L'endroit était pratiquement désert. Une femme vendant des bananes se tenait près du réservoir d'eau et un mendiant, accroupi à côté, avait le regard perdu dans le ciel. Un petit garçon vêtu seulement d'un maillot de corps élimé rôdait, fixant Annah de ses grands yeux vifs et brillants.

— Oui, certainement, répondit la jeune femme en souriant avec courage. Merci.

Les trois hommes la saluèrent et se mirent à alimenter la machine. Le train sortit ensuite à reculons de la gare dans un nuage de vapeur, la locomotive poussant les wagons par-derrière. Le convoi prit de la vitesse et s'élança vers l'est pour disparaître bientôt dans un virage.

Annah voyait les ombres s'allonger peu à peu sur le sol tandis que les heures s'égrenaient. Il avait été entendu que le Dr Carrington viendrait la chercher, mais elle savait que son retard pouvait s'expliquer par bien des raisons. Il n'y avait pas lieu de s'inquiéter. On était en Afrique, après tout. Avec son mouchoir et sa dernière bouteille d'eau, elle se nettoya le visage. Puis, après avoir dénoué ses longs cheveux roux sans se préoccuper des regards de son maigre entourage, elle les brossa fermement pour les débarrasser d'un peu de suie avant de les resserrer en un joli chignon bien net. C'était le mieux qu'elle pouvait faire pour se préparer à la confrontation avec son nouveau collègue.

On ne lui avait donné aucune indication sur ce dernier ; elle l'imaginait avec des cheveux blancs, des lunettes cerclées d'or et un petit bouc, en somme l'image du Dr Albert Schweitzer, le légendaire médecin dont elle avait vu tant de photographies dans ses livres. Le véritable Dr Carrington serait peut-être plus terne, une chevelure plus clairsemée, songea-t-elle en souriant.

Annah regarda la marchande de bananes en se demandant si elle devait s'approcher d'elle pour lui poser quelques questions sur Murchanza. Il y avait peut-être un village à proximité, un bureau de poste, un hôtel, qui sait ? Son inquiétude grandissait. Que faire si le Dr Carrington n'arrivait pas ? La femme avait l'air misérable dans ses vêtements usés à l'extrême. Sans doute parlait-elle quelque dialecte tribal, pensa Annah. Le swahili qu'elle avait appris et dont elle usait couramment ne lui serait sans doute d'aucune utilité pour établir le contact.

Elle perçut vaguement des pas sur le sol poussiéreux. Les mots lui parvinrent au moment où elle se retournait :

— Je suis vraiment désolé…

Devant elle se tenait un homme jeune et grand au visage imberbe et bronzé. Des boucles blondes tombaient en cascade sur son front. Ses yeux étaient bleus, clairs, profonds.

Il jeta un coup d'œil rapide autour de lui sur la gare déserte, comme pour s'assurer que personne d'autre ne l'attendait. Annah réalisa que, si elle avait cru se trouver face à une réplique du Dr Schweitzer, il s'était peut-être attendu, de son côté, à rencontrer une réplique de sœur Barbara. À la pensée de leur mutuelle surprise, elle eut envie de rire car, dans les deux cas, le contraste était extrême.

Pendant quelques secondes, le Dr Carrington se contenta de l'examiner. Réprimant son accès de gaieté, Annah baissa la tête et une mèche de cheveux s'échappa de son chignon.

— Pardonnez-moi, murmura-t-elle. C'est que... je m'attendais...

— Je sais, je suis terriblement en retard et je vous prie de m'en excuser, dit très vite le Dr Carrington. (Il considéra la valise d'un air hésitant.) Je suis parti largement à l'avance, mais un arbre est tombé en travers de la route et il a fallu des heures pour le dégager... Enfin... me voilà...

Il se redressa et lui tendit la main.

— Bienvenue au Tanganyika occidental, sœur Mason.

Un sourire juvénile illumina ses traits.

Annah lui sourit en retour, repoussant la mèche de cheveux qui lui barrait le front.

— Merci, docteur Carrington.

Elle serra la main tendue en ayant péniblement conscience d'avoir la paume moite. Mais celle du Dr Carrington l'était aussi, et toute poussiéreuse de surcroît.

— Je suis très heureuse d'être ici, ajouta-t-elle.

Sur le visage du médecin, le sourire s'éclipsa.

— Vraiment ? L'évêque m'avait averti que vous désiriez de tout cœur être affectée à Dodoma.

Annah chercha une réponse, car il lui était difficile d'admettre qu'elle venait de mentir.

— Oh, certes. Mon projet était de rester à Dodoma, dit-elle, mais l'évêque m'a parlé de Langali... de vous... de Mme Carrington... et de votre travail. Il m'en a fait une description enthousiaste et j'ai donc changé d'avis. De toute façon, l'intérêt de la mission doit toujours passer avant le nôtre, n'est-ce pas ?

Elle se tut, à l'affût d'un signe d'approbation que lui fournit aussitôt son interlocuteur.

— Je suis soulagé d'entendre cela. Nous sommes très isolés ici, il n'y a pas d'autres Européens à la ronde en dehors de ma femme et de moi. Et maintenant de vous. Nous devons pouvoir nous investir dans notre travail sans arrière-pensée.

Annah croisa son regard. Elle aussi souhaitait un investissement total.

Le Dr Carrington esquissa un geste en direction de la gare.

— Je vais chercher la voiture pour charger vos affaires.

Annah le regarda s'éloigner, notant une certaine impatience dans sa démarche, une pointe de témérité bien contrôlée. En se retournant, elle se trouva face à la vendeuse de bananes. Le visage de l'Africaine était fendu par un large sourire complice.

La route à travers la forêt était à peine assez large pour le passage du Land Rover ; chaque tour de roue relevait d'un combat. L'avance s'accompagnait de bruits divers – ronflement du moteur, grincements du châssis et des pneus cahotant sur les ondulations du sol, claquement des branches sur la carrosserie. La vitre de côté était fermée, mais Annah, instinctivement, avait envie de baisser la tête chaque fois qu'une grosse branche frappait la voiture.

Le Dr Carrington tenait le volant avec fermeté sans quitter la route des yeux. Même si Annah savait que la conduite l'absorbait totalement, l'absence de toute conversation la rendait nerveuse. Elle finit par se décider à parler des actes de violence qui s'étaient déroulés à la frontière, s'efforçant de paraître calme et bien informée.

Le Dr Carrington l'écouta rapporter ce qu'elle avait entendu de la bouche de l'Américain. Il approuva gravement de la tête.

— Depuis le départ des Belges, il y a eu des troubles dans toute la région. Il fallait s'y attendre. La population a été exploitée et soumise à un terrible régime. (Il parlait avec véhémence, les yeux toujours fixés devant lui.) Et les Africains n'ont nullement été préparés à assumer leur indépendance. Les Belges sont partis sans crier gare, comme ils étaient venus.

— Ici aussi, ils réclament l'indépendance, n'est-ce pas ? interrogea Annah.

— Les Africains ont déjà la responsabilité de leurs affaires internes. La passation des pouvoirs doit être achevée cette année et le Tanganyika deviendra une république. Mais ne vous inquiétez pas. Il n'y a aucune agitation ici.

L'assurance avec laquelle il avait prononcé ces mots réconforta Annah. Au bout d'une heure, la forêt commença à s'éclaircir. Le parcours devint plus aisé, la frondaison des arbres s'allégea au-dessus de leurs têtes, laissant filtrer la lumière. Annah se sentit plus à l'aise et elle abaissa la vitre pour laisser pénétrer un air frais chargé de senteurs diverses.

— Regardez ! s'exclama-t-elle à la vue d'un minuscule daim occupé à brouter un buisson. N'est-ce pas un *dik-dik* ?

Le Dr Carrington jeta un coup d'œil dans la direction indiquée et freina aussitôt.

— Ne bougez pas, ordonna-t-il tandis que le véhicule s'arrêtait.

Annah obéit, les yeux fixés sur la délicate créature dont le corps semblait prêt à fuir à la moindre alerte.

— Comme il est beau ! murmura-t-elle dans un souffle.

Il y eut un moment de silence, puis le Dr Carrington se tourna, saisit une carabine derrière lui. Il la chargea rapidement et le léger cliquetis résonna dans le calme total. Ensuite, penché à la fenêtre, il visa l'animal.

Annah se crispa quand le coup partit. L'animal fléchit, tomba sur les genoux ; la délicate tête s'affaissa.

Muette sous le choc, Annah vit le Dr Carrington descendre de voiture et aller ramasser le daim. Il rapporta dans ses bras le petit corps inerte et l'éleva devant elle tel un jeune garçon fier de sa prise. Annah se força à sourire.

— Est-ce bon… à manger ? demanda-t-elle.

— Délicieux ! Surtout rôti, dit-il en hochant la tête. Un véritable régal.

Annah descendit à son tour de voiture et caressa le poil soyeux de l'animal encore chaud. Il fut soudain parcouru d'un violent frémissement, comme si ce contact avait réveillé la vie en lui. Le dik-dik releva la tête et fixa Annah d'un regard perçant. Une brusque secousse lui fit rejeter la tête en arrière dans un flot de sang. Annah sursauta, saisie d'horreur.

Le Dr Carrington écarta l'animal.

— Désolé, fit-il. Je croyais qu'il était mort.

Il se hâta vers l'arrière du Land Rover et cala la dépouille dans le coffre.

Annah fixait le chemin droit devant elle, s'exhortant au calme. Tous les missionnaires chassent, elle le savait. Après tout, il n'y avait pas de boucher sur place. Elle allait devoir s'habituer. Mais comment oublier la grâce et la beauté de ce petit daim, le regard d'agonie de ses yeux frangés de cils noirs ?

Le voyage se poursuivit dans un silence tendu, lourd. Le coup de feu n'avait été qu'un incident mineur, mais il avait suffi à briser leur armure, à les forcer à se découvrir.

Quand le Dr Carrington parla enfin, ce fut d'une voix anormalement forte.

— Nous voilà presque arrivés, annonça-t-il.

Annah contempla la végétation épaisse bordant la route. Il semblait impossible qu'un poste – c'est-à-dire un hôpital, une église, un village – puisse exister ici. Le véhicule amorça une courbe, et soudain la forêt prit fin.

Dressée sur son siège, elle écarquilla les yeux. Tapissée de prés et de buissons, une large vallée s'ouvrait devant eux, bordée sur trois côtés par la forêt et, sur le quatrième, par les flancs arrondis d'une colline. Avec ses douces pentes vertes parsemées d'arbres et sa rivière coulant au milieu, on aurait dit un royaume de légendes, l'incarnation d'un rêve.

— Langali Station, dit fièrement le Dr Carrington.

Il désigna un groupe de bâtiments blancs aux toits de chaume dispersés au bord de la rivière. Annah distingua une construction basse et longue construite un peu à l'écart, qui devait abriter les salles principales de l'hôpital. Là, à droite, c'était l'école. Et un peu plus loin l'église, avec sa croix fichée sur le toit. Le dernier bâtiment occupait les deux côtés de la route et en marquait en même temps la fin. Il était curieusement placé mais constituait un bon poste d'observation, pensa Annah, dont les yeux s'arrêtèrent sur un groupe de hauts arbres au milieu du complexe. Même à cette distance, ils lui paraissaient étonnamment familiers.

— Ces arbres…, commença-t-elle.

— Des gommiers. Plantés par sœur Barbara.

Annah parcourut le site du regard. Le village africain se trouvait sur la pente, derrière l'hôpital. Lui aussi était bien tenu. On voyait du bétail paître dans les enclos délimités par des branches épineuses, et la fumée des feux sur lesquels cuisait la nourriture s'élevait près des habitations. Derrière le village s'étendaient les shambas, mosaïque de jardins et de champs.

Il se dégageait de l'ensemble une impression d'ordre et de paix, un peu comme un mirage, vision de civilisation émergeant de la brousse sauvage.

— C'est surprenant ! s'écria Annah en se tournant vers le Dr Carrington, oubliant la gêne qui s'était installée entre eux. Pourquoi cette large vallée ? Justement ici ?

— À vrai dire, je n'en sais rien, répondit-il. Cela a sûrement à voir avec la géologie. Il a fallu cependant défricher une portion de forêt. (Il sourit.) Nous gagnons du terrain, peu à peu.

Ils achevèrent la route en silence. Le crépuscule tombait et les derniers rayons du soleil, déjà très bas, jetaient de longues ombres, teintant de pourpre chaque surface – feuilles, branches, toits, rochers. L'approche de ces bâtiments blancs nimbés d'or, qui se dressaient de l'autre côté d'une rivière traversée par un petit pont de bois, était magique. Les barrières du complexe étaient ouvertes et une foule d'Africains – les habitants de Langali – s'était regroupée dans la cour, impatients de souhaiter la bienvenue à la nouvelle infirmière australienne.

Annah descendit de la voiture tandis que des gamins surgissaient de partout pour l'entourer. Dans la pénombre, ils paraissaient tous semblables avec leurs cheveux coupés très courts. Ils étaient vêtus à l'identique : chemises et shorts d'un bleu passé pour les garçons, robes unies de la même couleur pour les filles. Des adultes se tenaient derrière eux, portant eux aussi des vêtements très simples, à l'occidentale. Certains lancèrent des mots de bienvenue en anglais, d'autres parlèrent en swahili, d'autres encore se contentèrent de sourire. Mais tous, enfants comme adultes, semblaient absolument fascinés par les cheveux roux d'Annah.

Un petit garçon plus courageux s'avança et toucha la main blanche de la nouvelle venue, qui se pencha pour le saluer. Un murmure d'approbation courut dans la foule. Quand Annah leva de nouveau les yeux, ce fut pour voir le Dr Carrington retirer du coffre le corps du dik-dik et le remettre entre les mains d'un enfant, qui décampa à toutes jambes. Il parut soulagé d'être débarrassé de la dépouille. Après s'être essuyé les mains sur son pantalon, il s'avança vers Annah mais sembla soudain hésiter, le regard fixé sur son corsage. Annah s'aperçut alors que celui-ci portait une large tache de sang, celui du dik-dik dans son dernier sursaut. Elle leva la main pour la dissimuler. Pendant un bref instant, tous deux se dévisagèrent, jusqu'à ce que le médecin détourne enfin les yeux.

— J'aimerais vous présenter mon principal assistant, dit-il vivement.

Il fit signe à un grand Africain très mince, vêtu d'une chemise et d'un pantalon kaki.

— Voici Stanley Njima. Stanley, je te présente sœur Mason.

Stanley sourit et inclina poliment la tête. Annah se sentit aussitôt en sympathie avec lui. Son visage affichait une expression de bonté et de dignité ; sa poignée de main était ferme et chaleureuse.

— Bienvenue ici, ma sœur, déclara-t-il dans un anglais teinté d'un fort accent africain.

« Sœur. » Il avait prononcé le mot lentement et distinctement, comme s'il octroyait ainsi à Annah une place dans sa famille, et non comme s'il s'agissait d'un simple titre en usage dans le monde médical.

La foule fut soudain parcourue par une sorte de frisson et s'ouvrit pour laisser passer une femme blanche qui marchait vivement à leur rencontre, le regard encore dans la pénombre.

— Hello ! Vous voilà ! cria-t-elle de loin d'une voix claire et amicale. Vous devez être épuisée !

— Sarah...

Annah décela dans le ton du Dr Carrington une sorte d'avertissement.

Mme Carrington fut enfin assez proche pour découvrir Annah. Ses yeux s'écarquillèrent et elle marqua une courte pause dans son élan avant d'échanger un bref regard avec son mari.

— Est-ce que le train a eu du retard ? reprit-elle enfin. Cela arrive souvent dans ce pays.

— Je te présente sœur Mason, précisa le Dr Carrington inutilement.

— Venez, dit son épouse. Vous devez être très fatiguée.

Elle examina vivement Annah de la tête aux pieds tandis que celle-ci faisait de même. Mme Carrington était jeune, mince et jolie. Comme l'évêque l'avait fait observer, elle était aussi le modèle même de l'épouse d'un missionnaire. Vêtue simplement et de manière pratique, chaussée de solides mocassins, elle avait de longs cheveux noirs séparés par une raie médiane et rassemblés sur la nuque en une natte bien serrée. Les yeux étaient clairs, les lèvres et les joues naturellement roses, les traits francs et ouverts. Une femme modeste et saine – irréprochable, en somme, songea Annah.

Elle se dirigea à travers le complexe vers la Maison de la mission, un grand bâtiment carré doté sur le devant d'une profonde véranda. Un chemin de terre délimité par des alignements de pierres bien droits menait à quelques marches de béton. Tout était parfaitement symétrique – la disposition des deux fauteuils dans la véranda, les pots de plantes fleuries de chaque côté de la porte d'entrée. Les rideaux eux-mêmes étaient à demi tirés de manière rigoureusement semblable. Une fois près des marches, Mme Carrington tourna sur la gauche pour longer la façade.

— Je vous conduis d'abord à votre chambre, lança-t-elle en se retournant. Vous devez certainement vouloir vous rafraîchir avant le repas. Les garçons arrivent avec vos affaires.

— Merci, dit Annah.

Elle la suivit le long d'un sentier partant du coin de la maison et menant à une petite hutte de bois à travers un bout de terrain couvert d'une herbe inégale.

— Vous prendrez vos repas à la Maison de la mission, précisa Mme Carrington. Mais c'est ici que vous dormirez.

Faisant signe à Annah de la suivre, elle poussa un panneau grillagé et se pencha à l'intérieur pour allumer avant de s'engager sur le sol bétonné.

La pièce était éclairée par une ampoule coiffée d'un abat-jour rose.

Elle comportait un lit étroit drapé d'un dessus-de-lit de coton blanc, une moustiquaire, une bibliothèque, une table, une chaise et une penderie. Tout était extrêmement simple, voire rudimentaire. On aurait pu se croire dans la cellule d'une nonne. Un seul objet attirait l'œil : par terre près de la porte, une sorte d'énorme capuchon de théière fait d'un patchwork aux vives couleurs.

— C'est votre eau chaude qui est dessous, expliqua Mme Carrington. Barbara et moi l'avons confectionné pour vous quand nous avons appris votre arrivée. (Elle se pencha pour soulever la cloche de tissu rembourré, ce qui laissa apparaître un récipient en fer-blanc d'une quinzaine de litres ayant sans doute contenu autrefois de l'essence ou du pétrole, à présent rempli d'eau.) Les garçons vous apporteront de l'eau bouillante tous les soirs. Grâce à cette protection, elle sera encore chaude le matin.

Elle demeura un instant silencieuse, admirant son travail.

— Merci, madame Carrington, dit Annah.

Elle était touchée de cette attention, consciente toutefois qu'elle ne s'adressait pas personnellement à elle, Annah, mais à l'infirmière venue les aider.

— Appelez-moi Sarah. Et mon mari, Michael. (Les mots avaient été prononcés avec fermeté plutôt qu'avec chaleur.) Nous formons ici presque une famille, voyez-vous. Il n'y a personne d'autre que nous.

Annah observa Sarah. Impossible de deviner quels sentiments pouvaient se dissimuler derrière ce visage lisse.

Deux jeunes gens choisirent cet instant pour se présenter, courbés sous le poids des bagages d'Annah. On aurait cru deux grandes tortues maladroites et la jeune femme ne put s'empêcher de rire en les voyant trébucher l'un sur l'autre devant la porte extérieure grillagée.

— Faites attention, les garçons ! s'écria Sarah. (Elle se tourna vers Annah.) Maintenant, je vous laisse à votre toilette. Quand vous serez prête, venez à la Maison. Ordena, qui s'occupe de notre ménage, vous a gardé de la soupe chaude.

Elle s'arrêta près de la porte, où pendait une lampe tempête accrochée à un clou.

— Le générateur s'arrête à huit heures et demie. Il vaut mieux prendre cette lampe avec vous quand vous viendrez. Nous évitons les allées et venues d'objets entre la Maison et ici.

Annah indiqua d'un signe de tête qu'elle avait compris et regarda Sarah s'éloigner avant de reporter les yeux sur cette chambre qui allait être la sienne. La dernière occupante n'avait laissé aucune trace de son passage, rien sur les murs, pas de napperons brodés, pas de fleurs séchées. Absolument rien.

Elle ouvrit son sac à main, en retira une feuille qu'elle déplia avec soin. C'était son ordre officiel de mission, remis lors de sa nomination. Avant d'avoir ce document en main, elle n'était rien d'autre qu'une postulante. Mais tout était différent désormais. Mlle Annah Mackay Mason devenait membre à part entière de la mission pour le Tanganyika occidental.

Elle déposa le papier sur la petite table. Dans cet endroit anonyme, il représentait en quelque sorte son symbole personnel. Tel le drapeau flottant au-dessus du palais de la reine et qui signifiait : « Je suis là. Chez moi. »

Annah parcourut la pièce des yeux puis contempla les autres bâtiments à travers la petite fenêtre. Elle pouvait apercevoir un des gommiers plantés par sœur Barbara et songea que cela l'empêchait de se sentir réellement chez elle. Les installations, en revanche, semblaient prometteuses et les Carrington, amicaux. Mais elle ne parvenait pas à oublier la présence du bush juste derrière la clairière, ni la proximité de la frontière du Rwanda.

Elle fronça les sourcils. Il allait pourtant falloir s'y habituer. On l'avait affectée au poste de Langali et il lui faudrait se montrer à la hauteur de ce qu'on attendait d'elle. Pour le meilleur et pour le pire.

Comme quand on se marie...

6

Annah enfila son uniforme neuf, appréciant le contact du vêtement amidonné sur sa peau. Puis elle agrafa sa montre d'infirmière sur le revers. Elle avait faim ; elle n'avait presque rien mangé la veille au soir après avoir rejoint les Carrington pour le dîner, trop fatiguée et troublée par le climat tendu qui pesait sur le repas. Décidément, pensa-t-elle, c'était une situation étrange. Trois étrangers contraints du jour au lendemain de partager une vie intime… Après, elle avait été heureuse de regagner sa chambre.

Michael l'avait suivie des yeux depuis la véranda tandis qu'elle se dirigeait vers la porte. Elle avait senti son regard posé sur elle pendant qu'elle avançait bravement dans l'obscurité, éclairée seulement par la faible lueur de la lampe tempête. En tant que chef de poste, il était responsable de sa sécurité. C'était à la fois étrange et réconfortant de se dire que cet homme qu'elle connaissait à peine l'avait prise sous sa protection. Il n'était ni un mari ni un père, ni même un frère, mais un peu des trois.

La lumière matinale filtrait par l'étroite fenêtre. Le temps qu'Annah finisse de s'habiller et de se coiffer, ses vêtements étaient déjà imbibés de transpiration. Elle sortit dans le clair soleil et aspira une profonde bouffée d'un air chaud et humide, chargé des senteurs de la brousse toute proche.

Sur le chemin de la Maison de la mission, elle croisa des Africains, qui à son passage s'arrêtèrent de travailler pour la saluer.

— *Jambo* !

— *Jambo*, sœur !

— *Habari*, répondait Annah en souriant.

Elle avait conscience qu'ils fixaient tous ses cheveux roux avec insistance. Sans doute n'avaient-ils jamais vu d'autres femmes blanches en dehors de Sarah et de sœur Barbara, qui toutes deux étaient brunes – cette dernière plutôt grisonnante, d'ailleurs.

Quand Annah atteignit la Maison de la mission, elle aperçut un groupe de femmes occupées à éplucher des haricots dans la véranda. Elles se poussèrent pour lui laisser le passage sans dire un mot. Peut-être ne parlent-elles pas le swahili ? se demanda Annah. Ou alors elles s'imaginent que je ne le comprends pas...

— Je vois que vous épluchez des légumes, leur dit-elle en swahili, prenant soin de placer correctement les intonations qui donnaient à cette langue une envolée lyrique si plaisante.

Les femmes levèrent les yeux vers elle, surprises et ravies.

— Seulement des haricots..., répondirent-elles en la regardant pénétrer à l'intérieur de la maison.

La table de la salle à manger ne comportait qu'un seul couvert pour le petit déjeuner, avec une coupe de sucre, un pichet de lait en poudre et une pochette en plastique remplie de pop-corn. Un mot était adossé à un pot de géraniums rouges :

Bonjour,
Servez-vous et rejoignez-moi ensuite à l'hôpital.
Sarah.

Tout en avalant ces curieuses céréales, Annah jeta un coup d'œil autour d'elle. La pièce était très simplement meublée, comme sa case, et dans un ordre parfait. Elle avait déjà remarqué la veille qu'on n'y voyait aucun portrait de famille encadré ou de photo de quelque maison lointaine, pourtant si fréquents dans les demeures des missionnaires. Les murs étaient nus. L'attention se portait sur une table de jeu très simple, poussée contre un mur, au milieu de laquelle trônait une solide boîte gainée de cuir vert. Un tourne-disque. Annah regretta d'avoir laissé chez elle tous ses disques, ses albums de musique classique, le nouveau Sandy Shaw ou encore l'album de Peter, Paul et Mary. Elle chercha une indication quelconque susceptible de la renseigner sur les goûts musicaux des Carrington mais ne vit aucun disque.

Après avoir réussi à attraper avec sa cuiller quelques grains de popcorn flottant sur le lait, Annah contempla les doubles rideaux, seul élément décoratif exceptionnel de la pièce. On y distinguait le dessin de boomerangs et de lances entrecroisés, des têtes d'aborigènes à la chevelure ébouriffée et des images miniatures d'Ayers Rock. Elle se demanda s'ils avaient été choisis par Sarah ou s'il s'agissait d'un don de quelque dame charitable destiné à rappeler l'Australie aux missionnaires dans leur lointaine Afrique.

Quand Annah regagna la véranda, les femmes avaient disparu sans laisser la moindre trace de l'épluchage des haricots. À l'autre bout du complexe, elle aperçut un groupe de malades venus en consultation. On pouvait aisément les diviser en deux catégories – ceux qui étaient vêtus à l'occidentale (probablement les habitants du village voisin de la mission) et ceux qui portaient leurs vêtements traditionnels (un simple tissu uni ou rayé pour les hommes et les jeunes garçons, des robes aux vives impressions pour les femmes).

Sur un des côtés du bâtiment se pressait un groupe de femmes et d'enfants. Avec leurs *kitenges* aux motifs contrastés de toutes les couleurs, on aurait cru des oiseaux tropicaux. Une femme à la peau blanche et aux vêtements neutres se tenait devant eux, captant leur attention.

Sarah.

Elle semblait leur adresser un discours, mais Annah ne put déterminer s'il s'agissait de médecine ou de religion. Au cours de leur brève rencontre de la veille, Sarah avait fait allusion à son « travail à l'hôpital » ; d'après ce qu'on avait dit à Annah, elle ne possédait aucune formation médicale.

Sarah s'interrompit en l'apercevant.

— Sœur Mason ! Vous arrivez à point. Nous allions commencer.

Les femmes et les enfants se retournèrent pour dévisager la nouvelle venue tandis qu'Annah s'avançait vers eux, en réponse au geste d'invitation de Sarah.

— C'est un concert, expliqua cette dernière quand elle l'eut rejointe. Nous en organisons un chaque semaine.

L'information surprit Annah, qui se garda cependant de le montrer. Quelques femmes vêtues de robes de la mission s'avancèrent et se mirent à psalmodier à tour de rôle des phrases simples à propos des principes de base d'hygiène et de nutrition. Bientôt, tout l'auditoire participa au spectacle, réclamant des conseils à ces actrices improvisées qui, manifestement, prenaient leur rôle très au sérieux. Pendant le déroulement de cette scène, Sarah présentait à mi-voix à Annah les personnes présentes par de brefs commentaires, expliquant comment on avait pu les sauver de la malnutrition et des maladies. Quand la séance fut achevée, la foule entama des chansons. L'une avait pour titre *Les mères font bouillir l'eau*, une autre *L'Histoire de la diarrhée*. Vint ensuite une version des *Dix Petits Nègres* dans laquelle des enfants exposaient les conséquences du manque d'hygiène et, pour finir, mettaient en garde contre l'usage des médecines locales.

Tout en les écoutant, Annah examinait la foule. Les femmes ressemblaient à l'idée qu'elle s'en faisait, mais leurs enfants paraissaient exceptionnellement sains et bien nourris. Pas de ventres enflés, de peaux ou de cheveux desséchés, décolorés par la malnutrition. Les bébés étaient propres, sans mouches autour des yeux ni mucosités sous le nez. Beaucoup avaient été frottés à l'huile et portaient des colliers de perles en l'honneur de leur visite à la mission. Leurs mères avaient également fait un effort de toilette et nombre d'entre elles portaient un second kitenge sur les épaules. Les seules qui avaient les seins nus étaient les mères allaitantes. Cette scène aurait pu incarner le modèle idéal dans les livres de mission.

Annah réalisa que Sarah l'observait dans l'attente d'une réaction de sa part.

— C'est... merveilleux, finit-elle par dire.

— Le Club des mères fonctionne depuis déjà six ans, précisa fièrement Sarah. La mortalité infantile a chuté de soixante-dix pour cent.

Une fois les chansons terminées, la foule resta assise sans bouger comme si elle avait envie de voir le spectacle se prolonger. Sarah proposa à Annah de lui faire visiter l'hôpital. Elle l'entraîna le long d'une véranda en direction d'une porte bleue sur laquelle on pouvait lire le mot ADMISSIONS.

Annah pénétra à sa suite dans une petite pièce pauvrement éclairée et s'étonna de n'y voir aucun meuble de classement, pas même un bureau, juste une chaise et un brancard.

— C'est ici que nous faisons la toilette des patients et que nous leur mettons des vêtements d'hôpital, expliqua Sarah. Il faut les débarrasser de la poussière, parfois de peintures de boue séchée qui tacheraient les draps, ou encore de leurs ornements rituels susceptibles d'introduire des germes. Il faut parfois batailler pour les convaincre que c'est nécessaire.

Elle traversa la pièce pour ramasser un bout de cordelette qui traînait par terre. Elle le saisit entre deux doigts et le jeta prestement dans une poubelle.

— Il y a aussi les amulettes et autres charmes remis par le sorcier avec des sachets de remèdes de sa composition, poursuivit-elle. Tout cela, naturellement, doit être brûlé. Nous nous montrons très fermes sur ce point à Langali. Si la population veut que nous l'aidions, elle doit abandonner ses pratiques ancestrales. À elle de choisir.

Annah approuva d'un signe de tête. Rien de plus logique, songea-t-elle. On ne pouvait servir deux maîtres à la fois.

Sarah avait entendu parler de médecins missionnaires qui acceptaient de remettre à la famille les placentas afin qu'ils soient brûlés pour ne pas offenser les esprits des ancêtres. Certains consentaient même à donner dans le même but les membres ou organes prélevés lors d'une opération. De telles pratiques n'étaient pas autorisées à Langali. Michael était très rigoureux sur cette question. Tous les placentas ou organes devaient être jetés dans la fosse.

Et, pour souligner ses propos, Sarah pointa le doigt vers la fenêtre et désigna un monticule de terre au-dessus duquel on voyait planer des vautours.

— Les anciens de l'Église africaine soutiennent cette ligne de conduite, poursuivit-elle. Ils ont eux-mêmes décidé que quiconque serait surpris à organiser une cérémonie tribale serait excommunié, à moins qu'il ne s'en repente. Il n'y a pas de problème à ce sujet dans le village car les habitants sont chrétiens depuis des générations. Mais il y en a avec ceux qui viennent de l'extérieur, des autres villages ou des concessions.

Tout en parlant, elles avaient parcouru un certain nombre de salles, des réserves, des bureaux, des salles de soins. Annah remarqua que toutes contenaient des seaux et des serpillières, des bouteilles de désinfectant, des piles de linge propre, des barres de savon noir dont se servaient de souriantes assistantes africaines en uniforme rose.

— Les actes de chirurgie sont importants, bien entendu, mais le travail de formation est vital lui aussi, expliqua Sarah. La saleté et l'ignorance sont nos plus grands ennemis.

Sur un panneau d'affichage en liège, Sarah lui montra une série de photos d'enfants « avant » et « après » qu'ils eurent été sauvés des effets de la malnutrition. Fixés deux par deux, les clichés offraient un témoignage saisissant des miracles que l'hôpital de la mission de Langali accomplissait quotidiennement.

Annah écoutait et suivait, habitée par des émotions contradictoires. L'hôpital était vraiment extraordinaire, surtout si l'on tenait compte de sa situation géographique si reculée. L'évêque avait eu raison, c'était une chance d'avoir été envoyée ici. Mais sœur Barbara ne lui avait pas non plus caché qu'il serait difficile, en tant qu'infirmière en chef, d'être à la hauteur de son propre exemple. Il y avait aussi le problème du rôle de Sarah. Elle lui faisait visiter les lieux comme s'ils lui appartenaient et semblait informée de tout alors qu'elle n'était, en fait, que l'épouse du médecin.

— Vous êtes totalement investie ici..., observa Annah, laissant les mots en suspens comme s'il s'agissait d'une question.

Sarah sourit.

— Quand j'ai épousé Michael, je suivais une formation d'infirmière et j'en étais à mi-parcours. Je n'ai abandonné que dans le but de ne pas retarder son départ pour l'Afrique, où il venait d'être appelé. (Elle jeta un bref coup d'œil à Annah.) Naturellement, je n'ai pas officiellement de diplôme, mais je suis en mesure d'apporter mon aide en toutes circonstances. Sœur Barbara me faisait confiance.

Annah se contenta d'un signe de tête, curieuse cependant de découvrir ce qu'impliquait cette remarque. Le visage de Sarah demeurait impénétrable. Impossible de savoir comment elle envisageait son rôle au sein de l'hôpital ni ce qu'avait pu lui coûter le sacrifice de sa carrière. Elle restait parfaitement calme et maîtresse d'elle-même.

La visite se poursuivit, et elles accélérèrent l'allure pour traverser une petite pièce remplie de vapeur où des Africaines à peine visibles sortaient à l'aide de pinces des instruments mis à bouillir dans de gros bidons placés sur des foyers de charbon. Dans ce monde de blancheur immaculée, ces vieux bidons et l'odeur âcre de la fumée semblaient incongrus, presque provocants. Sarah eut l'air heureuse d'en sortir. Elle fit un geste pour désigner une porte sur laquelle un ours avait été peint à grands traits sur le bois nu.

— Ma salle préférée, dit-elle. La pédiatrie.

Une porte équipée d'une moustiquaire s'ouvrit sur une grande pièce ensoleillée où s'alignaient des petits lits d'enfant. Annah entra à sa suite, surprise par le calme et la paix ambiants. Un instant, elle pensa que les bébés de Langali devaient, eux aussi, obéir aux ordres et éviter de faire du bruit. Puis elle réalisa que la salle était vide : pas une seule tête noire n'était visible dans les berceaux. Sarah parut d'abord surprise elle aussi, mais après avoir consulté sa montre elle approuva de la tête.

— Dix heures trente-cinq. Ils sont tous dehors pour leur bain de soleil.

Elle regarda autour d'elle avec un plaisir évident. Les petits lits étaient faits au cordeau et on avait posé sur chacun d'eux une couverture bordée de bleu, soigneusement lissée. Sur une table à langer trônaient des pèse-bébés tout neufs. Un des murs blanchis à la chaux était décoré d'une frise aux motifs enfantins.

— Sœur Barbara était très fière de cette réalisation...

Annah perçut une pointe de nostalgie dans la voix de Sarah, mais déjà celle-ci l'entraînait vers l'extrémité de la salle, où deux petits lits avaient été disposés un peu à l'écart.

— Ceux-ci sont réservés aux bébés qui n'ont pas de mère, expliqua Sarah. Sœur Barbara en gardait toujours un ou deux. Nos aides-soignantes peuvent s'entraîner aux soins avec eux, mais elles les gâtent trop.

Annah allait demander d'où venaient ces bébés sans mères quand une femme s'approcha pour dire à Sarah qu'on réclamait son avis.

— Bien sûr, répondit-elle aussitôt. Attendez-moi dans la nursery, Annah.

Celle-ci accepta, étonnée cependant qu'on ne l'ait pas invitée à venir aussi. Après tout, elle était ici pour assumer les responsabilités d'une infirmière en chef. Sarah ne lui avait laissé aucune chance de montrer ses compétences. Elle entendit le bruit des pas s'éloigner dans le couloir et bientôt s'éteindre.

Après s'être assise avec précaution sur le bord d'un petit lit, elle griffonna quelques notes dans son calepin pour se remémorer ce que Sarah lui avait dit. À un moment donné, elle allait devoir mettre en pratique la devise de tout nouveau missionnaire : se rendre utile le plus souvent et le plus rapidement possible.

Un bruit lui fit dresser la tête et elle se figea, le corps tendu. Un guerrier se tenait sur le seuil, un homme de haute taille, mince, le corps nu à l'exception d'un tissu drapé autour des hanches. Il tenait à la main une longue lance terminée par une pointe de métal acérée. Incapable de bouger, elle le regarda s'approcher. Il avait l'air puissant, dangereux. Une extraordinaire énergie émanait de tout son corps, prête à se libérer. Annah se leva, son calepin serré sur sa poitrine tel un bouclier. Elle avala péniblement sa salive.

— Puis-je vous aider ?

Elle avait parlé en swahili en appliquant la leçon si souvent répétée par son professeur : choisir les mots avec soin car la langue se prêtait à plusieurs interprétations. Il ne bronchait pas, aussi corrigea-t-elle vite :

— Puis-je vous offrir mon assistance ?

Mais l'homme ignora ses paroles. Très près d'Annah, à présent, il posait sur elle un regard ferme, à la fois désintéressé et curieux, comme si cette femme blanche était un animal de zoo, une espèce d'ailleurs assez quelconque. Annah fut frappée par la beauté de son corps, par ces muscles élancés jouant sous une peau luisante enduite de boue rouge. On aurait pu le croire moulé dans du bronze, vision d'un dieu né des mains inspirées d'un sculpteur.

— *Wewe je !* Toi, là ! Qu'est-ce que tu fais ici ?

Le guerrier se retourna au son de la voix de Sarah. Il lui fit face un instant, la main toujours posée sur sa lance, puis sortit calmement de la salle. Quand il eut disparu, Annah eut l'impression qu'un vide s'était installé dans la pièce, tant sa présence avait été tangible.

— Il a dû venir de la forêt, observa Sarah, les sourcils froncés. Habillé de la sorte et se promenant ici comme s'il était chez lui... J'espère qu'il ne vous a pas fait peur ?

Annah se pencha pour remettre en place la couverture du petit lit.

— Bien sûr que non.

— Parfait. Continuons notre visite.

Dans la salle des femmes, elles trouvèrent Michael occupé à sa tournée matinale. Vêtu d'un large short, de hautes chaussettes et d'une chemise en nylon à manches courtes sur laquelle pendait un stéthoscope, il parlait à une malade dans un swahili fluide. Stanley, son principal assistant médical, se tenait à ses côtés, toujours vêtu de son pantalon et de sa chemise kaki. En les voyant tous deux absorbés par leur tâche, Annah ne put s'empêcher d'imaginer la légende d'une photo dans le bulletin d'information du Bureau central des missions : « Un médecin au travail dans le bush, accompagné de son assistant africain. »

Michael leva les yeux à leur approche. Après un sourire à son épouse, il se tourna vers Annah.

— Bonjour ! J'espère que vous avez bien dormi.

Toute trace de la gêne et de la tension de la veille avait disparu de sa voix. Ici, à l'hôpital, il était parfaitement à l'aise. Il fit un geste en direction de Stanley.

— Vous connaissez déjà mon assistant...

— En effet.

Annah sourit et l'Africain inclina courtoisement la tête.

Après un coup d'œil à sa montre, le Dr Carrington passa à la malade suivante et, tout en étudiant la feuille de maladie, il lança à Sarah par-dessus son épaule :

— Il sera bientôt l'heure de déjeuner. Va parler à la femme du lit 6, s'il te plaît. Sers-toi du swahili, elle le comprend assez bien. Elle vient de Mbati et sort d'un accouchement normal, mais elle insiste pour donner à l'enfant du lait de vache étendu d'eau. Elle prétend que celui d'avant est mort parce qu'elle le nourrissait au sein.

Sarah traversa la salle pour se rendre à son chevet, suivie d'Annah. Pendant plusieurs minutes, Sarah discuta avec la femme dans un swahili aisé, faisant valoir tous les arguments possibles. La jeune mère se contentait de les repousser d'un signe de tête, refusant de se laisser convaincre. Sarah finit par se taire et réfléchit un long moment.

— Écoute, dit-elle enfin, pourquoi veux-tu donner à ton enfant le lait d'une vache ? Est-ce que la vache est sa mère ?

La femme se mit à rire à cette plaisanterie mais parut manifestement impressionnée par cet argument.

Sarah regarda Michael, qui l'observait de l'autre côté de la salle, et elle lui sourit, heureuse de son succès. Puis elle se retourna vers Annah.

— Il arrive qu'on trouve les mots justes pour les convaincre. Pour cela, il faut essayer de considérer les choses de leur point de vue. C'est sœur Barbara qui m'a appris cela.

Annah hocha la tête. Elle voyait que Sarah prenait plaisir à lui montrer ses connaissances, et cela n'avait rien de surprenant. Malgré toute son expérience pratique, il devait lui être difficile de partager le travail de l'hôpital avec un mari médecin et une infirmière expérimentée et, surtout, diplômée. Il sera essentiel que je m'entende bien avec elle, songea Annah. Il faudra éviter toute forme de rivalité et, au contraire, m'en faire une alliée.

— Pourquoi a-t-elle rendu son propre lait responsable de la mort de son autre enfant ? demanda-t-elle à Sarah.

— Elles ne tiennent jamais vraiment compte de ce que nous tentons de leur enseigner au sujet des infections. Et elles tirent leurs propres conclusions. Si l'enfant a bu au sein avant de mourir, alors c'est la véritable cause de sa mort. À moins qu'elles n'en rendent responsable la sorcellerie.

Elles attendirent toutes deux près du lit de la jeune mère jusqu'à ce qu'elle donne enfin le sein à son bébé. Sarah fit un signe à son mari.

— À tout à l'heure à la maison, lança-t-elle.

Il ne répondit pas, absorbé déjà par un autre malade.

— Il est toujours en retard, soupira Sarah tandis qu'elles quittaient la salle. C'est un perfectionniste, il ne mesure pas son temps. (Elle se mit à rire.) Cela rendait sœur Barbara absolument folle.

Il était près de deux heures lorsque Michael arriva enfin à la Maison de la mission pour déjeuner. Le repas était prêt depuis midi, mais Sarah précisa qu'on ne se mettait jamais à table sans lui.

Quand ses pas retentirent sur le chemin, les deux femmes levèrent les yeux.

— Ordena ! appela Sarah en direction de la cuisine. Le *bwana* arrive.

Au moment où elle prononçait ces mots, Michael entra et se dirigea directement vers la salle de bains sans s'arrêter.

— C'est une autre de nos règles, expliqua Sarah. Toujours nous laver quand nous arrivons de l'extérieur, où que nous ayons été et quoi que nous ayons fait. Ainsi, nous savons que la Maison reste toujours saine. Nous avions aussi coutume de laisser nos chaussures dehors, mais elles disparaissaient. Sans doute les chiens du village…

La porte de la cuisine s'ouvrit et une imposante femme pénétra à reculons dans la salle de séjour. Son arrière-train drapé d'une jupe à carreaux passait tout juste entre les montants de la porte. Une fois entrée, elle se retourna. Un plateau chargé de plats formait un pont entre ses deux solides mains.

— Bonjour, Ordena, dit Annah en reconnaissant la gouvernante qui lui avait été présentée la veille.

— *Jambo*, sœur Annah, répondit Ordena. *Jambo*, madame Carrington, *jambo*, *bwana*.

Annah alla aider l'Africaine à poser le plateau. Les arômes qui s'échappaient des plats lui étaient familiers : pommes de terre cuites à l'eau, carottes bouillies, corned-beef, sauce blanche.

— Cela semble délicieux, fit-elle remarquer en éprouvant pourtant une pointe de regret de ne pas goûter à une cuisine plus exotique.

— Nous ne mangeons pas tous les jours comme ça, indiqua Sarah. Hélas ! nous sommes bien souvent obligés de nous contenter des ressources locales.

Michael réapparut et se tint derrière sa chaise à un bout de la table, attendant que sa femme prenne place à l'autre extrémité. Puis il fit signe à Annah de se mettre entre eux deux. La place de sœur Barbara auparavant. Il ne s'assit qu'après les deux femmes et, la tête inclinée, marqua une courte pause afin qu'elles se joignent à lui pour réciter le bénédicité.

— Seigneur, bénis ce repas et ceux qui l'ont préparé. Qu'il nous donne la force de toujours Te servir. Amen.

Il attendit encore que Sarah ait commencé de manger pour faire de même. Le rituel s'écoulait sans heurt, chaque acte s'enchaînant à l'autre comme dans une danse longtemps pratiquée.

Il y eut plusieurs minutes de silence. Michael avalait vite de grandes bouchées, tandis que Sarah dégustait le contenu de son assiette précautionneusement, par petits morceaux.

— Alors racontez-moi, dit finalement Michael, comment s'est passée votre visite de l'hôpital ?

— Très intéressant – et étonnant, répondit Annah. Je ne m'attendais pas à cela. On n'imagine pas un instant qu'on se trouve à des kilomètres de toute civilisation.

Michael sourit, manifestement satisfait.

— Ce résultat est, pour une grande part, l'œuvre de sœur Barbara. Elle est arrivée ici dans les années trente et fut la première femme blanche à découvrir la région.

— Elle a commencé avec presque rien, précisa Sarah, une caisse de thé retournée, une petite table, une chaise, un poêle à bois et une casserole.

— Elle a travaillé toute seule ici pendant vingt ans, poursuivit Michael.

Ils se repassaient la parole comme dans une liturgie, déroulant tour à tour le canevas de ce qui était devenu presque un mythe, une légende. Ils lui racontèrent comment sœur Barbara avait un jour chassé un léopard de l'une des salles, comment elle avait refusé d'apprendre à parler correctement le swahili ou encore combien elle détestait la saleté et le désordre.

— La seule vue d'un vêtement africain sur un lit d'hôpital lui faisait piquer une crise, commenta Michael.

— Mais ce qu'elle détestait le plus, ajouta Sarah, c'était de trouver des épis de maïs tout mâchonnés jetés par terre dans l'enceinte des bâtiments.

Ces récits, relatés avec tendresse, mirent Annah un peu mal à l'aise. Ils lui rappelaient qu'elle n'était qu'une étrangère venue prendre la place de cette grande et inoubliable figure qu'était sœur Barbara. Puis elle pensa que, pour les Carrington, c'était probablement une manière de saluer le départ de leur vieille collègue et d'introduire Annah à sa place. Elle se détendit, prenant alors plaisir à écouter leurs anecdotes et à en rire.

Sarah et Michael paraissaient, eux aussi, plutôt détendus. Michael se mit à parler de l'avenir avec enthousiasme, décrivant la manière dont Annah l'assisterait pendant les opérations et les consultations, et encore comment Sarah poursuivrait l'éducation des femmes et des enfants.

Ordena apporta un plat de mangues. Les fruits avaient été coupés en deux, débarrassés de leur noyau, vidés de leur chair et remplis à nouveau après que celle-ci eut été détaillée en morceaux. Chaque moitié offrait un petit amas de cubes dorés, mûrs à point, dont le parfum emplit la pièce.

— C'est la seule manière de les servir, expliqua Sarah, si on ne veut pas s'en mettre partout.

Ils terminèrent leur repas en silence. Michael repoussa son assiette le premier, se tamponna la bouche de sa serviette.

— Il va y avoir des changements, annonça-t-il brusquement.

Annah resta la bouche entrouverte devant le morceau de mangue qu'elle se préparait à avaler. Son regard se porta instinctivement sur Sarah. Celle-ci avait les yeux baissés sur son assiette, un léger sourire aux lèvres ; ses joues avaient rosi.

Michael se mit debout, vint se placer derrière elle, les mains posées sur ses épaules. Sarah leva vers lui ses grands yeux sombres. Le rose qui teintait son visage lui donnait une soudaine douceur et une réelle beauté.

— Nous attendons un enfant. La naissance est prévue dans cinq mois.

— Nous ne l'avons encore dit à personne, ajouta Sarah timidement. Nous voulions d'abord attendre que la période critique soit dépassée. (Son regard croisa celui d'Annah.) Cela ne changera pas grand-chose, rassurez-vous, je continuerai à travailler. C'est le moment ou jamais de donner le bon exemple.

— En effet, approuva Annah. (Sarah avait raison. Mettre en pratique pour elle-même les leçons qu'elle répétait sans cesse aux femmes africaines serait un excellent moyen de se rendre encore plus crédible.) Je vous félicite tous les deux.

À la vue de Sarah assise là, une main posée sur le bras de l'homme penché sur elle tel un ange gardien, elle se sentit traversée par une pointe d'envie. Jusqu'à présent, son seul but avait été de devenir infirmière missionnaire, éliminant tout autre désir, y compris celui de la compagnie des hommes. Mais devant Sarah et Michael, il lui sembla que l'harmonie d'un couple était aussi un idéal à atteindre, essentiel à son équilibre au même titre que son travail, si passionnant fût-il. Un mari aimant, une vocation partagée et, en temps voulu, un enfant.

En somme, l'image parfaite du bonheur.

Michael marchait en tête, précédant les deux femmes sur un étroit sentier sinueux. C'était lui qui avait proposé une promenade dans la soirée afin qu'Annah découvre peu à peu son environnement. Il n'y avait aucun danger, selon lui, à condition de rester dans les chemins connus et de ne pas s'aventurer trop loin.

Annah gardait les yeux fixés sur ses pieds, scrutant le sol pour y déceler l'ondulation furtive d'un serpent, le dard dressé d'un scorpion ou une nuée d'industrieuses fourmis prêtes à l'attaquer. En alerte, elle guettait les bruits de la forêt. Le mur de verdure était maintenant tout proche, les branches et les troncs se découpant comme des squelettes sur l'écran de feuillage. Du fond des ténèbres humides parvenaient des milliers de sons étouffés. Le bush s'éveillait à l'activité nocturne, bourdonnant de millions d'existences... Chasser et fuir, vivre et mourir, manger, naître, s'accoupler... tout, sauf dormir.

Ils avançaient en direction d'une petite crête au-dessus de Langali. Annah voyait le large dos de Michael la précéder tout en entendant, derrière elle, les pas légers de Sarah. Ils suivaient un sentier qui démarrait à l'arrière de l'église et Sarah expliqua qu'il s'agissait des vestiges d'une ancienne piste par laquelle, autrefois, les Arabes faisaient transiter les esclaves. L'itinéraire traversait Langali tout droit et l'église de la mission avait été construite sur son parcours, symbole d'espoir après le malheur. Annah écouta intensément, essayant de ne pas penser aux files d'esclaves qui l'avaient précédée sur cette route. Combien de milliers d'entre eux avaient progressé péniblement sur ce sol où elle cheminait aujourd'hui ? Leurs cœurs et leurs corps brisés, ils laissaient derrière eux une trace de sueur acide, de sang et de désespoir.

Michael s'arrêta soudain : ils étaient assez loin. Annah abaissa les yeux sur le paysage qui s'étalait au-dessous, sur l'ensemble des bâtiments de la mission, dont les toits de tôle luisaient encore sous les derniers rayons du soleil. La rivière, déjà plongée dans l'obscurité, serpentait le long du village, sombre et secrète. Des foyers au-dessus desquels cuisait la nourriture s'élevaient de capricieuses volutes de fumée. Elles étaient le signe que le village vivait, se dit Annah. Un signe de vie comparable au pouls que l'on cherche sur les veines.

Elle se tourna vers l'ouest pour admirer le soleil plongeant à l'horizon dans un feu d'artifice d'or et de pourpre. Les yeux fermés, Annah exposa son visage à ces derniers éclats de lumière. Depuis l'enfance, elle aimait jouir de la beauté douce-amère de cette chaleur vespérale. Elle lui rappelait la promesse de l'aube, la présence de Dieu et de sa bonté dans le monde. Même ici, si loin, tout au bout de nulle part.

— Voici Cone Hill.

Les paroles de Michael rompirent cet instant de paix et de rêverie.

Annah ouvrit les yeux. Le médecin pointait le doigt vers une crête rocheuse se dessinant, à l'ouest, au-dessus de la forêt, silhouette grise et nue qui n'avait pas exactement la forme d'un cône mais plutôt d'un arrondi aux lignes amorties. Pour Annah, il évoquait un sein au tracé parfait dont la pointe se dressait vers le ciel embrasé. Elle détourna les yeux, un peu gênée, mais le regard de Michael s'était déjà porté au-delà.

— Il n'y a rien d'autre à voir ici, expliqua-t-il, seulement la forêt inexplorée qui s'étend jusqu'à la frontière.

Annah contempla l'horizon et elle crut voir les mots écrits dans le ciel. Congo. Rwanda. Les paroles de l'homme dans le train lui revinrent en mémoire et elle frémit.

— Langali est le point le plus extrême, poursuivit Michael avec une note de fierté dans la voix. Je projette d'installer un poste avancé plus loin vers l'ouest et j'ai déjà pris des contacts avec les villages voisins. Certains des habitants, les plus vieux, sont chrétiens. Il ne nous reste qu'à convaincre leur chef.

Tous trois contemplèrent les lueurs de l'horizon en train de disparaître. Cone Hill devint une forme noire dressée sur un ciel de soie écarlate.

Puis Michael se détourna pour prendre le chemin du retour, suivi par les deux femmes. Au-dessous d'eux, les feux de Langali formaient de petites taches rouges dans la pénombre. Les missionnaires se hâtèrent vers les bâtiments, soudain pressés de retrouver l'abri rassurant de la Maison. Un havre de sécurité dans ce pays sauvage.

7

À Langali, on se levait de bonne heure pour prendre un rapide petit déjeuner. Le repas terminé, on se réunissait près du tourne-disque, tête inclinée, et Michael lisait à voix haute quelques extraits du *Livre des prières*. Après quoi, chacun se rendait à son travail, Sarah à ses classes au village, Annah et Michael à l'hôpital.

La première partie de la matinée était réservée à la tournée des salles. Ils s'arrêtaient près de chaque lit, vérifiaient la feuille de soins et le traitement, examinaient le malade. Quand tous les lits avaient été visités venait le moment de s'attaquer à la foule des patients postés à l'extérieur. Stanley venait alors en renfort mais, même avec son aide, Annah considérait toujours que réussir à accueillir tout ce monde et à traiter les maux les plus divers – blessures, infections, cancers ou affections cardiaques – relevait du miracle.

Le mercredi et le vendredi après-midi, Michael opérait ; Annah l'assistait. Elle avait vite saisi sa manière de travailler et savait anticiper ses désirs, préparant à l'avance l'instrument dont il allait avoir besoin, tenant toujours sous la main un linge, prête à essuyer son front couvert de sueur. Ensemble, ils furent bientôt à même d'effectuer un grand nombre d'interventions, souvent dans un temps record.

Le soir, Sarah, Michael et Annah partageaient le repas préparé par Ordena et, tandis que les boys lavaient bruyamment la vaisselle à la cuisine, ils passaient un moment paisible dans la salle de séjour à lire ou à écrire. C'était le moment que choisissait Michael – lui et lui seul, comme le découvrit Annah – pour sélectionner un disque. Il n'en avait pas beaucoup : *Le Messie*, la *Water Music* de Haendel, les *Concertos brandebourgeois* de Bach et un enregistrement de cantiques interprétés par des chœurs d'hommes gallois.

Quand il passait un disque, personne ne parlait ; Sarah s'arrêtait même de taper à la machine. À la cuisine, les garçons semblaient faire moins de bruit. Était-ce à cause du pouvoir de la musique ou pour respecter le plaisir du maître ? Annah n'aurait su le dire. Elle se contentait de suivre l'exemple de Sarah et de s'asseoir à côté de l'appareil, faisant semblant d'apprécier la musique tout en songeant secrètement aux airs qu'elle aimait entendre chez elle – *Love Me Tender* ou *Let It Be Me*.

Une fois par semaine, la musique éteinte et le couvercle du tourne-disque refermé, Michael allait chercher ses carabines. Lentement, avec méthode, il les démontait pour en nettoyer chaque élément. Annah observait ce rituel de précision, les mouvements de ces mains de chirurgien sur les canons et les gâchettes, le froissement du tissu sur le métal lisse, l'odeur de la graisse à fusil.

Le dimanche, les missionnaires assistaient au service à l'église de la mission. Ils suivaient ensemble le chemin emprunté autrefois par les esclaves. Leurs pas résonnaient sur les planches recouvrant le sol quand ils s'approchaient de l'autel, simple table drapée d'une nappe brodée sur laquelle on lisait, en lettres de soie rouge sang :

En Christ nous trouvons notre liberté

Ils s'asseyaient sur le premier banc, Michael entre les deux femmes. Le dimanche, on s'habillait. Pas question de porter les vêtements de tous les jours. Annah et Sarah arboraient des robes aux teintes vives et des chapeaux décorés. Annah avait même sorti un jour sa jolie veste rose et Michael lui en avait fait compliment. Mais le silence de Sarah avait suggéré qu'elle partageait l'opinion de sœur Barbara et de Mme Wade sur ce coloris. Michael, lui, ne variait pas sa tenue : shorts longs, hautes chaussettes et chemise immaculée. Les jupes de couleur d'Annah et de Sarah frôlaient ses genoux nus quand tous trois se levaient ou s'asseyaient selon les directives du *Livre des prières*.

Le service était dirigé par le représentant local de l'Église évangélique, un homme sérieux et lent de la tribu de Langali envoyé autrefois au loin pour suivre l'enseignement de l'école biblique. Prières, lectures et chants étaient exactement les mêmes qu'à Londres ou à Melbourne, mais traduits en swahili. Cependant, la différence de langue n'était pas le seul changement remarqué par Annah. Il y avait aussi l'ampleur des voix, accentuant le rythme, les subtils mouvements des hanches et des pieds qui donnaient l'impression d'assister plus à une danse contenue qu'à une cérémonie religieuse. On sentait le cœur de l'Afrique palpiter sous la couche rigide de la liturgie anglicane.

Le programme était immuable, qu'il s'agisse du travail quotidien, de l'étude, de la prière, du culte ou des après-midi dominicaux. Rien ne changeait jamais. Rien n'était jamais remis à plus tard ou annulé, sauf en cas d'urgence médicale. Si tel était le cas, la règle était d'y répondre, de nuit comme de jour, car il n'y avait aucun autre hôpital ni aucun autre médecin à la ronde. Michael passait souvent une partie de ses nuits à traiter accidents, malaises subits ou complications de maladies infantiles. Il lui arrivait d'appeler Annah à l'aide et souvent, dans ses rêves, elle entendait frapper à sa porte, puis la voix de la garde de nuit crier : « Sœur, sœur, venez ! Le *bwana* a besoin de vous ! »

Annah ouvrait alors les yeux sur les ombres de la moustiquaire drapée au-dessus du lit. La voix insistait :

— Sœur, sœur... Dépêchez-vous !

Alors, elle s'apercevait qu'elle ne rêvait plus et se levait précipitamment, les yeux encore lourds de sommeil, pour enfiler ses vêtements. Elle s'était imaginé qu'après une longue nuit passée à l'hôpital il lui serait permis de rattraper un peu de sommeil dans la journée, mais ce n'était jamais le cas.

— J'ai voulu le faire une fois, expliqua Michael, et je suis arrivé deux heures plus tard que d'habitude à la consultation externe pour constater qu'un enfant était mort d'avoir trop attendu. (Il désigna du doigt un des gommiers plantés par sœur Barbara.) Juste ici, au cœur même du village. Après, je me suis promis que cela ne se reproduirait jamais.

Annah hocha la tête. Michael Carrington appartenait à ce type d'homme qui réfléchit profondément avant de prendre une décision, mais qui ensuite n'en dévie plus, quel qu'en soit le prix.

La salle d'opération était l'endroit le plus chaud de tout l'hôpital. Pour que l'air reste stérile, tout au moins pur, il fallait garder portes et fenêtres fermées. L'odeur de la brousse n'y pénétrait pas ; seule flottait celle des antiseptiques mêlée à de vagues relents de sueur.

Dans un angle de la petite pièce, Stanley nettoyait des instruments de ses mains revêtues de gants de caoutchouc orange. Sur ses habituels vêtements kaki, il portait une ample blouse verte de chirurgien. Il doit mourir de chaleur, songea Annah en le regardant. Mais Stanley ne laissait jamais paraître le moindre signe de faiblesse. Même à la fin d'une longue opération, il semblait frais et dispos. C'était un être équilibré, accompli. À ses côtés, Annah se sentait « importée », pas à sa place. Elle enviait son calme et ce rapport fluide qu'il entretenait avec son environnement.

Stanley retira d'une des cuves de stérilisation une scie à bois ordinaire. Annah détourna les yeux, évitant de penser à ce qui allait suivre. Elle sentit un instant peser sur son estomac le copieux repas qu'elle venait de prendre, deux grands bols d'une soupe d'arachide et d'épinards préparée par Ordena, et se demanda si elle n'allait pas vomir.

Stanley finit de disposer les instruments puis se tourna vers le plateau d'anesthésie pour y préparer les produits nécessaires. Annah éprouvait un étonnement constant de voir ce travail, habituellement réservé à un médecin, accompli par un villageois africain. Mais Michael assurait que Stanley savait tout ce qu'il fallait savoir en matière d'anesthésie pour une opération dans un hôpital de brousse. Quand le respirateur avait cessé de fonctionner quelques années plus tôt, il avait même réussi à remplacer l'appareil par une vessie de ballon de football et une vieille pompe à bicyclette.

La porte s'ouvrit et un aide-soignant fit entrer la malade sur un chariot roulant. Avec lui pénétra une bouffée d'air fétide, l'odeur de chairs nécrosées à peine couverte par l'antiseptique. Annah déglutit pour repousser sa nausée. Elle avait souvent respiré cette même odeur au cours des deux mois passés à Langali, sans pour autant parvenir à s'y habituer.

Sur le chariot, une petite fille était parfaitement éveillée, le corps raidi par la terreur, le regard fou. Elle devait sans doute savoir qu'on allait lui couper la jambe. Il n'y avait pas d'autre solution, Michael l'avait expliqué à ses parents. Elle souffrait depuis trop longtemps d'une gangrène négligée qui, maintenant, avait attaqué l'os.

Stanley s'approcha à vive allure de l'enfant et se mit à lui parler à voix basse. Elle le fixait comme s'il représentait son unique espoir. Peu à peu, sous l'effet de ses paroles et du produit anesthésique, ses doigts crispés se détendirent et ses mains finirent par reposer mollement à ses côtés.

Michael entra en coup de vent, tenant bien haut ses mains gantées pour ne rien toucher. On ne pouvait être totalement sûr de la propreté, même dans cette pièce pourtant récurée chaque jour à l'antiseptique.

— Prions, dit-il d'un ton brusque en inclinant la tête.

Stanley se tenait près de la fillette, une main posée sur son petit corps. Sa voix s'éleva, claire dans le calme ambiant, mais ni Annah ni Michael ne comprenaient ses paroles. Dans la salle d'opération, la prière se faisait autant que possible dans la langue maternelle du patient, et pour cela Stanley était irremplaçable car il parlait les trois ou quatre dialectes en usage dans la région.

Annah se joignit à Michael pour dire *Amen*. Après quoi, le médecin commença à pratiquer une coupure bien nette dans la chair saine au-dessus de la plaie. Annah regardait le scalpel avancer fermement, fendant la peau, révélant d'abord la couche jaune de graisse, puis la chair sanglante. Sur la peau noire, les motifs tracés par le sang lui semblaient bien différents de ceux qu'elle avait coutume de voir sur une chair blanche. Le contraste était moins choquant, cependant les lignes rouges de la blessure semblaient figurer des dessins rituels.

Selon les instructions du chirurgien, Annah épongeait le sang, tendait les pinces, essuyait la sueur sur ses tempes. Bientôt l'os blanc apparut.

— Tout va bien, assura Michael. Maintenant, levez la jambe et tenez bon.

Annah s'arc-bouta solidement et saisit la mince jambe recouverte d'un linge. Quand elle l'eut maintenue dans la bonne position, Michael entreprit de scier le membre. Pas question pour Annah de détourner les yeux car il lui fallait constamment être prête à intervenir. Elle baissa à demi les paupières pour estomper la scène. Mais comment échapper aux bruits ? Le ronronnement régulier du respirateur, le raclement de la scie sur l'os... Un goût amer monta à sa gorge, la sueur se mit à ruisseler sur son visage. Levant un instant les yeux, elle croisa le regard de Stanley et sut qu'il devinait ce qu'elle ressentait. Il se mit soudain à chanter d'une voix étonnamment riche et profonde. C'était un cantique en swahili :

> *Là-bas, de l'autre côté des murs de la ville,*
> *Se trouve une colline aux verts coteaux.*
> *Là-bas, ils ont crucifié Notre-Seigneur,*
> *Lui qui est mort pour nous sauver du péché.*

Michael marqua une pause, les yeux agrandis par la surprise. Était-ce le choix du cantique – lugubre et réservé au vendredi saint – ou le fait que Stanley se soit mis à chanter pendant une opération ? Annah n'aurait su le dire, mais elle était reconnaissante d'entendre cette voix qui surmontait le bruit de la scie traçant son sinistre chemin dans la cuisse de l'enfant.

Enfin, la jambe se détacha et pesa dans les mains d'Annah. Elle la trouva étrangement lourde. Puis elle alla la déposer dans un seau placé dans un coin à l'autre bout de la pièce. Stanley s'arrêta de chanter aussi naturellement qu'il avait commencé.

En retournant vers la table d'opération, Annah respirait plus librement. Le plus dur était passé. Il ne restait que le travail habituel : suturer, essuyer, bander. Et, après cela, nettoyer, remettre tout en ordre.

Michael écarta son masque.

— Bon travail, ma sœur. Certaines infirmières ne supportent pas de voir une amputation, vous savez.

Annah haussa les sourcils comme si la chose lui semblait étonnante.

— Vous avez réussi l'examen, ajouta le médecin dans un sourire. J'ai reçu un message de l'évêque la semaine dernière me demandant comment cela se passait, ici, avec vous. Après cette épreuve, je peux lui répondre que nous sommes plus que satisfaits.

Annah baissa les yeux. Ces mots avaient répandu en elle une douce chaleur, telle une brise d'été. Elle s'efforça de ne pas penser à Stanley, témoin calme et muet de sa faiblesse, mais elle sentait son regard sur elle et, quand elle releva la tête, elle se détourna.

Sarah se tenait assise devant son Olivetti portative, le dos bien droit, les mains en place, les doigts prêts à frapper les touches. Elle réfléchit un instant puis se mit à taper à toute allure, remplissant rapidement une page blanche. On aurait dit un oiseau affamé picorant ses graines sur le papier.

Un peu plus tôt dans la soirée, Annah avait écrit une des rares lettres qu'elle adressait à sa mère. Eleanor lui avait fait comprendre qu'elle ne tenait pas à un échange de correspondance suivi. Elle s'était dépensée pendant toutes ces années pour écrire à sa sœur Eliza. Pour quel résultat ? Sa seule enfant avait découvert un paquet de lettres jaunies et décidé après cela de gâcher sa vie ! Stimulée par son succès de l'après-midi à la salle d'opération, Annah avait senti les mots lui venir plus facilement que d'habitude. Michael avait réitéré ses éloges au cours du dîner et Sarah s'y était associée. Annah se révélait un réel atout pour la mission.

Son courrier achevé, Annah alla inspecter la bibliothèque. Sur le rayon du haut, elle découvrit la boîte poussiéreuse du jeu Serpents et Échelles.

— Qui aime y jouer ? demanda-t-elle à la ronde.

Le crépitement de la machine s'arrêta et Michael abaissa le journal médical dans lequel il était plongé.

— Je sais que c'est un jeu idiot, ajouta Annah, soudain embarrassée, mais j'adorais y jouer, enfant.

— Moi aussi, avoua Michael en se levant pour inspecter la boîte qu'Annah ouvrait sur la table.

Tous deux sourirent à la vue familière de leur jeu favori : les nombres quadrillés et les traîtres serpents se faufilant dans le but de franchir les solides échelles.

Annah commença à disposer les pièces. Michael jeta un regard en direction de sa femme.

— Veux-tu jouer aussi ?

— Non. Je préfère finir mon travail.

La tête penchée sur la machine, elle se remit à l'ouvrage, le front plissé.

Michael fit rouler les dés et compta cinq cases pour s'arrêter juste avant une échelle.

Annah jeta un coup d'œil à Sarah en secouant à son tour les dés. Elle devinait une sourde hostilité dans la manière dont elle se tenait, dans son bref refus de s'associer au jeu. Ce n'était pas la première fois qu'elle éprouvait cette sensation. À plusieurs reprises, elle l'avait surprise en train de l'étudier comme on l'aurait fait d'un spécimen de laboratoire. Sarah semblait aussi saisir toutes les occasions de reprendre Annah, surtout en présence de Michael. Il s'agissait le plus souvent de choses mineures, par exemple de ne pas fredonner des airs africains si elle n'en connaissait pas les paroles. Ou bien il s'agissait de détails d'hygiène et de sécurité. En général, Annah partageait son point de vue, mais ces rappels à l'ordre fréquents, quoique toujours aimables, laissaient soupçonner une antipathie sous-jacente. Au début, pourtant, la relation entre les deux femmes semblait avoir démarré sur de bonnes bases ; Sarah s'était montrée amicale et secourable. À présent, quelque chose avait changé entre elles.

Annah croyait connaître le moment précis où cela s'était produit. C'était un matin ; tous trois se trouvaient à l'hôpital dans la salle des femmes. Venue rendre visite à une jeune mère récemment admise, Sarah se tenait debout aux côtés d'Annah, de Michael et de Stanley quand une vieille femme occupant le lit voisin s'était mise à rire – une sorte de croassement asthmatique, la bouche grande ouverte sur un espace vide. Quand elle parla, aucun des trois missionnaires ne comprit le dialecte local. Mais le reste des malades avait parfaitement saisi le sens de son discours et une vague de rires parcourut la salle.

111

Annah regarda Stanley.

— Qu'a-t-elle dit ?

Embarrassé, il ne répondit pas. La jeune femme se tourna alors vers Michael et vit qu'il dévisageait Sarah.

La vieille femme continuait de rire.

— Mais que dit-elle ? interrogea à son tour Sarah.

Stanley fronça les sourcils, se mit à contempler ses pieds d'un air faussement absorbé. Comme Sarah s'agitait, il se décida enfin.

— Elle a dit que le *bwana* docteur a beaucoup de chance d'avoir deux... femmes si... belles. C'est une vieille folle, ajouta-t-il.

— C'est tout ? insista Sarah.

Stanley se renfrogna.

— Elle a dit aussi que l'une est enceinte. Et... (il hésita, mais Sarah le regardait bien en face, le visage impassible) et... que l'autre attend, seulement.

Pendant un instant, personne ne bougea. Puis Sarah se tourna vers Annah en se forçant à sourire.

— Ne soyez pas troublée par cela, fit-elle aimablement. Elles aiment plaisanter. Si vous les ignorez, elles n'insistent pas.

Tandis qu'elle sortait pour rejoindre un groupe de femmes, Annah l'avait suivie du regard, mal à l'aise. Quand Sarah avait parlé, sa bouche était bizarrement tordue et, là, elle marchait le dos raide.

Michael lança les dés si fort qu'ils tombèrent par terre. Il partit à leur recherche à quatre pattes et Annah se mit à rire. Sarah s'arrêta de taper.

— Je vais me coucher, annonça-t-elle.

Annah rangea le jeu, bien qu'il fût encore tôt. Une fois Sarah partie, il n'était pas question de rester seule dans la pièce avec Michael.

Arrivée à la porte, Annah alluma la lampe tempête. Elle avait conscience de la présence toute proche de Michael, et c'est avec des doigts maladroits qu'elle remit en place le tube de verre couvrant la flamme bleuâtre.

Quand Michael suivit Annah sur la véranda, Sarah vint le rejoindre. Elle se blottit contre lui, la tête sur son épaule, tandis que tous trois se souhaitaient bonne nuit.

Annah s'avança dans l'obscurité, sentant qu'ils l'observaient en silence. La lueur de la lampe qui se projetait devant elle sur le chemin lui parut symboliser la chaude intimité de ce couple marié, et elle eut l'impression de leur en emprunter une parcelle.

Allongée dans son lit étroit, elle pouvait apercevoir par la fenêtre la Maison de la mission. Une douillette lumière rose filtrait à travers les rideaux de la chambre conjugale. Lorsqu'elle s'éteignit, un sentiment de solitude submergea Annah telle une vague glacée. Elle chercha un réconfort dans le souvenir des heureux jours du passé, évoquant ses amours de jeunesse, d'autant plus flamboyantes qu'elles étaient éphémères. Elle se rappela l'excitation maladroite des premiers instants, les yeux, les lèvres et les mains avides, frôlant les limites de l'inconnu, de l'interdit.

Un soir sur la plage, derrière les dunes, elle était étendue sur le sable froid et humide au côté de Jamie Lester, son ami de cœur du moment. Enlacés sur le sable, ils s'embrassaient, les yeux clos pour mieux goûter la saveur étrange et nouvelle de cette autre bouche, de ces dents, de cette langue. Soudain, elle avait senti un courant d'air frais sur son torse et une main se glisser sous son corsage ouvert pour dégrafer son soutien-gorge, s'attarder sur la courbe de son dos, de ses seins. Alors, elle avait réalisé qu'il lui était impossible d'arrêter le mouvement de cette main qui bougeait si librement.

Frémissante, elle avait compris qu'il fallait cependant y mettre fin avant que tous deux ne fussent emportés. Mais Jamie était le plus âgé des deux, il savait ce qu'il faisait…

À présent, il la caressait sans retenue, ses deux mains décrivant des cercles sur sa peau. Annah sentait les pointes de ses seins se dresser dans l'air frais et elle avait gémi sous les caresses pour en appeler d'autres. Mais, brusquement secoué d'un frisson, Jamie s'était arrêté net pour s'écarter d'elle.

— Je suis désolé, avait-il murmuré en passant une main tremblante dans ses cheveux. Je n'aurais pas dû…

Il avait détourné les yeux pendant qu'Annah raccrochait à la hâte son soutien-gorge sans prendre la peine de le placer correctement sur sa poitrine.

— Je suis réellement désolé.

Comme Annah ne répondait pas, il avait ajouté :

— Mieux vaut ne pas rentrer ensemble. Je pars le premier.

Annah était restée étendue sur le sable après son départ, ses membres raides cherchant le réconfort du sol élastique, les yeux fixés sur la voûte étoilée tandis que l'air frais engourdissait peu à peu son corps.

Ici, à Langali, les étoiles étaient tout aussi brillantes. Annah leva les yeux vers le ciel mais cette vision céda bien vite la place à une autre : une pile de vêtements pliés sur une chaise, la lueur d'une lampe filtrant à travers la moustiquaire et le corps d'un homme, grand, blond, chaud et dur.

Penché au-dessus de la table d'examen, l'homme secouait son bras bandé d'où s'échappèrent des vers – minuscules taches blanches se tortillant sur la surface en bois. À cette vue, Annah eut un geste de recul. Une des aides-soignantes s'avança à la hâte et rassembla les asticots dans sa main pour aller les jeter.

— Ces insectes, ça démange, gémit l'homme. (Il se pencha vers elle.) Regarde ! Il y en a d'autres à l'intérieur.

Annah fronça les sourcils. Ce n'était pas tant la présence des vers qui la préoccupait, mais le fait qu'ils aient pu se développer dans une blessure qu'elle avait personnellement nettoyée, désinfectée et enveloppée de pansements stériles. Il y avait là quelque chose d'anarchique, une force de la nature qui semblait se jouer d'elle. Elle prit des ciseaux, entreprit de découper le pansement. Puis elle s'aperçut que la blessure apparemment infectée ne dégageait aucune mauvaise odeur. Curieusement, elle ne découvrit aucun signe d'infection. Les chairs semblaient en bonne voie de cicatrisation.

— Sœur, sœur... Il faut que je parle à la sœur !

Annah leva les yeux et vit un vieil homme aux prises avec les assistantes, qui tentaient de le repousser au-delà des barrières. Il y avait beaucoup de monde aujourd'hui à la consultation, et Annah était seule. Sarah, Michael et Stanley étaient partis avec le Land Rover pour s'occuper d'une nouvelle clinique installée dans un village voisin.

— Tu dois attendre ton tour ! lui cria-t-elle. Ne vois-tu pas que je travaille aussi vite que je peux ?

L'homme se dégagea et se précipita vers Annah, refermant ses doigts crispés sur le bord de la table.

— Je t'en prie ! s'exclama-t-il. Mon unique petit-fils est en train de mourir. Tu dois le sauver. Il faut que tu viennes jusqu'à ma case.

Il fixait Annah de ses grands yeux anxieux. Ses vieilles lèvres tremblaient, un filet de salive coulait sur son menton.

Annah considéra avec perplexité la file des patients. Tous regardaient le vieil homme éploré sans montrer d'émotion apparente.

Les aides-soignantes s'étaient rassemblées autour de lui.

— Amène l'enfant ici, dirent-elles d'un ton calme, apaisant. C'est la règle.

— Non !

Toujours agrippé à la table, il se pencha vers Annah.

— Je t'en prie. Je t'en supplie au nom de tous mes ancêtres, viens avec moi. Si tu ne viens pas, l'enfant va mourir.

Il y avait dans sa voix un tel désespoir qu'Annah ne put s'empêcher de frémir.

— Est-ce loin ?

— Non, tout près à pied.

Annah vit une lueur d'espoir s'allumer dans ses yeux jaunis par l'âge. Ses mains se détachèrent enfin de la table et il se redressa.

— Tu dois me suivre, insista-t-il.

Une des aides-soignantes s'approcha d'Annah et lui parla en anglais.

— S'ils sont malades, c'est à eux de venir, martela-t-elle. C'est la règle.

Annah hocha la tête. Elle connaissait le règlement de l'hôpital. Pourtant, comment oublier l'étincelle pathétique qui brillait dans les yeux de ce vieillard ? Elle se leva et, avant de laisser à la femme le temps d'intervenir une nouvelle fois, dit très vite :

— Remplacez-moi. Faites tout ce que vous pourrez et gardez ici le reste des patients. Je ne serai pas longue.

Aucun de ceux qui attendaient dans la longue file ne protesta quand Annah saisit sa trousse médicale et se prépara à partir. Ils se contentèrent de la regarder en silence avec une intense curiosité, sans jamais la perdre des yeux. Elle pouvait encore sentir leurs regards peser sur ses épaules tout en traversant le village.

Sous la chaleur torride de ce début d'après-midi, le vieil homme suivait un étroit sentier en pente. En décidant de l'accompagner au chevet de l'enfant malade, Annah s'était inquiétée de l'endroit où il l'emmenait. La forêt semblait si épaisse, si sombre... Mais quand la piste eut atteint la lisière de la clairière où se situait Langali, elle obliqua vers le nord dans un territoire à la végétation plus clairsemée. Ici, les rayons du soleil atteignaient le sol et on pouvait voir la route s'étirer devant soi jusqu'à une bonne distance. Annah avançait les yeux fixés sur le bout de ses chaussures, s'efforçant de ne pas penser aux serpents accrochés aux branches ou aux yeux de tous les animaux qui la guettaient dans l'ombre. De temps en temps, il lui fallait s'arrêter pour chasser les mouches de son nez et de ses yeux.

Bientôt, des villageois de plus en plus nombreux les rejoignirent sur le chemin. Les gens semblaient surgir de nulle part – enfants, adolescents, jeunes gens, femmes –, tous vêtus de vêtements traditionnels et portant des colliers de perles. Ils ne cherchèrent pas à parler à la femme blanche, se contentant de la suivre des yeux, enregistrant chacun de ses gestes, chaque détail de son habillement, de sa peau, de son visage et, surtout, de ses épais cheveux roux rassemblés en un chignon bien net. Certains s'avancèrent pour l'aider à porter sa trousse médicale, mais elle refusa poliment. Que pouvait faire une infirmière sans ses remèdes et ses pansements ?

La distance était plus longue que le vieil homme l'avait laissé entendre, aussi Annah commença-t-elle à regretter d'avoir accepté de le suivre. Elle savait que les aides-soignantes la désapprouvaient et se demandait ce qu'aurait fait Michael. Tout au fond d'elle, une voix lui souffla qu'il s'en serait tenu à sa consultation. Pour se rassurer, elle songea néanmoins qu'en voyant le vieillard et en entendant ses plaintes... il aurait sans doute agi comme elle.

Le village apparut enfin. Situé dans une vaste clairière, il se composait de quatre cases cernées par un enclos à bétail. Un groupe d'hommes et de femmes se tenait devant la case la plus grande. Des enfants nus couraient et jouaient, mais les adultes étaient immobiles et silencieux.

Le vieil homme s'avança et, à grands gestes, leur fit signe de s'écarter. Il se tourna vers Annah.

— Vite, vite !

Elle hésita avant de pénétrer dans la case. Puis elle brava l'obscurité et se retrouva immergée dans une épaisse atmosphère lourde de fumée où flottaient des relents de bouse de vache, de nourriture et une odeur qu'elle identifia aussitôt : celle de la diarrhée.

Au bout de quelques instants, elle commença à distinguer de vagues formes – une cage contenant des poulets, une chèvre, un feu presque mort, un homme accroupi dans un coin. Et, sur une pile de peaux de bêtes jetées par terre, une femme assise tenant dans ses bras un paquet de linges.

Personne ne parlait.

— *Jambo*, lança Annah.

Seul le silence lui répondit. La jeune femme se demanda si elle devait poursuivre avec les formules de politesse en usage chez les Africains. Comment va ta maison ? Comment va ton bétail ? Qu'est-ce que tu manges ? Comment va ton travail ? La coutume voulait qu'on réponde brièvement mais positivement à toutes ces questions.

— Comment va ta famille ?

— Très bien. Nous allons tous bien. Seul le bébé est malade.

— Montre-le-moi.

Annah contourna le feu pour se diriger vers le tas de peaux de bêtes.

La mère posa doucement le paquet de linges devant elle et la regarda s'approcher. Annah discerna dans l'ombre deux grands yeux effrayés.

— Nous allons voir de quoi il s'agit, n'est-ce pas ? dit-elle de sa voix calme et professionnelle d'infirmière.

Dans cet air épais et malsain, elle s'efforça de retenir son souffle en se penchant sur le bébé pour écarter les linges qui l'enveloppaient. Elle constata aussitôt que l'enfant se trouvait dans un état critique. Il n'avait même plus la force de pleurer et gémit tel un petit chat quand elle lui prit la tête pour tâter les ganglions du cou. Sa peau brûlante était desséchée comme du parchemin.

— La mère ne parle pas le swahili, l'informa le vieil homme, qui venait de surgir à ses côtés.

Annah leva les yeux vers lui.

— Cet enfant est très malade.

Le vieil homme approuva d'un hochement de tête.

— Il faut que nous l'emmenions à l'hôpital.

Annah avait parlé d'un ton ferme. Elle avait emporté de quoi faire une injection d'antibiotiques, des remèdes contre la malaria et une solution de réhydratation. Mais l'enfant réclamait des soins attentifs pour avoir quelque chance de survivre. Tout en regardant la jeune mère, elle s'adressa au vieil homme.

— Dis-lui que son bébé est en danger. Il peut mourir.

— Il n'est pas nécessaire de lui dire. C'est elle, la première, qui a demandé la médecine blanche. Son mari le lui a interdit. Ils avaient conduit là-bas leur dernier enfant, mais la mission ne l'a pas guéri. Et il est mort au milieu des étrangers. Sous un toit de tôle qu'aucun de ses ancêtres ne protégeait. Ils ont maintenant un autre enfant. Le père refuse qu'il parte.

Un grognement d'approbation monta du coin de la case.

— Est-ce le père ? s'enquit Annah en désignant la silhouette accroupie.

— C'est lui. Mais il ne changera pas d'avis. Il a peur.

Annah tenta de discuter, utilisant divers arguments comme elle avait vu Sarah le faire. Cependant, elle comprit bien vite qu'aucune de ses paroles ne produisait le moindre effet. L'enfant cherchait son souffle, hoquetant, à demi asphyxié. La mère se mit à pleurer, d'abord doucement puis bientôt à gros sanglots. Comme si le bébé était déjà mort.

— Elle te supplie, sœur, dit le vieil homme. Ne laisse pas mourir son seul enfant.

Annah réfléchissait en silence, s'efforçant d'ignorer les bruits et les odeurs autour d'elle. Il n'y avait pas moyen de savoir ce qui n'allait pas avec le bébé mais, dans l'immédiat, il fallait de toute urgence lui faire avaler une solution réhydratante et le baigner pour abaisser sa température avant que ne surviennent les convulsions. Ensuite, on pourrait commencer le traitement antibiotique. Dans la salle d'hôpital où l'on isolait les malades, bien sûr. Elle ouvrit sa trousse, en examina le contenu. Cessant de sangloter, la mère la scruta de ses yeux meurtris par les larmes. Elle paraît si jeune, songea Annah. Presque une enfant.

— Je vais voir ce que je peux faire...

Le vieil homme traduisit mais la mère, désemparée, se contenta de regarder Annah en silence.

— Écoutez..., reprit Annah. Je vous promets de faire tout mon possible pour que le bébé ne meure pas.

La phrase à peine traduite, elle vit du coin de l'œil la forme accroupie dans l'angle relever brusquement la tête. La mère poussa un cri de joie puis, penchée au-dessus du bébé, laissa couler ses larmes sur le petit visage fiévreux. Annah n'avait pas eu le temps de leur expliquer qu'elle pouvait échouer et voir le bébé mourir en dépit de tous ses efforts. Mais à quoi bon ? Pareille précision aurait été inutilement cruelle.

Elle reporta son attention vers le petit malade, constata qu'une nouvelle crise de convulsions se préparait. Elle prépara à la hâte une solution hydratante à base de sel, de sucre et d'eau bouillie. Puis elle versa dans un bol un peu d'eau fraîche tirée de sa Thermos. En examinant sa trousse, elle repéra au fond le fameux sceau de cire rouge et l'étiquette familière : « Eau de Cologne n° 4711 ». Un autre cadeau d'Eleanor, qui ne pouvait imaginer qu'on puisse voyager sans cet indispensable soutien. Annah s'en aspergea abondamment, répandant autour d'elle une senteur parfumée qui couvrit les autres odeurs. Elle la respira à fond, presque avec reconnaissance.

Le vieil homme hocha la tête.

— Bonne médecine.

Annah regarda autour d'elle.

— Il fait trop chaud ici. L'air n'est pas bon...

Le vieil homme et la mère échangèrent quelques paroles puis, sans crier gare, l'homme accroupi dans le coin se leva. Saisissant sa lance, il se dressa devant Annah, qui recula. L'arme tranchante siffla devant ses yeux pour aller se planter dans la paroi de boue séchée, perçant un espace par lequel pénétrèrent l'air frais et les rayons du soleil.

Puis l'homme baissa les yeux vers Annah dans l'attente d'un commentaire.

— Merci, balbutia-t-elle en essuyant la poussière de son visage.

Elle prit l'enfant sur ses genoux et chercha à lui faire ingurgiter un peu de liquide. Il en coulait pas mal à côté ; elle réussit néanmoins à lui en faire absorber quelques cuillerées. De l'autre main, elle baignait ses petits membres avec un linge trempé dans l'eau fraîche. Un court instant, elle songea à se faire aider par la jeune mère, mais celle-ci l'observait avec une crainte respectueuse, comme si elle assistait à un rituel complexe, inimaginable. Elle n'avait sans doute pas fréquenté le Club des mères dirigé par Sarah car rien, autour d'elle, ne révélait la moindre notion de ce qu'on enseignait au programme de la Case idéale. Pas de lits surélevés sur des plates-formes pour éviter les tiques. Pas de patères pour suspendre les vêtements à l'air. Et des animaux sous le même toit que les humains.

Le temps s'écoula. La température de l'enfant ne baissait pas, malgré les bains. Il fut secoué d'une nouvelle diarrhée blanchâtre qui tacha les linges déjà salis, tandis que sa respiration devenait plus difficile. Comprenant qu'il lui serait impossible d'abandonner le bébé dans cet état, Annah demanda à faire parvenir un message à Langali afin d'informer les Carrington qu'elle ne serait pas rentrée à temps pour le thé. Un jeune garçon du village fut chargé de cette mission.

Annah se sentait de plus en plus gagnée par une sourde excitation. C'était le genre de chose qu'aurait fait Eliza, elle en était certaine. Distribuer des soins dans une contrée lointaine, presque inexplorée. Tenir entre ses mains la vie et la mort, se battre seule.

Les heures filaient. Par le trou ménagé dans la paroi, la lumière se fit plus douce, annonçant la fin de l'après-midi. Soudain se produisit au-dehors un remue-ménage – des voix excitées se mêlaient au grondement d'un moteur.

Puis Sarah se profila sur le seuil.

Annah leva vers elle des yeux étonnés.

— Comment avez-vous fait pour venir jusqu'ici ? Il n'y a pas de route.

— J'ai roulé dans la brousse, répliqua sèchement Sarah. Je suis venue vous chercher car Michael est occupé par ses consultations. (Elle marqua une pause et respira à fond.) Nous pensions que vous aviez compris. La règle est absolue, les gens doivent venir à l'hôpital. Nous ne pouvons pas nous permettre de courir dans tout le pays pour faire des visites.

Sa voix trahissait une fureur à peine contenue.

— Mais j'ai pensé…, commença Annah.

— Non, coupa Sarah d'une voix cinglante. Vous n'avez pas pensé, sinon vous auriez compris quels dommages vous provoquiez. Des années de formation sapées à la base…

Annah regarda l'enfant. C'était impossible qu'elle ne comprenne pas…

— Il est temps de partir, jeta Sarah.

Annah ne bougea pas.

— Sœur Mason, montez dans la voiture.

Toujours immobile, Annah tenta d'expliquer avec le plus grand calme la situation, sans le moindre résultat.

— Si le père refuse d'amener son enfant à l'hôpital, il doit subir les conséquences de son choix, trancha Sarah. Cela fait partie des choses qu'ils doivent apprendre.

Annah ne répondit pas, choquée par ces propos. Elle sentait sur elle le regard implorant de la jeune mère, qui suivait cet échange avec une anxiété grandissante.

— Je dois rester, dit-elle d'une voix douce en faisant avaler à l'enfant un peu de liquide. J'ai promis de ne pas laisser ce bébé mourir.

Sarah lui jeta un regard horrifié.

— Quoi ? Vous ne parlez pas sérieusement…

Elle pénétra plus avant dans la case et poursuivit à mi-voix :

— Il faut vous rétracter. Vous ignorez la portée de votre acte ! Dieu seul peut sauver… ou abandonner une vie. Dieu et les puissants remèdes des peuples blancs. Mais jamais l'un de nous ! Ce serait faire appel à des forces surnaturelles !

La main d'Annah resta un instant en suspens au-dessus de la bouche de l'enfant. Elle savait quel impact pouvaient avoir ces paroles sur des esprits africains. Mais il était trop tard, désormais. Elle s'était engagée. Le mal était fait.

— Je ne viens pas avec vous.

Pendant une longue minute Sarah garda les yeux fermement plongés dans les siens, espérant une capitulation qui ne vint pas. Elle se tourna alors vers le vieil homme, lui demanda s'ils accepteraient de se rendre tous à l'hôpital dans le Land Rover. Il répondit que le bébé devait être soigné par l'autre dame blanche dans la maison de ses ancêtres.

Il y eut une pause lourde de tensions. Le bébé gémit. Un chien aboya. On entendit au loin le rire en cascade d'une femme.

Sarah tourna les talons et sortit. Un instant après, Annah entendit démarrer puis s'éloigner rapidement le moteur de la voiture. La fureur de Sarah se devinait aux brusques accélérations.

Dans le calme revenu, Annah continua ses soins avec des gestes mécaniques. Toute excitation avait disparu, elle n'était plus habitée que par une terrible anxiété. Comment serait-elle accueillie à son retour à Langali ? Et que lui arriverait-il ici, dans la brousse, si le bébé mourait ?

La crise se produisit peu avant l'aube – ce moment où, souvent, l'âme et le corps des malades hésitent entre la vie et la mort. Le bébé toujours dans ses bras, Annah cherchait à lui insuffler la volonté de vivre, ignorant les regards des membres de la famille qui pesaient sur elle comme si elle accomplissait quelque magie. D'ailleurs, ils avaient raison, en un sens. Si elle était là – en Afrique, dans cette case –, c'était parce que Dieu lui avait donné la vocation d'aimer et d'aider son prochain. L'amour conférait un réel pouvoir. Elle devait s'en servir...

Alors elle se concentra sur l'amour. L'amour de Dieu. L'amour des parents de ce bébé. Son propre amour. Elle le sentait couler de ses veines vers ce tout petit enfant, fleuve puissant capable de balayer tous les obstacles.

Et cela réussit. Les petites mains molles se refermèrent en poings. Les lèvres sèches s'entrouvrirent pour aspirer goulûment quelques gorgées de liquide. Les paupières frémissantes s'apaisèrent, la respiration devint régulière et le sommeil s'installa. Non pas celui de la mort, mais celui du repos.

Une résurrection...

— Tu as trompé la mort ! Toi, toute seule, tu l'as chassée de ma case ! Mon enfant vit !

Dans l'excitation générale, Annah tenta d'expliquer que c'était la technique médicale qui avait sauvé l'enfant, mais personne ne l'écoutait. Le mot de « miracle » courut dans toute la maisonnée, le tambour entra en action. Les mains agiles de l'homme frappaient la nouvelle puis se reposaient sur la peau de vache bien tendue pour écouter la réponse, un lointain roulement signifiant que l'histoire faisait le tour de toute la contrée. Tous décidèrent alors d'accompagner l'infirmière blanche à Langali, et elle ne put les en dissuader. Une longue file se forma derrière elle, telle une procession triomphale.

L'aube naissante fut splendide. Le soleil cueillit de ses rayons la cime des arbres et répandit une poussière d'or sur tout le paysage. Malgré les fatigues de la nuit, Annah avançait allègrement sur le sentier forestier, soutenue dans chacun de ses pas par la joie d'avoir sauvé une vie.

Le vieil homme avait insisté pour porter sa trousse médicale, suivi par les autres membres de la famille chargés des cadeaux offerts à Annah – poulets caquetants aux pattes liées, gourdes décorées, épis de maïs et une marmite d'argile. Le père, auparavant silencieux et emmuré dans son chagrin, chantait et dansait. Il jetait sa lance vers le ciel puis la rattrapait, cette lance qui avait pratiqué dans le mur de la case une ouverture à laquelle on ne toucherait pas en souvenir de la nuit où son enfant avait été sauvé. Il était impossible de résister à cette joie collective et Annah souriait en dégustant les tranches de papaye qu'on lui glissait dans la main. Elle se penchait pour que les enfants puissent toucher ses cheveux et s'assurer de leur réalité. L'avance n'était interrompue que par les fréquents arrêts d'Annah, désireuse de vérifier l'état du bébé que la mère portait fièrement dans ses bras. Elle était heureuse que le père ait accepté de le conduire à l'hôpital maintenant qu'il allait mieux.

Au voisinage de Langali, elle ralentit le pas. Les bâtiments blanchis à la chaux paraissaient immuables, indifférents à l'approche du groupe. Le service de nettoyage était à l'œuvre, les patients externes attendaient calmement, les aides-soignantes s'activaient. En apercevant Sarah et Michael debout près du Land Rover, Annah fut saisie d'inquiétude. Elle eut soudain envie de laisser la procession avancer sans elle. Bien sûr, c'était impossible. Il ne lui restait pas d'autre choix que d'affronter ses collègues, d'avancer fermement vers eux.

Ils l'attendaient en silence.

— Bonjour, lança Michael quand elle fut proche.

Son regard glissa sur elle, notant la robe froissée et tachée par la boue, la transpiration et la diarrhée.

— Vous souhaitez sans doute vous changer et prendre votre petit déjeuner. Nous commencerons la visite des salles aussitôt après.

Il y avait dans sa voix une note de douceur qui redonna confiance à Annah, mais elle n'osait toujours pas regarder Sarah, immobile, parfaitement maîtresse d'elle-même.

— Pendant ce temps, je vais procéder à l'admission du bébé, reprit Michael en se dirigeant vers le père et la mère.

Il agissait comme s'il connaissait toute l'histoire – ce qui, songea Annah, était probablement le cas. Quelqu'un avait dû interpréter le langage des tambours. Elle se demanda qui cela pouvait bien être.

La matinée se déroula de façon habituelle. Michael se montra poli et s'intéressa au bébé malade. Quant à Sarah, elle gardait ses distances. Ce ne fut qu'à l'heure du déjeuner, lorsque tous trois furent réunis autour de la table dans la Maison de la mission, que Michael évoqua de nouveau l'incident. Il réprouva ouvertement l'insoumission d'Annah, mais derrière son discours perçait une sorte d'hésitation : il ne semblait pas tout à fait à l'aise. Annah le savait confronté à un douloureux dilemme : comment mettre en parallèle le respect des consignes et l'urgence de sauver une vie ? Pourtant, il se devait de se faire le chantre du devoir et de la discipline, de défendre les règles. En l'écoutant, Annah lorgna vers Sarah. Cette dernière se tenait bien droite, le regard ferme, le menton en avant, sans le moindre signe de faiblesse. Les coins de sa bouche étaient légèrement relevés, signe discret mais évident de la satisfaction que lui apportait cette scène.

De la satisfaction, oui...

Et peut-être même du plaisir.

8

La nuit approchait. Debout sur le petit pont de bois, Annah regardait l'eau courir dans son lit, régulière, profonde et claire. D'où venait-elle ? se demanda-t-elle rêveusement.

De l'Ouest.

Du Rwanda.

Son corps se raidit à cette évocation, et elle traversa vivement le pont pour gagner la forêt clairsemée qui tapissait la rive opposée.

Depuis quelque temps, elle avait pris l'habitude de ces promenades solitaires le soir après dîner, prétextant qu'avec l'arrivée prochaine du bébé les Carrington avaient besoin d'un peu plus d'intimité. À la vérité, c'était pour elle un soulagement de s'éloigner de Langali, de l'hostilité de Sarah à peine voilée de politesse. Et aussi des efforts tenaces de Michael pour faire comme si les choses allaient bien alors que tout le monde savait que l'harmonie du poste avait été sérieusement ébranlée. Plusieurs mois s'étaient écoulés depuis le jour où, dans ce petit village de brousse, Annah avait défié l'autorité de Sarah. Mais la fracture entre les deux femmes n'avait fait que s'aggraver.

Annah devait faire un effort pour se rappeler l'accueil aimable et secourable de Sarah à son arrivée. C'était un souvenir un peu irréel tant elle se montrait à présent glaciale, difficile. Pourtant, Annah avait eu l'occasion d'entrevoir une autre facette de son caractère. En pénétrant un matin dans la salle des enfants, elle l'avait aperçue penchée sur l'un des berceaux destinés aux bébés orphelins. Animée, joyeuse, elle chatouillait doucement le menton de l'enfant en émettant de

124

tendres roucoulements, et son visage s'était éclairé quand la petite bouche s'était fendue d'un large sourire.

Annah s'était retirée afin de ne pas s'immiscer dans cet instant d'abandon, regrettant soudain que cette Sarah chaleureuse et détendue soit à présent perdue pour elle.

D'habitude, elle se promenait sur le chemin proche du village mais ce soir, pour la première fois, elle s'était aventurée le long de la rivière de l'autre côté du pont. Soudain, elle avisa des morceaux de poteries cassées jonchant le sol. Elle s'immobilisa juste à temps pour ne pas les écraser. Aussitôt, elle se reprocha sa négligence, car elle aurait pu ainsi couper la semelle légère de ses chaussures. Contournant les pointes d'argile, elle aperçut la hampe brisée d'une vieille lance à moitié enfouie dans les broussailles. Puis elle vit des décombres dispersés un peu partout. Il lui fallut quelque temps pour comprendre de quoi il s'agissait – les vestiges de murs en boue séchée retournant à la terre.

Elle frémit à la pensée qu'elle se trouvait sur le site d'un village abandonné. Il lui semblait entendre la voix des anciens habitants s'attarder sous les arbres, le rire des enfants, le son des pilons martelant le maïs, le caquetage des poules, le meuglement des vaches. Elle s'avança entre les cases écroulées, distingua çà et là quelques perles enfilées sur un lien, une gourde au bout d'une lanière toute desséchée, une cuiller de bois au manche fendu. Elle ne toucha à rien, se contentant de regarder. Cela lui paraissait une intrusion suffisante.

En atteignant ce qui lui parut être l'extrémité du village, elle vit un grand tas de pierres empilées. On aurait dit l'emplacement d'une tombe, une construction en souvenir de marins perdus en mer ou, encore, d'étrangers morts en exil. Pourtant, il n'y avait pas trace de la moindre croix. Depuis plus d'une génération, les gens du village ensevelissaient leurs morts dans le cimetière à côté de l'église, mais ces pierres semblaient disposées là depuis peu de temps. Peut-être avait-on enterré ici un chien, conclut Annah, ou bien un poulet qui avait causé du mal par le biais de la sorcellerie. Difficile de savoir ce qui motivait ces gens-là.

Elle allait retourner sur ses pas quand elle aperçut une structure encore debout au milieu d'un cercle d'arbres. La case était presque intacte. En approchant, elle vit que les murs étaient bien droits, les montants de la porte solidement fixés dans la boue séchée. Si le toit n'avait pas disparu sur l'un des côtés, elle aurait été habitable.

Annah glissa la tête à l'intérieur et avisa un vêtement accroché au poteau central, bien haut, à l'abri des tiques et des insectes rampants.

Il semblait raide et abandonné depuis longtemps, mais ses couleurs étaient encore vives. Elle remarqua d'autres objets – une marmite noircie par le feu, une cage à poules vide, un panier usagé. Rien de très intéressant. Annah frémit au son soudain d'un bruissement, de frôlements précipités. Le bruit semblait venir de la toiture et s'accompagna d'un nuage de poussière. Instantanément, la jeune femme se réfugia sur le seuil de la porte. Il s'agissait sans doute d'un rat ou d'une chauve-souris. Elle redoutait de recevoir sur la tête un animal qui se prendrait dans ses cheveux, aussi leva-t-elle les yeux pour percer l'obscurité, les sourcils froncés. Sous la partie du toit encore debout pendaient des formes vagues – bouquets de fleurs et de feuilles sèches, racines ratatinées accrochées à des lianes, et des os jaunis par un long séjour dans la pénombre. Il y avait aussi d'autres choses, indistinctes... Annah déglutit pour repousser la vague de nausée qui l'assaillit. Des carcasses d'animaux et d'oiseaux, dépecées, déshydratées, noircies par la fumée et recouvertes d'une poussière pâle.

Elle s'éloigna vite de la case. Ces choses, elle le savait, étaient les ingrédients dont se servaient les sorciers pour leurs remèdes. Des choses noires, dangereuses, intouchables – impensables. Elle frissonna. Quel lieu sinistre ! Voilà ce qu'il en coûtait de s'aventurer si loin toute seule...

La lumière baissait rapidement. Annah sursauta quand une branche accrocha une mèche de ses cheveux, et elle faillit entrer en collision avec une haute silhouette qui venait de surgir devant elle. Grande, silencieuse et noire. Un hoquet de terreur la secoua.

Une exclamation de surprise lui répondit.

— Sœur Annah !

— Stanley ? balbutia-t-elle.

— Que faites-vous ici ? lança-t-il d'un ton inquiet. Ce n'est pas un endroit pour vous.

Annah inspira profondément pour tenter de retrouver son calme.

— Je me promenais, dit-elle. Et vous ? Pourquoi êtes-vous là ?

Stanley prit son temps pour répondre.

— Je me promène, moi aussi. Je rentrais. Il va faire nuit.

Balayant d'un geste le paysage, Annah désigna la case.

— Qu'est-ce que c'était ?

Dans le silence peuplé seulement du bourdonnement des insectes de nuit en train de s'éveiller, sa propre voix lui parut presque agressive. Le visage de Stanley était à peine visible dans la pénombre et, quand il répondit, sa voix semblait venir de nulle part.

— Mon peuple vivait ici avant l'arrivée de sœur Barbara. Je n'étais pas encore né alors. C'était Langali.

Quand il se tut, Annah perçut le sifflement de sa respiration. Elle tendit l'oreille, croyant entendre un murmure de voix tout près d'eux.

— Que s'est-il passé ? souffla-t-elle.

— Sœur Barbara s'est installée de l'autre côté de la rivière, et les gens convertis au christianisme l'ont suivie. Un nouveau village est né. Il est devenu de plus en plus grand et l'ancien plus petit. Au bout de quelque temps, l'ancien Langali a disparu.

Annah contempla la case inexplicablement debout, comme si une force occulte lui avait épargné les ravages du temps.

— Une vieille femme habitait ici..., reprit Stanley d'un ton hésitant.

— Seule ?

— C'était elle qui soignait les malades du village et prédisait l'avenir. Elle a pensé qu'abandonner ses tâches rituelles entraînerait de graves conséquences pour tout le monde. Elle a refusé de traverser la rivière et de devenir chrétienne. Elle est restée ici.

Stanley parlait sans émotion, relatant simplement les faits. Il poursuivit :

— Les gens ont voulu la convaincre, même ceux de sa famille maternelle, mais elle ne s'est pas laissé influencer. Et puis, un jour, elle est morte. Son corps repose là, ajouta-t-il en désignant le tas de pierres.

Annah ne distinguait dans l'ombre que le contour du tumulus. Elle imagina la vieille femme accroupie dans sa case au-dessous des chevrons d'où pendaient les reliques. Pratiquant sa sorcellerie... Elle éprouva un sentiment de pitié. Il paraissait injuste qu'une vieille femme, faible et vulnérable, finisse ses jours toute seule, entourée de ruines, tandis que son peuple continuait de vivre sans elle. À quelques pas de là et pourtant déjà dans un monde si lointain, si différent.

— C'est une histoire triste, finit-elle par dire.

— Cette femme était entêtée, répliqua Stanley. Une sorcière. La lumière est venue à elle mais elle a préféré la nuit.

Il garda un instant le silence avant d'observer avec inquiétude :

— Il est sûrement temps pour vous de rentrer.

— C'est vrai, soupira Annah. Ils vont s'inquiéter.

Stanley la précéda, écartant les branches sur son passage. Elle marchait vite, heureuse de sa présence pour la guider vers le village. Quand ils atteignirent la Maison de la mission, les dernières lueurs du jour s'étaient éteintes. Stanley sembla se fondre dans l'obscurité et les vœux de bonne nuit qu'il lui adressa se mêlèrent au son de la musique filtrant par les fenêtres grillagées. Michael écoutait des cantiques gallois ; Annah reconnut l'hymne national, *Land of My Fathers*. Les voix puissantes et profondes des chanteurs s'harmonisaient avec force pour exprimer un sentiment de fière appartenance. En grimpant les marches de la véranda, la jeune femme songea que cet hymne semblait bien incongru ici, à Langali, un lieu où les missionnaires ne pourraient jamais se sentir réellement chez eux. Et que les villageois ne reconnaissaient pas non plus comme le leur.

Tout en frappant impatiemment son bloc-notes du bout de son crayon, Annah écoutait une aide-soignante lui décrire le traitement d'un malade. Elle était seule ce matin-là pour effectuer la visite des salles. Stanley l'assistait mais de longues heures de travail les attendaient, sans doute bien plus qu'ils ne pourraient en assumer.

Michael était parti à l'aube pour Murchanza. Il voulait faire réviser convenablement le Land Rover avant l'arrivée du bébé. Il y avait donc bien là une ville, qu'on ne pouvait voir de la gare où Annah avait attendu. Comme elle l'avait supposé, la ligne de chemin de fer devait se poursuivre plus loin mais, après avoir rencontré une zone marécageuse au-delà du village, les ingénieurs avaient décidé de s'arrêter là. Michael comptait être de retour à la nuit. Annah espérait qu'il rapporterait quelques gourmandises dénichées chez les commerçants arabes. Des conserves de poisson peut-être. Ou des fruits secs. Une fois, avait-il raconté, il avait même trouvé du bacon. Du vrai bacon fumé. À cette pensée, elle sentit l'eau lui monter à la bouche. Elle le préparerait elle-même, se dit-elle, pour le plaisir de le voir grésiller dans la graisse.

— Annah !

Au son de la voix tendue de Sarah, elle se retourna, prête à affronter quelque remontrance. Cependant, quand elle vit le visage de la jeune femme, elle sut immédiatement que quelque chose n'allait pas.

— Il arrive, dit Sarah.

Le bébé !

Annah la dévisagea, incrédule.

— Comment pouvez-vous le savoir ? demanda-t-elle. Les jeunes mères se trompent souvent quand il s'agit d'un premier enfant.

— J'ai perdu les eaux.

— Vous avez des contractions ? Douloureuses ?

Sarah hocha la tête.

— À quel rythme ?

— Toutes les dix minutes.

Annah ferma les yeux. Impossible, pensa-t-elle. Le bébé n'était attendu que dans quatre semaines. Et Michael qui était absent ! Aucun autre médecin ne pouvait lui prêter main-forte. Elle était seule pour faire face à la situation.

— Un premier enfant met toujours du temps, affirma-t-elle avec calme. Cela peut s'éterniser. Étendez-vous et reposez-vous. Je vais vous faire apporter un tranquillisant.

Sarah s'arqua subitement sous l'effet de la douleur. Annah estimait qu'elle aurait dû mettre un bras sur ses épaules pour la réconforter mais, compte tenu de la tension qui régnait entre elles, elle préféra s'abstenir. Elle savait que Sarah pensait la même chose : elle n'était pas venue chercher le soutien d'une amie, seulement une aide médicale.

Annah appela une des assistantes africaines, une jeune villageoise du nom de Barbari, elle-même née dans cet hôpital. Son nom était inspiré de celui de la femme qui avait aidé à sa naissance, sœur Barbara.

— Accompagne Mme Carrington à la Maison de la mission. Et assure-toi qu'Ordena est bien là. (Elle se tourna vers Sarah.) Essayez de boire un peu de thé sucré et de ne pas vous inquiéter.

Elle eut honte d'avoir proféré des mots aussi neutres, mais que dire d'autre ? Mieux valait ne pas s'affoler et tout faire pour que Sarah se détende en espérant que Michael rentrerait à temps.

Elle eut à peine le temps de voir trois autres patients que Barbari revenait et lui demandait de retourner auprès de Sarah.

— Je crois que le bébé ne va pas tarder, dit-elle. J'ai vérifié la position, il se présente bien. (Elle sourit.) Il ne devrait pas nous donner de mal.

Annah ne l'écouta guère. Des années de pratique lui avaient appris à rester vigilante.

— Des contractions ?

— Toutes les cinq minutes et dix secondes, répondit Barbari. Et elles s'accélèrent.

Annah resta silencieuse, perdue dans ses pensées. Elle ne pouvait retenir une sourde colère. C'était à Michael d'assister son épouse dans cette circonstance, pas à elle, qui n'était pas de la famille, pas même une amie. Mais son sens professionnel reprit vite le dessus.

Elle ôtait son stéthoscope pour le poser sur la table quand elle aperçut Stanley, à l'autre bout de la salle, en train de parler à une malade.

— Il va falloir continuer tout seul, lui lança-t-elle. Je serai de retour aussi vite que possible.

Il approuva d'un signe de tête sans demander ni pourquoi ni où elle partait. Il se contentait d'obéir et c'était une des choses qu'Annah appréciait chez lui. Il ne perdait pas de temps ni d'énergie avec des questions sans importance.

Elle n'avait jamais pénétré dans la chambre conjugale de la Maison de la mission. Après avoir jeté un coup d'œil furtif au décor, elle remarqua, sur la coiffeuse, des produits de beauté à côté de la brosse à cheveux en écaille de Michael. Le lit était soigneusement tiré, avec un oreiller à peine surélevé par le pyjama d'homme plié dessous.

La vue de Sarah lui procura un choc. De grands yeux effrayés trouaient son visage émacié. Ses cheveux noirs tombant sur ses épaules en longues mèches trempées de sueur formaient un contraste saisissant avec sa peau blême. Étendue sur le lit, immobile, elle portait toujours sa robe de cotonnade.

— Annah, souffla-t-elle d'une voix paniquée. Quelque chose ne va pas, je le sens.

Gardant pour elle les paroles de réconfort que lui dictait pourtant son statut d'infirmière, Annah s'avança vers le lit.

— Voyons cela.

Elle aida la jeune femme à ôter sa robe. De près, elle sentit l'eau de lavande dont usait Sarah, mêlée à des effluves de transpiration.

— Barbari ! appela-t-elle. Viens m'aider à retirer les sous-vêtements.

Elle eut un sursaut en voyant du sang tout frais tacher le couvre-lit en chenille de coton. Ses pensées se mirent à tournoyer à toute allure, le diagnostic ne faisait aucun doute.

Un placenta qui saignait dès les premières contractions... Sûrement un cas de *placenta praevia...*

Les mots lui vinrent à l'esprit avec toute la force d'un verdict. Elle les connaissait bien. Ils signifiaient que le placenta s'était formé au-dessus du col de l'utérus et non sur sa paroi. Une simple erreur de la nature. Les complications étaient rares et ne pouvaient être discernées qu'au début du travail. Mais le résultat était couru d'avance : à chaque contraction, la tête du bébé pousserait contre le placenta, qui se déchirerait bientôt. La mère serait alors saignée à blanc, avant même la naissance de l'enfant, qui mourrait sans doute lui aussi, ne recevant plus assez de sang.

Une seule chose pouvait éviter le drame : il fallait pratiquer d'urgence une césarienne.

Annah leva une main devant sa bouche afin de dissimuler le tremblement de ses lèvres.

— Quoi ? demanda Sarah d'une voix que la peur faisait monter de plusieurs tons.

— Vous saignez.

Elle avait parlé calmement mais en détournant les yeux. Ces seuls mots, elle le savait, suffiraient à Sarah pour comprendre. Elle possédait assez de notions médicales.

— Mais tout allait si bien ! Il n'y avait pas le moindre problème.

On aurait cru une petite fille cherchant à convaincre un adulte de changer d'avis. Annah ne répondit pas, trop occupée à faire défiler en pensée l'enchaînement des gestes qu'elle devait maintenant accomplir. Agir vite, dans l'urgence. Elle se sentait paralysée par la crainte, mais chaque instant qui passait était une perte de temps dangereuse. Il lui fallait se battre... et triompher.

— Va chercher Stanley ! ordonna-t-elle à Barbari. Dis-lui d'apporter une perfusion et un sac de solution. Et aussi un brancard. Vite !

Barbari la fixa un instant, puis tourna les talons et détala. On entendit le bruit de ses pas décliner à travers la salle de séjour.

— Oh ! Seigneur Jésus ! murmura Annah entre ses dents.

La peur lui nouait l'estomac. Que faire ? Elle était infirmière, pas médecin. Devait-elle se risquer à opérer Sarah ? Elle chercha quelle autre signification pouvait avoir ce saignement mais en revint à la même conclusion. Au fond d'elle, elle savait qu'il n'y avait pas d'autre explication. Et qu'il fallait agir sans perdre de temps.

— Quelle heure est-il ? demanda Sarah en cherchant à s'asseoir.

— Ne bougez pas. (Annah regarda sa montre.) Trois heures.

— Je veux Michael ! geignit la jeune femme.

Elle se mit à répéter son nom de plus en plus fort comme pour se faire entendre de lui à travers l'immensité de la brousse. *Michael ! Michael !*

— Il ne peut pas venir maintenant, répondit Annah d'une voix ferme. Vous savez bien qu'il ne sera pas là avant plusieurs heures.

Sarah la dévisagea, angoissée.

— Alors... il n'y a que vous ?

Voyant Annah lui répondre d'un hochement de tête, elle tendit vers elle des bras suppliants.

— J'ai peur ! Ne me laissez pas mourir ! (Des larmes inondèrent son visage.) Ne laissez pas mon bébé mourir !

Elle se mit à crier, de plus en plus hystérique :

— Ne le laissez pas mourir !

— Je ne suis pas médecin, dit Annah d'une voix peu assurée. Mais calmez-vous, je ferai de mon mieux.

— Vous me sauverez. Vous le pouvez, je le sais. Je vous en prie… Je vous en supplie… Sauvez-nous…

Sa voix faiblissait. Mon Dieu, pensa Annah. Elle est en train de mourir.

À ce moment, une nouvelle contraction tordit le ventre de Sarah et la douleur la ranima. Serrant convulsivement la main d'Annah, elle commença à haleter. Annah ne quittait pas des yeux la tache de sang qui grandissait sur le couvre-lit. La contraction terminée, Sarah retomba sur ses oreillers et ferma les yeux. Annah lorgna par la fenêtre, espérant voir Stanley revenir. Elle aperçut alors, dans un coin de la pièce, le berceau de bois. Pendant des semaines, Sarah avait cousu et brodé les petits draps pliés sur le matelas. Ordena avait critiqué ces préparatifs, grommelant qu'aucune femme africaine ne préparait le berceau avant la naissance de l'enfant. C'était tenter le sort.

— Nous ne croyons pas au sort, avait répliqué Sarah. Nous croyons en Dieu.

Seigneur Dieu,
Viens à notre aide.
Mais seulement si c'est Ta volonté.

Ces derniers mots étaient bien nécessaires. Nombre de femmes missionnaires, Annah le savait, étaient mortes en couches. Elle avait souvent lu des récits effrayants dans les biographies de la mission.

« Sa jeune épouse mourut d'une hématurie. »

« Le bébé était mort-né et, une heure après, Mme Cameron décéda à son tour. »

Porté par quatre gardiens, le brancard heurta les montants de la porte en pénétrant dans la pièce. L'assistant médical suivait. Il s'arrêta un instant sur le seuil pour contempler la scène.

— Stanley, écoutez-moi bien, fit Annah. (Elle parlait bas, d'une voix à peine audible.) Nous allons devoir pratiquer une césarienne de toute urgence.

Il tourna vers elle un regard incrédule.

— Sinon elle mourra, insista Annah, ses yeux fixés sur ceux de l'homme. Et le bébé aussi, sans doute.

Stanley hocha la tête.

— Vous êtes certaine.

C'était une constatation, pas une question.

— Préparez une perfusion, intima Annah. (Avant qu'on ne puisse plus trouver les veines, songea-t-elle.)

Stanley se mit au travail. De ses mains agiles et fermes, il déballa l'appareil, sortit une aiguille stérile.

— Voulez-vous l'installer vous-même ? demanda-t-il quand tout fut prêt.

Elle secoua la tête. Son seul désir aurait été de franchir la porte et de s'enfuir, n'importe où...

Stanley saisit le bras blanc et, le front plissé par la concentration, poussa l'aiguille, puis attendit que le sang remonte dans l'ampoule.

— Prêt, dit-il enfin.

Annah se détendit un peu. La solution se répandait maintenant dans les veines de Sarah.

— Emmenons-la.

Stanley se tourna vers les quatre Africains groupés dans un coin et qui, manifestement, auraient préféré se trouver ailleurs. Il leur parla dans leur dialecte d'une voix calme qui eut un effet immédiat. En quelques secondes, Sarah était étendue sur le brancard.

— Restez avec moi, murmura Sarah d'une voix frêle dans le tumulte de leurs pas et de leurs gestes. Annah, ne me quittez pas...

— Je suis là, ne vous inquiétez pas.

Elle s'avança pour prendre entre les siennes la petite main froide, courant presque pour suivre les porteurs. La panique de Sarah avait chassé la sienne. Il n'y avait plus de temps pour penser, seulement pour agir. Stanley courait à côté d'elle.

— Nous n'avons que quelques minutes, lui chuchota-t-elle. Il faut l'anesthésier immédiatement. Juste un masque et de l'éther.

Il fit signe qu'il avait compris.

— Oui, ma sœur.

Le calme qu'il affichait l'aida à retrouver le sien.

— Annah ? appela Sarah. Où êtes-vous ?

On aurait dit qu'elle appelait sa mère, ou sa meilleure amie, tant sa voix était tendre.

— Je suis ici, répondit Annah, les larmes aux yeux. Je suis près de vous.

Dans la salle d'opération, chacun se mit à la tâche sans perdre une minute. Stanley et Barbari étaient aidés de deux autres assistantes réquisitionnées en hâte au village. Annah sentait leurs regards sur elle tandis qu'elle nettoyait le ventre gonflé, à peine consciente de la proximité de Stanley, qui tenait un masque imbibé d'éther sous le nez de Sarah. Ils ne prirent pas la peine de contrôler la tension ; de toute façon, ils n'auraient rien pu faire en cas de chute. Mais Barbari gardait le doigt pressé sur le pouls afin de les avertir s'il s'arrêtait. Il leur faudrait alors porter tous leurs efforts sur le bébé pour tenter de le sauver...

Annah saisit un scalpel et le positionna sur le bas-ventre de Sarah. Elle songea brièvement à Michael mais écarta aussitôt cette image pour la remplacer par celle de M. Hayworth, le vieil obstétricien si pondéré avec qui elle avait travaillé autrefois. Quelle que soit l'urgence de la situation, il ne se départait jamais de son calme et accomplissait son travail avec régularité, comme si la femme sur laquelle il était penché n'était rien d'autre qu'une mécanique complexe. Annah fit taire ses sentiments pour imaginer qu'elle avait devant elle un mannequin d'entraînement et non le corps inanimé de Sarah. Il suffit de couper tout droit, se dit-elle. Ce n'est pas si difficile...

Mais dépêche-toi.

Vite. Vite...

Elle glissa le scalpel sous la peau et traça une ligne dans le blanc avant d'inciser au-dessous la couche de graisse. Lentement, avec des mouvements précis, sans trembler. Elle posa alors son instrument, plongea avec précaution ses doigts gantés dans les muscles abdominaux. Ils étaient tendus par la grossesse mais toujours fermes ; elle les écarta pour atteindre la paroi de l'utérus, lisse, rose et dure... Elle s'imagina à la place de son maître obstétricien, qui expliquait calmement chacun de ses gestes aux élèves infirmières groupées autour de lui, bavardant avec elles, plaisantant. Le travail était fini avant qu'elles s'en soient rendu compte.

Voilà... c'était fait. Dans l'utérus ouvert, on pouvait maintenant apercevoir le bébé recroquevillé...

Il n'y avait pas de temps à perdre. Annah saisit la frêle créature glissante, la sortit et la tendit à Barbari, qui se tenait prête à ses côtés. La petite bouche s'ouvrit pour exhaler un long cri, comme si l'enfant se rendait compte du danger environnant. Après un rapide coup d'œil au minuscule visage rouge et grimaçant, Annah se hâta de sectionner le cordon ombilical afin de reporter son attention vers Sarah. Elle se sentait un peu soulagée.

L'un des deux au moins survivrait. Pour Michael.

— Ergométrine, ordonna-t-elle.

Stanley attendait, seringue à la main, et introduisit le produit dans la veine tandis qu'Annah saisissait fermement le placenta dans ses mains. C'était lui l'ennemi, c'était par là que s'écoulait la vie de Sarah. Elle fixa l'utérus, dont les tissus blanchissaient depuis que le médicament avait stoppé l'afflux de sang, et tira sur le placenta pour voir s'il commençait à se détacher. Son regard croisa alors celui de Stanley. Sans masques, sans même de blouses chirurgicales, ils ressemblaient tous deux à des assassins penchés sur le corps ouvert de leur victime. Un instant, Annah sentit de nouveau la panique s'emparer d'elle.

— Respiration régulière, pouls rapide, annonça Stanley.

Il y avait dans sa voix une tension qu'Annah ne lui avait jamais connue et qui la ramena à la réalité. Elle se concentra sur le placenta, sentit qu'il venait peu à peu. Libéré, enfin... Elle l'éleva devant elle telle une créature que l'on vient de vaincre avant de le poser dans un récipient par terre.

Une aide-soignante lui tendit le matériel de suture. Annah nettoya, épongea, pour voir où il convenait de commencer à fermer la blessure. Elle avait à peine conscience de la présence toute proche de Stanley, qui ne cessait de contrôler la pression sanguine.

— Et si on lui donnait un peu de sang ? suggéra-t-il.

Il fallut un instant à Annah pour réaliser ce qu'il voulait dire. Il y avait déjà tant de sang partout... Puis elle comprit. Une transfusion ! Sarah avait besoin d'une transfusion.

— La tension baisse, avertit Stanley. Je peux à peine la saisir. Et le pouls est très rapide.

Annah s'efforça de clarifier ses pensées. On lui avait indiqué, un jour, le groupe sanguin de Sarah, mais l'information gisait tout au fond de sa mémoire. Vite... Réfléchir... Ne pas paniquer.

— AB ! s'exclama-t-elle soudain. N'importe quel donneur conviendra.

— Qui faut-il appeler ?

En l'absence d'un système de réfrigération convenable, il n'y avait pas de réserve de sang à l'hôpital. D'ailleurs, peu d'Africains auraient accepté de donner leur sang à des étrangers ou d'en recevoir d'eux. Annah ne pouvait à la fois donner le sien et effectuer la suture. Faire appel à des personnes extérieures comportait un risque de transmission d'une maladie quelconque. Mais sans une transfusion rapide, la vie de Sarah était en danger...

— Ordena ! dit Annah. Allez chercher Ordena.

C'était elle la plus proche des Carrington, presque un membre de la famille, et elle ne voyait personne d'autre.

Annah se concentra de nouveau sur son travail ; chaque tissu devait être recousu séparément. Elle sentait la sueur ruisseler le long de ses tempes tandis que ses mains s'activaient.

Stanley lança un ordre par la porte. Pourtant, l'Africaine qui apparut une minute plus tard, masquée et revêtue d'une blouse d'hôpital, n'était pas la volumineuse gouvernante mais une jeune femme du Club des mères, Erica. Quelques semaines plus tôt, son enfant, atteint de malaria, avait été hospitalisé et le sang d'Erica avait été analysé pour lui faire une transfusion. Il était sain.

— C'est moi qui suis venue, dit-elle simplement. Je veux donner mon sang.

Stanley la considéra avec étonnement.

— Avec moi ça ira, insista la jeune femme en tendant son bras. Est-ce que mon sang n'a pas déjà appris à quitter mon corps et à voyager au-dehors ?

Les assistantes préparèrent la transfusion tandis qu'Annah terminait les sutures et posait les pansements. À présent que tout était refermé, l'incision paraissait petite, bien nette, les taches sombres du fil évoquaient de minuscules papillons s'abreuvant avec voracité à quelque source secrète. Annah sentit des larmes de soulagement perler à ses paupières. Elle se rappela le visage de Sarah, ses yeux fermés, sa petite voix tout juste audible.

Vous nous sauverez...

Un calme soudain envahit la salle. Étendue à côté de Sarah, la jeune Africaine regardait son sang couler par le tube pour se déverser dans le bras de la femme blanche inconsciente. À peine visible sous une couverture bleue, le bébé dormait sur l'épaule de Barbari. Stanley écarta le masque d'éther pour laisser Sarah respirer librement. Penchée sur elle, Annah guettait un signe de réveil, de chaleur, de vie. Elle tenait entre les siennes la main molle comme l'aurait fait une mère, une amie, mais c'était pour contrôler le pouls, pour s'assurer que la forme inerte sur la table était encore en vie.

— Revenez, revenez Sarah, chuchota-t-elle, revenez avec nous...

Les mots semblèrent pénétrer tout au fond de Sarah, là où subsistait une flamme de vie. Elle remua et tourna la tête lentement d'un côté et de l'autre, comme pour chasser les derniers voiles du sommeil. Annah vit les paupières frémir, et elle fit signe à Barbari d'approcher avec l'enfant, de le tenir de manière que son petit visage soit la première chose que Sarah aperçoive à son réveil. Elle le regarda elle-même pour la première fois et constata qu'il était parfaitement formé. Un joli visage aux traits fins, comme celui de Sarah.

— Qu'est-ce que c'est ? demanda-t-elle. Une fille ou un garçon ?

— Une petite fille, répondit Barbari avec fierté. Une jolie petite fille. Elle rapportera beaucoup de vaches dans sa maison.

— Sarah, dit doucement Annah, voici votre enfant.

Elle connaissait déjà son nom. Les Carrington avaient feuilleté la Bible à la recherche de prénoms convenables avant de fixer leur choix sur David pour un garçon, sur Mary pour une fille. Elle sourit au bébé.

— Mary. Voici ta maman.

— Non...

Toutes les personnes présentes dans la salle se figèrent. La voix de Sarah... Les yeux grands ouverts, elle regardait autour d'elle avec surprise, tel un enfant qui explore à son réveil son environnement pour se rassurer.

Le bébé gémit et Sarah, émerveillée, découvrit le petit paquet gigotant que l'on élevait devant elle. Elle contemplait, comme sans y croire, le nez, les yeux, les joues, le front, examinait les doigts minuscules qui s'agitaient hors de la couverture, savourait la vue de ce si bel enfant en se sentant elle-même de plus en plus forte. De plus en plus vivante...

Au bout de quelques minutes, elle chercha Annah du regard.

— Vous l'avez fait, murmura-t-elle. Vous nous avez sauvées, toutes les deux.

Annah sourit.

— Il faut vous reposer maintenant. Restez tranquille.

— Je veux que vous choisissiez son prénom, insista Sarah. Elle vous appartient aussi un peu...

Annah ne sut que répondre mais Sarah avait fermé les yeux et glissait déjà dans le sommeil. La jeune infirmière se sentit envahie par une vague de tendresse... Entre elles, désormais, rien ne serait plus comme avant. Cette pensée lui procura une sensation de bien-être, d'enracinement. Sarah et elles appartenaient à la même famille, à présent. Sans être du même sang, elles étaient devenues des sœurs.

La salle était retombée dans le calme. On n'entendait que les légers mouvements de Stanley vérifiant la transfusion et la tension, le souffle rapide du bébé, les gestes des autres personnes présentes, un bruit de chaussure, le froissement d'une robe...

Au bout d'un long moment, le silence fut brisé par le moteur du Land Rover. Personne ne bougea. Le son semblait provenir d'un autre monde – lointain, presque irréel.

Quelqu'un doit prévenir Michael, songea Annah. Pas moi, c'est au-dessus de mes forces. Que quelqu'un d'autre aille lui expliquer ce que j'ai été obligée de faire...

Sarah s'agita de nouveau. Peut-être avait-elle perçu le bruit familier de la voiture rentrant au bercail.

137

Au même instant, Michael ouvrit brusquement la porte. Il se figea sur le seuil, cherchant à s'imprégner de la scène qui s'offrait à ses yeux, le visage figé par l'horreur et l'incrédulité. Son regard terrifié allait d'Annah à la forme inerte de Sarah.

Qu'avez-vous fait ?

S'il ne prononça pas ces paroles, on pouvait les lire sur son visage tendu. Annah ouvrit la bouche sans qu'aucun mot puisse en sortir. Elle s'écarta un peu pour s'adosser à un mur, saisie d'une brusque faiblesse. Toute l'énergie qui l'avait portée jusque-là l'abandonnait d'un coup.

Elle entendit la voix de Stanley qui s'adressait à Michael, toujours calme et égale. Puis elle vit les deux hommes se pencher sur Sarah, s'approcher de Barbari et du bébé tandis que l'aide-soignante relatait en détail ce qui s'était passé dans la chambre de la Maison de la mission.

Le sang, tant de sang.

— La tension est remontée à 150, sœur Mason.

La voix ferme de Stanley rappela à Annah que son travail n'était pas terminé. Elle avait encore la responsabilité de sa patiente.

— Merci, dit-elle d'une voix faible. C'est bien.

Ça l'était, en effet. Sarah s'éloignait des eaux traîtresses de la mort dans lesquelles elle avait failli disparaître.

Le bébé s'éveilla, se mit à crier. Ce cri puissant, plein de vigueur, fit prendre conscience à Michael des événements qui s'étaient déroulés en son absence. Il se tourna vers Annah, les yeux noyés de larmes.

Et soudain il fut près d'elle, les mains sur ses épaules.

— Annah, balbutia-t-il d'une voix brisée, incapable de trouver les mots.

Elle le regarda d'un air las.

— J'ai fait ce que j'ai pu, lâcha-t-elle enfin, la gorge nouée. J'ai eu si peur.

Quand Michael l'attira à lui pour la serrer entre ses bras, elle laissa tomber sa tête sur son épaule. Elle sentait sur sa peau l'odeur de la poussière, de la transpiration et les larmes qui mouillaient ses joues. Alors elle s'abandonna, chassant loin d'elle tout ce sang, toute cette peur...

9

Le lendemain, dans le calme retrouvé, Sarah demanda une nouvelle fois à Annah de donner un nom au bébé. Comme Michael n'élevait aucune objection, Annah accepta avec joie. Après avoir longuement réfléchi, elle choisit de l'appeler Kate. Simplement Kate, pas Katherine. Elle ne songeait à personne en particulier en faisant ce choix car aucune femme de sa famille ou de son entourage n'avait jamais porté ce prénom. Mais elle en aimait la brièveté, la sonorité.

La césarienne avait laissé Sarah dans un grand état de faiblesse, et il apparut bien vite qu'elle avait besoin d'aide pour s'occuper du bébé. Ordena fut priée d'abandonner l'intendance de la maison pour assumer le rôle d'ayah. Bien que les femmes africaines n'aient nul besoin de table à langer ni de couches pour élever leurs enfants, elle s'appliqua à ses nouvelles tâches avec la plus grande attention. Elle sentait que, pour ce bébé blanc né en terre étrangère, l'air et la nature pouvaient receler toutes sortes de périls inconnus.

Il fut également décidé qu'Annah quitterait sa case et viendrait s'installer dans la chambre d'amis de la Maison afin de pouvoir surveiller Kate la nuit. On mettrait le berceau à côté de son lit. Elle veillerait à ce que la moustiquaire soit toujours bien en place et que les pieds du berceau reposent dans des bidons de kérosène afin de le protéger de l'approche silencieuse des serpents, scorpions, fourmis et autres bestioles.

Quand Kate réclamait à boire, Annah la portait dans la chambre voisine et attendait qu'elle se soit goulûment rassasiée au sein de sa mère à demi endormie. Elle restait là, respirant la chaude odeur de ce lit partagé, écoutant l'enfant téter, regardant Michael endormi, le visage enfoui dans l'oreiller, une main sur la joue. Assise dans le vieux fauteuil, elle avait l'impression de partager l'intimité de la famille.

Ensuite, elle allait et venait dans la maison silencieuse, le bébé repu sur son épaule. Elle aimait sentir la tête duveteuse dans son cou, le contact de ses petits doigts sur sa figure. Elle lui parlait doucement, lui racontait des histoires, lui chantait des chansons de sa jeunesse dont elle avait tout oublié jusqu'ici. Elles lui venaient tout simplement à l'esprit avec des images d'Eleanor penchée sur elle, souriante, caressante. Mais peut-être était-ce le visage de ses nourrices, elle ne pouvait se le rappeler.

Il ne fut pas facile de remplacer Ordena pour tenir la maison. On avança le nom de divers habitants du village, mais Sarah apprit qu'un jeune homme venait d'arriver d'une autre région, sans maison, sans famille, et elle tint à lui offrir la place. Michael objecta qu'il était peu avisé d'engager quelqu'un ignorant tout de leur mode de vie ; Sarah assura que cela n'avait pas d'importance. Elle serait pour lui comme une mère et le souvenir de sa vraie mère l'empêcherait de faire des bêtises. Déconcerté par cette réponse, Michael finit par s'incliner devant la détermination de son épouse.

Ce fut donc Tefa, le nouveau venu, qui eut la responsabilité de tenir la Maison de la mission. Il appartenait à une tribu où les hommes étaient grands, minces, avec des cheveux souplement bouclés et une peau si noire qu'on aurait dit du velours. Sa silhouette dégingandée leur devint bientôt familière. Il s'appliquait à apprendre aussi vite que possible, et Ordena faisait de son mieux pour le former. Il fallut néanmoins assez longtemps avant que le rythme des repas fonctionne de nouveau sans heurts.

Cela n'avait guère d'importance, car Kate se chargeait de bouleverser les horaires. Son sommeil, comme son estomac ou ses cris, ne semblait obéir qu'à ses propres désirs et ne respectait rien, ni les heures de repas ni le temps de prière, même pas le court moment de la soirée où son père écoutait sa musique.

Sarah n'y avait nullement été préparée. Elle s'était formée à son rôle de mère dans un livre laissé par sœur Barbara. De l'avis de cette dernière, il contenait tout ce qu'il fallait savoir, et l'ouvrage avait été une véritable bible pour sa propre mère. L'auteur, un certain Dr Trubi King, était le meilleur connaisseur mondial en matière d'éducation des bébés. Il prônait les vertus d'horaires stricts, d'une nourriture soigneusement mesurée et du grand air. Dès sa naissance, le bébé devait être nourri au sein toutes les quatre heures, sauf la nuit, sans recevoir quoi que ce soit entre les tétées. Le livre avait été publié en 1920 mais, selon sœur Barbara, il était toujours valable car rien n'avait changé dans ce domaine. Pas plus que Dieu ne changeait.

Fermement décidée à respecter les conseils du Dr King, Sarah se trouva toute désemparée face à ce nouveau-né gigotant et braillard. Michael et Annah l'aidaient de leur mieux en tentant de distraire l'enfant affamé jusqu'à l'heure prévue pour la tétée. Manifestement, Ordena était perplexe devant pareils procédés, même si elle obéissait aux ordres. Il n'en restait pas moins que Sarah ne parvenait guère à appliquer les règles de Trubi King.

— Dans son livre, il donne l'impression que c'est bien plus facile, se plaignit-elle à Annah. (Tout son corps était tendu par le stress.) Je ressens ces difficultés comme un échec.

Toutes deux étaient en train d'observer le bébé, posé par terre sur une natte, qui s'efforçait d'introduire ses orteils dans sa bouche. C'était normalement l'heure de son repas mais le dernier avait été retardé. Pour l'instant, seul le jeu l'intéressait.

Annah ne savait que dire. Elle se souvenait d'un livre lu pendant ses années de formation. Écrit par un Américain, le Dr Spock, il allait à l'encontre de toutes les idées reçues quant à l'éducation des tout-petits. Annah n'avait pas osé en parler à Sarah : cette dernière paraissait si convaincue d'agir pour le mieux en se référant exclusivement aux consignes du Dr King.

En voyant Kate, à l'évidence si heureuse de jouer par terre mais que sa mère contemplait pourtant avec inquiétude, elle se décida.

— Il y a d'autres méthodes, hasarda-t-elle. Certains recommandent aux mères d'ignorer des règles trop strictes pour se contenter d'observer le rythme de l'enfant et de suivre leur instinct.

L'instinct... Le mot prenait ici une connotation primitive qui semblait presque déplacée. Néanmoins, Sarah leva les yeux, intéressée.

— Vous voulez dire... qu'on aurait le droit de... d'agir comme on le sent ?

D'après le ton aigu de sa voix, elle jugeait cela inimaginable !

— Mais oui. Du moins c'est ce que j'ai cru comprendre. L'ouvrage disait que les jeunes mères ne devaient pas se soucier de ce qui était bien ou mal, mais juste se détendre, profiter pleinement de leur bébé. En agissant comme elles le voulaient. Comme elles le *sentaient*.

Sarah garda le silence ; cependant, Annah voyait que les mots faisaient leur chemin, même si elle y opposait encore de la résistance. Le désir de Sarah était évident mais, avant de l'accepter, il lui fallait abattre un certain nombre de barrières. Elle jeta un regard coupable à la bibliothèque, où le livre de sœur Barbara voisinait avec le *Livre des concordances* de Michael et la boîte dorée contenant la Bible.

Pendant ce temps, Kate avait abandonné ses pieds pour fourrer son pouce dans sa bouche. Elle ferma les yeux et s'endormit, comblée par sa position sur la natte et le son de ces voix de femmes s'entrecroisant au-dessus d'elle et la berçant tel le souffle du vent à travers les branches.

À la suite de cette conversation, Sarah cessa de vouloir imposer à Kate une discipline trop stricte. Elle la nourrissait quand l'enfant réclamait et la laissait dormir à son gré. La vie devint aussitôt beaucoup plus facile pour tout le monde, et Kate fut bientôt l'aimable pôle d'attraction de toute la maison.

Toute règle ne fut cependant pas abandonnée. Dès que Sarah se sentit assez forte, elle reprit son activité au Club des mères, souvent en compagnie de Kate, à laquelle elle n'hésitait pas à donner le sein devant les femmes africaines pour servir d'exemple. Avant d'ouvrir son chemisier, elle veillait cependant à ce qu'aucun regard masculin ne puisse se poser sur elle et, quand elle était à la Maison de la mission, elle nourrissait le bébé dans sa chambre.

Un jour qu'elle lui tenait compagnie, Annah lui demanda :

— Pourquoi toujours aller dans votre chambre ? Il n'y a personne dans la maison pour vous déranger.

— Ce n'est pas la question, répondit Sarah, mais on ne peut jamais savoir si quelqu'un ne va pas surgir. Tefa circule comme bon lui semble à travers la maison, Stanley entre à la recherche de Michael, et l'homme chargé d'apporter les œufs vient à l'improviste à la fenêtre en secouant sa boîte pour en réclamer le règlement.

Comme Annah la regardait sans comprendre, Sarah se mit à rougir.

— On ne doit pas oublier que les Africains sont aussi des hommes, Annah. Vous ne me croirez peut-être pas, mais on m'a raconté que certaines épouses de fonctionnaires du service colonial ne se gênent pas devant leurs boys. Elles se font apporter leur petit déjeuner au lit et se montrent en chemise de nuit ! Figurez-vous que certaines se font même aider par des hommes pour laver leurs cheveux !

Annah se garda de répondre, contemplant la scène qui s'offrait à ses yeux : la tête brune de Sarah penchée sur l'enfant, son teint crémeux, ses joues roses. On aurait dit une madone peinte sur une délicate porcelaine. Rien qui puisse suggérer le désir brutal d'un homme. Une telle éventualité paraissait ridicule. Elle ne put s'empêcher de sourire, et Sarah s'en aperçut en levant les yeux.

— Je sais, ça peut paraître stupide, dit-elle, rougissant de plus belle.

142

Annah se mit à rire et, après une brève hésitation, Sarah se joignit à elle. D'étonnement, Kate en laissa échapper le sein.

Des pas se firent entendre au-dehors, et Michael entra.

— Qu'y a-t-il de si drôle ? s'enquit-il en se dirigeant vers l'armoire pour y prendre une chemise propre.

Puis il s'arrêta net, stupéfait de voir sa femme les seins nus, comme s'il avait oublié qu'elle avait un bébé à nourrir.

— Rien, répondit Sarah en s'efforçant de recouvrer son calme.

Annah détourna la tête et, l'instant d'après, Michael était reparti. Elles furent toutes deux saisies une nouvelle fois d'un fou rire irrésistible jusqu'à ce que Kate décide d'y mettre fin en poussant de perçants cris de rage. Ordena accourut en hâte.

— Que se passe-t-il ? lança-t-elle d'un ton accusateur. (Elle s'empara du bébé et le cala sur son épaule bien rembourrée.) Je croyais que ces femmes blanches avaient abandonné leurs manières, poursuivit-elle à l'adresse de l'enfant, mais assez haut pour être entendue. Qu'elles allaient te laisser tranquille et heureuse comme les bébés africains. Ne retombez pas dans le mal, gronda-t-elle à l'intention de Sarah en employant à dessein une expression de morale religieuse. C'est un péché.

Elle sortit avec le bébé, plantant là les deux femmes à présent silencieuses. Le regard d'Annah parcourut la pièce maintenant familière, la coiffeuse, l'armoire où les chemises de Michael, bien repassées, étaient suspendues comme une rangée de soldats sans corps, les chaussures alignées sous le lit et là, au bout du couvre-lit, une tache. Du sang, réalisa-t-elle. Le sang de Sarah lorsqu'elle avait failli mourir. Suivant la direction de son regard, Sarah l'aperçut aussi. Elles se turent toutes deux. À quoi bon parler puisque chacune savait ce que l'autre pensait. Ce sang avait changé tant de choses. La naissance de Sarah les avait soudées inextricablement l'une à l'autre.

Annah aperçut par la fenêtre les gommiers plantés par sœur Barbara. Elle se souvint de son arrivée, quand la vue de ces arbres si familiers en Australie lui avait fait sentir combien elle était loin de chez elle. Cela aussi avait changé. Elle appartenait maintenant à ce lieu où elle se sentait acceptée, aimée, heureuse.

Un carton était posé sur la table de la salle à manger, sale et taché, les coins écornés. Sur le dessus, on pouvait voir les restes d'une étiquette où des mots tracés d'une écriture soignée étaient encore lisibles :

143

Cadeau de la Mission auxiliaire d'Afrique orientale
Au Dr et Mme Michael Carrington
Langali Station
Aux bons soins du quartier général de la mission
Dodoma.

Dodoma !

Annah contempla le nom de cette ville où elle avait tant souhaité vivre. Comme elle se félicitait aujourd'hui d'avoir fait confiance au choix de l'évêque. Et à celui de Dieu.

— Déballez tout, lança Sarah de l'autre extrémité de la pièce. Nous choisirons ce que nous voudrons.

Il y avait dans sa voix une note de joyeuse anticipation, une impatience enfantine.

Annah sortit du carton un certain nombre de boîtes et d'emballages qu'elle aligna sur la table, énonçant à voix haute leur contenu : crevettes cocktail, gelée au porto, terrine de bœuf, amandes sucrées, sardines à la sauce tomate, thon. Elle saliva en évoquant ces aliments auxquels elle n'avait pas goûté depuis si longtemps. Il y avait aussi des biscuits croustillants, du cakè aux fruits, de la noix de jambon à la diable.

— Pas de cerises ? questionna Sarah.

Elle était en train de mélanger les ingrédients d'un gâteau et Tefa l'observait comme s'il cherchait à découvrir quelque secret. Ses avant-bras noirs étaient poudrés de farine blanche.

— Je ne crois pas, répondit Annah en fouillant au fond de la boîte, d'où elle extirpa quelques slips pour homme et un paquet de crayons de couleur à demi usés. Puis ses doigts palpèrent autre chose. Des morceaux cassés, durs, emballés. Un œuf de Pâques en pièces. Des morceaux de chocolat noir, blanchi par le temps, enveloppés dans une feuille de papier doré.

— J'ai trouvé un œuf de Pâques ! s'écria-t-elle.

— Oh, c'est vrai, répondit Sarah. Je l'avais oublié. Nous ne l'avons pas mangé lors des dernières fêtes. Je ne pouvais pas supporter le chocolat quand j'étais enceinte.

Après avoir remis à Tefa la préparation pour le gâteau, elle rejoignit Annah près de la table et fronça les sourcils, l'air concentré.

— Nous pourrions commencer par les crevettes, suggéra-t-elle. Ensuite, le thon à la sauce Mornay. Avec des œufs durs par-dessus. Puis la gelée et le cake aux fruits. (Elle eut un large sourire.) On

144

servira la noix de jambon accompagnée de crackers. Et, pour finir, l'œuf de Pâques avec le café.

— Tout ça ? demanda Annah. Il ne restera pas grand-chose...

— Michael pense que nous devons marquer l'événement comme il le mérite. Montrer que nous y sommes favorables.

Sarah faisait allusion à la célébration de l'indépendance complète du Tanganyika, qui devenait une république à part entière.

— De toute façon, ajouta-t-elle, nous fêterons en même temps le baptême de Kate.

Annah hocha la tête. Le jour du baptême avait pourtant bien commencé, et Kate ressemblait à une mariée miniature dans sa jolie robe blanche confectionnée par Sarah à l'aide de vieux draps. Le service avait été célébré par un pasteur évangéliste africain au visage impassible. En tant que marraine, Annah avait prononcé son engagement solennel d'une voix distincte, proclamant bien haut qu'au nom de l'enfant elle renonçait à Satan pour rester à jamais fidèle à sa foi en Dieu.

Un repas devait suivre mais, avant qu'ils aient eu le temps d'ouvrir les boîtes de conserve, une aide-soignante était venue chercher Michael et Annah pour une opération en urgence. Depuis lors, des semaines s'étaient écoulées sans qu'on trouve l'occasion de préparer ce repas spécial.

— Comme ça, ce sera un jour encore plus important, déclara Sarah en rassemblant les boîtes pour les emporter à la cuisine. Nous célébrerons à la fois l'indépendance du Tanganyika et le baptême de Kate.

Annah réprima un sourire. Elle avait pris ses dispositions pour marquer ce jour à sa façon...

Les Africains s'affairaient eux aussi à de grands préparatifs. Les consultations externes étaient moins fréquentées, et plusieurs malades hospitalisés avaient demandé à rentrer chez eux. Les missionnaires n'en étaient pas mécontents, leur travail se trouvant ainsi allégé.

Ce soir-là, la lueur du jour n'avait pas encore quitté complètement le ciel quand ils s'assirent pour leur repas du soir. Il régnait dans la maison un calme exceptionnel. Kate dormait profondément dans son berceau et la cuisine était vide, les boys ayant été autorisés à rentrer plus tôt dans leur village.

Sarah alluma quelques bougies – pas les chandelles venant en renfort quand le générateur tombait en panne, mais de jolies bougies rouges. Annah versa du jus de mangue dans les verres à eau et les disposa à chaque place. Les deux femmes s'assirent ensuite, attendant que Michael récite le bénédicité.

Au lieu des habituels remerciements pour la nourriture, il demanda à Dieu de bénir ce pays nouveau et pria pour que la paix accompagne l'accession du Tanganyika à l'indépendance. Il avait parlé d'une voix grave et, quand il releva les yeux, un silence profond, lourd de sens, s'installa. Puis Sarah brandit son verre pour un toast.

— À l'avenir ! lança-t-elle. À la république du Tanganyika. Et à nous.

Tous trois entrechoquèrent leurs verres ; l'atmosphère devint plus légère.

Ils commencèrent leur repas, piquant les crevettes avec des fourchettes à gâteaux, savourant chaque bouchée, les yeux clos de plaisir. Sarah expliqua à Michael qu'ils fêtaient également ce soir le baptême de Kate, ce jour où Annah, sa marraine, était devenue officiellement membre de leur famille.

Annah choisit ce moment pour prendre la parole.

— Sarah, Michael, j'ai pris une décision. Ce sera mon cadeau de baptême.

Elle sortit de sa poche une photo qu'elle posa au milieu de la table. Le cliché en noir et blanc représentait une petite maison à terrasse de style victorien, ombragée par les frondaisons d'un gommier.

Sarah et Michael la regardèrent, étonnés.

— C'est une propriété située à Melbourne, expliqua Annah. Et je veux vous en faire don.

Il y eut un silence stupéfait.

— Ma grand-mère l'avait achetée pour moi il y a des années. Elle se trouve à côté de la maison de famille où mon aïeule a vécu quand elle fut âgée. Elle voulait m'avoir près d'elle.

Elle se tut un instant. Michael tournait la tête de droite à gauche en signe de protestation tandis que Sarah contemplait la photo avec des yeux incrédules.

— Je sais que vous n'avez pas de famille dont vous pourriez attendre un héritage, reprit Annah, et pas d'endroit où aller quand vous quitterez la mission. Maintenant, il y a aussi Kate.

— Mais... et vous ? fit Sarah. C'est *votre* maison !

— C'est une offre très généreuse, interrompit Michael, une merveilleuse idée. Mais nous ne pouvons accepter.

Annah l'ignora pour se tourner vers Sarah.

— Quand ma grand-mère est morte, elle m'a laissé la grande maison. Vous voyez, je n'ai pas besoin des deux et je désire que vous ayez l'autre.

Il y eut un autre moment de silence.

146

— Ce n'est pas un caprice, ajouta Annah d'une voix forte et claire. J'y ai beaucoup réfléchi et... j'ai prié aussi. Je suis persuadée que c'est la volonté de Dieu.

Les yeux de Sarah étaient noyés de larmes quand elle les leva vers Annah.

— Vous ne pouvez imaginer ce que cela signifie pour moi, dit-elle d'une voix tremblante. Comment vous remercier ?

— Je ne le fais pas seulement par altruisme, répliqua Annah. J'ai aussi des raisons personnelles d'agir ainsi. (Michael la regarda sans comprendre.) Quand nous serons vieux et que nos tâches seront achevées, nous serons voisins. Et cette perspective me plaît beaucoup.

Michael sourit.

— Impossible de vous imaginer vieille, dit-il les yeux fixés sur ses cheveux roux.

— Pourtant, c'est ce qui nous attend, insista Annah. Nous nous parlerons par-dessus la clôture, nous nous plaindrons de la nouvelle génération, de Kate, de ses amis, du temps qui passe...

Sarah repoussa brusquement son assiette, tendit le bras pour lui saisir la main et souder leurs doigts à ceux de Michael.

— Je n'imaginais pas un tel bonheur, murmura-t-elle d'une voix que l'émotion faisait trembler. Puissions-nous rester à jamais réunis.

Leurs regards se croisèrent. Ils vivaient un rêve. Plus tard, dans un temps lointain, ils voisineraient à Melbourne. Mais, d'ici là, ils se devaient à leur devoir de missionnaires et demeuraient sous la dépendance de l'évêque. Un jour où l'autre, ils le savaient, on les séparerait.

— Je voudrais que nous puissions être mariés tous les trois, déclara soudain Sarah. (Elle sourit pour souligner qu'il s'agissait d'une plaisanterie.) Vous savez, comme les Africains. Je serais la première épouse et Annah la seconde. Ainsi nous pourrions toujours rester ensemble.

Tous trois se mirent à rire. La suggestion était trop ridicule – mais aussi trop sérieuse – pour y répondre autrement.

Ils achevèrent leur repas presque sans parler, échangeant une anecdote ou des propos insignifiants sur la nourriture. Les yeux de Sarah ne quittaient pas la photo sur la table, et Annah devinait les questions dans sa tête.

— Je vais vous décrire les lieux, dit-elle en saisissant une feuille de papier et un crayon.

Une heure passa durant laquelle elle dessina des plans, fournit des détails sur la petite maison. Elle s'arrêta enfin pour laisser Sarah apporter le dessert. Le gâteau était savoureux, cuit à point. Ils se tendaient en riant une coupe de gelée rouge quand des sons vinrent troubler l'atmosphère paisible. On battait les tambours au village, avec force et régularité. Ce n'étaient pas les rythmes habituels, plus légers, souvent joyeux, mais des sons puissants, profonds. Tous les tambours réunis s'exprimaient.

Personne ne parla. Annah songea à une conversation qu'elle avait eue avec Michael quelques semaines plus tôt au sujet de la prochaine indépendance du pays. Il lui racontait que les Africains n'avaient pas de projet précis sur la façon de fêter l'événement. On disait qu'ils répétaient des chants dont beaucoup s'inspiraient de cantiques chrétiens de Noël ou d'anciens chants destinés à accompagner les rites d'initiation. Aucun hymne particulier n'avait été composé pour expliquer au peuple la situation. Alors, on se contentait à travers toute la brousse de répéter à l'infini le même mot : *Uhuru ! Uhuru !*

Liberté ! Liberté !

Les roulements enflèrent, le rythme s'accéléra. Des voix s'y mêlèrent. On ne distinguait aucune parole, simplement un courant sous-jacent sauvage, menaçant, entrecoupé de rires fous et de cris.

— Est-ce qu'ils vont s'enivrer ? interrogea Sarah, soudain alarmée.

— Non, non, la rassura Michael. Les anciens de l'Église ne les laisseront pas faire.

— Verrouillons les portes, suggéra Sarah.

— Je ne crois pas que ce soit nécessaire, estima Michael. Nous sommes au Tanganyika, pas au Congo.

Congo. Le mot plana dans l'air. Personne n'avait besoin de rappeler le massacre des Blancs qui avait accompagné la proclamation de l'indépendance dans ce pays. Chacun évoqua en silence ce cauchemar, dont la présence demeurait encore si fortement tangible.

Ils quittèrent la table, abandonnant les restes. Michael suggéra un peu de musique et, pendant qu'il choisissait un disque, Sarah alla chercher Kate dans la chambre.

— Je l'entends pleurer, dit-elle. Les tambours ont dû la réveiller.

Mais, lorsqu'elle réapparut, l'enfant nichée dans ses bras dormait toujours paisiblement.

Michael disposa l'aiguille avec soin sur le disque et s'écarta quand, après les craquements d'usage, s'élevèrent les premières notes d'une vieille berceuse galloise. Sarah lui sourit ; sa joue sur la tête duveteuse du bébé, elle se mit à chanter de sa voix de soprano, accompagnant le chœur.

Dors, mon enfant,
Que la paix te berce toute la nuit.
Car les anges veilleront sur toi
Toute la nuit.

Annah et Michael se joignirent à elle pour la seconde strophe. Par-delà l'harmonieux unisson du chœur, leurs voix simples d'amateurs étaient chargées de craintes et d'incertitudes. Ils se rapprochèrent les uns des autres. Sarah posa la tête sur la poitrine de son mari et, tenant le bébé d'un bras, attira Annah de l'autre pour qu'ils s'étreignent tous trois en un cercle rassurant. Michael posa un bras sur les épaules d'Annah ; elle sentit ses doigts fins et légers effleurer sa peau. Son corps puissant était lié au sien, à celui de Sarah.

Ils restèrent ainsi enlacés un long moment à écouter la musique, se communiquant leur chaleur, humant l'odeur de la poudre de talc du bébé endormi. Toutes leurs forces, toutes leurs émotions s'étaient concentrées au cœur de ce cercle magique, loin du monde extérieur, de cette obscurité qui les enserrait, traversée par les voix sourdes des tambours.

10

Par chance, les craintes des missionnaires se révélèrent infondées : le jour de l'Indépendance fut fêté au Tanganyika sans incidents. Les commissaires de district devinrent des commissaires régionaux et quelques fonctionnaires blancs furent remplacés par des Africains. On racontait aussi que certains riches Indiens propriétaires de Mercedes noires durent les abandonner aux nouveaux représentants du gouvernement. À part cela, la vie continua comme avant.

À Langali, le travail se poursuivait sans heurt tant à l'hôpital que pour les programmes éducatifs. Michael décida que le moment était venu de relancer son projet de poste avancé, à l'ouest ; il irait avec Annah passer une journée dans un petit village de ce coin de la brousse pour y donner des soins. La mission évangélique africaine s'y était rendue un an plus tôt afin de préparer le terrain.

— La plupart des habitants sont déjà chrétiens, paraît-il. En particulier le chef du village.

Les ombres de la nuit s'attardaient encore quand la voiture s'engagea à l'aube sur l'ancienne route empruntée par les esclaves, laissant derrière elle le toit pointu de la chapelle et les limites bien nettes des jardins du village. La piste fut bientôt à peine visible et Michael dut se concentrer sur la conduite, contraint de s'arrêter fréquemment pour abattre un jeune arbre ou écarter des branches qui leur barraient le chemin. Un peu plus loin, la voie fut une nouvelle fois coupée par un énorme tronc de manguier tombé en travers de la route, et Michael dut faire un détour dans les broussailles pour le contourner. Annah savait que ces arbres étaient nés de graines abandonnées là par des esclaves ; elle songea un instant combien il était étrange qu'une telle beauté puisse naître d'un passé si tragique. Mais, en même temps, c'était un signe chargé d'espoir : la lumière et les forces de la vie triompheront toujours de l'obscurité.

Au milieu de la matinée, ils atteignirent une clairière et l'avance devint plus facile sur un terrain herbeux. Soudain, deux silhouettes se profilèrent, surgies de nulle part, un vieil homme et un jeune garçon. Ils couraient tranquillement devant le Land Rover à la cadence soutenue et régulière des gens qui ont un long chemin à couvrir. Le garçon ouvrait la marche en agitant une sorte de crécelle au-dessus de sa tête. Le vieil homme suivait avec des cris aigus et en secouant vigoureusement les mains. Tous deux étaient vêtus de peaux d'animaux mal assorties auxquelles pendaient, attachés par des lanières de cuir, divers objets réunis en petits paquets – bâtons, os, plumes – qui se balançaient à leur rythme.

Annah sourit devant cette apparition.

— On dirait des acteurs en tournée.

Michael la détrompa aussitôt.

— Le vieil homme est un sorcier et le garçon, son apprenti ou son esclave.

Annah se redressa pour examiner attentivement les deux Africains. Elle séjournait à Langali depuis plus d'un an mais n'avait encore jamais rencontré de « sorcier ». À quelques exceptions près, les gens de Langali venaient directement à l'hôpital de la mission car on y savait les soins efficaces.

Le 4 × 4 talonnait les deux hommes que son approche ne semblait nullement affecter. Au moment où la voiture les dépassa, le sorcier leva la tête et plongea ses yeux dans ceux d'Annah. Un regard profond, pénétrant, comme hors du temps. Instinctivement, elle leva la main en guise de salut. Elle eut conscience que Michael, d'un signe de tête, lui recommandait la plus extrême réserve, mais le regard du sorcier dégageait une telle force magnétique qu'il appelait une réponse. Le vieil Africain stoppa le mouvement incessant de ses mains et salua à son tour la femme blanche, découvrant dans un large sourire deux rangées de chicots jaunis. Le garçon sourit lui aussi, imitant en tout point la mimique de son maître. Annah se retourna sur son siège pour les observer ; bientôt ils ne furent plus que deux petits points sur la route poussiéreuse.

— Ce garçon devrait fréquenter l'école, observa Michael en contournant habilement le dôme pointu d'une termitière.

Annah ne l'écoutait pas, songeant à la manière dont le vieil homme l'avait dévisagée, comme s'il pouvait voir jusqu'au fond de son âme. Elle revit le visage ratatiné, le cou décharné, la bouche dépourvue de dents...

Elle se rappela les rares fois où elle avait examiné des malades qui portaient encore les traces des soins prodigués par le sorcier du village : blessures infectées par l'application de déjections de volaille, vue détériorée par la sève de certains arbres ou par du venin de serpent... La liste des souffrances supplémentaires et inutiles infligées aux malades était longue. Elle se souvint en particulier d'un cas tragique, celui d'un jeune enfant, le corps raidi par la douleur, ses doigts ratissant le ciel, ses cris rauques ne cessant qu'après une injection de morphine administrée par Michael. Après avoir écarté un linge souillé, ils avaient découvert le petit dos couvert d'atroces brûlures. Annah entendait encore les paroles de la mère décrivant le traitement du sorcier. Celui-ci avait appliqué sur la tendre peau du bébé des morceaux de bois brûlants. Pour guérir la fièvre... Michael avait calmement parlé de la difficulté d'effectuer des greffes de peau sur un enfant si jeune, tandis que les larmes d'Annah inondaient le pansement blanc.

Le souvenir du petit corps mutilé éveilla en elle une nausée et elle se reprocha d'avoir pu trouver intéressante la rencontre avec ce vieux sorcier. C'était un personnage sinistre et malfaisant. Pourtant, derrière ce sentiment de répulsion, elle avait conscience d'une étrange fascination, d'une inadmissible attraction.

— Ces hommes n'accomplissent-ils donc jamais rien de bon ? demanda-t-elle à Michael d'une voix hésitante, sachant que ni lui ni Sarah n'aimaient aborder ce sujet.

— Bien peu, répondit-il. Ils utilisent principalement à leur profit les superstitions, la peur et l'ignorance. Et ils se font souvent payer très cher. Pas d'argent, pas d'intervention. Ils ne disposent d'ailleurs que de très peu de remèdes et font surtout appel à des charmes, à la magie.

La magie. Ce mot prenait une consonance étrange dans la bouche de Michael.

— Vous voulez parler de véritable magie ? interrogea Annah. Je veux dire... ont-ils de réels pouvoirs ?

Michael lui jeta un regard oblique. Son visage était grave.

— Peut-être. Ils puisent à une sombre source. Mieux vaut ne pas en parler. Le seul fait d'y penser est déjà malsain.

Annah approuva d'un signe de tête. Il avait raison, elle le savait.

La voiture fit une embardée, cahota sur de grosses touffes d'herbe. L'aube fraîche n'était plus qu'un souvenir lointain. À présent, l'air moite pesait sur eux, lourd de chaleur. Annah essuya la transpiration de son visage et de son cou avec un mouchoir de soie à impressions cachemire qu'Eleanor lui avait offert. Aussitôt, un faible parfum d'eau de Cologne monta jusqu'à ses narines.

Après quelques instants de conduite silencieuse, Michael reprit la parole.

— Il faut nous préparer, Annah. Les choses vont être différentes ici.

Ici. À la limite d'un monde sauvage, païen.

À l'ouest...

Annah hocha la tête avec une certaine appréhension. Mais elle ne pouvait s'empêcher de sentir naître en elle une excitation nouvelle, puissante, incontrôlable.

Le bruit du Land Rover portait bien dans cette partie du bush et, quand ils atteignirent le petit village, ses habitants étaient déjà prévenus de l'arrivée des visiteurs. Certains les regardaient, figés par la stupeur, des enfants glissaient un œil craintif, dissimulés derrière les arbres, les chiens eux-mêmes s'étaient assis, tous les sens en alerte, devant les cases.

Michael fronça les sourcils. Les évangélistes avaient annoncé la prochaine visite du docteur blanc et il s'attendait à être accueilli par une foule de malades, non par une population visiblement interrompue en pleine activité. Bien qu'il soit encore tôt, les chaudrons chauffaient déjà sur des feux bien garnis. Des piles de fruits et légumes aux vives couleurs étaient posées sur des nattes. Et, non loin de l'endroit où s'était arrêté le véhicule, une vieille femme, les mains rouges de sang, s'affairait à couper le cou de poulets qu'elle jetait ensuite en tas à côté d'elle.

— On dirait qu'ils sont en plein travail, observa Annah en ouvrant la portière pour descendre.

— Un instant, lança Michael. Ne descendez pas encore.

Annah se tourna vers lui, surprise. Il lui fallut un certain temps pour réaliser que quelque chose clochait, tant elle avait l'habitude de voir Michael toujours à l'aise : là, il paraissait incertain de l'accueil qu'on leur réservait.

Un homme jeune s'approcha du véhicule et fixa Michael un long moment, le visage inexpressif. Puis un large sourire éclaira ses traits.

— Bienvenue, lança-t-il. Je m'appelle Noah. Le maître chrétien a dit que vous viendriez et voilà, vous êtes là. Malheureusement, c'est un jour très occupé. Demain, nous célébrons un mariage.

Il haussa les épaules en signe d'impuissance puis, d'un geste circulaire, désigna les villageois, arrêtés dans leurs tâches.

— Mais la maladie se moque bien de nos projets, ajouta-t-il avec un grand sourire. Elle est toujours présente et nous ne pouvons pas l'oublier.

— Où pouvons-nous nous installer ? demanda Michael.

Noah désigna du doigt le centre de la clairière, où s'élevait un arbre gigantesque. Des lianes poussaient dans les fentes de son écorce et ses branches noueuses tombaient jusqu'au sol, comme si, au fil des ans, leur poids était devenu trop lourd.

— C'est le lieu de réunion, dit-il.

— Quelqu'un pourrait-il nous aider ?

Au ton de sa voix, Annah comprit que Michael était embarrassé. Il était venu pour offrir son aide, non pour gêner leurs préparatifs.

— Je vous envoie des gens, opina Noah. Et je vous aiderai, moi aussi.

Il parcourut le village en criant des ordres dans le dialecte indigène ; presque instantanément, le travail reprit. Drapées dans leurs kitenges aux vives couleurs, les femmes se mirent de nouveau à piler le grain et à activer les feux. Des enfants nus surgirent de derrière les arbres, chargés de fagots de bois. Annah descendit de voiture en tirant sur sa robe que la transpiration avait plaquée contre son dos et ses cuisses. Malgré l'activité générale, on ne sentait aucune précipitation et le spectacle avait quelque chose d'intemporel. Elle se rendit compte alors que pas un seul objet européen n'était en vue. Pas de robes ni de shorts, pas de sandales en plastique, pas de bicyclettes… Rien n'avait changé malgré le passage des Blancs.

Trois jeunes hommes apparurent au bout de quelques minutes et aidèrent Michael et Annah à sortir leur matériel. Annah tenait d'une main sa trousse médicale, de l'autre la boîte en bois contenant le précieux microscope dans l'achat duquel elle avait investi toutes ses économies à sa sortie de l'école d'infirmières. Elle s'avança vers l'arbre, appréciant l'air plus frais à l'ombre de son généreux feuillage. En levant les yeux, elle distingua dans les branches des bouts de tissus élimés, aux tons passés, entortillés autour du bois. Elle détourna vivement la tête. Mieux valait ne pas se demander ce que cela signifiait. Elle aperçut aussi une forme sur un côté du tronc et en fit le tour pour voir de quoi il s'agissait. Une plaque de métal se dressait orgueilleusement face aux cases du village. La peinture en était passée et écaillée mais, à sa grande stupéfaction, Annah réussit à en déchiffrer les mots : *Drink Coca-Cola.*

Malgré les préparatifs du mariage, une petite foule de malades et de curieux se rassembla autour d'eux. Annah et Michael se plongèrent dans leur travail. Les évangélistes avaient bien préparé le terrain, car aucun des villageois ne semblait mettre en doute l'efficacité des remèdes du docteur blanc. Docilement, ils ouvraient la bouche devant le rayon de la lampe électrique, tendaient le bras pour les piqûres et frémissaient au contact du stéthoscope sur leur poitrine. La plupart des enfants souffraient de malnutrition chronique, ce qui paraissait curieux au vu de l'abondant approvisionnement dont le village semblait disposer. Annah songea avec regret que la présence ici de Sarah aurait été bien souhaitable. La prochaine fois, il faudrait qu'elle les accompagne.

Ils firent une courte pause à l'heure du déjeuner, assis sur leurs chaises pliantes à boire l'eau tiède de leur gourde et à manger les sandwiches préparés par Ordena. Noah resta accroupi à côté d'eux, mâchonnant des graines grillées. Il leur désigna un couple d'adolescents – un garçon et une fille – debout non loin devant une des cases.

— Ils se marieront demain.

Tous deux étaient d'une surprenante beauté, minces, les os fins, la peau semblable à un chocolat crémeux. La fille était enroulée dans un morceau de tissu et portait au cou plusieurs rangées de perles de couleur. Seul un mince pagne drapait les hanches du garçon et sa poitrine nue était marquée de cicatrices encore fraîches, preuves de son initiation récente. Il se dégageait d'eux une impression d'enfance, d'innocence, mais aussi de force et de dignité.

— Ce sera un mariage chrétien, précisa Noah.

— L'évangéliste viendra ? demanda Michael, surpris.

Noah fit un signe de dénégation.

— Nous attendons un pasteur itinérant.

— Africain ?

— Oui. Mais il vient de loin.

Annah jeta à Michael un regard étonné, cependant il semblait avoir compris.

— La mission catholique les soutient. Ils circulent à bicyclette dans tout le pays.

— Ce sera aussi un mariage européen, ajouta fièrement Noah.

Il cria et, quelques instants plus tard, un groupe de femmes arriva, portant une forme blanche. À la grande stupéfaction d'Annah, c'était une longue robe de mariée en satin blanc, toute plissée, ornée de dentelles et de nœuds. Étrange tenue pour un mariage dans la brousse. Annah prit conscience qu'on guettait sa réaction, mais elle pensait au chapeau rafistolé par la femme de l'évêque…

— C'est… très joli, finit-elle par dire.

— Européen, souligna gravement Noah.

— Oui, admit-elle. Tout à fait européen.

Satisfait, Noah fit signe aux femmes de repartir. Annah tenta de s'imaginer la jeune mariée, encore adolescente, transpirant dans sa tenue blanche sous l'étouffante chaleur, et elle se demanda comment le garçon serait habillé. Un costume trois pièces l'attendait-il, pendu à la branche d'un arbre ?

— Si vous étiez venus demain, vous auriez pu assister à la cérémonie, observa Noah avec regret.

— Si nous étions venus demain, répondit sèchement Michael, nous aurions tout de même donné une consultation médicale, fût-ce au milieu du mariage.

Noah réfléchit quelques instants et partit d'un grand éclat de rire en s'éloignant.

L'après-midi était déjà très avancé quand Annah et Michael eurent ausculté leur dernier malade et rangé leurs affaires. Ils savaient tous deux qu'ils devaient se hâter s'ils voulaient regagner la mission avant la nuit. Aussi abrégèrent-ils les adieux et refusèrent-ils une invitation chez les parents des futurs mariés.

Michael conduisait vite, penché sur le volant, les épaules crispées par la concentration. Annah se sentait épuisée par la chaleur et le travail, rendu plus difficile encore quand il devint évident qu'ils ne pouvaient communiquer avec les patients sans utiliser les services d'un interprète n'ayant que des connaissances rudimentaires de swahili. Elle s'efforçait pourtant de se tenir bien droite, car il lui paraissait injuste de se détendre pendant que Michael était encore à la peine. Soudain, l'arrière du Land Rover fit une embardée et tomba dans un fossé boueux. Michael manœuvra désespérément et le moteur s'emballa, mais la roue arrière gauche tournait dans le vide.

Parcouru d'un frisson, il s'adossa à son siège et respira profondément avant de lever le pied de l'accélérateur et de faire une nouvelle tentative. De la boue jaillit de chaque côté de la voiture ; celle-ci ne bougea pas d'un pouce.

— Ça ne marche pas ! s'exclama Annah.

Michael la regarda en silence, puis il ouvrit sa portière et sortit. Un moment plus tard il réapparut, essuyant ses mains tachées de boue sur son short.

— Nous n'allons pas pouvoir nous en sortir sans aide.

Appuyé contre une aile du 4 × 4, il contempla la forêt. Le soleil baissait derrière les arbres, l'obscurité n'allait pas tarder à tomber.

— Je vais faire un saut jusqu'au village, décida-t-il, les sourcils froncés.

— Mais c'est loin !

— Nous n'avons pas le choix si nous ne voulons pas y passer la nuit.

Annah ouvrit la portière de son côté.

— Je ne reste pas ici toute seule.

— Il va falloir marcher vite, avertit Michael.

— Mes jambes sont aussi longues que les vôtres, dit-elle avec un petit rire destiné à détendre l'atmosphère.

Ils se mirent en route à longs pas réguliers et rapides. Bientôt, ils furent en nage, sans pour autant ralentir leur allure. Le jour continuait à baisser et Sarah les attendait à Langali.

L'écho des tambours flotta au loin. C'est étrange comme on l'entend bien malgré l'épaisseur de la forêt, songea Annah. Elle se sentit réconfortée en imaginant les villageois au repos après les préparatifs de la journée.

Ils distinguèrent enfin la lueur des feux à travers les arbres et elle soupira d'aise. Une de ses chaussures commençait à la blesser, aussi un peu de repos serait-il le bienvenu. Les tambours étaient maintenant tout proches, leurs coups retentissaient, puissants et alertes, à travers le bush. Des sons pour réveiller, pas pour célébrer la fin du jour. Et l'éclat des feux était trop vif pour une simple cuisson. Annah ralentit le pas.

— Que se passe-t-il ?

— Continuez à avancer, répondit Michael. C'est sans doute une fête précédant la cérémonie du mariage.

Annah entrevit des silhouettes sombres s'agitant autour des flammes. Elles bondissaient, se contorsionnaient au rythme des tambours. Les feux se reflétaient sur la peau luisante de sueur des danseurs. Ils étaient totalement nus…

Michael lui agrippa le bras.

— Ne bougez pas. Attendez-moi ici. Je reviens tout de suite.

Annah se dissimula derrière des broussailles, le cœur affolé sous l'effet de la surprise et de la peur. Elle ferma les yeux pour oublier la vue de ces corps nus aux mouvements fous. Les coups de tambour, de plus en plus forts, résonnaient dans sa tête et annihilaient ses pensées. Elle avait vaguement conscience qu'ils exprimaient quelque chose d'insensé, d'inhabituel. À travers eux on percevait le crépitement des flammes, les cris d'un jeune enfant, mais aucun rire, pas de murmures de voix. Rien que ces corps libérés de tout vêtement qui se mouvaient sans retenue.

Elle tira sa jupe sur ses jambes, espérant ainsi se protéger de l'attaque des moustiques. La pommade dont elle les enduisait pour éloigner les insectes était restée dans le Land Rover. Malgré ses efforts, rien ne parvenait à distraire ses pensées du spectacle qui se déroulait devant elle.

Elle se mit à genoux, glissa un œil à travers les branches. Une fois sa vue ajustée au contraste des flammes et de l'obscurité, elle parvint à distinguer également les visages des danseurs. Tous avaient les yeux clos, les lèvres entrouvertes, et semblaient perdus dans une extase profonde. On voyait parmi eux de jeunes femmes, dont les seins se balançaient en cadence avec les colliers ornant leur cou. Et aussi des hommes, des guerriers au corps peint, dont le sexe bougeait au rythme de leurs longues cuisses. Annah ne pouvait détourner les yeux de ces peaux luisantes entraînées par les tambours.

Deux danseurs se détachèrent du cercle et se rapprochèrent, frottant leurs corps et se léchant l'un l'autre. Annah reconnut soudain le couple de fiancés à l'air si innocent.

Le garçon ondulait autour de sa partenaire tel un serpent. Il tomba à genoux, le visage contre son ventre. Elle saisit sa tête des deux mains et la poussa vers le bas, plus bas, plus bas encore…

Annah sentit ses genoux trembler et une vague de chaleur inattendue l'envahir. Malgré elle, un élan la poussait à se joindre aux danseurs, à sentir sur sa peau la chaleur des flammes, à tournoyer avec eux, ouvrant son corps à la musique et aux sensations comme on ouvre une mangue, dévoilant sa chair. Elle ferma les yeux, mais l'image, au lieu de s'évanouir, se précisa. À travers ses cils, elle devinait la lueur orange du feu, elle se voyait là-bas, offerte, appelée par l'urgent battement du tambour…

Elle prit lentement conscience d'une présence. D'une autre source de chaleur. D'un autre souffle. Proche. La peur l'arracha à sa vision et elle se retourna.

Michael.

Il ouvrit la bouche pour parler, pourtant aucun mot n'en sortit. Annah leva les yeux vers lui. Il la saisit par les épaules et la mit debout.

— Ce n'est pas bon ! (Sa voix se mêla au fracas des tambours et flotta jusqu'à elle, de très loin, comme provenant d'un autre monde.) Je n'ai pas pu trouver Noah. Ni personne pour nous aider.

Annah fit signe qu'elle avait compris. Elle vit le reflet des flammes dans ses yeux et la sueur sur sa peau. Le feu teintait d'or ses cheveux, un rayon de lune glissait sur son épaule. Elle sentait l'odeur de son corps, de sa transpiration.

Il gardait lui aussi les yeux braqués sur elle, des yeux qui errèrent bientôt sur son corps, s'attardèrent sur ses seins, sur la fente de son corsage que la sueur collait à sa peau.

Il avança d'un pas, posa une main sur son épaule. Le tambour battait comme un cœur puissant. Annah crut revivre cet instant où Sarah avait uni leurs mains et où ils s'étaient tenus tous trois enlacés. En toute liberté. Michael, Sarah et Annah. Sans arrière-pensée. Il n'y avait là rien d'anormal.

Mais le tambour introduisait une note nouvelle, exigeante, réclamant davantage.

Davantage…

La main de Michael se crispa sur l'épaule de la jeune femme avant de s'abaisser lentement…

Les battements de tambour s'arrêtèrent net et l'air parut se vider d'un seul coup, aspirant toute volonté.

Ils se regardèrent, comme paralysés.

Une seconde après, les battements reprirent, plus rapides encore, mais la magie était rompue. Michael respira profondément et recula. Puis, après une brusque volte-face, il s'éloigna à grands pas.

Annah le suivit dans le bush, guidée par la lune. Elle trébuchait, les yeux fixés sur les pieds de Michael, enjambant les lianes, s'accrochant aux branches, les doigts collés par la sève épaisse.

Quand ils atteignirent la voiture, Michael ouvrit la portière pour qu'Annah puisse monter et resta dehors.

Ils avaient laissé les vitres fermées pour éviter les insectes ; une chaleur lourde régnait à l'intérieur. Annah s'assit sur son siège, engourdie. Les tambours qui résonnaient encore dans sa tête avaient à présent un écho moqueur. Elle appuya son front sur ses bras et regarda Michael faire les cent pas à l'extérieur. Une étrange inquiétude naquit tout au fond d'elle.

Au bout d'un long moment, il monta dans le véhicule, s'installa à sa place sans un mot. Annah sentait que son corps était tendu, en éveil. Elle aurait voulu s'appuyer contre lui, lui dire que tout allait bien, qu'il ne s'était rien passé. Qu'ils n'avaient rien fait de mal.

Mais elle n'en était pas tout à fait certaine.

L'aube pointait à peine quand un groupe de chasseurs découvrit le Land Rover envasé. Stupéfaite, encore à demi endormie, Annah découvrit les visages pressés contre les vitres. Il paraissait évident que ces hommes ne venaient pas du village voisin – ils étaient bien trop alertes pour avoir dansé toute la nuit et semblaient prêts à entamer une longue journée d'activité.

— Michael ! Réveillez-vous.

C'étaient les premières paroles qu'elle lui adressait depuis qu'ils avaient regagné la voiture. La nuit s'était écoulée dans un silence complet, troublé seulement par le bourdonnement des insectes, les respirations régulières, le froissement d'un corps qui se déplace. Ils ne s'étaient endormis qu'à l'approche de l'aube.

Bien que ne parlant pas le swahili, les chasseurs ne furent pas longs à comprendre la situation. À eux six, avec l'aide de Michael criant ses instructions à Annah au volant, le 4 × 4 fut poussé sur le chemin. En l'absence de cadeau à leur offrir pour les remercier, Michael leur distribua les bandages et pansements qui restaient dans sa trousse médicale. Les chasseurs parurent enchantés et s'en ornèrent comme de parures avant de s'enfoncer dans la brousse.

La tension entre Michael et Annah s'effaçait au fur et à mesure qu'ils s'éloignaient du village. Ils se mirent à bavarder à propos des chasseurs et de leurs drôles de manières, des événements de la veille, mais aucun d'eux n'évoqua la danse autour du feu ni son impact sur eux. Pas plus qu'ils n'envisagèrent d'autres explications au fait d'avoir passé la nuit ensemble : on aurait pu croire à un alibi.

À leur arrivée, ils furent accueillis par une petite foule postée devant l'hôpital. Sarah sortit en courant et serra Michael dans ses bras.

— J'étais tellement inquiète ! s'exclama-t-elle. Je sais bien que des tas de raisons pouvaient vous avoir retardés, mais je n'ai pas pu m'empêcher de me faire du souci.

— Nous sommes tombés dans un fossé boueux, expliqua Michael.

À ces mots, Annah ne put s'empêcher de lui jeter un coup d'œil. Il avait l'air d'un petit garçon coupable, mais Sarah ne remarqua rien. Elle se dirigea vers son amie pour l'embrasser aussi.

— Mes pauvres chéris, dit-elle. Vous êtes en piteux état.

Annah sentit soudain la fatigue tomber sur elle. Elle était affamée et se sentait sale, sans savoir ce qu'elle désirait le plus, d'un peu d'eau pour sa toilette, d'un repas ou de son lit.

— Je me souviens d'une fois où nous avons dû passer la nuit dans un village, poursuivait Sarah. Avec la fumée, les mouches et ces affreux lits de corde. Nous aurions préféré rester dans le Land Rover, mais ils tenaient tellement à nous faire plaisir. Ils ont même dû libérer deux cases pour nous...

— Nous n'étions pas au village, intervint Annah presque malgré elle.

Sarah parut surprise.

— Oh...

— Nous avons dormi dans la voiture.

Les pas de Sarah devinrent hésitants, un murmure courut dans le petit groupe qui les encerclait.

Michael se dirigea vers le coffre pour décharger son matériel, écartant les aides pour se charger d'une pile d'objets divers.

Après un court silence, Sarah sourit et se tourna vers le perron de la maison où Kate attendait en agitant les bras :

— Nannah ! Nannah !

Annah adorait s'entendre appeler ainsi par sa petite filleule.

— Elle est là ! cria Sarah à l'enfant. Tatie Nan est là !

Sans accorder la moindre attention aux Africains qui les dévoraient de regards curieux, elle se tourna vers Michael.

— Laisse donc les garçons s'occuper de ça, mon chéri. Et viens manger.

Elle saisit Annah par le bras pour l'entraîner vers la maison. C'était à l'évidence un geste délibéré dont Annah comprit tout de suite la signification. Sarah tenait à présenter les choses comme il convenait. Rien ne devait venir altérer la position des missionnaires. Ou, pis encore, menacer le monde qu'elle chérissait – la douce intimité partagée avec son mari, son enfant et sa meilleure amie.

Elle a raison, songea Annah. Ils devaient faire en sorte que tout semble parfaitement correct. Elle glissa sa main dans celle de Sarah, consciente des regards fixés sur elles, et elles se dirigèrent ensemble vers la maison.

Les deux épouses.

Plusieurs semaines s'écoulèrent ; l'incident glissa peu à peu dans l'oubli. Annah remarqua que Michael évitait de rester seul avec elle, et il ne fut plus question de retourner dans ce village. À part cela, tout allait bien.

Un mois plus tard, le boy chargé d'apporter les messages de Murchanza se présenta un matin. On ne l'attendait pas avant la semaine suivante et son arrivée dans la cour – haletant, il faisait mine d'être épuisé dans l'espoir de recevoir à boire et à manger en quantité – suscita une certaine émotion. Annah le regarda depuis la salle des enfants, surprise. D'habitude, les messages urgents étaient transmis par radio.

Le boy disparut en direction de la Maison de la mission et Annah se remit au travail. Quelques minutes plus tard, des pieds nus s'approchèrent d'elle par-derrière et un papier blanc fut agité sous ses yeux.

— C'est pour vous, dit le jeune garçon.

La lettre se balançait devant elle. Elle reconnut dans le coin de l'enveloppe l'emblème de la mission, les deux flèches et la Bible. C'était l'évêque. Annah déchira l'enveloppe, soudain saisie par la peur. Des mots se formèrent dans sa tête.

Eleanor est malade. Votre père désire que...

Elle parcourut le message, cueillant une phrase ici et là.

Transfert de service. Nouvelle affectation. Effet immédiat.

Annah regardait incrédule, les mains tremblantes.

L'ordre était bref et net. On la déplaçait de Langali pour l'expédier à un autre poste.

Les lignes se brouillèrent sous ses yeux. Le monde sembla s'écrouler. Après un long moment de stupeur, elle se mit à courir vers la Maison de la mission où Sarah, Kate et Ordena se préparaient pour le déjeuner.

Sarah pâlit en lisant la lettre.

— Ordena, va chercher Michael, lança-t-elle, les doigts crispés sur la feuille. Il va empêcher ça, assura-t-elle à Annah. Ne vous inquiétez pas. Il le peut et il le fera.

Soudain, ses yeux s'emplirent de larmes.

— Oui, il le fera..., répéta-t-elle.

Quand Michael fut là, il attendit qu'Ordena eût regagné la cuisine à contrecœur avant de prendre la parole.

— Je connais le contenu de cette lettre, dit-il. J'ai reçu un message radio. Annah sera transférée à Germantown.

— Germantown !

Sarah le dévisageait, incrédule.

— Mais ils devaient envoyer là-bas quelqu'un de Dodoma. Il s'agit sûrement d'une erreur.

— Ce n'est pas une erreur.

Michael parlait lentement, avec précaution.

— Je savais que cela devait se produire.

Les deux femmes le regardèrent.

162

— Depuis quand le sais-tu ? demanda Sarah.

— Une semaine.

Annah restait debout, muette, évoquant les bribes d'informations qu'elle avait glanées ici ou là sur Germantown. À un bon jour de voyage en direction du sud... un ancien poste abandonné par les Allemands... restauré depuis peu par la mission... Elle se souvint de Michael et Stanley de retour d'une visite dans cette région reculée ; ils disaient que le travail avançait rapidement. Bientôt, on y enverrait une infirmière...

Une infirmière. N'importe laquelle.

Oui, mais pas moi...

— Je ne veux pas partir, dit-elle d'une voix faible. Je me sens bien ici.

Le visage de Michael parut se tordre dans l'effort qu'il fit pour affronter bravement la situation. Malgré son propre désarroi, Annah le sentit déchiré entre ses sentiments personnels et les exigences de sa fonction. C'était lui le chef.

— C'est un hommage à votre compétence, une promotion, commença-t-il. (Il parlait à Annah mais, évitant son regard, contemplait sans le voir le paysage par la fenêtre.) On vous confie un poste où vous serez seule responsable, alors que vous ne travaillez sur le terrain que depuis peu. Bien sûr, une fois les choses en place, on vous enverra du personnel. Entre-temps, j'imagine la joie et la reconnaissance de ces pauvres gens d'avoir de nouveau une assistance médicale après une interruption de près de vingt ans.

Un profond silence accueillit ce discours peu convaincant.

— Je me suis arrangé pour que Stanley vous accompagne, poursuivit Michael avec un rapide coup d'œil à Annah. Il vous sera d'un grand secours. Je pense pouvoir me débrouiller sans lui. Le nouveau stagiaire apprend vite.

Annah sentit ses genoux se dérober et elle crut qu'elle allait être malade. Sarah agrippa le bras de Michael.

— Tu aurais dû nous en parler ! lança-t-elle d'une voix aiguë. Tu aurais dû arrêter ça. Tu peux encore... maintenant !

Michael gardait le silence, les lèvres serrées dans un rictus de défi. Comme s'il se sentait personnellement attaqué. Comme s'il était *responsable*.

Sarah se rapprocha d'Annah et la même pensée les traversa soudain. Ensemble, elles dévisagèrent Michael. Toute parole était inutile.

— Très bien, avoua-t-il. Je l'admets. C'est moi qui ai demandé votre départ.

Il croisa enfin le regard d'Annah. Elle lut dans le sien un aveu de défaite. Sa voix défaillit quand il ajouta :

— Il le fallait.

Un long silence suivit ces mots.

Annah se sentait incapable de bouger. Elle aurait voulu pleurer, crier, protester, mais cela n'y changerait rien, elle le savait. Elle restait là, figée, une seule pensée tournant sans relâche dans sa tête.

Mon monde s'écroule.

Ce fut Sarah qui reprit la parole pour s'adresser à son mari. Calmement, une simple constatation.

— Tu te sens attiré par Annah. Tu es amoureux d'elle. C'est pourquoi tu veux qu'elle parte.

— Je t'aime aussi, affirma Michael d'une voix rauque, à peine audible. Et tu es ma femme.

— Tu nous aimes toutes les deux, poursuivit Sarah fermement. Nous nous aimons les uns les autres. Tous les trois. Et c'est pourquoi nous sommes si heureux. Cet amour est une chance, pas un péché.

Brusquement, sa voix se fit plus incisive, tendue par la peine, la colère.

— Comment peux-tu nous faire une chose pareille ? Comment peux-tu ?

— Il n'y avait pas d'autre solution, souffla Michael.

— Il y en aurait eu, répliqua Sarah. Annah aurait pu regagner sa case. Nous aurions construit une cuisine à côté ; ainsi, elle n'aurait pas été sous notre toit tout le temps.

Annah la regarda. Rien de plus juste, pensa-t-elle. Ils auraient pu effectuer des changements, tenter quelque chose... n'importe quoi, sauf ça.

— Cela n'aurait pas marché, dit Michael. De toute façon, maintenant, c'est fait.

C'est fait.

Les mots tombèrent, lourds et mornes. Tous trois savaient que c'était vrai. Michael avait parlé et l'évêque avait agi. Annah devait partir. Voilà.

— J'ai voulu un poste plus facile pour vous, expliqua Michael. Peut-être même Dodoma, où vous aviez toujours souhaité rester. Je ne pensais pas...

Sa voix fléchit sous l'emprise du chagrin.

Annah pencha la tête en avant et ses cheveux roux tombèrent comme un rideau devant son visage. Ses larmes coulaient sur le sol de béton. Elle entendit le pas léger de Sarah s'approcher et sentit son bras frais et lisse sur ses épaules. Les deux femmes s'enlacèrent, joue contre joue, leurs mèches brunes et rousses se mêlant en un tendre patchwork. Agrippées l'une à l'autre, laissant Michael seul, elles pleurèrent sur leur séparation.

11

C'était le matin du jour où Annah devait quitter Langali. Le Land Rover attendait déjà dans la cour, la valise Louis Vuitton ficelée sur son toit à côté de sa trousse médicale et de la boîte réservée au microscope. Les deux sacs de toile contenant les affaires de Stanley avaient été casés sur le siège arrière. Tout ce qui restait de place disponible était bourré de matériel médical, d'une collection de paniers, de cages de poulets, d'ustensiles de cuisine, de couvertures et de vêtements, dont le plus grand nombre appartenaient à Judithi, la femme de Stanley. Elle aussi quittait aujourd'hui Langali pour demeurer au village de sa mère – à mi-chemin sur la route de Germantown – en attendant de pouvoir rejoindre son mari quand tout serait installé. Annah s'était étonnée de ce départ, mais Sarah avait fait observer que, n'ayant pas d'enfant, rien ne la retenait à Langali quand Stanley n'y serait plus.

Quand il fut temps de partir, tout le monde se rassembla près de la voiture, formant un cercle autour d'Annah, de Stanley et de Judithi : Ordena portant Kate dans ses bras, Michael et Sarah très droits côte à côte, Tefa, Barbari, Erica. Peu de mots furent échangés. Sarah rappela qu'Ordena avait préparé un panier de nourriture qui se trouvait à l'arrière du véhicule avec une Thermos de thé chaud. Ses lèvres tremblaient et Annah garda les yeux baissés, incapable de soutenir son regard. Michael fit signe à Stanley de le rejoindre.

— Le mécanicien de Murchanza n'a jamais réussi à réparer convenablement la pompe à essence, dit-il. Si elle ne marche pas, il faudra actionner la manivelle.

166

D'un bref signe de tête, Stanley fit signe qu'il avait compris.

— Ne l'ai-je pas déjà fait plus d'une fois ? répliqua-t-il avec patience.

— Les pneus sont assez usés, poursuivit Michael. Mais, naturellement, tu sais ça aussi.

Annah regarda Stanley, qui écoutait avec attention. Sa silhouette familière près de la voiture cabossée dans laquelle elle avait si souvent voyagé lui apportait un grand réconfort. Elle aurait au moins à ses côtés quelqu'un de proche. Ils écourtèrent les adieux, et aucun d'eux ne fit allusion à des visites ou à un échange de courrier. Après la vie qu'ils avaient menée, des contacts aussi épisodiques n'auraient fait qu'alourdir leur peine. Il n'y avait pas lieu non plus de procéder à des étreintes ni à des embrassades prolongées devant les Africains. Ils se contentèrent donc d'une poignée de main et d'un sourire, contenant leurs larmes. Seule Kate se moquait des règles. Elle se débattit dans les bras de son ayah :

— Nannah ! Nannah !

Après une caresse et un rapide baiser, Annah monta dans la voiture et l'enfant se mit à pleurer.

Stanley était au volant, Annah à côté de lui et Judithi, derrière avec ses poulets. Quand le véhicule démarra, Kate poussa des hurlements de protestation. Elle le faisait chaque fois qu'elle voyait quelqu'un partir, réaction normale d'un petit enfant envahi par la crainte d'être abandonné. Aujourd'hui, cependant, ses cris soulignaient davantage le chagrin que ses parents dissimulaient derrière des visages impassibles.

Quand ils sortirent du village, Annah ne se retourna pas, à l'instar de Stanley et Judithi, pour un dernier signe d'adieu. Elle se contenta de revoir en pensée ce lieu qui était devenu son foyer, la Maison de la mission avec ses rideaux décorés de boomerangs, les géraniums en pots, la chambre d'amis partagée avec cette petite filleule qui riait et gazouillait dans ses rêves.

Les cris de Kate les suivirent un certain temps encore avant de s'atténuer puis de s'éteindre.

Annah garda le silence, engourdie par toutes ces émotions. La présence de nombreux paquets tout autour d'elle lui rappelait qu'elle partait définitivement.

Et qu'elle ne retournerait pas chez elle.

Cette pensée douloureuse enflait en elle et la rongeait comme une tumeur. Pour la détourner, elle s'intéressa à Judithi, qui, elle, partait de son plein gré.

— Tu dois être contente de revoir ta mère, n'est-ce pas ? demanda-t-elle en swahili.

Judithi hocha vigoureusement la tête.

— Mais ton mari ne va-t-il pas te manquer ?

Le même geste de la tête muet lui répondit, et Annah réalisa qu'elle n'aurait pas dû poser de questions si personnelles. Elles ne se connaissaient pas assez bien toutes les deux.

Elle jeta un coup d'œil à Stanley. Son visage lui était familier avec ses traits fins, ses yeux expressifs, et pourtant, comme Judithi, il était pour elle un étranger. Elle ne savait pas ce qu'il pensait réellement de cette expédition à Germantown. Quand elle lui avait demandé s'il acceptait de l'accompagner, il avait répondu avec un enthousiasme poli. Elle réalisa soudain combien sa vie et celle de Judithi dépendaient de la mission. Et de l'évêque, là-bas, confortablement installé dans sa ville lointaine.

L'évêque Wade. L'homme qui avait envoyé Annah à Langali et qui, aujourd'hui, l'en arrachait sans pitié.

Mais c'est Michael qui l'a demandé.

C'est Michael qui l'a fait.

Elle inclina la tête, se frotta le visage avec les mains comme pour en chasser cette pensée. Pourtant, la question resurgissait toujours, lancinante. Pourquoi Michael n'avait-il même pas tenté d'aborder la question avec Sarah et avec elle ? Elles auraient pu le convaincre d'écarter une solution aussi radicale.

Et s'il avait eu raison ? S'il y avait eu quelque chose de dangereux, de mauvais, dans la manière dont ils vivaient tous les trois ? Les missionnaires de Langali...

Michael était persuadé d'avoir péché, se dit-elle, pas dans sa chair, mais dans son cœur et sa tête – ce qui, du point de vue chrétien, était tout aussi mal.

Et moi je vous dis que quiconque regarde une femme avec concupiscence commet l'adultère dans son cœur.

Annah se demanda si elle avait, elle aussi, désiré Michael de cette façon coupable. La question paraissait simple, mais elle jugea impossible d'y répondre. Elle était jeune, bien portante, femme. Comment ne pas désirer un homme ? Et Michael était le seul homme séduisant qu'elle eût rencontré. Quoi d'étonnant alors qu'en songeant à l'amour – à un mari – ce soit son visage qui surgisse devant elle ?

Elle l'aimait. Profondément. De toute son âme.

En évoquant le passé, il lui fut évident que leur intimité n'avait fait que croître. Mais cette intimité englobait également Sarah. D'une certaine manière, Sarah en était même le cœur, l'unisson. Il était né de cette union un lien si chaleureux, si étroit, si doux... Pourquoi l'avoir gâché ? À qui la faute ? Qui blâmer ?

La tête dans la main, accoudée à la portière, vitre ouverte, Annah regarda défiler le paysage. La brousse, autrefois si étrange à ses yeux, lui était devenue familière. Elle faisait partie de Langali, de cette vie qu'elle était contrainte de laisser derrière elle. Les branches d'arbres frôlant la carrosserie de la voiture lui évoquaient des mains s'accrochant à elle, la suppliant de ne pas partir.

Ils atteignirent le village de la mère de Judithi, à l'orée de la forêt, en fin de matinée.

— Nous ne nous arrêterons pas longtemps, dit Stanley à Annah d'un ton rassurant.

— Non, protesta-t-elle. Vous devez saluer tout le monde. Prenez le temps nécessaire.

Judithi tomba dans les bras accueillants d'une petite foule de femmes qui l'engloutirent, l'enlacèrent, et son visage refléta une joie qu'Annah ne lui avait jamais vue auparavant. Stanley déchargea les bagages de sa femme et échangea des salutations plus réservées avec les hommes du village tandis qu'Annah restait dans la voiture, souriant à un groupe d'enfants massés devant la portière et penchant la tête au-dehors afin qu'ils puissent toucher ses cheveux comme ils en manifestaient le désir.

Stanley la rejoignit bientôt et s'installa au volant. Elle l'avait vu de loin faire ses adieux à Judithi. Selon la coutume africaine, ils n'avaient manifesté aucune émotion, même si leur séparation devait durer plusieurs mois. Annah chercha une trace de mélancolie sur le visage de Stanley, en vain.

— Si nous nous organisons bien à Germantown, fit-elle quand ils eurent roulé quelques instants, Judithi pourra nous rejoindre assez vite. Nous allons en faire un de nos objectifs... préférés.

Elle n'avait pas trouvé de mot en swahili pour exprimer l'idée de priorité, aussi espérait-elle s'être fait comprendre.

Stanley ne répondit pas tout de suite et, quand il le fit, Annah décela dans sa voix une note de tristesse.

— Les anciens ont un proverbe : « Une femme est toujours heureuse de retourner dans le village de sa mère. » Alors ne nous inquiétons pas. C'est Dieu qui décide...

Annah comprit que le sujet était clos et elle s'appuya au dossier recouvert d'un vinyle raide et collant. Avec le départ de Judithi, leur voyage avait quelque chose de définitif, d'irrévocable.

La jungle avait disparu au profit d'une contrée plus ouverte au fur et à mesure que la route montait en direction du sud-est. Le regard portait à présent plus loin, et Annah fut surprise de constater combien elle s'était habituée à voir la barrière toute proche des arbres et du feuillage, entrecoupée seulement de quelques excroissances rocheuses comme Cone Hill. On ne pouvait jamais deviner ce qui se cachait derrière.

En début d'après-midi, Stanley fit halte à l'ombre d'un bouquet d'épineux. Annah leva les yeux vers les branches au rare feuillage et reconnut les arbres décrits par Eliza, gracieuses sentinelles à l'approche de la savane épaisse. Non loin s'élevait un vieux baobab. Eliza en avait également parlé, notant que les Africains les baptisaient « arbres du diable » car ils croyaient que Dieu les avait plantés correctement, mais que le diable était venu les retourner. Et cela correspondait parfaitement à leur aspect, songea Annah. Les branches noueuses, tordues, avaient l'air de racines poussant vers le haut.

Pendant que Stanley déballait le repas préparé par Ordena, Annah s'approcha du vieux baobab. Son écorce ressemblait à une vieille peau toute plissée, mais avec des endroits étonnamment lisses, comme les joues d'une vieille femme. Constatant que l'arbre était creux, elle se pencha pour regarder à l'intérieur. Ses lèvres s'ouvrirent en un cri muet. Un corps était là, la peau transformée en cuir, la bouche béante, squelettique. Un corps humain momifié. Aucun insecte ne tournait autour. Il était desséché depuis longtemps et déjà dépouillé. Annah recula et pivota pour se trouver face à face avec Stanley.

— C'est un arbre magique, dit-il, et il la saisit par le coude pour l'écarter rapidement. Personne ne doit regarder dedans.

D'un geste, il désigna à Annah la table de pique-nique dressée près du Land Rover et elle s'avança avec obéissance, surprise qu'il ne l'accompagne pas. Se retournant, elle vit qu'il courait vers un autre arbre, un épineux peu élevé. Il en cueillit vivement une branche qu'il vint déposer devant le tronc du baobab, à l'endroit de la fente. Annah se détourna avant qu'il ait pu la remarquer en train de l'observer. Elle était déconcertée par cet acte, de toute évidence un rituel païen. Stanley, l'assistant de Michael… Ce n'était peut-être qu'un geste insignifiant, une superstition, tel le sel qu'on jette par-dessus son épaule quand on renverse son verre. Sauf que Stanley était chrétien et censé se détourner de ces pratiques interdites par l'Église. Michael se faisait un point d'honneur de passer exprès sous les échelles ou de projeter des déplacements le treizième jour du mois.

Quand il la rejoignit pour déjeuner, elle ne fit aucune allusion au baobab. Plus loin, sur la route, ils en croisèrent bientôt un autre. Annah distingua la carcasse d'un animal égorgé depuis peu suspendue à l'une des branches.

— Il y a de la sorcellerie dans ce coin, murmura Stanley sans ralentir.

Michael avait expliqué à Annah, de ce ton officiel qu'il avait employé pour lui parler des détails de son transfert, que des missionnaires allemands avaient travaillé dans la région il y a longtemps, sans parvenir à y opérer de conversions. Depuis leur départ, rien n'avait changé.

Par la vitre, Annah découvrit un paysage soudain hostile, ponctué par des arbres dressant vers un ciel étranger des branches tordues tels des bras agités de spasmes. Un vautour planait au loin. La jeune femme reporta les yeux vers l'intérieur familier de la voiture.

— À votre avis, pourquoi les missionnaires ont-ils échoué ? demanda-t-elle à Stanley.

— Dieu seul le sait, fit-il en haussant les épaules.

Bien souvent, il répondait ainsi aux questions d'Annah à l'hôpital. Comme si elle n'avait qu'à s'adresser à Dieu directement pour obtenir des éclaircissements…

— Mais j'ai entendu une histoire, ajouta-t-il.

Annah se tut. Il parlerait quand il serait prêt.

— Une femme blanche vécut autrefois dans cette région. On raconte qu'elle habitait toute seule dans une grande maison. Une Américaine. Le chef local était son ami. C'était un homme qui avait beaucoup de pouvoir. Certains disent que cette femme blanche a dressé le chef contre les missionnaires.

Annah se tourna vers Stanley, intéressée.

— Est-elle toujours là-bas ?

— Oui, mais elle est morte. Enterrée sur cette terre.

— Qui était-elle ? Que faisait-elle ?

— Dieu seul le sait, répondit à nouveau Stanley.

Annah essayait d'imaginer comment une femme blanche pouvait se lier d'amitié avec le chef d'une tribu au point d'influencer ses idées. Allait-elle dans sa case partager sa nourriture ? Comment pouvait-elle vivre ainsi toute seule, sans homme pour la protéger – sans homme blanc ? Et pourquoi était-elle si hostile à la présence des missionnaires ? Que restait-il de son influence ?

171

— Mais ce peuple a bien désiré notre venue, n'est-ce pas ? questionna-t-elle, une pointe d'anxiété dans la voix. Ce sont eux qui nous ont réclamés ?

— C'est ce qu'on m'a dit, admit Stanley. Les gens de là-bas ont demandé à l'évêque et au gouvernement qu'on rouvre le vieil hôpital.

Une pensée traversa soudain Annah.

— Est-ce ce même peuple dont le chef était ami de la femme américaine ?

Stanley réfléchit.

— Oui, je le crois. Ce sont les Waganga. Une tribu puissante.

Annah fronça les sourcils.

— Ils auraient donc changé d'avis à notre sujet ?

— Seulement en partie. Ils veulent un hôpital, mais pas d'église ni d'école.

Annah se détendit.

— Un hôpital suffira pour commencer, observa-t-elle, essayant de ne pas penser à la somme de travail qui les attendait. Il faudrait avancer pas à pas, lentement, gagner leur confiance.

Oui, pensa-t-elle, elle avait bien l'intention de réussir. Pour montrer à Michael ce qu'elle était capable de faire.

— Naturellement, ajouta Stanley avec un sourire, si une église veut se dresser ici, seul Dieu pourra l'en empêcher...

Le crépuscule était pratiquement tombé quand ils aperçurent au loin l'ancienne mission allemande, une poignée de bâtiments blanchis à la chaux nichés au pied d'une pente escarpée. L'endroit était exactement tel que Michael l'avait décrit, net et pittoresque. Il n'y manquait que l'éclat d'un feu ou d'une lanterne pour accueillir les voyageurs au terme de leur périple.

Annah s'imagina l'installation préparée pour eux, la salle avec les lits et tout le nécessaire, le matériel médical sous clé dans un local surveillé par un gardien. On leur avait dit qu'ils trouveraient également une radio afin d'établir le contact avec Langali et les autres postes. Six semaines plus tôt, Stanley et Michael étaient venus à Germantown s'assurer que tout était en ordre pour recevoir la nouvelle infirmière de Dodoma.

L'approche leur parut longue dans la lumière déclinante. Les formes blanches tardaient à révéler les détails des fenêtres, des volets, des portes. Chose curieuse, on ne distinguait aucun reflet sur les toits, qui auraient pourtant dû renvoyer les derniers rayons du soleil.

Annah se tourna vers Stanley, sourcils froncés. Penché sur le volant, il regardait droit devant lui sans rien dire.

Quand le Land Rover eut pénétré dans la cour, ils restèrent assis à l'intérieur, médusés. Les portes et les volets avaient disparu et les cadres des fenêtres eux-mêmes avaient été arrachés. À la place des toits, les chevrons nus se découpaient sur le ciel. L'endroit avait été complètement mis à sac.

Tout était calme et vide, abandonné telle une ruine après la guerre. Annah et Stanley descendirent de voiture et errèrent parmi les décombres, contemplant les tuyaux qui pendaient sur les murs là où s'étaient trouvés des éviers, une cuisine vidée de son fourneau, dont il ne restait sur le sol qu'une trace de suie.

— Je vais à la recherche du gardien, déclara Stanley.

Mais, comme lui, Annah devinait qu'il n'y aurait pas de gardien. Coupable ou innocent, l'homme avait disparu depuis longtemps.

Elle regarda autour d'elle. Tout avait été pillé à un point inimaginable. Elle se demanda ce qu'aurait pensé Michael devant un tel spectacle et, en se représentant son expression outragée, elle se mit à rire, le visage tourné vers le ciel. En même temps, ses yeux s'étaient emplis de larmes, qui coulaient à présent sur ses tempes et dans ses cheveux.

Elle s'aperçut alors qu'une foule étrange s'était rassemblée à la lisière des bâtiments. Des gens l'épiaient en silence. Comme il était difficile de juger à cette distance s'ils étaient amicaux ou s'il fallait s'inquiéter, elle décida de les ignorer. Stanley apparut à ses côtés.

— On m'a raconté ce qui est arrivé. Le gardien a tout vendu et s'est enfui à Nairobi. La réserve est vide, la radio a disparu. (Il baissa la voix.) Je pense que certains d'entre eux ont pris part au pillage car ils me parlaient en détournant les yeux.

Une expression de mépris s'afficha sur son visage tandis qu'il poursuivait :

— D'autres sont très fâchés contre le gardien. Ils disent que leur chef est au loin. Qu'il n'aurait pas permis cela.

— Voilà qui est réconfortant, observa Annah amèrement.

L'air grave, Stanley hocha la tête.

— Qu'allons-nous faire maintenant ?

La jeune femme soupira.

— Rester ici cette nuit et retourner demain à Langali. Nous n'avons pas le choix, poursuivit-elle en voyant l'expression de Stanley, et ce n'est pas notre faute. (Elle se dirigea vers le coffre du 4 × 4.) Il doit bien y avoir une tente quelque part là-dedans.

Depuis cette nuit passée avec Michael, la tente faisait partie de l'équipement de base.

— Elle est là, dit Stanley en désignant un bout de toile verte qui dépassait d'une pile de boîtes.

— Bien.

Elle préférait dormir sous la tente et savait que Stanley s'étendrait quelque part en plein air, avec juste une moustiquaire pour se protéger. Il faisait toujours ainsi en voyage, ignorant les toits sauf en cas de pluie. Anna fit le tour de la voiture, consciente soudain du poids de la fatigue, de la faim et de la saleté. Elle gaspilla un peu d'eau douce pour humecter une serviette propre et se nettoyer les mains. Le parfum d'un des sachets de lavande de Sarah s'en dégagea et, pendant un bref instant, lui rappela son amie, qui aurait si bien su la réconforter. Les larmes aux yeux, elle se détourna pour prendre la boîte dans laquelle Ordena avait placé la nourriture. Elle en sortit une galette de pain sans levain, en fit deux parts et en remit une à Stanley, déjà affairé à dresser la tente. Il avait choisi un emplacement sur un sol bien plat, juste au milieu de la cour. Sarah sourit. On aurait dit un poste militaire sur un territoire ennemi, non la chambre d'une infirmière missionnaire se préparant à passer sa première nuit dans le nouvel hôpital dont elle avait la charge.

Annah secoua les dernières traces de sommeil, ouvrit les yeux. De minuscules rais de soleil filtraient à travers les trous de la toile de tente usagée. Elle sentit l'odeur d'un feu de bois tandis que des sons lui parvenaient – un rire d'enfant, un aboiement. Elle souleva la tête et écouta avec attention.

Un bourdonnement de voix résonnait au-dehors – de nombreuses voix.

Repoussant son drap, elle rampa jusqu'à la fenêtre pour en soulever l'abattant.

La cour était pleine de monde – cinquante, peut-être soixante Africains assis tranquillement par terre, les yeux posés sur la tente.

Elle laissa retomber le pan de toile et s'assit, désorientée. Puis elle se débarrassa de sa chemise de nuit, enfila ses vêtements et ses chaussures, lissa ses cheveux. Quand elle sortit de la tente, le murmure s'accrut. Ignorant volontairement la foule, elle partit à la recherche de Stanley et aperçut sa silhouette familière près des autres Africains vêtus de manière traditionnelle. Il était en train d'installer une des tables pliantes et avait déjà disposé par terre plusieurs boîtes de matériel.

— Stanley ! appela-t-elle en se dirigeant vers lui. Qu'est-ce qui se passe ?

— Ils sont venus se faire soigner, répondit-il en agitant la main vers les villageois, qui ne perdaient pas une miette de la scène.

Annah le regarda, interdite.

— Quoi ?

— Consultation externe.

— Vous plaisantez ?

Sans répondre, Stanley sortit du coffre une chaise pliante qu'il plaça derrière la table et se retourna enfin vers Annah.

— Allez-vous, comme dans la parabole, renvoyer ces pauvres gens ?

Déconcertée, elle le dévisagea en silence. Il avait employé à dessein les mots de la Bible, ne lui laissant le choix qu'entre deux rôles : celui du bon Samaritain ou celui du pharisien. Le gentil ou le méchant.

Pendant ce temps, la foule les observait.

En soupirant, elle passa une main dans ses cheveux.

— Où est ma trousse médicale ?

Stanley la lui tendit, un léger sourire aux lèvres. La foule sembla comprendre le sens de ce geste. Il y eut des frottements de pieds quand les gens les plus proches se levèrent pour avancer, les autres prenant aussitôt place derrière eux en une longue file.

— Demain, nous partons à la première heure, annonça Annah à l'intention de Stanley.

Il hocha la tête et fit signe au premier patient d'approcher.

Pendant que tous deux travaillaient, les Africains attendaient leur tour en les scrutant avec un vif intérêt. Rien n'échappait à leurs regards curieux, le stéthoscope, le plat en forme de haricot, les seringues, le moindre paquet ou tube de médicament touché par Annah ou par Stanley. Au moment où l'on s'occupait d'eux, la plupart s'efforçaient, dans un swahili rudimentaire, d'exprimer leur satisfaction d'avoir de nouveau un hôpital à Germantown. Ils semblaient ne pas se rendre compte que l'endroit avait été saccagé et qu'il n'en restait pratiquement rien.

Annah ne cessait de répéter que l'hôpital n'était pas en état de fonctionner, qu'il n'y avait plus de fournitures, pas même une radio pour réclamer de l'aide. Les gens l'écoutaient, mais ne semblaient en rien concernés.

— Tu es là, disaient-ils comme si c'était la seule chose importante. Tu es venue. Nous avons enfin un hôpital.

Annah finit par perdre patience.

— Il n'y a même pas d'eau courante, s'écria-t-elle pour être entendue de tous. Les robinets, les éviers, même les tuyaux ont été enlevés. Il est impossible de travailler ici.

Un vieil homme s'avança. Les lobes de ses oreilles avaient été percés et pendaient presque jusqu'à ses épaules. Il fronçait les sourcils.

— J'ai vécu bien longtemps et je n'ai jamais vu de maison dans laquelle coulait de l'eau, affirma-t-il. L'eau peut attendre dans des gourdes ou des pots.

Il dévisageait Annah dans l'attente d'une réponse et elle évita son regard avec l'impression d'être une enfant gâtée réclamant un objet de luxe. Tout est si relatif, pensa-t-elle, voilà le problème. Elle avait vu à l'école des médecins refuser d'opérer parce que les instruments n'étaient pas disposés correctement sur le plateau. C'était là un exemple extrême, bien sûr. Mais n'était-il pas normal de réclamer un équipement de base minimal ? Pourtant, il n'y avait aucun moyen d'expliquer cela à des Africains qui vivaient dans un village de brousse. Elle leva les yeux vers le vieil homme et se contenta d'échanger avec lui un regard ferme, en silence. Finalement, il secoua la tête, ce qui fit danser les lobes de ses oreilles, et retourna dans la foule.

À l'heure de la pause du petit déjeuner, ils avaient examiné vingt-cinq patients. Mais le nombre de malades semblait encore augmenter. Annah et Stanley se regardèrent avec la même pensée. Comment pourraient-ils jamais repartir ? Annah envisagea la possibilité d'établir une base temporaire, mais elle bannit bientôt cette idée. Les fournitures médicales qu'ils avaient apportées viendraient bientôt à manquer et seraient incomplètes. Elles avaient été sélectionnées avec soin pour venir en complément d'un stock qui, en principe, les attendait et, s'ils ne manquaient pas d'alèses en caoutchouc, de couvertures pour lits d'enfants, d'aiguilles ou de matériel de perfusion, ils avaient cruellement besoin de seringues, d'antibiotiques et d'analgésiques, les remèdes les plus indispensables.

Et il y avait aussi l'état des bâtiments. En l'absence de portes et de fenêtres, les animaux pouvaient circuler librement dans les salles et y déposer leurs déjections. Il faudrait plus que quelques gourdes d'eau pour assurer un minimum d'hygiène. Annah et Stanley n'avaient pas d'autre choix. Malgré les efforts de la population pour les en dissuader, ils devaient partir. Pour cela, il leur faudrait se montrer fermes.

— Nous travaillerons jusqu'à la nuit, annonça Annah à la foule quand ils reprirent le travail après un frugal repas composé d'ugali. Mais nous devrons partir demain. Je suis désolée. C'est comme ça.

Tous hochèrent la tête poliment ; elle eut pourtant l'impression que ses paroles ne les avaient nullement convaincus.

Le lendemain matin, elle se leva très tôt, comptant bien partir avant l'arrivée de la foule. Alors qu'elle rampait hors de sa tente en se frottant les yeux, elle tomba sur un petit groupe d'Africains qui lui montrèrent avec force gestes un endroit derrière eux. Ils s'écartèrent pour révéler une collection d'objets hétéroclites soigneusement disposés sur un drap d'hôpital tout taché. Il y avait des robinets, des longueurs de tuyaux, des linges en tas et des couvertures, une cuvette de cabinet tachée de fiente de poulet, la porte du fourneau et bien d'autres choses encore. Le vieil homme aux oreilles étirées s'avança jusqu'à elle, fier.

— Regarde.

Annah contempla les objets tandis que tous autour d'elle souriaient et opinaient de la tête. Stanley fit son apparition et ouvrait déjà la bouche mais Annah intervint avant qu'il n'ait eu le temps de prononcer un mot.

— Ils veulent réparer l'hôpital.

Stanley se contenta de sourire sans un mot.

Ils parcouraient lentement le poste de Germantown, examinant chacun des bâtiments. Ceux qui avaient été restaurés récemment étaient inutilisables car leur toit de tôle avait disparu. Quelques constructions annexes couvertes de boue séchée offraient encore un abri, mais il était impossible d'entretenir proprement leur sol de terre battue. Annah se souvint des lettres où Eliza parlait de la manière dont elle et ses assistants s'étaient débrouillés dans les conditions difficiles de l'époque. On jetait sur le sol de la paille ou des brassées de longues herbes qu'il fallait changer chaque jour. Il leur arrivait parfois de se contenter d'un simple balayage avec un balai de branchages. Cela permettait au moins de se débarrasser des puces parasites. Mais Eliza rappelait qu'il ne fallait pas oublier d'enduire au préalable de paraffine les pieds nus de la personne chargée de ce travail.

Tout en suivant Stanley de bâtiment en bâtiment, Annah continuait d'explorer en pensée le courrier d'Eliza à la recherche de tous les procédés qui y étaient décrits pour faire face à une situation semblable. L'argile de rivière, se souvint-elle, faisait un bon emplâtre et, quand on était à court de pansements, des toiles d'araignée déposées sur les blessures facilitaient la cicatrisation. Les scorpions ne se risquaient pas dans les cases si l'on y enfermait deux ou trois poulets. Il était avisé de poser ses bagages sur des pierres pour décourager les insectes. Bref, on pouvait toujours se débrouiller avec beaucoup moins de moyens qu'on ne le croyait.

Car, avec l'aide de Dieu, tout est possible.

Annah s'arrêta derrière le bâtiment principal et désigna un espace herbu plus loin.

— La première chose à faire est de creuser un trou ici.

Stanley la regarda sans comprendre.

— Mais ils ont rapporté les cuvettes de toilette et elles ont été remises à leur place.

— Ce sera pour le nettoyage des blessures infectées, expliqua Annah. Après chaque utilisation, nous répandrons dessus une couche de cendres. (Stanley approuva de la tête.) C'est une règle d'or que nous devons tous respecter, poursuivit-elle. *Rien* de sale ne doit pénétrer à l'intérieur du dispensaire.

Elle accéléra le pas, comme pour se mettre en accord avec ses pensées agitées. Elle repoussait toujours l'idée qu'ils puissent poursuivre leur travail dans de telles conditions mais, par ailleurs, elle sentait s'éveiller en elle une excitation croissante à la perspective de relever pareil défi.

— Il va falloir demander aux gens de nous apporter beaucoup de bois de chauffage afin que nous puissions faire bouillir des quantités d'eau, reprit-elle. Nous allons bientôt manquer d'antiseptiques.

Stanley avait pris un peu d'avance. Il se retourna pour lui parler mais parut hésiter.

— Quoi ? fit Annah.

— Une plante pousse dans la brousse, dit-il enfin en désignant de la tête la limite de la clairière où se pressaient des buissons et des arbres. Je connais cette plante. Elle s'appelle « lierre ». En broyant les feuilles dans de l'eau, on obtient un bon remède pour tuer les microbes.

Anna fronça les sourcils.

— On ne s'en est jamais servi à Langali, n'est-ce pas ?

— Les Blancs utilisent leurs propres médicaments, répliqua Stanley. Ceux qui arrivent dans des boîtes avec des étiquettes. Ces remèdes sont puissants et bons. Mais ici, nous avons les nôtres. Nous devons nous servir de ceux-là.

— Michael connaissait-il le lierre ?

— Je ne lui en ai pas parlé, répondit Stanley avec un haussement d'épaules.

— Tous les Africains le connaissent ?

— Non, certains seulement.

— Pourquoi vous ?

Stanley ne répondit pas. Il semblait de nouveau hésiter.

— Qui vous l'a indiqué ? insista Annah.

— Ma grand-mère. Elle connaissait beaucoup de remèdes. Elle m'en a appris quelques-uns avant sa mort.

Annah le contempla, pensive.

— Êtes-vous en train de me dire qu'il y avait à Langali une personne pratiquant la médecine indigène ?

— Elle ne vivait pas au village.

Annah croisa son regard et se souvint soudain du soir où elle l'avait rencontré sur l'autre rive de la rivière, à l'emplacement de l'ancien village. Près de la case de la sorcière.

— Donc, c'était votre grand-mère…, murmura-t-elle.

Stanley fixait toujours Annah, et elle crut y lire une sorte de défi.

— J'allais la voir en secret pour écouter ses histoires et apprendre ce qu'elle m'enseignait. Elle n'avait personne d'autre pour lui tenir compagnie. (Sa voix s'adoucit.) J'étais encore un enfant, et c'est moi qui l'ai serrée dans mes bras quand elle est morte.

Annah détourna les yeux, embarrassée. Certes, elle était choquée par cette déclaration mais elle ne pouvait écarter la vision de ce fidèle petit-fils en train de réconforter la vieille femme.

— Que vous a-t-elle enseigné ? demanda-t-elle.

Stanley réfléchit un long moment avant de répondre.

— Ma grand-mère connaissait beaucoup de proverbes. Je me souviens, l'un d'eux disait : « Les hommes blancs ne peuvent comprendre les choses que savent les Noirs. »

Il haussa les épaules comme pour adoucir la rudesse de ces propos. Puis il reprit :

— Oubliez tout cela. Ce ne sont pas des histoires pour vous.

Annah s'éloigna, seule, et se mit à réfléchir. Me voilà dans un endroit saccagé, sans radio, complètement isolée, ne pouvant espérer aucun secours. Et maintenant, l'assistant de Michael, en qui il avait confiance, se révèle être le petit-fils d'une sorcière. Je sais bien, il n'y est pour rien et cela s'est passé quand il n'était encore qu'un enfant. Mais il ne semble pas affecté par cette relation et en paraît même fier.

Ses pensées la ramenèrent vers ce qui avait provoqué cette découverte. Le lierre. Si Stanley avait raison, il existait donc ici, à

179

Germantown, un antiseptique naturel. En admettant qu'ils décident d'y poursuivre leur activité, cette plante serait d'une importance vitale le jour où ils seraient à court de Dettol. Quelle que soit la source à laquelle Stanley puisait ses connaissances, il faudrait faire l'essai de cette décoction. Il n'y avait pas d'autre choix.

Grâce à diverses méthodes de fortune inspirées soit par Eliza, soit par la grand-mère de Stanley, ils réussirent à mettre sur pied un poste médical et s'attelèrent à la tâche. Les besoins étaient considérables car la population n'avait eu accès à aucun soin pendant des décennies. Chaque jour se présentait une longue file de patients atteints de la lèpre, de la malaria, de la gale, d'infections des yeux. Parmi ces affections courantes, Annah rencontrait parfois des pathologies rares qu'elle n'avait vues que dans les livres, comme l'éléphantiasis, qui pouvait transformer un pied et une cheville en un moignon à la peau durcie. Et toujours ces enfants souffrant de malnutrition, ces femmes qu'un accouchement difficile avait estropiées. Dans bien des cas, Annah n'avait aucun remède à offrir ; les villageois semblaient néanmoins contents d'avoir été examinés et de connaître le diagnostic. C'était mieux que rien.

Annah était confrontée presque chaque jour aux preuves d'un traitement antérieur administré par le sorcier : corps brûlés, yeux aveugles, enfants fiévreux, frôlant la mort. Tous portaient sur eux les talismans censés les guérir. En s'efforçant de les soigner, Annah songeait à ces sorciers. Étaient-ils mauvais ou ignorants ? Peut-être les deux ? Était-il possible que les malheureux qu'elle voyait fussent seulement ceux auprès desquels leurs traitements avaient échoué ? Tous les médecins connaissent l'échec, et ces « médecins » indigènes étaient peut-être comme les généralistes qui, parfois, font de leur mieux dans un domaine dépassant leur compétence. Elle savait combien il était difficile de rester sans agir quand on a la certitude que le malade n'a aucun autre recours.

La situation se compliquait encore du fait que ces sorciers étaient en même temps des personnages religieux. Leurs pouvoirs étaient occultes ; leur médecine puisait à la même source.

Annah ne pouvait répondre à toutes ces questions et il était inutile de songer à en discuter avec Stanley, un Africain travaillant pour la mission, car le point de vue de la mission à cet égard était parfaitement clair. Il y avait même un chapitre sur le sujet dans leur manuel. Les « médecins » de la brousse étaient des ennemis. Des agents du mal.

Annah réalisa bientôt qu'il lui était impossible d'examiner chaque patient de façon convenable par manque de temps. Or, sur une vingtaine d'entre eux, un au moins était gravement malade. Ne pouvant appliquer les procédures de diagnostic classiques, elle pria Dieu de lui accorder assez de flair pour repérer ceux qui étaient en réel danger. C'était une prière désespérée, qui ne fut pas sans effet. Quand un nouveau patient arrivait devant sa table, elle se concentrait un instant calmement sur lui. Et cela marchait. Elle finit ainsi par trouver plus de temps à accorder aux vrais malades, ce qui lui permettait d'établir un diagnostic sérieux, même si elle n'avait pas toujours de traitement à proposer.

Les remèdes vitaux allaient bientôt faire défaut. Annah et Stanley durent décider ensemble des cas auxquels ils seraient réservés. Pas question de gâcher les précieux médicaments pour des malades qu'ils savaient condamnés à brève échéance. Ou, à l'opposé, pour quelqu'un qui avait de bonnes chances de s'en sortir sans traitement.

Annah s'efforça de reconnaître chacun, notant par exemple des détails de leur habillement ou des signes distinctifs. Mais ils étaient trop nombreux. Manifestement, il en venait de tribus voisines. Certains avaient la peau très noire et un type nettement négroïde. D'autres étaient de haute taille avec un teint plus clair et de beaux visages fiers. Tous portaient les vêtements traditionnels des peuplades du bush. Les hommes arboraient autour du cou des colliers de perles de couleur et peignaient leur corps avec de la boue rouge. À leur vue, Annah songeait aux fiers Massaï, ces guerriers nomades de la savane dont l'origine demeurait encore mystérieuse.

— Qui sont-ils ? demanda-t-elle un soir à Stanley tandis que leurs derniers patients quittaient la cour.

— Ce sont des Waganga.

Annah se souvint. Le peuple qui s'était lié d'amitié avec l'Américaine.

— Ils viennent d'un village situé de l'autre côté de la montagne, précisa Stanley.

Il fit un geste en direction de la saillie rocheuse surplombant les bâtiments. La crête, adoucie çà et là par des broussailles, se dessinait contre un ciel de plus en plus sombre.

— Pourquoi sont-ils si différents de leurs voisins ?

— Je sais seulement qu'il s'agit d'une tribu très ancienne. Et très puissante.

Puis Stanley se détourna pour préparer le repas du soir. Comme d'habitude, les visiteurs avaient apporté des offrandes de nourriture pour les nouveaux venus, des cacahuètes, des œufs, des tomates, des oignons, du manioc et, aujourd'hui, un ragoût de poulet.

— Ça peut être bon si on le fait cuire suffisamment, jugea Annah en se penchant sur la marmite.

Mais, d'un mouvement vif, Stanley s'interposa.

— N'y touchez pas. C'est peut-être empoisonné.

Annah ouvrit des yeux stupéfaits.

— Quoi ?

— Les sorciers sont peut-être jaloux de vous. Vous détournez un peu de leur pouvoir par votre présence. Ces gens pourraient souhaiter votre mort.

Il se mit à préparer un plat de sa façon à partir de légumes soigneusement épluchés. Il avait tiré dans le coin le plus éloigné la marmite contenant le ragoût, et Annah le contempla avec méfiance. Elle se souvint du sorcier qu'ils avaient croisé en chemin avec Michael, de son regard inquiétant, de sa bouche édentée. Puis elle songea à la grand-mère de Stanley. La décoction de lierre s'était révélée efficace, et ils s'en servaient régulièrement.

Maintenant que le sujet avait été abordé, elle se décida à lui poser quelques-unes des questions qui la hantaient.

— Il doit bien y avoir de bons sorciers, commença-t-elle, autant que de mauvais.

Stanley releva la tête.

— On appelle sorcier quelqu'un qui veut du mal aux autres. Ceux qui possèdent le pouvoir et les connaissances mais qui s'en servent pour le bien portent d'autres noms.

— Lesquels ?

En posant la question, Annah pensa à une phrase de Michael : « Le seul fait d'y penser est déjà malsain. »

— Faiseur de pluie. Devin. Guérisseur. Voyant. Prêtre. Esprit. Il y en a beaucoup.

Il jeta un coup d'œil vers une pile de branches de lierre fraîchement coupées et reprit :

— Ma grand-mère a d'abord été connue comme devineresse car elle avait le pouvoir de lire les signes. Elle était aussi guérisseuse. Mais elle est devenue une ennemie de son peuple quand elle a refusé de traverser la rivière pour le suivre. Alors on l'a appelée sorcière.

— Quand vous parlez de « sorcière », que voulez-vous dire exactement ?

Stanley sourit.

— Je parle de quelqu'un de notre peuple qui fait des choses qu'un Européen ne peut pas comprendre.

Il se pencha en riant sur sa casserole. Annah ne put retenir un léger frisson d'inquiétude. Elle avait l'impression que cet homme à côté d'elle, son seul compagnon, était soudain devenu un étranger. Elle s'adressa à lui à mi-voix.

— Parlez-moi de leur pouvoir.

Stanley haussa les sourcils.

— Certains ne sont que des charlatans. D'autres sont extrêmement puissants. Certains sont bons, d'autres diaboliques. Rien n'est simple.

— Mais vous êtes chrétien.

Annah faisait une constatation rassurante, ce n'était pas une question.

— Certainement, admit Stanley. (Dans la lumière déclinante, ses yeux brillaient dans son visage sombre.) N'ai-je pas été élevé ainsi ? Et j'aime aussi beaucoup les histoires au sujet de Jésus. S'il était venu dans notre village, je pense que nous aurions dit : voilà un homme qui a beaucoup de pouvoirs et ne les utilisera jamais pour faire le mal. Avec quelqu'un comme lui parmi nous, nous n'aurions plus jamais peur. Nos ancêtres eux-mêmes le respectent et ne lui veulent pas de mal. Nous serions contents, oui, s'il venait.

Annah se tut, regardant l'Africain mettre du bois sur le feu, remuer les flammes dansantes. Elle songeait à Michael, plongé dans sa Bible et son *Livre des concordances*, dans son système théologique qui avait réponse à tout, quelle que soit la situation. Par comparaison, la réponse de Stanley aux mêmes récits de la Bible était d'une simplicité extrême. Trop simple, sans doute. Mais, dans sa charité, elle prenait une dimension particulière, balayant les complexités pour aller droit à l'essentiel.

Le plat préparé par Stanley cuisait sur le feu, laissant échapper des volutes de vapeur. Annah ouvrit sa trousse médicale et en vérifia le contenu. Elle y tenait enfermés les plus précieux des remèdes encore en sa possession : antibiotiques, comprimés contre la malaria, deux injections de morphine et une d'adrénaline, un seul traitement contre la lèpre, quelques tubes de pommade pour les yeux.

Stanley observa Annah occupée à compter les comprimés.

— J'ai fait un rêve, dit-il tout à coup. J'ai rêvé d'une armoire à pharmacie qui ne se vidait jamais. Quel que soit le nombre de personnes auxquelles on distribuait des remèdes, il y en avait toujours autant. (Les flammes se reflétèrent dans ses yeux.) Si je possédais une armoire de ce genre, je la transporterais tout au fond des terres, loin de l'hôpital de la Mission. Je la placerais sous un arbre et je distribuerais à tous les malades les remèdes de l'homme blanc.

Annah sourit.

— Certains rêves se réalisent.

Malgré le nombre des hôpitaux de brousse et des postes avancés, elle savait qu'il n'y en avait jamais assez. Toujours, quelque part, des gens mourraient pour n'avoir pas reçu les soins les plus fondamentaux, une piqûre ou quelques comprimés valant à peine une poignée de dollars.

— Celui-là se réalisera, affirma Stanley. Ma grand-mère est venue dans le rêve et me l'a dit.

Annah le dévisagea. Il avait parlé avec la même certitude que le pasteur évangéliste quand il prêchait à Langali. Mais Stanley évoquait un rêve où lui était apparu le spectre de sa grand-mère.

— Maintenant, nous pouvons réciter le bénédicité, déclara-t-il en inclinant la tête.

Puis il attendit qu'Annah prenne la parole.

— Seigneur, bénis ce repas, murmura-t-elle. Qu'il nous donne la force de toujours Te servir.

La prière quotidienne de Michael.

— Au nom de Jésus, amen, acheva-t-elle dans un souffle.

Les mots s'envolèrent dans l'obscurité.

— Amen, répéta la voix grave de Stanley.

Ils demeurèrent silencieux tandis que Stanley versait dans deux bols les légumes qu'il venait de préparer avant de les poser sur la table avec un pot d'ugali. Leur arôme stimula leur faim, et ils sentirent la fatigue se dissiper. Les premières étoiles apparurent dans le ciel, minuscules points brillants sur fond de velours. Très loin, au-delà des galaxies, se dissimulait la demeure divine.

12

Annah sentait le chaud soleil du matin lui brûler le cou tandis qu'une brise légère faisait voleter les longues mèches de cheveux qui s'échappaient de son bonnet. Elle travaillait seule dans le dispensaire de fortune, traitant l'un après l'autre les malades alignés en longues files. Elle gardait en permanence l'oreille dressée, espérant entendre le grondement de moteur du Land Rover. Une semaine plus tôt, Stanley s'était rendu à la gare de chemin de fer la plus proche – un bâtiment perdu au milieu de nulle part à quelques heures de route – pour télégraphier à l'évêque. Après avoir longuement réfléchi, Annah avait décidé que c'était la meilleure façon d'agir. Elle aurait aimé retourner à Langali et confier ses problèmes à Michael. Après tout, il était toujours son chef de mission. Mais Langali était bien trop loin pour que Stanley ou elle songe à s'y rendre seul. Car, en les voyant partir tous les deux, la population de Germantown se serait certainement crue abandonnée. Pour finir, Annah choisit de télégraphier à l'évêque, de lui exposer ses difficultés et de lui demander une aide de première urgence.

Elle avait prié Stanley de rester à la gare jusqu'à réception de la réponse, mais il n'eut pas à attendre bien longtemps. Le télégramme arriva bientôt, rédigé dans un style froid, méprisant. L'évêque Wade, apparemment, avait interprété le message d'Annah comme le signe évident d'une crise d'hystérie propre à une jeune femme trop gâtée, incapable de s'adapter aux exigences de sa nouvelle affectation. Il mettait clairement en doute l'exactitude de ses propos et de sa description de la situation à Germantown. On pouvait même déceler en

filigrane l'idée qu'Annah avait bien mérité les difficultés – si difficultés il y avait – qu'elle avait à affronter. N'était-elle pas, déjà, seule
à blâmer pour les problèmes rencontrés à Langali et qui l'avaient
poussée à partir ?

Annah lut et relut le message de l'évêque. Les phrases, rédigées dans
un style simple pour le télégraphiste, étaient si cassantes, si glacées
qu'un sentiment de colère s'éveilla dans son cœur et rampa en elle
tel un noir reptile. Sans se démonter, elle rédigea une réponse pour
exposer à nouveau la situation et réclamer des secours.

Il faisait presque nuit lorsque la voiture apparut enfin. Stanley
descendit lourdement du véhicule et, à voir son expression, Annah
devina que les nouvelles n'étaient pas bonnes.

— L'évêque est en voyage, expliqua-t-il. Il ne reviendra pas avant
deux semaines.

Deux semaines... Cela signifiait une quinzaine d'autres dispensaires
à visiter sans y trouver le moindre médicament. La situation était totalement bloquée. Annah soupira et, d'un geste las, se passa les mains
sur le visage.

— Le voyage m'aura au moins appris quelque chose, reprit Stanley.

Annah leva les yeux vers lui, attendant la suite.

— Nous allons devenir un nouveau pays. Le Tanganyika n'existera
plus. Il sera rattaché à Zanzibar et rebaptisé Tan-za-nie.

La jeune femme hocha la tête, songeuse. Les décisions politiciennes
de Dar es-Salaam lui paraissaient bien loin des urgentes nécessités qu'il
leur fallait affronter ici, à Germantown.

— Tanzanie..., répéta Stanley, pensif.

Le mot ne sonnait pas aussi joliment que Tanganyika. Il avait une
sonorité plus rugueuse, plus âpre. Plus déterminée aussi. Un nom
porteur de nouveaux symboles.

— J'imagine que c'est plutôt une bonne chose, fit observer poliment Annah.

— Je l'espère.

Ils n'avaient plus le choix, aussi Annah et Stanley poursuivirent-ils
leur rude travail, s'efforçant avec bravoure d'endiguer le flot continu
des malades. Chaque jour apportait son lot de nouveaux problèmes.
Un léopard qui rôdait dans la forêt terrifia les villageois, qui refusèrent
de s'y rendre ; on eut vite un manque insoutenable de bois de chauffage. Bientôt, l'eau chaude fit défaut pour les applications de cataplasmes. Des colonies de fourmis envahirent les dortoirs, manquant de

tuer une fillette incapable d'appeler, la bouche remplie d'insectes. Des serpents décimèrent les poulets chargés de tenir les scorpions à distance. Annah se sentait souvent partagée entre l'envie de rire et celle de fondre en larmes. Vu d'ici, l'hôpital de Langali semblait un paradis – c'est-à-dire, en termes concrets, une zone de combat efficace contre la maladie. Au contraire, Germantown ressemblait à la plus abyssale des tranchées.

Un jour où Stanley était parti au bureau du télégraphe chercher la réponse de l'évêque, il commença à pleuvoir, véritable déluge inattendu. Le matin, le ciel était clair et parfaitement bleu. Mais, vers midi, d'épais nuages l'avaient assombri avant de déverser leurs tonnes d'eau sur la terre craquelée.

Annah se tenait dans l'une des salles du dispensaire, regardant fixement la pluie tomber. Elle pouvait entendre derrière elle certains malades murmurer.

— Une pluie pareille en cette saison, ce n'est pas une bénédiction du ciel, c'est plutôt un avertissement.

— Tout à fait d'accord. Et c'est forcément la faute de quelqu'un.

La jeune femme ne prêta aucune attention à ces propos. Elle se moquait bien de ce qui avait pu causer la pluie. Sa préoccupation était que le sol allait sous peu se transformer en boue.

— Seigneur, soupira-t-elle. Il ne manquait plus que ça.

Elle perçut dans son dos un long craquement. Soudain, les malades se jetèrent à bas de leurs lits et se ruèrent vers la sortie, bousculant Annah au passage. Incrédule, elle vit le plafond se courber. Il y eut un fracas terrifiant et le toit s'affaissa d'un seul coup. Un bras puissant tira Annah dehors, sous la pluie.

C'était Stanley. Il désigna l'enchevêtrement de poutres et de briques d'où montait un nuage de poussière.

— Les termites ont dévoré le bois des solives ! cria-t-il pour couvrir le vacarme de la pluie. Le toit s'est effondré sous le poids de la boue gorgée d'eau.

Annah demeura quelques instants immobile, tandis que l'eau ruisselait sur sa tête.

— Il ne nous reste plus qu'à nous rendre à Murchanza ! répondit-elle, criant à son tour. Il doit bien y avoir quelqu'un, là-bas, qui nous viendra en aide. Un fonctionnaire quelconque ou un membre d'une mission catholique. N'importe qui...

Stanley hocha la tête. Son regard s'attarda sur les vêtements sales d'Annah et sur ses cheveux défaits et trempés. Les missionnaires se devaient d'avoir toujours une tenue correcte quand ils se rendaient en ville.

Sa voix s'enfla sous l'orage.

— Il faut nous changer avant de partir !

— Non, allons-y comme ça, rétorqua Annah à tue-tête. Au moins, ils comprendront l'ampleur de nos problèmes.

En réalité, elle souhaitait de tout son cœur que leur triste apparence génère de la pitié et que l'on prenne fait et cause pour eux auprès de l'évêque. Naturellement, celui-ci serait furieux. Cette seule pensée lui rendit le sourire. Il n'aurait que ce qu'il mérite !

Un court moment plus tard, la pluie cessa aussi soudainement qu'elle était apparue et le ciel retrouva son bleu candide, comme si rien ne s'était passé. Stanley expliqua l'idée d'Annah à la population agglutinée autour d'eux alors qu'ils essayaient de prendre congé. Annah leur promit à tous de revenir aussi vite que possible, mais le doute assombrissait bien des visages. Cependant, lorsque certains comprirent que ni Stanley ni Annah n'emportaient leur trousse médicale, l'espoir revint peu à peu. L'équipement fut emballé et rangé à l'abri d'une des dépendances encore sur pied, sous la bonne garde d'un des membres de la tribu.

Annah sentit le soulagement l'envahir tandis qu'ils laissaient Germantown derrière eux. La sourde fatigue qui imprégnait chaque fibre de son corps après ces longues journées de stress s'envola comme par miracle. La route lui parut vaste, facile, accueillante. Même lorsque le moteur du Land Rover se mit à tousser avant de caler, elle ne ressentit nulle inquiétude.

Stanley descendit du véhicule.

— Sans doute la panne habituelle. Ne vous en faites pas, je m'en charge.

Un soleil de plomb brillait dans le ciel lavé par la pluie.

— Asseyez-vous à l'ombre, proposa Stanley. J'en ai pour un moment.

Annah s'efforça de paresser quelque temps, puis se décida à faire un tour sur la colline surplombant Germantown. Cela faisait longtemps qu'elle en avait le désir, elle espérait ainsi pouvoir mieux comprendre les lieux. Mais, jusqu'à ce jour, elle n'en avait jamais eu l'occasion.

Le chemin était escarpé et caillouteux, mais elle gardait l'allure sans perdre son souffle. Depuis son départ de Melbourne, sa condition physique s'était améliorée, elle se sentait plus forte, très en forme.

Parvenue au sommet, elle découvrit un panorama encore plus vaste qu'elle ne l'avait imaginé. Germantown s'étendait à ses pieds avec ses groupes de bâtiments médicaux, ses murs blancs et ses toits éventrés, avec aussi la salle commune, totalement effondrée sous des kilos de boue. Ce spectacle éveilla en elle une nouvelle vague d'anxiété. Elle avait donné sa parole, promis de revenir. Mais comment y parvenir si l'évêque changeait ses plans ? Lorsqu'il aurait enfin compris que la situation décrite par Annah dans son message correspondait à la réalité, il pourrait bien décider d'abandonner l'ensemble du projet.

La jeune femme préféra pour l'heure chasser cette pensée. Elle pivota pour contempler l'autre partie du paysage, au pied du versant ouest. Une forêt dense tapissait le bas des pentes et s'étirait vers un petit lac, scintillant dans cet écrin de verdure telle une précieuse émeraude. Annah tressaillit. Au cœur d'une clairière, non loin de là, s'élevait un manoir rose.

Il lui parut sorti tout droit d'un conte de fées. C'était comme si une main invisible l'avait transporté dans un autre monde. Elle avait entendu dire que de telles propriétés existaient au Kenya, édifiées par les riches propriétaires des White Highlands. Mais ici c'était différent, on était au Tanganyika – ou plutôt, désormais, en Tanzanie. Un pays perdu au milieu de nulle part.

La jeune femme fit une volte-face pour porter à nouveau son regard vers Germantown et embrasser des yeux cet univers familier. Puis elle se retourna encore vers la grande maison près du lac. La vision était bel et bien réelle. Elle ne rêvait pas. La maison se dressait si près de Germantown, de ces lieux de souffrance et de misère où elle venait de passer des jours épuisants, qu'il était à peine croyable d'en avoir ignoré l'existence jusqu'à ce jour.

Annah se précipita au bas de la colline, écorchant au passage ses chevilles dans les épais fourrés. Ses cheveux jaillirent de sa coiffe, se répandirent sur ses épaules. Lorsqu'elle rejoignit Stanley, il était en train de refermer le lourd capot de la voiture.

En voyant sa course précipitée, il s'alarma aussitôt.

— Quelque chose ne va pas ?

Comme elle lui expliquait sa découverte, il fronça les sourcils.

— Bizarre. Personne ne m'en a jamais parlé.

— Cela ne peut appartenir qu'à l'Américaine, hasarda Annah, convaincue que seule une étrangère excentrique pouvait souhaiter s'établir dans ce coin perdu de l'Afrique. Je meurs d'envie d'y aller pour voir la maison d'un peu plus près, ajouta-t-elle. On devrait trouver un embranchement qui y mène tout près d'ici.

Toutefois, elle réalisa qu'elle n'avait aucun motif valable pour aller visiter cette propriété. Seule la curiosité l'y poussait. Ce caprice leur coûterait du temps et de l'essence. Pourtant, elle y tenait par-dessus tout. Pour une fois, rien ne paraissait faire obstacle à son désir.

Stanley trouva le carrefour sans difficulté et le véhicule suivit une route en mauvais état parsemée de nids-de-poule. Ils traversèrent un bois d'épiniers adultes dont les branches se penchaient gracieusement au-dessus de la route, formant une fraîche voûte d'ombre. La piste se poursuivit sur plusieurs kilomètres et, juste au moment où Annah commençait à se demander s'ils n'avaient pas emprunté le mauvais chemin, ils abordèrent un brusque virage à gauche. Stanley ralentit avec prudence.

La route se transforma en allée bordée de pierres et d'arbustes soigneusement espacés. Puis les frondaisons s'arrêtèrent tout à coup, découvrant une clairière au milieu de laquelle s'élevait l'imposante demeure – un splendide palais à l'italienne aux hauts murs roses et aux tourelles coiffées d'un toit de tuiles à pignon. De l'autre côté, on pouvait apercevoir le bleu du lac scintiller à travers le vert des arbres et des buissons. Annah retint son souffle. Elle ne s'attendait pas à une vision aussi magique. Elle regardait devant elle, comme pour saisir le spectacle dans sa totalité. Autour de la maison, plusieurs dépendances parfaitement entretenues s'éparpillaient au milieu de jardins à la française. Certes, de hautes herbes couraient au milieu des plates-bandes, mais on pouvait encore deviner le tracé du dessin. De vastes pelouses s'étiraient sous le ciel, extraordinairement vertes pour la saison. L'aspect irrégulier de l'herbe laissait penser qu'on y faisait paître des troupeaux. Plusieurs larges cercles de terre noircie constellaient ici et là le terrain, taches brunes dans l'océan émeraude. Intriguée, Annah les observa quelques instants puis son regard courut, avide, vers d'autres découvertes.

Les pneus du Land Rover mordirent sur le gravier tandis que Stanley stoppait le véhicule. Ils demeurèrent quelques instants assis, immobiles, guettant l'arrivée de quelqu'un. L'endroit était si calme… Pas de poulets, pas d'enfants, pas de chiens ni de feux de bois. Juste un profond silence, coupé de temps à autre par les cris des singes dans la forêt.

Annah leva les yeux vers les rangées de fenêtres. Presque toutes avaient les volets fermés et les rideaux tirés, comme si la maison avait été désertée. Pourtant, l'une d'elles laissait entrevoir quelques meubles, et des fauteuils en osier étaient disposés dans la véranda. Annah aperçut même un vieux chapeau de paille accroché à la porte. Tout ici respirait l'immobilité. On avait l'impression que rien n'avait été déplacé ni utilisé depuis des lustres.

Annah échangea un regard avec Stanley. L'endroit excitait leur curiosité. Il ne s'en dégageait pas une atmosphère de désolation ou d'abandon, ainsi qu'on aurait pu l'attendre d'une maison vide. Tous deux se demandaient s'il valait mieux partir ou descendre de voiture quand soudain une silhouette apparut au détour de l'allée. L'Africain s'avança lentement vers eux et, lorsqu'il aperçut Annah, ses yeux s'écarquillèrent de surprise. Il recula d'un pas, contourna le véhicule et s'approcha de Stanley.

Les deux hommes échangèrent des salutations en swahili en un flot de questions rituelles : Comment va ta maison ? Ton travail ? Tes récoltes ? Que manges-tu ? Comment vont les tiens ?

À cette dernière question, l'homme répondit par *ni mgongwa*, et Annah sentit son cœur se serrer. Elle l'entendit expliquer que sa femme était malade et espéra de toutes ses forces que Stanley se garderait d'informer l'inconnu qu'elle était infirmière. Aussitôt, elle en éprouva un sentiment de culpabilité.

Stanley se tourna vers elle :

— C'est l'intendant.

— Qui habite ici ? demanda Annah en s'adressant directement à l'homme en swahili.

Ce dernier parut stupéfait :

— Vous parlez notre langue ?

— Juste le swahili.

— Vous êtes ici sur le domaine de mama Kiki, expliqua-t-il d'un ton empreint de respect.

— Une Américaine ?

L'homme hocha la tête :

— C'est comme ça qu'on l'appelait. Pour nous, elle était seulement mama Kiki.

Annah l'observa, sidérée. L'intendant parlait de la propriétaire comme si elle était encore là, tout près.

— Elle est ici ?

— Elle est au pays des ancêtres, répondit l'intendant, balayant le paysage d'un large geste.

— Alors, qui possède ce domaine ?

Annah savait qu'elle n'aurait pas dû poser autant de questions, mais sa curiosité était déjà trop éveillée. Du coin de l'œil, elle vit Stanley lui adresser un avertissement muet.

Elle sourit à l'intendant tandis que celui-ci répondait :

— Ces terres appartiennent maintenant à un parent de mama Kiki.

Il vit en Amérique, mais nous, les Waganga, habitons ici. Et mama Kiki était l'une des nôtres.

En parlant, il examinait l'intérieur du 4 × 4, puis les bagages fixés sur le toit. Ses yeux s'arrêtèrent sur la valise d'Annah.

— Vous avez la même qu'elle ! s'exclama-t-il. Qui êtes-vous ? Pourquoi êtes-vous ici ?

— Nous sommes missionnaires, répondit Stanley avec un geste vers l'écusson qui ornait la portière de la voiture.

L'intendant fit un pas en arrière.

— Mama Kiki n'aimait pas les missionnaires.

Il avait parlé d'un ton péremptoire, comme pour leur faire comprendre qu'il était temps pour eux de quitter les lieux.

— Nous soignons les gens, intervint vivement Annah.

L'Africain leva aussitôt la tête.

— Vous êtes docteur ?

— Infirmière.

— Alors bienvenue sur ces terres, dit l'homme sans pour autant exprimer un enthousiasme débordant. Descendez de voiture. Vous serez mes hôtes.

Annah nota que, malgré l'invite, le corps de l'homme demeurait raide, sur la défensive. Peut-être désobéissait-il aux ordres en les conviant ainsi à le suivre ?

Elle descendit de voiture, imitée par Stanley, et avança vers la maison. Vu de près, l'édifice paraissait encore plus surprenant avec ses innombrables petites fenêtres, ses portiques, ses patios intérieurs et sa vieille fontaine de cuivre dont la gueule, manifestement privée d'eau depuis longtemps, s'incrustait de vert-de-gris. Mais tout, ici, paraissait encore en parfait état.

L'intendant contourna les divers bâtiments, montrant au passage à ses invités ce qui lui paraissait important : l'arbre préféré de mama Kiki, le cabinet de lecture de mama Kiki, le fauteuil dans lequel elle s'installait pour prendre le soleil... Il parlait de l'ancienne propriétaire comme si elle habitait encore les lieux.

— Vous l'aimiez beaucoup, n'est-ce pas ? observa Annah.

— Mama Kiki était la grande amie du chef des Waganga et elle a fait de riches cadeaux à notre village. (L'intendant secoua la tête, emporté par ses souvenirs.) Une femme bonne, qui a aidé beaucoup de gens. Quand elle est morte, notre chef a dit qu'elle serait adoptée par les ancêtres de notre tribu. On a placé un tabouret pour elle dans la hutte des morts, pour qu'elle se repose avec eux. Après cela, le vieux chef est mort. Lui aussi est parti rejoindre les ancêtres.

Sur ce dernier mot, l'homme regarda autour de lui, semblant craindre la réaction d'entités invisibles.

— C'est ta tribu qui t'a nommé intendant du domaine ?

L'homme se mit à rire.

— Non, pas besoin. Personne ici n'oserait offenser la mémoire de mama Kiki en négligeant sa maison. Son héritier, l'homme blanc qui vit là-bas, en Amérique, n'est venu qu'une fois. Il a ordonné qu'on nomme un intendant pour veiller sur la maison jusqu'à ce qu'il décide de ce qu'il en fera. C'était il y a bien longtemps. Peut-être qu'il a oublié... On ne sait plus rien de lui.

À travers les vitres poussiéreuses, Annah aperçut des murs blancs ornés de peintures romantiques, de portraits de famille, de masques et de javelots africains ainsi que de peaux de bêtes sauvages. Elle vit aussi un mobilier en bois sculpté, des coussins de soie, des tapis persans, des sculptures, des chandeliers – autant de témoins d'une vie aux antipodes de celle que mènent les missionnaires blancs expédiés en Afrique. Ici, tout respirait le luxe, la fantaisie, non les privations et le sacrifice. La jeune femme s'arrêta devant une porte-fenêtre ouvrant sur une salle à manger et remarqua une statue grandeur nature d'un Africain. Les proportions parfaites, la ligne finement ciselée des muscles évoquaient le *David* de Michel-Ange mais, ici, la statue était en ébène, non en marbre. Le bois sombre apportait plus de chaleur et de vie. Un rayon de soleil vint caresser la large épaule de l'homme sculpté et Annah se remémora un dicton africain qu'elle avait entendu un jour, murmuré par Ordena (ce qui avait déplu à Sarah) : « Un homme jeune est une image de Dieu. »

Les cuisines se trouvaient à l'arrière de la maison. Annah appuya son front contre la vitre et vit toute une rangée de poêles à bois ainsi que des étagères croulant sous les marmites et les casseroles. Manifestement, la cuisine avait été conçue pour de grandes réceptions. Kiki était une femme qui savait recevoir généreusement. Annah imagina les fêtes somptueuses et les festins. Qui donc furent ses invités ? Certainement pas les Allemands installés de l'autre côté de la colline ; peut-être des amis de Nairobi. Certes, une telle extravagance et un luxe aussi ostensible pouvaient paraître déplacés dans une région aussi pauvre, mais Annah savait que de telles bizarreries appartenaient aussi à l'Afrique. De nombreux étrangers arrivaient ici pour toutes sortes de raisons, certains pour échapper à leurs pays, d'autres pour fuir les démons de leurs propres vies. La plupart ne jugeaient pas nécessaire de changer leur ancien mode de vie, contrairement aux missionnaires, qui s'efforçaient de vivre plus près des Africains auxquels ils venaient apporter leur aide. Kiki avait peut-être été une amie des Waganga mais cela n'avait certainement pas influencé ses habitudes de riche Occidentale.

Les yeux de la jeune femme tombèrent sur un évier double en grès blanc. De petites gouttes d'eau s'égrenaient de l'un des robinets.

De l'eau courante.

Annah parcourut les murs du regard, repéra les appliques surmontées d'ampoules et, plus loin, les interrupteurs.

Tout y était. La lumière. L'eau. L'espace. L'équipement.

L'intendant interrompit le cours de ses pensées. Annah vit brusquement qu'il semblait agité. L'anxiété crispa ses traits, puis il parut soudain incapable de se contenir davantage.

— Je vous en prie, venez avec moi.

Annah le dévisagea, stupéfaite.

— Ma femme est alitée, expliqua-t-il très vite. Elle est très malade, je crois qu'elle va mourir. S'il vous plaît, venez la voir.

— Bien sûr, répondit aussitôt Annah.

Elle s'apprêtait déjà à lui emboîter le pas lorsque l'homme lui serra le bras.

— Je veux que vous la guérissiez, implora-t-il. Pas de prières, même à votre Dieu. Des actes.

Annah garda le silence. Elle devina qu'il critiquait le comportement des missionnaires, répétant peut-être les propres paroles de Kiki. Il aurait fallu répondre, se justifier... mais elle en fut incapable.

— Laissez-moi chercher ma trousse, lâcha-t-elle finalement.

À quoi bon lui dire que, à l'intérieur, il n'y avait pratiquement plus de médicaments ni de fournitures médicales ? Seul le gros livre de prières glissé dans la poche intérieure prêtait au sac un volume rassurant.

L'intendant la mena vers les dépendances aménagées en habitations. Sur une chaise longue usée, Annah aperçut une femme de frêle stature. Elle murmurait des mots incohérents, apparemment déjà perdue dans une semi-démence, et ne manifesta aucune réaction à leur approche.

Il ne fallut pas longtemps à Annah pour constater qu'elle souffrait d'une grave pathologie. Les pupilles étaient dilatées, la peau, brûlante et si fine qu'elle paraissait sur le point de craquer. Annah ausculta le cœur. Le rythme était bien trop rapide, le souffle court, oppressé. L'intendant avait raison. Cette femme était à l'agonie.

Comme s'il lisait dans ses pensées, l'homme la dévisagea, guettant une réponse. Voyant qu'Annah demeurait silencieuse, il tomba à genoux.

— Je vous en supplie, faites quelque chose.

— Nous pourrions l'emmener avec nous à Germantown, suggéra Stanley, il y a encore un peu de matériel pour la perfuser. On pourrait lui injecter une solution saline. Et tenter, au moins, de la réhydrater.

Annah secoua la tête.

— Impossible. Elle est trop faible pour être transportée.

Peu à peu, une idée s'insinua dans son esprit et prit forme. Elle se tourna vers Stanley, vit son regard se perdre derrière elle, en direction de la maison. Une maison immense... d'innombrables fenêtres, des moustiquaires. Et de vastes citernes... Aucune parole ne fut échangée au cours des minutes suivantes. Seul un râle douloureux s'échappait en sifflant de la poitrine de la femme.

— Bien sûr... On pourrait ouvrir un hôpital de fortune dans la maison..., risqua-t-elle.

L'idée paraissait complètement folle, mais personne n'eut le cœur à en rire.

— ... et mettre les affaires de Kiki à l'abri. Quand nous aurons trouvé un autre local pour établir notre dispensaire, tout pourra être replacé comme avant.

Immobile, l'intendant la fixa sans répondre tandis que ces paroles cheminaient dans son esprit. Quand il mesura toute la portée de cette incroyable suggestion, il parut déchiré par l'indécision. Puis ses yeux se portèrent vers le corps inerte de sa femme et l'hésitation s'envola.

— Je peux arranger ça, dit-il enfin.

Il lui faudrait prendre contact avec la personne qui l'avait engagé, un Blanc habitant près de Murchanza. Comme il ne savait pas combien de temps il devrait attendre la réponse, il insista pour qu'Annah mette aussitôt son plan à exécution.

— Vous devez me promettre une chose : ma femme sera la première patiente que vous soignerez dans cet hôpital.

Annah hocha la tête, émue par la souffrance visible sur le visage de cet homme chaque fois qu'il abaissait son regard vers le corps affaibli de sa femme. Elle aurait voulu pouvoir prononcer des mots de réconfort mais, au lieu de ça, elle lui fit comprendre que, malgré tous ses soins, Ndatala pouvait bien ne pas survivre.

— Peut-être, reconnut l'intendant en écartant les mains en un geste de désespoir. Mais ici, avec moi, n'est-elle pas déjà en train de mourir ?

Ils mirent le cap sur Germantown afin d'informer les villageois de leur nouveau plan et rassembler ce qui restait d'équipement médical. Annah demeurait silencieuse, le regard fixé sur la piste devant elle. Mille pensées contradictoires s'entrechoquaient dans son esprit ; elle commençait à regretter de s'être ainsi laissé emporter par son tempérament impulsif. Toute cette affaire était absurde, impossible à réaliser, surtout sans l'aval d'une autorité supérieure. Or, en ce qui la concernait, la situation n'était pas des meilleures : ses relations avec la mission laissaient à désirer, et elle pouvait déjà imaginer la tête de l'évêque lorsqu'il apprendrait la nouvelle.

Mais Annah pensa aussi à tous ces malades – surtout des enfants – qui mouraient parce qu'il n'y avait aucune infrastructure pour les recevoir et les soigner. Le bon gré d'un propriétaire vivant à des milliers de kilomètres de là ou le protocole sacro-saint de la mission pouvaient-ils empêcher de leur venir en aide ? Étaient-ils plus importants que cette population accablée de misères ?

Pourtant, la jeune femme était traversée d'inquiétudes. L'autorisation donnée par un intendant africain ne signifierait rien aux yeux de la loi, et on pourrait bien l'accuser d'occupation abusive de la propriété et même, qui sait, de vol... La perspective de se retrouver jetée dans une prison africaine la terrifiait. Si cela devait arriver, elle ne pourrait pas compter sur la mission pour lui venir en aide.

Pour finir, elle laissa parler son instinct et revint à sa première décision. Il fallait prendre le risque et se lancer. Après tout, c'était pour cela qu'elle était venue en Afrique. Pour soigner les gens. Sans doute, dans le même cas, Jésus aurait-il agi de même.

Elle coula un regard en direction de Stanley et se demanda si, lui aussi, connaissait les mêmes affres. À moins qu'il ne pensât à sa femme retournée dans son village maternel. Le jour où elle viendrait rejoindre Stanley à Germantown n'était pas encore près d'arriver...

— Qu'en est-il de Judithi ? demanda-t-elle à son compagnon.

La question avait été formulée sur le mode africain, c'est-à-dire d'une façon à la fois vague et polie pour permettre toutes sortes de réponses. Stanley demeura silencieux un long moment avant de prendre enfin la parole.

— Laissez-moi vous dire ce qu'il en est vraiment entre nous. Quand un Africain décide de se marier, cela peut être pour les raisons les plus diverses. L'amour peut entrer dans son choix, bien sûr, mais pas toujours.

Il observa une nouvelle pause ; Annah se garda bien de précipiter le cours de ses pensées.

— Judithi était la femme de mon frère Daudi, reprit-il enfin. Ils eurent un enfant, puis Daudi mourut de la malaria. (Il glissa un regard en direction d'Annah.) Selon la tradition, c'était à moi de prendre Judithi sous ma protection en l'épousant, afin que son fils ait un père de son propre sang qui ne le maltraite pas et ne le laisse pas souffrir de la faim. Ma mère me demanda instamment de m'y engager, car elle aimait beaucoup son petit-fils et craignait pour son sort. Les anciens de l'Église se montrèrent, eux aussi, favorables à cette idée. Ils finirent même par trouver un passage dans la Bible justifiant ce remariage. Voilà comment je devins le second époux de Judithi.

Il fronça les sourcils et ses mains se crispèrent fugitivement sur le volant.

— Puis le fils de mon frère est mort à son tour avant même d'avoir atteint l'âge adulte. Et Dieu ne nous a pas envoyé d'autre enfant. Sœur Barbara a dit que c'était parce que Judithi avait été très malade au moment de la naissance du petit garçon.

Annah hocha la tête. Stanley sombra à nouveau dans le silence mais elle pouvait deviner ses sentiments. Fidèle à la loi de son pays, il avait épousé Judithi pour assurer un avenir au fils de son frère. Et voilà que celui-ci était mort, lui aussi. À présent, Stanley se retrouvait marié à une femme qu'il n'avait pas vraiment choisie et qui, de plus, était stérile. Un autre que lui, un Africain non chrétien, aurait repris ses vaches et quitté sa femme pour en prendre une autre. Mais Stanley, écartelé entre deux mondes et deux cultures, était incapable d'agir ainsi.

La jeune femme lui jeta un rapide coup d'œil et lut sur ses traits tendus la souffrance et le regret, un fugitif moment de vérité qui, rapidement, fit place à une expression plus indéchiffrable.

— Selon un vieux dicton de chez nous, « une femme est toujours heureuse de retrouver le village de sa mère », récita lentement Stanley.

Un mince sourire éclaira son visage.

— Alors, inutile de s'impatienter, n'est-ce pas ?

À Germantown, tous furent surpris de les voir si rapidement de retour. Stanley expliqua qu'ils venaient prendre leur équipement médical pour l'emporter dans un nouvel hôpital non loin de là. Tous ceux qui souhaiteraient s'y rendre pourraient le faire à pied en franchissant la colline. Quand tout serait prêt, poursuivit-il, le Land Rover reviendrait à Germantown chercher les personnes trop malades pour faire le trajet seules.

Ces explications furent écoutées avec attention et Stanley crut avoir bien fait passer le message. Pourtant, quand ils commencèrent à charger la voiture, la foule fut prise de panique, certaine qu'ils les abandonnaient pour toujours. Un jeune paysan armé d'une faux sauta sur le siège avant et refusa d'en sortir. Stanley s'efforça de le convaincre, en vain. Pour finir, Annah proposa à Stanley de conduire le Land Rover à la maison de Kiki tandis qu'elle partirait à pied avec les malades, otage consentante.

Le soleil était déjà haut dans le ciel lorsque, à la tête d'une longue file d'hommes et de femmes, elle grimpa la colline qui séparait Germantown du domaine de Kiki. La plupart portaient sur leur tête les bagages les plus divers : bois de chauffage, ustensiles de cuisine, couvertures, vêtements. Les plus malades gisaient sur des brancards de fortune. Des enfants trottinaient à côté de leurs mères.

Annah fit une pause au sommet de la colline et contempla, au pied de l'autre versant, ce qui allait devenir leur nouvel hôpital. Elle admira les bâtiments solides et rassurants, les pelouses ondoyantes, l'éclat du lac, serti dans la végétation comme un saphir. Entourée par tout ce petit peuple ravagé par la souffrance, elle eut l'impression d'être Moïse au seuil de la Terre promise. Ou encore un de ces missionnaires héroïques chantés par la légende. Elle dressa son visage ruisselant de sueur vers le ciel et, souriante, savoura la fraîche caresse de la brise.

13

Annah inspira profondément une bouffée d'air frais apportée par la fenêtre ouverte. Derrière elle, deux femmes, à quatre pattes sur le sol, essuyaient la poussière qui recouvrait les parquets au bois poli. Un adolescent secouait un chiffon sur le seuil de la porte-fenêtre. Le dos d'Annah était endolori et sa peau maculée de crasse. Elle avait travaillé toute la matinée avec Stanley, l'intendant et quelques habitants de Germantown. Ensemble, ils avaient roulé les épais tapis de soie, soulevé de lourds divans, décroché les tableaux et ornements muraux. Ils avaient aussi déplacé les bureaux, les armoires, les bibliothèques remplies de livres. La salle à manger, le salon et un solarium furent débarrassés de leur mobilier. Tous les objets précieux avaient été entreposés à l'abri dans une chambre du rez-de-chaussée.

Malgré ses courbatures, Annah ne se sentait pas vraiment fatiguée. Son moral était soutenu par le fait que, seule, sans l'aide de personne, elle avait trouvé la solution aux problèmes de Germantown. Considéré comme totalement irréaliste au début, le projet était aujourd'hui mené tambour battant.

La jeune femme se détourna de la fenêtre pour jeter un coup d'œil circulaire à la pièce. Elle aurait voulu que Sarah et Michael se tiennent à ses côtés pour apprécier avec elle l'élégance de ce qui allait devenir une nouvelle salle d'hôpital. Et pour constater combien tout le monde, porté par un élan solidaire, avait mis la main à la pâte, travaillant dur afin que tout fût prêt à temps. Elle imagina la petite Kate faire ses premiers pas dans le grand espace de la pièce, jouer avec les reflets joyeux que le soleil, à travers les carreaux colorés des fenêtres, jetait sur le plancher ciré. Cette vision réveilla une sourde douleur au fond de son cœur. Il est temps de se remettre au travail, pensa-t-elle. On n'avait pas encore commencé à ranger le bureau de Kiki.

Située au bout du couloir principal, la pièce, pourvue d'une seule et étroite fenêtre, était sombre et fraîche, même en plein midi. Elle évoquait l'intimité, le secret. Annah eut l'impression que l'endroit avait été conçu pour conserver éternellement les biens les plus précieux, loin de la brûlure agressive du soleil et des regards curieux. En y pénétrant, la jeune femme crut sentir une présence, ce qui confirmait les paroles de l'intendant : les morts ne sont ni au ciel ni en enfer mais ici, parmi les vivants.

D'innombrables photos encadrées recouvraient presque toute la surface du bureau. Rien que des clichés en noir et blanc de Kiki, des portraits de studio ou des instantanés. Annah se pencha pour mieux les étudier. On voyait Kiki, souriante jeune fille des années vingt, épaules nues, chaussée de mules brillantes et tenant dans ses bras un lionceau affublé d'un ruban de soie autour du cou. Sur une autre photo, elle était en tenue de chasse, un fusil à la main. Un troisième cliché la montrait, cette fois, habillée de la panoplie des aviateurs de son époque – casque en cuir et lunettes. Sur une autre encore, elle était étendue sur une chaise longue, à peine vêtue, dans la posture alanguie d'un modèle posant pour quelque peintre. Autant d'images d'une femme aux multiples visages : superficielle, sérieuse, joueuse. Foncièrement indépendante. Annah nota l'absence de bagues à ses doigts et d'hommes à ses côtés. À l'exception d'une seule photo, la dernière, placée à l'arrière comme pour mieux la dissimuler : Kiki au côté d'un Africain de haute taille. Une peau de léopard jetée sur son épaule, il arborait la coiffe des chefs de tribu. Au premier coup d'œil, la photo n'avait rien d'exceptionnel. On aurait dit un souvenir de voyage et Annah imaginait déjà la légende inscrite au dos : « Moi et un chef indigène. » Mais un examen plus attentif lui révéla bien autre chose, une intimité particulière entre les deux personnages, un courant secret passant dans leurs regards entrecroisés, une chaleur presque palpable dans les épaules qui se frôlaient…

Elle repéra, à côté des photos, une carafe de cristal à demi remplie d'un liquide ambré, accompagnée d'un verre assorti retourné sur un petit plateau. Tout semblait prêt pour la convier à un verre de bienvenue. Annah déboucha le flacon ; l'arôme d'un vieux cognac embauma la pièce. Elle en versa un peu dans le verre et le glouglou réconfortant de l'alcool doré apporta avec lui une vague de souvenirs heureux : Melbourne, la maison familiale, l'heure du digestif, le soir après dîner. Annah sourit malgré elle. Qu'aurait donc pensé Eleanor de cet endroit ? Des objets précieux, du mobilier de prix, des tapisseries anciennes et de ces tableaux – autant de choses qu'elle aurait donné cher pour posséder et qui, aujourd'hui, étaient livrées à la garde d'une poignée de villageois africains.

Annah porta le verre à ses lèvres. Les yeux fermés, elle retrouva avec délice la saveur chaude et brûlante de l'alcool.

— Il est temps de s'attaquer à cette pièce, non ?

Annah tressaillit violemment. Envahie par un brusque sentiment de culpabilité, elle reposa le verre sur le bureau mais, déjà, Stanley l'avait aperçu. Son regard courut du flacon aux lèvres de la jeune femme.

— Vous buvez de l'alcool ! s'exclama-t-il, choqué.

Annah sentit son visage s'empourprer. Pour les missionnaires, l'alcool était tabou. Ici, en Afrique, ils étaient chargés d'aller de village en village pour mettre en garde les populations qui consommaient l'alcool distillé sur place. Pour ce faire, il était essentiel d'adopter soi-même une position tout aussi radicale et de s'interdire jusqu'au petit verre de sherry le soir. Ce genre de privation faisait partie de leur mission.

En voyant l'air scandalisé de Stanley, Annah ne put fournir la moindre explication. L'homme quitta la pièce après lui avoir jeté un dernier regard, voilé de doutes. La jeune femme pouvait lire dans ses pensées : l'infirmière qu'il était chargé d'accompagner dans sa tâche cachait son jeu. Ah, nous formons une belle paire, tous les deux, songea-t-elle amèrement. Le petit-fils d'une sorcière et une missionnaire alcoolique...

Le lendemain au soir, la belle demeure de Kiki avait pris une tout autre allure. La salle à manger, équipée de tables et de chaises, était transformée en cabinet médical. Dans les deux grands salons, devenus à présent des « salles d'hôpital », on avait descendu tous les lits de la maison pour les aligner contre le mur. Les matelas avaient été disposés sur le sol, doublant ainsi les possibilités de couchage. D'autres lits de fortune avaient été fabriqués à l'aide de coussins prélevés sur les divans ou de tapis. Annah, quelque peu embarrassée d'utiliser ainsi les splendides tapis persans, avait songé dans un premier temps à les mettre à l'abri avant de se décider à simplement les retourner.

Quant au linge, aux moustiquaires et autres objets nécessaires, ils étaient stockés dans une pièce devenue pour l'occasion la « réserve ». Un « dispensaire » avait été également créé. Dans un espace fermé à clé, on avait entreposé ce qui restait des fournitures médicales et des médicaments ainsi que de gros pots pleins de sucre et de sel qu'Annah avait dénichés dans un placard à provisions – deux denrées vitales pour soigner les malades atteints de dysenterie.

À la cuisine, l'un des poêles servait à faire bouillir les instruments et à chauffer de l'eau pour les cataplasmes. Les murs et les planchers avaient été lavés avec de l'eau mélangée à une décoction de lierre. Un espace réservé à la cuisine africaine avait été ménagé dans l'un des patios.

Dehors, Stanley supervisait le nettoyage des puits et la réinstallation de l'eau courante. Dans l'une des écuries, il découvrit un vieux générateur ainsi que quelques barils de mazout. Grâce à son habileté, l'engin se remit en marche sans trop de difficulté et Annah, ravie, courut à la salle à manger pour abaisser l'interrupteur. Elle vit alors avec émerveillement les lampes s'éclairer d'une lueur jaune tandis que les Africains, serrés autour d'elle, écarquillaient les yeux, fascinés.

Enfin, tout fut prêt. L'hôpital pouvait recevoir ses premiers malades. Certains étaient déjà arrivés par leurs propres moyens, et leurs familles s'étaient installées dans les dépendances. Bientôt, Stanley en amènerait d'autres de Germantown avec le Land Rover.

Annah demeura immobile quelques instants dans le hall. Ici, on avait laissé la plupart du mobilier ainsi qu'un portrait en pied de Kiki initialement accroché dans la salle à manger. Sa présence à cet endroit semblait appropriée. Elle rappelait cette habitude adoptée par certains hôpitaux de placer le portrait de leur principal bienfaiteur dans le hall d'entrée. Annah leva les yeux et rencontra le regard violet de Kiki. Elle crut y déceler une pointe d'humour, comme si Kiki la félicitait pour son travail, tout en lui rappelant que la vie était aussi *autre chose*. Lorsque Annah se détourna, ce fut pour se retrouver nez à nez avec l'intendant. Il se tenait devant elle, silencieux, mais la jeune femme pouvait percevoir la tension qui raidissait ses épaules et contractait ses mains.

— Stanley est prêt à partir chercher les malades, dit-il. L'hôpital va ouvrir.

— Je n'ai pas oublié ma promesse, répondit doucement Annah. Allons-y.

Depuis le jour de son arrivée ici, elle s'était occupée de Ndatala, sa femme, et lui avait administré quelques-uns de leurs derniers antibiotiques. Mais l'état de la malade ne s'était pas amélioré. La faire entrer à l'« hôpital » ne changerait rien à cette situation, hélas ! mais Annah savait combien ce geste était important aux yeux de l'intendant. Il avait fondé tous ses espoirs sur cette hospitalisation, attendant un miracle. Tandis qu'elle traversait le jardin pour rejoindre la maison de l'Africain, la jeune femme fronça les sourcils, inquiète. Quelque part au fond d'elle, elle n'ignorait pas que s'il les avait laissés s'installer dans la maison de Kiki, c'était à cause de son désir désespéré de les voir guérir sa femme. D'une certaine façon, ils avaient profité de son malheur. Mais que pouvaient-ils faire d'autre ?

Ndatala fut transportée avec de grandes précautions dans le vestibule transformé en salle d'isolement. Annah souleva son bras inerte et lui injecta une nouvelle dose d'antibiotique. Elle espéra que le médicament allait l'emporter sur le mal qui, insidieusement, dévorait l'énergie vitale de la pauvre femme. L'intendant tira une chaise et vint s'asseoir à son chevet. Annah quitta la pièce mais, avant de franchir le seuil, elle se retourna pour le regarder caresser doucement la main immobile, posée sur le matelas. Le dévouement de cet homme l'émouvait et la surprenait aussi. Avant même d'avoir découvert le type de relation unissant Stanley et Judithi, elle avait cru comprendre que nombre de mariages africains étaient établis sur de puissants liens tribaux et le partage des tâches quotidiennes. Les époux, avait-elle lu quelque part, étaient rarement « amoureux » l'un de l'autre. Il arrivait même fréquemment qu'ils passent fort peu de temps ensemble. L'union de l'intendant et de Ndatala, cependant, semblait d'une tout autre nature. Elle paraissait cimentée par un profond amour.

En s'éloignant, Annah entendit l'homme entonner un chant. Le rythme apaisant des intonations évoquait une berceuse fredonnée par une mère au chevet de son enfant. Mais la voix était plus basse, plus forte. Annah imagina les sons voyager dans les airs et percer la chape de silence et d'épuisement emprisonnant la frêle malade. C'était un chant d'amour, de force, de réconfort. Quelques notes auxquelles Ndatala allait devoir se raccrocher pour ne pas se laisser engloutir dans les flots tourbillonnants de la mort.

Bien plus tard, Annah grimpa l'escalier qui menait aux chambres, éclairant ses pas à la lueur d'un chandelier à trois branches. De longues ombres vacillaient sur la rampe de bois sculpté. En bas, dans les salles, les malades admis dans la journée dormaient paisiblement sous la garde d'une « infirmière de nuit » volontaire. Après s'être lavés, Annah et Stanley avaient dîné. Il était temps de prendre enfin un peu de repos.

Annah bâilla, rompue de fatigue, et se dirigea vers la chambre qu'elle s'était choisie. Lorsqu'elle avait exploré cette partie de la maison, elle n'avait eu aucun mal à deviner où se trouvait la chambre de Kiki – la plus grande, au bout du couloir. Pour s'en assurer, Annah avait ouvert la penderie et trouvé des douzaines de jupes et de robes suspendues aux cintres. Les tiroirs de la commode étaient remplis de vêtements de brousse soigneusement pliés : chemises, pantalons, vestes. Annah en avait tenu quelques-uns contre son corps pour voir leur taille. À Germantown, elle s'était aperçue que ses propres vêtements, pas assez fonctionnels, ne convenaient pas aux conditions problématiques dans lesquelles elle était obligée de vivre. Pas plus qu'ils ne savaient la protéger du soleil, du sang et de toutes les salissures, inévitables lors des soins. La jeune femme choisit une paire de pantalons dans la garde-robe de Kiki ainsi qu'une chemise à manches longues, bardée de poches fort utiles. Les vêtements lui allaient à la perfection, comme s'ils avaient été taillés pour elle.

Renonçant au grand lit à baldaquin de l'Américaine, Annah porta son choix sur une chambre plus petite, à l'autre bout du couloir. Le mobilier y était sommaire et seul un petit tableau égayait la nudité des murs. Annah s'arrêta pour l'examiner de plus près. Il s'agissait d'une gravure sur du papier jauni représentant une femme à la peau noire, vêtue d'un costume d'apparat et absorbée par quelque étrange rituel. Les bras tendus, elle levait de grands yeux vers le ciel, entrouvrant les lèvres comme pour murmurer une incantation. Dans le ciel, des nuages, finement détaillés, paraissaient épouser les mouvements de la femme. Le titre du tableau était inscrit en bas : *La Reine de la pluie de Lovedu*. Plus bas encore, en tout petits caractères, quelques lignes expliquaient que les femmes chefs de la tribu des Lovedu étaient réputées pour entretenir des rapports si étroits avec la nature qu'elles réussissaient à influer sur le cours du temps. Intriguée, Annah lut et relut le texte. Elle avait entendu parler de gens influencés par le temps, mais jamais du contraire. Elle se demanda pourquoi Kiki avait choisi cette unique gravure pour décorer le mur de la chambre. Que trouvait-elle donc à cette étrange « reine de la pluie » pour la mettre ainsi en valeur ? Sans doute s'agissait-il d'un simple engouement pour une scène exotique. Annah décida de la décrocher pour la remplacer par la photographie joliment encadrée de la chapelle de Langali – un cadeau d'adieu offert par Sarah et Michael. Pourtant, tandis qu'elle se déplaçait dans la pièce, la jeune femme sentit son regard inexorablement attiré par la gravure. Quelque chose de fascinant émanait de cette image. Une femme communiquant avec les nuages, le vent, le ciel… Pour finir, Annah choisit de laisser le tableau à sa place et de mettre la photo de la chapelle de Langali sur la petite table de chevet.

Elle installa le chandelier sur une étagère vide ; une douce lumière baigna la pièce, étirant des ombres grises sur la peau d'Annah alors qu'elle se déshabillait. Elle déposa ses vêtements sur le dossier d'un fauteuil et contempla le vaste lit à deux places installé près de la fenêtre. Après des nuits passées sous la tente dans un mince sac de couchage, il semblait merveilleusement attirant et confortable avec ses draps propres et ses couvertures que l'on avait longuement aérées au soleil de l'après-midi. Annah se glissa dans le lit et se pelotonna sous les couvertures. Elle se tourna pour fuir l'espace inoccupé à côté d'elle. Le vide du lit semblait peser contre son dos. Son pied glissa sous les couvertures, tenta une exploration de l'autre côté. Les yeux fermés, elle percevait à travers ses paupières la lueur orangée dispensée par le chandelier. Jamais encore elle n'avait partagé son lit avec un homme. Mais sa mémoire était suffisamment remplie d'images de Michael pour alimenter ses rêves. Son pied glissa encore un peu plus loin sous le drap. Elle imagina le contact rassurant d'un corps aimé, la caresse d'une peau douce et chaude…

Dehors, dans le jardin, une colonie de singes dansait et jacassait dans les cimes des arbres. Plus loin, les cris des oiseaux lacustres montaient du lac, se renvoyant leurs notes plaintives dans l'obscurité. Annah s'efforça de ne plus entendre les bruits de la nuit et se concentra sur le silence de la chambre, sur le murmure léger de sa respiration qui soulevait sa poitrine à un rythme rapide, presque saccadé. Elle eut soudain l'impression qu'une autre respiration lui faisait écho… qu'une présence vivante, à côté d'elle, retenait son souffle.

Penchée sur la jambe d'un jeune garçon, Annah examinait la blessure. Les chairs déchirées et infectées avaient été baignées dans une décoction de lierre. Pour protéger la plaie des mouches, la jeune femme aménagea une petite tente avec de la gaze découpée dans les moustiquaires de Kiki.

— Il est temps de partir, lança Stanley depuis le seuil de la salle.

Annah fronça les sourcils, décontenancée. Puis elle se rappela qu'ils avaient décidé de se rendre au plus proche village pour présenter leurs respects au chef des Waganga, ainsi que l'exigeait la coutume locale. En outre, ce même chef avait insisté pour que la mission ouvre un dispensaire à Germantown. On pouvait donc raisonnablement espérer qu'il proposerait son aide à la mise en œuvre de ce nouveau projet.

— Très bien, répondit-elle. Je viens justement d'en terminer avec ce malade.

Elle sourit au jeune garçon et s'apprêta à quitter la pièce.

— *Asante*, mama Kiki, murmura le gamin. Merci.

Ce n'était pas la première fois qu'un malade s'adressait à Annah en ces termes. Les vêtements qu'elle avait empruntés à la garde-robe de l'Américaine devaient y être pour beaucoup, mais il y avait sans doute une autre explication : les malades pensaient l'honorer en lui donnant ce nom autrefois bien-aimé.

Elle crut bon, cependant, de rectifier les paroles de l'enfant.

— Je m'appelle sœur Annah.

Il hocha la tête poliment mais ne parut guère convaincu.

Le village se trouvait à une courte marche de la maison de Kiki. Néanmoins, de peur de se perdre, Stanley avait demandé à un jeune garçon de leur servir de guide. Malgré cela, Annah étudiait attentivement le sol à chacun de ses pas, craignant de marcher par mégarde sur un serpent ou un scorpion.

Elle se réjouissait de faire la connaissance du chef de village. Elle avait lu que certains chefs africains avaient jusqu'à trois cents épouses et cent cinquante enfants, qu'ils s'habillaient avec des peaux de lion et habitaient des huttes recouvertes de boue séchée et gardées par de féroces guerriers. À son arrivée à Langali, elle avait demandé à rencontrer le chef du village voisin, mais l'expérience s'était révélée nettement moins pittoresque. L'homme avait une allure des plus ordinaires, et les seuls symboles de son autorité tenaient en un parapluie noir et un costume de ville taché qu'il portait en toute occasion. Stanley avait dit à Annah que les Waganga étaient une puissante tribu. Leur chef devait donc être un important personnage.

En apercevant les toits du village se dessiner à l'horizon, la jeune femme commença à éprouver de la nervosité. Elle devinait que Stanley, lui aussi, était tendu. Le corps raidi, il se tenait très droit et semblait tout à coup beaucoup plus grand. Annah se rappela le temps où, en compagnie de Michael, ils parcouraient hardiment les villages, certains d'y être chaleureusement accueillis. Mais les Waganga avaient la réputation de se montrer plus hostiles. Quelle réception allaient-ils leur réserver ? S'il approuvait l'installation d'une mission à Germantown, leur chef se montrerait-il également partisan d'un hôpital aussi proche de son village ? Surtout dans la maison de Kiki, restée inoccupée pendant si longtemps.

Annah chercha à se rassurer : l'intendant n'aurait jamais osé prendre une décision que son chef désapprouverait. Cependant, il aurait aussi fait n'importe quoi pour sauver la vie de Ndatala.

Le village waganga était installé sur une pente douce au milieu de grands épiniers. Les arbres paraissaient exceptionnellement sains ; aucune des branches les plus basses n'avait été coupée pour servir de bois de chauffage. De forme conique et de construction soignée, les huttes étaient flanquées d'un enclos à bétail. Des fleurs constellaient de leurs couleurs éclatantes les parcelles de maïs, et des papillons aux teintes chatoyantes voletaient au-dessus de champs de millet ondulant sous la brise. Les habitants vaquaient avec lenteur à leurs occupations quotidiennes, hautes silhouettes drapées dans des étoffes colorées. Annah était persuadée que, malgré cette apparence saine et paisible, cette vision d'une existence ancestrale et, pour tout dire, idyllique, le manque d'hygiène et les maladies devaient être l'ordinaire à l'intérieur des huttes. Pourtant, il flottait ici quelque chose de magique, un sentiment réconfortant d'éternité et de protection inviolable contre les assauts du monde. Pas de trace de plastique, pas de jeans ni de chemises, pas de bicyclettes ni de publicité pour Coca-Cola.

L'habituelle nuée d'enfants accompagna leur entrée au village. Les adolescents étaient d'une taille surprenante, certains presque aussi grands qu'Annah. Leur visage encore immature affichait déjà cette beauté noble qui caractérisait toute la tribu.

Tandis qu'ils avançaient vers le centre du village, ils furent accueillis par des regards francs et évaluateurs. Plusieurs villageois désignèrent la direction d'où venaient les étrangers. Une vieille femme émergea d'une des huttes, fixa Annah intensément, son visage ridé arborant une expression de totale stupéfaction. Puis elle sourit, exposant des gencives d'où toutes les dents étaient tombées.

— Kiki ! mama Kiki ! cria-t-elle, pointant le doigt sur Annah.

— Vous vous trompez, rectifia Annah. Ce n'est pas moi.

Elle se fit alors le reproche de ne pas avoir revêtu sa tenue d'infirmière avant de faire cette visite. Car, pour autant qu'elle le sût, ces villageois croyaient sincèrement que les morts revenaient hanter les vivants. Voilà sans doute pourquoi, en la voyant porter les vêtements de Kiki, ils pensaient qu'il s'agissait réellement d'elle. L'Américaine aux idées folles. L'amie du vieux chef.

Annah et Stanley furent introduits dans une vaste hutte. Sur le seuil, un jeune homme les accueillit et se présenta sous le nom de Kitamu. Dans un swahili fluide, il leur expliqua qu'il était le frère du chef ; ce dernier voyageait actuellement loin du village pour inspecter les troupeaux. Le régent – l'oncle du chef et actuel gouvernant – l'accompagnait. Aussi Kitamu, quoique membre encore jeune de la famille royale, représentait-il, en leur absence, l'autorité. À son expression, on pouvait deviner qu'une telle responsabilité pesait bien lourd sur ses épaules.

Quand Annah lui parla de son projet d'hôpital, Kitamu hocha la tête.

— Crois-tu que j'ignore cela ? Nous vous avons observés dès le premier jour de votre arrivée. Certains des nôtres sont même déjà allés se faire soigner par vous.

Il parlait d'une voix neutre. Puis il y eut un long silence. Kitamu semblait mal à l'aise. Lorsque Annah lui demanda s'il approuvait le projet, il soupira et leva les mains en signe d'impuissance.

— Comment parler en mon nom alors que j'ignore ce que mon frère en pensera ? J'ai envoyé un messager pour le prier de revenir au village. Mais n'êtes-vous pas déjà en train de vous installer ?

— C'est exact, répondit Annah. Il y a de nombreux malades à soigner. Nous avons un besoin urgent de bois de chauffage et de nourriture. Il faudra beaucoup travailler pour tout faire fonctionner. J'ai besoin de votre aide immédiate. Impossible d'attendre le retour de votre frère.

Du coin de l'œil, elle vit Stanley ciller devant un discours si audacieux. Kitamu, surpris lui aussi, fronça les sourcils. Il regarda alentour, comme en quête d'un conseil. Pour finir, après un nouveau soupir, il leur promit son aide. Mais Annah devait aussi comprendre que le chef, à son retour, reprendrait personnellement les choses en main.

Annah sourit.

— Merci...

Dans un mouvement gracieux, Kitamu s'inclina.

— Je vous enverrai une troupe de guerriers. Ils apporteront des œufs et du millet de nos réserves. Les femmes, elles, apporteront du bois.

Ayant ainsi parlé, le jeune homme se détourna pour rentrer dans la hutte, impatient, semblait-il, de mettre fin à l'entretien.

— Allons-nous-en, dit Annah à Stanley.

Déjà, ses pensées retournaient vers l'hôpital et le travail écrasant qui les y attendait.

Alors qu'ils sortaient du village, l'œil d'Annah fut attiré par un carré de couleur vive – on aurait dit un morceau de papier imprimé – fixé au-dessus de l'entrée d'une hutte. Elle s'approcha et, sidérée, reconnut une carte du métro londonien.

— On dirait qu'il y a ici quelqu'un qui aime les voyages..., lança-t-elle à Stanley sur le ton de la plaisanterie. Comment ce petit bout de papier avait-il atterri dans ce village perdu de l'Afrique ?

Elle s'éloignait déjà quand elle aperçut des herbes suspendues à l'extérieur de la hutte, manifestement en train de sécher. Reconnaissant, parmi elles, des feuilles de lierre, Annah s'exclama :

— Regardez, Stanley ! Ils s'en servent aussi ici.

Stanley haussa les épaules, peu intéressé. Annah appela l'un des adolescents.

— Parles-tu le swahili ?

— Seulement avec les étrangers, répondit le jeune garçon. Entre nous, au village, nous parlons notre propre langue.

— Cette hutte, là, est-ce celle du sorcier ?

— Non. C'est celle du guérisseur.

Annah le dévisagea, décontenancée par ces mots. Elle se tourna vers Stanley pour l'interroger du regard, mais ce dernier secoua la tête.

— Le guérisseur protège le village de tous les dangers, reprit le garçon.

— Tu veux dire que c'est un sorcier ? insista Annah.

— Non. Il s'occupe aussi des esprits. Il parle aux ancêtres et fait venir la pluie. Tout ce qui nous aide et nous protège, c'est lui qui s'en charge. Il s'appelle Zania.

Comme si le seul fait de prononcer son nom suffisait à le faire apparaître, un homme sortit de la hutte, un manteau en peaux de bêtes jeté sur ses épaules. Il jeta un rapide regard à Stanley, fronça les sourcils à la vue de ses vêtements occidentaux. Puis, l'ignorant ouvertement, il fixa Annah d'un regard ferme. Il émanait de lui une grande dignité.

Annah soutint son regard, évitant avec soin de porter les yeux vers une forme indéfinissable – une masse de fourrure sanglante – qui pendait au cintre de la porte.

— Je suis une femme médecin, dit-elle. J'aimerais savoir à quoi servent ces plantes.

Zania continuait de l'examiner, la bouche pincée, l'air soupçonneux. La jeune femme se tourna alors vers l'adolescent.

— Est-ce qu'il me comprend ?

— Oui.

Préférant ne pas bousculer l'homme aux peaux de bêtes, Annah continua de s'adresser au jeune garçon. Elle lui demanda d'aller voir Kitamu afin qu'il donne l'ordre d'apporter beaucoup de lierre séché à la maison de mama Kiki.

— C'est une médecine très efficace, expliqua-t-elle. Surtout pour guérir les blessures.

Zania sursauta à ces mots.

— Ça, ce n'est rien, lança-t-il dédaigneusement. J'ai des médecines qui peuvent guérir bien plus que ça.

Annah sourit pour cacher son scepticisme. On lui avait donné un jour une « recette miracle » pour soigner l'hépatite : faire bouillir une pintade – viscères et plumes compris – et manger le tout…

Zania fut piqué au vif par ce sourire. Il se glissa dans la hutte et en ressortit avec un petit paquet enveloppé dans une feuille de bananier.

— Voici des plantes qui guérissent. Il faut les moudre avant de les avaler. Prends-les.

Il écarta la feuille de bananier ; Annah vit des feuilles soigneusement roulées et recouvertes de moisi.

— Eh bien… merci…, dit-elle poliment en glissant le paquet dans sa poche.

Elle salua Zania d'un signe de tête et ce dernier lui lança :

— J'attends ta visite. Tu viendras me donner, toi aussi, tes recettes pour guérir.

Annah le fixa, silencieuse. En acceptant la « médecine » de Zania, elle avait signé une sorte de pacte avec lui. Sans même avoir besoin de regarder Stanley, elle savait déjà qu'il désapprouvait cette initiative. Mieux valait ne pas imaginer ce que Michael en aurait pensé ! Seigneur… Pourquoi était-elle incapable de prévoir ce genre de situation ? Chaque fois, c'était seulement après coup qu'elle comprenait où le chemin la conduisait.

Elle se détourna pour suivre Stanley, sentant peser dans sa poche le paquet de plantes de Zania. Elle secoua la tête à l'idée que ce « guérisseur » utilisait des plantes moisies… Un souvenir remonta presque aussitôt à sa mémoire, une anecdote entendue à un cours d'histoire de la médecine. À la suite d'une erreur de manipulation dans un laboratoire, des levures avaient moisi. Pourtant, par hasard ou intuition, le scientifique qui conduisait l'expérience choisit de ne pas les jeter. Cette décision avait changé le cours de la médecine puisqu'il venait, sans le savoir, de découvrir les antibiotiques.

Annah ralentit l'allure et jeta un dernier regard derrière elle. Le guérisseur, accroupi devant un feu, exhumait des cendres ce qui ressemblait à des ossements tout en chassant les mouches du revers de la main.

Le frère du chef tint parole. Plus tard dans la journée, quinze jeunes guerriers – la garde personnelle de Kitamu – se rendirent à la maison de Kiki, accompagnés par des femmes et des enfants transportant du bois, du lait et des œufs. Ils se rassemblèrent sur la pelouse et attendirent en silence.

Annah sortit de la véranda pour avancer à leur rencontre. L'idée de donner des ordres à des guerriers la rendait nerveuse et elle contempla, mal à l'aise, ces hommes jeunes et forts dont les corps lisses et musclés luisaient sous les derniers rayons du soleil couchant. Pour finir, au lieu d'instructions, elle préféra leur dresser une liste de tout ce qui restait encore à faire à l'hôpital, espérant ainsi que chacun choisirait sa tâche.

Mais ce fut comme parler dans le vide. Les hommes l'écoutaient sans broncher, sans même hocher la tête. Les femmes, elles, gardaient les yeux baissés. Annah examina les provisions apportées et les trouva de bonne qualité. Sans doute les femmes accepteraient-elles de faire un peu de ménage. Mais, Annah le savait, les hommes vivant selon le mode traditionnel étaient nettement plus sélectifs à l'égard des travaux qu'on leur proposait. Il semblait que ces jeunes guerriers ne faisaient pas exception à cette règle.

Pourtant, elle se trompait. S'ils laissèrent aux femmes les travaux ménagers, ils se montrèrent au contraire désireux d'aider au travail de l'hôpital – c'est-à-dire, principalement, aux soins des malades. Aguerris par de longues et douloureuses années d'initiation, ils paraissaient peu impressionnés par la maladie et ses manifestations : blessures purulentes, mauvaises odeurs, cris et souffrances. Ils mémorisaient remarquablement les consignes et ne commettaient presque jamais d'erreurs. Mais, par-dessus tout, ils se dévouaient corps et âme à leur tâche. Ils étaient là pour représenter Kitamu et, à ce titre, ne voulaient pas être pris en défaut. Annah s'habitua vite à ces hautes silhouettes à la peau ocre plantées au chevet des patients. C'était un véritable soulagement de pouvoir se décharger d'une partie des écrasantes responsabilités qui pesaient sur ses épaules et sur celles de Stanley.

La maison de Kiki fournissait l'essentiel : des pièces propres, protégées des intempéries, équipées d'eau et d'électricité. Toutefois, il y avait bien trop de malades pour si peu de médicaments. Jour après jour, tandis que les patients s'entassaient sur les pelouses autour de la maison, l'absence de fournitures médicales devint de plus en plus difficile à endurer. Annah avait l'impression de marcher au-dessus d'un profond abîme. Pour l'heure, avec l'aide de Stanley et des hommes de Kitamu, elle avait la situation à peu près en main, mais pour combien de temps encore ?

Et puis, il y avait Ndatala, la femme de l'intendant. Elle s'affaiblissait de jour en jour, ne réagissait pas aux antibiotiques. Annah ne savait plus à quel saint se vouer. Elle aurait tant voulu que Michael fût à ses côtés pour la conseiller ! Mais il n'y avait pas de radio chez Kiki. Un jour prochain, Stanley comptait se rendre une nouvelle fois au bureau du télégraphe ; pour l'instant, on avait besoin de lui ici. Il serait sans doute trop tard pour Ndatala, de toute façon.

L'après-midi d'une nouvelle et interminable journée de soins touchait à sa fin lorsqu'elle se rendit à la chambre d'isolement. Chaque fois, elle s'attendait à trouver sa patiente morte et son mari effondré à son chevet, serrant encore une main qui refroidissait déjà... Pourtant, étrangement, malgré le mal qui la rongeait, Ndatala s'accrochait à la vie. Elle gisait, immobile, respirant à peine. Annah se tint quelques instants à côté du lit, consciente du regard de l'intendant fixé sur elle. Elle s'efforça en vain de trouver quelque chose de réconfortant à lui dire. Finalement, incapable de parler de Ndatala, elle aborda un autre sujet :

— As-tu reçu l'autorisation du propriétaire pour notre installation ici ? Tu devais demander à son représentant qui vit près de Murchanza.

L'intendant frotta ses yeux rougis par le manque de sommeil.

— Je l'ai fait, comme je l'avais promis, murmura-t-il d'une voix abrutie de fatigue. Il m'a dit qu'il prendrait contact avec le propriétaire en Amérique pour lui apprendre que tu veux louer la maison de mama Kiki.

— Ce Blanc de Murchanza... sait-il qui nous sommes et ce que nous faisons ?

L'intendant ne répondit pas tout de suite. Puis, les mains écartées dans un geste d'impuissance, il répondit enfin, détachant chaque mot :

— Ma femme est très malade. Il faut qu'on la soigne à l'hôpital. Que tu t'occupes d'elle.

Annah hocha la tête. Rien d'autre ne comptait pour lui que la guérison de Ndatala. Sans doute n'avait-il même pas pris contact avec le représentant du propriétaire de la maison. Mieux valait, pour l'instant, ne pas le questionner plus avant. Les réponses viendraient bien assez tôt...

Elle tâta le pouls de la malade avant de quitter la chambre : il était presque impalpable. Inutile de prendre sa tension. Ndatala était à l'agonie.

Annah jeta un œil sur la silhouette prostrée de l'intendant. Il était temps de lui révéler la vérité. Elle choisit ses mots, utilisant les tournures si souvent employées par Stanley.

En s'approchant de lui, elle eut l'impression qu'il se recroquevillait un peu plus, comme s'il avait deviné.

— Tout est perdu, j'en ai peur. Tu dois te montrer courageux.

Une fois les paroles échappées de ses lèvres, elle courut presque pour sortir de la chambre. Les yeux noyés de larmes, elle traversa le hall et gagna le bureau de Kiki, dans lequel elle s'enferma.

La sensation de paix fut quasi immédiate. Ici, tout était resté inchangé. Une odeur de vieux cuir imprégnait la pièce, mélangée à des effluves de parfum. Et ces photographies qui encombraient le bureau… Annah saisit la carafe de cristal, la porta à ses lèvres et, renversant la tête, but une longue gorgée. L'alcool courut le long de sa gorge tel un feu purifiant, chassant sur son passage le mal et la souffrance. Il s'échappa du coin de ses lèvres et s'écoula en traînées odorantes sur son menton et le long de son cou.

Je voudrais tant que tu sois là.

Une pensée à la fois précise et indistincte car, si la prière était forte, sincère, Annah n'aurait su dire à qui elle s'adressait. Sarah… Michael… Jésus… Kiki…

Quelqu'un.

Quelqu'un qui refermerait sur elle des bras solides et apaisants. Qui la serrerait fort et ne la laisserait jamais partir.

Il était déjà tard lorsqu'elle put enfin se libérer pour regagner sa chambre. Épuisée, elle dégrafa sa chemise kaki puis ôta son pantalon. Ce fut à cet instant qu'elle remarqua un renflement dans l'une des poches. Ses doigts s'aventurèrent à l'intérieur, où elle sentit quelque chose de frais et d'humide. Les herbes du guérisseur.

Elle fit quelques pas en direction de la fenêtre, prête à jeter le petit paquet. Mais, alors qu'elle faisait coulisser la fenêtre à guillotine, une image lui vint à l'esprit. Lumineuse, précise, comme si on la lui avait envoyée. Du moisi sur des cultures de laboratoire… Des levures qui sauvent la vie… Et si le guérisseur avait raison ? S'il avait découvert, lui aussi, une espèce d'antibiotique ? La femme qui agonisait au rez-de-chaussée n'avait plus aucune chance. Et l'homme qui l'accompagnait nuit et jour en mourrait de chagrin. Rien n'avait pu la soigner. Pourquoi, alors, ne pas utiliser les herbes de Zania ?

213

Dans la cuisine silencieuse et déserte, elle se mit à moudre les plantes à l'aide d'un pilon et d'un mortier. Elle en fit une pâte à laquelle elle ajouta un sirop à l'aspirine d'une belle couleur rose. Tout en travaillant, elle s'efforçait de ne pas penser à ses actes. De toute façon, il était trop tard pour faire machine arrière.

Dans la chambre d'isolement, l'intendant somnolait au chevet de Ndatala. Il sursauta à la vue de la haute et mince silhouette de la femme qui approchait, pieds nus, vêtue d'une longue chemise de nuit blanche, ses cheveux roux tombant en cascade sur ses épaules.

— Vous ! balbutia-t-il, stupéfait, comme s'il contemplait une revenante.

Annah lui montra la mixture.

— C'est... juste pour l'empêcher de souffrir, murmura-t-elle d'une voix qu'elle aurait souhaitée plus ferme.

Ndatala eut de violents haut-le-cœur quand l'infirmière la força à avaler le breuvage. Annah se sentit gagnée par la panique. Seigneur... Avait-elle perdu la raison en administrant ces plantes inconnues ? Et s'il s'agissait d'un poison ? Si elle avait excessivement forcé la dose ?...

Trop tard pour avoir des regrets, à présent. Elle quitta la chambre en proie aux pires visions : Ndatala saisie de convulsions, puis des affres d'une agonie bien plus douloureuse que celle dans laquelle elle s'enfonçait avant... Et tout cela à cause d'elle.

Beaucoup plus tard, après s'être tournée et retournée mille fois dans son lit, Annah finit par sombrer dans un sommeil peuplé de cauchemars. Elle se revit enfant, surprise en train de faire une bêtise ou, du moins, quelque chose qui avait mis Eleanor très en colère. Celle-ci l'avait agrippée par les épaules pour la secouer... la secouer... ses doigts pénétraient douloureusement dans sa chair tendre, jusqu'aux os.

— Réveillez-vous ! Réveillez-vous !

Annah ouvrit grands les yeux, le corps raidi par la peur. Le visage noir de l'intendant était penché au-dessus d'elle.

— Vite ! Venez !

Annah sauta du lit et, l'intendant sur les talons, courut au rez-de-chaussée. Elle entra en trombe dans la chambre d'isolement où brûlait encore une lanterne. Dans son lit, Ndatala, les yeux ouverts, essayait visiblement de parler. Annah lui toucha le front – il était frais et sec. Elle tâta le pouls – le sang battait avec puissance et régularité.

— Vous voyez ? triompha l'intendant. Elle va mieux. Vous l'avez sauvée !

Annah demeura silencieuse. Les miracles arrivent parfois, pensa-t-elle. Certains malades témoignent de guérisons spectaculaires quand tout espoir est perdu. Mais une autre voix, au fond d'elle, lui souffla que la coïncidence était par trop flagrante. Et si les plantes de Zania étaient les vraies responsables ?

L'intendant semblait attendre une réponse, aussi se tourna-t-elle vers lui ; elle ne put retenir un sourire en voyant son visage illuminé par la joie.

— On dirait, en effet, qu'elle est en bonne voie, affirma-t-elle. Dieu l'a sauvée.

Zania l'a sauvée.

L'intendant leva les bras et amorça un pas de danse.

— Prions le Seigneur, remercions-Le !

Sa voix forte flotta dans l'hôpital endormi.

— Votre Dieu, notre Dieu et tous les dieux que nous connaissons, louons-les !

Stanley choisit cet instant précis pour pénétrer dans la pièce. Encore mal réveillé, il cherchait maladroitement à fermer les boutons de sa chemise.

— Que se passe-t-il ici ?

Il regarda l'intendant trépigner de joie, puis Ndatala qui remuait dans son lit.

— Qu'est-ce que...

Annah le prit par le bras.

— Venez... Laissons-la se reposer, souffla-t-elle.

Une fois sortis, il l'interrogea à nouveau du regard.

— Je lui ai administré une décoction de plantes rapportées du village.

Les yeux de Stanley s'agrandirent.

— Les plantes de Zania !

Voyant Annah hocher la tête, Stanley la dévisagea longuement. Son visage exprimait un mélange d'émotions : la stupéfaction, l'inquiétude, l'émerveillement.

— C'est un miracle, dit-il enfin.

— Je crois, oui..., reconnut Annah.

Ni l'un ni l'autre ne jugèrent bon d'ajouter autre chose.

Le lendemain matin, à son réveil, Annah s'attendait à découvrir que les événements de la nuit n'avaient été qu'un rêve. Pourtant, quand elle entra avec précaution dans la chambre d'isolement, ce fut pour trouver Ndatala assise dans son lit, occupée à manger une assiette de gruau tout en bavardant gaiement avec l'un des guerriers de Kitamu.

Annah se retira discrètement et se rendit à la cuisine pour un frugal petit déjeuner avant de partir en toute hâte en direction du village. Les questions se bousculaient dans sa tête. Zania avait-il déjà assisté à de tels miracles ? Utilisait-il d'autres médecines tout aussi prodigieuses ? En approchant du village du guérisseur, elle l'aperçut assis au seuil de sa hutte, devant le feu. On aurait dit qu'il l'attendait. Mais, quand elle approcha, Annah l'entendit fredonner une mélopée monocorde. De la salive moussait à ses lèvres et il se balançait d'avant en arrière.

La jeune femme ralentit l'allure. Elle eut soudain envie de faire demi-tour et de repartir sans demander son reste. Mais, comme pesaient sur elle les regards des autres villageois, elle rassembla son courage, inspira à fond et continua sa marche.

— Bonjour, guérisseur, lança-t-elle. Tu me reconnais ? Je suis l'Européenne qui s'est installée dans la maison de Kiki.

Pendant de longues minutes, Zania demeura silencieux. Puis il consentit enfin à poser sur elle des yeux vides, indifférents.

Annah recula et trébucha sur un morceau de bois. Zania se mit alors à crier dans une langue étrange. Son visage demeurait impénétrable mais les mots, eux, étaient prononcés sur un ton violent, presque haineux. Le cœur d'Annah s'emballa et, envahie par une brusque terreur, elle tourna les talons et s'éloigna en courant.

Le souffle court, elle traversa le village sans ralentir sous le regard froid des habitants – un regard si détaché, si impassible qu'il en devenait effrayant. Annah eut l'impression que, si elle tombait et se blessait ou si quelque animal sauvage l'attaquait, ils ne réagiraient pas. Pourquoi le feraient-ils, d'ailleurs ? pensa-t-elle, affolée. C'était elle qui avait pris l'initiative de venir au village sans y avoir été conviée, elle qui avait cherché à rencontrer le guérisseur. Elle aurait dû faire preuve de prudence. Après tout, elle n'était qu'une étrangère ici. Qu'avait dit, un jour, la grand-mère de Stanley ? Ah oui... « Les hommes blancs ne peuvent comprendre les choses que savent les Noirs. »

Les Blancs ne peuvent pas comprendre. Ils ne peuvent pas savoir...

Et l'ignorance est la mère de tous les dangers...

Dans la chambre de stérilisation, l'air était lourd et humide, envahi par la vapeur qui se dégageait des grandes bassines d'eau bouillante. Le charbon craquait dans le poêle tandis que les femmes bavardaient.

— Il faut faire bouillir les compresses au moins dix minutes, recommanda Annah à deux ou trois femmes venues avec les guerriers de Kitamu.

Elle désigna un minuteur en forme d'œuf posé sur une vieille table à café.

— Remontez-le chaque fois, comme cela vous ne ferez pas d'erreur.

Les femmes hochèrent la tête, mais Annah n'était pas sûre qu'elles avaient compris. Son visage ruisselait sous l'effet de la chaleur. Elle s'essuya le front du revers de la main puis se détourna pour gagner la porte. C'est alors qu'elle aperçut Stanley sur le seuil, les mains dans le dos, une expression triomphante dans le regard.

— J'ai trouvé quelque chose…, commença-t-il.

Incapable de dominer plus longtemps son enthousiasme, il montra à la jeune femme l'objet qu'il tenait : une grosse boîte en Bakélite couverte de boutons et de manettes et d'où sortait un enchevêtrement de fils et de câbles.

— Une radio…, murmura Annah, stupéfaite.

Stanley hocha la tête.

— Elle vient d'arriver de Germantown. Depuis le temps qu'on l'attendait ! Dès que je l'aurai installée, nous pourrons entrer en contact avec les autres.

Annah contempla la radio à ondes courtes avec émerveillement… L'objet semblait presque vivant. Leur seul lien avec le reste du monde…

— Essayons de joindre Michael en premier, proposa-t-elle. Il nous dira ce que nous devons faire.

Un intense soulagement l'envahit en prononçant ces mots. Mais, presque aussitôt, il fut chassé par un nouvel accès d'anxiété. Si le fait d'avoir quitté Germantown sans autorisation pour s'installer dans la demeure de Kiki pouvait s'expliquer fort bien lorsqu'on se trouvait sur le terrain, la situation ne risquait-elle pas d'apparaître sous un tout autre jour à ceux qui se trouvaient au loin ? Il ne faudrait pas seulement contacter Langali, mais aussi le quartier général de la mission. C'est-à-dire l'évêque.

Annah décida de commencer par Langali. Même si des liens compliqués l'unissaient à Michael, ce dernier demeurait son supérieur direct. Avec Sarah, il était aussi son plus proche ami.

Elle se prépara à la confrontation et réfléchit aux arguments qu'elle présenterait pour sa défense. Bien sûr, elle reconnaîtrait avoir désobéi à la règle, mais que valait la règle comparée à l'amour ? Cet amour que Jésus était venu enseigner aux hommes de bonne volonté. Et que vaut la règle comparée à un toit qui abrite de la pluie et du soleil ?

Michael comprendrait, pensa Annah. Lui aussi avait dû affronter des situations d'urgence, prendre des décisions radicales – parfois douloureuses – et s'y tenir. Sa force devait lui servir de modèle.

Ils purent joindre Langali sans difficulté. Une femme au fort accent écossais leur répondit ; elle expliquait qu'elle était infirmière et que la famille Carrington était partie prendre des vacances méritées au bord du lac Tanganyika.

Le cœur d'Annah se serra à ces paroles. Elle resta si longtemps silencieuse que son interlocutrice crut que la communication avait été coupée. Finalement, Annah laissa ses coordonnées radio ainsi qu'un message priant Sarah et Michael de l'appeler à leur retour. Après cet échange, elle demeura un long moment immobile, les yeux fixés sur le récepteur, l'estomac tordu par une violente nausée. Elle imagina sa remplaçante assise dans la salle de radiotransmission de Langali ou encore, installée dans la petite hutte réservée aux infirmières, au bout du chemin. Michael à ses côtés, lui prodiguant aide et conseils. Sarah, devenue son amie. Et la petite Kate lui arrachant mille sourires.

Elle s'efforça de chasser ces visions douloureuses et décida d'établir le contact avec le quartier général de la mission, à Dodoma. Elle transmit un message explicite à l'intention de l'évêque, lui expliquant franchement ce qu'elle avait entrepris ici. Tandis qu'il copiait chacun de ses mots, l'opérateur ne pouvait cacher sa surprise.

— Et... c'est tout ? demanda-t-il, incrédule, à la fin du message.

— Oui, c'est fini.

Annah savait bien que ce n'était pas fini... Ce ne serait jamais fini...

Elle retourna à son travail et venait à peine de commencer que Stanley lui apportait déjà la réponse de l'évêque. Il voulait lui parler en direct et se tenait lui-même aux commandes de la radio pour être en mesure de lui exprimer à sa façon tout le mal qu'il pensait de son initiative. Sa colère transparaissait dans chacun de ses mots. Avait-elle perdu la raison en désobéissant ainsi aux ordres ? C'était à Germantown qu'on lui avait demandé d'installer un nouvel hôpital, non dans quelque endroit de sa fantaisie. En agissant de façon ouvertement autonome, elle dérogeait à la loi tanzanienne et se plaçait hors de portée du soutien de la mission. L'évêque comptait bien d'ailleurs envoyer toutes affaires cessantes quelqu'un capable de mettre de l'ordre dans tout cela. Annah eut beau argumenter, rien n'y fit.

— Je crois que si Jésus Lui-même avait dû faire face à une telle situation..., commença-t-elle.

— Sœur Mason, coupa aussitôt l'évêque, vous êtes une employée de la mission. Pas le Christ.

Et, sur ces mots, il mit un terme à la communication.

Annah traversa la pelouse, longea les parterres de fleurs qui décoraient le parc de leurs riches couleurs. Tout ici respirait le calme. Les échos routiniers de l'hôpital – pleurs d'enfants, bavardages des aides-soignants, chocs des casseroles à la cuisine – cédaient la place à des sons plus doux : vol des oiseaux mellivores suçant le nectar des fleurs dans le vrombissement de leurs ailes minuscules, brindilles craquant sous les pas, bruissement des lézards qui s'enfuyaient dans les hautes herbes à son approche. Dans ce lieu tout de paix et de beauté, la véhémente tirade de l'évêque perdait de son sens et de sa force. Le visage d'Annah, rougi par la contrariété, retrouva sa carnation normale et le rythme de son cœur s'apaisa. Depuis son arrivée ici, elle avait travaillé sans répit, sans même trouver un moment pour explorer la propriété. Elle aperçut devant elle un poivrier dont les vastes branches tombaient jusqu'au sol. Annah s'en approcha et se fraya un chemin sous le feuillage pour se réfugier dans ce sanctuaire de verdure. Soudain, elle se figea. Agenouillée au pied du tronc, une vieille Africaine laissait échapper de ses doigts noueux des fleurs qui voletaient à terre. Leurs pétales aux vives couleurs formaient une croix sur le sol. Au son des pas de la jeune femme, elle sursauta.

— *Samaheni*, dit Annah. Pardonne-moi de t'avoir fait peur.

Elle s'apprêtait à rebrousser chemin lorsque la femme lui lança dans un anglais parfait :

— Non, attends. Viens t'asseoir avec moi.

D'un geste gracieux de la main, elle l'invita à la rejoindre.

Déconcertée, Annah la fixa quelques secondes avant d'obtempérer. Elle s'assit à côté de l'Africaine tandis qu'une petite voix intérieure lui soufflait de se tenir sur ses gardes. Que faisait-elle là, sous cet arbre ? N'avait-elle pas déjà franchi un interdit en rendant visite à un guérisseur et en se servant de sa mixture pour soigner une malade ? Et voilà qu'elle s'apprêtait à participer à quelque rite païen !

— Elle est enterrée ici, dit la vieille femme. Mlle Kiki.

Elle prononça ce nom avec chaleur et respect. Mais le regret perçait aussi dans sa voix.

— Tu la connaissais ? interrogea Annah, son intérêt en éveil.

— J'étais sa femme de chambre, répondit l'Africaine fièrement. J'aurais fait n'importe quoi pour elle.

Elle se pencha vers Annah et son mouvement dispersa des effluves mêlés de transpiration et de fleurs froissées.

— Elle faisait appel à moi en toutes circonstances, même les plus privées. Quand des hommes venaient la voir, c'est moi qui préparais la chambre d'amour.

— La chambre d'amour ? répéta Annah, croyant avoir mal entendu.

— Oui. Je m'occupais des draps et je posais des fleurs fraîches sur les oreillers. Ça, c'était mon idée. Elle aimait surtout les roses.

Annah demeura un long moment silencieuse tandis que les mots de l'Africaine pénétraient son esprit. Des amants. Des visiteurs. Des roses sur l'oreiller.

La vieille femme eut un sourire entendu.

— J'ai entendu dire...

Voyant qu'elle s'interrompait, Annah la pressa :

— Eh bien ?

— Que c'est dans cette chambre-là que tu dors. La chambre de la reine des pluies.

Annah la dévisagea, médusée. Elle eut l'impression que la scène tout entière basculait dans l'irréel : les énormes bras feuillus du poivrier, l'étrange vieille femme, les fleurs aux couleurs chatoyantes... la chambre d'amour...

Elle se releva vivement.

— Il faut que je m'en aille...

— Je m'appelle Louisa. Si tu as besoin d'une femme de chambre, tu peux me demander.

— Merci, répondit Annah très vite.

Elle se faufila à travers les branches et ressortit de l'autre côté, étourdie, heureuse de sentir la chaude caresse du soleil sur sa peau. Comme il faisait sombre et frais sous le grand arbre, là où reposait Kiki...

Annah frissonna puis pressa le pas pour retrouver l'hôpital et son agitation. À l'entrée de la maison, l'un des guerriers de Kitamu se tenait aux côtés de Stanley.

— Il a un message pour vous, dit Stanley à Annah.

— De qui ? demanda aussitôt la jeune femme, qui redoutait de nouvelles invectives de l'évêque.

— De Kitamu, précisa Stanley.

Détectant une note d'inquiétude dans sa voix, Annah insista.

— Que se passe-t-il ?

— Ils vont organiser une *ngoma*. Ici. Sur la pelouse.

La jeune femme fronça les sourcils. Elle connaissait ce mot swahili :

il évoquait un grand rassemblement rituel pendant lequel toute une tribu dansait, chantait et jouait du tambour. Mais il y avait plus. Selon les livres qu'elle avait lus au centre éducatif de la mission, les invités d'une ngoma devaient boire de l'alcool fabriqué au village, danser, faire l'amour et se laisser posséder par les esprits.

— Ici ? répéta-t-elle, incrédule.

Elle se souvint de la cérémonie de fiançailles à laquelle elle avait assistée avec Michael. L'expérience n'avait pas été agréable et elle ne souhaitait pas la renouveler.

Le guerrier hocha la tête.

— Ici. Sur la pelouse. Ce terrain appartenait à Kiki et elle nous l'a proposé pour y célébrer nos ngomas.

À ces mots, Annah leva les yeux vers le grand tableau de Kiki accroché dans le hall. Elle crut voir une lueur d'amusement dans les yeux de l'excentrique Américaine. Ou alors de l'ironie ?

L'homme tendit le bras vers le petit tas de pierres noires sur l'herbe verte.

— C'est là qu'on allume les feux. Et ces cercles là-bas, près des vieux arbres, sont tracés par les danseurs.

Annah regarda dans la direction indiquée mais ne discerna que des traces presque invisibles dans l'herbe, de grands ronds comme des anneaux géants.

— Cette ngoma sera très spéciale, reprit le guerrier. Nous l'organisons pour célébrer le retour de notre chef. (Il observa une courte pause puis conclut :) Vous viendrez, vous aussi.

Annah ouvrit la bouche pour protester. Elle était une missionnaire, pas une touriste ! Sa place n'était pas dans une telle cérémonie.

Avant qu'elle eût le temps de prononcer un seul mot, Stanley répondit :

— Nous sommes très honorés de cette invitation. Nous viendrons.

Annah lui jeta un regard interloqué avant de réaliser qu'aucune autre réponse n'était envisageable. Comment pouvaient-ils refuser de rencontrer leur chef ? Cela aurait été considéré comme une insulte.

Elle se força à sourire.

— Quand est-ce que cette ngo... enfin, cet... événement aura lieu ?

— Notre chef arrive demain, répondit le guerrier. La ngoma sera célébrée le soir.

Puis, ayant rempli sa mission de messager, le jeune homme tourna les talons et s'éloigna.

L'après-midi du lendemain, des femmes et des enfants apportèrent du village des chargements de bois qu'ils empilèrent autour des foyers

221

en pierres. Un dais de branches couvertes de peaux de buffle fut dressé au centre de la pelouse et des nattes de laine tissée, étendues sur le sol. Au crépuscule, les villageois commencèrent à affluer, tous vêtus de leur tenue d'apparat : fourrures d'animaux sauvages, colliers de perles, coiffures en plumes d'autruche... Le peuple des Waganga offrait l'image de la plus noble des tribus.

Après les avoir observés par les fenêtres de la salle de soins, Annah jeta un coup d'œil à ses propres vêtements. Ils semblaient si tristes et ternes comparés aux splendides atours des Waganga... Ce matin-là, elle avait délibérément troqué le pantalon et la chemise de Kiki contre sa tenue de missionnaire : une jupe et un chemisier sur lequel était agrafé le badge de la mission. Puisqu'on l'avait invitée à cette cérémonie tribale, Annah voulait y figurer sous son apparence la plus formelle : celle d'une respectable missionnaire. À travers la vitre, elle aperçut Stanley sous la véranda, observant lui aussi la scène. Il portait sa tenue de tous les jours : pantalon et chemise de brousse. Debout à ce poste, il incarnait toute la contradiction de son destin, songea Annah, émue. Un missionnaire africain déchiré entre deux cultures, isolé entre deux mondes.

Alors que le soleil sombrait à l'horizon, une lumière dorée baigna la pelouse, soulignant la splendeur des corps peints et des tissus aux couleurs vives. Par-dessus les murmures de l'assemblée, on pouvait percevoir les roulements réguliers des tambours. Des feux avaient été allumés sur chaque foyer de pierre et quelques participants commencèrent à danser autour, leurs corps ondoyant dans la lueur rouge des flammes et projetant des ombres folles sur l'herbe.

Il y avait quelque chose d'amical et d'intime dans cette cérémonie, sans doute à cause des enfants et des vieillards, qui participaient eux aussi aux réjouissances. Même les malades, conduits dehors sur des brancards, étaient présents. Absorbée par le spectacle, Annah n'entendit pas Stanley approcher. Elle sursauta au son de sa voix.

— Il est temps d'y aller, dit-il doucement. Le chef ne va pas tarder.

Elle le suivit dehors à travers la foule. On s'écartait à leur passage, mais elle n'en éprouva pas moins une soudaine panique au milieu de tous ces gens peints et habités par une fièvre grandissante. L'air était empli de senteurs mêlées : odeur de boue séchée, d'huile chaude, de sueur, de fumée.

Ils furent accueillis sous le dais par Kitamu. S'il les salua amicalement, il n'en montra pas moins d'évidents signes d'embarras. La disposition des invités posait problème. Fallait-il placer Annah sous le dais avec les autres invités d'honneur ou, au contraire, à un poste beaucoup moins visible, au bord de la pelouse ? Annah attendait, elle aussi très mal à l'aise. Du coin de l'œil, elle vit sous le dais une vieille femme couchée sur une litière recouverte de peau de buffle. De lourds bracelets d'ivoire paraient ses bras osseux, son cou s'ornait de scintillants colliers d'ambre. Sentant peser sur elle le regard de l'Africaine, Annah souffla à Stanley :

— Qui est-ce ?

— C'est la vieille reine. La mère du chef.

À cet instant précis, la foule sembla frémir à l'unisson et plusieurs voix entamèrent les premières notes d'un chant.

— Ils disent qu'il est arrivé, commenta Stanley. Leur chef... Il est là.

Annah se dressa sur la pointe des pieds. Par-dessus l'océan des têtes, elle distingua la pointe d'une douzaine de lances dont le métal luisait à la lueur dansante des flammes. Quelques secondes plus tard, elle réussit à apercevoir un groupe de guerriers marchant, épaule contre épaule, vers le dais. Et, au milieu d'eux, seul dans un îlot d'espace, une haute silhouette.

Le chef du village.

Les épaules drapées d'un manteau de léopard lacé autour de sa poitrine, il portait un bouclier de cuir peint en bleu et une lance décorée de plumes et de bandes de peau de bête. Son visage aux traits finement ciselés arborait une expression de fierté sévère. Annah l'étudia attentivement. Il semblait échappé d'un livre d'images – figure de légende, vision incarnée d'un chef de tribu mythique. Difficile de lui donner un âge : si son corps avait la fermeté de la jeunesse, son visage affichait la sagesse de la maturité.

Après avoir rejoint les invités rassemblés sous le dais, le chef salua en premier sa mère, son frère et quelques proches. Puis il se retourna pour faire face à l'assemblée des villageois et lui crier des mots qu'Annah ne comprit pas. La foule rugit de joie ; enfin le chef leva haut sa lance et commença à haranguer son peuple. Il parlait sans effort d'une voix puissante et, dans sa bouche, la langue des Waganga prenait des accents riches et sauvages.

À la fin de son discours, le chef fit un signe à quelqu'un non loin de lui, lui enjoignant de s'approcher. Un homme apparut alors, tête haute, une expression arrogante sur son visage rond. Beaucoup plus âgé que le chef, il portait une tenue de cérémonie : cape en peau de léopard, fourrure de *colobe*[1] autour du cou et coiffe en plumes

---

1. Petit singe d'Afrique au pelage long et soyeux. *(N.d.T.)*

d'autruche. La foule l'acclama, mais moins chaleureusement que le jeune chef. Annah vit Stanley échanger quelques mots avec l'un de ses voisins. Puis il se tourna vers elle.

— C'est le régent. L'oncle du jeune chef. Il a gouverné la tribu pendant de nombreuses années après la mort du vieux roi, en attendant que le jeune héritier soit apte à le faire. Aujourd'hui est le jour de la passation de pouvoir.

Pendant ce temps, le chef continuait de parler à son peuple. Quand il eut fini, il leva son poing fermé en brandissant sa lance.

— Waganga ! cria-t-il. Waganga !

La foule reprit le mot à l'unisson et le scanda avec fièvre. Annah vit alors un sourire éclairer le visage du chef, prêtant à ses traits une expression extraordinairement juvénile. De fier guerrier, il devenait soudain un enfant extasié. Mais ses yeux restaient graves, déterminés.

Les chants se poursuivirent longtemps. Chaque fois qu'ils semblaient terminés, un nouveau refrain s'entamait, aussitôt repris par toute l'assemblée et accompagné d'un assourdissant concert de tambours. Quand, enfin, le silence retomba, le chef et sa garde se dirigèrent vers l'espace réservé aux danses. Leur chemin les mena tout près d'Annah. Voyant cela, la jeune femme sentit son cœur s'emballer et recula dans l'ombre d'un arbre. Impossible de ne pas remarquer sa peau blanche et ses vêtements à l'occidentale…

Le chef ne se trouvait plus qu'à deux pas lorsqu'il la repéra. Il s'immobilisa, les yeux agrandis de surprise. Son regard la balaya tout entière, s'attardant sur ses cheveux puis revenant la fixer au fond des yeux. Annah fit un violent effort pour maîtriser son angoisse et esquissa un rapide salut de la tête. Ce fut à cet instant précis que Kitamu apparut au côté du chef. L'air agité, il lui parla rapidement au creux de l'oreille et, en contemplant la scène, Annah devina aussitôt que le chef ignorait tout du nouvel hôpital. Kitamu n'avait sans doute pas eu le temps – ou le courage – d'alerter son frère aîné lorsque celui-ci était au loin.

Kitamu se tut enfin et le chef hocha lentement la tête, les yeux toujours fixés sur Annah. Il parut sur le point de lui adresser la parole mais, tout autour de lui, ses guerriers trépignaient d'excitation, impatients de le voir commencer les rites de la danse. Finalement, d'un geste ample, le chef invita Stanley et la jeune femme à se joindre au groupe des invités d'honneur sous le dais. Puis il reprit sa route, sous le regard fasciné d'Annah. Elle le vit se diriger vers les flaques de lumière, encore nimbé des derniers rayons du soleil.

Elle se retrouva assise sur un tabouret auprès de la reine mère.

À présent, la vieille femme l'ignorait ouvertement. Elle n'avait d'yeux que pour son fils aîné qui se plaçait à la tête de ses guerriers, suivi par une nuée de jeunes femmes parées de leurs plus beaux atours, toutes désireuses d'attirer une seule seconde son regard.

Annah regarda les danseurs faire un cercle autour du feu et commencer à se mouvoir avec une grâce unique. Ils sautaient, frémissaient, trépignaient dans un tourbillon de plumes et de couleurs voletant autour de leurs corps. Leurs mouvements exprimaient le plaisir, la fête, et non la sauvage hystérie qu'Annah avait observée avec Michael au village perdu dans la jungle.

Elle chercha des yeux le chef et aperçut au milieu des autres guerriers sa tête couverte de perles et son corps aux reflets ocre chatoyant à la lueur des flammes.

Maintenant, les danseurs riaient. Leurs corps luisant de sueur exultaient, emportés par la joie de la danse. Ils tournaient sur eux-mêmes, ivres de plaisir, au son des tambours dont les pulsations s'emballaient. Annah se sentit à son tour happée par le rythme des instruments et la vision fascinante de ces corps enfiévrés. Elle eut envie de les rejoindre, de se laisser, elle aussi, emporter par la même allégresse. Malgré elle, son pied se mit à battre la mesure mais elle s'efforça de garder le reste de son corps immobile. Elle se rappela ses années d'étudiante, les groupes qui se formaient spontanément pour jouer une musique stridente qui, à l'époque, lui paraissait magique. Pourtant, dans les soirées, elle était souvent restée assise sans bouger, sans se mêler à la foule effrénée qui se déchaînait sur la piste. Il fallait attendre qu'un garçon vienne l'inviter mais ils préféraient les filles plus petites qu'eux, qui devaient lever les yeux pour les regarder et qui pouvaient se blottir au creux de leur épaule. Annah fronça les sourcils à ce souvenir. Puis elle songea que l'événement auquel elle assistait aujourd'hui était bien différent. Elle ne se sentait pas exclue, seulement spectatrice. Une invitée d'un autre monde, une missionnaire. Non une jeune fille habitée par des rêves et des désirs inassouvis...

Elle chercha Stanley des yeux et le vit debout près du dais, observant les danseurs, le corps parfaitement figé, comme insensible aux roulements entraînants des tambours. Une jeune femme s'approcha de lui pour lui offrir des épis de maïs rôtis disposés sur un plateau. Elle lui sourit tandis que ses hanches ondulaient en cadence. Stanley accepta l'épi de maïs avant de se détourner ostensiblement.

Quelques instants plus tard, la reine mère décida de se retirer. Un groupe de guerriers souleva sa litière sur leurs solides épaules et l'emmenèrent au village.

— Il est temps de partir.

Annah entendit à peine les mots murmurés au creux de son oreille. Elle était trop absorbée par le spectacle du jeune et splendide chef courant pour rattraper la litière et saluer sa mère. Son corps était mince et dur. Le corps d'un guerrier.

— Il faut partir, répéta Stanley. Puisque la reine mère s'en va, nous devons l'imiter.

Annah s'ébroua et abandonna à regret son poste. Elle suivit Stanley à travers la pelouse pour regagner la maison de Kiki. Une fois dans sa chambre, elle alla à la fenêtre pour regarder une dernière fois la foule. Elle vit des enfants endormis dans les bras de leurs mères, d'autres encore assez éveillés pour courir, jouer et chercher à dénicher quelque épis de maïs oublié. De jeunes couples disparaître dans les fourrés. D'autres en train de danser. Les vieillards fumaient la pipe, des chiens couchés à leurs pieds. La scène respirait la chaleur, la vie et la solidarité. Personne n'était exclu et tous formaient un seule et vibrant organisme.

Et, au cœur de tout cela, il y avait le chef... Il souriait, parlait à tous, se mouvait avec la grâce d'un dieu.

Annah se coucha et se tourna vers le mur pour ne plus se sentir attirée par la fenêtre. Elle ferma les yeux, cherchant vainement le sommeil, s'efforçant de ne plus entendre le souffle de sa propre respiration, rapide, oppressée. Elle finit par laisser le roulement cadencé des tambours pénétrer son corps tout entier puis son esprit, bloquant toute pensée, chassant la peur et la culpabilité.

Peu à peu, elle retrouva la paix et sa respiration se fit plus lente, plus profonde. Elle sentit un effluve parfumé flotter dans la chambre. Alors, une vision fugitive, informe, se forma dans son cerveau pour s'évanouir presque aussitôt.

Peut-être n'était-ce qu'un rêve...

Le parfum d'une rose sur son oreiller...

14

L'aube se leva, étrangement calme et silencieuse. Annah passa ses vêtements de tous les jours – pantalon et chemise ayant appartenu à Kiki – et descendit pour accomplir sa première ronde du matin. À travers les larges baies de la grande salle, elle vit qu'il ne restait presque plus trace des festivités de la nuit, si ce n'est quelques arpents d'herbe foulée, des foyers de pierres noircies d'où s'élevaient encore de minces volutes de fumée et de petites taches blanches éparpillées çà et là sur le sol. Au premier regard, Annah ne put deviner de quoi il s'agissait mais, après un examen attentif, elle reconnut les restes d'épis de maïs mâchés et soigneusement nettoyés de leurs graines. La bête noire de sœur Barbara... Se sentant tout à coup étrangement coupable, telle une adolescente prise en faute, elle héla un garçon de cuisine et lui demanda d'aller les ramasser.

Une fois sa ronde achevée, elle se prépara à ouvrir la salle de consultations pour les malades externes. Combien d'entre eux viendraient, aujourd'hui ? Est-ce que, comme au lendemain du nouvel an en Australie, tout le monde resterait à la maison, fatigué par les bombances du réveillon ?

Elle se rendit à la réserve pour y prendre deux ou trois bouteilles de décoction de lierre et quelques carrés de linge propre destinés aux cataplasmes. Soudain, elle se figea, une main sur la poignée de porte, l'oreille dressée. Un grondement de moteur s'élevait dans le lointain. Tout autre jour, il serait passé inaperçu au milieu des cris d'enfants, du bruissement des conversations et des aboiements de chiens. Mais, dans le calme exceptionnel de cette matinée, on pouvait entendre clairement le véhicule approcher.

— Stanley !

Sa voix résonna dans le silence de la maison pendant qu'elle courait à la fenêtre, sûre de voir apparaître le Land Rover gris de la mission conduit par un envoyé de l'évêque.

Ce fut une Mercedes noire qui se matérialisa au détour du chemin. Horrifiée, Annah reconnut les plaques minéralogiques du gouvernement de Tanzanie. Une peur irraisonnée lui noua l'estomac ; elle se voyait déjà emmenée par la police pour être jetée en prison. Du coin de l'œil, elle put apercevoir l'intendant du domaine s'éclipser au plus vite à travers la brousse. Prise de panique, elle songea un instant à l'imiter et à disparaître derrière le rideau des hautes herbes et des branches de poivrier. Puis elle se ressaisit. De toute façon, elle n'avait même plus le temps de remonter dans sa chambre pour se changer. Lissant ses cheveux du plat de la main, elle brossa ses vêtements et se redressa, rassemblant son courage. Le moment de la confrontation était arrivé. Mieux valait s'y préparer et assumer ses actes.

En traversant le hall, elle jeta un coup d'œil dans l'une des plus petites salles. Un enfant amené mourant de Germantown lui souriait, assis dans son lit. Elle lui fit un petit signe et poursuivit son chemin, hâtant le pas. Devant le tableau de Kiki, elle rejeta les épaules en arrière puis, tête haute, se dirigea vers la véranda.

Stanley la rejoignit et marcha à ses côtés en silence. Son regard croisa brièvement celui de la jeune femme, mais aucun d'eux n'avait envie de parler. Quelques guerriers waganga apparurent, bientôt accompagnés d'une poignée de villageois. Ils se tinrent à distance de la scène, attentifs.

Approchant de la voiture, Annah vit que le chauffeur était un Africain en uniforme. Deux hommes se trouvaient à l'arrière – un Blanc et un Noir. L'homme blanc fut le premier à sortir. Il manqua tomber, trébucha, se rattrapa à la portière et enfin s'immobilisa. Déjà assez âgé, il était vêtu d'un bermuda, de chaussettes longues et d'une chemise kaki – l'image typique du parfait fonctionnaire colonial, fier de ses attributions. Lorsque ses yeux se posèrent sur la maison de Kiki, il sursauta et resta bouche ouverte, le regard écarquillé.

Le second passager descendit à son tour. C'était un Africain grand et corpulent, à l'allure joviale. Ignorant son compagnon, il salua d'un geste royal les villageois groupés un peu plus loin sur la pelouse. Annah les observait tour à tour, cherchant à deviner lequel des deux détenait l'autorité. L'Africain croisa son regard puis, délibérément, s'approcha d'abord de Stanley pour lui serrer la main et échanger avec lui quelques mots en swahili. Après quoi, il murmura une vague formule de politesse à l'intention de la jeune femme.

— Vous parlez le swahili ?

— Bien sûr, répondit Annah avec son plus bel accent tanzanien.

L'homme marqua son approbation par un hochement de tête.

— Je suis le commissaire de ce district, dit-il d'une voix forte pour être entendu de tous. L'homme qui m'accompagne est le responsable médical de ce territoire. Il apparaît que le Dr Marchant a deux bonnes raisons de se trouver ici aujourd'hui. La première, c'est qu'il est chargé par notre gouvernement de superviser toutes les installations hospitalières de la région. La seconde, c'est qu'il a été officiellement nommé responsable de cette propriété en lieu et place des héritiers.

Annah crut défaillir. Elle comprenait mieux, à présent, le choc éprouvé par cet homme en constatant ce qu'ils avaient fait de la propriété. Il était clair que l'intendant s'était bien gardé de l'avertir. Voilà pourquoi il s'était volatilisé à l'arrivée de la Mercedes.

— Votre évêque nous a expliqué où l'on pouvait vous trouver, reprit le commissaire de district. Puisque je devais justement me rendre dans la région, le Dr Marchant et moi-même avons jugé bon de venir voir ce qui se passe ici.

Ces mots eurent pour effet de sortir le médecin de son état de stupeur. Il porta son regard vers Annah, inspira profondément et s'écria :

— Pour qui vous prenez-vous ? Occuper de façon illégale une propriété privée et la transformer en hôpital ! Avez-vous perdu la raison ? (Il se dirigea à grandes enjambées vers la maison.) Et, en plus, vous n'êtes même pas médecin !

Annah lui emboîta aussitôt le pas, forçant l'allure pour rester à sa portée.

— Je peux vous assurer que les objets fragiles ainsi que toutes les choses de valeur ont été soigneusement rangés. Tout est en parfait état.

— En *parfait* état ? répéta le Dr Marchant au bord de l'apoplexie. Alors que la maison est pleine de…

Annah sentit le commissaire se raidir. Le Dr Marchant s'en était lui aussi aperçu.

— … pleine de gens, conclut-il précipitamment.

Il pila soudain et se retourna pour fixer Annah.

— Je connais chaque détail de cette maison, vous entendez ? Et je compte bien vous rendre responsable du moindre dégât.

— Étiez-vous un ami de Kiki ? s'enquit Annah, incapable de freiner sa curiosité malgré la tension ambiante.

Elle dévisagea le vieux médecin, à l'affût de quelque signe témoignant d'un passé romantique, d'une ancienne vie de passion au temps où Kiki recevait ses « visiteurs »...

Le Dr Marchant reprit sa route vers la maison.

— Non, répondit-il d'un ton glacial. Je ne la connaissais pas. Je suis allé à l'école avec son cousin.

Pendant ce temps, Stanley conversait calmement avec le commissaire de district. Annah vit que ce fait n'avait pas échappé non plus au Dr Marchant, qui, contrarié, pinça les lèvres. Sans doute, dans ce climat politique postcolonial, existait-il une rivalité entre le fonctionnaire blanc et le représentant gouvernemental noir. Le médecin ralentit l'allure pour laisser le commissaire les rejoindre.

— Je suggère que vous nous montriez votre « hôpital », proposa ce dernier à l'adresse d'Annah. Nous verrons ainsi ce que vous avez entrepris. Ici. Sur votre seule initiative. Et sans autorisation.

Annah se sentit une nouvelle fois saisie par la panique : ces mots avaient été prononcés avec une froide et presque menaçante détermination. Elle remarqua que, sous son air ouvertement jovial, le commissaire posait sur le monde des yeux froids et perspicaces.

— C'est que... nous n'attendions pas votre visite..., commença-t-elle.

Le commissaire laissa échapper un rire amusé. Ils approchaient de la véranda quand, levant les yeux vers les fenêtres de la « chambre d'amour », le Dr Marchant lança avec colère :

— Kiki doit se retourner dans sa tombe !

Tandis qu'ils commençaient l'inspection des salles, Annah et Stanley échangèrent un regard soulagé. La salle de soins, la réserve, la cuisine, les vestiaires et les dortoirs... tout était propre, bien rangé. À mesure que la visite avançait, le visage du Dr Marchant passa d'une mine scandalisée au scepticisme, puis au doute et à l'embarras. Il lui arriva même de laisser échapper quelques grognements appréciateurs et d'évoquer les jours anciens quand, jeune médecin, il avait débarqué pour la première fois en Afrique. À l'époque, expliqua-t-il, les conditions de vie étaient extrêmement précaires. Un médecin devait se transformer en petit soldat et user des moyens du bord pour tenter d'endiguer les ravages de la maladie et de sauver des vies. « Oui, conclut Marchant, comme vous aujourd'hui. »

De plus en plus nombreux à se rassembler sur la pelouse, les villageois n'avaient rien perdu de la scène et, devinant que ce moment était décisif pour l'avenir de l'hôpital, ils se rapprochèrent encore, pressant leurs visages anxieux contre les vitres de la véranda. Lorsque l'inspection fut terminée, le commissaire de district proposa de s'asseoir dans la véranda pour discuter de la situation. Du coin de l'œil, Annah vit les hommes et les femmes alignés à l'extérieur, leurs regards braqués sur eux. Le commissaire les ignora ouvertement, mais la jeune femme savait que leur présence le dérangeait. Quant au Dr Marchant, il ne les remarqua même pas.

— Vous nous avez placés dans une position très inconfortable, mademoiselle, commença le commissaire. Je dirais même un véritable cauchemar administratif.

Il s'était adressé à elle dans un anglais parfait où perçait une pointe d'accent oxfordien. Surprise, elle le dévisagea.

— En l'absence de son propriétaire, vous avez annexé cette maison pour la remplir de pauvres gens de la région. (Il secoua la tête.) Certes, cette action peut être considérée comme respectable, néanmoins je vous rappelle que le gouvernement tanzanien pourrait fort bien ne pas partager ce point de vue. Il veut gagner la crédibilité des investisseurs étrangers et, pour cela, il est vital que les droits – et les biens – des Américains soient protégés sur ce territoire.

D'une voix forte et sans attendre d'en recevoir l'autorisation, Stanley traduisit aux villageois les paroles du commissaire.

— Bien entendu, poursuivit ce dernier, il importe de considérer le sort de ces malades, qui n'ont nul autre endroit où aller. (Il se tourna pour faire face à la foule des spectateurs.) Il faut demander l'avis de l'homme blanc qui représente les intérêts des héritiers de cette maison.

Tous les regards se portèrent vers le Dr Marchant.

— Vous m'avez mis dans une situation impossible, lança-t-il à Annah d'une voix irritée. À cause de vous, je suis pris entre le fer et l'enclume.

Les villageois s'agitèrent, les lances des guerriers brillèrent sous le soleil. Annah se sentit brusquement écrasée de fatigue. Elle était lasse d'avoir à porter tout le fardeau de cet hôpital sur ses seules épaules. Puisqu'ils voulaient s'en mêler, qu'ils s'en mêlent !

Elle vit alors approcher la haute silhouette du chef vêtu d'un manteau rouge. Même à distance et dans une tenue simple, elle sentait émaner de lui force et magnétisme. Discrètement à l'écart, il observait la scène avec attention.

Après de longues discussions, le commissaire et le médecin tombèrent d'accord sur les termes d'une proposition : la maison resterait ouverte jusqu'à ce que le cas des malades soit réglé. Le gouvernement fournirait des médicaments et du matériel médical, ainsi que de quoi payer le personnel soignant. Quand tous les lits seraient vides, la maison retournerait à son état initial. Pendant ce temps, le gouvernement de Tanzanie encouragerait la mission à faire réparer le dispensaire de Germantown.

À la fin de son petit discours, le commissaire sourit d'un air engageant à Annah. Celle-ci protesta aussitôt.

— Ça ne va pas du tout ! lança-t-elle en swahili, évitant ainsi à Stanley la peine de traduire. Cet hôpital doit rester ouvert jusqu'à ce qu'il existe d'autres infrastructures permettant de prendre en charge les malades.

— Impossible, décréta le commissaire.

Des murmures de mécontentement coururent dans la foule. Annah se tournait vers le médecin pour plaider sa cause lorsqu'elle vit le chef des Waganga sortir des rangs et s'approcher. Aussitôt, le silence se fit.

— On nous avait promis une assistance médicale à Germantown, dit-il en swahili. Puisqu'elle ne peut être fournie, cette maison est notre unique planche de salut. Les besoins de ma tribu doivent être respectés.

— Les tribus appartiennent au passé ! rugit le commissaire. Désormais, vous êtes des Tanzaniens.

— En effet, nous sommes tanzaniens, reprit le chef. Mais nous sommes aussi des Waganga.

Le commissaire fit un pas vers le jeune guerrier dans le but de l'examiner plus attentivement. Une expression de perplexité se peignit alors sur son visage.

— Jacob ? Est-ce toi ?

— Salut à toi, répondit l'Africain en swahili.

Il entra dans la véranda, tendit la main au commissaire de district. Annah contemplait la scène, éberluée.

— Jacob, mon ami, c'est bien toi.

— Ici, on m'appelle Mtemi, répondit le chef.

Le commissaire continuait de le dévisager d'un air stupéfait.

— Comment vont les choses pour toi ? demanda le chef.

Un sourire entendu éclaira le visage du commissaire et, instantanément, toute la tension de l'instant disparut comme par magie.

— Jacob ! Je n'arrive pas à réaliser que c'est toi ! Je te croyais encore en Angleterre. D'ailleurs, je t'ai écrit il y a peu à ton adresse de Harlan Road.

— Je suis revenu, dit Mtemi, toujours en swahili. Ne suis-je pas le chef des Waganga ?

Examinant le corps à demi nu et couvert de boue de l'Africain, le commissaire s'exclama en anglais :

— Que fais-tu dans cette tenue ?

Mtemi eut un large sourire.

— Hier, je suis allé inspecter le bétail de mon peuple. Les bêtes paissent dans une région où sévit la mouche tsé-tsé. Cette boue est une excellente protection contre ce parasite.

— As-tu perdu la raison ? Tu es avocat, pas berger !

— Non, répliqua Mtemi. Je suis avant tout un chef africain.

Le regard du commissaire se durcit. D'une voix forte, afin que tous entendent, il répondit en swahili :

— Les chefs, Jacob, c'est du passé. Les Tanzaniens doivent servir leur pays. Tu as fait des études à Oxford, tu connais le droit. Ta place est à Dar es-Salaam.

Mtemi secoua la tête.

— J'aurais peut-être pensé la même chose si, comme toi, j'étais rentré plus tôt, quand tout commençait à bouger. Mais j'ai observé les événements depuis l'étranger, et ce qu'a entrepris Nyerere ne m'a pas convaincu.

À ces mots, le commissaire se renfrogna. Il croisa ses larges mains sur son ventre.

— Les temps changent, Jacob. Réveille-toi.

— Ce n'est pas parce que la situation évolue qu'il faut abandonner nos traditions, rétorqua Mtemi. Si nous le voulons, nous pouvons concilier le passé et l'avenir.

En prononçant cette dernière phrase, il se tourna vers Annah, comme pour la prendre à témoin.

Concilier le passé et l'avenir... Voilà donc ce que le chef des Waganga souhaitait lorsqu'il avait demandé à la mission de rouvrir l'hôpital de Germantown. Un établissement chrétien au service d'un peuple vivant selon des traditions ancestrales. Tirer le meilleur parti des deux mondes. Comment un tel pari pouvait-il réussir ? Annah se remémora les mots de Sarah : « Il faudra bien qu'ils choisissent. » Mais un autre souvenir lui vint aussitôt à l'esprit : le miraculeux rétablissement de Ndatala, arrachée à la mort par des herbes mystérieuses préparées par le guérisseur du village...

De plus en plus irrité, le commissaire affrontait le chef du regard. Les deux hommes mesuraient à peu près la même taille mais c'était bien là leur seul trait commun. Son corps épais sanglé dans des vêtements occidentaux trop serrés, le commissaire paraissait gauche et lourd à côté du corps à demi nu aux muscles fins et longilignes de

Mtemi. Ce bref entretien ne lui donnant manifestement pas satisfaction, le commissaire, sourcils froncés, s'éloigna de quelques pas.

— Je te répète que le temps des chefs est fini, assena-t-il. Notre président a décrété que, lorsqu'un vieux mourra, il sera honoré selon la règle par de grandes funérailles, mais personne ne le remplacera.

À ces mots, la foule frémit de colère.

— Notre chef n'est pas un vieux chef ! s'écria l'un des guerriers. Son règne vient juste de commencer. Voilà notre chance, à nous, les Waganga !

L'assemblée poussa des cris de joie sous le regard glacial du commissaire.

— Il est temps de reparler de l'avenir de cet hôpital, intervint Mtemi d'un ton uni.

Il s'était exprimé avec la plus extrême courtoisie. Le commissaire et le médecin le fixèrent, agacés. Annah devinait qu'ils se sentaient mal à l'aise et peu sûrs de la conduite à tenir face à ce jeune chef si populaire, si aimé de son peuple. Pour couronner le tout, il s'agissait d'un avocat, sorti d'Oxford. Qui pouvait savoir s'il n'avait pas des alliés haut placés non seulement en Afrique mais aussi à l'étranger ?

Le commissaire soupira et reprit la discussion avec Mtemi. Après de longues palabres, il fut décidé que la clinique de Germantown serait reconstruite par le gouvernement avec – ou sans – l'aide de la mission. L'hôpital provisoire installé dans la maison de Kiki demeurerait opérationnel jusqu'à ce que les malades puissent être transférés dans les nouveaux locaux. Le Dr Marchant, lui, se chargerait d'expédier des médicaments, du matériel et des fournitures médicales.

Un murmure approbateur courut dans l'assemblée lorsque ces conclusions furent rapportées à haute voix. Le commissaire salua les villageois d'un grand signe du bras puis il se tourna vers Annah.

— Je rapporterai à l'évêque les termes de notre accord. (Il eut un rire bref.) Je ne suis pas certain que la tournure des événements sera à son goût. Mais, après tout, qui s'en soucie ? Son temps à lui aussi est presque terminé. Et l'homme qui lui succédera à la tête de l'Église anglicane de Tanzanie sera un Africain.

Le commissaire et le médecin prirent froidement congé du chef des Waganga. Annah regarda la Mercedes s'éloigner sur le chemin, poursuivie par une horde d'enfants courant à perdre haleine. Lorsqu'ils comprirent qu'ils ne réussiraient pas à la rattraper, ils ramassèrent de pleines poignées de gravier et les lancèrent en direction de la voiture. Quelqu'un devrait les discipliner, songea Annah. Elle se retourna pour chercher Stanley du regard et le vit en grande discussion avec Mtemi.

Désorientée, elle hésita à les rejoindre. Après tout, elle n'avait pas encore été officiellement présentée au chef des Waganga et ignorait tout de leur protocole. À cet instant, l'un des aides-soignants l'appela : on avait besoin d'elle à l'hôpital.

Quand, un long moment plus tard, elle eut enfin le loisir de retourner dehors, ce fut pour constater que Mtemi était parti. Stanley était seul sous la véranda.

— De quoi avez-vous parlé avec le chef ? s'enquit Annah en s'efforçant de donner à sa question les accents de la plus parfaite indifférence.

— De vous.

Elle tressaillit et sentit son visage s'empourprer.

— Mais... pourquoi ?

— Il voulait connaître toute l'histoire de notre arrivée ici, expliqua Stanley. Kitamu lui avait bien donné quelques informations, mais le chef ne comprenait pas pour quelle raison nous nous étions arrêtés ici après avoir quitté Germantown. Sans avoir cherché à regagner la mission pour demander de l'aide. Il s'étonnait que nous ayons entrepris seuls d'ouvrir cet hôpital.

Annah dut faire de gros efforts pour ne pas paraître trop intéressée.

— Que lui avez-vous répondu ?

— Que nous redoutions d'avoir à interrompre notre tâche à Germantown. Et aussi combien les gens, là-bas, étaient heureux de se savoir enfin aidés. Et enfin, que pour rien au monde vous ne vouliez les décevoir.

Ces mots réconfortèrent profondément Annah. Elle se sentit soudain meilleure, plus forte.

— Qu'a-t-il pensé de notre décision ?

— Il s'est montré très impressionné, répondit Stanley. Vraiment.

Annah sourit, incapable de dissimuler plus longtemps son plaisir.

— Il est difficile d'imaginer le chef en étudiant d'Oxford, habillé d'un pantalon et d'une veste de sport !

— Pas tant que ça. J'en ai vu beaucoup qui s'essayaient à la mode occidentale. J'ai même vu un Blanc se vêtir d'un manteau de chef et porter une lance !

— De qui s'agissait-il ? demanda Annah, surprise.

— Du Dr Carrington ! À Noël, une année, nous avions organisé une crèche vivante et il jouait le rôle d'un soldat d'Hérode. La peau de ses bras et de ses jambes était si blanche que les enfants en furent effrayés ! Ils pensaient que c'était un esprit...

Tous deux rirent tandis qu'Annah tentait de s'imaginer Michael en

235

soldat de Judée. Elle se sentait plus décontractée, soulagée de se savoir autorisée à demeurer dans la maison de Kiki. Désormais, elle ne serait plus seule à porter le poids de l'hôpital. Le commissaire et le médecin du district la soutenaient, tout comme le chef de la tribu.

— Devrons-nous retourner au village, à présent que le chef est de retour ? interrogea-t-elle.

— Certainement. Mais ce sera sans doute lui qui nous conviera officiellement à venir lui rendre visite. Laissons passer un jour ou deux.

Annah hocha la tête, impatiente de voir ce jour arriver. Elle mourait de curiosité d'en apprendre plus sur le chef des Waganga. Quel genre de personne était-il ? Quant à sa destinée, elle était des plus insolites... Élevé dans ce village du bout du monde puis envoyé en Angleterre pour y étudier le droit, avant de revenir sur les terres de son enfance... Mais Annah se souvint que d'autres avaient suivi le même chemin, aidés par des missions qui soutenaient financièrement un programme d'études pour leurs meilleurs élèves – parfois les fils d'un chef ou d'une autorité dans la tribu. Mais il s'agissait de chrétiens, et le peuple de Mtemi avait toujours refusé l'enseignement de la mission. Qui, alors, avait payé ses études ? Et comment un homme capable de sortir d'Oxford avec un diplôme de droit pouvait-il ensuite revenir vivre dans un village au fond de la brousse, porter des peaux de bêtes et recouvrir son corps de boue ?

Autant de questions qui se bousculaient dans la tête d'Annah tandis qu'elle retournait à son travail. La même image ne cessait de la hanter, celle d'un homme magnifique, un chef au milieu de ses guerriers, rassemblant tous les espoirs des siens.

Un cadeau de Dieu, disait un proverbe swahili.

Un plateau chargé d'instruments stérilisés dans les mains, Annah parcourait le couloir d'un pas vif, l'esprit occupé à élaborer le programme de la journée. Pour commencer, il fallait changer les pansements d'un enfant souffrant d'un ulcère. Puis s'occuper de ce jeune guerrier arrivé une semaine plus tôt avec une fracture ouverte du bras droit. Aidée de Stanley, Annah avait réussi à le remettre en place après avoir fait une piqûre d'anesthésie locale – pas assez, hélas ! pour endormir la souffrance du jeune patient. Mais, stoïque, il avait serré les dents sans bouger.

— N'ai-je pas déjà affronté le lion ? murmura-t-il sur la table d'examen.

Comme Annah s'y attendait, les vers avaient envahi la blessure après que les œufs pondus sur les bords de la plaie eurent éclos. Elle se proposait de changer le plâtre, mais le guerrier l'en empêcha.

— J'ai vu l'insecte qui a déposé les œufs, expliqua-t-il. C'était un puceron. Ses larves me guériront.

Annah fronça les sourcils.

— Qu'est-ce qui te fait croire ça ?

— Le guérisseur de notre village. Ne lui ai-je pas offert deux poulets en échange de son avis ?

Il n'y avait rien à ajouter à cela, et Annah laissa la plaie telle quelle. Bien que le patient se soit plaint de démangeaisons, son bras paraissait se remettre exceptionnellement vite. D'ici quelques jours, il ne souffrirait presque plus. En attendant, Annah s'apprêtait aujourd'hui à retirer le plâtre pour examiner la plaie.

Perdue dans ses pensées, elle aborda un peu vite le tournant du couloir et entendit soudain :

— Attention !

Deux mains noires saisirent le plateau chargé d'instruments, forçant la jeune femme à s'immobiliser. Elle leva les yeux et rencontra ceux de Mtemi. Pendant un moment qui lui parut durer une éternité, ils se dévisagèrent en silence.

— Je... Excusez-moi, balbutia Annah, le souffle court. J'étais distraite...

Il était habillé simplement et sa peau était exempte de boue.

— *Habari*, dit-il en swahili. Quelles sont les nouvelles ?

Il la saluait selon le mode traditionnel, aussi se prêta-t-elle au jeu :

— Bonnes. Quelles sont les nouvelles ?

— Bonnes aussi. Et que manges-tu ?

Amusée, elle eut l'impression d'être testée, comme autrefois à l'école.

— Rien que de l'ugali. Et que manges-tu ?

— Rien que de l'ugali aussi. Comment va ta maison ?

Annah hésita, soudain embarrassée. Des images défilèrent très vite dans sa tête : la villa de ses parents, à Melbourne, la case de Langali, sa chambre au premier étage dans la demeure de Kiki. Elle prit conscience tout à coup qu'elle n'avait plus vraiment de maison à elle.

Pour toute réponse, elle esquissa un pâle sourire.

— Comment va ta maison ? demanda-t-elle à son tour.

— Elle va bien, assura Mtemi, mettant ainsi fin à cet échange protocolaire. Puis il reprit : Je suis content de savoir que vous êtes venue nous aider.

Employant une tournure propre au swahili, elle répondit :

— Ne suis-je pas heureuse de le faire ?

Mtemi lui prit le plateau des mains et l'accompagna jusqu'au chevet de l'enfant souffrant d'un grave ulcère de la jambe. La fillette, une Waganga, était seule ; sa mère était repartie au village pour chercher un peu de nourriture. Immobile dans son petit lit, elle tourna son visage anxieux vers Annah. Puis ses yeux se posèrent sur Mtemi et s'écarquillèrent : le chef de la tribu était venu la voir !

Mtemi se pencha au-dessus du lit et murmura d'une voix douce quelques mots en swahili. Les traits de l'enfant se détendirent et elle parvint à esquisser un faible sourire.

Annah lança à Mtemi un regard reconnaissant. Il serait bien plus facile de traiter la petite si elle n'avait plus aussi peur. Saisissant une paire de ciseaux sur le plateau, elle commença à découper le bandage taché, consciente du regard du chef waganga sur elle. L'enfant s'agita de nouveau, commença à pleurer. Mtemi prononça encore une fois des mots apaisants, et la fillette se tint coite tandis qu'Annah lavait sa plaie et changeait le pansement.

Alors qu'elle se concentrait sur chacun de ses gestes, Mtemi lui posa plusieurs questions sur son travail à l'hôpital. Elle lui répondit en s'appliquant à utiliser un swahili aussi pur que possible. Elle avait l'impression de passer une sorte d'examen, comme autrefois, à l'école d'infirmières, lorsqu'on cherchait à évaluer ses connaissances. Elle se souvenait encore de son anxiété, de son désir d'être reconnue, appréciée. Comme aujourd'hui...

Une fois le bandage terminé, elle sourit à la fillette et reprit son plateau pour aller visiter un autre malade.

— Il est temps pour moi de retourner au village, dit alors Mtemi. S'il y a quelque chose que je puisse faire pour vous, demandez-le.

Il avait parlé simplement, en ami. Annah sourit, satisfaite. Si vraiment il s'agissait d'un examen, elle l'avait sans doute réussi...

Ce soir-là, Annah et Stanley partagèrent sous la véranda un repas composé d'ugali, d'épinards et de purée de cacahuètes. Installés sur les fauteuils en osier de Kiki, ils savouraient ce moment de paix et de fraîcheur. Par une sorte d'accord tacite, ils ne parlaient jamais de leur travail à table. Ils préféraient échanger des anecdotes ou discuter de leur propre vie.

— Les Waganga bavardent beaucoup, en ce moment, sur un brûlant sujet d'actualité, commença Stanley. Le choix de la fiancée du chef. Son oncle, le régent, voudrait qu'il épouse sa nièce. Il paraît que c'est une très jolie jeune fille.

— Est-ce également l'avis du chef ?

Stanley haussa les épaules.

— Je l'ignore. On dit qu'elle n'a jamais quitté le village. Je vois mal comment un homme tel que lui, qui a voyagé et étudié en Europe, pourrait se satisfaire d'une telle compagnie. Cependant, il n'est pas certain qu'il soit totalement libre de sa décision. En tant que chef, il doit respecter un certain protocole.

Il demeura un long moment silencieux. Annah se demanda s'il pensait à son propre mariage, qui avait été dicté par le devoir et non par l'amour.

— Savez-vous par quel miracle un peuple comme celui des Waganga a pu envoyer le fils du chef poursuivre ses études en Angleterre ? interrogea-t-elle.

— J'en ai entendu parler, répondit Stanley en esquissant un geste englobant le parc et la riche demeure. C'est Kiki, la propriétaire des lieux, qui a tout organisé – et tout payé. Elle répétait sans cesse au chef que la tribu devrait un jour affronter de grands changements et qu'il lui faudrait, pour cela, avoir à sa tête l'homme capable d'y faire face. Pendant des années, Mtemi fut pensionnaire à Nairobi avant de partir pour l'Angleterre. Mais, chaque fois qu'il le pouvait, il revenait au village retrouver la vie des siens, surveiller les terres et le bétail et franchir tous les stades d'initiation pour devenir un véritable guerrier. Il est resté un Waganga. Il n'est pas devenu un homme blanc.

Annah hocha la tête, songeuse. Difficile d'imaginer ce futur jeune chef déchiré entre deux mondes aussi différents. Difficile, aussi, de le voir épouser une jeune fille du bush, ignorante des réalités du reste du monde. Mais quel autre choix avait-il ?

Mtemi ne revint plus à l'hôpital les jours suivants mais ses guerriers apportèrent quotidiennement des cadeaux : œufs, bois de chauffage, poulets, légumes et autres provisions.

Zania aussi les honora de sa visite et leur remit les sachets d'herbes qui intéressaient Annah. Lorsqu'elle offrit de le payer, il refusa tout net, expliquant que le chef s'était déjà chargé de le remercier à sa manière. La jeune femme en profita pour lui faire part de la guérison quasi miraculeuse de Ndatala. Il en parut satisfait mais nullement surpris.

— Je t'en ferai d'autres, promit-il.

Annah le remercia poliment, même si elle n'avait aucune intention de recourir de nouveau à ce remède bien trop étrange. En tant qu'infirmière, elle devait administrer des médicaments reconnus, dont la fabrication présentait toutes les garanties. C'était une chose d'utiliser de temps à autre des infusions d'herbes antiseptiques ou calmantes pour soigner de petites infections ou des maux d'estomac, c'en était une autre d'expérimenter des plantes dont elle ignorait tout.

Une semaine s'était écoulée depuis la dernière visite de Mtemi. Alors qu'Annah prenait dans le parc un court instant de repos, elle entendit des voix provenant de l'abri où était installé le générateur. Elle fronça les sourcils. Plusieurs patients gravement atteints avaient été admis dans la journée et une panne d'alimentation électrique aurait été la dernière chose dont l'hôpital avait besoin.

Un éclat de rire retentit tandis qu'elle approchait. Ouvrant la porte de l'abri, elle aperçut deux hommes agenouillés près du générateur, en train d'en examiner le moteur. Ils levèrent les yeux à son entrée.

Stanley et Mtemi.

Ce dernier accueillit Annah avec courtoisie mais sans manifestation d'amitié particulière. Puis il lui tendit la main selon la manière africaine, paume tournée vers le ciel. Annah lut de la surprise dans les yeux de Stanley : il n'était pas courant de voir un chef serrer la main d'une femme. Elle effleura sa paume brièvement, les yeux rivés au sol.

Après cela, Mtemi revint régulièrement à l'hôpital. On le voyait souvent au chevet des malades ou occupé à réconforter ceux qui attendaient dehors d'être reçus en consultation. Pourtant, Annah eut l'impression qu'il l'évitait et recherchait de préférence la compagnie de Stanley. Sans doute se sentait-il, comme elle, tiraillé entre d'insolubles contradictions. En un sens, cela leur donnait au moins un point commun. Ils étaient partagés entre deux mondes radicalement opposés. Mtemi avait reçu un double héritage, celui de ses ancêtres et celui du monde moderne. Annah, elle, se sentait attirée par lui tout en cherchant à garder ses distances. Naturellement, il était aussi possible que Mtemi préférât la compagnie de Stanley juste parce que c'était un homme et que, selon sa conception des relations sociales, une femme ne méritait pas le même intérêt.

Pourtant, il devint vite évident que, s'il évitait de lui parler ouvertement, Mtemi n'était pas indifférent à la présence d'Annah. Elle sentait sans cesse son regard posé sur elle quand elle travaillait ou quand elle allait à la fenêtre respirer un peu d'air frais et repousser de son front moite des mèches de cheveux échappées de son chignon. Il l'observait lorsqu'elle bavardait et riait avec de jeunes mères,

240

lorsqu'elle s'asseyait sous un arbre pour s'entretenir avec Zania ou quand elle berçait doucement un bébé fiévreux dans ses bras.

Parfois, leurs regards se croisaient. Annah souriait aussitôt et Mtemi faisait de même. Mais, hormis ces fugitifs échanges, leur communication silencieuse restait inaccessible aux autres.

Peu à peu, la vie de l'hôpital trouva son rythme, devenant une réalité de plus en plus tangible, bien davantage que tout ce qui se déroulait au-delà du domaine de Kiki, dans le monde extérieur. Chaque jour apportait son lot de tâches et de soucis, laissant peu de place aux pensées personnelles. Même si Annah s'attendait à un message de l'évêque ou de Langali, elle n'en fut pas moins surprise de s'entendre appeler un jour dans le petit bureau où Stanley avait installé la radio.

— Qui me demande ? demanda-t-elle au jeune garçon venu la chercher.

— *Bwana* Michael.

Un nom qui semblait venir d'une autre planète...

— Dieu, merci..., murmura-t-elle.

Il me dira ce que je dois faire.

Déformée par la radio, la voix de Michael lui parut froide et distante. Sans préambule, il la bombarda de questions. Apparemment, il s'était entretenu avec l'évêque, qui lui avait expliqué la situation. Pourtant, il avait encore du mal à y croire. Il ne comprenait pas comment Annah avait pu se lancer dans toute cette histoire sans être d'abord retournée à Langali afin de lui demander conseil. Certes, il admirait son courage et son souci des malades mais, précisa-t-il, il y avait toujours une bonne et une mauvaise façon de faire les choses. Voilà pourquoi des gens plus expérimentés qu'Annah avaient établi des règles de procédure pour les missionnaires. L'évêque, ajouta Michael, était dans tous ses états.

Annah écoutait en silence. Lorsque finalement Michael recouvra son calme, il interrompit son sermon et demanda :

— Annah ? Est-ce que vous allez bien ?

Enfin..., pensa-t-elle. Elle le retrouvait. Son ami, son guide.

Elle éclata alors en sanglots. Les angoisses, les doutes, les peurs, la solitude, tout le poids de fatigue accumulé au fil des dernières semaines, brusquement, s'échappaient d'elle tandis que, penchée au-dessus de la radio, elle pleurait à chaudes larmes.

Michael parla de nouveau, cette fois d'une voix douce et rassurante. Il se montrait indulgent, comme si le désarroi d'Annah était à lui seul un aveu de ses remords.

— Je vais venir vous voir.

Annah retint son souffle. Savoir qu'il acceptait de parcourir la longue route depuis Langali rien que pour la voir la remplissait de joie. Peut-être même y aurait-il Sarah, et la petite Kate…

— La mission a accepté officiellement de reconstruire Germantown, reprit Michael. Je suis chargé de vérifier la bonne marche des travaux et, puisque je serai dans la région, je vous rendrai visite.

Annah hocha la tête en silence.

— À présent, il faut que je vous quitte. Sarah vous salue affectueusement. Nous pensons à vous dans nos prières.

Lorsque la transmission s'acheva, Annah demeura immobile, les yeux rivés sur l'appareil. Elle se sentait si seule. Perdue dans cet endroit où elle n'avait pas sa place. Seule femme blanche, loin de son monde, de ses repères. Comment avait-elle fait pour se retrouver dans une telle situation ? En y réfléchissant, elle pouvait distinguer chaque étape du chemin qui l'avait conduite jusqu'à la maison de Kiki. Et elle ne voyait pas comment elle aurait pu agir autrement…

Les propos de Michael concernant la restauration de l'hôpital de Germantown furent confirmés le lendemain par un message de l'évêque. Annah serait informée de la fin des travaux et de la marche à suivre pour rapatrier les patients dans les nouveaux locaux de la mission.

Rien n'était dit concernant l'avenir de la jeune femme.

Étendue dans le grand et confortable lit, elle regardait un rayon de lune effleurer des fils d'or du rideau en brocart. Elle sursauta en entendant des pas sur le palier. Une tête pointa dans l'entrebâillement de la porte. Elle reconnut l'une des femmes du village venue travailler de nuit.

— Vite, ma sœur, souffla-t-elle. Il faut descendre.

Annah ferma les yeux, envahie par la lassitude.

— Cela ne peut pas attendre demain matin ?

— Non, non. Venez tout de suite. C'est un enfant. Il est malade.

— J'espère que c'est bien le cas, lança Annah en repoussant le drap pour se lever.

Une Africaine de haute taille était debout dans la semi-pénombre du hall. Annah distingua la forme bombée d'un petit corps drapé sur son dos. L'aide-soignante expliqua à Annah dans un swahili approximatif :

— Cette mère a marché quatre jours pour venir ici. Toute seule.

Annah se sentit coupable d'avoir éprouvé de l'irritation pour avoir été dérangée en pleine nuit et fit signe à la femme de la suivre dans la salle de consultations. Doucement, l'Africaine déposa l'enfant sur la table d'examen. Aussitôt, Annah et l'aide-soignante échangèrent un regard. L'enfant semblait profondément endormi. Ou inconscient.

Dans un swahili encore plus hésitant que celui de l'aide-soignante, la femme raconta la maladie de sa fillette d'une voix à la fois épuisée et effrayée.

Annah saisit le petit bras inerte, chercha le pouls. Rien. La chair était douce et chaude, mais le cœur ne battait plus. À l'aide d'une torche, elle éclaira les pupilles. Pas de réaction. L'enfant était mort. Probablement depuis peu, une heure tout au plus.

Elle leva lentement les yeux et croisa le regard de la mère. L'Africaine hocha la tête en silence. Avec des gestes d'une infinie tendresse, elle prit l'enfant dans ses bras et marcha vers la porte sans se retourner. Puis elle disparut dans la nuit.

Après un long moment, Annah se tourna vers l'aide-soignante.

— Il s'agit sans doute d'un cas de diphtérie, dit-elle, surprise par le son de sa voix, calme et réaliste. Sais-tu qu'une simple vaccination aurait pu empêcher cela ? Rien qu'une piqûre. Pour seulement deux dollars.

Elle secoua la tête, découragée. À quoi bon parler ainsi ? Dans le cas de cette mère, rien de tout cela n'aurait pu fonctionner.

Épuisée, elle quitta la salle et gravit l'escalier pour regagner sa chambre. Chaque fois que son pied se posait sur une marche, elle imaginait le long et douloureux cheminement de la femme retournant seule à son village, le corps de son enfant serré contre elle, de plus en plus froid, de plus en plus rigide.

Une seule piqûre. Deux dollars.

Elle se remémora le rêve de Stanley : un placard rempli de fournitures médicales inépuisables. Ne racontait-on pas, dans la Bible, que Dieu avait donné à une veuve dans le besoin une cruche remplie d'huile qui ne se vidait jamais ? Mais cela remontait aux temps anciens. Aujourd'hui, c'était dans les hôpitaux de la mission qu'il fallait opérer des miracles.

Annah s'étendit sur le lit, les yeux grands ouverts sur la pénombre encore tissée de rayons de lune. Puis, lentement, elle baissa les paupières, cherchant à oublier le visage tragique de la jeune mère.

Seigneur...

Elle eut envie de prier, mais aucun mot ne lui vint à l'esprit. Elle essaya alors de s'imaginer Dieu penché sur le monde. Dieu. Le Père tout-puissant, plein d'amour. Mais ici, dans la chambre de Kiki, elle n'y parvenait pas.

Elle ouvrit les yeux, laissa son regard courir sur les murs et les rideaux, en quête d'une distraction qui lui prodiguerait l'oubli.

C'est alors qu'elle la vit.

La reine de la pluie.

Annah se redressa dans le lit pour mieux l'observer. Dans l'obscurité, elle ne réussissait à distinguer qu'une silhouette de femme, les bras levés vers le ciel, implorant, priant, plaidant la cause de tous les hommes. L'image même de l'espoir, de la foi.

Annah se sentit brusquement en harmonie profonde avec cette femme à la peau noire dont les gestes de supplication s'accordaient si bien avec son propre accablement et son besoin d'espoir. L'émotion qui l'envahit alors était à la fois apaisante et dérangeante. C'était un sentiment fort, presque dangereux.

Elle détourna son regard et chercha la seule autre image de la pièce. La photo encadrée de la chapelle de Langali. Une construction blanche et solide, aux lignes nettes.

Le symbole même de la sécurité.

15

Stanley était installé au volant du Land Rover lorsque Annah sortit de la maison. Le soleil levant était déjà si aveuglant qu'elle dut mettre une main en visière au-dessus de ses yeux pour se protéger des rayons. Alors qu'elle approchait du véhicule, elle vit que Stanley l'examinait d'un regard particulièrement attentif.

— Qu'y a-t-il ?

Stanley sourit.

— Rien. Simplement... vous êtes en beauté, aujourd'hui.

Ce n'était pas vraiment un compliment, juste un constat.

Annah sourit à son tour.

— Merci.

Elle regarda son reflet dans le rétroviseur, ses cheveux fraîchement lavés tombant librement sur les épaules, sa robe droite sans manches en lin turquoise serrée à la taille par une large ceinture blanche nouée dans le dos. La nuance lui allait bien, comme le lui répétait autrefois Eleanor lorsqu'elle l'emmenait faire les magasins. Cette couleur rehaussait le roux de ses cheveux et faisait paraître son teint plus nacré.

— J'avais envie de m'habiller autrement, aujourd'hui. Et puis, après tout, nous allons en ville...

— Vous avez bien fait, approuva Stanley.

Quant à lui, s'il avait gardé sa tenue de brousse, celle-ci avait été nettoyée et repassée.

Sous le regard d'un groupe de villageois rassemblés devant la maison, Annah grimpa dans la voiture, gênée dans ses mouvements par l'étroitesse de sa jupe. Décidément, les pantalons de Kiki étaient plus confortables !

Stanley lança le moteur et la voiture s'ébranla lentement sur le chemin pierreux, suivie par une horde d'enfants, criant et riant. Annah se retourna pour les regarder, émue par leur exubérance.

— Je n'arrive pas à y croire, soupira-t-elle. Une journée entière sans travailler !

À peine avait-elle prononcé ces mots qu'elle en éprouva de la culpabilité. Mais, après tout, ce voyage à Murchanza ne leur était-il pas imposé par les circonstances ? Puisque les stocks de médicaments promis par le commissaire tardaient à arriver, ils avaient décidé de rendre visite au Dr Marchant et d'exiger de lui une action immédiate.

Elle se cala contre le dossier de son siège et glissa un regard en direction de Stanley. Il conduisait en silence, ses mains fines serrant le volant avec assurance. Elle se sentait bien avec lui et, au fil du temps, ils s'étaient habitués l'un à l'autre. Une pensée se forma dans son esprit : *Je lui ferai toujours confiance, dussé-je, pour cela, risquer ma vie.*

Elle remarqua alors un petit objet brillant fixé sur le devant de sa chemise. Un badge portant l'emblème de la mission pour le Tanganyika intérieur : une Bible entre deux lances africaines, illustration de l'idée que ces trois symboles pouvaient se marier sans heurts. Mais il n'en était rien. Les lances, les boucliers, les danses, les récits oraux, les chansons… sans oublier les médecines ancestrales, tout cela devait disparaître. Dans le programme de la mission, la Bible devait servir d'unique référence.

Une fois sur la grand-route, la voiture tourna à gauche, s'éloignant de Germantown en direction de Murchanza. Quelques instants plus tard, un Africain apparut au bord de la route, assis sous un arbre. Stanley ralentit l'allure et Annah parcourut des yeux le bush, s'attendant à voir surgir d'autres hommes. En général, quand une voiture s'arrêtait pour prendre un piéton à bord, d'autres apparaissaient presque aussitôt. Avant d'avoir eu le temps de comprendre ce qui arrivait, on se retrouvait envahi par une nuée d'hommes, de femmes, d'enfants, de bébés, de poulets, de bicyclettes…

— C'est le chef, lâcha Stanley.

— Impossible, répondit Annah à la vue des vêtements occidentaux.

— Il a voulu nous accompagner, insista Stanley. Au cas où nous aurions des problèmes.

Annah le regarda. Voilà bien comment on aimait présenter les choses, en Afrique : sans longues et fastidieuses explications.

Simplement, on laissait les choses arriver. De toute façon, si le chef des Waganga avait demandé à les accompagner, Stanley n'aurait pu refuser.

Stanley freina et salua Mtemi avec simplicité. Ce dernier portait des vêtements flambant neufs : un pantalon et une chemise de coton bleu qui portait encore la marque des plis.

— Tu es bien habillé, aujourd'hui…

Mtemi sourit.

— Aujourd'hui, j'ai décidé de ressembler au parfait citoyen moderne tanzanien. Qui sait ? Je pourrais aussi décider de jouer les avocats d'Oxford ! Nous verrons ce que les circonstances exigeront…

Il avait parlé, comme à l'habitude, en swahili. Stanley se mit à rire et Annah ne put s'empêcher de lui lancer un regard surpris. Apparemment, ils étaient devenus amis.

Mtemi fit le tour du véhicule pour saluer Annah. Elle lut dans ses yeux qu'il avait noté, lui aussi, le changement de sa tenue. Elle s'agita, un peu mal à l'aise ; alors qu'elle se demandait où le chef allait s'asseoir, il lui fournit lui-même la réponse en se glissant sans façon sur le siège arrière.

La voiture redémarra. Assise très raide, Annah avait intensément conscience de la présence de l'homme derrière elle. Il pouvait paraître inconvenant de lui tourner ainsi le dos, mais elle préférait qu'il ne vît pas son visage, caché par le rideau mouvant de ses cheveux. La perspective de faire ce voyage avec Mtemi la gênait. Après tout, il n'avait rien d'un Africain ordinaire. Sa connaissance parfaite du monde occidental et le fait d'avoir étudié à Oxford puis travaillé à Londres, tout cela compliquait encore leur relation et la désorientait.

Durant le trajet, Mtemi commenta certains détails du paysage, son long bras habillé de coton bleu pointant entre Stanley et Annah pour attirer leur attention. Il parla avec Stanley des moissons attendues puis, toujours très décontracté, questionna la jeune femme sur son expérience africaine. Elle se retourna enfin pour lui répondre et, lorsqu'il lui sourit, son visage s'éclaira d'une juvénilité presque espiègle.

Tout en l'écoutant raconter toutes sortes d'anecdotes, Annah sentit la tension accumulée au cours des derniers mois disparaître, remplacée par une insouciance oubliée depuis longtemps. Elle accueillit ce nouveau bien-être avec reconnaissance, heureuse de voyager dans ce magnifique pays et de laisser pour un temps derrière elle les charges de l'hôpital. N'avait-elle pas, à ses côtés, deux êtres précieux : Stanley, son fidèle allié, et Mtemi, un homme exceptionnel, à mi-chemin entre deux cultures, deux destins ?

Midi approchait lorsqu'ils atteignirent Murchanza. Après les cases et les abris en tôle de la périphérie se dressèrent les bâtiments plus hauts et plus solides du centre-ville. Mtemi proposa à Stanley de faire halte devant l'échoppe d'un épicier indien. Il disparut quelques minutes à l'intérieur et revint avec un sac en papier brun.

— Des *samosas*, expliqua-t-il en regagnant son siège.

Il offrit à Annah un beignet encore grésillant en forme de triangle qu'il prit soin d'arroser de jus de citron. La jeune femme mordit dans la pâte chaude et sentit le goût délicieusement épicé de la viande hachée. Elle eut l'impression de n'avoir jamais rien mangé d'aussi succulent depuis des lustres.

— Prenez-en un autre, insista Mtemi.

Annah regarda avec surprise le minuscule morceau de samosa qui restait dans sa main. Avait-elle donc mangé si vite ? Plus méfiant, Stanley goûta prudemment le beignet avant de l'engloutir tout d'une traite. Annah sortit de son sac une gourde d'eau et tous se la repassèrent en buvant à la manière africaine, c'est-à-dire sans laisser le goulot toucher leurs lèvres.

— Nous voilà prêts à affronter le Dr Marchant, dit Mtemi en souriant.

Annah hocha la tête. Ce n'était pas seulement la nourriture qui les avait réconfortés : Mtemi avait su, par son charme et sa présence, alléger leur anxiété.

Il ne fut pas difficile de repérer le bungalow aux murs blancs du bureau du délégué national pour la Santé. Le Dr Marchant sortit pour les accueillir et parut quelque peu déconcerté à la vue de cette jeune femme rousse vêtue de turquoise et flanquée de ses deux compagnons africains.

— Nous avons vos fournitures médicales, fit-il très vite. Je... j'allais justement vous les expédier.

Ni Annah, ni Stanley, ni Mtemi ne l'interrogèrent sur les raisons d'un tel retard. L'important était de pouvoir enfin rapporter les fournitures et les médicaments promis. Il ne leur fallut pas longtemps pour transporter les caisses dans le Land Rover et signer les formulaires d'enregistrement. Après quoi, le vieux médecin tendit à Annah une liasse de billets exhumés d'un coffre.

— Voilà pour vos salaires, expliqua-t-il : une infirmière australienne, un assistant médical africain et des aides-soignants.

Annah considéra l'argent avec embarras. Où le ranger ? Sa robe n'avait pas de poches et elle n'avait pas emporté de valise ni de porte-documents. Pour finir, elle plia soigneusement les billets et glissa la liasse dans sa ceinture avant de se rappeler – un peu tard – que c'était ainsi que les prostituées africaines remisaient leurs économies.

Stanley voulait profiter de ce voyage à Murchanza pour faire réviser le moteur. À la recherche d'un mécanicien, il partit avec le véhicule, laissant Annah et Mtemi au coin d'une rue.

— Allons boire quelque chose, proposa le chef waganga.

Consciente de se retrouver seule avec lui, Annah, presque intimidée, hocha la tête. Il continuait de s'exprimer en swahili même si, comme elle le supposait, il devait posséder une maîtrise parfaite de l'anglais après ses études à Oxford.

Ils traversèrent la large avenue poussiéreuse et pénétrèrent dans un bâtiment à l'entrée duquel pendait un écriteau où les lettres HOTELI – hôtel, en swahili – avaient été tracées à la peinture rouge.

— Il n'y a guère d'autre endroit en ville où prendre un verre, observa Mtemi en s'engageant dans l'étroite porte.

À l'intérieur, la température était plus fraîche. Des effluves de sueur et de parfum bon marché flottaient dans le bar mal éclairé. Derrière le comptoir, le barman somnolait sur son tabouret, chassant de temps à autre les mouches d'un geste indolent à l'aide d'une serviette sale. Deux Africaines aux lèvres trop rouges et aux paupières lourdes de fard bavardaient de l'autre côté. La conversation s'arrêta net à l'entrée d'Annah et de Mtemi tandis que trois paires d'yeux les examinaient de la tête aux pieds. D'abord Annah, ses cheveux, sa robe, ses chaussures, puis Mtemi, sur qui les regards langoureux des deux femmes s'attardèrent. Quelque part dans le bâtiment, un piano désaccordé exhala quelques notes improvisées par une main maladroite.

— Asseyons-nous, dit Mtemi, et il conduisit Annah à une table placée près d'une petite fenêtre à travers laquelle entrait un peu d'air frais.

Annah s'installa sur une chaise branlante, l'esprit bourdonnant de mille questions. Que fallait-il commander ? Qui réglerait l'addition ? Faudrait-il sortir un billet de sa ceinture et se mettre ainsi dans une position plutôt embarrassante, surtout devant ces deux Africaines qui, fort probablement, étaient des prostituées...

— Coca-Cola ? proposa Mtemi. Limonade ?

Annah hésita. Elle n'avait pas envie d'une boisson sucrée. Seulement voilà... que penserait le chef des Waganga s'il la voyait boire de l'alcool ? La tentation fut la plus forte.

— Je... je voudrais une bière.

Elle vit du coin de l'œil Mtemi hausser imperceptiblement les sourcils.

— *Tuska mbili !* lança-t-il au barman.

En entendant la commande, les deux femmes gloussèrent.

— Ne faites pas attention à elles, dit Mtemi. Elles sont simplement surprises de nous voir là.

Le barman revint avec les deux bouteilles de bière et deux verres à la propreté douteuse.

— Buvez au goulot, conseilla Mtemi. C'est préférable.

Comme c'était étrange de se retrouver ici, à boire une bière au goulot ! songea Annah. Eleanor aurait préféré attraper les pires maladies que se passer d'un verre. Elle but longuement, imitée par Mtemi, et la Tuska coula, fraîche et pétillante, dans sa gorge desséchée. Pendant de longues minutes, aucun des deux ne parla. Sans doute parce que chacun savait que, une fois la conversation entamée, mille questions se présenteraient à leur esprit.

Mtemi se leva pour se diriger vers un vieux juke-box dans lequel il glissa une pièce. Une chanson qu'Annah connaissait bien pour l'avoir souvent entendue à Melbourne deux ans plus tôt résonna dans le bar. Quand il revint s'asseoir, elle lui sourit et il hocha la tête, comme après avoir offert un présent. Puis le silence se réinstalla.

Plusieurs Africains pénétrèrent dans la pièce et, tandis qu'ils sirotaient leur bière au bar, ils fixèrent ostensiblement Annah et Mtemi. Puis une femme blanche entra, vêtue de la classique robe de missionnaire. Sans perdre une seconde, elle commanda un Coca-Cola et paya hâtivement, évitant de poser les yeux sur les deux prostituées. Surprise par sa présence dans un tel endroit, Annah la regarda, prête à se lever pour aller la saluer avec chaleur, comme il convenait entre missionnaires se rencontrant en Afrique. Mais, avant qu'elle ait eu le temps d'esquisser un geste, la femme l'aperçut et son visage prit aussitôt une expression figée, presque horrifiée. Elle se força à afficher un laborieux sourire, saisit sa bouteille de soda et sortit précipitamment du bar.

Les yeux rivés à son verre, Annah sentit ses joues s'empourprer. Elle se savait frappée d'ostracisme tout simplement parce qu'elle se trouvait assise au bar d'un hôtel à boire de la bière avec un homme. Un Africain, de surcroît. Dans le milieu des missionnaires, une telle situation était tout à fait taboue. C'était pareil dans les cercles fermés des fonctionnaires et des propriétaires occidentaux installés en Afrique. Parfois, il arrivait qu'un Blanc prenne une maîtresse noire, mais le contraire ne se produisait jamais.

Inquiète, elle leva les yeux vers Mtemi et rencontra son regard. Il se mit à rire.

— Vous savez, je crois bien que, depuis mon retour dans ce pays, pour la première fois je me souviens que je suis un Noir.

Annah hésita, mal à l'aise, et détourna une nouvelle fois les yeux.

— Votre retour a dû être une expérience... difficile, n'est-ce pas ? finit-elle par balbutier.

— Parfois. Disons que ma vision du monde a brusquement changé. Mais pas en mal. Ainsi, j'ai constaté qu'ici on ne vit pas toujours dans l'urgence, comme en Europe. Bien des choses dans ce pays sont marquées par l'immuabilité. (Il sourit à nouveau et ce sourire éclaira ses traits d'une infinie douceur.) Qu'en est-il de vous, sœur Annah ? J'imagine que l'Afrique doit vous paraître un pays bien étrange.

— Oh oui ! admit-elle avec tant de conviction que tous deux éclatèrent soudain de rire.

Le juke-box diffusa une autre chanson tandis que de nouveaux clients affluaient au bar. Sans doute l'arrivée d'un bus, ou encore la fin du marché. Toutes les tables et les tabourets du comptoir furent bientôt occupés dans un joyeux brouhaha de rires et de voix. Le juke-box, cette fois, joua une chanson populaire africaine. Presque aussitôt, tous les clients – sauf Annah et Mtemi – se levèrent pour se mettre à danser, partageant avec allégresse le rythme et l'âme d'une musique qui, pour eux, incarnait l'essence même de leur pays.

Mtemi et Annah les observaient en silence. Leur immobilité au cœur de cette explosion de mouvements créait entre eux une communion secrète, inattendue, tels deux amants préférant s'isoler du reste du monde. Annah se demanda fugitivement s'ils devaient, eux aussi, se lever pour rejoindre les danseurs. Elle leva les yeux et rencontra ceux de Mtemi, posés sur elle. Pendant un bref instant, elle eut l'impression de partager avec lui une intimité réelle, intense.

Mais Stanley devait les attendre. Ils finirent leur bière et quittèrent le bar pour reprendre le chemin de la maison de Kiki.

Sur la route du retour, Mtemi s'installa à l'avant, presque toute la voiture étant encombrée de caisses de fournitures médicales et d'achats de première nécessité. Afin de laisser à Stanley assez d'espace pour conduire, Annah dut se serrer contre Mtemi, ses longs cheveux roux balayant le coton bleu de sa chemise.

Après deux heures de trajet, ils longèrent une rivière au bord de laquelle des femmes lavaient le linge. Des enfants s'éclaboussaient joyeusement dans l'eau. Il faisait si chaud qu'Annah les contempla avec envie. Le courant de la rivière était puissant, ce qui chassait sans doute les serpents porteurs de parasites.

— Est-ce qu'il y a des crocodiles ?

251

— Pas ici, répondit Mtemi. De tout temps, on est venus nager ici.

— Si seulement nous avions des maillots de bain, soupira Annah. Stanley montra l'arrière de la voiture.

— J'en ai ! lança-t-il gaiement.

Annah lui jeta un regard surpris. Comme toujours, Stanley avait réponse à tout. C'était lui, dans toutes les situations, qui fournissait le nécessaire – outils, médicaments, information, eau…

— Alors ? insista-t-il. Voulez-vous que nous nous arrêtions ?

Annah hésita, les yeux fixés sur la rivière, imaginant déjà sa fraîcheur sur sa peau.

— Peut-être ne devrions-nous pas… Êtes-vous certain, pour les crocodiles ?

Pour toute réponse, Stanley ralentit l'allure et stoppa le véhicule près de la rive. Il sortit les maillots de bain d'un sac, puis les deux hommes s'éloignèrent à une distance respectueuse pour laisser la jeune femme se changer. Après avoir trouvé un fourré assez dense pour s'abriter, elle ôta sa robe turquoise et ses sous-vêtements et frissonna malgré elle, nue et vulnérable, exposée à toutes les morsures et piqûres. Et à tous les regards.

Rapidement, elle drapa son corps mince dans le maillot de bain et pénétra dans l'eau froide. Au loin, elle entendait les voix de Stanley et de Mtemi se répondre, leur écho résonnant dans la forêt. Elle plongea dans la fraîcheur et le silence. Sous ses pieds, le sable était doux comme de la soie. Puis elle se renversa sur le dos pour se laisser bercer par le clapotis de l'eau. Les yeux fermés, elle dériva voluptueusement ; quand elle les rouvrit, ce fut pour constater que le courant l'avait emportée assez loin en aval de la rivière. Elle commença à nager vers la rive mais le courant, plus fort, la repoussait vers le milieu. Sans s'affoler, elle choisit de nager en diagonale, comme on le lui avait appris, cependant, là encore, ses mouvements étaient vains contre les remous puissants. Cette fois, la panique la gagna et elle sentit son cœur s'emballer. Elle lutta encore puis ouvrit la bouche pour appeler à l'aide.

Tout à coup, un corps apparut à ses côtés, des bras se refermèrent autour d'elle, plus forts que le courant.

Avec des mouvements réguliers et lents, Mtemi la tira vers la terre ferme et l'aida à s'y hisser. Elle s'assit sur l'herbe, la tête sur ses genoux repliés, essayant de retrouver son souffle tandis que l'eau ruisselait de ses cheveux.

Elle leva enfin les yeux, croisa le regard de Mtemi.

— Merci, murmura-t-elle. J'ai eu très peur.

— Je croyais que vous autres, Australiens, étiez tous d'excellents nageurs, répondit-il d'un ton moqueur.

Elle lui répondit par un sourire. Ses yeux glissèrent vers le bras nu de Mtemi, vers la peau lisse, d'un grain parfait, si différente de celle des hommes de sa propre race. Des bras qu'elle imaginait caresser. Soudain, elle tressaillit à la vue d'une cicatrice sur la poitrine de Mtemi. Elle reconnut dans les trois lignes courbes pénétrant profondément la chair la marque d'une scarification. Presque aussitôt, une autre vision vint se substituer à celle de l'homme en pantalon et chemise – celle d'un chef de tribu vêtu de peaux de bêtes.

Ce fut le moment que choisit Stanley pour les rejoindre, l'air anxieux.

— Pourquoi n'êtes-vous pas restée près du bord ? Nous n'avons pas jugé bon de vous surveiller...

Annah hocha la tête d'un air coupable.

— Je ne pensais pas que le courant était aussi fort.

— Dieu merci, vous allez bien. (Stanley esquissa un geste en direction du soleil.) Il se fait tard. Il est temps de rentrer.

De retour dans le Land Rover, ils rirent de l'incident. Stanley conduisait à une allure régulière tandis que le soleil baissait à l'horizon, baignant d'or le paysage. La colline surplombant le domaine de Kiki apparut enfin et Annah sentit une nouvelle fois peser sur elle le regard de Mtemi. Elle esquissa un sourire à son intention et détourna les yeux, troublée par les événements de cette journée et par la relation naissante qui s'établissait avec cet homme. Chacun de leurs gestes et de leurs regards exprimait tout à tour leur différence et une inexplicable intimité.

Demain, pensa-t-elle, tout sera oublié. Mtemi redeviendra le chef de son village, protégé du reste du monde par sa garde de guerriers, vêtu de peau de léopard, le torse recouvert de boue ocre. Quant à elle, elle serait à nouveau l'infirmière de la mission, ses cheveux sagement tirés en chignon, ses mains pâles sentant le désinfectant, l'esprit absorbé par le destin de ses patients.

Le lendemain, vers la fin de l'après-midi, après avoir effectué une nouvelle visite des malades, Annah fit une courte pause au dispensaire, écrasée par la chaleur et la fatigue. Surprise, elle vit alors la silhouette de Mtemi apparaître sur le seuil de la porte.

— Je suis venu vous chercher pour vous emmener voir le lac, lança-t-il gaiement.

Annah s'immobilisa, croyant avoir mal compris. Mtemi lui adressa un large sourire.

— Ne vous inquiétez pas. Nous n'irons pas nager...

Elle l'observa, incertaine de la conduite à tenir. Ne lui avait-on pas sans cesse répété, à la mission, qu'il valait mieux ne pas entretenir de relation trop familière avec les Africains ? Ce conseil incluait, certainement, les balades en tête à tête avec le chef local.

— Je vous attendrai au bout du parc, reprit Mtemi. Là où les jardins laissent place à la brousse.

Et, sur ces mots, il tourna les talons.

Les yeux fixés sur la longue et mince silhouette qui s'éloignait, Annah retint son souffle. Par-dessus les effluves d'éther et de désinfectant qui flottaient dans le dispensaire, elle sentit un parfum de feu de bois et de boue séchée.

Il lui fut facile de trouver le lieu du rendez-vous, là, avait dit Mtemi, où le jardin cédait la place à la brousse. Et, de fait, à la lisière du parc, la végétation se faisait plus dense, plus inextricable. Annah se fraya laborieusement un chemin à travers l'entrelacs des arbres et de la vigne sauvage.

Elle eut beau regarder autour d'elle, nulle trace du chef waganga. Désorientée, elle attendit encore, maîtrisant à grand-peine la déception qui l'envahissait. Puis, de guerre lasse, elle tourna les talons pour reprendre le chemin de la maison de Kiki.

Une branche craqua tout près et elle sursauta, les nerfs à vif. Lorsqu'une autre branche craqua, elle fit une brusque volte-face pour se retrouver nez à nez avec le chef. Avec ses vêtements de guerrier et sa lance dressée vers le ciel, il lui parut soudain terriblement impressionnant, presque inquiétant.

— Je... vous ai attendu, réussit-elle à articuler d'une voix qu'elle aurait voulue plus ferme.

— Ne suis-je pas un chasseur ? répondit-il en swahili.

Il lui fit signe de la suivre le long d'un étroit sentier serpentant à travers le bush jusqu'au lac. Le spectacle au détour du chemin l'émerveilla tant qu'elle laissa échapper un petit cri de surprise. Lorsqu'elle avait aperçu le plan d'eau du haut de la colline, elle ne se doutait pas que le site était d'une telle beauté.

Cernant l'eau d'un brun laiteux, les berges de terre rouge étaient tapissées de roseaux au dessin délicat. Des centaines de flamants roses se tenaient sur la rive, perchés sur leurs longues pattes minces.

Il flottait sur tout le paysage une paix presque palpable. Annah ne parvenait pas à croire qu'elle avait pu vivre tant de jours si près de ce petit paradis.

— Venez, dit Mtemi en la guidant le long du rivage.

Il lui désigna des oiseaux, toutes sortes d'animaux et de plantes, capable de raconter des anecdotes sur chacun. On aurait cru un propriétaire fier de faire à son invitée les honneurs de son domaine.

Ils marchèrent jusqu'au bout du lac et s'arrêtèrent à proximité d'un endroit dont Mtemi déclara qu'il était hanté par les esprits. Annah eut envie de lui demander comment un étudiant d'Oxford pouvait continuer à adhérer à des croyances païennes d'un autre âge. Mais elle se tut. Quelle importance, après tout ? Ce qui comptait vraiment, c'était de partager ce moment de beauté : le lac ponctué de flamants roses, le soleil, glorieux dans un ciel aux couleurs de vitrail, et Mtemi, debout, immobile, au bord de l'eau, sa longue silhouette appuyée sur la lance, son manteau finement tissé aux rayures éclatantes claquant doucement dans la brise.

Comme il observait le paysage, elle en profita pour le scruter plus attentivement. Son cou était cerclé d'un collier d'ambre, sa peau couverte de dessins tracés avec de l'ocre séché. Elle jeta un coup d'œil à ses propres jambes, que la promenade avait maculées de boue. Mais, sur sa peau blanche, l'ocre faisait sale et n'avait rien de décoratif.

Elle reporta son regard sur le jeune chef. Dans sa façon de se tenir bien droit, les pieds fermement plantés dans la boue de la rive, il évoquait l'idée d'un lien intense et profond avec la nature alentour. Annah eut soudain envie d'être comme lui, de devenir elle aussi partie intégrante de ce monde sauvage et magique...

Bientôt, il fut temps de repartir. Mtemi suivit un sentier étroit, un raccourci qui serpentait au cœur d'une épaisse végétation. Bien vite, Annah se sentit désorientée, elle avait perdu tous ses repères. Mais cette sensation ne s'accompagnait d'aucune angoisse. Bien au contraire, elle avait l'impression de marcher dans un rêve, dans un univers qu'elle n'avait jamais, jusque-là, osé imaginer.

Mtemi s'arrêta près d'un arbre et cueillit un fruit qu'Annah ne reconnut pas. Il l'ouvrit, sépara la chair généreuse de l'écorce. Un jus odorant coula sur le sol tandis qu'il en offrait un morceau à la jeune femme. Elle mordit dedans. C'était succulent, à la fois amer et sucré, un peu comme un ananas. Elle en huma avec délice le parfum qui lui rappela celui des lychees au sirop dont Eleanor raffolait. Tout au fond d'elle, Annah crut entendre une voix qui la mettait en garde : les enfants ne devaient pas accepter de friandises offertes par un étranger...

Mtemi se remit en route et ils marchèrent l'un derrière l'autre en silence, avant de s'arrêter près d'un arbre au large tronc.

— Le moment est venu de nous dire au revoir. (Mtemi désigna la piste étroite qui se poursuivait sous les taillis.) Continuez ce chemin. Vous êtes tout près, maintenant.

Annah regarda le bois avec inquiétude. Elle ne voyait qu'un rideau de branches et de feuilles et le vague dessin d'un chemin. L'idée de poursuivre seule la déconcertait. Mais elle savait qu'il n'aurait pas été convenable d'être aperçue dans le bush seule avec le chef des Waganga.

Mtemi lut dans ses yeux et sourit.

— Faites-moi confiance, répéta-t-il.

Elle hocha la tête et, ne sachant que dire, commença à s'éloigner. Elle entendit alors Mtemi murmurer le salut traditionnel swahili :

— Passe la nuit en paix.

Elle se retourna :

— Toi aussi. Et tous ceux de ta maison.

Puis elle s'enfonça sous les lourdes frondaisons. Après quelques pas, le sentier déboucha derrière l'une des dépendances de la maison. Ainsi, Mtemi avait raison.

Annah longea le mur puis traversa la pelouse. Elle pouvait encore sentir sur sa langue la saveur parfumée du fruit. Un frisson la parcourut et, comme transie, elle resserra les bras autour de son corps mince.

Elle devait cesser de penser à Mtemi et se concentrer sur son travail, décida-t-elle le lendemain en reprenant le fil de ses tâches. Pourtant, elle se surprit plusieurs fois à guetter son arrivée au cours de la journée. Quand vint le crépuscule, il n'avait pas reparu.

Pour se détendre, la jeune femme décida de faire un tour dans le jardin. Ses pas la menèrent sur le chemin du lac. Elle ne souhaitait pas s'attarder, rien qu'une courte flânerie au bord de l'eau pour admirer une nouvelle fois les flamants roses.

Elle devina sa présence avant même de l'apercevoir. Il se tenait sur la rive, immobile.

À l'attendre.

Aussitôt, le cœur d'Annah s'emballa.

— Vous êtes venue, dit Mtemi.

Le salut traditionnel swahili prenait, aujourd'hui, un sens profond.

— Je suis venue, souffla-t-elle.

Il la regardait sans bouger. Embarrassée, Annah chercha désespérément quelque chose à ajouter.

— Je voulais regarder les oiseaux.

— Ils sont ici, répondit Mtemi en montrant les flamants.

Soudain, il poussa un long cri qui se répercuta sur l'eau. Les flamants s'envolèrent à l'unisson, nuage rose et palpitant dans le bleu du ciel. Une pluie de plumes tournoyantes tomba tels des flocons de neige. Mtemi en recueillit quelques-unes et les offrit à Annah comme un bouquet de fleurs. Lorsqu'elle les prit, leurs mains se frôlèrent, leurs yeux se croisèrent. Si Mtemi avait été un Blanc, pensa-t-elle, il aurait sûrement choisi ce moment pour essayer de l'embrasser. Au lieu de cela, il se contenta de la regarder.

— Je... je dois partir, fit-elle très vite.

Elle ne mentait pas, Stanley devait certainement avoir besoin d'elle. Mtemi l'accompagna jusqu'à l'arbre au large tronc où ils s'étaient séparés la veille.

— Je ne reviendrai pas, lança-t-il tout à coup. Quelqu'un du village m'a vu avec vous hier. Je suis leur chef. Je dois prendre garde à mon comportement.

Annah fut saisie d'une brusque envie de rire. Que dire d'elle, alors, une infirmière missionnaire, pétrie de principes et de devoirs !

— Pourtant, vous êtes venu aujourd'hui, dit-elle doucement.

Pour toute réponse, Mtemi lui sourit. Un sourire lent et chaud, éclat de dents étincelantes dans l'obscurité du couchant.

Les jours suivants, Mtemi revint quotidiennement à l'hôpital, gardant toujours ses distances. En retour, Annah se montrait amicale et réservée. Mais leurs yeux se cherchaient et se croisaient souvent.

Un après-midi, elle rejoignit Mtemi et Stanley sous la véranda pour partager une tasse de thé. Stanley présent, l'atmosphère était plus décontractée, plus permissive. Annah demanda alors à Mtemi de parler de son séjour en Angleterre et ses projets futurs. Il décrivit avec passion son idéal : conduire son peuple sur les chemins de la modernité sans perdre son âme ni abandonner les croyances du passé, comme c'était le cas, hélas ! pour tant d'autres tribus. Annah trouva étrange de l'entendre évoquer le culte des ancêtres et les cérémonies rituelles. Autant de symboles d'un monde primitif et païen, pensa-t-elle.

— Nous ne devons pas choisir, insista Mtemi. Ce qu'il faut, c'est prendre le meilleur de ces deux mondes. De tous les mondes...

Malgré ses réticences de chrétienne, Annah n'avait pas envie de le contredire. Le feu et la conviction qui l'animaient lui rappelaient un autre homme qui, lui aussi, luttait pour transmettre sa foi et sa vision altruiste du monde. Michael...

En outre, elle se sentait touchée de sa sincérité et de la passion qu'il mettait à leur expliquer ses buts. L'homme la fascinait. Il incarnait un mélange extraordinaire de courants et de croyances contradictoires. Porteur d'un héritage double et complexe, il conservait pourtant une sorte de transparence, d'unité, qui l'impressionnait.

Et, pour ne rien gâcher, il était d'une beauté éclatante, certainement le plus splendide guerrier de tous les Waganga.

Annah s'interrogea sur les sentiments qu'il éprouvait à son égard. Elle savait qu'elle l'attirait. N'était-il pas, lui aussi, retourné au lac pour l'attendre ?

Dans cet univers unique que représentait le domaine de Kiki, la réalité prenait une tournure particulière, exclusive, effaçant par une étrange magie le reste du monde. Ici, entre ces murs où flottait encore l'empreinte de l'excentrique Américaine, l'idée d'une idylle avec un chef africain ne semblait pas inimaginable. Un peu étrange, tout au plus.

Attention, lui soufflait une petite voix familière.

Une autre partie d'elle refusait de l'écouter, de se plier encore au conformisme qui avait jusqu'alors contrôlé toute sa vie. Elle avait envie de s'abandonner à la poésie de ces moments, de se laisser emporter par le courant.

Quand les travaux de Germantown seraient achevés, il faudrait pourtant partir, sans doute rejoindre un autre poste très loin d'ici. Tout changerait alors. Elle retrouverait l'autorité et les règles de la mission.

Un soir, elle grimpa en haut de la colline qui séparait le domaine de Kiki et Germantown. Sur le trajet, elle croisa un jeune garçon armé d'une lance. Le chemin était escarpé et épuisant, et elle était à bout de souffle lorsqu'elle parvint au sommet.

Ce qu'elle vit lui glaça le sang. La restauration de l'hôpital de Germantown était déjà très avancée, les toits et les fenêtres remplacés.

Il ne s'écoulerait plus beaucoup de temps, maintenant, avant de devoir dire adieu à Mtemi.

Le lendemain, un grondement de moteur se fit entendre au loin et un Land Rover gris, manifestement neuf, apparut au détour de l'allée. Annah tressaillit à la vue des cheveux blonds… une chemise bleue au col net.

— Michael !

Elle cria son nom si fort que les patients sursautèrent et braquèrent sur la jeune femme des yeux épouvantés. Déjà prête à s'élancer vers la voiture, elle s'arrêta net, déchirée entre des émotions contradictoires. Elle languissait de serrer dans ses bras son ami. Mais tant de choses étaient arrivées depuis son départ de Langali… Elle n'était plus la jeune femme anxieuse pleurant au micro de la radio, implorant aide et conseils. Et puis, comment ne pas songer que l'arrivée de Michael devait coïncider avec la fin des travaux à Germantown ?

Tandis qu'il se dirigeait lentement vers Annah, elle le vit froncer les sourcils : il détaillait ses vêtements de brousse et ses cheveux défaits et contemplait, incrédule, le cadre qui l'entourait.

— Sarah vous adresse toutes ses pensées, commença-t-il, comme si l'évocation de son épouse dressait un infranchissable rempart entre eux.

Il s'avança encore et, tout à coup, il n'y eut plus pour Annah ni questions ni contradictions. Rien que la joie de retrouver un ami cher. Lorsqu'ils s'étreignirent, elle ne put s'empêcher de serrer ses bras autour de lui, telle une enfant avide de tendresse et de réconfort. Mais, trop vite, Michael se détacha d'elle.

— Vous nous avez manqué à tous, dit-il d'une voix unie.

— Je languis d'entendre les nouvelles, répondit Annah, les larmes aux yeux. Je veux tout savoir. Sur Kate, Sarah, Ordena. Et sur vous.

On servit aussitôt le thé sous la véranda. Confortablement installés dans les fauteuils d'osier de Kiki, ils ressemblaient juste à des amis qui se retrouvaient, riant et bavardant. Après que Michael eut satisfait la curiosité d'Annah sur la vie à Langali, son visage se fit plus grave.

— À vrai dire, je suis un peu inquiet à propos de Sarah.

— Que se passe-t-il ? demanda-t-elle, aussitôt alarmée.

— Oh, rien de sérieux. Mais, quand votre remplaçante est arrivée, une infirmière écossaise, Sarah a décrété qu'elle ne travaillerait plus à l'hôpital et que le personnel était maintenant suffisamment expérimenté pour se débrouiller sans elle. (Il fronça les sourcils.) Cela lui ressemble si peu ! Elle n'arrête pas de répéter qu'elle a besoin de changement et de s'occuper davantage d'elle.

Annah resta silencieuse. Une partie d'elle-même se réjouissait que Sarah ait refusé de collaborer avec la nouvelle infirmière. C'était, de sa part, un signe de loyauté.

— Maintenant, reprit Michael, elle s'occupe des mères et des bébés, elle va les voir dans les villages, accompagnée par une stagiaire de l'hôpital.

— Cela semble une bonne idée.

Michael eut un sourire contraint.

— Je pensais bien que vous approuveriez une telle attitude. Pour tout avouer, je crois que c'est votre faute si Sarah agit ainsi. Elle veut vous imiter, prouver qu'elle est capable de réussir par elle-même. (Il haussa les épaules.) Il n'y a pas de mal à ça, bien sûr, mais nous avons besoin d'elle à l'hôpital. Et, puisque nous abordons ce sujet, montrez-moi les réalisations que vous avez accomplies ici. Je dois être reparti avant midi.

Annah se leva.

— Avec plaisir, opina-t-elle, un peu inquiète.

Il était inutile de s'inquiéter. Très vite impressionné, Michael la complimenta pour son sens pratique et son intelligence de la situation, tout particulièrement dans la façon dont elle avait exploité des moyens plus que primitifs.

— Sœur Barbara aurait apprécié votre travail. Certes, votre approche est pour le moins... inhabituelle et votre engagement trop impulsif, mais je dois reconnaître que vous avez fait du bon travail.

Ces paroles mirent Annah en joie. Elle avait l'impression d'être un petit chat quêtant un peu de chaleur.

— Stanley m'a beaucoup aidée.

Michael l'entendit à peine, poursuivant son idée.

— ... et avec si peu de fournitures et de médicaments ! Je me demande comment vous avez fait...

Elle eut envie de lui parler des décoctions de lierre et de la guérison de Ndatala, mais elle se ravisa. Il n'aurait sans doute pas compris.

Tandis qu'ils arpentaient les salles, elle retrouvait son statut d'autrefois, redevenait l'infirmière missionnaire travaillant sous le contrôle d'un médecin. Le « docteur *bwana* » et son assistante médicale, œuvrant de concert...

— En attendant, votre rôle ici touche à sa fin, reprit Michael. Ils sont sur le point de rouvrir l'hôpital de Germantown. Le Dr Marchant a pris sa retraite et on ne sait pas encore qui le remplacera à Murchanza. Dans ces conditions, Germantown prend une importance particulièrement vitale.

— Que va-t-il se passer ? questionna Annah en essayant d'adopter un ton neutre.

— Stanley et vous serez, sous peu, affectés à Germantown. Vous y rejoindrez sœur Margaret, qui nous vient d'Iringa.

Annah hocha la tête, troublée. Si elle éprouvait du réconfort à se sentir de nouveau admise au sein de la mission, elle n'en éprouvait pas moins de la tristesse de devoir s'éloigner de Mtemi. Elle croisa le regard de Stanley et lut dans ses yeux qu'il devinait ses sentiments. Depuis quelque temps, elle savait qu'il avait décelé son attachement pour le chef des Waganga. Un attachement qui ne leur apporterait, à tous, que des complications. À son expression, Annah pouvait voir qu'il se réjouissait de ce prochain départ. Dans son intérêt à elle...

Ils traversaient le hall lorsqu'ils se retrouvèrent tout à coup face à Mtemi. Annah se contracta. On aurait dit que Mtemi avait senti ce qui se passait. Elle fit les présentations.

— Michael, je vous présente le chef des Waganga, de retour de ses études à Londres. (Elle se tourna vers Mtemi.) Voici le Dr Carrington, du poste de Langali.

Les deux hommes se serrèrent la main.

— J'ai entendu parler de vous, dit Michael. Par l'évêque.

Ils échangèrent tous quatre des propos polis en se dirigeant vers la sortie. Mais Annah avait lu sur le visage de Michael que celui-ci s'inquiétait de la présence du chef waganga. Rien de bien surprenant, pensa-t-elle. Après tout, le jeune Africain avait déçu la communauté chrétienne en se démarquant officiellement de son éducation occidentale. Il avait rejoint de nouveau le rang des païens.

Mtemi gardait sa réserve ; il parlait à Michael comme à un égal, discutait des travaux de Germantown et de l'avenir du nouvel hôpital. Quand il s'adressait à Annah, c'était avec la décontraction courtoise que l'on affiche à l'égard d'une relation amicale. Elle s'appliquait à lui répondre sur un ton formel, presque froid. L'exercice lui devint vite laborieux et elle se sentit de plus en plus nerveuse.

Une fois sous la véranda, Michael aborda encore la question de la fermeture de l'hôpital provisoire.

— Nous allons enfin vous laisser tranquille, s'adressa-t-il à Mtemi sur le ton de la plaisanterie.

Annah sentit le regard du jeune chef posé sur elle. Il semblait attendre qu'elle dise quelque chose comme « Vous allez nous manquer » ou encore « J'espère que nous resterons amis ».

Ou...

Elle se sentait si désorientée... Ils devaient tous pouvoir lire sur son visage le tumulte de ses sentiments. Les yeux si bleus de Michael cherchaient les siens et, crispée, elle détourna le regard. Dans le silence tendu qui s'ensuivit, il consulta sa montre.

— Je dois partir...

Sa voix laissait transparaître une vague gêne, et aussi de l'inquiétude, comme s'il s'alarmait de ce qui allait se passer après son départ. Mtemi s'excusa et partit. Stanley, Annah et Michael traversèrent la pelouse pour rejoindre le Land Rover.

— Ah, j'oubliais ! s'exclama Michael en ouvrant la portière. Sarah m'a demandé de vous apporter une part du gâteau d'anniversaire de Kate.

Il exhuma un petit paquet enveloppé dans du papier gaufré et entouré d'un ruban. Annah le serra au creux de sa main. C'était lourd. Typique des gâteaux de Sarah, fourrés de fruits et de noix.

Faits pour durer.

— Sœur, sœur !

Annah sursauta au son de la voix du jeune garçon et faillit lâcher la décoction de lierre qu'elle tenait à la main.

— Que veux-tu ?

— Quelqu'un veut te parler. Quelqu'un t'attend.

Elle sentit son cœur bondir.

— Où ?

— Près du lac.

Et, satisfait d'avoir délivré son message, le gamin tourna les talons et disparut en un clin d'œil.

Annah trouva Stanley dans la salle de soins, occupé à faire une transfusion sanguine à un bébé souffrant de malaria.

— Je m'absente un moment, lui dit-elle.

Il hocha la tête sans poser de questions. Discret, comme toujours, pensa Annah avec reconnaissance.

Elle traversa la pelouse à toutes jambes, suivit le chemin qui s'enfonçait dans la forêt et s'arrêta à quelques pas du lac, essoufflée, ses longs cheveux plaqués sur son visage moite.

Il était là. Debout sur la rive, les yeux fixés sur ces eaux où, lui avait-il dit, habitaient les esprits des ancêtres. En entendant la jeune femme, il se retourna.

— Vous êtes venue.

— Je suis venue.

— J'ai besoin d'un conseil. Si vous y consentez.

Annah haussa un sourcil, perplexe.

— Bien sûr. Demandez-moi et je vous répondrai.

— Je suis en désaccord avec mon oncle, le régent, affirma Mtemi.
Puis il sombra dans un silence pensif, reportant son regard vers les
eaux calmes.

Annah patienta. Elle connaissait le régent pour l'avoir aperçu
pendant la ngoma et une autre fois, au village. Un jour qu'elle était
allée rendre visite à Zania, elle avait vu une longue file d'hommes
devant une vaste hutte. Le guérisseur lui avait expliqué que le régent
était en train de compter ses innombrables sacs de maïs avant d'aller
les vendre au marché. Il en possédait tant qu'il fallait les compter par
vingtaines. Un pour chaque orteil et chaque doigt de la main d'un
homme.

En voyant la femme blanche observer la scène, le régent l'avait
chassée d'un rude geste du bras. Cela n'avait guère surpris Annah. Des
rumeurs prétendaient que le régent avait organisé lui-même le pillage
de la clinique de Germantown.

Mtemi reprit la parole.

— Maintenant, je vais continuer en anglais. Je veux être sûr que
vous me comprendrez. Le temps est venu de me marier. Le régent m'a
offert sa nièce et il est impatient de conclure cet accord.

Il se tut à nouveau, un silence chargé de sens, bruissant de tous les
échos du bush. Annah retint son souffle. Elle était sûre qu'il entendait
son cœur battre la chamade.

— Durant toutes les années où j'ai vécu à Londres, reprit lentement Mtemi, je me suis tenu à l'écart de la compagnie des femmes. (Il
esquissa un sourire.) Vous savez, j'ai toujours désiré retourner dans
mon village et y passer le reste de mes jours. Aucune femme anglaise
n'aurait accepté une telle vie. Comment, même, pourrait-elle imaginer
ce qu'est notre existence ici ?

Annah hocha la tête. Même aujourd'hui, après ces longs mois passés
en Tanzanie, elle avait conscience d'ignorer encore presque tout de ses
habitants, de leurs problèmes quotidiens, de leur mentalité.

Mtemi expliqua ensuite les problèmes auxquels ils étaient quotidiennement confrontés – manque d'eau et d'électricité, insectes nuisibles,
serpents venimeux, maladies…

Tout en parlant, il regardait Annah qui l'écoutait, immobile, à la fois
impatiente de l'entendre et anxieuse de savoir ce qu'il avait en tête.

— L'épouse d'un chef profite néanmoins de certains privilèges. Et
partage avec son mari de lourdes responsabilités.

Annah détourna les yeux. Elle savait – elle *sentait* – que ce moment était crucial ; ce moment marquait un tournant décisif dans leur relation. Les mots qui se formèrent sur ses lèvres lui semblèrent animés d'une vie propre, comme issus de nulle part.

— Une femme blanche ne pourrait supporter pareille existence.

Du chagrin... Du regret... Voilà ce qu'elle éprouvait après avoir formulé ces paroles. Pourtant, elle savait qu'elle avait fait le bon choix, prononcé les bons mots.

D'une voix bizarrement enrouée, elle reprit :

— Et... cette jeune nièce du régent... Comment est-elle ?

Mtemi prit son temps pour répondre.

— C'est une très belle jeune fille. Elle fera une bonne épouse pour un chef. Ma mère, la reine, m'encourage dans ce choix.

— Et vous ? Qu'en pensez-vous ?

Nouveau silence.

— J'ai toujours pensé épouser une femme de ma tribu.

Annah hocha lentement la tête. Tout était dit.

Après cela, ils demeurèrent encore un peu au bord du lac, côte à côte, sans un mot, repoussant le moment où ils auraient à se séparer, savourant cet instant qui n'appartenait qu'à eux seuls.

Le dernier.

Dès lors, Annah et Mtemi se tinrent éloignés l'un de l'autre. Annah entendit parler d'une cérémonie de fiançailles puis apprit qu'il ne s'agissait que d'une rumeur. Elle dut faire un gros effort pour masquer son trouble à l'annonce de cette fausse nouvelle. Après tout, que lui importait le mariage prochain du chef ?

Mais une protestation silencieuse monta du fond de son être.

Je l'aime. Je l'aime.

Les mêmes mots, encore et toujours, litanie martelant son esprit, obsédante.

Chaque fois que Stanley parlait de Mtemi, c'était toujours d'un ton délibérément neutre. Mais sa gentillesse attentive laissait entendre qu'il devinait son tourment. Quand il fut question de se préparer à repartir à Germantown, il évoqua avec enthousiasme le travail qui les attendait dans les locaux restaurés du dispensaire, l'abondance du matériel médical et des médicaments, suggérant la création, par la suite, d'une école et d'une chapelle. On aurait dit un père décrivant les vertus de la vie en pensionnat à son fils désolé, comme si un terrain de sport et une bibliothèque bien fournie pouvaient remplacer l'amour familial que son enfant allait laisser derrière lui.

Puis vint le jour où Annah reçut un message : la clinique était enfin prête et un véhicule arriverait sous peu pour transférer les patients et l'équipement à Germantown. Annah et Stanley suivraient après avoir remis en état la maison de Kiki. Leur nouvelle collègue, sœur Margaret, attendait avec impatience leur arrivée.

Quand ce fut le moment de partir et que tout fut nettoyé et rangé dans la grande maison, Annah parcourut une dernière fois les pièces vides, le cœur déchiré. Les meubles avaient retrouvé leur place, les tableaux et les tapisseries ornaient de nouveau les murs. L'esprit de Kiki reprenait ses droits.

Une prière muette monta en elle, s'adressant à une invisible présence.

Laisse-moi rester. Aide-moi. Protège-moi. Rends-moi forte.

Mtemi avait été là, au milieu de ses hommes, lorsqu'il avait fallu aider à remettre la maison en état. Quoi de plus normal ? Il était le chef des Waganga, il devait montrer l'exemple, partager les tâches de son peuple. Quand tout fut fini, ils se rassemblèrent devant la maison pour un dernier adieu à Annah et Stanley. Flanqué de Ndatala, son épouse, l'intendant leur offrit des présents pour exprimer sa gratitude. Puis un silence soudain tomba sur la foule quand Mtemi sortit de ses rangs pour présenter, au nom de tous les Waganga, reconnaissance et vœux de bonheur.

— Nous vous remercions, dit-il dans le dialecte tribal puis en swahili. Du fond de notre cœur, nous vous remercions.

Il observait Annah en parlant, et elle vit ses yeux briller d'une lumière particulière, comme sertis dans un écrin de larmes.

Puis à son tour elle prit la parole.

— Au revoir à tous, lança-t-elle. Je n'oublierai jamais les moments que j'ai passés ici, avec vous.

Mtemi lui lança un dernier regard avant de saluer Stanley d'un signe de tête. Puis, sans se retourner, il s'éloigna, suivi par ses guerriers.

Annah vit sa haute silhouette disparaître rapidement dans le bush.

Tout est fini.

Bientôt, la foule des villageois suivit le mouvement, laissant Annah, Stanley et l'intendant seuls devant la maison. Ils se dirigèrent vers le Land Rover chargé de bagages. Annah ralentit soudain l'allure puis s'arrêta.

— J'en ai pour une minute.

Elle courut vers le fond du parc, vers l'arbre qui servait de mausolée à la tombe de Kiki. Sous la voûte de feuillage, elle laissa ses pensées se concentrer sur l'Américaine enterrée là, évoquant son portrait accroché dans le hall – cheveux de feu, regard méfiant, sourire conquérant... Une femme courageuse et forte, une femme libre.

Une tache de couleur, à ses pieds, attira son regard et elle se baissa pour regarder de plus près.

Une rose. Rouge sang.

Elle la porta à son visage pour en respirer le parfum fort, entêtant, qui la pénétra jusqu'au tréfonds d'elle-même, apportant avec lui des images de Mtemi, puissantes, nettes.

Mtemi marchant lentement vers elle. Souriant. Parlant. Cueillant dans ses bras un enfant agité pour le bercer contre sa poitrine. Dansant, lance en main, à la ngoma. Debout sur la rive du lac. Calme. Fort.

Il parut à Annah plus réel que tout ce qui avait existé jusque-là dans sa vie.

Plus réel. Et plus précieux.

De retour à la voiture, Annah fit coulisser la porte latérale et prit sa valise rangée avec les autres affaires. Puis elle chercha sa trousse médicale et le microscope dans sa boîte de bois éraflée. Elle déposa les trois bagages sur le sol, à côté du véhicule, et se tourna vers Stanley.

— Je ne pars pas, dit-elle.

Elle vit aussitôt sur son visage se succéder toutes sortes de sentiments : peur, doute, chagrin... Il la scruta au fond des yeux en silence, mais elle devinait qu'il mesurait toute l'énormité de son choix.

Puis il hocha lentement la tête :

— Prions...

La gorge de la jeune femme se noua. Elle aurait trouvé plus supportable qu'il tempête et se fâche, qu'il cherche à la convaincre de renoncer à cette folle décision. Mais, tandis qu'il récitait à voix haute les mots si familiers de la prière, elle pencha la tête, les yeux soudain remplis de larmes. Il observa une courte pause, comme pour lui laisser le temps de réfléchir, de se raviser. Sans résultat. Il prononça alors le *Amen* final et lui tendit la main. Elle la serra, sentit entre ses doigts la ferme et chaude étreinte des siens. Puis il monta dans le 4 × 4 et lança le moteur.

Annah fut traversée par une vague de panique. Les yeux fixés sur Stanley, sur ses mains solides cramponnées au volant, sa tête légèrement penchée en avant, son éternelle chemise kaki, elle eut soudain l'envie folle de se mettre à courir, de lui crier qu'elle avait changé d'avis.

Mais elle ne bougea pas. Bientôt, la voiture tourna au bout de l'allée pour disparaître de sa vue.

Stanley était parti.

Voilà.

Elle se retrouvait seule.

16

La piste conduisant au village serpentait sur une colline parsemée d'arbres et de rochers. Annah marchait lentement, ralentie par ses bagages. Il aurait mieux valu, elle le savait, en laisser un ou deux chez Kiki, mais le contenu de ces valises représentait désormais tout ce qu'elle possédait.

Tandis qu'elle gravissait la colline, ses muscles se crispaient douloureusement sous l'effort et ses doigts refermés sur la poignée de la valise bleuissaient. Elle surveillait chacun de ses pas, à l'affût d'insectes nuisibles, de serpents ou de scorpions. Une occupation bienvenue pour ne pas penser au choix qu'elle venait de faire.

La nouvelle de son arrivée la précéda sur le chemin et, lorsqu'elle vit se profiler les premières huttes, les habitants du village se tenaient déjà dehors. Annah connaissait bon nombre d'entre eux, certains avaient été ses patients. Mais, cette fois, personne ne la salua amicalement. Tous se contentaient de la regarder passer depuis le seuil de leur porte, sans même lui offrir de l'aider à porter ses bagages. Annah s'expliqua cette attitude en songeant qu'ils ne savaient sans doute pas s'ils devaient l'accueillir favorablement ou non. Ni, surtout, *comment* le faire. Pendant des semaines, elle n'avait eu qu'une seule identité, celle d'une infirmière missionnaire chargée de gérer les activités de l'hôpital. À présent, qu'était-elle pour eux ? Et que signifiait cette arrivée, seule, au village, sa valise à la main ?

Elle garda les yeux baissés en passant devant les huttes pour se diriger vers le vieil arbre à palabres, un arbre immense dressé au milieu de la place centrale. Une seule obsession la hantait : revoir

Mtemi, lui parler, le toucher... Au-delà de ce but, elle ne pouvait imaginer aucun programme, aucune perspective...

Elle trébucha sur une pierre acérée et, tout en regagnant son équilibre, elle leva la tête et aperçut un groupe de guerriers près de l'arbre. Occupés par l'examen attentif d'une peau d'antilope, ils se passaient le cuir de main en main et n'aperçurent pas Annah immédiatement. Lorsque, enfin, l'un d'entre eux la repéra, le reste du groupe se tourna d'un seul bloc vers elle. Un long moment s'écoula, puis une haute silhouette s'avança.

Annah s'immobilisa, le cœur battant. Une vague de joie mêlée de panique la parcourut quand elle reconnut Mtemi. Les yeux fixés sur lui, elle posa lentement ses bagages sur le sol.

Le chef s'avança vers elle d'un pas hésitant, l'air incrédule. Il fronçait les sourcils, aussi Annah sentit-elle sa gorge se nouer. Elle avala péniblement sa salive.

Il ne veut pas de moi.

Mais, presque aussitôt, une expression émerveillée détendit les traits de Mtemi. Tout son visage s'illumina, éclairé par un soleil intérieur. Il se mit à courir, fendant l'air de ses longues et gracieuses foulées.

Il s'arrêta à quelques pas de la jeune femme, lorgna sur les bagages.
— Tu es venue !

Annah hocha lentement la tête. Des mots se formèrent au fond de sa gorge : *Je suis venue.* Elle bougea les lèvres ; aucun son n'en sortit.

Mtemi plongea ses yeux dans les siens. Son regard était intense, chaud et tendre. Pourtant, il n'esquissa aucun geste. Il se tenait immobile, les bras le long du corps, les muscles figés. L'espace entre eux était presque palpable, criant de vide et d'absence. Annah brûlait d'envie de s'élancer vers lui, de toucher sa peau ferme pour y puiser force et réconfort. Au lieu de ça, elle resta aussi paralysée que Mtemi. Elle avait épuisé toutes ses réserves d'énergie et de courage pour parvenir jusqu'ici. À présent, elle se sentait vidée et faible, une poupée désarticulée privée de toute autonomie.

Une foule de plus en plus dense se referma autour d'eux – vieillards, enfants, femmes, bébés, guerriers. Même les chiens étaient du nombre. Tous contemplaient la scène, les yeux agrandis par la stupeur.

La garde personnelle de Mtemi s'avança, lances tendues vers le ciel, pour se rassembler derrière lui. En toutes circonstances, ils étaient là pour le protéger, le défendre. Et défendre ceux qu'il choisissait pour amis. Annah pouvait sentir l'odeur de la boue séchée sur leur corps et le parfum musqué des peaux de bêtes.

Mtemi se mit à leur parler d'une voix calme, usant du dialecte de la tribu. Annah ne connaissait pas cette langue ; elle reconnut pourtant le nom de la reine mère. Un bref instant plus tard, celle-ci arriva, couchée sur une litière portée par quatre gardes de Kitamu. Les hommes de Mtemi s'effacèrent pour laisser passer le cortège. Derrière la litière marchait le régent, corps raide, bouche pincée, toute sa personne exprimant la désapprobation.

L'ignorant ouvertement, Mtemi s'adressa à sa mère en swahili, afin qu'Annah puisse comprendre.

— Accueille cette femme qui vient d'arriver dans notre village. Elle va demeurer parmi nous.

Les yeux de la vieille femme se rétrécirent, mais elle adressa un salut poli à Annah.

— Bienvenue dans notre village.

Puis, se tournant vers son fils, elle ajouta :

— Qui lui fournira une hutte ?

— Elle vivra dans la mienne.

À peine avait-il prononcé ces paroles qu'un silence assourdissant tomba sur l'assemblée. Annah n'osait plus lever les yeux.

— Que signifie cela ? jeta la reine mère, les sourcils froncés.

Pour lui répondre, Mtemi utilisa le swahili ainsi que leur dialecte indigène.

— Cette femme blanche sera l'épouse de votre chef.

La foule parut frappée par la foudre. Après un instant d'immobilité totale, un frémissement courut dans les rangs des villageois.

Annah leva les yeux vers Mtemi. Les mots dansaient dans sa tête, habités par une vie propre. *Épouse. Femme blanche. Chef.*

Quand elle comprit enfin, elle vacilla, perdue dans un chaos d'émotions, terrassée par le sens des paroles. Elle se sentit balayée par une vague puissante, emportée vers l'inconnu, vide de toute pensée. Dans ce moment de confusion, elle tenta de comprendre pourquoi, une nouvelle fois, elle se trouvait projetée dans une situation qu'elle ne maîtrisait plus.

Que cherchait-elle en venant ici ? À la vérité, elle n'avait élaboré aucun plan. Elle voulait être là, tout simplement. Marcher sur le chemin de la liberté.

Mtemi croisa son regard et lui sourit. Il incarnait la force, la confiance, l'amour. Instantanément, Annah fut ranimée par le chaud courant de la certitude. L'inimaginable devenait réalité. Elle allait vivre avec cet homme. Parce qu'il le désirait autant qu'elle.

Il lui prit la main et ses doigts se refermèrent sur le pansement qu'il lui avait mis un jour qu'elle s'était coupée. Cela s'était passé peu de temps auparavant, et pourtant cet incident semblait déjà appartenir à un autre monde.

Tandis que la nouvelle se répandait, de plus en plus de monde accourut et se joignit à la foule. Bientôt, tous les villageois se pressaient autour de l'arbre. Des femmes se bousculaient pour regarder celle qui, hier encore, les soignait dans la maison de Kiki. Des enfants s'agglutinaient autour de la nouvelle venue, un tout-petit s'agrippa même à sa jambe. Étourdie par toute cette agitation, Annah réussit à tendre le bras pour caresser ses cheveux bouclés.

Lorsqu'elle releva les yeux, elle rencontra le regard pénétrant de la reine mère. La vieille femme semblait vouloir sonder le tréfonds de son âme.

Ce fut le moment que choisit le régent pour intervenir. Le visage convulsé de colère, il se carra devant Mtemi et lança d'une voix forte :

— Ce que tu projettes est impossible ! Le chef des Waganga ne peut se marier sans le consentement de la tribu. Telle est la loi !

Mtemi hocha gravement la tête.

— Est-ce que je ne sais pas tout cela ? Je compte réunir ma tribu afin de discuter de ce mariage.

Le régent éclata d'un rire acide.

— Tu n'auras jamais notre autorisation !

Mtemi ne répondit pas. Il se tenait simplement très droit, aux côtés d'Annah. Vigilants, ses guerriers resserrèrent le cercle autour de lui. Annah contempla leurs visages impassibles. Que pouvaient-ils bien penser des projets de leur chef ? Elle savait qu'ils ne se permettraient jamais la moindre question. Ils étaient sa garde, des hommes de son âge qui avaient grandi à ses côtés. Ils donneraient leur vie pour lui, tout comme Mtemi le ferait pour eux.

Peu à peu, les habitants du village se dispersèrent. Annah demeura immobile, les yeux rivés au sol, sentant au creux de sa main le chaud contact des doigts de Mtemi, qui lui insufflaient un peu de calme au cœur de sa panique.

La hutte de la vieille reine était spacieuse mais sombre. Des relents de fumée de bois et d'encens alourdissaient l'air. Annah s'installa sur une natte et regarda par l'embrasure de la porte une file d'hommes qui marchaient dans la même direction, chacun portant un tabouret de bois à trois pieds. Ils se dirigeaient vers le grand arbre de la place centrale, où des centaines d'autres membres de la tribu attendaient que s'ouvrent les débats.

Annah jeta un bref regard à la reine, assise sur un lit bas recouvert de peaux. Son visage ridé ne laissait transparaître aucune émotion et, depuis que les deux femmes avaient pénétré dans la hutte, elle s'était murée dans le silence. Redoutait-elle de parler le swahili ou son silence avait-il une signification plus profonde ? Mtemi lui avait dit que sa mère se montrait favorable à son mariage avec la nièce du régent. Si tel était le cas, nul doute qu'elle désapprouvait ce changement. Peut-être aussi n'appréciait-elle pas une présence étrangère sous son toit – une femme blanche de surcroît.

Annah reporta ses yeux vers la porte, laissant ses pensées errer sans but. La reine mère avait déjà affronté une situation semblable quand, autrefois, il lui avait fallu partager son mari – le père de Mtemi – avec une autre femme, Kiki. Annah eut la vision fugitive de l'Américaine souriant malicieusement à cette scène : l'infirmière missionnaire et sa future belle-mère africaine...

— Qui sont tes parents ?

Surprise, Annah dévisagea la vieille femme, ne sachant que répondre.

— D'où viennent-ils ? insista la reine. Sont-ils estimés dans leur région ? Quelle dot demanderont-ils pour te donner en mariage ?

Annah chercha désespérément une réponse convenable. Cependant, au bout de quelques instants, la mère de Mtemi chassa la question d'un geste de la main.

— J'explore trop loin l'avenir, grommela-t-elle. Ce sera aux hommes de décider de ton sort.

Annah se sentit plus seule que jamais. Elle tendit de nouveau l'oreille pour saisir les paroles des hommes assis sous l'arbre à palabres. De nombreuses voix lui parurent chargées de colère. De temps en temps, elle reconnaissait celle de Mtemi, douce, calme, ferme.

Finalement, n'y tenant plus, elle demanda à la reine :

— Que disent-ils ?

La vieille femme, elle aussi, écoutait avec attention.

— Veux-tu vraiment le savoir ?

Annah hocha la tête.

— Comme tu voudras, fit la reine en haussant les épaules.

Elle commença à traduire en swahili les bribes de dialecte qui leur parvenaient à travers les murs de la hutte. Le chef, expliqua-t-elle, était accusé d'avoir délibérément porté son choix sur une femme blanche afin de trouver une excuse pour quitter son village – et abandonner son peuple. Car une femme blanche désirerait des choses qu'on ne trouvait pas ici.

— Est-ce vrai ? interrogea la reine en enveloppant Annah d'un regard pénétrant.

— Non. Les choses que je cherche sont ici.

Mtemi est ici.

Elle reconnut la voix du régent, qui se lança dans un long discours auquel l'assemblée des hommes répliqua par des murmures d'approbation.

— Que dit-il ?

— Il dit : Où irions-nous si chacun d'entre nous se détournait de la loi à cause de l'amour ? traduisit la reine.

Elle haussa un sourcil, comme si cette question était aussi la sienne.

Annah avait du mal à maîtriser son désarroi. Une telle philosophie de la vie lui paraissait incongrue et, surtout, dangereuse. Pourtant, elle avait voulu vivre ici, au milieu d'eux...

— Un autre homme parle, reprit la reine. Celui-là dit que le fils du vieux chef a traversé les mers pour aller étudier les lois des hommes blancs. Et qu'il l'a fait pour revenir gouverner son peuple avec intelligence. Mais, au lieu de cela, il choisit de se détourner des Waganga en oubliant nos règles et en prenant une femme qui ne nous convient pas.

Annah entendit Mtemi répondre. Les yeux de la reine mère s'écarquillèrent. Elle vacilla, comme frappée par une force invisible.

— Que se passe-t-il ? la pressa Annah.

— Mon fils dit qu'il ne choisira pas de femme sans l'accord de toute la tribu. Mais il dit aussi qu'il ne renoncera pas à toi. Il quittera la tribu s'il le faut.

Annah ferma les yeux avec lassitude. Que répondre à cela ?

— N'ai-je pas, moi-même, quitté mon peuple pour venir vivre ici ? finit-elle par murmurer.

La vieille reine approuva gravement.

— Il en est ainsi, oui. Mais tu es une femme blanche. Qui peut savoir ce que représentent les tiens pour toi ?

Le silence retomba dans la hutte tandis qu'au-dehors les hommes poursuivaient leurs palabres. Annah reconnut tout à coup la voix de Zania.

— Le guérisseur prend ta défense, dit soudain la reine, l'oreille aux aguets. Et aussi, ajouta-t-elle sur le ton de la surprise, Kitamu, mon second fils.

Dehors, le jour baissait lentement. Une jeune femme se présenta sur le seuil, portant deux pots fumants. À l'odeur du poulet bouilli, Annah s'aperçut qu'elle avait faim.

— Voici Patamisha, dit la reine. La femme de Kitamu.

Patamisha sourit chaleureusement à Annah.

— Bienvenue à toi, ma sœur.

La nourriture fut offerte en premier à la reine, et Annah la regarda déposer de la farine de maïs au creux de sa main, la rouler pour en faire une petite boule qu'elle creusa afin de prélever un peu de jus de poulet. Même après avoir vu cent fois ce geste, Annah continuait à le trouver fascinant. Chaque mouvement était compté, rapide et net. Rien n'était jamais perdu ni gâché.

— Tu me regardes, fit observer la vieille femme d'un ton dur. As-tu donc peur d'être empoisonnée ? Comme tu vois, je vais bien. Nous partagerons la même nourriture.

— Merci, dit Annah très vite. Merci beaucoup...

Elle ne savait pas exactement pourquoi elle remerciait. Parce qu'on lui apportait à manger ? Parce que la nourriture n'était pas empoisonnée ? Ou peut-être parce qu'elle sentait que la mère de Mtemi, certes à contrecœur, éprouvait une vague indulgence à son égard ?

Après avoir mangé, elle se sentit brusquement écrasée de fatigue, vidée par cette journée agitée et si étrange. La reine lui fit signe de s'étendre sur le lit – les peaux de bêtes recouvraient un sommier de bois. Annah fut surprise de le trouver confortable. Contre sa joue, les fourrures étaient chaudes et soyeuses.

Elle sombra dans le sommeil. Dehors, les voix enflaient et retombaient au rythme des intervenants. Et, de la rive du lac, les cris des oiseaux montaient dans l'air du soir.

Quand elle ouvrit les yeux le matin suivant, Annah distingua à côté du lit ce qui lui parut tout d'abord être une apparition. Une silhouette habillée de tons clairs se découpait à contre-jour sur le carré ensoleillé du seuil, des cheveux blonds...

— Michael !

— Annah...

Il avait prononcé son nom avec douceur, presque avec condescendance.

Elle se redressa pour le dévisager un long moment en silence. Il paraissait hagard, vidé de son énergie.

— J'ai roulé toute la nuit. Je suis venu vous ramener à la maison.

Elle ouvrit la bouche pour répondre mais, l'ignorant ouvertement, il poursuivit :

— Vous avez mené une existence épuisante ces dernières semaines. Et vous avez été soumise trop longtemps à de trop fortes tensions.

Il s'interrompit, laissant son regard errer sur le décor de la hutte, enregistrant avec incrédulité le spectacle qui s'offrait à ses yeux. Malgré la gentillesse appuyée de sa voix, il était clair qu'il ne comprenait pas comment elle avait pu se mettre dans une telle situation.

— Je suis le seul à blâmer, reprit-il. J'aurais dû voir ce qui se passait. (Il eut un sourire contraint.) En partant tout de suite, nous pourrons être à Langali avant la nuit. Sarah veillera sur vous.

Il s'arrêta après s'être enfin aperçu du silence de la jeune femme. Surtout, elle ne manifestait aucune intention de se lever et de le suivre.

— Eh bien... ? Dépêchez-vous ! Je n'ai pas beaucoup de temps...

— Je ne viens pas, Michael. Je reste ici.

Il fronça les sourcils, le visage crispé.

— Ne soyez pas ridicule, Annah. Encore une fois, j'ai roulé toute la nuit et...

Elle se redressa pour lui faire face.

— Je vais épouser Mtemi. Le chef de cette tribu.

En prononçant ces mots, elle avait du mal à y croire elle-même. Cependant, son regard restait ferme et ne trahissait rien de son propre trouble.

Michael ouvrit la bouche, mais aucun son n'en sortit. Enfin, il éclata de rire.

— Vous plaisantez ! Vous savez parfaitement que c'est impossible ! Venez avec moi. Tout... sera oublié. Sinon... (Sa voix se durcit.) ... vous resterez seule, sans personne à vos côtés. Pour toujours.

— Je ne serai pas seule, répliqua Annah. Je serai avec Mtemi.

Cette fois, ses paroles sonnèrent haut et fort, comme si l'insistance de Michael avait nourri sa propre conviction.

Il la dévisagea, toujours sans comprendre. Annah pouvait lire sur ses traits l'effort qu'il faisait pour conserver son sang-froid.

— Écoutez, Annah. Vous n'êtes pas la première femme missionnaire à vouloir épouser un Africain. Il y a eu d'autres cas. Mais ces... ces hommes étaient au moins des pasteurs de notre Église ou des employés de la mission. Et, même alors, leur vie a été terriblement difficile. Combien y a-t-il d'Africains en Australie ? Imaginez à quel point l'intégration de cet homme sera difficile.

— Mtemi n'ira pas en Australie. Je resterai ici, avec lui. Dans ce village.

Michael secoua la tête. Puis il ferma un long moment les yeux, vidé de ses dernières forces.

— Je ne… comprends pas comment vous pouvez agir… ainsi…, balbutia-t-il. Vous êtes une femme séduisante. Un jour ou l'autre, vous rencontrerez quelqu'un d'autre. Quelqu'un de plus…

Sa voix fléchit. Annah acheva à sa place :

— … de plus blanc ?

Elle sursauta violemment en apercevant une haute silhouette surgir dans le carré de la porte derrière Michael. Puis une chaleur bienfaisante envahit ses veines. Elle s'avança vers Mtemi et se retrouva entre eux. L'un à la peau noire, à peine vêtu. L'autre habillé d'un short et d'une chemise. La tension entre les deux hommes était palpable – hostilité, jalousie, méfiance…

— Il n'est pas chrétien, reprit Michael, sans détourner son regard d'Annah. Voilà le seul et véritable problème. « Tu ne fréquenteras pas la compagnie des incroyants. »

Annah ne répondit pas.

— Très bien, soupira Michael. Si telle est votre volonté, je dois vous demander de coucher par écrit votre démission. Vous n'appartenez plus à notre communauté.

Annah avala péniblement sa salive. Elle jeta un regard éperdu à Mtemi et lut dans ses yeux du calme et de la fermeté.

Michael fouilla ses poches.

— J'ai un stylo…

Annah ouvrit sa valise, glissa ses mains au milieu des vêtements. Ses doigts rencontrèrent la couverture rigide du livre que lui avait offert Eleanor, *La Ferme africaine*. Elle déchira la page de titre et, d'un mouvement rapide pour ne pas trembler, écrivit.

> *Moi, Annah Mason, déclare par la présente vouloir quitter la mission du Tanganyika intérieur.*

Michael la fixa en saisissant la feuille. Quand le papier changea de main, Annah sut qu'une page décisive de sa vie se tournait.

— Vous pouvez encore revenir sur ce choix, Annah.

Elle secoua la tête.

Les yeux de Michael se firent durs.

— Dans ce cas, vous comprendrez que notre amitié est terminée. Et cela inclut tous les membres de ma famille.

Puis il se détourna brusquement et sortit de la hutte.

Annah courut à la petite fenêtre. Elle vit Michael s'éloigner à grands pas sur la piste, une nuée d'enfants et de chiens sur les talons. Ses mots tournaient dans sa tête.

Notre amitié est terminée.

Mtemi fut aussitôt près d'elle. Il ne la touchait pas, mais elle pouvait sentir une aura de chaleur émaner de son corps. En silence, ils attendirent que la silhouette de Michael ait disparu au tournant de la route.

Annah laissa échapper un long soupir. Désormais, elle n'était plus missionnaire. Peut-être même ne devait-elle plus se considérer comme une chrétienne. N'avait-elle pas choisi de vivre au milieu de païens ?

— *Hodi !* appela une voix.

Des pas rapides s'approchèrent. Mtemi s'écarta d'Annah tandis qu'une femme, sur le seuil, se raidissait en constatant que Mtemi et Annah étaient seuls dans la hutte.

— Elia..., salua Annah en reconnaissant une mère qu'elle avait aidée à accoucher.

Mais la femme l'ignora. Elle se tourna vers le chef, s'inclina avec respect, sans pour autant se priver de lui lancer un regard dur.

— N'est-il pas temps de manger ? dit-elle.

— En effet, il est temps, répondit Mtemi.

Annah eut l'impression d'être une enfant prise en faute par son professeur et, soudain, elle eut envie d'éclater de rire. Mtemi la regarda, surpris, puis son visage s'éclaira et les coins de sa bouche se relevèrent. Elia fronça les sourcils et Mtemi lui adressa un sourire apaisant avant de se diriger vers la sortie.

— Partons.

Elia s'effaça pour le laisser franchir la porte le premier. Mais, avant qu'Annah n'ait eu le temps de lui emboîter le pas, l'Africaine s'était déjà interposée entre elle et Mtemi.

Ils prirent leur petit déjeuner chez la reine mère, entourée des autres membres de la famille. Annah reconnut Kitamu, Patamisha et plusieurs enfants qu'elle avait déjà aperçus sur le seuil de la hutte royale. Une jeune fille fit le tour des convives pour verser de l'eau au creux de leurs mains ; Elia déposa devant eux un grand pot d'ugali.

— Veux-tu un bol et une cuiller ? demanda Mtemi à Annah.

— Non, non..., intervint la vieille reine. Elle est heureuse, j'en suis sûre, de manger à la mode africaine. Nous avons déjà partagé un repas. (Elle se tourna vers Annah.) N'est-ce pas ?

Annah lui sourit avec reconnaissance. Par ces paroles, la reine l'intégrait officiellement au repas familial.

277

— C'est bien ainsi, répondit-elle en swahili.

Une nouvelle réunion du clan était prévue ce matin-là. Comme la veille, dans la hutte royale, assise au côté de la reine, Annah écouta l'écho bruyant de leurs débats. Cette fois, ce fut surtout Mtemi qui prit la parole.

— Il dit que ce sera une bonne chose pour les Waganga d'avoir une reine blanche, traduisit la vieille femme. Quand le chef se tiendra près de son épouse, il prouvera à tous que le monde ancien et le monde nouveau, le passé et le futur, le blanc et le noir peuvent vivre ensemble.

En entendant ces mots franchir les lèvres de la reine, Annah se demanda ce que la vieille femme en pensait. Si elle nourrissait quelques doutes à ce sujet, ils étaient bien cachés car son visage ridé demeurait impassible.

La voix aigre et furieuse du régent s'éleva pour se lancer dans une harangue rageuse.

— Que dit-il ? questionna Annah avec anxiété.

— Mon fils est le chef de notre tribu, répliqua la reine. Il peut tout faire. Il est le chef. Ne t'inquiète pas.

À la nuit tombante, les discussions cessèrent enfin. Lorsque le dernier intervenant eut parlé, les guerriers entamèrent un chant – un seul mot répété inlassablement :

— *Maji ! Maji ! Maji !*

Tous les autres habitants du village se joignirent à eux pour crier à l'unisson.

— *Maji ! Maji ! Maji !*

La vieille reine sourit à Annah.

— Pluie ! Pluie ! Pluie ! Cela signifie qu'ils approuvent le choix de mon fils.

Elle leva le menton fièrement.

— Mtemi a gagné. Tu seras sa femme.

Avant même qu'Annah ait pu réaliser la véritable signification de ces mots, un garde de Mtemi apparut sur le seuil et invita les femmes à les rejoindre.

Ils se dirigèrent vers l'arbre à palabres – Annah à pied, la reine mère couchée sur sa litière. Les rangs serrés des guerriers s'ouvrirent pour les laisser passer et Annah sentait sur elle le poids de leurs regards.

Quand il vit la jeune femme, le visage de Mtemi s'éclaira. Il la contempla avec une intensité nouvelle, comme pour enregistrer chaque détail de son corps.

Annah vint se placer à côté de lui et la foule se mit à crier :

— *Maji ! Maji !*

Cette fois, les cris de joie s'adressaient directement à elle. C'était leur façon de la saluer au nom de ce que les Waganga vénéraient le plus : la pluie. Qui nourrissait la terre, faisait lever les graines, gonflait le lit des rivières.

Tandis que le concert des voix s'enflait, Annah aperçut le régent, un peu à l'écart, contemplant la scène, immobile et silencieux. La décision finale de ratifier ce mariage était pour lui une défaite. Une insulte publique. Son animosité était si tangible que la jeune femme détourna rapidement les yeux.

Les cris diminuèrent. Mtemi retira l'un de ses colliers d'ambre, le passa autour du cou d'Annah. Elle frémit sous la caresse fugitive de ses doigts sur sa nuque, ses cheveux, ses oreilles. Elle sentit sur sa peau le doux contact des perles d'ambre, encore tièdes de la chaleur de Mtemi. Levant les yeux, elle rencontra son regard. Et, dans le soudain silence qui suivit, elle lut au fond de ses yeux un aveu bien plus vibrant que n'importe quel discours.

Puis Zania s'avança pour offrir à la jeune femme un large bracelet d'ivoire bordé d'un dessin noir, simple et net. Et, quand elle tendit la main afin qu'il le passe à son poignet, elle vit la vieille reine hocher la tête d'un air satisfait.

Balayant la foule, Annah contempla ces visages, presque tous éclairés par un sourire heureux. À présent, elle le savait, on l'accueillait avec chaleur, on l'acceptait comme partie intégrante de la tribu. Une vague d'euphorie gonfla son cœur. Il lui sembla qu'aucune femme au monde n'était plus chanceuse qu'elle. Des images d'un futur doré défilèrent dans sa tête : une existence de rêve aux côtés de l'homme tant aimé, dans ce village si beau, près du lac où venaient se poser des milliers de flamants roses. Les fraîches soirées devant le feu, au milieu de son peuple. La compagnie de ses amies, de sa nouvelle famille.

Et Mtemi. Le chef de la tribu. À ses côtés.

Ses yeux dans ses yeux.

Ses mains sur son corps.

17

Le mariage fut fixé à plusieurs semaines plus tard afin de permettre aux amis et membres de la tribu installés au loin de participer à la cérémonie. Annah adressa un télégramme à ses parents pour leur annoncer la nouvelle. Elle allait, leur écrivait-elle, épouser un avocat, brillamment diplômé d'Oxford. Et, aussi, accessoirement, chef d'une tribu africaine.

La réponse ne tarda pas. Eleanor semblait ne pas croire au sérieux d'une telle information. Si, toutefois, cela était vrai, précisait-elle, Annah ne devait même pas songer à retourner un jour en Australie. Un époux noir, aussi diplômé fût-il, ne serait tout simplement jamais toléré.

En parcourant ces lignes, Annah eut un sourire triste. C'était bien d'Eleanor de s'exprimer de cette façon. Qui donc ne tolérerait pas Mtemi ? La bonne société de Melbourne ? Ses parents ? Eleanor ne devait pas le savoir elle-même.

Elle lut et relut le télégramme puis le roula en boule pour le jeter dans les flammes du foyer. Immobile, elle regarda le papier se recroqueviller sous la chaleur, jaunir puis tomber en cendres.

Après avoir partagé plusieurs nuits la case de la reine, on lui offrit sa propre hutte, un présent de Mtemi. Patamisha et la reine mère l'y accompagnèrent.

Il s'agissait d'une nouvelle case, et l'intérieur, parfaitement propre, était équipé d'une natte, de divers ustensiles et d'une table basse. Patamisha montra à Annah des morceaux de tissu aux couleurs vives accrochés devant les embrasures des fenêtres.

— Les Occidentaux aiment décorer leur maison ainsi, expliqua-t-elle, grave. J'ai consacré à cela mon plus beau kitenge.

— Merci, répondit Annah avec chaleur. C'est magnifique.

Elle se sentait réellement touchée par ce geste. Patamisha, elle le devinait, serait une véritable amie.

Elle examina la hutte, séduite. La symétrie des proportions, l'assemblage harmonieux du bois, de la boue séchée et du chaume créaient un espace de calme et d'authenticité. Elle posa ses mains sur la surface de la table, sentant sous ses doigts le bois si fraîchement coupé qu'il en était encore humide et dégageait un parfum doux et entêtant.

— Es-tu contente ? demanda anxieusement Patamisha.

Annah lui sourit.

— Je suis contente.

Après avoir sorti quelques effets de ses bagages et laissé le reste dans un coin de la case, elle sortit à la recherche de Mtemi. L'éblouissante lumière du soleil l'inonda alors qu'elle traversait le village d'un pas léger, suivie, comme toujours, par une horde d'enfants. Elle repéra Mtemi près de l'arbre à palabres. Quand il la vit, il changea de place pour aller s'asseoir sur une bûche et lui fit signe de le rejoindre.

Annah s'approcha avec prudence. Elle savait que la future épouse d'un chef faisait l'objet d'une surveillance constante. Sa conduite devait être irréprochable : ne pas témoigner d'excessive familiarité à l'égard de son fiancé, ne jamais se retrouver seule avec un homme – fût-ce Mtemi lui-même. Le régent, aux aguets, cherchait la moindre occasion de la discréditer. En apprenant cela, Annah avait eu du mal à cacher sa surprise et, surtout, son désarroi. Elle avait quitté la mission pour mener une vie libre, plus ouverte. Et voilà, au contraire, qu'on cherchait – du moins jusqu'à la cérémonie du mariage – à lui faire mener une existence encore plus contraignante. Bien qu'officiellement fiancés, Mtemi et elle ne pouvaient jamais se retrouver seuls. Plus aucune chance de retourner à la maison de Kiki ni de se promener au bord du lac.

Annah s'assit à quelques pas de Mtemi. Ils échangèrent les saluts habituels en swahili sous le regard d'une douzaine de gamins, fascinés par le moindre geste de la jeune femme.

Dans le moment de calme qui s'ensuivit, Mtemi leva les yeux pour étudier le ciel.

— Essaie de nous imaginer ailleurs, dit-il en anglais, près du lac par exemple. Au coucher du soleil. Tu te rappelles ?

Annah hocha lentement la tête. Elle revoyait avec exactitude ces lieux enchanteurs. Le ciel orange éclaboussant les eaux de feu.

— Nous marchons tous les deux, reprit Mtemi. Seuls. Ma main se tend vers ton épaule, là où elle peut rencontrer la soie de tes cheveux...

Annah sourit en repoussant les longues mèches rousses qui lui barraient le visage.

À cet instant, une vieille femme passa devant eux et les salua. Tout en lui répondant par un signe de tête, Mtemi poursuivit à voix basse :

— L'obscurité tombe sur le lac. Mais nous y sommes toujours...

Annah regardait un petit oiseau perché sur l'avant-toit d'une hutte.

— Le froid tombe sur le lac, murmura-t-elle. Nous nous tenons debout, tout près l'un de l'autre.

Mtemi prit un enfant sur ses genoux. Il jeta un bref coup d'œil à Annah. Un regard net et pénétrant, telle la ligne d'une lance.

— Non. Nous ne sommes pas debout. Nous nous étendons sur le sol, là où l'herbe est longue et épaisse...

Annah retint son souffle.

— Oui...

Elle leva les yeux pour regarder les mots sortir de sa bouche aux contours si bien dessinés. Sombre, à peine teintée de rouge...

La voix d'une jeune femme résonna soudain dans l'air gorgé de soleil.

— Annah ! Ne suis-je pas en train de te chercher ?

Annah hocha la tête, appréciant les tournures si caractéristiques du swahili.

— Elle est ici ! crièrent les enfants.

Patamisha apparut au détour d'une hutte, le visage presque entièrement dissimulé par une pile de kitenges pliés.

— Il est temps pour toi d'apprendre à t'habiller.

Patamisha se tourna ensuite vers Mtemi.

— Ta mère la reine m'a demandé de lui enseigner l'art de se vêtir.

Mtemi acquiesça.

— De toute la tribu des Waganga, il n'y aura pas de meilleur professeur que toi, Patamisha.

Le visage de Patamisha s'illumina de fierté. Elle se tourna de nouveau vers Annah :

— Viens avec moi.

Obéissante, Annah se leva pour la suivre. Tout en s'éloignant, elle se sentit observée par Mtemi et prit plaisir à deviner son regard courir sur elle. Après des mois de dur travail, son corps était devenu extrêmement mince et plus ferme.

Les deux femmes pénétrèrent dans sa hutte et, sans attendre,

Patamisha étala tous les kitenges sur le lit bas. Après les avoir longuement étudiés, elle choisit deux tissus dont les couleurs et les dessins,
du moins selon Annah, ne s'accordaient pas du tout.

— Maintenant, retire tes vêtements, ordonna Patamisha en désignant le pantalon et la chemise d'Annah.

Cette dernière hésita puis, docilement, s'exécuta. Quand elle se
retrouva en sous-vêtements, Patamisha ouvrit de grands yeux.

— Qu'est-ce que c'est ? demanda-t-elle en pointant un doigt vers
son soutien-gorge.

Annah ne répondit pas. Comment expliquer l'utilité d'un tel vêtement à une femme pour laquelle, culturellement, les seins ne servaient
qu'à nourrir les bébés ? Même lorsqu'ils étaient devenus fanés et
mous, ils symbolisaient encore l'orgueil des maternités.

Quand elle retira son soutien-gorge, Patamisha examina sa poitrine
d'un air perplexe avant de parcourir du regard le reste de son corps.

— Tu as deux couleurs de peau ! s'exclama-t-elle à la vue des
marques de bronzage sur les bras et le cou d'Annah.

Elle prit un premier kitenge, l'enroula autour des épaules et des
seins puis, avec le second, enveloppa les hanches. Elle recula d'un pas
pour examiner son travail et, visiblement mécontente, recommença en
intervertissant les tissus. Chaque geste, rapide et habile, répétait un art
millénaire : plier, déplier, draper, nouer, lisser...

Patamisha recula de nouveau et, cette fois, parut satisfaite.

— Voilà. Tu es prête.

— Prête ? Pour quoi ?

Patamisha se mit à rire.

— Pour mener la vie d'une Waganga.

Annah fronça les sourcils, gênée de se retrouver les épaules et les
genoux exposés à tous les regards. Habituée aux fermetures rassu-
rantes des boutons, elle ne parvenait pas à se fier aux nœuds et aux
torsions du tissu. Que se passerait-il si le vêtement glissait ?

Patamisha avait beau lui répéter qu'elle avait belle allure ainsi,
Annah parlementa. Elles finirent par trouver un compromis : Annah
porterait son chemisier et un kitenge autour de la taille.

Patamisha secoua la tête.

— Agis comme tu le désires. Mais, un jour, tu ne porteras que des
vêtements africains.

— Peut-être..., dit prudemment Annah.

Lorsque ce jour viendra, pensa-t-elle, je laisserai mes cheveux
dénoués couvrir mes épaules nues...

Patamisha ne la quitta pas d'une semelle durant les semaines suivantes, lui enseignant l'art de cuisiner sur un feu ou de faire pousser des légumes. On voyait souvent les deux femmes dans les parcelles de terrain réservées au jardinage tout au bout du village, gratter et sarcler la terre, arracher les mauvaises herbes ou chasser les chenilles en échangeant des rires joyeux.

Parfois d'autres femmes venaient les rejoindre pour bavarder et raconter toutes sortes d'histoires. Annah appréciait ces moments. À sa grande surprise, elle se sentit de plus en plus attachée à ces nouvelles compagnes, qu'elle considéra bientôt comme de véritables amies. À l'instar de tout Blanc étranger à l'univers tribal, elle avait cru que les femmes africaines vivaient en retrait au sein de leur monde, qu'elles incarnaient l'obéissance et la soumission, dominées par leurs pères et leurs maris. Elle découvrait à présent qu'il n'en était rien ; chacune régnait en maîtresse dans son foyer, gérait ses propres affaires, gardait jalousement ses secrets. Au fil des jours, elle se sentit de plus en plus intégrée au joyeux groupe qui se retrouvait dans les jardins. Un fort sentiment d'appartenance grandit au fond d'elle. Et, ce sentiment, elle le chérissait et le protégeait avec toute la tendresse et l'attention que l'on porte à une fleur de prix, délicate et fragile.

Elle avançait dans le bush, se frayant laborieusement un chemin entre les branches basses qui s'accrochaient à ses cheveux, regrettant les pantalons de Kiki. Au moins, elle avait pu garder ses chaussures, contrairement à Zania, qui, devant elle, se mouvait avec une surprenante rapidité, en sifflant entre ce qui lui restait de dents.

Ce matin-là, de bonne heure, le guérisseur s'était présenté sur le seuil de sa hutte alors qu'elle émergeait à peine du sommeil.

— Il est temps de partir, annonça-t-il, comme s'ils avaient déjà dressé le programme de la journée. Je t'emmène dans la forêt pour y cueillir des plantes qui guérissent.

Annah fronça les sourcils.

— Seulement toi et moi ?

Zania chassa la question d'un geste de la main.

— Ne suis-je pas le guérisseur ? Celui dans lequel notre peuple place toute sa confiance ? De tous les hommes de cette tribu, moi seul suis autorisé à marcher avec toi.

Il dégageait une telle autorité qu'Annah, convaincue, se leva pour le suivre dans la forêt. D'une certaine façon, c'était un soulagement de s'éloigner un moment du village et de ne plus sentir l'incessant poids des regards posés sur elle.

Elle observa Zania tandis qu'il progressait sur le chemin devant elle. Vision surprenante que cette silhouette drapée dans des haillons, ces mollets hauts et musclés qui avançaient si vite dans le paysage, ces membres osseux ornés d'amulettes qui se balançaient en tintinnabulant au rythme de la marche.

Il s'arrêta enfin, posa son panier à terre. Ils se tenaient dans une clairière abritée richement feuillue, tapissée de plantes grasses et de pieds de vigne sauvage. Un lourd parfum de champignons flottait dans l'air. Zania se mit au travail, cueillant des feuilles, arrachant des morceaux d'écorce, des racines, des bulbes... Annah ne le quittait pas d'une semelle, attentive aux explications qu'il donnait pour chaque spécimen. Certaines feuilles devaient être cueillies de nuit ou à un certain moment de l'année. Les préparations changeaient en fonction de l'effet escompté : guérir ou, au contraire, empoisonner. Naturellement, ces opérations ne se faisaient pas sans l'aide des esprits.

— Certaines de ces plantes nous sont interdites, précisa Zania. Pour d'autres, nous devons d'abord demander l'autorisation de nos ancêtres. Dieu a placé dans le bush et dans la forêt de quoi soigner toutes les maladies. Mais c'est plus difficile, aujourd'hui, les hommes ont voyagé, emportant avec eux leurs maladies, loin des terres où poussent les plantes qui peuvent les guérir.

Lorsque le panier fut rempli, Zania donna le signal du retour. Tout en cheminant, Annah se remémora les moments les plus pittoresques de ces dernières semaines. Elle revit les jeunes guerriers riant aux éclats en se tapant sur les cuisses. Leur capacité à s'amuser de tout semblait inépuisable. Ils n'aimaient rien autant que se faire des farces, se raconter les plus folles histoires et partager d'interminables crises d'hilarité. À sa grande surprise, Annah s'était aperçue que le rire faisait partie intégrante de la vie de la tribu. Pas seulement celui des guerriers mais aussi celui des femmes, des enfants, des vieillards... Plusieurs fois, elle s'était surprise à rire, elle aussi, de tout et de rien. Sa vision de la vie commençait à changer. Avant, pour elle comme pour les Carrington ou pour tout missionnaire, seuls comptaient le travail et le sérieux. Les Africains, eux, posaient sur le monde un regard plus léger. Et pourtant, eux souffraient de la soif, de la faim, de la misère...

Un passage de la Bible lui revint en mémoire.

Un temps pour naître, un temps pour mourir.

Et un temps pour se marier...

Alors qu'ils émergeaient de la forêt, elle s'arrêta, émerveillée. Sous le ciel teinté de rouge sang se dressait un groupe de guerriers. Grands, minces, leurs lances se profilaient au-dessus de leurs larges épaules, leurs corps drapés de tissus aux teintes pourpres s'harmonisaient avec le feu du ciel.

Dignes. Fascinants. Dangereux.

Reconnaissant Mtemi dans leurs rangs, son cœur s'emballa.

— Est-ce que tu vas bien ? lui demanda-t-il selon la formule rituelle.

Elle lui sourit.

— Je vais bien.

— Tu as l'air bien, reprit Mtemi. (Et, à mi-voix :) Tu es belle.

Annah sentit ses joues s'empourprer.

— Tu as chassé ! s'exclama Zania, le doigt pointé vers les carcasses aux fourrures colorées entassées un peu plus loin sur le sol.

Annah regarda à son tour et distingua la silhouette inerte d'un dik-dik. Elle se raidit imperceptiblement au souvenir de Michael tirant sur un jeune daim, sur la route menant à Langali. Il n'était pas mort tout de suite... Depuis lors, chaque fois qu'on lui avait servi, à la mission, les gibiers les plus variés, elle avait toujours refusé d'y goûter.

Saisissant la direction de son regard, Mtemi lui dit doucement :

— Ne t'en fais pas. Nous les avons tués tous les deux.

Comme elle le dévisageait sans comprendre, il ajouta :

— On ne tue jamais un seul dik-dik, car ils s'accouplent pour la vie. Quand ils perdent leur compagnon, ils passent seuls le reste de leur existence.

Annah contempla le petit daim sans vie étendu sur la pile de dépouilles, son regard fixe ouvert vers le ciel. Dessous, Annah distingua une patte délicate au pelage fauve, terminée par un petit sabot noir – l'autre dik-dik.

Compagnons dans la vie. Et dans la mort.

Les flammes craquaient en crachant des étincelles tandis qu'Annah remuait les braises à l'aide d'un bâton. En Australie, elle n'avait jamais été très douée pour entretenir les barbecues. C'était un travail généralement réservé aux hommes. Mais ici, au village, les femmes avaient la charge des feux.

Elle se pencha, souffla sur les braises. La chaleur s'intensifia, les flammes montèrent, jetant au passage des nuages de cendres et de fumée sur le visage de la jeune femme. Elle recula en clignant les yeux puis retourna s'asseoir. Un objet carré et marron se matérialisa alors devant elle.

— Pour toi, sœur Mason, dit une petite voix en anglais.

Annah fit une brusque volte-face et aperçut un jeune Africain vêtu d'une chemise bleue et d'un pantalon kaki.

— Qui es-tu ?

— Le messager. Je viens de Germantown pour te remettre ce courrier.

Il lui tendit un petit paquet enveloppé de papier kraft et fermé par une ficelle. Puis, sans attendre, il disparut.

Le paquet était adressé à sœur Annah Mason, mission de Germantown. Annah reconnut aussitôt l'écriture. Sarah.

Elle se leva vivement et courut à l'intérieur de sa hutte, ignorant les regards curieux des femmes qui l'entouraient. Avec des gestes fébriles, elle dénoua maladroitement la ficelle, déchira le papier. Deux taies d'oreiller étaient pliées à l'intérieur. Elle les déploya sur le lit recouvert d'une peau de léopard. L'une portait un *A* brodé à petits points savants dans un angle. L'autre s'ornait d'un *M*.

Annah les contempla, la gorge nouée, et imagina Sarah penchée sur son ouvrage, travaillant probablement pendant les heures de consultation pour ne pas être aperçue de Michael. Se sentant coupable mais poursuivant tout de même.

Un secret entre elles.

Une lettre avait été glissée dans le paquet. Annah l'ouvrit, impatiente. Écrite à la main, et non tapée avec la trop bruyante Olivetti sur la table de la salle à manger. L'écriture était irrégulière, ce qui révélait une rédaction souvent interrompue.

> *Chère Annah,*
> *Vous me manquez tant. Michael m'a interdit de prendre contact avec vous et je ne sais plus que faire. Je dois lui obéir. Et, pourtant, vous êtes – et vous serez toujours – ma meilleure amie. Je languis de vous revoir.*

Suivaient des nouvelles de la petite Kate : ses premiers pas malhabiles, son obstination à prendre sa nourriture à pleines mains... Tefa s'essayait à de nouvelles recettes, et le résultat était désastreux. Ordena, toujours fidèle, les entourait de sa chaleureuse gentillesse. Son nouveau travail avec les mères et leurs enfants donnait à Sarah beaucoup de satisfactions. Elle tirait une grande richesse, expliquait-elle, de cette expérience.

Pour éviter d'aborder trop directement le sujet douloureux de la vie d'Annah au sein d'une tribu païenne, Sarah parlait d'elle et de Mtemi comme s'ils étaient deux missionnaires épris l'un de l'autre – un homme et une femme ordinaires menant une existence classique dans une maison classique où, dans la chambre à coucher, le lit impeccablement fait s'ornait d'oreillers décorés de leurs initiales respectives…

Vers le milieu du second feuillet, Sarah abordait des sujets plus généraux : la progression de la mission vers les régions de l'ouest, le climat tendu et menaçant qui y régnait. On craignait de nouveaux troubles au Congo et, même s'il ne s'agissait que de rivalités tribales, les Blancs devaient se tenir sur leurs gardes.

Puis, quelques commentaires sur le travail de Michael à l'hôpital et sur la vie quotidienne à Langali. Vers sa conclusion, la lettre retrouvait un ton plus mélancolique. Rien ne laissait espérer que Sarah puisse de nouveau entrer en contact avec Annah. À la vue du papier fripé et de l'encre délavée, Annah devinait que son amie avait pleuré en écrivant ces lignes.

> *Parfois, je crois que je vous aime plus que je ne le devrais, que c'était pour cela qu'il fallait nous séparer. Peut-être est-ce mieux ainsi. Mais, pour l'instant, je n'en éprouve qu'une insupportable douleur.*
> *Ordena, Tefa et la petite Kate s'ennuient, eux aussi, de vous.*
> *Avec tout mon amour,*
> *Votre amie pour toujours,*
> *Sarah.*

Annah se mit aussi à pleurer. Elle replia avec soin les taies d'oreiller et les rangea dans sa valise. Puis elle se sécha les yeux du revers de sa manche et s'efforça de se composer un visage serein avant de sortir de la hutte. Tous les regards, elle le savait, seraient posés sur elle.

Au moment où elle se levait pour sortir, la silhouette de la reine mère s'encastra sur le seuil.

— Salutations à toi, femme de ma maison.

— Salutations à toi, mère.

La vieille femme s'assit sur le lit, fit signe à Annah de s'approcher.

— Il y a une question dont nous devons discuter, commença-t-elle.

Annah hocha la tête et répondit, comme le protocole l'exigeait :

— Ne suis-je pas en train de t'écouter ?

La reine approuva gravement.

— Il nous faut parler de la nuit de ton mariage.

Annah tressaillit. Ignorant sa surprise, la reine reprit :

— Je veux être certaine que tu as bien appris de ta mère ce qu'il te faudra faire pour satisfaire ton mari.

— Mais…, protesta Annah. Ne suis-je pas infirmière ? Est-ce que je ne sais pas tout cela ?

— Ah… bien, dit la reine avec un soulagement visible. Je me demandais seulement si les femmes blanches qui travaillent tout le temps dans un hôpital s'y entendent aussi à donner du plaisir.

Interloquée, Annah écoutait, immobile.

— Alors, puisque tu me dis qu'on t'a enseigné ces choses, tu sais sûrement comment te préparer pour ne pas souffrir lorsque ton mari te pénétrera pour la première fois. Et comment te servir de ton corps pour le retenir au fond de toi. Je suppose que c'est important pour vous, peuple blanc, autant que pour nous. À présent, parlons d'autre chose. Il est temps de discuter de la préparation de la cérémonie du mariage.

Annah se raidit. Quels pouvaient bien être les rites accompagnant ce genre de cérémonie ? À son arrivée en Afrique, elle avait entendu parler d'étranges pratiques suscitant des commentaires horrifiés dans le cercle des missionnaires. Et puis il y avait eu cette fête de fiançailles à laquelle Michael et elle avaient assisté, ce fameux jour où ils étaient partis, seuls, explorer les régions de l'ouest. Mtemi la protégerait sûrement de tels débordements… Mais elle connaissait l'importance des rites de passage sans lesquels une tribu ne pouvait trouver son identité et son équilibre. Après tout, c'était elle l'étrangère. Elle qui était venue de son plein gré au village. Elle devait tout faire pour que Mtemi ne soit pas confronté à d'insolubles problèmes.

La reine mère restait calmement assise, attendant sa réponse.

— Tu dois m'enseigner ce que tu sais, dit finalement Annah. Car ma mère vit loin d'ici.

La vieille femme approuva de la tête ces sages paroles.

— En d'autres temps, commença-t-elle, c'est moi qui aurais dû te marquer du signe des Waganga.

Elle écarta le tissu de son kitenge pour montrer son sein droit. La peau était barrée par trois lignes courbes entamant profondément les chairs. Annah reconnut la marque qu'elle avait déjà repérée sur la poitrine de Mtemi. Une vague de panique la balaya.

— Bien sûr, poursuivit la reine, le gouvernement a interdit de telles choses.

Elle se tut, les yeux toujours posés sur Annah. La jeune femme lutta pour garder son calme, pour ne pas trahir son affolement. Elle savait que la reine testait son courage : ses paroles étaient une invite voilée à se soumettre au rite de passage. Sans doute la tribu en avait-elle longuement parlé avant cette visite. Un refus pouvait avoir des conséquences considérables sur son avenir au village.

— Que signifient ces lignes ? demanda-t-elle, la gorge nouée.

La reine ferma les yeux et, d'une voix chantante, raconta à Annah l'histoire de Mazengo.

Né orphelin, il avait été accueilli par les Waganga il y avait bien longtemps de cela. Il vécut plusieurs années parmi eux, les aidait chaque fois qu'ils rencontraient des problèmes, appelant la pluie quand la sécheresse semait la faim et la misère, guérissant les malades et distribuant à tous de sages conseils.

Mais certains hommes du village, jaloux de ses succès, commencèrent à se montrer hostiles à son égard et à le maltraiter. Lorsqu'il mourut, son esprit monta vers le soleil.

La reine observa une pause et Annah se pencha vers elle, impatiente de connaître la suite.

— Mazengo vit maintenant près de Dieu, reprit la reine, et les Waganga célèbrent encore sa mémoire par de nombreux rituels et par toutes sortes d'offrandes et de cérémonies sacrées. Nous croyons que le monde, un jour, viendra à son terme et que Mazengo sauvera les Waganga, les vivants comme les morts. Voilà pourquoi il est de la plus grande importance que les membres de la famille royale portent sa marque, pour qu'à la fin des temps Mazengo les reconnaisse.

La reine se tut ; un long silence suivit la fin de son histoire. Elle gardait les yeux fixés sur Annah, deux petites boules luisantes enfoncées au fond de son visage griffé de rides.

Une longue minute s'écoula. Puis Annah donna son accord d'un hochement de tête.

Un lent sourire éclaira le visage de la vieille femme.

La cérémonie se déroulait dans la hutte de la reine et seules quelques femmes furent autorisées à y assister. Les autres Waganga – Mtemi compris – attendaient dehors.

Assise derrière Annah, Patamisha la maintenait avec fermeté tandis que la reine mère dévoilait le sein droit de la jeune femme pour baigner délicatement la peau avec une décoction de lierre. Les yeux fermés, Annah se laissait emporter par ses sensations, l'esprit vide, incapable d'élaborer la moindre pensée. Une heure plus tôt, elle avait bu une potion préparée par Zania, destinée à atténuer sa douleur. Au fil des minutes, son anxiété l'abandonna et le décor qui l'entourait lui parut rapetisser pour devenir de plus en plus lointain. Patamisha murmurait à son oreille une étrange litanie tandis qu'elle sombrait dans une sorte de stupeur, à peine consciente des mouvements au-dessus de son corps.

Elle vit soudain briller une lame et, à travers le brouillard de sa demi-conscience, reconnut son propre scalpel.

Un geste vif. D'autres encore. Le feu d'une morsure. Le rouge du sang sur sa peau laiteuse. Le souffle précipité des respirations autour d'elle. À travers ses cils, elle vit les lignes sanglantes entailler sa chair, symbole de son passage à une vie nouvelle, présage d'une autre initiation – amoureuse, celle-là. Car, la nuit du mariage, elle s'ouvrirait à son nouvel époux, marquant de son sang la fusion de leurs corps.

Le sang de l'amour. La marque des Waganga.

Patamisha jeta une poignée de cendres sur la blessure qui se teinta de gris.

La voix de la reine mère lui parvint comme dans un rêve.

— C'est fait.

Elle se mit alors à pousser des cris stridents et cadencés, auxquels les autres femmes joignirent leurs voix.

Patamisha murmura à l'oreille d'Annah :

— À présent, lève-toi et montre-toi aux autres. Courage. Tu es forte.

Annah se mit péniblement sur ses pieds, aidée de la reine et de Patamisha. Elles se dirigèrent vers la porte et sortirent sur le seuil baigné de soleil.

Les hommes la contemplèrent en silence tandis que, portée par ses compagnes, elle avançait au milieu de la foule, flottant dans son rêve.

— Allez le dire au régent, ordonna la reine aux autres femmes. Il ne voulait pas croire qu'elle en aurait le courage…

Annah se retrouva seule, faible et titubante. Non, pas seule. Mtemi était à ses côtés et la couvait d'un regard où brillait la fierté. Comme mus par un même ressort, les hommes de sa garde levèrent leurs lances à l'unisson en signe de respect. Un cri courut dans la foule, un nom, un seul, repris inlassablement par toutes les bouches :

— *Maji ! Maji ! Maji !*

— Bienvenue à notre nouvelle reine ! cria Kitamu. Bienvenue à l'épouse de notre chef !

Même dans l'état d'hébétude où l'avait plongée la drogue de Zania, Annah se sentit traversée par une joie indicible. Son destin était scellé.

Désormais, sa place était parmi eux. Elle se sentait entourée, aimée. Même les branches courbées vers elle semblaient la saluer, la protéger.

Même le ciel, au-dessus d'elle. Immense, clair, d'un bleu tendre.

Trois semaines s'étaient écoulées depuis ce jour mémorable, et sa blessure, traitée quotidiennement avec des décoctions de plantes préparées par Zania, cicatrisait bien. Un jour qu'elle se tenait auprès de Mtemi sous l'arbre à palabres, il murmura en anglais :

— Ce soir, la lune sera pleine. Je veux voir ses rayons caresser les eaux du lac.

Il observa une courte pause, saluant d'un signe de tête ceux qui croisaient son regard.

— Quand tu auras souhaité une bonne nuit à ma famille et que tu auras regagné ta hutte, reprit-il à mi-voix, attends que le village soit endormi. Tu pourras alors sortir pour me rejoindre au bord du lac. Là où le vieil arbre mort est tombé dans l'eau.

Il regarda autour de lui, aux aguets, le visage vide de toute expression.

— Tu as bien compris ?

Le cœur battant, Annah hocha imperceptiblement la tête.

— J'y serai.

Sur les rives du lac teinté d'argent, la boue luisait comme du satin. Annah sentit la terre fraîche et humide lécher ses pieds nus et se glisser entre ses orteils.

Le vieil arbre gisait, à demi immergé, non loin de l'endroit où la piste émergeait de la forêt. Annah s'approcha et scruta la pénombre qui voilait le paysage.

Elle aperçut en premier la peau de léopard, ses taches noires bien visibles contre le sol ocre de la rive. Puis une autre forme se détacha dans l'obscurité : Mtemi.

Elle se dirigea vers lui à pas lents, tous ses sens en éveil, doutant encore de la réalité de cet instant. Cela faisait si longtemps qu'ils ne s'étaient pas retrouvés en tête à tête, loin des regards curieux de la tribu.

Ils n'échangèrent aucune parole et, côte à côte, contemplèrent, immobiles, la pleine lune trouant de sa pâleur la paix de la nuit. De la forêt montait l'écho de milliers de vies cachées : coassement des grenouilles, bruissement des herbes, bourdonnement des insectes.

Annah fut la première à prendre la parole.

— Enfant, je croyais qu'un homme habitait dans la lune.

Mtemi sourit.

— Non, pas un homme : un lapin, corrigea-t-il en tendant le bras vers l'astre suspendu au-dessus des eaux. Regarde, voici ses longues oreilles qui traînent jusqu'à terre.

Ils rirent tous deux. Puis le silence retomba.

— Je ne t'ai pas fait venir ici pour étudier le ciel, dit alors Mtemi.

Les mots pénétrèrent dans l'esprit d'Annah et elle se sentit gagnée par une nervosité grandissante. Attente... Espoir... Peur... Elle chercha dans la nuit la chaude caresse de ses yeux bruns.

— Est-ce que tu le veux, toi aussi ?

Elle le scruta, troublée. Tant de choses s'étaient passées depuis son arrivée au village, depuis ce jour où sa vie avait basculé. Elle avait dû se plier aux dures règles de la tribu, vivre quotidiennement dans l'angoisse d'être prise en faute. Et voilà que, ce soir, toutes les promesses, toutes les libertés s'offraient à eux.

Elle tendit les mains vers lui, deux taches pâles reflétant les rayons de lune.

— Je le veux.

Il saisit sa main et l'entraîna loin de la rive, dans une petite clairière tapissée d'herbe grasse. Là, il posa son manteau sur le sol et lissa du plat de la main les inégalités du terrain. Elle le regardait, osant à peine respirer, attendant une invite, un geste.

Il s'approcha d'elle et referma ses bras autour de son corps pour l'attirer à lui, pressant ses seins contre sa poitrine. Ses doigts fouillèrent l'épaisse chevelure rousse, s'enfonçant avec délice dans la toison soyeuse. Annah leva les mains vers lui, caressant les lignes fermes de ses muscles sous la peau satinée. Ses lèvres effleurèrent son épaule, savourèrent son goût salé.

Il ne fallut à Mtemi que quelques secondes pour libérer Annah du kitenge soigneusement noué par Patamisha. Le noble tissu tomba en petit tas aux pieds de la jeune femme. Son corps nu et blanc luisait dans la nuit, mince et fragile, baigné par les rayons de lune.

La main de Mtemi toucha avec douceur son sein griffé de cicatrices, il pencha la tête pour effleurer de ses lèvres les lignes irrégulières qui entaillaient la pâleur de la peau. Annah sentit la pointe ferme de sa langue courir sur sa chair et son sein se durcir de plaisir.

Enivrée par ses caresses, elle pencha la tête en arrière, ses longs cheveux roux tombant en cascade au creux de son dos. Mtemi la souleva dans ses bras pour la coucher sur la peau de léopard. Puis il s'étendit au-dessus d'elle, écartant doucement ses genoux pour mieux plaquer son corps dur contre le sien.

Les doigts pressant la chair de ses reins, elle s'arqua vers lui pour mieux le recevoir.

Et la lance cachée de l'amour pénétra l'intimité de son corps, balayant toutes les peurs, la remplissant d'ivresse et de certitude.

Faisant d'elle une femme à part entière.

18

Annah et Patamisha se relayaient pour piler le maïs dans une bûche creuse à l'aide d'un bâton à la pointe arrondie. Il faisait très chaud, toutes deux haletaient sous l'effort.

— Ne t'arrête pas ! lança Patamisha en la voyant faiblir. Le temps ne s'arrête pas, lui.

Annah se mit à rire. Malgré la fatigue, elle sentait courir dans ses veines une excitation grandissante. Demain serait le jour de son mariage. Toutes les femmes de la tribu préparaient de la nourriture pour la semaine et un campement réservé aux invités avait été aménagé à l'entrée du village. Chaque guerrier susceptible de se libérer de ses charges quotidiennes était allé chasser afin qu'il y eût abondance de gibier frais pour la fête. Mtemi était parti, lui aussi. Annah l'avait vu s'enfoncer dans le bush à la pointe de l'aube, avec sa lance et son arc, et un carquois rempli de flèches sur son dos. Elle avait espéré qu'il se retournerait avant de disparaître tout à fait au tournant de la piste, pour la voir lui adresser un grand signe du bras. Et c'est bien ce qu'il avait fait. Elle se souvenait encore de ce puissant sentiment de faire partie de lui, de leur union malgré la distance.

Maintenant, nous ne faisons qu'un. Je porte peut-être déjà son enfant...

Un sourire se dessina sur ses lèvres. C'était son secret, son trésor. Le jour du mariage, elle le savait, appartiendrait tout entier aux Waganga – à la tribu, aux guerriers et à la famille royale. Lorsque tous les rites du mariage auraient pris fin, le chef et sa nouvelle reine seraient conduits à la hutte royale. Ils s'étendraient sur le lit drapé pour y savourer leur première nuit conjugale. Pourtant, leur union avait déjà été scellée, et ce moment était leur secret. Un homme, une femme. Sur les rives d'un lac aux reflets d'argent. Au cours de la semaine qui s'était écoulée depuis, ils n'avaient plus eu une seule chance de se retrouver seuls. Mais cette interdiction même ne faisait que renforcer la splendeur et la magie des instants d'amour partagé.

Patamisha la regarda.

— Veux-tu, maintenant, prendre un peu de repos ? Nous pourrions aller ramasser du bois et...

Elle s'interrompit au son d'une rumeur lointaine et échangea un regard avec Annah. Un guerrier apparut, courant à travers le village, pantelant sous l'effort. Déjà, on se rassemblait autour de lui pour le presser de questions. Mais il était trop essoufflé pour répondre. Annah se raidit quand elle le vit s'approcher d'elle.

— Que se passe-t-il ?

Elle jeta un regard circulaire, à la recherche de Kitamu. S'il y avait un problème, cela devait le concerner, pas elle.

— Le chef est tombé, balbutia le guerrier, hors d'haleine.

Annah se figea, balayée par une soudaine panique.

— Que veux-tu dire ? Est-il blessé ?

Le jeune guerrier secoua la tête.

— Il est couché par terre, il ne bouge plus. Rien n'a pu causer cela...

— Où est-il ? cria Annah en se mettant à courir.

— Attends ! lança le guerrier, et il la retint par l'épaule. Tu dois rester ici. Ils le ramènent.

Le visage crispé par l'émotion, il reprit :

— Toi et le sorcier... vous devez le sauver.

Annah soutint son regard, de plus en plus effrayée. Puis elle s'efforça de reprendre le contrôle d'elle-même.

— Très bien. Dis-leur de le porter dans ma hutte.

Puis, avisant le villageois le plus proche, elle ajouta :

— Toi, va chercher Zania.

Elle chercha la main de Patamisha.

— Viens avec moi. Nous devons faire bouillir de l'eau. Apporte aussi du bois.

De l'eau. Du bois. Elle secoua la tête. Tout cela lui parut soudain futile. Quel que puisse être le mal dont il souffrait, Mtemi avait surtout besoin d'une ambulance et de soins d'urgence prodigués par un personnel hospitalier entraîné et compétent. Un homme vigoureux et sain ne s'évanouit pas ainsi sans une sérieuse raison.

La garde de Mtemi survint alors, le corps inanimé de leur chef sur leurs épaules. Ils le posèrent avec une infinie douceur sur le lit d'Annah puis reculèrent, les yeux fixés sur la femme blanche qui se penchait vers lui, ses doigts crispés sur son stéthoscope. Mtemi gisait parfaitement immobile, les yeux clos, le visage détendu, comme s'il dormait.

Annah chercha son pouls d'une main tremblante, soulagée de sentir palpiter la veine. Un souffle léger s'échappait de ses narines.

Il était vivant, mais inconscient.

— S'est-il cogné la tête ?

Les guerriers répondirent tous en même temps.

— Non. Il marchait et puis, tout à coup, il est tombé.

— A-t-il dit quelque chose ?

— Non.

Annah passa en revue ses connaissances d'infirmière sans rien trouver qui lui permette de comprendre. Elle ferma brièvement les yeux pour endiguer l'hystérie qui la gagnait de seconde en seconde. Il fallait recouvrer son sang-froid professionnel, ne voir en Mtemi qu'un patient comme un autre. Mais une seule pensée la hantait : ce n'était pas n'importe qui. C'était Mtemi. Son amour. Son mari.

Dans son désarroi, elle eut vaguement conscience d'un mouvement dans les rangs des guerriers réunis autour du lit. Un homme grand et maigre s'inscrivit dans son champ de vision. Avant même de l'identifier, elle reconnut l'odeur caractéristique et le cliquetis des amulettes.

— Zania !

— Je suis venu. Nous allons travailler ensemble.

Le calme de sa voix ranima le courage d'Annah. Elle se pencha de nouveau sur le corps inerte et entama un examen systématique.

— Le pouls est rapide mais fort, dit-elle à mi-voix, comme si quelqu'un, derrière elle, prenait des notes. La respiration est précipitée, creuse.

Ses mains couraient sur le corps à la recherche de symptômes reconnaissables – température de la peau, crispation des muscles. Ses mains... Il n'y avait pas si longtemps, ces mêmes doigts de lys avaient caressé cette peau d'ébène, quêtant le plaisir, la fusion des sens...

Tandis qu'elle poursuivait son exploration, Zania se tenait debout à ses côtés, le front plissé par la concentration, ses yeux balayant le corps inanimé de Mtemi.

— Quelque chose de grave est arrivé, fit-il soudain. Je le sais.

Sur ces mots, il tourna les talons et s'éloigna. Surprise, Annah s'écria :

— Où vas-tu ?

— Je retourne dans ma hutte. Il y a là-bas des remèdes qui peuvent être utiles.

Annah secoua la tête.

— Nous avons besoin de médicaments, lança-t-elle d'une voix tranchante. Et d'un véritable médecin.

Mais, sourd à ses paroles, Zania poursuivit son chemin. Annah laissa échapper un gémissement. Le plus proche médecin était Michael, à Langali. Mais Mtemi n'était pas en état d'être transporté. Annah se frotta le visage avec accablement, comme pour effacer de sa vue le spectacle désespérant de Mtemi inanimé. Lorsqu'elle rouvrit les yeux, ce fut pour apercevoir la note de sœur Margaret épinglée au mur.

Germantown. Là-bas, ils auraient des médicaments. À défaut de médecin, ils trouveraient des missionnaires possédant une certaine expérience. Il faudrait transporter Mtemi sur une litière.

Annah s'adressa aux guerriers :

— Qui, parmi vous, court le plus vite ?

— Chewi, répondit aussitôt une voix.

Un homme d'une taille impressionnante s'avança.

— Va à Germantown. Raconte à sœur Margaret ce qui se passe. Décris-lui l'état du chef avec le plus de détails possible. Dis-lui de remplir sa trousse avec beaucoup de médicaments et de venir ici au plus vite.

Elle parlait lentement, détachant chaque mot pour qu'aucun ne fût perdu par le jeune homme. Il partit aussitôt, courant déjà.

Annah abaissa les yeux vers le corps de Mtemi. Des mots se formaient dans sa tête, une prière, une plainte, un appel au secours. Elle voulait un miracle. Sœur Margaret apparaîtrait soudain sur le seuil de la hutte, accompagnée d'un médecin qui séjournerait pour quelques jours à Germantown. Il dirait : « Dieu a conduit mes pas ici. Car Il savait qu'on aurait besoin de moi. »

Oui, espéra-t-elle avec force. Tout était possible avec l'aide de Dieu...

Zania revint et chassa de la hutte les autres guerriers. Même Kitamu n'eut pas le droit d'entrer. Seule Annah et la vieille reine étaient autorisées à rester au chevet du chef.

Du regard, Annah chercha dans ses mains les petites outres en peau dans lesquelles il conservait des préparations. Mais il n'avait rien rapporté de sa hutte, juste des amulettes et une petite table basse qui lui servait d'autel.

Croisant le regard de la jeune femme, il secoua la tête.

— Mtemi n'a pas besoin de médecine. Il est sous l'influence d'un esprit mauvais.

À ces mots, la reine mère laissa échapper un cri de terreur.

— Je vais le combattre, reprit Zania.

Il se dirigea vers le seuil, jeta des amulettes sur le sol. Puis il appela au-dehors, réclamant un bâton.

— Je ne veux pas que tu remplisses la hutte de fumée, l'avertit Annah, inquiète de son manège. Il a besoin d'air frais.

Elle s'interrompit en reconnaissant le régent dans l'embrasure. Celui-ci enjamba prudemment les grigris de Zania et s'avança.

— Comment va le chef, mon neveu ? Que dit l'infirmière ? (Il tira une outre de sous son manteau.) J'ai apporté de l'eau.

— Non…, dit Annah. Il ne doit pas boire.

Mais l'homme l'ignora et, d'un geste vif, libéra l'outre de son capuchon. Sans crier gare, la reine détendit brusquement le bras pour jeter l'outre à terre. Son contenu se répandit sur la poussière du sol.

Le visage du régent se crispa, mais il réussit à grand-peine à garder son sang-froid.

— Il ne doit pas boire, répéta Annah. Pas avant qu'on ne sache ce dont il souffre.

— Bien… bien…, dit poliment le régent. Il est entre tes mains.

Puis, tournant les talons, il sortit aussi dignement que possible. Avant de franchir le seuil, il se retourna une dernière fois pour balayer la hutte du regard – un regard aigu, dur, qui glaça le sang d'Annah.

Elle se laissa doucement tomber au bord du lit, à côté de Mtemi, les yeux fixés sur son visage immobile. Rien n'avait changé depuis tout à l'heure… Comment rester ainsi, sans rien faire, alors qu'il se mourait ?

Pendant ce temps, Zania avait dressé un petit autel sous la fenêtre. Les rayons du soleil venaient éclairer un mélange hétéroclite de pierres, de plantes et de statuettes disposées selon un ordre savant. Annah l'observa un instant, hypnotisée, sentant monter en elle une terreur incontrôlable.

Le grondement d'un moteur se fit entendre au loin, qui rompit le calme tendu du village. Annah courut à la porte, vit un Land Rover apparaître au bout de la route puis s'arrêter. Une femme aux cheveux gris habillée de la tenue stricte des missionnaires descendit du véhicule. Elle fit quelques pas et Annah vit qu'elle claudiquait légèrement.

Aussitôt, elle s'élança vers elle.

— Sœur Margaret ! Dieu merci, vous êtes venue !

Elle réalisa alors que l'infirmière avait dû rouler à travers le bush pour être ici aussi vite.

Sœur Margaret ne perdit pas de temps en salutations. Elle entra dans la hutte, commença à examiner Mtemi. Tout en se concentrant sur son travail, elle bombarda Annah de questions. Son visage devint grave.

— Il est très malade, reconnut-elle au bout d'un instant. Mais je ne sais pas ce qu'il a. Nous allons faire ce qui est en notre pouvoir.

Elle ouvrit sa trousse, en sortit une aiguille et une poche de perfusion qu'elle suspendit à un crochet au-dessus du lit.

— Antibiotiques, annonça-t-elle brièvement.

Elle piqua l'aiguille dans le bras de Mtemi et la fixa à l'aide d'un sparadrap. Une goutte de sang perla sur la peau noire.

— J'y ai ajouté de la quinine, reprit sœur Margaret. Au cas où ce serait la malaria.

Annah hocha la tête en silence. Tout ce que faisait cette femme lui paraissait logique et raisonnable. Mais chacun de ses gestes tissait la trame d'une scène irréelle, vision de cauchemar.

— Il est intransportable, reprit la missionnaire en refermant sa trousse. De toute façon, il n'y a rien de plus que nous puissions faire à Germantown. Je retourne immédiatement là-bas pour alerter Langali par radio.

Elle traversa la hutte d'un pas rapide malgré son boitillement. Sur le seuil, elle se retourna pour adresser à Annah un rapide signe d'adieu. Une expression de surprise se peignit sur ses traits devant la scène qu'elle ne découvrait qu'à cet instant : le sorcier et son autel recouvert d'amulettes, la femme blanche drapée dans un kitenge, la valise Louis Vuitton retournée sur le sol pour servir de table, le malade allongé, inerte, sur le lit, presque nu, sa peau marquée de dessins rituels tracés avec de la boue ocre.

Annah croisa son regard.

— Maintenant, lui dit sœur Margaret, il faut prier.

Quand elle fut sortie, Annah essaya de suivre son conseil. Seule avec Mtemi, Zania et la vieille reine, elle ferma les yeux pour oublier le décor alentour – la hutte, les grigris se consumant au-dessus du feu, le murmure des voix, dehors, le bourdonnement des mouches. Mais son esprit vide n'engendrait aucun mot, aucune pensée. Elle n'était habitée que par la force de ses sentiments : amour, peur, doute. Des images traversaient sa mémoire : Mtemi éclatant de rire, Mtemi dansant sur l'herbe... Mtemi étendu au-dessus d'elle, faisant d'elle à jamais son épouse...

Elle rouvrit les yeux et contempla à nouveau l'autel de Zania, les talismans, les bâtons d'encens, les statuettes... Deux mondes radicalement différents... Deux mondes qui s'opposaient, se déchiraient, emportant peut-être, dans leur lutte, le destin de Mtemi...

La nuit s'écoula, heures interminables d'angoisse et d'espoir. L'état du malade demeurait stationnaire. Zania et la reine mère étaient restés, eux aussi. Tous trois étaient suspendus au souffle qui s'échappait des lèvres du jeune chef inerte tandis qu'un petit feu couvait dans un brasero près de la porte, baignant la hutte d'une douce lumière.

L'aube était encore loin lorsque, se levant brusquement, Zania se dirigea vers son autel pour commencer à ranger les objets qu'il y avait déposés.

Soudain alarmée, Annah sauta sur ses pieds.

— Que fais-tu ?

— Le chef est en train de mourir, répondit Zania d'une voix accablée par le chagrin. Plus rien ne peut y changer. C'est fini.

Annah s'agrippa à son épaule.

— Non ! Tu as guéri Ndatala ! Elle était à l'agonie. Tu peux aussi guérir ton chef... N'abandonne pas !

Zania secoua la tête.

— Ne me suis-je pas entretenu avec les ancêtres ? N'ai-je pas brûlé les plumes d'un fœtus de poulet ? J'ai tout tenté. Il est perdu.

Annah le fixa en silence, ébranlée par la conviction qui imprégnait chacune de ses paroles. Puis elle se mit à rire, un rire rauque et fou, alors que les larmes jaillissaient de ses yeux et ruisselaient en cascade sur son visage déformé par le désespoir.

La vieille reine se leva et vint se placer près de la jeune femme. Elle ne la toucha pas, n'esquissa aucun geste de réconfort. Elle était là, tout simplement, forte, immuable.

Annah se laissa tomber à genoux près de Mtemi et, posant sa joue sur sa poitrine nue, écouta les battements sourds de son cœur. Elle pouvait sentir la chaleur qui émanait de son corps et une prière se formait lentement dans son esprit, simple, limpide :

— Voici Ta chance, Seigneur. Zania a renoncé. Si Tu sauves Mtemi, chacun ici saura que c'est Ta divine main qui l'a tiré du piège de la mort. Et ils croiront en Toi.

Elle leva la tête quand Kitamu pénétra dans la hutte, suivi par la garde de Mtemi. Les femmes fermaient le cortège et, bientôt, la hutte fut pleine de corps entassés.

Un rayon de lune filtra par la fenêtre pour venir caresser le lit où gisait Mtemi. Annah laissa son regard courir sur ce visage adoré, sur la ligne parfaite du nez, des lèvres et des joues, sur les yeux clos. Elle voulait les voir se rouvrir. Comme un enfant négociant des alliances secrètes et magiques avec la chance, elle crut un instant qu'il suffisait de regarder ces paupières fermées pour les voir s'ouvrir sur le brun profond des yeux... sur la voie de la lumière et de la vie.

Au petit matin, Mtemi s'agita faiblement. Ses yeux s'entrouvrirent, fixèrent Annah. Tous les membres du village présents dans la hutte retinrent leur souffle.

Annah soutint le regard de Mtemi, paralysée par le torrent de ses émotions. Un mot, un seul, lui vint à l'esprit avec la force et la clarté d'une évidence irrévocable.

Adieu...

Adieu...

Mtemi referma les yeux. Alors que tous, dans la hutte, respiraient, soulagés et remplis d'un nouvel espoir, Annah courba la tête et pleura.

Les flammes, hautes et brillantes, vacillaient sous le ciel de l'aube, langues orange dont le reflet éclaboussait les eaux du lac. Près du brasier, sur une litière, gisait un corps aux longs membres gracieux, le corps d'un guerrier. La peau sombre fraîchement peinte aux couleurs de la chasse. Des pots d'argile pour l'accompagner dans son voyage. Des lances pour se battre. Des vêtements royaux, des colliers d'ambre. Et le manteau en léopard.

L'air résonnait de lamentations. Les bras se tendaient vers le ciel, les têtes oscillaient, alourdies de chagrin. Toute une tribu de fantômes convulsés par l'angoisse. La cendre du bûcher funéraire qui recouvrait les visages se mêlait aux larmes. Les chiens du village, aplatis contre le sol, tremblaient, alarmés par la frénésie ambiante.

Annah, elle, demeurait immobile, silencieuse. Assise au côté de la reine, elle regardait le corps étendu devant elle. Sur sa peau blanche, les cendres formaient des lignes grises. Le roux de ses cheveux luisait étrangement à la lueur du feu. Sur ses genoux était couché un carré de lin blanc. Dans un coin du tissu, on pouvait distinguer, soigneusement brodé, la lettre *M*.

Le silence retomba, ponctué de sons brefs : un cri d'enfant, le crépitement des flammes. Annah leva les yeux et vit l'assistance se retourner de l'autre côté.

Une forme se dressait sur le chemin de la forêt, pâle sylphide au visage d'ivoire cerné de longs cheveux.

La vision pénétra lentement dans le cerveau d'Annah. Elle se leva d'un bond tandis qu'un nom, un seul, s'échappait de ses lèvres :
— Sarah !

Les rangs des Waganga ouvrirent le passage à la nouvelle venue. Sarah avançait d'un pas lent, nerveuse, les mains plaquées contre sa jupe. Elle regardait bravement devant elle, comme si sa survie en dépendait. Lorsqu'elle fut assez près pour apercevoir Annah, elle chancela à la vue de son visage couvert de cendre, de ses yeux bouffis par les larmes, de son kitenge sale et froissé.

Comme attirées par un aimant, les deux femmes tombèrent dans les bras l'une de l'autre. Annah étreignit le corps mince de son amie en silence, son visage enfoui dans les cheveux au parfum de lavande.

Lorsqu'elles se détachèrent enfin, Annah invita Sarah à la rejoindre près de la reine mère. Sarah esquissa quelques pas mais parut vaciller au spectacle des talismans, amulettes et restes brûlés de sacrifices qui jonchaient le sol. Puis elle se ressaisit et s'assit en tailleur près d'Annah.

Sarah regarda enfin l'homme étendu près du feu, détaillant l'arrondi délicat des pommettes, les lignes fermes de la bouche, le menton volontaire, la peau sombre et satinée. Les yeux de la jeune femme se remplirent de larmes et ses lèvres se mirent à trembler, comme si le corps inerte, là, devant elle, était celui d'un homme qu'elle avait aussi aimé et désiré.

Émergeant brusquement de sa contemplation, elle tressaillit violemment quand Zania vint s'accroupir près d'elle pour lui tendre une coupe remplie de cendre – une coupe tachée de sang.

Elle jeta un regard rapide en direction d'Annah tandis que Zania crachait dans les cendres, qu'il remua du doigt pour en faire une pâte. Puis il attendit, ses yeux perçants fixés sur Sarah. Un murmure courut dans la foule. On attendait. On observait.

Alors Sarah tendit son visage en direction de Zania pour recevoir les marques rituelles.

Annah contempla la scène, un flot de larmes traçant de fins sillons sur la cendre de ses joues.

Les cendres du brasier où allait se consumer le corps de son amour.

Les cendres de ses rêves.

Annah se leva et s'approcha de Mtemi pour déposer son offrande – la taie d'oreiller brodée de la lettre M. Son rôle était terminé ; elle

303

devait quitter la cérémonie. Seuls les guerriers resteraient auprès de Mtemi pour brûler sa dépouille.

Patamisha raccompagna les deux femmes au village. Annah ne devait plus craindre de retourner dans sa hutte, expliqua-t-elle, car Zania avait conjuré les mauvais esprits en faisant brûler des plantes magiques. Il avait aussi tué trois poulets et recouvert le seuil avec leur sang.

Lorsqu'elles furent devant la hutte, Patamisha fit signe à Annah d'entrer la première. Annah s'exécuta et, en franchissant la porte, sentit une boue rougie de sang coller à ses semelles. Sarah lui emboîta le pas, essayant de son mieux de ne pas regarder à terre.

Patamisha resta dehors.

— Elia va vous apporter du thé, annonça-t-elle avant de s'éloigner d'un pas vif, léger.

Le village était étonnamment silencieux. Annah se laissa tomber sur le sol dans un angle de la hutte, genoux repliés, tête baissée, ses longs cheveux roux lui cachant le visage.

Sarah prit place sur un tabouret à trois pieds. Elle s'agita, mal à l'aise, le front plissé par la tension nerveuse.

— Michael était en train d'opérer quand la nouvelle nous est parvenue..., commença-t-elle.

Sa voix flotta, étrange, dans l'air lourd. Annah leva la tête.

— Il ne pouvait pas partir, poursuivit Sarah, c'était une césarienne compliquée. Des jumeaux. Je lui ai dit que je voulais venir seule, mais il a répondu que ce serait trop risqué de voyager de nuit. Alors...

Ses doigts se crispèrent sur sa jupe.

— ... je lui ai désobéi. Il fallait que je vienne. J'ai pris les clés de la voiture et je suis partie. Je me suis perdue deux fois. Je n'arrêtais pas de penser que, puisque j'avais le Land Rover, Michael ne pourrait pas quitter Langali. Mais j'ai continué quand même. Je devais être là.

Annah hocha la tête, toujours murée dans son silence.

Alors Sarah continua de parler – de Kate, d'Ordena, de Tefa, de son travail. Puis elle demanda :

— Et maintenant ? Que comptez-vous faire ?

Annah lui jeta un regard douloureux.

— Je pourrais vous ramener à Murchanza, reprit Sarah. Vous prendriez le train pour Dodoma et, là-bas, la mission vous viendrait en aide. Allez voir l'évêque.

— Je ne pars pas.

Annah avait parlé d'une voix claire, nette.

— Ici, je me sens chez moi, ajouta-t-elle en balayant d'un geste le décor qui les entourait.

En effleurant le lit, Annah eut l'impression d'y voir l'empreinte du corps de Mtemi, comme s'il avait passé la nuit sur cette couche, étendu à son côté. Elle ne pouvait s'imaginer être ailleurs qu'ici, sous ce toit, là où elle avait posé sa tête sur la poitrine encore chaude de Mtemi pour écouter battre son cœur.

Cette hutte serait son sanctuaire.

Sarah se leva pour s'approcher d'elle.

— Je dois partir, dit-elle doucement.

— Sarah…

La voix d'Annah n'était plus qu'un murmure. C'était la voix d'une toute petite fille perdue.

— Aidez-moi… Serrez-moi dans vos bras…

Et, tandis qu'elles s'étreignaient une dernière fois, la terre qui recouvrait le sol laissa des traces ocre sur leur peau et sur leurs vêtements, abolissant les différences. Comme si, désormais, les deux femmes appartenaient à la même souche, partageaient les mêmes racines.

Dans le chaos des jours suivants, le temps parut s'écouler sans ordre ni objet. Les heures s'envolaient ou, au contraire, traînaient, interminables. Annah s'en moquait. La vie s'était arrêtée pour elle au moment même où Mtemi avait exhalé son dernier souffle. Depuis, elle se sentait comme suspendue au-dessus des choses, enfermée dans un état de stupeur et d'apparente indifférence.

Chaque villageois vint lui présenter des offrandes : nourriture, encens, tissus… Annah les recevait sans broncher, masquant son désespoir derrière un visage impassible. Malgré ces gestes de compassion, elle savait que la tribu était mal à l'aise en sa présence. En l'absence du chef, il n'y avait aucun protocole, aucune consigne pour leur permettre de savoir comment traiter avec la femme blanche. Quel serait, désormais, son statut ? On ne pouvait la renvoyer au village de sa mère comme on l'aurait fait avec une Waganga. Elle avait été la fiancée de leur chef et portait la marque de la maison royale. Mais elle n'appartenait plus, désormais, à aucun homme.

Il n'y eut que Patamisha, Zania et la reine mère pour continuer à traiter Annah comme auparavant, venant lui rendre visite, l'encourageant à manger, à se laver, à parler. Acceptant aussi ses refus silencieux et partageant ses larmes.

Une semaine après la mort de Mtemi, Kitamu pénétra dans la hutte d'Annah, vêtu de ses vêtements royaux comme il seyait à son rang. Ils échangèrent les salutations d'usage, veillant, selon la tradition, à ce que chaque réponse porte la marque de l'espoir et de l'optimisme. Puis Kitamu s'assit sur un tabouret au bois finement sculpté qu'il avait apporté avec lui.

— Le gouvernement de Tanzanie vient d'édicter une loi interdisant que l'on désigne de nouveaux chefs, commença-t-il d'une voix posée. Mais je suis et resterai celui qui parle au nom de mon peuple.

Annah approuva ses paroles d'un hochement de tête. La tribu devait avoir un chef, quelle que soit la loi.

— Je veux te dire que tu seras toujours la bienvenue parmi nous, reprit Kitamu. Et je serai responsable de toi, je veillerai à tous tes besoins.

Il évitait de croiser son regard. Comprenant soudain qu'il rassemblait son courage pour poursuivre, elle lui sourit.

— Il est vrai que mon frère est mort avant d'avoir eu le temps de t'épouser. Tu n'es encore que sa fiancée. Malgré cela, je crois qu'il est de mon devoir, comme c'est la coutume parmi nous, d'élever des enfants qui honoreront sa mémoire.

Il jeta un rapide coup d'œil à la jeune femme.

— Patamisha le souhaite aussi. N'est-elle pas déjà ta sœur ?

Par ces mots, il lui proposait de devenir sa seconde épouse. Elle connaissait bien, à présent, les règles du village et savait que c'était une offre sincère, généreuse. En la prenant pour femme, Kitamu honorait la mémoire de son frère et lui offrait sa protection.

Elle l'écoutait, détachée de l'instant, loin déjà des réalités de ce monde. Loin de tout.

Mais, quand elle le regarda, elle lut sur son fin visage une compassion et une gentillesse qui la touchèrent au plus profond.

— Merci, dit-elle lentement. Je suis flattée de ta proposition.

Kitamu s'éclaircit la gorge nerveusement, puis il se leva.

— Je reviendrai discuter avec toi de ta dot. En attendant, ta nourriture sera désormais préparée sur mon feu.

Il s'apprêtait à franchir le seuil de la hutte lorsqu'il se retourna.

— C'est la sorcellerie qui a tué mon frère.

Annah hocha de nouveau la tête. En Afrique, elle le savait, on imputait souvent à la magie une mort inexpliquée.

— Je crois, reprit Kitamu à voix basse, que notre chef a été empoisonné. Je soupçonne mon oncle, le régent.

— Le régent ? répéta Annah, interloquée.

— Il était en colère depuis le retour de Mtemi. Il régnait sur notre

306

tribu depuis longtemps, personne n'avait le droit de discuter ses ordres. Ce qu'il voulait, c'était conserver le pouvoir. Mtemi aurait épousé sa nièce et partagé ses affaires. C'est un homme riche et cupide. Mtemi et lui ne se sont pas entendus. Certains disent même que mon oncle serait allé voir des membres du gouvernement pour dire du mal de mon frère.

Annah se remémora alors les traits gonflés de suffisance du régent, son attitude méprisante et rageuse. Oui, cela se tenait... N'était-il pas venu au chevet de Mtemi agonisant pour lui apporter de l'eau ? La reine mère l'en avait aussitôt empêché. Elle se doutait déjà de quelque chose...

Ils se saluèrent à nouveau et Kitamu quitta la hutte. Annah laissa le silence se refermer sur elle, anesthésier sa douleur. Un espace privé de toute réalité, sans couleur, sans direction.

Comme le sommeil.

Comme la mort.

— Il est temps de quitter les bras de l'obscurité pour la lumière du soleil !

La voix de Zania lui parvint à travers les parois de la hutte et la tira de sa torpeur.

Elle ne répondit pas, aussi Zania reprit-il :

— Je t'attends dehors.

Un objet fendit l'air en passant par la fenêtre et vint tomber aux pieds d'Annah. Elle reconnut le panier tressé dans lequel Zania recueillait ses plantes médicinales.

— Je ne suis pas pressé, dit encore le guérisseur. Nous partirons dès que tu m'auras rejoint.

Annah s'ébroua. Elle savait que rien ne découragerait l'opiniâtreté de Zania. Quittant son lit, elle ramassa le panier et se dirigea vers la porte. Le soleil baignait la terre, à l'entrée de la hutte, soulignant les traces séchées du sang que Zania avait répandu sur le seuil la nuit où Mtemi était à l'agonie.

Quand elle sortit, Annah sentit avec plaisir la chaude caresse des rayons sur ses pieds nus tandis qu'elle clignait les yeux dans l'aveuglante lumière de l'après-midi. Elle fut surprise de voir que le monde palpitait de sons, de couleurs, de parfums. De vie. Dans son désespoir, elle avait cru que l'univers entier avait sombré dans la grisaille et le froid.

En la voyant apparaître, Zania sourit. Il la salua d'un signe de tête et se mit aussitôt en route. Ils quittèrent le village par un chemin qui leur évitait de passer devant les huttes des autres habitants. Annah lui fut reconnaissante de ne pas avoir, ainsi, à répondre aux interminables salutations des membres de la tribu, à toutes les questions rituelles sur sa maison, sa nourriture, son travail.

— Nous avons à faire, lança-t-il par-dessus son épaule.

Puis il leva la tête pour scruter le ciel sans nuages. Annah lut de l'anxiété sur son visage et songea au spectre de la sécheresse qui, régulièrement, menaçait le village.

Lorsqu'ils atteignirent l'orée de la forêt, elle pénétra dans les épaisses frondaisons, savourant cet espace de fraîcheur sous les lourdes branches des arbres. Elle aimait le calme de ce monde vert et moite, gorgé de sève. Il apaisait sa souffrance, comme la paix immobile et vide de sa hutte.

Ils ne cueillirent pas autant d'herbes que les fois précédentes. Zania cherchait surtout celles qui servaient à appeler la pluie.

De retour au village, ils trouvèrent celui-ci étrangement tranquille. Désert.

— Où sont-ils tous partis ? s'inquiéta Annah.

Les yeux étrécis, Zania observait le décor privé de son animation habituelle.

— Je ne sais pas.

Ils avancèrent sur la route, croisant seulement quelques poulets et des chiens errants. Le silence pesait sur eux, inquiétant. Quand ils tournèrent dans le petit sentier conduisant à sa hutte, Annah se figea, glacée par le spectacle qu'ils découvrirent. Les montants de la petite construction avaient été aspergés de sang. Des entrailles sanguinolentes constellaient l'avant-toit. Un coq sans tête gisait sur le seuil.

Zania contempla la scène. Puis il saisit Annah par le bras et l'entraîna au loin. À ce moment, Patamisha apparut au détour du chemin. Elle courut vers eux et parla à Zania dans leur dialecte. Son débit était rapide, chargé d'angoisse.

Elle les poussa à l'ombre de deux huttes afin qu'ils échappent aux regards. Un bras sortit d'une porte, agrippa Annah et l'attira à l'intérieur.

— C'est moi. Kitamu.

Le cri dans la gorge d'Annah mourut aussitôt.

— Le régent a monté la tribu contre toi, souffla-t-il. Il t'accuse d'avoir fait mourir le chef par la sorcellerie.

Tout le corps d'Annah fut parcouru d'un spasme d'horreur. Elle secoua la tête, incrédule. Comment les villageois avaient-ils pu le croire ? N'étaient-ils pas ses amis ?

— Beaucoup se sont élevés contre cette idée, expliqua Kitamu, mais ce n'est pas tout. On dit que tu es restée trop longtemps dans ta case à pleurer Mtemi, que tu as versé trop de larmes. Ils pensent que, tant que tu seras ici, la pluie ne tombera pas.

Il lui tendit sa valise, la boîte contenant le microscope et sa trousse médicale.

— J'ai réussi à sauver tes biens. Tu dois partir sans plus tarder.

— Non ! protesta Annah. Ce village est aussi le mien. Je me sens chez moi, ici. (Sa voix trembla.) Je suis devenue une Waganga.

— Voilà pourquoi tu dois faire ce que je te conseille, répondit Kitamu. Pour le bien de la tribu comme pour le tien, tu dois t'en aller et ne jamais revenir.

Annah chercha des yeux le secours de Patamisha et de Zania. Elle lut sur leurs visages l'inquiétude et la stupeur. Ils soutinrent son regard sans prononcer un mot, sans esquisser un seul geste.

Kitamu saisit la main de la jeune femme, lui glissa un morceau de tissu enroulé autour de quelques pièces.

— Prends ça et suis le chemin qui traverse le bush pour rejoindre la route.

Il lui tendit ses bagages et la poussa vers la porte.

— Pars. Un autobus passera pour t'emmener loin d'ici.

Le soleil pesait sur ses épaules, torride, et un nuage de mouches bourdonnait autour de son visage. Sa valise était lourde au bout de son bras, mais elle se forçait à marcher sans répit. Elle ne s'arrêta que pour cueillir une plume rose tombée sur le chemin. Sa douceur la réconforta brièvement, mais rien ne pouvait alléger le poids qui accablait son âme.

Une étrangère errant sans but, voilà ce qu'elle était devenue.

Seule dans le bush, sans foyer, sans famille. Sans passé, ni futur.

Sans amour.

Rien qu'un cœur blessé et vide.

TROISIÈME PARTIE

19

1965, Tanzanie, Afrique orientale

Le plancher sale aux lames disjointes laissait filtrer un brouhaha de conversations et de rires, des bribes de musique diffusée par le juke-box, en même temps que des relents de parfum bon marché et de bière éventée. Par la fenêtre ouverte montaient les bruits de la rue et les odeurs d'essence. Étendue sur un lit plein de bosses, Annah laissait errer un regard vide sur les motifs tracés au plafond par l'humidité ambiante. Elle restait indifférente aux sons, aux odeurs et même aux punaises qui s'attaquaient à sa peau. Seule lui parvenait la succession des jours et des nuits dans cette chambre miteuse au-dessus du bar, là même où, un jour, une infirmière missionnaire s'était assise pour boire une bière avec le fils d'un chef. Mais c'était dans un autre monde. Tous deux étaient alors si propres et si beaux dans leurs vêtements étrangers, conscients que quelque chose de rare et précieux venait de commencer.

Chaque jour, le propriétaire de l'hôtel frappait bruyamment à sa porte pour réclamer de l'argent. À défaut, Annah lui remettait un objet quelconque extrait de sa valise, payant ainsi le droit d'occuper cette chambre sale, la nourriture immangeable et le pot d'eau douteuse que le garçon de cuisine lui montait deux fois par jour. Elle se disait parfois que, lorsque tous ses maigres biens seraient dispersés, elle ne serait plus qu'une coquille vide et desséchée. Il ne lui resterait plus, alors, qu'à mourir. Elle en venait à désirer ce moment afin d'accéder à l'oubli salutaire. Le sentant si proche, elle s'étonnait chaque matin de se retrouver encore en vie.

Des coups à la porte la firent sursauter. Il lui semblait avoir déjà reçu la visite du propriétaire le matin même, mais ce n'était pas certain. Elle se leva, jeta un coup d'œil à sa valise en se demandant ce que, cette fois, elle pourrait bien lui remettre. Puis elle se souvint de lui avoir déjà donné sa montre-bracelet. Il l'avait saisie de ses doigts crochus en s'éloignant aussitôt, de peur sans doute de la voir se raviser.

On frappa de nouveau.

Irritée d'avoir à affronter encore ce rapace, elle se dirigea d'un pas vif vers la porte et, d'un geste brusque, l'ouvrit toute grande.

Un homme jeune et blond se tenait sur le seuil. Vêtu d'un costume gris bien coupé, le teint bronzé et les cheveux courts, il posa sur elle un regard bleu plein d'assurance. Annah le dévisagea avec ahurissement. L'homme parut soudain aussi surpris et sembla perdre contenance tandis qu'il fixait d'un air incrédule la tignasse rousse emmêlée, le corsage froissé, le kitenge, les jambes égratignées, les pieds nus et sales.

Il fit un pas en arrière, lui tendit une carte de visite. Annah reconnut immédiatement l'emblème bleu et blanc orné d'un poisson bondissant. Tous les missionnaires et les Africains connaissaient ce logo, précieux entre tous puisqu'il signifiait l'arrivée de remèdes et de matériel médical. Au-dessous, on pouvait lire, en caractères d'imprimerie modernes : *Jed Saunders, Association américaine pour la recherche médicale.*

— Désolé de vous déranger, madame... (L'homme parlait avec un accent américain légèrement traînant.) Je... j'ai dû me tromper. En fait, je recherche quelqu'un qui...

Il sembla hésiter, lorgna sur la chambre sordide.

Annah sentit une sourde angoisse monter en elle. Personne ne pouvait la chercher. Personne ne pouvait désirer la voir.

— On m'a informé que je trouverais ici une femme blanche, reprit Jed Saunders. Il s'agirait d'une sorte de guérisseuse. Je sais, cela peut paraître étrange...

Sa confusion augmenta quand il distingua la valise d'Annah derrière elle. Malgré ses tribulations, elle arborait encore le monogramme de la marque prestigieuse.

— Je l'ai cherchée dans un village waganga mais elle n'y était pas...

Annah frémit.

— Les Waganga ?

Zania. Patamisha. La vieille reine.

Le peuple de Mtemi...

Jed hocha la tête.

— Le chef m'a dit qu'une femme blanche avait vécu parmi eux mais qu'elle était partie depuis plusieurs semaines. Il m'a conseillé d'aller me renseigner à Murchanza ; c'est le postier d'ici qui m'a informé qu'une Occidentale habitait cet hôtel.

Les plus folles pensées se bousculaient dans le cerveau de la jeune femme. Que pouvait-il lui vouloir ? Devait-elle se taire ou lui faire confiance ?

— Je ne sais rien de cette femme, lâcha-t-elle enfin.

— Vous ne la connaissez pas du tout ? Peut-être en avez-vous entendu parler ?

Annah secoua la tête. Puis, sur un ton qu'elle aurait souhaité plus neutre, elle ajouta :

— Que peut bien faire une femme blanche dans un village du bush ?

— Précisément, voilà qui est difficile à expliquer. Certains parlent d'elle comme d'une reine, l'épouse d'un grand chef. D'autres racontent que c'est une guérisseuse. (Jed lui-même paraissait incrédule.) Quand j'ai voulu en savoir plus, ils sont allés chercher un vieil homme qui avait l'air d'un sorcier. Il m'a fait de grands éloges à son sujet : selon lui, elle avait beaucoup de pouvoirs et elle connaissait les remèdes africains aussi bien que ceux employés par les Occidentaux. Il a prétendu qu'ils avaient travaillé ensemble.

Ces paroles réchauffèrent le cœur d'Annah. Elle apprécia que personne n'ait raconté à cet étranger comment elle avait été chassée du village. Malgré ce qui s'était passé, les Waganga savaient faire preuve de loyauté à son égard. À cette pensée, elle se sentit envahie par une émotion presque douloureuse.

— Il faut absolument que je la trouve, insista l'Américain.

Il paraissait vraiment désespéré, mais Annah continuait à se méfier.

— Désolée. Je ne peux pas vous aider.

— Eh bien… merci. Navré de vous avoir dérangée.

Il leva une main en guise d'adieu. Debout sur le seuil de sa porte, Annah le regarda s'éloigner dans le corridor mal éclairé. Toujours préoccupée par cette visite inexplicable, elle regagna sa chambre mais, devant le lit et les draps sales, elle sut qu'elle ne parviendrait plus à retrouver l'engourdissement qui lui tenait lieu de paix. L'arrivée de cet étranger, ses questions et, surtout, les souvenirs qu'il avait réveillés… autant de raisons de se sentir à présent troublée au plus profond d'elle-même.

Elle se précipita dans le couloir, l'aperçut au pied de l'escalier.

315

— Attendez ! (Le mot s'envola dans le vide et la tête blonde se retourna.) Je suis la femme que vous cherchez !

Jed revint sur ses pas ; son visage exprimait un mélange d'espoir et de scepticisme.

— Descendons pour parler, suggéra-t-il. Je vous offre à déjeuner. Ou un verre. Ce que vous voulez...

— Non, merci, venez plutôt chez moi.

Jed franchit le seuil après une brève hésitation et se mit à aller et venir dans la chambre. À chacun de ses mouvements, Annah percevait l'odeur de sa lotion mêlée à celle de la citronnelle. Elle remarqua cette fois que le costume était froissé et légèrement poussiéreux, tout comme la chemise.

— Laissez-moi d'abord vous expliquer qui je suis, commença Jed. Je travaille au bureau d'études d'une compagnie qui fabrique des médicaments. Des antibiotiques, principalement. Mais nous cherchons toujours à en découvrir de nouveaux. En fait, nous pensons qu'au fil des générations certains guérisseurs indigènes ont pu acquérir des connaissances intéressantes et nous aimerions les étudier. (Il poussa un profond soupir.) Cela ne devrait pas présenter de difficultés, et voilà pourtant des semaines que je voyage d'un endroit à l'autre du pays pour visiter les coins les plus perdus et interroger toutes sortes de gens. Je dors sous la tente, sans même pouvoir prendre un bain. Et tout ça pour rien ! Je n'ai rencontré que tricherie et superstition ! Pas la moindre trace d'un remède efficace. Le problème, malheureusement, c'est que je ne peux pas rentrer les mains vides.

Il implora la jeune femme du regard.

— J'ai besoin de votre aide. Si seulement vous pouviez au moins me parler de votre propre expérience... Avez-vous vu ces sorciers obtenir de *vrais* résultats ?

Annah se sentit gagnée par une vague de fierté ; elle releva la tête.

— Certainement. Je l'ai vu, répondit-elle.

Elle lui raconta l'histoire de Ndatala et sa guérison miraculeuse, évoqua encore d'autres cas où les traitements de Zania avaient réussi quand les médicaments occidentaux avaient échoué ou n'étaient pas disponibles.

Jed se frottait les mains, enchanté.

— Extraordinaire ! Merveilleux ! Je vous en prie, racontez-moi tout cela plus en détail...

Annah parla longuement, se laissant porter au gré de ses souvenirs.

— Et toutes ces guérisons sont l'œuvre de cet homme qui m'a parlé de vous ? demanda Jed.

— En effet ; c'est un guérisseur, pas un sorcier.

— Mais je lui ai demandé de quelles plantes il se servait, et il m'a répondu qu'il avait seulement besoin de sang de poulet et de poils de chien.

Annah se mit à rire et le son de son rire la surprit, comme la première pluie frappant le toit à la fin de la saison sèche. Elle sentait le grain lever en elle, frémir de tendres pousses vertes.

Jed haussa les épaules avec désespoir.

— Il est impossible de communiquer avec ces gens. Je ne sais que faire. Peut-être accepteriez-vous de retourner avec moi dans ce village pour que j'apprenne quelque chose ?

— Non, répliqua calmement Annah.

— Pourquoi ? Vous avez manifestement de bonnes relations avec eux. Où est le problème ?

Il fouilla dans sa poche et en sortit un portefeuille de cuir.

— Je vous paierai, bien entendu. Ce que vous voudrez.

Mais Annah arrêta son geste.

— Ce n'est pas une question d'argent.

Jed reprit ses allées et venues dans la pièce, sourcils froncés, désireux de la faire changer d'avis.

— Je sais ce que nous allons faire, dit-il finalement. Je vais prendre une chambre ici pour la nuit. Vous allez réfléchir et je vous verrai demain matin.

Sans répondre, Annah ouvrit la porte et attendit qu'il sorte.

Elle resta longtemps appuyée contre le battant, immobile, le souffle court. Son regard flotta à travers la pièce, balaya la moustiquaire sale et percée, les draps tachés de sueur, la poussière sous le lit, autant de détails sordides qu'elle n'avait même pas remarqués jusqu'à aujourd'hui. On aurait dit que l'intrusion de Jed – telle une voix venue du monde extérieur – avait brisé le sortilège qui l'emprisonnait et l'empêchait de penser. Tout ici lui semblait à présent sale et étranger.

Elle eut soudain besoin d'air frais et se précipita pour ouvrir la fenêtre. Les coudes posés sur le rebord, elle observa la rue.

Un Land Rover était garée juste devant l'hôtel. Annah devina sans peine qu'il s'agissait de la voiture de Jed. Elle pouvait apercevoir clairement le logo de l'association médicale inscrit sur le côté. Le véhicule paraissait neuf, sa peinture bleu et blanc à peine voilée de poussière. À travers les vitres, Annah distingua des paquetages, des tentes roulées et du matériel de camping.

317

Les yeux fixés sur la voiture, elle sentit une idée germer peu à peu dans sa tête.

Le sol en béton du hall était froid sous ses pieds nus. Annah se dirigea vers le bar, où on lui avait dit qu'elle trouverait l'Américain. Avant de quitter sa chambre, elle avait peigné ses cheveux, lavé son visage et resserré autour d'elle son kitenge, mais son apparence restait malgré tout étrange et négligée. Un groupe d'Africains debout près du juke-box se retourna pour la dévisager ; sans leur accorder la moindre attention, elle s'avança vers l'homme blond assis sur un tabouret devant le bar.

Jed leva les yeux de son verre de bière et parut manifestement surpris de la revoir si vite. Retrouvant aussitôt ses bonnes manières, il sauta sur ses pieds pour la saluer.

— Je peux vous aider, attaqua directement Annah. Mais nous devrons conclure un marché.

Jed écarquilla les yeux.

— Un marché ?

— Voilà. Vous me donnez un Land Rover et une somme couvrant le salaire d'un assistant africain. Vous me garantissez un approvisionnement régulier en médicaments produits par votre société. Mon assistant et moi voyagerons à travers le pays dans les régions les plus reculées pour prodiguer des soins et enseigner aux populations quelques règles élémentaires d'hygiène. En même temps, j'interrogerai les guérisseurs et je vous informerai de mes découvertes. Je rassemblerai des échantillons de leurs remèdes et vous les expédierai.

Elle avait parlé presque sans reprendre son souffle. Jed la dévisagea, interloqué. Lorsqu'il eut compris les implications de cette proposition, un sourire de soulagement éclaira ses traits. Il avança la main pour serrer celle d'Annah.

— C'est un marché, en effet ! Donnez-moi quelques semaines pour tout organiser. Je me rendrai directement à Dar es-Salaam pour voir comment faire.

Annah l'arrêta d'un geste. Il lui fallait agir de suite, sinon elle retomberait dans un nouvel état de prostration dont elle n'aurait peut-être plus le courage de sortir. Le sourire de Jed s'effaça.

— Je ne vois pas...

— Il existe une solution plus rapide. Laissez-moi votre équipement. Vous n'aurez qu'à regagner Dodoma en train.

Jed la contempla, bouche bée.

— Mais... c'est très irrégulier... Je dois en parler d'abord à ma société. Vous comprendrez que...

Annah fixa sur lui un regard décidé et, quand elle parla, ce fut d'un ton catégorique.

— Maintenant ou jamais, monsieur Saunders.

L'arrière-boutique du commerçant arabe était une véritable caverne d'Ali Baba, un fouillis d'objets dépareillés plongés dans une pénombre perpétuelle.

Jed posa à terre le lourd sac qui lui sciait l'épaule. Il était rempli de médicaments périmés pour lesquels il avait dû payer un montant exorbitant au centre commercial local. Quant aux autres achats de la matinée – nourriture, allumettes, bidons de kérosène et articles divers –, ils étaient restés dehors sous la surveillance d'un Africain. Il avait fallu des heures pour rassembler tout ce dont Annah avait besoin. Après quoi, elle avait entraîné Jed dans cette misérable boutique.

— J'ai besoin de deux armes, dit-elle en swahili à l'Arabe. Une pour les oiseaux et le petit gibier. L'autre pour un plus gros gibier.

Le marchand fit signe qu'il avait compris. Il déposa sur le comptoir une carabine, puis un fusil de chasse. Les armes étaient manifestement d'occasion, mais bien nettoyées et graissées.

— Voilà exactement ce qu'il vous faut.

D'un seul coup d'œil et sans même y toucher, Annah vit qu'il s'agissait d'armes de médiocre qualité.

Elle refusa d'un geste de la main. L'Arabe se tourna vers Jed. Il avait mis quelque temps à comprendre que son client était la femme et non l'homme, mais il ne pouvait s'empêcher d'en appeler à l'Américain. Ce dernier se contenta de hausser les épaules.

— Montrez-lui d'autres modèles.

L'offre suivante était un peu meilleure. Jed recula prudemment d'un pas quand Annah épaula les armes et vérifia les canons.

Mais elle les reposa.

— Ils ne sont pas bons, déclara-t-elle catégoriquement.

Quand elle se décida enfin pour une carabine de calibre 22, le comptoir était encombré d'armes et le marchand arabe, impressionné par la détermination de sa cliente.

— Elle sait ce qu'elle veut, lâcha-t-il avec admiration.

Tandis qu'il lui présentait un dernier fusil de chasse, il se rapprocha d'elle et son regard s'attarda sur son chemisier, dont le col entrouvert laissait apparaître un triangle de chair pâle.

— La crosse est en bois rare, précisa-t-il en chuchotant sur un ton d'intimité. Et le métal finement ciselé.

— Posez-le sur le comptoir, intervint froidement Jed.

Annah se concentrait, étudiant l'arme de près. Elle finit par porter son choix sur une Winchester M 70, 375 Magnum.

L'Arabe siffla entre les dents.

— C'est un fusil américain. Très cher. Tout neuf.

Annah se tourna vers Jed.

— Je pourrais me contenter du Jeffries, dit-elle en désignant un fusil de seconde main en bon état.

Les deux hommes échangèrent un regard.

— Je veux qu'elle ait ce qu'il y a de mieux, déclara finalement Jed. Peu importe le prix.

L'Arabe s'inclina.

— Il y a encore les permis, fit-il observer.

Jed extirpa un portefeuille bourré de dollars américains.

— Occupez-vous-en.

L'affaire conclue, Annah glissa les deux armes en bandoulière sur son épaule et regagna le 4 × 4 bleu et blanc. Dans le ciel clair du soir, la pleine lune était déjà levée. Ils se serrèrent la main en se souhaitant bon voyage sous le regard curieux de l'hôtelier qui les observait depuis le seuil de son bar.

Jed jeta un dernier coup d'œil inquiet en direction de la voiture. Est-ce qu'Annah avait bien pris tout ce qu'il lui fallait ? N'aurait-elle pas peur de voyager ainsi seule ? Elle le rassura en quelques mots et s'installa au volant.

— Ne vous inquiétez pas, monsieur Saunders. Je ne vous laisserai pas tomber.

— Merci.

Elle tendit la main afin qu'il lui remette les clés, et il s'exécuta avec un grand sourire.

— Je vais pouvoir enfin quitter ce bout du monde ! s'exclama-t-il. Vous ne pouvez pas savoir combien j'en rêvais !

Pourtant, quand il recula pour la laisser partir avec un dernier salut de la main, son sourire était devenu mélancolique et une pointe de regret se lisait dans ses yeux bleus.

Annah ralentit en pénétrant dans la cour de l'hôpital. Il lui avait fallu quelque temps pour retrouver ses réflexes de conductrice mais, à présent, elle conduisait avec assurance. Après s'être arrêtée doucement, elle regarda autour d'elle, reconnaissant à peine les bâtiments et les jardins replantés.

Bien des choses s'étaient passées depuis qu'elle avait quitté la mission de Germantown...

La voiture fut bientôt entourée de la petite foule habituelle d'Africains – patients ou membres du personnel soignant. En découvrant Annah au volant, les sourires et les paroles de bienvenue se transformèrent en regards indécis. Quelques minutes de gêne s'écoulèrent, puis apparut la silhouette aux cheveux gris de sœur Margaret. Elle considéra le Land Rover tout neuf et le label bleu et blanc sur la portière avant de fixer son attention sur Annah.

Les deux femmes se dévisagèrent un bon moment en silence. Bien des sujets auraient pu être abordés à cet instant – la mort de Mtemi, la vie d'Annah au village, son départ. Mais aucune allusion au passé ne fut exprimée.

— Bienvenue à Germantown, dit enfin sœur Margaret.

Annah lut de la compassion dans ses yeux, et aussi de l'inquiétude.

— Merci.

Elle se rendait compte que tout le monde attendait qu'elle descende de voiture, ce qui aurait déclenché le rituel des invitations à prendre le thé, faire le tour de l'hôpital, écouter toutes sortes d'histoires. Mais elle préféra rester sur son siège.

— Quelque chose ne va pas ? demanda sœur Margaret en jetant un regard de reproche à un petit groupe d'infirmières qui chuchotaient entre elles d'un air scandalisé.

— Je voudrais voir Stanley. Je partirai ensuite.

Sœur Margaret parut soulagée. Elle glissa quelques mots rapides en swahili à un adolescent, qui partit aussitôt en courant. En le voyant dépasser les salles d'hôpital pour se diriger vers les bâtiments extérieurs, Annah s'inquiéta.

— Où va-t-il ?

— Ne désirez-vous pas voir Stanley ? Ah, je vois... Il y a eu quelques petits changements. Mon assistant est venu me rejoindre avec quelques-unes de mes infirmières les plus compétentes. Je n'avais donc plus besoin de lui à l'hôpital.

Annah la regarda avec incrédulité. Un nouveau silence s'établit, puis le garçon réapparut et annonça d'un air victorieux :

— Le magasinier arrive.

La jeune femme sentit des larmes lui monter aux yeux. Elle aperçut de loin la haute silhouette familière toujours vêtue de sa tenue kaki, à présent dissimulée sous un grand tablier de toile. Dès qu'il la reconnut, Stanley se mit à courir à sa rencontre, le visage illuminé de joie.

Arrivé près du véhicule, il saisit à deux mains la portière à la vitre ouverte comme pour l'empêcher de partir.

Tandis qu'ils échangeaient les salutations d'usage, Annah lut dans les yeux de Stanley qu'il connaissait la tragédie survenue depuis leur dernière rencontre. Après la litanie rituelle des questions et des réponses, ils se turent. Quelque part, au loin, on entendit le caquètement stupide d'une pintade.

Annah se rapprocha de Stanley.

— Votre rêve d'un placard à pharmacie toujours bien rempli, vous vous souvenez ? Eh bien, aujourd'hui, je crois bien que j'ai de quoi le réaliser.

Stanley fronça les sourcils alors qu'elle lui désignait l'arrière de la voiture.

Un murmure courut parmi les spectateurs de la scène quand Annah sortit enfin du véhicule. Tant qu'elle était restée assise, on ne pouvait distinguer que sa veste rose mais, une fois dehors, tout le monde put voir le kitenge noué autour de sa taille, le collier d'ambre, le bracelet d'ivoire, les jambes et les pieds nus et poussiéreux. Indifférente à leur réaction, Annah ouvrit le coffre pour faire découvrir à Stanley le matériel de camping et l'équipement médical laissés par Jed Saunders. Elle désigna un grand coffre métallique marqué d'une croix rouge :

— Votre rêve peut enfin devenir réalité, Stanley.

Ce dernier hocha la tête, émerveillé.

— Est-ce que ma grand-mère n'a pas dit que cela se produirait un jour ?

Annah plongea ses yeux dans ceux de l'homme.

— Venez avec moi.

— Une minute, intervint sœur Margaret, qui n'avait rien perdu de cet échange, vous ne pouvez pas arriver comme ça et l'emmener. Il est employé par la mission.

Annah la regarda froidement.

— Vous n'aurez aucun mal à trouver un autre magasinier. (Elle se tourna de nouveau vers Stanley.) Judithi peut venir aussi. Nous aurons besoin d'une cuisinière.

— Ma femme ne m'a pas rejoint à Germantown, répondit Stanley. Elle a demandé le divorce pour épouser un homme rencontré au village de sa mère. Vous voyez, je suis libre.

Annah lui tendit les clés de la voiture. Le porte-clés émaillé portant le logo de l'association médicale étincela sous le soleil. Après une brève hésitation, il le reçut dans ses deux mains ouvertes tel un talisman précieux.

Sœur Margaret se plaça face à Annah pour l'obliger à la regarder.

— Vous le mettez dans une situation impossible, protesta-t-elle. Attendez au moins que je consulte le Dr Carrington par radio.

Annah lut de l'indécision dans le regard de Stanley. Né et élevé à la mission, il craignait encore de se lancer dans cette aventure risquée sans l'aval de ses supérieurs. Pourtant, il lui faisait confiance, Annah le savait. La tête penchée, immobile, il contemplait fixement les clés au creux de ses mains et, l'espace d'une seconde, Annah crut qu'il allait les lui rendre. Mais il referma les doigts sur l'objet et, se tournant vers la missionnaire, inclina poliment sa tête brune.

— Adieu, sœur Margaret.

Puis il partit en courant afin de rassembler ses affaires. Annah resta debout à côté du Land Rover, et il y eut quelques chuchotements dans l'assistance tandis que sœur Margaret attendait en silence, l'air consterné.

Il ne fallut à Stanley que quelques minutes pour réapparaître, un ballot sous le bras, qu'il jeta sur le siège arrière avant de s'installer au volant. Le petit groupe contemplait, incrédule, cet homme de leur race qui choisissait d'abandonner un poste jugé enviable pour se jeter dans l'aventure. Tous se demandaient s'ils devaient l'envier ou le prendre en pitié.

Stanley souriait de toutes ses dents en manœuvrant le volant. Il essaya l'un après l'autre les boutons du tableau de bord : essuie-glaces, ventilation, lumières…

— Tout m'obéit ! constata-t-il avec stupéfaction. Vraiment, cette voiture a été bien entretenue !

Il tourna vers Annah un visage réjoui.

— Où allons-nous ?

— Où bon nous semble.

Aussitôt, Stanley se rembrunit.

— Que voulez-vous dire ?

Elle lui expliqua qu'elle avait rencontré à Murchanza un Américain qui cherchait de l'aide pour son travail et lui parla de l'accord qu'elle avait conclu avec lui. Stanley n'exigea pas d'explications détaillées et elle lui en fut reconnaissante. Il écouta attentivement, les yeux fixés sur la route, se contentant d'approuver d'un signe de tête quand elle eut terminé.

— Étranges, vraiment, ces hommes blancs qui cherchent à connaître les remèdes africains !

— C'est vrai, admit Annah.

S'ils n'avaient été entourés de tout ce matériel offert par Jed, elle aurait pu s'en étonner elle-même.

— Je n'aime pas ça ! reprit soudain Stanley. (Annah tressaillit.) Il n'est pas recommandé d'aller au loin dans des endroits où nous ne sommes pas connus. Ou de chercher à rencontrer ceux qui ont la connaissance. Tous les sorciers ne sont pas comme Zania. Ou comme ma grand-mère.

— Nous serons prudents. Et nous ne nous intéressons qu'aux remèdes, pas aux charmes ni à la magie.

Mais Stanley hésitait encore.

— Regardez derrière vous, poursuivit Annah en saisissant le volant pour qu'il puisse se retourner. Vous voyez cette grande forme carrée qui dépasse des sacs où sont rangées les tentes ? C'est un réfrigérateur à pétrole !

Stanley parut impressionné et elle lui jeta un coup d'œil oblique pendant qu'il reprenait le contrôle du véhicule. Inutile de lui préciser combien il était précieux de pouvoir garder certains remèdes au froid pendant de longues distances. Ainsi, ils pourraient sauver de nombreuses vies et accéder à des villages qui étaient trop éloignés pour recevoir le moindre secours médical.

— C'est important, opina Stanley. Mais il faudra prier pour demander à Dieu de nous protéger.

Annah ne fit aucun commentaire, les yeux fixés droit devant elle.

— Vous ne devez pas en vouloir à Dieu pour votre souffrance, reprit doucement Stanley.

Je le fais pourtant. Il a laissé Mtemi mourir.

Ces mots qui avaient soudain surgi en elle, Annah ne les prononça pas. Il ne servait à rien d'exprimer ses doutes, si intimement mêlés à son chagrin.

— Alors, c'est moi qui prierai, déclara Stanley d'une voix décidée. Pour nous deux.

Ils prirent la direction du sud, empruntant une piste étroite utilisable seulement en saison sèche, qui conduisait forcément à un village.

Ils se détendirent peu à peu en roulant. Une aventure s'ouvrait à eux, un safari d'un nouveau genre, sans carte ni boussole, sans programme précis, limité seulement par deux contraintes : faire régulièrement le plein d'essence – mais le 4 × 4 était équipé d'un second réservoir et ils avaient des bidons de réserve, ce qui leur laissait une large autonomie – et retourner de temps à autre à Murchanza pour envoyer à Jed des échantillons, prendre livraison des médicaments et encaisser ses chèques.

La première nuit, ils décidèrent de camper près de la piste et dressèrent leurs tentes à côté d'un feu de camp. Puis ils sortirent le matériel de Jed. Ce dernier n'avait pas lésiné sur le confort, même en brousse : une cuvette pour se laver, une petite tente spéciale pour la toilette, plusieurs lampes, un réchaud, un assortiment de chaises et de tables pliantes. Il y avait aussi une collection de cordes, de mâts, de pinces et de fermetures pour l'assemblage de cet équipement complexe.

D'abord perplexe devant un tel étalage, Stanley se mit soudain à rire, enchanté.

— Voilà qui va faire de beaux cadeaux pour les chefs et les guérisseurs ! Nous les échangerons contre des choses utiles. Des poulets, des paniers, des mangues !

Pendant qu'Annah rechargeait le tout dans la voiture, Stanley prépara le dîner. Elle entendait le choc des assiettes métalliques, le crépitement du feu, tous ces bruits familiers aux participants d'un safari. Mais leur safari à eux était d'une autre sorte. Ils n'avaient plus rien d'autre. Pas de retour, personne qui les attende. Ce constat éveilla en elle un sentiment complexe. Étaient-ils des êtres libres ou des exilés ? Sans doute un peu des deux...

Alors qu'ils buvaient à petites gorgées leur thé brûlant dans des pichets inoxydables étincelants et qu'un ragoût appétissant mijotait sur le feu, Annah vit que Stanley observait son bracelet d'ivoire, cadeau de Zania. Elle le lui tendit.

— Qu'est-ce que ça signifie ? demanda-t-il en désignant les lignes gravées dessus.

— Rien, répondit Annah. Ce sont des dessins, tout simplement. C'est Zania qui me l'a donné.

Stanley n'eut pas l'air convaincu.

— Un guérisseur ne se sert pas de dessins. Tout doit avoir un sens.

Annah jeta sur le bracelet un regard nouveau. Elle se souvint que Sarah refusait d'acheter des objets africains comportant des signes autres que des représentations d'animaux sauvages, de crainte que ceux-ci ne véhiculent un sens occulte. De même, on recommandait aux missionnaires de ne pas répéter les phrases chantonnées par les Africains car elles pouvaient exprimer des choses qui allaient à l'encontre de leurs propres principes. Levant les yeux, elle constata que Stanley examinait le bracelet d'un air méfiant.

— Peu importe, déclara-t-elle. Je le garderai toujours…

Elle se souvenait du contact froid sur sa peau quand Zania avait glissé le bracelet à son poignet. Mtemi était à ses côtés et le peuple avait acclamé sa future reine. *Maji ! Maji !* La reine de la pluie ! C'était si loin et cependant si proche. Elle baissa la tête, au bord des larmes.

Le lendemain, aux environs de midi, ils aperçurent au loin un village – une poignée de cases d'où montaient des filets de fumée. Après avoir fait halte à bonne distance, et avant de déballer leur matériel, ils avancèrent à pied vers le village.

Aussitôt, des adultes et des enfants s'attroupèrent autour d'eux avec une vive excitation, intrigués par ces étrangers qui semblaient surgir de nulle part – un Africain vêtu à l'occidentale et une Blanche habillée comme une indigène.

La petite foule les conduisit au chef, qui les salua dans un swahili hésitant. Annah garda le silence pendant que Stanley expliquait l'objet de leur visite. Il commença par sortir un stéthoscope ainsi qu'un certain nombre de pansements et de boîtes de médicaments, qu'il étala sur la table comme l'aurait fait un voyageur de commerce. Le chef fut manifestement impressionné. Il semblait avoir entendu parler des miracles opérés par la médecine des Blancs.

— Cette femme, dit Stanley en désignant Annah, propose de soigner les malades de ton village.

— Comment pourrions-nous nous le permettre ? s'exclama le chef. Ne sommes-nous pas un pauvre village ?

— Nous ne demandons aucun paiement. Même pour les médicaments. Nous voulons juste que tu nous permettes de parler à ton guérisseur, car il pourrait nous apprendre de bonnes recettes.

Il avait choisi ses mots avec soin, conscient du danger de se trouver soupçonné de sorcellerie. Le chef lui jeta cependant un regard méfiant, et Stanley s'empressa de lui montrer l'écusson marqué du sceau de la mission, toujours cousu sur sa chemise. Annah détourna les yeux, imaginant la réaction de Michael, de Sarah ou de l'évêque s'ils apprenaient qu'ils se réclamaient d'eux pour rencontrer des guérisseurs indigènes.

Le chef finit par accéder à leur demande et envoya quelques jeunes guerriers les aider à dresser leur camp. Pendant ce temps, Annah installa sa « clinique ». Sur une table, elle posa instruments, remèdes et pansements, puis plaça le microscope sur la roue de secours. Quand tout fut prêt, elle fit une pause pour avaler une galette de maïs et un thé brûlant au miel. Les gens du village se rassemblaient déjà, assis à terre par petits groupes, lorgnant Annah avec une fascination manifeste.

Une fois la « consultation » ouverte, elle ne connut plus aucune pause et consacra tout son temps à examiner, nettoyer, panser, faire des piqûres, administrer des remèdes, distribuer des tubes de pommade ou des morceaux de savon. Stanley l'assistait en faisant appel aux dialectes de sa connaissance pour établir le contact, car peu de villageois parlaient le swahili. Annah n'était pas certaine qu'ils se comprenaient toujours bien ; cependant, la plupart des maux qu'elle avait à examiner étaient courants et faciles à identifier.

Le crépuscule tombait lorsqu'ils eurent fini. Annah était épuisée, pourtant elle n'avait encore accompli qu'une partie du travail. Le guérisseur indigène l'avait observée pendant des heures, immobile. Stanley lui offrit une chaise mais le vieil homme préféra rester debout. Il se tenait très droit et son corps, sec comme un bâton, portait les nombreux insignes de sa charge – talismans, cornes et autres petits sachets contenant ses remèdes ou des pierres entortillées dans des morceaux de tissu. Posant sur Annah ses yeux étroits, il l'enveloppa d'un regard à la fois circonspect et intrigué. Il ressemblait à Zania, aussi Annah se sentit-elle encline à lui accorder sa confiance. L'homme le perçut peut-être, car il se détendit et finit par parler sans réticence.

— Les secrets pour faire de bons remèdes sont nombreux. Seul un homme ignorant se contente de cueillir les herbes sans penser à la forme de la lune dans le ciel. Et celui qui croit pouvoir faire une médecine puissante en la faisant cuire sur un feu n'est qu'un fou.

Il remit sans difficulté à Annah des échantillons de trois sortes d'herbes dont il se servait pour soigner les maladies courantes. En échange, elle lui offrit quelques-uns des remèdes de Jed. L'homme se montra enchanté et décida de s'asseoir sur la chaise pliante, arrangeant soigneusement ses vêtements pour faire ressortir une doublure en peau de lézard. Stanley échangea avec Annah un petit sourire et alla chercher du thé.

La journée laborieusement remplie s'acheva enfin, et la jeune femme put rejoindre Stanley à côté du feu.

— J'ai fait un échange, annonça-t-il.

Il désigna deux tabourets bas en bois, à trois pieds, disposés à côté de deux marmites de terre cuite fumantes.

— Les sièges de l'homme blanc seront dorénavant en bois. D'ailleurs, ils sont bien mieux. Anciens et très lisses.

Annah choisit l'un d'eux. Il avait raison, la forme du tabouret s'adaptait parfaitement aux formes de son corps et se révélait très confortable. L'odeur appétissante d'un ragoût de légumes et d'arachides éveilla en elle une faim dévorante, inhabituelle. Elle savoura cette sensation d'attente tandis que Stanley inclinait la tête et récitait le bénédicité. Puis elle plongea les doigts dans un pot d'ugali, fit une boulette de la semoule épaisse et la plongea dans le ragoût. L'odeur du savon antiseptique qui collait encore à sa peau se mêlait à la saveur des aliments.

— Demain, nous mangerons de la viande, décréta Stanley.

Annah lui jeta un regard étonné. De la viande ? Ils n'avaient pas eu le temps de chasser…

— Le chef a donné une jeune chèvre ; il nous est très reconnaissant d'être venus soigner les gens de son village. Il a dit que, si nous voulions rester, il nous construirait une case.

Annah eut un pauvre sourire au souvenir d'une vision douloureuse – celle de Patamisha déployant son bras gracieux pour lui montrer sa hutte toute neuve. Un cadeau du chef à sa future épouse…

— Et si nous partions demain matin ? proposa-t-elle soudain.

— Bonne idée. C'est un petit village. Chacun a eu son tour aujourd'hui. Ils n'ont plus besoin de nous.

— Alors quittons les lieux de bonne heure. Avant que les gens ne se rassemblent.

Elle laissa ses pensées flotter vers leur nouvelle étape. Un autre village. Un autre chef. Des malades formant à nouveau une interminable queue. Des enfants qui pleurent. Des chiens qui courent partout, la truffe à ras de terre. Un jour entier de travail avant de se mettre en quête de médecines locales ; il fallait bien approvisionner ceux qui les finançaient. Annah envisagea tout cela avec soulagement. Elle allait être si occupée qu'il ne lui resterait plus le temps de penser ni d'évoquer le passé. Et le soir, elle serait si fatiguée qu'elle s'endormirait aussitôt. Quant aux longues heures de voyage, elle les occuperait à penser aux maladies, aux patients, aux traitements. Sa peine deviendrait supportable. Ce serait une forme d'existence, même si elle n'avait pas l'impression de vivre réellement. En même temps, elle aiderait Stanley à réaliser son rêve : sauver des gens qui, eux, avaient des raisons d'exister.

Cela, au moins, aurait un sens.

20

Une forme tachetée d'un vert lumineux nageait dans un océan rose.

— Un germe ressemble à un très petit insecte. Et il porte un nom, comme n'importe quel autre animal de la création.

Stanley posa un doigt sur l'image qu'il tenait à la main et balaya du regard le groupe de villageois assis sur des nattes ou des sièges bas.

— Celui-là, on l'appelle le choléra. C'est-à-dire *Kali sana.*

Kali sana. Ces mots avaient plusieurs sens. Ils évoquaient quelque chose de dangereux. De mauvais. De très chaud. Annah observa leur effet sur l'assemblée. Des dizaines d'yeux bruns écarquillés exprimaient le respect et, même, la crainte.

Stanley déploya une série d'agrandissements de clichés pris au microscope et envoyés par Jed à sa demande.

— Celui-là, c'est le tétanos. Nous le connaissons bien. N'est-ce pas lui qui crispe la mâchoire de sorte que la bouche ne peut plus s'ouvrir et que l'on meurt de faim ?

La foule émit un sifflement hostile devant l'image.

Stanley poursuivit sa leçon jusqu'à ce qu'il ait énuméré et présenté toutes les bactéries ou les virus les plus communs. Puis il expliqua ce qu'il fallait faire pour s'en protéger : eau bouillie, vaccination, savon, pilules. L'assistance acclamait joyeusement chacun de ces remèdes.

Annah admirait le travail de Stanley. Au fil des semaines, il révélait un véritable talent de communication avec les villageois croisés le long de leur route. Elle le vit remettre une plaquette d'antibiotiques à un malade, qui l'entortilla dans un pan de son manteau.

— Tu en prends un au lever du soleil, un à midi, un autre au coucher du soleil. Ne fais pas comme l'ignorant qui prend toutes les pilules d'un seul coup en espérant guérir plus vite !

Quand Stanley donnait du fer, il appelait cela des « pilules de force ». Les malades l'écoutaient avec attention et hochaient la tête à chacune de ses paroles quand ils commençaient à en saisir le sens.

Cette réunion de l'après-midi était sa première leçon d'hygiène et il était dans son élément, illustrant ses propos de récits ou de plaisanteries quand il voulait souligner un point particulier. Derrière son humour se dissimulait un propos sérieux. Il faisait promettre à l'assistance de respecter ses conseils et de lutter contre les germes dans leur demeure.

Il se mit à psalmodier une sorte de litanie ; la foule répétait chaque phrase.

> *Voici venir les jours où nous allons rebâtir nos demeures.*
> *Construisons de bonnes maisons avec des portes et des fenêtres pour laisser entrer l'air pur.*
> *Construisons un abri pour les poulets et un autre pour les chèvres afin que les gens et les animaux ne dorment pas tous ensemble.*
> *Que le sol soit bien battu pour éloigner la vermine.*

Les villageois jetaient des regards en coin à Annah. Que faisait là cette femme blanche qui écoutait au lieu de parler ? Ils chuchotaient en montrant les grains d'ambre et le bracelet portés par l'étrangère. Il ne s'agissait donc pas d'une femme blanche comme les autres ? Était-elle vraiment une Waganga ?

Il aurait suffi qu'Annah ouvre son chemisier pour montrer la marque sur sa poitrine, et tous auraient compris qu'elle était bel et bien devenue un membre à part entière de la tribu. Mais alors, pourquoi n'était-elle pas avec son peuple ?

Annah inclinait la tête en se remémorant le jour où ils avaient saccagé sa case, égorgé des poulets sur le seuil, éparpillé leurs plumes... Elle se leva brusquement et sortit, abandonnant Stanley à sa leçon. Puis elle prit sa carabine dans le Land Rover. L'arme à son épaule pouvait expliquer sa promenade solitaire.

Après avoir traversé le campement, elle s'enfonça dans les broussailles épaisses, les épines griffant ses bras, jusqu'à ce qu'elle se retrouve dissimulée aux yeux des autres, loin de tout. Elle s'abandonna alors à sa solitude extrême. Plus rien n'existait que le contact de la crosse sous son bras, du canon contre son dos, froid et dur. Elle aussi devrait se montrer ainsi, désormais. Solide. Rude. Insensible.

Pourtant, elle se sentait si fatiguée... Elle aurait voulu s'étendre là et s'endormir...

Des rires montèrent du campement tandis que la voix de Stanley résonna jusqu'à elle, rappelant qu'il s'agissait de choses sérieuses. D'hygiène et de maladie, de vie et de mort. C'était cela qui les avait amenés ici.

La carabine sous son bras, Annah s'enfonça plus profondément dans les fourrés jusqu'à ce qu'elle n'entende plus rien. Elle ralentit alors sans s'arrêter.

Elle n'avait plus de projet. Plus d'espoir. Plus de désir. Elle avançait, tout simplement.

La végétation devint plus clairsemée et elle se retrouva bientôt dans un espace découvert. De loin, un chasseur aurait pu l'abattre facilement. Elle serait alors tombée et aurait enfin tout oublié.

À sa gauche s'élevait une petite hauteur. Elle s'y engagea et fit halte en haut de la crête. Devant elle s'étendait une plaine doucement ondulée, parsemée d'épineux. Au premier plan, un gigantesque baobab ; des zèbres paissaient tranquillement tout autour en agitant leur queue pour chasser les insectes. Des oiseaux blancs volaient dans un ciel d'un bleu cobalt.

Annah resta figée devant la beauté de ce paysage. Tous ses rêves d'enfant sur l'Afrique se trouvaient condensés dans cette vision magique, qui s'offrait à elle comme un don inattendu dans le désert de son cœur.

Le tronc du baobab était si gros qu'il devait être composé de six ou sept arbres réunis. Elle s'en approcha, se souvenant de celui au creux duquel elle avait découvert un corps momifié. Mais celui-ci n'était pas desséché. Il paraissait vigoureux et son écorce lisse étonnamment douce.

Elle s'y adossa pour contempler la plaine que le soleil déclinant teintait d'or. Elle ferma les yeux, abandonnée à la douce chaleur de ses rayons, sentant derrière elle le ferme soutien de l'arbre, tel le corps d'un homme.

Elle resta immobile.

Mtemi était là maintenant. Elle sentait ses bras solides entourer ses épaules.

Ne crains rien, je serai toujours avec toi, jusqu'à la fin des temps.

Elle baissa les yeux sur la terre rougeâtre qu'il avait foulée. Sa terre à lui...

Elle laissa les larmes ruisseler sur ses joues et tomber goutte à goutte sur le sol, comme une ondée de printemps, apaisant sa douleur.

Lentement le calme chassa la peine, lui apporta la paix.

Au loin, une voix appelait son nom.

— Annah ! Annah !

— Je suis ici !

La silhouette de Stanley surgit à la lisière des arbres et lui fit signe de regagner le campement. Elle leva la main en réponse.

En s'éloignant de l'arbre, son regard fut attiré par un reflet argenté à ses pieds, quelque chose de pâle. De rose.

Une plume.

Le panneau avait été taillé dans un vieux bidon d'essence aplati. La peinture des lettres s'écaillait mais elle put tout de même déchiffrer l'inscription : Murchanza.

Stanley et Annah échangèrent un regard. Ils avaient repoussé autant que possible le moment d'y revenir, mais ils avaient un besoin urgent de nouveaux médicaments. Leur premier envoi d'herbes et d'autres remèdes indigènes était prêt, chaque produit soigneusement étiqueté et accompagné de notes d'information. Il était temps pour eux de retrouver le monde qu'ils avaient laissé derrière eux.

À Murchanza, ils se hâtèrent d'effectuer toutes les démarches et courses nécessaires, conscients que leur présence dans la petite bourgade suscitait bavardages et hostilité. Cet Africain et cette femme blanche aux cheveux rouges emmêlés, côte à côte.

Le postier les traita avec un respect dû au volume du paquet qui les attendait, bien qu'il parût lui aussi décontenancé par l'apparence d'Annah. Quand elle lui présenta son passeport comme pièce d'identité, son regard perplexe courut de la photo en noir et blanc représentant une infirmière vêtue d'une blouse bien nette à la femme échevelée debout devant lui. Il se demandait manifestement quel lien pouvait exister entre ces deux personnes.

Ils quittèrent Murchanza dès qu'ils eurent terminé, et Annah détourna les yeux en passant devant le garage où le Land Rover de la mission avait fait de si fréquentes haltes pour y être réparé. Ou, encore, devant le marchand indien chez lequel Michael achetait pour Kate des bracelets de toutes les couleurs. Elle évita de la même façon la halte où elle était descendue du train pour attendre, anxieuse, l'arrivée de Michael. À quoi bon remonter le passé, à quoi bon tenter d'imaginer ce qui serait advenu si les choses avaient tourné autrement ?

Si elle n'avait pas dû quitter Langali, elle n'aurait pas rencontré Mtemi. Le chagrin de le perdre lui aurait été épargné, mais elle n'aurait pas non plus connu l'amour. Tout son destin semblait fait de contradictions, les choix ne lui avaient pas été dictés par ce qui était « bien » ou « mal ».

Ce devait être tellement plus facile quand, comme Michael, on avait une vision tranchée du monde, en noir et blanc. Pour un homme tel que lui, choisir de vivre avec Mtemi, c'était perdre sa place à la mission et les amis si chers à son cœur. Une attitude simple, limpide.

Vous n'aurez plus aucun rapport avec moi – ni avec ma famille.

Annah songeait souvent à Sarah. Peut-être ne la reverrait-elle jamais. Mais il lui resterait toujours en mémoire sa loyauté et son affection. N'avait-elle pas bravé les interdits de son mari en lui écrivant et en venant la voir ?

Tout comme demeurait son lien avec Kate, dont elle était la marraine. Annah se souvenait du jour où elle avait prononcé, au nom de l'enfant, les vœux du baptême. Aujourd'hui, elle ne savait plus très bien où en étaient ses propres croyances religieuses.

La colère et le trouble qui l'avaient accablée à la mort de Mtemi tendaient à s'estomper peu à peu, mais elle n'avait pas encore retrouvé le chemin de la Bible, ni celui de la prière.

À mesure que se renforçaient ses liens avec l'Afrique – le pays de Mtemi –, elle devinait ici la présence éternelle de Dieu, une présence qui lui prodiguait force et réconfort.

Il y avait aussi la foi si claire, si solide de Stanley, qu'il lui arrivait mélancoliquement d'envier. Elle se rappelait alors que la foi de Zania reposait sur des convictions tout aussi fermes, bien qu'avec une conception du monde totalement différente, issue de l'ancienne sagesse de ses ancêtres.

Elle aurait voulu trouver un lieu où son esprit aurait pu se reposer et puiser aux deux sources. Mais ce n'était qu'un rêve et elle le savait. Le dogme chrétien était très clair à ce sujet : il n'existait qu'une seule voie. Il fallait la suivre ou la quitter.

Sans un mot, Stanley passa devant l'embranchement menant à Langali et continua tout droit sur la piste creusée par les buffles. Ils roulèrent ainsi jusqu'à ce qu'il fasse presque nuit, afin de mettre le plus de distance possible entre eux et le monde extérieur.

Aucune menace de pluie ne se lisait dans le ciel, aussi décidèrent-ils de ne pas monter les tentes et d'accrocher simplement leurs moustiquaires aux branches basses d'un grand arbre épineux sous lequel ils s'étendirent.

Ils se préparèrent à dormir côte à côte sous les étoiles, séparés seulement par les restes d'un petit feu de camp et par le fin réseau des moustiquaires qui se gonflaient sous une brise légère.

— Passez une nuit en paix, sœur Annah.

La voix de Stanley flotta dans l'ombre, douce, lasse.

— Vous aussi, mon frère, répondit Annah.

Elle resta longtemps éveillée sous le ciel lumineux, envahie par une nostalgie profonde, imaginant un autre homme étendu auprès d'elle. *Mtemi, mon amour.*

Il se serait approché d'elle dans la douceur de la nuit. Il aurait soulevé le voile...

Le voyage se poursuivit pendant les pluies comme dans la saison sèche. Leur avance était fonction des conditions climatiques et rythmée par le mouvement du soleil. Quand ils étaient arrêtés par une rivière en crue, ils se contentaient de poursuivre dans une autre direction. Aucun générateur n'était là pour se substituer à la lumière naturelle, et ils se levaient et se couchaient avec le soleil.

L'énorme pot de crème pour le visage envoyé par Eleanor était maintenant vide, et le récipient brillant fut offert à un devin. Annah découvrit que la sueur fournissait à la peau une graisse naturelle qui semblait faire le même effet. Bientôt, les doigts remplacèrent les couverts de table, et les feuilles le papier toilette. Ils possédaient toujours des récipients de terre cuite pour les aliments et les quelques vêtements européens qui leur restaient furent enveloppés dans de vieux chiffons. Leur bagage devint de plus en plus léger.

La vie des villages était simple et rude, non dépourvue de beauté. Pendant la longue saison sèche, les gens travaillaient la terre et consommaient les provisions empilées dans les greniers. Tous ne suivaient cependant pas le même régime. Dans les foyers peuplés de paresseux ou touchés par le malheur, les enfants ne mangeaient pas toujours à leur faim. Mais les maladies frappaient souvent au hasard.

Quand la fin de la saison sèche approchait, on préparait les semailles, les faiseurs de pluie s'affairaient à déchiffrer les signes de la nature tout en s'adressant aux dieux et aux ancêtres. Au jour dit, jugé favorable, les graines étaient placées dans le sol et l'attente commençait. On guettait le ciel, on évoquait les péchés commis et les conséquences qu'ils pourraient entraîner. C'était le temps de la crainte et des offrandes aux ancêtres...

Enfin arrivaient les longues pluies, et les enfants se mettaient à danser, la bouche ouverte pour absorber sa fraîcheur humide. Les graines germaient, le sol se couvrait d'une herbe verte. Il fallait alors sarcler, arracher sans cesse les mauvaises herbes. Quand tout était mûr, à point, venait le temps de la moisson, des fêtes. La faim n'était plus qu'un lointain souvenir. Mais le travail ne s'arrêtait pas pour autant. Si les dieux le voulaient et si la tribu était en paix avec ses ancêtres, une seconde récolte était possible. Il fallait alors de nouveau labourer, semer, attendre et, après une plus courte saison de pluies, encore moissonner. Les greniers se remplissaient. Des fêtes occupaient les nuits. Les guerriers dansaient et les tambours battaient.

Une lettre de Sarah vint briser cette longue répétition de tâches saisonnières rythmant leur périple. Pour Annah, c'était une voix venue d'un autre monde, inattendue, surprenante, merveilleuse. La longue enveloppe bleu pâle l'attendait au bureau de poste de Murchanza avec l'habituel paquet expédié par Jed. En reconnaissant l'écriture, elle se hâta vers la fenêtre et resta là un moment, l'enveloppe entre les mains, pleine d'appréhension. Puis elle l'ouvrit avec des doigts peu assurés.

Tandis qu'elle lisait, un sourire éclaira son visage. Sarah avait appris « par le téléphone arabe » qu'Annah avait trouvé un travail et elle espérait que tout allait bien. Elle donnait des nouvelles de Langali – de Michael, de Kate, d'elle-même et de quelques connaissances – mais ne faisait aucune allusion à une possible visite ni à la réaction de Michael. Elle s'adressait à Annah comme si cette dernière était toujours missionnaire dans quelque autre poste. L'attitude de Michael à son égard aurait-elle évolué ? À la fin de sa lettre, Sarah suggérait seulement qu'Annah donne de ses nouvelles en joignant un mot aux lettres que Stanley adressait à ses frères.

Cette lecture laissa la jeune femme perplexe. Malgré la chaleur des sentiments exprimés, les lignes avaient quelque chose de compassé, de proche et de lointain à la fois. Quand, plus tard, elle s'assit pour lui répondre, elle se demanda quel ton employer. S'adressait-elle à l'amie qui lui restait fidèle, malgré les ordres de son mari ? Ou à l'irréprochable épouse d'un médecin missionnaire ? Ne sachant quel parti prendre, elle s'aperçut en se relisant que sa réponse était peut-être encore plus compassée que la lettre de Sarah.

Rien de ce qui constituait l'essence même de leur amitié et de leur vie ne pouvait s'exprimer dans cet échange de courrier. Loin de les rapprocher, il ne faisait que souligner davantage la distance qui les séparait désormais. Quand elle pensait à Sarah, Annah préférait évoquer l'époque où leurs vies avaient été si étroitement mêlées. Deux femmes et une petite fille partageant le même toit, un homme qui les aimait toutes trois – ignorant les chagrins à venir.

Annah rangea un sachet rempli de racines d'épineux moulues dans la boîte, vérifiant que tout était en ordre, les flacons étiquetés bien alignés à côté des paquets d'herbes séchées, de poudres et d'autres remèdes indigènes. Elle utilisait maintenant ces remèdes aussi souvent que possible, sachant que les villageois pourraient encore y recourir lorsqu'elle et Stanley seraient partis. Cependant, les médicaments de Jed demeuraient indispensables dans certains cas.

Un bruit la fit se retourner. Une Africaine inconnue était devant elle. La femme paraissait très âgée, son visage ridé s'encadrait de longs cheveux presque blancs. Elle se tenait bien droite, tête haute, fixant sur la femme blanche un regard aigu. Il y avait dans son maintien altier quelque chose qui rappela à Annah la vieille reine, et elle s'avança en souriant.

Mais un bras fendit l'air pour arrêter son mouvement. Un bras terminé par un moignon tordu et brunâtre.

Ce qui restait d'une main.

Annah se figea, les yeux fixés sur la blessure à présent cicatrisée révélant une brûlure ancienne qui s'étendait jusqu'au milieu de l'avant-bras.

L'Africaine se mit à parler en swahili, avec un fort accent tribal.

— On m'a accusée de sorcellerie. Ils ont mis le feu à ma case. J'ai voulu sauver ce qui m'appartenait mais c'était un très grand feu. (Un sourire étira ses lèvres desséchées.) Heureusement, certaines choses se sont sauvées toutes seules.

Annah la contempla, interdite. L'Africaine plissa ses petits yeux et reprit :

— Elles ont sauté à travers les flammes...

La sympathie instinctive d'Annah pour la vieille femme s'estompa et laissa la place à un vague malaise.

— Le chef avait dit qu'il m'enverrait une guérisseuse, précisa Annah.

— Je suis une guérisseuse. On m'a accusée à tort.

— Est-ce que tu as des remèdes à me montrer ?

L'Africaine se tapa sur la tête, découvrant des chicots jaunâtres dans un large sourire.

— Tout est là-dedans.

— Que veux-tu dire ?

— Je suis magicienne.

Annah garda son calme. Elle avait déjà rencontré des êtres de ce genre, devinant à un regard ou à une réponse ambiguë qu'ils avaient accès à une autre réalité. Elle refusait de s'y laisser entraîner mais la savait proche, à la frontière d'un monde inconnu.

— Peut-être pourras-tu m'aider, fit-elle à la vieille femme.

Elle lui expliqua qu'elle voyageait de village en village pour rassembler des connaissances sur les remèdes traditionnels et en récolter des échantillons. Elle se rendait aussi utile en faisant connaître, en contrepartie, des médicaments venus d'outre-mer.

La vieille cracha par terre.

— Tu perds ton temps ici.

Annah garda le silence, attendant la suite. L'Africaine se pencha vers elle et reprit enfin :

— Plus loin, à l'ouest, s'étend le domaine des sombres puissances. Là, tu rencontreras des villages où les enfants eux-mêmes connaissent déjà la sorcellerie. (Ses yeux noirs fixaient Annah avec intensité.) Tu découvriras la véritable connaissance, encore intacte, protégée des idées nouvelles. Mais fais attention ! (Un doigt se pointa vers l'horizon.) Dans ces contrées, les forêts sont hantées par les mauvais esprits, les chemins n'ont pas de nom et les sentiers se confondent. Les sorciers préparent des potions qui font naître de terribles cauchemars. Ils sacrifient des enfants. Ils maudissent le ciel qui, pourtant, leur apporte la pluie. (Elle hocha la tête.) Oui, c'est là que tu dois aller.

Annah tressaillit.

C'est là que tu dois aller.

Les mots avaient la force d'une sentence.

Elle vit que Stanley était arrivé et contemplait la scène avec inquiétude. Sans se préoccuper de lui, la magicienne continuait de parler, ses petits yeux toujours fixés sur Annah. Quand ce fut terminé, elle tourna les talons, son moignon levé, et s'en fut d'un pas vif en boitillant légèrement.

Stanley regarda Annah.

— Ne vous inquiétez pas, le rassura-t-elle. Nous n'irons certainement pas là-bas.

Elle avait parlé avec assurance et conviction. Pourquoi écouter les boniments de cette vieille folle ? Jed s'était montré enchanté des échantillons parvenus en Amérique. Les laboratoires avaient jugé

338

certains d'entre eux particulièrement intéressants, et l'un des remèdes se vendait déjà sur le marché avec succès. Jed et ses collègues se montraient également très fiers de leur action sur le plan médical. Annah leur avait envoyé des photos d'enfants de villages « avant » et « après » traitement, et ils les avaient incluses dans le rapport annuel de la société, pour la plus grande satisfaction des actionnaires. Le message était simple : Annah et Stanley pouvaient continuer sur leur lancée et partir explorer de nouveaux territoires. Le laboratoire serait à leurs côtés.

Ces nouveaux territoires, c'étaient ces forêts, ces lacs, cette savane où ils se sentaient à présent chez eux. Où flottait l'esprit de Mtemi, dont Annah sentait toujours la présence à ses côtés. Veillant sur elle.

Traçant sa route de saison en saison, de la sécheresse aux jours de pluie, en un cycle sans fin. Année après année...

21

Annah arpentait le sol douteux du bureau de poste de Murchanza.

— Vous savez bien à quoi ressemblent ces paquets ! lança-t-elle d'un ton irrité à l'homme derrière le comptoir. Ils ont des étiquettes bleu et blanc.

Le postier hocha la tête d'un air entendu, tout en continuant à fouiller dans un sac.

— Là ! Je viens de le voir !

L'envoi se dissimulait sous un colis enveloppé de journaux tachés de sang qui ressemblait à un cuissot de zèbre. Le postier le déposa sur le comptoir et déplia les documents de douane.

Annah leva des yeux inquiets. La pluie menaçait dans un ciel déjà chargé d'humidité. À la hâte, elle griffonna son nom au bas des documents, impatiente de quitter les lieux. Elle et Stanley avaient été obligés de laisser un Africain gravement malade, à une journée de route de là, pour venir se réapprovisionner en médicaments. Ils devaient repartir au plus vite pour traverser la rivière avant qu'elle soit en crue.

— Je vais revenir avec des remèdes pour votre père, avait-elle promis aux trois enfants effrayés qui s'accrochaient à elle.

Des enfants qui avaient déjà perdu leur mère...

— Et votre paquet à vous, il est encore dans le Land Rover ? demanda le postier.

— Non. Je prends seulement celui qui est arrivé.

— Vous n'avez rien à expédier ?

— Pas cette fois.

Depuis cinq ans, Annah avait scrupuleusement rempli son contrat et expédié un très grand nombre d'échantillons de plantes, de racines et autres remèdes indigènes. Mais, depuis quelque temps, ses envois s'étaient raréfiés. Elle n'avait pas découvert de nouveaux remèdes lors de sa dernière incursion dans les territoires, même après avoir interrogé tous les guérisseurs locaux.

— Ne vous inquiétez pas, dit-elle en rassemblant les formulaires pour les poser sur le comptoir. Ce sera pour la prochaine fois.

Elle saisit le carton et s'apprêta à partir.

— J'attendrai votre gros paquet ! cria le postier tandis qu'elle s'éloignait.

En franchissant la porte, l'air chaud et humide s'abattit sur elle telle une chape. Elle scruta la route, s'attendant à y trouver Stanley de retour du garage, où il était allé faire entretenir la voiture. Mais le seul véhicule en vue était un vieux Land Rover jaune garé en face, visiblement chargé de bagages encore propres, signe que les occupants étaient sur le départ. Annah s'avança vers le véhicule avec l'impression qu'elle le reconnaissait – ou, plutôt, qu'elle reconnaissait un certain nombre d'objets empilés à l'intérieur. Un étui à fusils derrière le siège du conducteur, un coussin aux couleurs passées imprimé de boomerangs, de lances et de têtes d'aborigènes ébouriffées... Annah se crispa à cette vue ; les battements de son cœur s'accélérèrent. Une fois près de la voiture, elle déposa son propre carton sur le capot et observa les alentours à la recherche de Sarah et de Michael.

Un homme émergea de l'arrière.

— Samuel ! s'exclama Annah, reconnaissant un habitant de Langali.

Samuel resta figé sur place à la vue de cette femme blanche, sale, pieds nus, étrangement vêtue. Il la reconnut enfin :

— Sœur Mason !

— Où sont-ils ?

Elle n'aurait pas dû le bousculer ainsi, mais il lui faudrait partir sitôt que Stanley serait de retour.

— Le *bwana* n'est pas là. Ils sont occupés par une grande réunion. C'est moi qui suis responsable de l'enfant.

Il désigna l'intérieur de la voiture et Annah regarda par une des vitres latérales. Des bagages remplissaient presque tout l'arrière mais, tout en haut, sur un petit matelas de caoutchouc, une fillette en pyjama dormait à poings fermés.

Kate.

Le front contre la vitre, Annah détailla la fillette aux joues roses, ses mèches sombres mouillées de sueur, ses pieds nus. Elle avait quitté à

Langali un bébé commençant tout juste à marcher et elle retrouvait une petite fille.

Comme si elle avait senti sa présence, Kate ouvrit les yeux et la regarda avec un mélange de surprise et de crainte. Pour finir, voyant qu'elle lui souriait, elle se pencha pour abaisser la vitre.

— C'est moi, souffla Annah. Tatie Nan.

Kate la fixa, et Annah devina qu'un flot de souvenirs confus défilait dans sa tête. Le puzzle finit par s'assembler car elle déclara :

— Je croyais que tu étais partie très loin.

— Pas si loin. Sais-tu qui je suis ?

— Tu es ma marraine. Maman me l'a dit.

Annah prit le temps de savourer le plaisir que lui procurait cette réponse. Mais l'enfant s'impatienta.

— Les marraines envoient des cadeaux, tu sais ?

— Oui, c'est vrai. (Annah réfléchit très vite, choisissant soigneusement ses mots.) Mais je ne suis pas une marraine ordinaire.

Kate se pencha pour l'examiner de plus près, enregistra d'un coup d'œil le bracelet de Zania, le corsage froissé de Kiki, le kitenge défraîchi et les longs cheveux tombant jusqu'aux épaules. Elle parut soudain intéressée.

Au loin, un klaxon retentit et Annah se retourna. Stanley arrivait. Du doigt, il désigna le ciel d'un air inquiet. Les premières gouttes tombaient déjà, constellant la route de taches sombres.

— Il faut que je m'en aille, lança Annah à l'enfant. Raconte-moi vite comment vous allez, tous. Où partez-vous ? (Un millier de questions se pressaient dans sa tête.)

— En Australie, dit Kate. Vivre à Melbourne pendant deux ans. Ensuite nous reviendrons.

Annah sursauta, interdite.

— Je vais aller à l'école pour la première fois. Nous avons une maison là-bas. Maman et papa ne la connaissent pas encore. Ils ne l'ont jamais vue.

Les paroles de Kate se perdirent dans le bruit de la pluie qui martelait violemment le toit de la voiture. Annah perçut la voix de Stanley dans le vacarme grandissant.

— Je dois partir, Kate...

Elle sortit de la poche de son chemisier une petite pierre sculptée en forme de caméléon qu'un guérisseur lui avait offerte un jour en échange de remèdes. Elle aimait la sentir là, contre elle, et en caresser parfois la surface polie. Elle la tendit à la fillette.

— Dis bonjour à ta maman pour moi. Et aussi à ton papa. Dis-leur que je les aime. J'espère qu'ils seront heureux à Melbourne, qu'ils aimeront la maison…

Sa voix s'étrangla et des larmes coulèrent sur ses joues, mêlées à la pluie. Incapable de prononcer un mot de plus, elle reprit sur le capot son carton et s'enfuit en courant.

Stanley démarra dès qu'elle fut installée. Déjà la surface de la route se transformait en boue. Annah se retourna dans l'espoir d'entrevoir peut-être le visage de Kate, mais il n'y avait personne…

Quand ils eurent quitté les abords de la ville, elle ferma les yeux, laissant le chagrin ruisseler en elle, en harmonie avec les éléments qui se déchaînaient au-dehors. Pendant tant d'années, leurs chemins ne s'étaient plus jamais croisés. Et voilà que la pluie venait gâcher leur rencontre.

Penché sur le volant, Stanley se concentrait sur la route, véritable bourbier. Il se taisait et Annah n'avait nulle envie de troubler ce silence. Quand, enfin, la rivière fut en vue, ses eaux écumantes et brunâtres recouvraient déjà le gué.

Le 4 × 4 s'arrêta devant le passage et Annah descendit, tenant à la main un long bâton dont elle se servait souvent dans ses marches pour battre l'herbe et faire fuir les serpents. La pluie tombait de plus en plus fort, plaquant ses vêtements contre sa peau.

— Faites attention ! lui cria Stanley.

Elle examina la levée de terre, qui lui parut solide, et s'avança dans les eaux tourbillonnantes, vérifiant la profondeur à chacun de ses pas. De près, l'eau paraissait rouge comme si l'on y avait versé du sang. Le courant était si fort qu'il menaçait d'emporter Annah au moindre faux pas. Ce ne serait pas une mort difficile, songea-t-elle. Un tourbillon et puis le noir…

Elle se retourna et fit signe à Stanley. La surface du gué était solide et le niveau de l'eau ne semblait pas augmenter. Elle continua d'avancer et finit par atteindre la rive opposée, où elle attendit, ruisselante. La voiture plongea dans la rivière, soulevant des gerbes d'eau sur son passage, et avança prudemment.

— Nous sommes passés juste à temps, je crois, observa Stanley quand Annah eut repris place à son côté.

Il s'ébroua pour dénouer la tension qui raidissait ses épaules. Sans répondre, Annah saisit un linge et s'essuya les cheveux. Quand la rivière fut derrière eux, Stanley ralentit l'allure. Sur la tôle du toit, le tambourinement de la pluie se faisait plus discret. Au bout de quelques instants, Annah se décida à parler, la voix rauque, comme si elle avait pris froid.

— C'était le Land Rover des Carrington, là-bas.

— Je l'avais reconnu.

— Ils partent pour l'Australie.

Stanley lui jeta un regard surpris.

— Ils quittent Langali ?

— Pour deux ans seulement.

Deux ans. Une éternité, pensa Annah, soudain saisie de vertige. Elle venait de prendre conscience combien il était important pour elle de savoir Sarah dans le même coin du monde qu'elle, de respirer le même air. Ce n'était pas l'échange secret de quelques lettres guindées qui entretenait la profondeur de leur lien mais le cours des rivières, les vents, le vol des oiseaux.

— Je leur ai donné une maison là-bas, reprit-elle. C'était la mienne. J'en connais chaque recoin, le jardin aussi. Cela va me faire une curieuse impression de les imaginer dedans.

Elle se représenta facilement Sarah, Michael et Kate en train de choisir leurs chambres, de disposer les meubles à leur façon pour s'y sentir chez eux, de s'installer dans la petite maison à terrasse. En revanche, impossible de s'imaginer de nouveau là-bas ; elle sut, avec une absolue certitude, qu'elle ne pourrait plus jamais vivre en Australie. Pas plus qu'elle ne pourrait revivre à la mission ou dans le village de Mtemi. Elle fixa la piste de boue rougeâtre qui s'étirait devant eux. C'était cela sa réalité maintenant, le voyage sans fin avec Stanley. Elle n'avait plus d'endroit où se retirer, où s'abriter.

Elle regarda son compagnon de route occupé à manœuvrer le 4 × 4 sur ce sol difficile lorsqu'une inquiétude l'envahit soudain. Un jour, Stanley voudrait suivre sa propre voie, vivre sa propre vie, et il la quitterait. Il n'était pas piégé, comme elle, dans une situation insoluble. Sans doute, même, avait-il mis un peu d'argent de côté. Il pourrait prendre une nouvelle femme.

— Est-ce que vous avez envie de continuer ainsi ? lui demanda-t-elle brusquement.

Il lui jeta un coup d'œil oblique avant de fixer à nouveau son attention sur la piste.

— Que voulez-vous dire ?

Mise au pied du mur, Annah ne trouvait plus les mots pour exprimer l'anxiété qui s'emparait d'elle.

— Vous pourriez avoir envie de vous arrêter. De faire quelque chose d'autre.

Le visage de Stanley se figea. Il leva le pied de l'accélérateur, freina, arrêta le Land Rover sur le bas-côté. Un silence tendu tomba sur eux, rythmé par le bruit des essuie-glaces. Puis il poussa un profond soupir et baissa la tête.

— Alors… c'est fini, dit-il simplement, comme s'il constatait un fait inéluctable.

Annah resta à son tour interloquée, prise de panique. L'avenir devant elle était si vide.

— Vous aussi, vous voulez retourner en Australie, reprit tristement Stanley. Vous en avez assez de l'Afrique.

Il fallut quelques secondes à Annah pour réaliser ce que sous-entendait cette déclaration. Un large sourire vint aussitôt éclairer son visage.

— Mais non ! Ce n'est pas ça du tout ! s'exclama-t-elle. Je me disais juste que vous aviez peut-être envie de rentrer chez vous.

Rentrer chez soi. Des mots qui sonnaient étrangement dans sa bouche.

Stanley leva la main pour chasser cette pensée.

— Comme ma grand-mère avant moi, je suis coupé de mon peuple. Je n'ai ni femme ni enfants. Seulement ça, ajouta-t-il en tapotant le volant.

— Alors, nous sommes semblables, conclut Annah.

Elle se sentit gagnée par une profonde émotion et vit que Stanley éprouvait la même chose. Ils étaient si proches, désormais. Ils se réconfortaient l'un l'autre, heureux de savoir que, malgré la précarité de leur situation, ils ne seraient jamais seuls.

Annah balaya l'intérieur de la voiture d'un regard circulaire, vit les tentes bien rangées à l'arrière, sa valise, le sac contenant les affaires de Stanley, la bible écornée qui ne le quittait jamais à côté du frein à main. Tout cela enfermé dans une coquille de métal et de verre. Un cocon. Une prison.

Leur maison.

Le postier contempla le paquet qu'Annah venait de déposer sur le comptoir. Il était si petit que l'adresse à elle seule couvrait toute sa surface, ne laissant presque pas de place pour les timbres. Le contenu n'avait rien d'excitant non plus – quelques échantillons d'une plante dont elle avait déjà envoyé des exemplaires au laboratoire et un champignon que l'on disait aphrodisiaque. C'était mieux que rien…

Depuis déjà longtemps ils ne trouvaient plus grand-chose à expédier à Jed. Au début, Annah avait pensé que les guérisseurs étaient à court d'ingrédients, car il y avait eu deux saisons de mauvais temps et de maigres récoltes. De plus, ils étaient accaparés par une foule de rites et de cérémonies destinés à rétablir le bon ordre des choses.

Mais, au bout de deux ans, elle commença à penser qu'il ne restait tout simplement plus grand-chose à découvrir.

Le postier s'était retourné pour fouiller dans sa sacoche.

— Il y a une lettre pour vous. Elle attend depuis un moment déjà.

Les yeux d'Annah restèrent fixés sur le logo bien connu imprimé sur la lettre froissée que l'homme lui tendait. Voyant qu'il n'y avait pas de paquet, elle se sentit gagnée par une sourde inquiétude.

Près de la fenêtre, elle déchira l'enveloppe à la hâte. Elle ne contenait qu'un chèque et un simple feuillet.

Des mots et quelques phrases flottèrent devant ses yeux.

> *... n'est plus nécessaire...*
> *... chèque pour solde de tout compte...*

La gorge nouée, elle avala péniblement sa salive. Avec un effort de volonté, elle se força à lire jusqu'au bout.

Jed lui écrivait qu'on ne souhaitait plus continuer à financer son travail. Le programme de recherche touchait à sa fin. De plus, ayant appris que le Rwanda était le théâtre d'un grave conflit tribal, le laboratoire se montrait préoccupé à l'idée de la savoir en train de travailler si près de la frontière. Il se sentait responsable de sa sécurité. En reconnaissance du travail profitable qu'elle avait accompli, la firme l'autorisait à garder le véhicule et le matériel fournis. Des organisations humanitaires, précisait encore Jed, s'apprêtaient à entreprendre une action sanitaire en Tanzanie. Aussi s'était-il empressé de rédiger une lettre de recommandation pour Annah et son partenaire africain – au cas où tous deux souhaiteraient retrouver un emploi au sein d'un organisme de ce genre.

> *Très amicalement à vous,*
> *Jed Saunders.*

Annah contempla les lignes bien nettes qui semblaient souligner encore la brutalité de la nouvelle. La décision avait été prise sans la consulter, ni même lui laisser la possibilité de proposer un autre programme.

Abandonnant le paquet sur le comptoir, elle quitta la poste, accablée. L'allusion au danger n'était qu'une excuse, elle le savait. Des luttes tribales secouaient régulièrement le Rwanda depuis des années. Un camp de réfugiés avait été installé à proximité de la frontière et la Tanzanie ne se sentait nullement concernée. La véritable raison de cette décision était le manque de remèdes nouveaux vraiment intéressants.

Elle s'arrêta sur le seuil, engourdie, incapable de penser correctement. De l'autre côté de la route, elle pouvait apercevoir Stanley, penché sur le moteur. La voiture était chargée de provisions, de matériel, de bidons d'essence. Elle distinguait le reflet du canon de sa carabine installée à sa place habituelle, entre les deux sièges. Le soleil faisait briller le métal poli.

À la vue d'Annah, il se redressa et lui adressa un signe de la main. Il rabattit le capot, qui claqua bruyamment.

— *Yote tayari sasa*, lança-t-il de loin. Tout est prêt.

— *Twendeni !* répondit aussitôt Annah.

En route !

22

Au volant du Land Rover, Stanley suivait une piste rudimentaire praticable seulement en saison sèche. Il s'agissait d'une ancienne route à travers la forêt ouverte de nombreuses années plus tôt par une société minière à la recherche d'or. Elle n'était plus utilisée que par les animaux et quelques voyageurs à pied. Les arbres n'avaient pas repoussé, laissant seulement sur le sol des cicatrices comme dans un délicat organisme.

Annah remua sur son siège, cherchant à décoller de son corps ses vêtements plaqués par la transpiration, étirant ses membres pour soulager ses muscles crispés. Elle jeta un coup d'œil fixée à la boussole sur le tableau de bord. L'aiguille rouge hésitait entre le sud et l'ouest, avec, tout de même, un penchant pour l'ouest. Elle n'avait pas changé de direction depuis qu'ils avaient quitté Murchanza il y avait environ six heures de cela. Le cœur serré, Annah réalisa qu'ils ne devaient pas être loin de Langali, ce lieu tant aimé qu'elle n'avait pas revu depuis des années. Elle essaya de compter le nombre de saisons qui s'étaient écoulées depuis sa rencontre avec Kate à Murchanza. Les Carrington devaient avoir maintenant regagné Langali, songea-t-elle. Sarah, Michael et Kate étaient sans doute de retour à la Maison de la mission.

Elle ramena le cours de ses pensées sur les raisons qui les avaient poussés, Stanley et elle, à se diriger vers la frontière ouest, juste à la lisière des Darklands. Pendant des années, ils avaient évité cette région – un endroit légendaire où, disait-on, survivaient les anciennes connaissances et la magie noire. Mais, à présent, leur situation était

348

devenue désespérée. Il fallait à tout prix trouver quelque chose qui oblige Jed à revenir sur sa décision. S'ils n'y parvenaient pas, leur expédition s'achèverait là et leur vie en même temps.

— Il y a du nouveau.

C'était la première fois que Stanley parlait depuis plus d'une heure.

— Quoi ?

— La forêt s'éclaircit...

— Oh, je croyais que vous aviez aperçu quelque chose.

La déception assourdissait sa voix. Elle attendait avec impatience un signe indiquant qu'ils entraient dans un nouveau territoire.

Elle n'eut pas à attendre longtemps. Quelques kilomètres plus loin, la forêt céda la place à une brousse clairsemée, ponctuée d'arbres épineux aux feuilles grises, entre lesquels apparaissait une terre rougeâtre, érodée et nue. La chaleur devint encore plus suffocante, et ils durent recourir souvent à leurs gourdes d'eau potable mais tiède. Des tourbillons de poussière s'élevaient de la route devant eux. L'air tremblait, véritable rideau de chaleur. Ils se sentaient l'un et l'autre comme tétanisés par cette température et le ronronnement régulier du moteur.

Stanley arrêta brusquement la voiture. Suivant son regard, Annah aperçut une forme noire un peu plus loin sur la piste. On aurait dit un tas de vieux chiffons.

Ils descendirent du véhicule, engourdis, s'étirèrent et s'approchèrent avec curiosité. En Afrique, ils le savaient, les vieux chiffons servent toujours à quelque chose et ne sont jamais abandonnés ainsi.

La poussière étouffait le bruit de leurs pas. Quand ils furent plus près, ils tressaillirent à la vue de morceaux de peau sombre et desséchée parmi les loques. Des cheveux poivre et sel. La forme d'un corps sale, ratatiné.

Annah s'agenouilla dans la poussière et saisit un poignet osseux au bout duquel pendait une main molle, inerte. Elle échangea un regard avec Stanley.

— Est-elle morte ?

Annah allait lui répondre par l'affirmative quand elle sentit sous son doigt une faible pulsation. Tandis qu'elle saisissait le corps dans ses bras, les loques s'écartèrent, révélant le corps décharné d'une vieille femme. Des seins vides sur des côtes saillantes, une tête d'où toute chair semblait avoir disparu, une peau ridée.

Stanley courut à la voiture et revint avec une gourde d'eau. Quand il en versa quelques gouttes sur le visage poussiéreux, les paupières frémirent.

La pauvre femme n'était pas plus lourde qu'un enfant et Annah la porta sans difficulté jusqu'à la voiture pour l'installer sur le siège arrière. Elle dégageait une véritable puanteur, presque égale à celle des bergers nomades qui se frottent le corps avec l'urine de leur troupeau. Derrière cette odeur familière, Annah en décela une autre, âcre, forte, évoquant la citronnelle ou les champignons.

— Elle est très faible, observa Stanley. Elle n'a pas dû pouvoir marcher bien loin. Son village n'est sans doute pas très éloigné.

Il s'approcha et tenta de communiquer avec elle, commençant par le swahili puis essayant tour à tour les dialectes de sa connaissance. Faute de réponse, il finit par abandonner.

Quand ils démarrèrent, la femme resta affaissée sur le siège arrière. De temps en temps, elle soulevait légèrement la tête et regardait d'un air vague autour d'elle sans paraître surprise.

Ainsi que Stanley l'avait prévu, ils découvrirent bientôt une poignée de huttes parmi les broussailles. Ils arrêtèrent la voiture à la lisière du village et, sans bouger, attendirent que les habitants se manifestent. Au bout d'un moment, ils commencèrent à s'étonner. Ils auraient dû voir au moins des enfants, des chiens, quelques curieux. Mais tout était désert.

— Je vais aller me renseigner, dit Stanley.

Au moment où il descendait, une silhouette émergea d'une des huttes pour s'approcher d'eux. Un vieil homme avançait d'un pas traînant.

Stanley le salua en swahili.

— Comment vont les choses avec toi, mon ami ?

L'homme paraissait soucieux et agité.

— Il y a... des... difficultés, répondit-il en cherchant laborieusement ses mots.

Mal à l'aise avec le swahili, il poursuivit dans son dialecte local. Stanley fit signe qu'il le comprenait et traduisit à Annah au fur et à mesure de la conversation.

— Il dit qu'ils ont reçu la visite de voyageurs malintentionnés. Des bandits qui ont réclamé des cadeaux et de la nourriture. Craignant leur retour, les villageois se sont cachés. Même les jeunes hommes. Ce vieillard ne peut presque pas marcher, alors il est resté.

Le visage de Stanley exprimait l'inquiétude. Il se tourna vers Annah.

— Je lui ai dit que nous avertirions les autres villages et que nous ferions un rapport aux autorités, si nous avons la chance de trouver un agent officiel. C'est tout ce que nous pouvons faire pour le moment.

Annah approuva d'un signe de tête. Dans ce coin perdu de la

brousse, le gouvernement n'avait aucun représentant, pas même un poste de police. Les gens devaient se débrouiller eux-mêmes pour assurer leur sécurité.

Le vieil homme examinait Annah d'un œil soupçonneux.

— Il voudrait savoir pourquoi nous sommes venus jusqu'ici, expliqua Stanley.

Sans répondre, elle descendit de voiture et alla ouvrir la porte, révélant la femme tassée sur le siège arrière. Le vieil homme jeta un coup d'œil puis haussa les épaules d'un air indifférent.

— Est-elle de ton village ?

— Cette femme n'est pas des nôtres, mais elle est venue ici il y a deux jours. Nous n'avons pas voulu la garder.

— Pourquoi ?

— C'est une sorcière ! Son propre peuple l'a chassée ! Pourquoi devrions-nous adopter leurs ennuis pour les ajouter aux nôtres ?

— Comment sais-tu cela ?

Le vieil homme la regarda froidement.

— Nous le savons. C'est tout.

Stanley réagit aussitôt, l'air furieux.

— Où est votre pitié ? s'exclama-t-il. Elle était presque morte quand nous l'avons trouvée !

Le vieil homme resta impassible.

— Nous avons agi comme il le fallait. Rien qu'en passant, elle nous a apporté le malheur. Nous n'avions jamais vu de bandits par ici avant.

Annah claqua la portière et regagna son siège.

— Puisqu'on ne peut pas la laisser, dit-elle à Stanley, autant continuer notre route.

Stanley salua le vieil homme d'un bref signe de tête mais, avant de partir, il prit dans le coffre de la voiture quelques bananes et une poignée de patates douces.

L'homme accepta la nourriture sans un mot et regagna sa hutte. Stanley lança le moteur, le bruit déchira le silence avant de décroître lentement.

Ils progressaient de nouveau sur la piste, guettant d'autres traces d'habitations. En silence, tous deux songeaient à ce que le vieil homme avait dit à propos des bandits. Au cours de leurs longs périples en voiture durant toutes ces années, il leur était arrivé plusieurs fois de rencontrer des voleurs, mais les choses s'étaient toujours arrangées en leur remettant quelques « cadeaux ». Avec les Occidentaux, les bandits se montraient prudents. Des vols importants ou des agressions attiraient l'attention des autorités ; ils en retiraient plus d'ennuis que de bénéfices. Annah vérifia les munitions qu'elle portait dans sa ceinture. Elle espérait toujours tirer quelque gibier et tenait sa carabine à portée de main.

Le soleil dardait ses rayons brûlants, écrasant les couleurs du paysage. Annah essuya la sueur qui coulait de son front et collait sur sa figure la poussière de la route.

Stanley jeta dans le rétroviseur un coup d'œil à la femme assise derrière.

— Comment va-t-elle ?

Annah se retourna.

— On dirait qu'elle s'est endormie.

Comme pour la contredire, la femme releva la tête, plongea ses yeux au fond de ceux d'Annah, esquissant de ses lèvres craquelées ce qui ressemblait à un sourire. Puis elle se redressa sur son siège et regarda autour d'elle. On entendait sa respiration rauque se mêler au ronronnement du moteur.

Elle paraissait très vieille et son corps était réduit à l'état de squelette. Dans un pareil état, que faisait-elle donc à errer sur les routes ? Le vieil homme devait avoir raison. Les gens de sa tribu l'avaient probablement chassée après l'avoir accusée de sorcellerie. En la voyant assise là, si fragile, les cheveux grisonnants, Annah avait du mal à imaginer que cette femme ait pu susciter une telle animosité parmi les siens. Qu'avait-elle pu faire de si terrible ?

Vers la fin du jour, un petit village se profila sur une légère ondulation du sol. Stanley dut quitter la piste et traverser des broussailles pour l'atteindre.

Ils comprirent très vite que l'endroit n'avait pas reçu la visite des bandits. Les habitants semblaient paisibles et, à leur arrivée, se montrèrent amicaux. Ils s'approchèrent de la voiture avec curiosité, leurs enfants encore un peu intimidés derrière eux, mais souriants.

Stanley descendit pour les saluer, d'abord en swahili puis dans leur dialecte. Avant de s'adresser à eux, il avait pris la vieille Africaine dans ses bras et la soutenait avec douceur pendant qu'elle essayait de se tenir debout. Il se comportait avec elle comme autrefois avec sa grand-mère, et Annah s'émut à la pensée de cette autre vieille femme, elle aussi abandonnée par son peuple.

Elle ne comprenait pas le dialecte utilisé par Stanley mais n'eut aucun mal à interpréter les signes de dénégation des villageois ni le pli méprisant de leurs bouches. Stanley insistait, expliquait, cependant rien ne semblait avoir de l'effet sur eux. En fin de compte, il aida la vieille femme à se réinstaller à l'arrière de la voiture.

— Que se passe-t-il ? interrogea Annah, intriguée. Est-ce qu'ils la connaissent ?

— Ils disent que non, mais ils la soupçonnent d'être une sorcière. Sinon, elle serait avec son propre peuple. Ils ne veulent rien avoir à faire avec elle.

Annah soupira.

— Est-ce que vous leur avez parlé des bandits ?

Stanley hocha la tête.

— Je leur ai conseillé d'être prudents. (Il eut un grognement de colère.) Pour l'heure, une seule chose les intéresse : nous voir partir au plus vite et emmener cette femme loin de chez eux.

Le Land Rover reprit son chemin cahotant. Annah ouvrit la vitre dans l'espoir de respirer un peu d'air frais mais ne reçut qu'un souffle brûlant.

— Si seulement il pouvait pleuvoir, soupira-t-elle.

— Il fait toujours très chaud à cette époque de l'année.

Il avait parlé avec simplicité, ainsi qu'il le faisait toujours, se contentant de souligner le fait, comme si cela pouvait rendre la chaleur plus supportable.

Lorsque le soleil toucha l'horizon, Stanley quitta la piste et se dirigea vers un bouquet d'arbres. Là, dans une clairière entourée de broussailles, ils dressèrent leur camp pour la nuit. Même si la fumée risquait de signaler leur présence, ils décidèrent d'allumer un feu ; le village attaqué par les bandits était déjà loin.

Stanley alla chercher la vieille femme et l'installa à côté du foyer, sur lequel Annah préparait le repas du soir. La femme mangea lentement, avec application, une expression de vif contentement sur son visage creusé de rides. Chaque bouchée semblait lui redonner de la vitalité. Son corps se redressa, parut soudain plus vigoureux, plus dense. Quand elle eut avalé sa part d'ugali et de ragoût, sucé les os et ramassé la moindre miette, elle se tint accroupie à la mode africaine, le dos bien droit, puis s'essuya la bouche du revers de la main.

— Mon nom est Naaga.

Elle avait parlé un swahili sans accent et sa voix était étonnamment riche et profonde. Elle salua ses compagnons d'un signe de tête puis sombra de nouveau dans le silence, les yeux perdus dans la contemplation du feu. Il y avait quelque chose dans son attitude qui décourageait tout échange. Annah et Stanley respectèrent son désir de tranquillité et laissèrent, eux aussi, leurs regards s'accrocher à la course dansante des flammes.

Un peu plus tard, après avoir rangé les restes du repas, tous deux se retirèrent sous leurs tentes, laissant Naaga dehors. À la nuit tombée, il faisait encore une chaleur étouffante. Annah se tournait et se retournait sur sa couche, incapable de dormir, une chape poisseuse lui collant à la peau. Elle aperçut soudain une lueur filtrant à travers la toile. Le feu sur lequel elle avait préparé le repas, pratiquement éteint quand elle s'était couchée, flambait à présent bien haut.

Ouvrant de quelques centimètres la fermeture de sa tente, elle glissa un regard au-dehors. Une silhouette sombre dansait autour des flammes en marmonnant une étrange mélopée. Naaga. À peine vêtue des quelques loques qui pendaient autour d'elle, la vieille femme sautillait, ses seins flasques retombant à chacun de ses mouvements, ses os perçant sous la peau vide de chair. À l'évidence, ce spectacle pitoyable avait un but car la femme se mouvait avec assurance.

— Qu'est-ce que tu fais ?

Naaga s'arrêta.

— J'appelle la pluie, dit-elle simplement, comme si une telle réponse allait de soi.

Annah regarda le ciel parfaitement dégagé et constellé d'étoiles, sans aucun espoir de pluie. Puis elle fit un vague signe, referma bien vite la toile pour éviter les insectes et s'étendit de nouveau en soupirant. Le feu, pensa-t-elle avec irritation, ne ferait qu'augmenter la chaleur ambiante.

Elle ferma les yeux et essaya de s'abstraire du présent, comme elle le faisait toujours quand le campement de nuit était particulièrement inconfortable, inquiétant. Elle tenta d'oublier la chaleur, la poussière, la saleté pour se représenter un site enchanteur, une lune argentée se reflétant sur un lac uni, un vol de flamants roses...

Quelque chose l'éveilla. L'odeur, l'air frais ou encore le bruit des gouttes sur la toile. Annah garda les yeux fermés, savourant la douceur de l'instant. L'humidité ! Elle se redressa brusquement au souvenir de sa dernière vision. Un ciel clair, une silhouette sombre dansant autour du feu. Promettant la pluie pour le lendemain.

Elle ouvrit sa tente et jeta un coup d'œil. De lourds nuages dissimulaient la lune, mais la lueur du feu éclairait encore la scène. La tête penchée en arrière, Naaga gloussa de joie quand les premières gouttes firent place à une bonne averse.

Annah frissonna. Dans le silence de la nuit, on n'entendait que le rire de la vieille femme, le clapotis de la pluie et le sifflement du feu sous les gouttes d'eau. Rien d'autre ne semblait avoir de réalité. Rien qu'une vieille femme et le ciel, unis par la pluie. Naaga leva les bras, le geste d'un enfant appelant sa mère, et Annah s'imagina une seconde qu'elle allait être emportée vers les nuages. Elle n'en aurait pas été surprise.

Figée, le cœur battant, elle observait la scène tandis que son esprit cherchait en vain une logique à ce qu'elle voyait. Il arrivait parfois que la pluie tombe hors saison. Elle en avait été elle-même témoin : sans le moindre signe avant-coureur, des nuages s'amassaient tout à coup dans le ciel. Les faiseurs de pluie savaient probablement détecter ces indices avant tout le monde, des visionnaires pouvaient avoir un pressentiment. Mais, en étendant la main pour recevoir l'ondée, Annah ne pouvait s'empêcher de penser que seule la danse de cette vieille folle avait réussi à faire pleurer le ciel.

Naaga l'aperçut et elle lui sourit en ouvrant grand les bras, comme pour lui dire : « Te voilà, profite de cette fraîcheur, savoure cette pluie, tu es la bienvenue. »

Annah vit Stanley émerger de sa tente et, lui aussi, regarder la vieille femme. Le vacarme de la pluie emplissait maintenant l'air, martelant le toit et le capot du Land Rover, éclaboussant la toile des tentes, frappant le sol. Annah aspira l'odeur de cette terre assoiffée qui s'ouvrait avec reconnaissance aux torrents d'eau. Tout était si bon dans cette pluie !

Elle pensa tout à coup à Zania et à la cérémonie à laquelle elle avait assisté un jour, Mtemi à ses côtés, vêtu de sa peau de léopard et tentant de savoir si le sorcier serait ou non capable de faire pleuvoir. Avec une profonde nostalgie, elle se demanda ce que penserait Mtemi du spectacle qui se déroulait aujourd'hui sous ses yeux.

Naaga rit de nouveau, laissant échapper un joyeux gloussement, telle une enfant ravie de sa nouvelle création. Annah et Stanley sourirent à leur tour, surpris devant une telle exubérance. Naaga se mit de nouveau à danser mais, cette fois, ses mouvements n'obéissaient à aucun rituel. Sa danse n'était que l'expression de sa joie. Stanley la suivit des yeux avec nostalgie, remué par d'anciens et précieux souvenirs.

Quand, le lendemain matin, Annah émergea de sa tente, Naaga attendait paisiblement à côté de la voiture. Le ciel avait retrouvé sa pureté et la pluie n'était plus qu'un souvenir. Annah en arrivait presque à se demander si elle n'avait pas rêvé. Mais de petites flaques d'eau subsistaient dans les creux pour lui rappeler le bonheur de la nuit.

Stanley, tout en faisant preuve de la plus grande politesse, gardait ses distances vis-à-vis de la vieille femme, comme s'il pensait, lui aussi, qu'elle y était pour quelque chose.

Après un bref petit déjeuner – auquel Naaga fit grand honneur –, ils levèrent le camp. Ils furent accueillis avec cordialité dans le village qu'ils trouvèrent bientôt en chemin et où tout était paisible, sans trace de bandits. Là, non plus, on ne voulut pas de Naaga.

— Nous ne pouvons pas la garder avec nous, expliqua le chef, mais je peux vous donner une idée. Des chasseurs sont passés une fois par notre village et ils nous ont parlé d'un groupe d'étrangers qui vivaient à quelque distance d'ici dans un endroit qu'ils appellent un couvent. Vous pourriez peut-être leur laisser cette vieille femme.

Il pointa le doigt vers la piste.

— Suivez cette direction...

Annah et Stanley n'avaient jamais entendu parler d'une mission catholique établie dans la région, mais ils avaient perdu tout contact régulier avec des Européens depuis bien longtemps. En l'absence d'autre projet, ils décidèrent de suivre le conseil du chef même s'il leur fallait interrompre momentanément leur avance vers l'ouest. De toute façon, force était de constater qu'en compagnie de la sorcière ils ne seraient jamais les bienvenus dans les villages et ne pourraient donc pas commencer leur travail.

Annah avait pensé un instant demander à Naaga si elle connaissait des remèdes utiles, mais elle avait finalement abandonné l'idée afin de ne pas créer de nouveaux liens avec la vieille femme qui semblait déjà se sentir chez elle sur le siège arrière. Lors d'une halte, elle avait cueilli une fleur pour la glisser entre la vitre et la portière, signe qu'elle avait pris possession des lieux.

Ils roulèrent longtemps sans rencontrer la moindre habitation. Naaga gardait le silence ; sa quiétude gagna bientôt tout le véhicule.

L'après-midi était déjà bien avancé. Annah chercha en vain à repérer entre les arbres l'éclat de murs blanchis à la chaux révélant la présence d'une mission.

La piste longeait la base d'une colline depuis quelque temps quand le 4 × 4 aborda un virage à angle droit. Stanley ralentit pour s'y engager et ils débouchèrent sur une plaine broussailleuse qui s'étendait jusqu'à une saillie de rocher impressionnante. Annah retint son souffle. Ce rocher gris avait une forme très nette. Familière.

Celle d'un sein de femme dressé vers le ciel.

— Cone Hill, murmura-t-elle. Sur l'autre versant se trouve Langali. Elle tourna la tête vers Stanley et le vit réfléchir, puis hocher la tête.

— Je n'avais pas réalisé que nous étions si près, observa-t-il.

Annah ferma les yeux. La proximité de Langali la bouleversait, éveillant en elle un flot d'images... la maison, le village, la rivière serpentant dans la vallée. Elle se demanda si les Carrington étaient rentrés d'Australie. Selon la petite Kate, c'était leur projet, mais ils pouvaient avoir changé d'avis.

— Ces chasseurs parlaient peut-être de Langali, reprit Stanley, interrompant ainsi le cours de ses pensées. Seulement, il y a un profond ravin sur l'autre face et je ne vois pas comment une piste pourrait passer par là.

— Ils ont mentionné un couvent...

Stanley réfléchissait.

— Ces chasseurs n'existent peut-être pas. Et il n'y a sans doute aucun couvent. Ils ont dit ça pour se débarrasser de nous.

Annah resta silencieuse. Stanley avait probablement raison mais que faire, sinon continuer ?

Naaga restait étrangère à leurs angoisses. Chaque fois qu'Annah se retournait pour l'observer, elle la trouvait assise bien droite, surveillant le paysage de ses yeux brillants comme pour y découvrir quelque trésor caché.

Le soleil baissait à l'horizon, et Stanley était visiblement de plus en plus anxieux. Ils avaient eu tort de se détourner de leur route sur la seule indication de chasseurs. Il leur faudrait bientôt dresser un camp pour la nuit, et s'établir dans ce paysage découvert n'était pas rassurant, surtout avec la présence menaçante de bandits dans les parages.

Naaga poussa un cri et désigna un point devant eux.

— Regardez !

Des silhouettes sombres étaient apparues au sommet de Cone Hill, se découpant sur le ciel embrasé par le couchant. Une file de personnes s'avançait sur le rocher. À présent, ils distinguaient dans la plaine des volutes de fumée grise.

Stanley continua de rouler en silence.

— Il y a beaucoup de feux, observa-t-il enfin, mais je ne vois pas de bâtiments.

— Peut-être les avons-nous manqués au virage.

— Possible.

Après une brève hésitation, il quitta la piste et engagea la voiture dans la brousse en direction des feux.

Il faisait presque nuit. Le ciel gardait encore quelques traces pourpres, et les lueurs montant du couchant jetaient de longues ombres sur le paysage. Stanley roulait lentement et en silence. Derrière eux, la vieille femme posait sur le paysage un regard d'une étrange intensité.

Ils repérèrent bientôt les contours d'une clôture d'épineux et, derrière, les masses confuses de huttes et d'appentis de branchages qui avaient l'air de constructions temporaires. Rien ne ressemblait à un village. Encore moins à un couvent.

Stanley ralentit l'allure à quelque distance de la clôture. Aussitôt, des ombres se détachèrent, des corps se faufilèrent dans des interstices. Bientôt, ils furent près d'une centaine autour du véhicule.

— Regardez ! Elles sont là…

Naaga avait parlé d'une voix étouffée et respectueuse, comme s'ils devaient se sentir honorés de rencontrer de précieux spécimens de la vie sauvage.

Annah scruta la foule à la recherche d'un visage blanc, d'une forme drapée dans un habit de nonne, peut-être d'un moine. Mais il n'y avait pas trace du moindre religieux.

— Qui sont ces gens ? murmura-t-elle.

— Des femmes, constata Stanley avec étonnement. Rien que des femmes.

La voiture s'arrêta et ils descendirent, tendant leurs mains ouvertes pour faire comprendre qu'ils venaient en amis. Cependant, ils sentirent qu'ils suscitaient méfiance, hostilité, peur.

Annah se tint immobile, surprise de ce qu'elle découvrait. Rien qu'un ramassis de vieilles femmes sales et en guenilles. Pas un seul homme, pas de jeunes femmes ni d'enfants parmi elles. Comment cette collection de grand-mères pouvait-elle s'être rassemblée ici ? La plupart avait autour de leur cou ridé un assortiment de charmes, de sacs d'herbes médicinales, de plumes. Certaines portaient des peaux de bêtes d'où pendaient des reliques. Elles n'avaient que la peau sur les os mais paraissaient vigoureuses. Une poignée d'entre elles étaient armées de bâtons, de houes, de pierres, et même de lances.

Annah recula d'un pas et tous les yeux se fixèrent sur elle.

— Il faut partir, chuchota Stanley, inquiet.

Comme ils amorçaient un demi-tour en direction du Land Rover, la portière arrière s'ouvrit brusquement et Naaga tomba dans la poussière. Stanley se précipita et l'aida à se relever.

Un bref instant, la foule s'immobilisa, suspendue, en attente. Une main sur l'épaule de Stanley, Naaga contempla les autres femmes et sourit avec émerveillement et un peu d'incrédulité. Après quelques secondes de silence, des murmures de bienvenue se firent entendre ; le sourire de Naaga s'élargit. Élevant la voix, elle parla alors dans un swahili courant.

— Cette femme blanche et cet homme sont de bonnes personnes. On m'a chassée de mon village et ils m'ont donné de l'eau. Personne n'a voulu venir à mon secours, mais eux ne m'ont pas abandonnée.

Alors que Naaga parlait, une des femmes s'avança à travers la foule, qui s'écarta devant elle. Elle était petite, avec des membres noueux et de grands yeux brillants. Une pipe de terre à long tuyau pendait au coin de sa bouche. Bien que rien dans sa tenue ne la distinguât des autres, elle semblait représenter l'autorité de toute la communauté. Annah et Stanley inclinèrent poliment la tête.

La femme s'adressa d'abord à Naaga pour échanger avec elle en swahili les longues salutations d'usage. Un lien de familiarité se noua rapidement entre les deux Africaines quand elles se découvrirent de nombreux points communs. Annah laissa son regard parcourir l'assemblée et conclut que la plupart de ces indigènes devaient être des « sorcières ». Presque toutes, en fait... Elle vit celle qui semblait être leur chef esquisser un geste. Trois femmes s'avancèrent pour entraîner Naaga.

— Non ! s'écria Annah. Nous sommes ensemble

La femme à la pipe sourit, découvrant des chicots.

— Ne vous inquiétez pas, dit-elle gentiment, tout en fixant Annah au fond des yeux. Nous ne lui ferons aucun mal. Je m'appelle Alice.

Devant son hésitation, elle poursuivit :

— La nuit est tombée. Vous dormirez ici, avec nous.

Ce n'était ni une invitation ni un ordre, seulement une constatation. Il faisait nuit effectivement, et il était impensable de laisser des étrangers affamés, fatigués, repartir dans l'obscurité. La question ne se posait même pas. Ils resteraient jusqu'au matin.

Alice lança quelques paroles et la foule se dispersa, la laissant seule avec les deux étrangers.

— Comment avez-vous su que nous nous trouvions ici ?

— Nous ne le savions pas. Nous étions à la recherche d'un couvent catholique.

Cette réponse parut rassurer Alice mais, lorsque Stanley lui parla des bandits, elle redevint soucieuse.

— Quel genre de bandits ? Que font-ils ?

— Ils volent la nourriture. De toute façon, le village qu'ils ont attaqué est loin d'ici, ajouta Stanley pour la rassurer. Ailleurs, il n'y a pas eu de problèmes.

Alice enregistra cette déclaration, le sourire revint sur ses lèvres.

— Alors, allons manger, proposa-t-elle. La journée a été longue.

Des poissons-chats au ventre blanc rôtissaient sur le feu, enfilés sur des baguettes de bambou. La graisse suintait de leur peau dorée et tombait en grésillant sur les tisons. Annah mourait de faim. Une patate douce avait déjà été placée devant elle dans une feuille, mais, personne n'ayant encore touché aux aliments, elle attendait que les autres commencent pour le faire elle-même.

La foule qui les avait accueillis s'était scindée en de multiples groupes, chacun devant un feu. Alice semblait responsable de tout. Sans cesse, on venait la consulter, lui demander des instructions ou un avis. Elle avait gardé auprès d'elle Stanley, Annah et Naaga, veillant sur eux.

Annah se tourne vers Stanley et, à son expression attentive, constata qu'il ne se sentait pas plus à l'aise qu'elle. L'atmosphère était pourtant détendue ; de partout leur parvenaient des rires, des murmures paisibles. Mais la vue d'une telle assemblée de vieilles femmes avait quelque chose d'étrange, de dérangeant.

— Est-ce que vous voulez un peu de thé ?

Alice désigna à Annah un pot d'eau qu'on venait de mettre à chauffer. La jeune femme accepta d'un signe de tête en souriant. Elle avait vu un sachet d'herbes sèches sur le côté. Ce n'était peut-être pas vraiment du thé mais, au moins, l'eau aurait bouilli.

Levant les yeux, elle aperçut deux Africaines qui s'approchaient d'Alice avec un coffret de bois poli qu'elles déposèrent devant elle.

Alice souleva le couvercle, en sortit une coupe d'argent, puis un long tissu brodé de fils d'or. Annah et Stanley échangèrent un regard de surprise devant ce qui ressemblait à un calice et à un vêtement sacerdotal. Alice posa les deux objets sur le coffre, ramassa à ses pieds une poignée de terre qu'elle versa dans le calice. Puis elle se tourna vers Annah et déplia le tissu, dévoilant une inscription brodée sur plusieurs lignes.

— Voulez-vous nous bénir ? C'est vous l'invitée...

Annah contempla le tissu d'un air indécis, incertaine d'avoir bien compris. Elle interrogea Stanley des yeux.

Il désigna l'inscription.

— Elle vous demande de réciter le bénédicité, confirma-t-il, et de lire ce qui est écrit ici.

— En anglais ?

— Si vous voulez, intervint Alice. Nous connaissons bien le sens des paroles.

Le silence tomba sur le petit groupe. Annah se leva et se pencha vers le feu pour lire à haute voix.

Je suis la brise qui nourrit ce qui est vert,
J'implore les fleurs pour qu'elles donnent des fruits dorés
Je suis la pluie née de la rosée
Qui fait rire l'herbe,
Heureuse d'être en vie.

— Amen, répondirent en chœur les femmes.

Un murmure de voix parcourut l'assistance, des pots d'argile s'entrechoquèrent et le repas commença.

Annah restait silencieuse, examinant le tissu. Au-dessous du texte elle vit, soigneusement brodé, un nom : Hildegarde de Bingen. Et une date : 1098-1179.

Elle rendit l'étoffe, mais les mots restaient gravés en elle en lettres de feu.

Je suis la pluie née de la rosée...

Maîtrisant à grand-peine sa curiosité, elle reprit sa place pour accepter le repas qui lui était offert. Des épices et des herbes variées en amélioraient considérablement le goût. Après des années d'une nourriture quotidienne plus que rudimentaire, elle savoura le plat avec délices.

— C'est excellent, dit-elle à Alice.

Cette dernière approuva d'un signe de tête.

— Les plantes viennent de nos jardins. Le jardinage fait partie de notre règle. Nous y participons toutes.

Annah sourit poliment sans trop comprendre.

— Sœur Charité aimait aussi faire pousser des fleurs, poursuivit Alice, et certaines d'entre nous ont besoin d'herbes pour leurs remèdes ou leurs charmes. Je vous l'ai dit, c'est notre règle. Tous les couvents ont des règles. Sœur Charité nous l'a appris. Elles sont là pour aider les gens à trouver Dieu.

— Il s'agit donc bien d'un couvent ? s'étonna Annah.

Sitôt posée, la question lui parut absurde.

Alice leva les yeux vers Cone Hill.

— Oui. Et c'est aussi notre demeure.

Elle avait dit cela d'un ton définitif – Annah n'osa pas poser toutes les questions qui se bousculaient pourtant dans sa tête. Alice désigna

Naaga, assise un peu plus loin et penchée sur un bol d'ugali, occupée à fourrer des petits tas de semoule dans sa bouche.

— Elle restera avec nous. Elle est l'une des nôtres.

Tout en parlant, elle s'appliquait à tasser des herbes vertes dans le fourneau de sa pipe.

Annah la regarda, déconcertée.

— N'avons-nous pas toutes été accusées de sorcellerie et chassées de nos villages ? expliqua Alice.

— Toutes ?

— Certaines d'entre nous sont des devineresses ou des guérisseuses. D'autres pratiquent la magie. Mais il y a aussi des veuves n'ayant pas eu de fils pour les protéger. Cependant, nous avons toutes connu le même sort. Des malheurs se sont abattus sur nos villages et on nous a accusées d'en être responsables.

Annah baissa les yeux.

Accusée. Chassée. Abandonnée par sa tribu.

— Mais nous sommes ici, maintenant, reprit Alice d'un ton léger, dénué de tout ressentiment. Toutes ensemble. Une grande famille de femmes prenant soin les unes des autres.

Elle considéra son entourage avec un sourire satisfait. Puis fit signe à une femme accroupie à côté du feu, en train d'extraire des patates douces de la cendre chaude à l'aide d'un bâton.

— Apporte de la nourriture ! lui cria-t-elle en désignant ses invités.

Naaga surgit près d'Annah avec un plat émaillé rempli d'épis de maïs grillés. Elle s'accroupit et lui en tendit un tout en continuant à manger, les yeux brillants.

— C'est un bon endroit ici, dit-elle la bouche pleine. (Pour exprimer l'idée de « bon », elle avait utilisé le mot le plus fort du vocabulaire.) Je te remercie de m'avoir amenée ici.

Annah lui sourit.

— J'en suis heureuse moi aussi.

Naaga s'appuya à un tronc de bois et ferma les yeux. Une expression d'intense satisfaction adoucit son visage et, un instant plus tard, elle s'endormit. L'un de ses bras était resté posé sur la cuisse d'Annah avec un abandon touchant.

La jeune femme se sentit gagnée par une immense lassitude. Elle l'avait combattue toute la journée et depuis plus longtemps encore. À présent, elle était accablée.

Les flammes lui semblèrent plus douces, l'air plus frais. Des voix de femmes murmuraient. Et le ciel, au-dessus, étirait sa voûte, espace d'infinitude et de paix.

La lumière matinale révélait un vaste campement hétéroclite parsemé de taches bleues. Debout devant sa tente, Annah clignait des yeux. La clôture d'épineux encerclait plus d'une cinquantaine d'habitations faites de branchages, de chaume, de nattes, de morceaux de tissu, le tout assemblé avec des cordes de sisal. Les huttes offraient un échantillonnage de haillons grisâtres ou brunâtres parmi lesquels se distinguait parfois l'éclat lumineux d'un kitenge, mais toutes affichaient au moins un morceau de tissu du même bleu. Un pan de tissu identique flottait d'ailleurs sur la clôture telle une bannière. En approchant plus près, Annah en découvrit l'origine. Elle avait déjà vu un tissu de ce genre – solide, pratique, d'un bleu profond. C'était celui dont on faisait des robes de nonnes.

Franchissant la clôture d'épineux, elle se retrouva dans un jardin comme elle n'en avait vu dans aucun autre village. Des fleurs de toutes les couleurs poussaient parmi une étonnante variété de légumes. Elles semblaient avoir été choisies pour la richesse de leurs tons, du rouge vif au rose et au pourpre en passant par l'or. Annah se demanda comment une terre d'apparence si pauvre pouvait produire une telle richesse.

Des cris se firent entendre dans une des cases. Annah les identifia aussitôt, elle en avait si souvent entendu de semblables : quelque part à proximité se trouvait un nouveau-né.

Quittant le jardin, elle s'avança dans la direction des cris, intriguée. Alice avait laissé entendre que le camp abritait des femmes âgées chassées de leurs villages, toutes plus ou moins soupçonnées d'être des sorcières. Comment expliquer la présence d'un bébé ?

Elle longea un autre jardin, aussi varié et bien entretenu que le précédent. Soudain, elle aperçut à ses pieds un enfant, un garçonnet maigrichon occupé à arracher les mauvaises herbes. Il se figea de peur à la vue d'une femme blanche.

— *Jambo toto*, lui lança Annah.

Après un instant d'indécision, l'enfant lui sourit à son tour, révélant des dents de lait dont deux manquaient déjà.

— Tu travailles dur, on dirait…, reprit gentiment Annah.

Elle était préoccupée à la pensée qu'Alice l'avait délibérément trompée. Levant les yeux, elle aperçut du linge mis à sécher sur le toit d'une case, des kitenges, une petite robe usagée, un short minuscule. Fronçant les sourcils, elle s'approcha, les yeux fixés sur le short, sur les motifs du tissu. Des boomerangs, des lances et des têtes crépues d'aborigènes.

Les rideaux de Sarah…

Elle fit un pas en avant et le garçonnet s'enfuit à quatre pattes, effrayé par son geste brusque.

— N'aie pas peur, murmura-t-elle en lui effleurant l'épaule.

À ce contact, l'enfant poussa un cri terrifié et une femme arriva en courant pour le saisir dans ses bras. Annah resta interdite par la panique qu'elle avait lue dans ses yeux.

Les cris de l'enfant se transformèrent en sanglots étouffés.

Annah fut bientôt entourée par un petit groupe, principalement des femmes âgées, des « sorcières » semblables à Alice ou à Naaga. Mais, parmi elles, elle vit aussi d'autres Africaines plus jeunes. Certaines portaient des tout-petits dans leur dos. D'autres enfants s'accrochaient à leurs mains ou glissaient un œil curieux, dissimulés derrière leurs jupes.

De nouvelles venues se frayèrent un chemin et vinrent se planter devant Annah, qui les reconnut pour les avoir vues la veille au soir.

— *Namna gani sasa ?* Que fais-tu ici ?

— J'ai entendu un bébé pleurer.

Un doigt noueux jaillit entre les rangs compacts et se pointa vers le feu d'Alice.

— Tu devrais être là-bas.

Annah aperçut de loin Alice qui courait à sa rencontre, le visage anxieux, ses loques volant autour d'elle.

— Vous n'êtes pas là où il convient ! dit la vieille femme en s'arrêtant près d'elle, hors d'haleine.

Stanley apparut à son tour et, à sa vue, des enfants se mirent à crier tandis que les jeunes femmes regardaient nerveusement autour d'elles.

— Pourquoi m'avoir dit qu'il n'y avait ici que des vieilles femmes ? s'étonna Annah.

L'air soucieux, Alice ne répondit pas tout de suite. Entre-temps, la petite foule grossissait et on pouvait lire de l'inquiétude sur tous les visages.

— Parce que c'est vrai, expliqua finalement Alice. Mais il y a aussi quelques familles. Nous ne faisons pas de mal.

Elle semblait hésiter sur ce qu'il convenait de dire, scrutant le visage d'Annah comme pour y chercher une indication. Soudain, ses yeux tombèrent sur son bracelet d'ivoire.

— Où avez-vous trouvé cela ?

Surprise par cette question abrupte, Annah répondit avec une pointe de réticence.

— On me l'a donné.

Une main osseuse saisit son poignet pour le lever vers le ciel. Du doigt, Alice montra les signes noirs.

— Il appartenait à un guérisseur.

— En effet. C'était mon ami.

— Quelle est sa tribu ?

— Les Waganga.

Annah plongea son regard dans celui d'Alice et poursuivit fièrement :

— C'était ma tribu, celle à laquelle j'ai été unie.

Après une brève hésitation, elle ouvrit son chemisier et découvrit les signes sur sa poitrine.

Une intense surprise s'inscrivit sur le visage sans âge. À cet instant précis, un mouvement se fit dans la foule, qui s'ouvrit pour laisser passer deux personnes, toutes deux vieilles, ridées, vêtues de haillons, l'une paraissant encore plus âgée et malade et marchant avec peine, l'autre de haute taille, progressant avec davantage d'assurance.

En les regardant, Annah sentit des souvenirs s'éveiller en elle. Ce tissu… Cette démarche…

Son cœur fit un bond dans sa poitrine et elle écarquilla les yeux.

Zania et la vieille reine !

En trois pas, elle fut auprès d'eux et se figea, le souffle court, incapable de parler.

Le visage du guérisseur était profondément marqué par l'âge et les épreuves mais, à la vue de son ancienne amie, il dansa presque de bonheur. La reine, elle, prit la tête d'Annah entre ses mains et tâta son visage de ses doigts parcheminés, le regard vide. Elle se pencha pour humer son odeur.

— C'est toi ! C'est bien toi, ma fille ! Tu es venue.

— Je suis venue, répondit Annah souriante, les yeux pleins de larmes.

Quelqu'un toucha le bras d'Annah.

— Venez ici. Asseyez-vous.

Elle fut conduite dans une hutte en compagnie de la vieille reine, de Zania, de Stanley et d'Alice. Des sièges bas furent avancés ainsi qu'un lit de toile pour la reine.

On guida doucement l'aveugle à sa place et Annah s'assit à côté d'elle. Autrefois, un tel contact eût été impensable, mais la vieille femme agrippa les mains d'Annah comme pour s'assurer qu'elle ne partirait pas. Zania plaça son siège de l'autre côté, pliant ses longues jambes pour s'asseoir, ce qui lui donnait l'air d'une sauterelle géante.

Stanley s'accroupit près des cendres d'un feu et fouilla les tisons presque éteints afin d'en faire jaillir quelques étincelles. Annah savait qu'il se sentait mal à l'aise dans cette compagnie. La reine, Zania, c'était son peuple à elle... pas son histoire à lui.

Alice restait debout, jetant sur eux tous un regard aigu, sa pipe d'argile à la main. Annah se tourna vers Zania, le corps penché en avant, comme alourdi par les milliers de questions qui se pressaient dans sa tête.

— Nos épreuves ont été nombreuses, commença le vieil homme, manifestement avide de parler. Le gouvernement a choisi un chef pour notre village, ils ont nommé le régent. Nous avons souffert sous son autorité, comme avant. Kitamu, Patamisha et beaucoup d'autres guerriers sont partis chercher du travail à Dodoma. Les autres sont allés de l'autre côté de la colline rejoindre la mission de Germantown. Nous sommes restés seuls.

— Il n'y avait plus de rires dans le village, intervint la reine d'une voix rauque. Nos guerriers sont devenus paresseux. Les mères ont négligé leurs enfants. Et le régent ! Il était toujours là, allant et venant, surveillant tout comme s'il était notre véritable chef – lui, le responsable de la mort de mon fils ! (La vieille femme tourna vers Annah un regard vide quoique toujours brillant.) Alors, mon cœur s'est brisé. Je ne pouvais plus supporter tout cela. Mes yeux ont refusé de voir.

— J'ai essayé de la guérir, dit Zania. J'ai craché par terre. J'ai parlé aux ancêtres. Mais rien n'y a fait. Elle ne parlait plus que de deux choses. Sa propre mort. Et sa fille. L'épouse de son fils Mtemi.

La vieille reine agrippa Annah de ses doigts.

— Tu n'aurais jamais dû être renvoyée. Le régent était derrière tout cela, c'est lui qui a soulevé le peuple contre toi. Et quand les gens ont réalisé leur erreur, il était trop tard. Tu étais partie et il n'y avait aucun moyen de te ramener parmi nous. (Ses yeux étaient remplis de larmes.) Je ne désirais plus qu'une seule chose : te retrouver et te dire que tu étais toujours ma fille, la reine des Waganga...

Les larmes inondaient aussi les joues d'Annah, ondée bienfaisante ruisselant sur les couches de chagrin accumulées au cours de toutes ces années d'errance et de solitude. Elle serra les mains de la reine entre les siennes.

— Nous t'avons cherchée, expliqua Zania. Nous avions entendu dire que tu venais parfois à Murchanza. Nous y sommes allés.

— J'étais montée sur un âne, précisa la vieille reine.

— Bien des lunes ont crû et décru à t'attendre, poursuivit Zania. Au début, nous avions encore de l'argent et de la nourriture, quelques bijoux à vendre. Mais, quand il n'y eut plus rien, nous avons connu la faim.

Annah baissa les yeux. Elle souffrait de se représenter ces êtres fiers réduits à la misère dans les faubourgs d'une ville sans âme.

— Nous n'avions aucun projet. Alors j'ai consulté mes baguettes et nous avons marché dans la direction qu'elles nous indiquaient. Nous avons voyagé longtemps. (Le vieil homme hocha la tête à ce souvenir.)

— Et enfin ils nous ont trouvées, coupa Alice, qui allait et venait avec impatience dans le petit abri.

— Alice ?

Au son de sa voix, la reine tourna vers elle son visage.

— Tu peux avoir confiance en cette femme, Alice. N'aie pas d'inquiétude.

— Je lui confierais ma vie, renchérit Zania. Et celle des enfants de mon frère. Nous savons aussi que Stanley est un homme sûr. Un guérisseur. C'est tout ce que je peux dire.

Le regard indécis d'Alice courut de Zania à Annah pour se porter ensuite sur Stanley.

— Je réponds de lui, dit Annah. Il m'accompagne depuis des années.

La vieille reine sursauta.

— Tu es mariée ? s'écria-t-elle d'une voix où perçait la tristesse.

— Non. Cet homme n'est pas mon mari.

Il y eut un instant de silence et une image se forma soudain avec netteté dans l'esprit d'Annah, un souvenir des temps heureux : Mtemi, entouré de ses guerriers, lui expliquant pourquoi on ne tuait jamais un seul dik-dik.

Ils forment un couple pour la vie. Si on en tue un, l'autre est condamné à passer seul le reste de son existence.

Après sa mort, Annah avait su qu'il en irait de même pour elle. Elle appartenait pour toujours à Mtemi, lui qui, chaque instant, vivait dans sa pensée mais dont le corps était absent. Solitaire, telle une veuve. Et pourtant sans être réellement seule.

Ses yeux se posèrent sur Stanley. Comment expliquer le lien qui l'unissait à cet homme ? Il était plus qu'un collègue, un ami ou un frère. Dans un certain sens, plus même qu'un mari. Un mot lui vint à l'esprit, traduisant cette solidarité qui caractérisait chacune de leurs actions.

— Stanley est mon partenaire.

Annah sentit les yeux de Stanley se poser sur elle tandis qu'elle prononçait ces mots. Leurs regards se croisèrent et un courant passa entre eux, profond, complexe, tissé de jours et de jours d'épreuves et de fatigue, et du partage de multiples tâches, le bon et le mauvais de la vie quotidienne, les milliers de kilomètres parcourus ensemble...

— Vous devez vous engager à ne jamais nous trahir. Tous les deux.

Alice avait parlé d'un ton brusque, insistant.

— Nous ne vous trahirons pas, promit Annah.

— Nous ne le ferons pas, répéta Stanley.

— Alors, venez, décida Alice, se courbant pour cracher dans la poussière rougeâtre à ses pieds.

Quand le groupe sortit de l'abri – à l'exception de la vieille reine restée pour se reposer –, la foule s'était dispersée. Alice guida Annah, Stanley et Zania à travers le camp et ses huttes pavoisées de bleu, tandis que résonnaient tout autour d'eux les bruits et l'agitation de la vie quotidienne, pleurs de bébés, jeux d'enfants, chant des coqs, voix de femmes. Annah pensa qu'il manquait la note profonde et grave de la voix des guerriers, des pères – des hommes.

On les saluait sur leur passage, avec toutefois une réserve prudente. Certains couraient se réfugier à l'intérieur de leur abri, mais Alice les rappelait alors d'une voix rassurante, souvent en vain.

— Où sont les hommes ? s'enquit Annah.

— Tous morts. Ainsi que les autres enfants. (Elle continuait d'avancer tout en parlant.) Ces femmes et leurs tout-petits viennent du Rwanda. Leur village a été attaqué et elles n'ont survécu que parce qu'elles se trouvaient ce jour-là dans la forêt, occupées à ramasser du bois. Après avoir franchi la frontière, elles sont venues se réfugier en Tanzanie. La tribu ennemie de la leur a juré de les tuer tous jusqu'au dernier enfant. Une haine ancestrale les oppose. Beaucoup ont été massacrés dans les deux camps.

Annah frémit. Elle connaissait l'existence de haines tribales au Rwanda mais n'avait pas mesuré jusqu'à ce jour les atrocités qu'elles pouvaient entraîner. Les populations souffraient déjà de bien trop de malheurs ; inutile d'y ajouter toutes ces horreurs. Elle comprenait maintenant la peur dans le regard de ces femmes et de ces enfants.

— Elles ne pouvaient continuer à vivre en se cachant dans la forêt, poursuivit Alice, mais elles craignaient aussi d'être trahies si elles se montraient.

Annah fronça les sourcils.

— Je croyais qu'il existait un camp de réfugiés à la frontière.

Alice ricana.

— Il ne fait pas bon se cacher dans ce genre d'endroit ! Bien des crimes y ont été commis ! (Elle eut un petit sourire satisfait en avisant autour d'elle.) Ne sont-elles pas bien à l'abri, ici, parmi une tribu errante de sorcières ?

— En effet, reconnut Annah. Elles sont bien cachées.

— Il reste cependant un problème. Elles ont besoin de choses que nous ne pouvons leur procurer, de remèdes fabriqués par les Blancs, de lait...

— Il me semblait bien que Langali n'était pas loin d'ici, coupa Zania. J'en ai parlé à Alice et j'y suis allé.

Annah le contempla, interloquée.

— À Langali ?

Le vieux guérisseur approuva d'un signe de tête.

— Je me suis mêlé aux gens qui attendaient pour la consultation externe. J'ai guetté la femme blanche et, quand elle a été seule, je me suis approché et je lui ai demandé son aide en lui expliquant que notre présence dans les environs devait rester secrète pour tout le monde, même pour les personnes de sa maisonnée.

— Sarah... (Violemment émue, Annah put à peine formuler son nom.) Elle a accepté de vous aider ?

Zania étendit ses longs doigts marqués de cicatrices.

— N'est-elle pas ta sœur ? N'a-t-elle pas pleuré avec toi à côté du corps de ton futur mari ? N'ai-je pas moi-même tracé sur son visage des signes avec les cendres du bûcher funéraire ?

Zania se tut, et Annah réalisa qu'il attendait une réponse.

— Si, dit-elle dans un souffle. Il en a été ainsi.

Elle leva les yeux en direction de Langali, sur l'autre versant de la crête rocheuse. Un ciel d'un bleu léger s'étirait au-dessus de la colline, constellé de petits nuages blancs.

— Il vous faut partir à présent, déclara Alice. Vous ne pouvez rester plus longtemps. Le jour est levé et votre voiture pourrait attirer l'attention sur nous.

Annah vacilla à ces mots. Elle tourna vers Zania un visage désolé.

— Nous avons été séparés si longtemps...

— Je pourrais dissimuler le Land Rover, proposa Stanley.

Mais Alice demeura inflexible.

— Les Blancs se font remarquer partout où ils se trouvent. Quelqu'un a pu vous voir venir ici. Croyez-moi, il vaut mieux que vous partiez.

Annah savait qu'elle avait raison. Les nouvelles voyageaient incroyablement vite en Afrique quand il s'agissait d'un Blanc, même dans les régions les plus reculées.

— Pourquoi pas demain matin à l'aube ? suggéra-t-elle.

— Non, ce serait prendre un trop grand risque. N'avez-vous pas rencontré de bandits en chemin ?

Le visage d'Alice fut traversé par une soudaine anxiété, et Annah comprit le lourd fardeau de responsabilités qu'elle portait sur ses épaules.

— Il n'est pas question d'ajouter de nouveaux ennuis à ceux que vous subissez déjà, dit-elle très vite. Nous partons immédiatement.

Alice les conduisit à la hutte où la mère de Mtemi les attendait. En apprenant leur imminent départ, la vieille reine oublia toute étiquette. Serrant la jeune femme dans ses bras décharnés, elle posa sa tête sur son épaule.

— N'aie pas peur, ma mère, murmura Annah. Je reviendrai bientôt. Avec Sarah.

Stanley la dévisageait, surpris. Mais une idée venait de germer en elle, s'imposant avec force. Ils iraient à Langali !

— Nous t'attendrons, souffla Zania, ému.

La voiture chargée, Annah fit le tour de l'assistance pour faire ses adieux. Elle vit soudain que Naaga était là, pressée contre elle.

— Je veux te remercier, lui confia la vieille femme à voix basse. J'ai préparé un cadeau à ton intention. Tu dois le garder avec toi pendant ton voyage.

Annah regarda le petit paquet glissé sous son siège.

— Je te remercie, ma sœur, dit-elle en se surprenant, elle aussi, à chuchoter, comme si toutes deux négociaient quelque transaction secrète.

Ils s'installèrent et Stanley mit le contact. Les pétarades du moteur firent reculer quelques femmes, mais les autres les regardèrent s'éloigner en agitant la main. La vieille reine tourna la tête pour entendre jusqu'au bout le bruit de la voiture qui emportait sa fille au loin.

Les roues soulevaient une poussière rouge. Quand Annah se retourna, elle vit que le petit groupe n'avait pas bougé. Derrière se profilait la silhouette grise de Cone Hill.

23

Le Land Rover cahotait sur un terrain inégal, et Annah dut s'accrocher pour ramasser le paquet que lui avait remis Naaga. Un peu plus long que la main, il était de forme allongée et enveloppé d'un morceau de tissu sale. Elle l'examina avec curiosité. Que pouvait-il contenir ? Quelque remède précieux ou encore un de ces objets originaux dont Naaga, en bonne sorcière, avait le secret ?

Annah se battit avec les nœuds du lien graisseux entourant l'objet.

— Qu'est-ce que c'est ? demanda Stanley.

— Un cadeau de Naaga.

Quand le paquet s'ouvrit enfin, Annah eut un sursaut et le laissa retomber sur ses genoux comme si elle s'était brûlé les doigts. À l'intérieur se trouvait une poupée fétiche. Elle était grossièrement sculptée et habillée d'un morceau de tissu bleu, mais le visage lui était familier, malgré ses traits rudimentaires. Et les cheveux. Un frisson la secoua. Roux... comme les siens. Elle les tâta prudemment.

C'étaient ses propres cheveux !

Stanley ralentit pour regarder la poupée et jeta aussitôt un coup d'œil inquiet à Annah. Elle se tâtait la tête, promenant les doigts dans ses cheveux emmêlés. Derrière, une grosse mèche avait été coupée.

— C'est Naaga qui l'a faite, dit Annah d'un ton peu rassuré. Pour nous porter bonheur pendant le voyage, je suppose.

— Elle a pris des mèches de vos cheveux.

— Oui.

Annah éprouvait une sensation déplaisante. Malgré les

371

remerciements exprimés par la vieille femme, le fait d'avoir coupé à son insu une mèche de ses cheveux était une intrusion dans son intimité.

— Alors, c'est qu'elle voulait pratiquer un envoûtement très puissant, observa Stanley.

— Sans doute voulait-elle que nous fassions un bon voyage. (Annah avait parlé d'une voix hésitante en recouvrant de nouveau la poupée de son chiffon.) Je devrais lui en être reconnaissante.

Un objet mal fixé se mit à cogner contre la vitre arrière. Annah se retourna sur son siège pour le remettre en place.

— Un prêtre catholique est venu une fois à Langali, reprit Stanley. Il portait lui aussi une sorte de fétiche censé le protéger quand il voyageait. (Il désigna le rétroviseur au-dessus de sa tête.) Il l'accrochait là. Il lui avait même donné un nom.

— Saint Christophe, dit Annah.

Avec ses collègues anglicans, elle avait ri autrefois de ce genre de babioles, mais des années de voisinage avec les villageois africains lui avaient appris que n'importe quel objet pouvait se charger de sens et de pouvoir.

Elle glissa le cadeau de Naaga tout au fond de la poche de la veste qu'elle gardait toujours sous la main pour les heures fraîches. Cette même veste rose que la femme de l'évêque avait jugée d'une couleur déplacée était maintenant usée et rapiécée en certains endroits, mais toujours d'un rose évoquant les couleurs de l'Afrique, la chair d'une goyave, un coucher de soleil annonçant la pluie, les flamants...

Ils atteignirent la piste et Stanley engagea le 4 × 4 sur les traces cabossées. Annah sentit une excitation s'emparer d'elle. Ils étaient sur le chemin de Langali et leur exil allait prendre fin. Il le fallait, le moment était venu.

Mais l'anxiété était toujours là. Comment expliquer à Michael leur décision de revenir après tant d'années ? Allait-il penser qu'ils défiaient son autorité ? En essayant de se représenter la scène de leurs retrouvailles, Annah réalisa qu'elle n'avait pas réellement peur de cet affrontement. Elle se sentait plus forte, à présent, et elle avait pris des distances vis-à-vis de Michael. Et puis quelle joie de retrouver Sarah, la petite Kate — maintenant grande —, Ordena, Tefa...

Surtout Sarah, dont l'amitié venait à nouveau de lui être prouvée.

Elle avait du mal à imaginer la scène hebdomadaire décrite par Zania – Sarah, la femme blanche, émergeant de la forêt et entourée presque aussitôt par une bande d'enfants excités. La douce Sarah, héroïne d'un camp de hors-la-loi. Mme Carrington, désignée seulement par un petit « m » sur les registres de la mission.

— Comment fait-elle pour venir ici ? avait-elle demandé à Zania. Tous deux savaient bien qu'il n'y avait pas de route carrossable.

— Ceux d'entre nous encore valides ont traversé le ravin et ouvert une piste pour la voiture. Ainsi, nous avons « tué » une bonne partie des problèmes. Il reste encore à faire à pied un parcours escarpé et difficile, descendre et remonter le ravin en face. Mais notre sœur Sarah est très forte.

Notre sœur Sarah. La relation de ces gens avec son amie était nouvelle pour Annah. Ils parlaient d'elle avec familiarité, mais aussi avec respect et admiration.

— Elle aussi a mis au monde un enfant, avait dit Alice. N'est-ce pas pour cela qu'elle comprend la douleur de ces mères ?

— Avez-vous vu cet enfant ?

— Nous avons vu son visage sur le papier. Nous avons appris son nom. Malheureusement c'est un nom court et vilain.

— Kate..., avait souri Annah.

Tout en contemplant la poussière qui s'élevait de la piste, elle songea à Alice. Cette femme au corps menu avait fait preuve de tant de force et de courage !

— Alice m'a parlé, fit soudain Stanley.

Annah se tourna vers lui, surprise. Il semblait avoir le don de deviner le cours de ses pensées.

— Elle m'a raconté son histoire, poursuivit-il. On l'a chassée de son village parce que cela faisait deux saisons que les pluies ne tombaient pas. C'était l'année où il y a eu ces grands incendies de forêt, je m'en souviens. Longtemps, elle a erré sans abri. Puis quelqu'un lui a parlé d'une mission catholique offrant un refuge à des gens comme elle. Elle a trouvé l'endroit. Une vieille Européenne vivait là – sœur Charité – avec près d'une centaine de « sorcières ». (Stanley secoua la tête, comme s'il ne parvenait toujours pas à y croire.) Sœur Charité ne demandait pas à ces femmes de changer leur façon de vivre. Elle leur offrait simplement un toit et les laissait se comporter à leur guise !

Il regarda Annah.

— Depuis qu'Alice m'a parlé de ça, je n'arrête pas de penser à ma grand-mère. N'aurait-elle pas été émerveillée de trouver un tel endroit ?

Annah lui sourit avec douceur. Il y avait dans sa voix une note de regret.

— Ces vieilles femmes vivaient très bien ensemble, ajouta-t-il. Mais sœur Charité est morte. Pendant longtemps, il ne s'est rien passé et puis, un jour, des hommes blancs sont venus et ont demandé à voir les sœurs. Alice leur a montré la tombe de sœur Charité et aussi celles des autres nonnes, mortes de vieillesse les unes après les autres. Les hommes ont été surpris et fâchés. Ils ont fermé le couvent et emporté tout ce qu'il contenait. Les femmes n'ont pu sauver que de maigres effets dissimulés dans le tronc creux que nous avons vu.

Il jeta à Annah un regard en coin, une pointe de malice dans les yeux.

— Mais dès que les hommes blancs eurent tourné le dos, ces vieilles femmes sont revenues.

Annah se mit à rire en imaginant la scène.

— Finalement, un agent du gouvernement a appris qu'elles logeaient là. Il les a jetées dehors et les bâtiments ont été employés à autre chose. Alors, elles sont venues à Cone Hill et y ont fondé leur propre couvent.

— Un couvent avec des jardins, précisa Annah.

Elle songeait à sa conversation avec Alice ; celle-ci lui avait parlé de leur règle. « Tous les couvents doivent avoir une règle. Les règles aident à trouver Dieu. » Cela n'empêchait pas Alice, la « mère supérieure », de porter des talismans autour du cou. Annah savait qu'il y en avait un pour la protéger des lions et un autre pour maintenir son foie en bon état. On pouvait difficilement voir là la moindre preuve de son attachement au catholicisme. Pourtant, elle avait parlé comme si sœur Charité était toujours son guide spirituel. Il y avait dans cette communauté un courant de force et de bonté qui, selon Annah, correspondait bien à ce qu'on devait trouver dans un monastère ou dans un couvent chrétiens.

Ces femmes auraient-elles réalisé l'impossible sous l'inspiration de leurs traditions et grâce à la sagesse de bonnes sœurs catholiques ? Auraient-elles découvert un chemin entre les deux mondes ? Ouvert une nouvelle voie qu'il suffisait de suivre ?

Un croisement se présenta et Stanley obliqua sur la droite.

— Nord-ouest, annonça-t-il en vérifiant la boussole montée sur le tableau de bord. En continuant dans cette direction, nous devrions trouver l'ancienne route des esclaves. Si nous la prenons vers l'est, elle nous mènera à Langali.

Annah approuva d'un signe de tête. Elle savait que le tracé de l'ancienne voie n'avait pas totalement disparu quand on avait construit la nouvelle route.

Des images de réunions amicales défilaient dans sa tête, mêlant indistinctement les visages de Sarah, de Kate ou de Michael avec ceux de Zania, de la vieille reine, de Stanley. Il faudrait d'autres miracles pour qu'ils se retrouvent ainsi rassemblés, mais un espoir nouveau venait de naître en elle et rien ne pouvait plus l'empêcher de grandir...

La lumière faiblit bientôt quand ils pénétrèrent dans l'épaisse forêt. L'air fraîchit et Annah fut heureuse d'avoir gardé le matin sa tenue de brousse fripée au lieu d'un kitenge propre. Elle attrapa sa veste rose et s'en enveloppa étroitement. Son contact lui était agréable et familier.

En s'enfonçant entre les troncs serrés, elle songea qu'ils pourraient difficilement dresser un camp pour la nuit dans une forêt si dense et ils seraient sans doute obligés de dormir dans la voiture. Mais, au moment où ils prévoyaient de s'arrêter, la piste s'élargit et les arbres devinrent plus clairsemés.

— Nous y sommes, annonça Stanley.

Un gigantesque manguier à l'écorce striée de coups de griffes et de dents se dressait au croisement de deux chemins. Leur route s'arrêtait là où une autre commençait – l'ancienne route des esclaves.

Ils découvrirent un panneau de signalisation cloué sur le tronc de l'arbre, à présent illisible.

— Regardez !

Stanley désigna une étroite piste ouverte dans un bouquet d'arbres dans la direction indiquée par le panneau. Les contours d'une hutte se dessinaient à travers le feuillage, à peine visibles. Stanley s'y engagea sans hésiter, et un moment plus tard le Land Rover émergea dans une clairière.

Ce n'était guère qu'une petite cabane faite de troncs mal équarris et de branchages avec de simples trous en guise de porte et de fenêtre. Mais le toit semblait en bon état.

Ils s'avancèrent prudemment et trouvèrent les lieux vides, à l'exception d'un montant de lit de style militaire et d'une marmite. Le sol était parsemé de fiente de chauves-souris et sentait l'urine animale.

— Sans doute le campement d'une expédition d'exploration minière, suggéra Annah.

Elle aperçut alors une photographie à moitié effacée clouée sur une des parois. Elle était écornée, sale, mais on y distinguait encore l'image d'une jeune femme en tenue de brousse portant un bébé chimpanzé. De longs bras poilus l'entouraient et le visage de l'animal était niché contre son épaule. La femme fixait l'objectif bien en face d'un regard déterminé. Annah se souvint d'un article de la revue *National Geographic* où il était question d'une zoologue vivant dans la forêt parmi les gorilles. Sarah et elle avaient été fascinées par cette histoire et par le courage de cette femme qui, portée par une formidable vocation, avait dédaigné les facilités de la vie moderne et abandonné toute coquetterie féminine.

Comme elles auraient été toutes deux surprises, alors, si elles avaient pu deviner les changements qui les attendaient ! Annah repoussa ses cheveux en désordre. Sarah, bien sûr, n'abandonnerait jamais son rôle de bonne épouse de missionnaire. Pourtant, Michael n'avait-il pas déjà noté chez sa femme une évolution qui l'inquiétait ? Il s'en était ouvert à Annah le jour de sa visite chez Kiki. Annah se souvenait à peu près de ses paroles : « En un sens, c'est votre faute. Je pense qu'elle essaie de prouver qu'elle peut, elle aussi, entreprendre quelque chose elle-même. » Que penserait aujourd'hui Michael s'il savait ce que Sarah accomplissait en secret, seule, sans la moindre autorisation de la mission ou du gouvernement, avec une bande de femmes accusées de sorcellerie et de réfugiées en situation illégale ?

Stanley alluma un feu au milieu de la clairière ainsi que deux lampes tempête. Le soleil baissait derrière l'écran des arbres – sous les tropiques, le crépuscule était toujours très bref. En entendant son ami siffler entre ses dents, Annah comprit qu'il était heureux d'avoir découvert cet endroit. Il se faisait un point d'honneur de toujours dénicher des sites favorables pour leur campement de nuit.

Alice leur avait offert un poulet pour le voyage. Déjà plumé et enveloppé de feuilles afin de le tenir au frais, il fallait juste le vider et le couper. Annah dénicha une planche qui pourrait convenir à ce travail et la posa dans le cercle de lumière distribué par une des lampes-tempête. Puis, ayant ôté sa jaquette pour ne pas la tacher, elle se prépara à découper à l'aide d'un couteau bien aiguisé.

Les bruits de la nuit sont nombreux dans la brousse et elle ne releva pas la tête au craquement d'une branche. Ce qui l'alerta, ce fut un brusque mouvement de Stanley.

— Qu'est-ce qu'il y a ? lança-t-elle.

Saisissant la lampe, elle courut vers le Land Rover chercher son fusil, passant en revue toutes les possibilités afin de choisir les bonnes munitions. Lion, léopard, peut-être buffle ?

En scrutant les ténèbres, elle vit des ombres se dessiner et des silhouettes courbées approcher furtivement.

Des bandits.

Le cri de Stanley se perdit dans un tumulte. Martèlement de pieds, voix rauques hurlant des mots incompréhensibles. Mains avides. Éclat blanc des yeux. Relents de bière, de sueur aigre.

Un objet froid et dur repoussa Annah et elle trébucha vers la voiture. Elle s'agrippa à la poignée de la lampe qui se balançait toujours dans sa main, comme si sa maigre lumière pouvait la protéger.

Acculé contre la portière, Stanley parlait rapidement, butant sur certains mots, passant en revue tous les dialectes qu'il connaissait dans l'espoir de se faire comprendre.

Ils devaient être six ou sept, estima Annah. L'un d'eux portait un vieux béret de l'armée et un pantalon retenu à la taille par une cartouchière. Les autres étaient vêtus de loques, shorts, maillots ou chemises en lambeaux. Tous étaient armés au moins d'une machette, parfois d'une lance ou d'un bâton.

— Que voulez-vous ?

Elle s'efforçait de parler calmement. L'important était de faire retomber la tension, de montrer qu'elle n'avait pas peur, puis de tenter une négociation.

L'homme au béret désigna le véhicule.

— Non, ce n'est pas possible, dit Annah en le regardant bien en face. Je suis infirmière. Je soigne les enfants malades. J'en ai besoin.

Ils ne comprenaient peut-être pas le swahili, aussi montra-t-elle sa trousse médicale ornée du sigle de la Croix-Rouge, bien visible.

— Ne discutez pas avec eux, chuchota Stanley. Ce sont des hommes très mauvais.

Il se courba en deux sous le coup d'une matraque qui le frappa à l'estomac.

Pendant un instant, on n'entendit que le bourdonnement des insectes nocturnes et les respirations rauques. Puis Stanley gémit, et l'un des hommes qui mâchait du chewing-gum en fit des bulles, qui éclatèrent avec un bruit sec.

Annah restait figée, tandis que des filets de sueur ruisselaient dans son dos. Il y eut un bref échange entre les bandits, et celui qui portait le béret s'avança dans le cercle de lumière. Annah vit qu'un de ses bras était blessé. Du sang suintait à travers le linge sale qui l'entourait. Il le tendit vers la jeune femme.

— Vous voulez que je vous soigne ?

Elle l'entraîna vers l'arrière du Land Rover, apercevant au passage le visage effrayé de Stanley, et ouvrit sa trousse pour en sortir quelques pansements.

L'homme – sans doute le chef – s'assit sur le pare-chocs de la voiture. Avec des gestes doux et précis, stoppant quand il tressaillait, elle ôta le linge souillé et découvrit une longue et profonde entaille aux bords nets. Un coup de machette ou de couteau, se dit-elle en versant un peu de décoction de lierre dans un petit récipient. Après quoi, elle entreprit de débarrasser la plaie des croûtes de sang séché et du pus. C'était pour elle des gestes si familiers qu'elle s'attendait presque à ce que l'homme la remercie et s'en aille comme n'importe quel autre patient. Mais elle vit qu'il fixait d'un regard concupiscent le triangle de peau nue dégagé par le col de sa chemise. Il se tourna vers l'un de ses compagnons et un sourire se forma sur ses grosses lèvres rouges.

Elle fit traîner en longueur son travail autant qu'elle put ; le moment vint toutefois où le pansement fut achevé. Le bandit se leva, fit mine de s'en aller, et Annah poussa un soupir de soulagement. Soudain, il se retourna, le visage grimaçant. Les autres se mirent à rire en se frappant sur les cuisses.

D'un coup sec, il déchira le chemisier de la jeune femme jusqu'à la taille. Ses yeux s'allumèrent ; il se lécha les lèvres à la vue des seins nus. Annah recula, dissimulant sa panique. Il fronça les sourcils et fit signe à l'un de ses compagnons d'approcher la lampe. La lueur jaune vint baigner la peau blanche d'Annah, soulignant le motif tatoué sur son sein droit : trois lignes courbes noircies à la cendre.

L'homme pencha la tête, comme s'efforçant de résoudre une énigme. Puis il haussa les épaules, écarta d'un geste son compagnon et, saisissant Annah par les hanches, la projeta durement sur le tas de sacs et de boîtes emplissant la malle arrière. Il lui empoigna les cheveux et plaqua son visage contre un coffre de métal. Ce fut alors qu'il remarqua qu'elle portait un pantalon. Appelant deux de ses hommes, ils se mirent tous trois à le lui ôter avec de gros rires.

Annah tourna la tête et aperçut Stanley debout devant elle, le corps rigide, la lame d'un couteau posée sur son cou. Ils échangèrent un long regard, sachant l'un comme l'autre qu'il était inutile de résister. À la fin de ce cauchemar, ce serait probablement la mort pour tous les deux.

Une fois le pantalon et les sous-vêtements arrachés, le rire des hommes s'arrêta net. Ils contemplaient, fascinés, ce corps de femme si blanc. Il y eut un moment d'hésitation avant que le chef se décide à porter la main à sa ceinture.

Un cri guttural s'éleva soudain, poussé par l'un des hommes occupé à fouiller le coffre aux médicaments. Annah tourna la tête et aperçut un bras noir brandissant une cordelette d'où pendaient des racines desséchées et des talismans. Le chef esquissa un geste d'impatience face à cette interruption mais un nouveau cri d'alarme, plus aigu, perça la nuit. Il l'ignora et se jeta de toute sa force contre Annah, écrasant ses hanches sur la surface dure d'une caisse. Elle sentait sur son cou sa respiration chargée de relents d'alcool et devina qu'il s'affairait sur son pantalon de ses mains maladroites. Elle ferma les yeux pour tenter d'oublier ce poids répugnant sur son corps, ainsi que le regard muet et tragique de Stanley. Elle eut à peine conscience que des voix s'élevaient autour d'elle, que des hommes se bousculaient. Soudain, le poids disparut tandis qu'une bouffée d'air frais lui caressait la peau.

Une main se referma sur son bras pour le lever bien haut, comme si elle venait de gagner un match de boxe. Un doigt se pointa sur le bracelet de Zania.

— *Makawi !*

Le mot fut répété à plusieurs reprises. En se redressant, Annah vit que deux hommes maintenaient leur chef et lui criaient :

— *Makawi ! Makawi !*

Avec des gestes insistants, ils désignaient le sol où était déversée toute la collection des remèdes indigènes utilisés par Annah : plantes séchées, plumes, poudres, décoctions, mais aussi débris d'oiseaux, de lézards, de serpents... L'un des hommes aperçut sur le tronc la carcasse du poulet qui attendait d'être découpée. Il se retourna vers Annah en montrant le bracelet à son poignet, le tatouage sur sa poitrine.

Les yeux de tous se révulsèrent de dégoût et de crainte. Leur chef, lui aussi, recula. Il se pencha pour ramasser sa machette et quelques objets dans un morceau d'étoffe. Puis il lança un seul mot, bref, incisif. Tournant les talons, les hommes s'enfoncèrent dans les broussailles et disparurent.

Pendant de longues minutes, Stanley et Annah, sous le choc, demeurèrent figés, silencieux. Puis ils se précipitèrent dans le Land Rover, en verrouillèrent les portières. Stanley mit le contact, appuya à fond sur l'accélérateur. Malheureusement, après quelques cliquetis, le moteur refusa de partir. Haletante, les mains moites, Annah s'empara de sa carabine et la chargea, rassurée par le contact familier de l'arme.

Stanley fit un nouvel essai, pas plus fructueux que le précédent.

— Le moteur est noyé, annonça-t-il avec un calme forcé. Il faut attendre un peu.

— Qui sont ces gens ?

Elle avait l'impression que sa voix appartenait à quelqu'un d'autre, pas à cette femme qui, quelques instants plus tôt, était étendue là-bas, nue et tremblante, imprégnée de la sueur d'un étranger.

— Je n'ai pas reconnu leur dialecte.

Stanley se raidit soudain à la vue d'un mouvement dans les broussailles. Un homme à la chevelure hérissée, la poitrine nue, se rua dans la clairière et lança quelque chose avec force en direction de la voiture, un objet assez grand et mou. La veste rose d'Annah. Puis l'homme repartit en courant.

— Pourquoi a-t-il fait ça ? dit Annah, secouée d'un rire convulsif.

Stanley ne répondit pas. Il sortit prudemment du Land Rover et ramassa la veste en même temps que les autres vêtements d'Annah épars sur le sol.

— Voler une sorcière, fit-il enfin, est-ce que cela ne porte pas malheur ?

Il avait parlé d'un ton sérieux en remettant les vêtements à Annah, avant de se rasseoir à sa place. Pour indiquer l'idée de malheur, il avait employé le mot le plus fort du vocabulaire, celui qui désigne les catastrophes, les mauvais sorts qui se perpétuent de génération en génération.

Annah se rhabilla à la hâte, enfilant d'abord la jaquette. En la serrant contre elle, elle sentit une forme dure dans la poche. Il lui fallut quelque temps pour se souvenir qu'elle y avait enfoui le fétiche de Naaga.

Le ciel nocturne s'éclaircit, dévoilant une lune presque pleine. Une lumière verdâtre étrange, inquiétante, nimba les grands arbres dressés comme des sentinelles et révéla pêle-mêle les débris du campement. Une chaise renversée, une lanterne tombée, une bouteille d'eau. Et le poulet…

— Regardez !

Stanley désigna le flanc montagneux sur lequel se dessinait le pâle ruban de l'ancienne route des esclaves. On y distinguait les silhouettes sombres des bandits qui s'éloignaient de la clairière. Les rayons de lune jetaient des éclats sur leurs machettes et leurs lances.

Ils échangèrent un bref regard, traversés par la même pensée. Les hommes avaient pris la direction de l'est. En continuant, ils arriveraient directement derrière la chapelle, à la limite des terres de Langali.

— Il faut les doubler, dit Stanley. Avertir la mission.

Annah ferma les yeux, la gorge nouée. Dans la forêt, il serait impossible de dissimuler le bruit du moteur. Entre-temps, les bandits auraient recouvré leurs esprits et seraient peut-être tentés de dresser une embuscade à la « sorcière blanche ». À l'idée qu'elle pourrait retomber entre leurs mains, une terrible angoisse l'envahit.

— Cette piste secondaire se poursuit de l'autre côté du campement, fit observer Stanley à mi-voix. Elle doit rejoindre la route des esclaves plus loin. Nous pouvons arriver avant eux si nous ne perdons pas de temps.

Il se rapprocha d'Annah blottie sur son siège, encore tremblante, les genoux repliés sur sa poitrine, serrant sa veste contre elle. Stanley posa une main sur son épaule et elle sursauta.

Il mit le contact. Cette fois, la voiture démarra ; Annah poussa un soupir de soulagement. Des larmes brûlantes jaillirent de ses yeux, inondant ses joues.

Penché en avant, les mains crispées sur le volant, Stanley conduisait avec attention sur la piste encombrée. Il roulait aussi vite que possible mais devait parfois s'arrêter et descendre pour couper des branches ou écarter un petit arbre. Son bras puissant dessinait un arc brun quand il maniait sa *panga*. Annah gardait les yeux fixés sur la large lame dont – elle avait pu le constater au fil des années – Stanley faisait les usages les plus divers : ouvrir en deux une noix de coco, creuser un trou ou couper un épi de maïs. La panga portait un autre nom, déplaisant celui-là, lorsqu'elle était entre les mains d'hommes violents. On l'appelait alors une machette.

Le temps coulait lentement tandis que le véhicule se frayait un chemin difficile, s'arrêtait pour repartir. Sa vitesse excédait rarement celle d'un pas humain. Ils aperçurent enfin la route des esclaves devant eux. Un autre panneau en mauvais état marquait la jonction. Stanley ralentit et scruta le chemin le plus large. À l'est comme à l'ouest, le sol couvert d'une fine poussière ne portait aucune trace de pas. Il se tourna vers Annah.

— Personne n'est passé ici depuis longtemps.

— C'est bon, soupira-t-elle. Nous les avons devancés.

Elle regarda elle-même avec attention, s'attendant à voir surgir une bande d'hommes en guenilles, l'un avec un bras bandé, un autre mâchant du chewing-gum.

Mais la forêt était calme, rien ne bougeait.

Annah somnolait, la tête dans le creux de son bras, à peine consciente des longues heures qui s'écoulaient. La tension de son corps avait progressivement disparu sous les cahots réguliers de la voiture.

Elle ouvrit les yeux sur un horizon dégagé, dénué d'arbres, que l'aube naissante colorait de tons pastel. Son regard erra sur les douces collines. Du bétail paissait tranquillement sur leurs pentes et, au-dessus, des nuées d'oiseaux blancs tournoyaient dans un ciel indigo. C'était le début d'une belle journée paisible – ordinaire –, un matin en Afrique. Tout en s'imprégnant de cette image, Annah se laissa envahir par un immense sentiment de gratitude pour le seul fait d'être encore en vie, d'être une partie de ce tout.

Elle se tourna vers Stanley, qui conduisait d'une seule main, adossé à son siège.

— J'ai dormi, avoua-t-elle.

Elle s'en voulait, maintenant. Elle aurait dû rester vigilante, bien droite, à scruter l'obscurité.

Mais Stanley lui sourit.

— Le sommeil a été bon pour vous.

— Voulez-vous que je conduise un peu ?

— Je ne suis pas fatigué. D'ailleurs, nous ne sommes plus loin de Langali.

À l'évocation de ce nom, Annah frémit. Les raisons de leur voyage précipité dans la nuit lui revinrent en mémoire en même temps que d'horribles souvenirs. Du bout du doigt, elle tâta un côté de sa joue où une meurtrissure avait enflé, douloureuse.

— Accrochez-vous ! cria Stanley en freinant brutalement pour laisser passer quelques chèvres qui venaient de bondir sur la piste au sortir des fourrés.

Un petit garçon apparut derrière le troupeau. À la vue de la voiture, il laissa tomber son bâton et, terrorisé, s'enfuit en courant dans les buissons sans se soucier des épines qui arrachaient son vêtement. Stanley le héla, sans résultat. Annah songea que le Land Rover était peut-être le premier véhicule à emprunter cette piste où avaient cheminé tant d'esclaves.

Cette hypothèse se confirma quand ils atteignirent un petit village. Leur arrivée suscita un mélange de stupéfaction et de crainte. Contrairement aux règles de la courtoisie, Stanley ne quitta pas son siège et laissa le moteur tourner.

— Nous avons rencontré des bandits ! cria-t-il à un vieil homme qui approchait, accompagné de deux guerriers armés de lances. Ils voulaient voler cette voiture. (Il tapota le volant.) Ce sont des hommes très mauvais. Ils pourraient provoquer des ennuis dans votre village. Qui sait ?

Les hommes firent signe qu'ils avaient compris et, presque aussitôt, un régime de bananes vertes se matérialisa sous leurs yeux. Stanley le prit par la vitre ouverte et le tendit à Annah. Puis, refusant d'un geste les autres cadeaux, il démarra.

Le dernier tronçon de piste conduisant à la mission était encore moins net, mais ils parvinrent néanmoins à ne pas s'égarer. La tête au-dehors, Annah guettait l'apparition entre les arbres du clocher de la chapelle. Le chemin tout en courbes contournait d'énormes troncs d'arbres. Enfin, après un dernier virage accentué, elle reconnut le paysage si cher à son cœur.

La chapelle se dressait devant eux, éclairée de l'arrière par les rayons roses et or du soleil levant. Des cierges allumés brillaient aux deux fenêtres.

Stanley arrêta la voiture et, quand le bruit du moteur eut cessé, ils entendirent s'élever des chœurs. Tous deux prêtèrent l'oreille. Annah connaissait ce cantique, mais il lui fallut quelque temps pour en retrouver les paroles.

> *Là-bas, de l'autre côté des murs de la ville,*
> *Se trouve une colline aux verts coteaux.*
> *Là-bas, ils ont crucifié Notre-Seigneur,*
> *Lui qui est mort pour nous sauver du péché.*

Elle se tourna vers Stanley.

— Ce doit être le vendredi saint...

Ils échangèrent un regard de surprise. Aucun d'eux n'avait réalisé que Pâques était proche. Au fil du temps, ils s'étaient éloignés de tout ce qui pouvait encore évoquer la mission ou l'Église. De leur ancien monde.

Stanley remit le moteur en marche et dirigea la voiture vers les bâtiments blanchis à la chaux. Puis, tournant à gauche, il longea l'extérieur du mur d'enceinte. Il paraissait étrange d'approcher ainsi de Langali en secret, et Annah se sentit soulagée lorsqu'ils pénétrèrent enfin dans la cour. Ils avançaient à présent à découvert, comme n'importe quel autre visiteur.

Stanley alla se garer à côté du Land Rover de Langali, puis se tourna vers Annah, attendant ses instructions. Les yeux baissés, les mains crispées sur les genoux, elle se sentait embarrassée. Que faire, maintenant ? Comment expliquer la présence de Stanley ? Elle avait conscience que, cette fois, ils ne pourraient pas compter l'un sur l'autre. Chacun devrait affronter seul et à sa manière le retour à Langali. Du mieux qu'ils pourraient.

— Je vais jusqu'à la Maison, dit-elle enfin. J'y attendrai leur retour.

Stanley fit un signe d'approbation.

— Et moi, je reste ici.

Ils évitèrent de se regarder en se séparant.

Annah s'avança sur le chemin familier en direction de la Maison de la mission comme elle l'avait si souvent fait autrefois, lorsqu'elle revenait d'une garde de nuit ou de la consultation externe pour un rapide repas. Il lui parut curieux de frapper à cette porte qu'elle franchissait auparavant avec tant de liberté, et elle le fit d'une main hésitante. Elle prêta l'oreille, guettant des pas. Sarah, Kate et Michael devaient se trouver à l'église, mais il y avait sûrement à la cuisine quelqu'un en train de préparer le déjeuner. Annah ne pouvait manquer d'y être invitée en tant qu'Occidentale. La perspective de se trouver en face de Michael dans sa salle de séjour était intimidante, mais préférable à une rencontre devant tout le monde à l'église.

Comme personne ne répondait, elle hésita avant de se décider à tourner la poignée. La porte s'ouvrit et les effluves appétissants d'une pâtisserie en train de cuire lui parvinrent de la cuisine, mêlés au parfum de cire sur les meubles.

Elle pénétra timidement dans la salle de séjour, un peu comme une enfant qui ne devrait pas se trouver là. Son regard fut aussitôt attiré par les rideaux. Le tissu aux tons ocre et à motifs aborigènes avait disparu, remplacé par une soierie unie bleu ciel. Il y avait encore d'autres changements. Un revêtement satiné pour le canapé, une rangée de sculptures africaines au-dessus de la bibliothèque et, dessous, parmi les sombres reliures des livres d'études bibliques de Michael, des romans aux couvertures vives.

Sur un buffet, à côté d'une branche de frangipanier, trônait une photo encadrée en noir et blanc. De loin, Annah reconnut le visage d'une fillette esquissant un sourire.

Kate !

Elle s'avança pour examiner le portrait de plus près, le caressant du bout des doigts. Sa filleule devait avoir douze ans aujourd'hui. Elle était plus mince et paraissait déjà mûre, et on retrouvait en elle les beaux cheveux noirs et épais de Sarah, la bouche généreuse de Michael. Et, dans les yeux, cette même étincelle révélant qu'elle comptait bien mordre dans la vie à pleines dents. Annah se réjouit à l'idée de retrouver bientôt la fillette en chair et en os.

Des pas dans la véranda la firent se retourner et, au même moment, la porte s'ouvrit devant Sarah qui entra d'un pas décidé.

À la vue d'Annah, elle s'arrêta net, figée par l'incrédulité.

Les deux femmes se regardèrent un instant, les yeux brillants. Puis elles se jetèrent dans les bras l'une de l'autre, s'étreignant, échangeant leurs souffles, leurs parfums – l'un évoquant la lavande, l'autre fait de poussière et de graisse de moteur.

Sarah recula pour contempler le visage d'Annah, ses yeux s'attardant avec tendresse sur les traits familiers. Puis, elle fronça les sourcils et écarta une mèche de cheveux qui dissimulait une meurtrissure rougeâtre sur la peau bronzée.

— Vous êtes blessée !

— Ce n'est rien.

— Que s'est-il passé ?

Soudain vidée de ses forces, Annah sentit les larmes lui monter aux yeux et, incapable de répondre, elle esquissa un signe de tête. Sarah reprit son amie dans ses bras.

— Vous êtes là, c'est tout ce qui compte...

Elle passa les doigts dans les boucles épaisses d'Annah pour s'assurer qu'elle était bien réelle, qu'il ne s'agissait pas d'un rêve éphémère. Annah, elle, se sentait partagée entre la joie et la peine. Cette soudaine proximité éveillait trop de choses au fond de son cœur. Levant les yeux, elle aperçut alors Michael, planté sur le seuil.

Elle se raidit et laissa retomber ses bras. Sarah se retourna et, à la vue de son mari, se figea.

Les yeux de Michael coururent sur Annah, sur ses vêtements, ses cheveux, s'attardant sur la blessure qui lui zébrait le visage. Il s'avança et l'examina en professionnel.

— Est-ce que vous allez bien ?

Il se forçait à adopter un ton impersonnel.

— Oui, merci !

Elle se sentit alors remplie d'espoir à l'idée qu'il l'accueillerait peut-être avec bienveillance. Mais le visage de Michael n'exprimait rien. Un silence tomba sur la pièce, et Annah resserra autour d'elle sa veste rose, consciente de la présence de Sarah auprès d'elle, immobile. Le silence s'éternisait, alors des mots se formèrent sur ses lèvres presque malgré elle, comme pour meubler le vide.

— Stanley et moi avons été attaqués dans la forêt la nuit dernière. Des hommes armés, une demi-douzaine environ. Ils ont des machettes, des couteaux, des lances.

— Que vous ont-ils fait ? s'exclama Sarah.

— Rien. Quelque chose les a effrayés. Mais ils avancent en direction de Langali. Nous sommes venus vous avertir.

La peur crispa le visage de Sarah.

— Que cherchent-ils ? D'où viennent-ils ?

— Ils voulaient nous prendre le Land Rover. Nous ne savons pas qui ils sont. Stanley n'a pas reconnu leur dialecte.

Sarah porta la main à sa bouche dans un geste d'effroi.

— Mais... ils vont vraiment venir ici ? balbutia-t-elle. Vous en êtes certaine ?

— Oui. Nous les avons vus.

Les deux femmes échangèrent un regard, conscientes du lien puissant qui les unissait. Sarah ferma les yeux et Michael posa une main rassurante sur son épaule.

— Nous avons eu quelques troubles par ici récemment, expliqua-t-il à Annah sur le même ton poli. Des bandits ont franchi la frontière et emprunté l'ancienne route des esclaves. La situation est instable actuellement...

— Ils pourraient être ici ce soir, interrompit Annah.

Maintenant qu'elle avait commencé à parler, les mots se bousculaient.

— Il nous a fallu du temps pour arriver ici, car la route est difficile.

Jetant un coup d'œil par la fenêtre, elle vit que la voiture avait été déplacée et se trouvait à présent sous les gommiers, entourée d'une petite foule de villageois. Le calme environnant accentua son angoisse.

— Où est Kate ?

— À Dodoma, en pension.

Annah se sentit soulagée, malgré sa déception de ne pas voir l'enfant. Elle, au moins, serait à l'abri. Elle se tourna vers Michael.

— Où sont vos fusils ?

Michael parut surpris par cette question et prit le temps de répondre.

— Nous n'avons plus d'armes à la mission.

Annah fronça les sourcils.

— Quoi ?

— Il fallait bien opter pour une attitude pacifique. Nous ne pouvons continuer à travailler si nous devons toujours nous tenir prêts à défendre le poste.

— Mais vous possédez toujours des fusils, n'est-ce pas ?

— Non. Nous les avons brûlés dans la cour... Devant tout le monde.

Annah le dévisagea, consternée.

— Même votre Sheridan ?

Cette carabine si précieuse à ses yeux, qu'il nettoyait et graissait régulièrement le soir. Une ombre de regret passa sur le visage de Michael.

— C'était la seule chose à faire.

— Nous avons trois fusils…, commença Annah.

Michael leva une main en la voyant se diriger vers la porte.

— Non ! Pas d'armes ici. Cette règle ne souffre aucune exception.

— Mais ces hommes sont dangereux ! Et tous armés !

— Nous avons déjà été attaqués. Nous avions pris soin de ne garder que de petites quantités de provisions en réserve dans les magasins et de dissimuler le reste un peu partout. Quant à notre Land Rover, il est toujours « en panne ». (Il désigna une tête d'allumage posée sur une étagère.) Si ces hommes viennent par ici, ce sera la même chose : nous les laisserons prendre ce qu'ils veulent, personne ne sera blessé et ils s'en iront.

Annah sentit la colère monter en elle devant cet entêtement absurde. Michael était bien fidèle à lui-même. Toujours si raisonnable, si sûr de lui, bloquant toute possibilité de discussion.

— Vous ne pouvez pas vous fier à cela !

Il jeta un coup d'œil aux vêtements qu'elle portait.

— Nous sommes ici dans un poste de mission. Les gens savent que cet endroit appartient à Dieu. Les pires d'entre eux lui accordent un certain respect. Ce n'est pas la même chose que d'être attaqué sur la route.

— Vous allez donc rester tranquillement ici, les laisser entrer en espérant que tout se passera bien ?

— Oui, et prier.

— C'est complètement fou !

Michael releva brusquement la tête, ses yeux se durcirent.

— C'est pourtant ainsi que nous agissons. Vous devez l'avoir oublié. Nous avons des règles, des procédures, des croyances. Et nous nous y tenons.

Ils se mesuraient du regard. Annah sentit que leur affrontement dépassait de loin la simple question des fusils, et même des bandits. Le conflit entre eux était bien plus ancien, bien plus profond.

Un souvenir la traversa, net et douloureux. Elle se revit dans la hutte de Mtemi, debout entre les deux hommes. Sentit peser à nouveau sur elle l'atmosphère lourde de soupçon, de haine, de jalousie.

À l'époque, elle avait déjà conscience que Michael savait toujours ce qu'il disait et qu'il agissait en fonction de ses fermes croyances. Pour lui, l'amour n'excusait pas la faiblesse. Il fallait faire ce qui devait être fait et s'en accommoder ensuite au mieux.

Ou ne pas s'en accommoder. Et partir, sans espoir de retour…

Elle baissa les yeux. Les sentiments qu'elle avait si souvent éprouvés à son encontre – colère, ressentiment, crainte d'être désapprouvée – s'étaient pour la plupart atténués au fil des ans. Mais la douleur de la séparation persistait, nourrie par l'ardent désir de revivre l'intimité d'autrefois, ce triangle d'amour qui l'incluait lui aussi. Même atténuée, la vieille blessure était toujours présente.

— Vous ne voulez toujours pas de moi ici, c'est ça ? Même après toutes ces années.

Michael se figea. Annah retint son souffle, dans l'attente de sa réponse. Elle avait tout jeté dans la balance, quitte à tout perdre.

Il ne disait toujours rien, mais son silence était éloquent.

Alors, avec un long soupir, elle croisa le regard de Sarah et y lut une profonde douleur. Rassemblant tout son courage, elle se tourna de nouveau vers Michael.

— Nous étions venus vous prévenir pour les bandits. C'est tout. À présent, il est temps de partir.

Elle se dirigea vers la porte et entendit Sarah derrière elle esquisser un pas, aussitôt arrêtée par Michael. Un silence profond régnait dans la pièce.

Elle traversa la véranda. Dehors l'attendaient le soleil, la chaleur, la lumière…

Dans une sorte de brume, elle aperçut le Land Rover blanc et bleu sous les arbres et y fixa son regard, oubliant tout le reste.

La petite foule qui sortait de l'église se tut à son approche et elle la traversa, à peine consciente des regards, des chuchotements, des coups de coude.

Stanley, où êtes-vous ?

Comme si elle avait réellement lancé cet appel à haute voix, sa silhouette surgit de l'arrière du véhicule, tenant une clé à molette dans sa main tachée de graisse. Stanley chercha les yeux d'Annah.

— Allons-nous-en, dit-elle d'une voix à peine audible.

Elle monta dans la voiture et s'effondra sur le siège. Penchée en avant, ses cheveux dissimulant son visage, elle baissa les paupières.

Elle entendit Stanley monter de son côté. Le porte-clés cliqueta contre le volant.

Des coups se firent alors entendre. Quelqu'un frappait à la vitre du côté d'Annah.

Sarah.

Annah releva la tête, repoussa ses cheveux.

Ce fut le regard bleu de Michael qui plongea dans le sien.

Il lui fit signe.

Annah voulut faire tourner la manivelle, mais ses gestes étaient trop saccadés, la vitre se coinça. Elle ouvrit alors la portière et sortit.

Tous deux se tinrent face à face devant le petit groupe qui les observait avec attention. Leur embarras était presque palpable. L'intérêt des spectateurs se reporta un instant sur Stanley, qui descendait de son côté et vint se placer à côté d'Annah. Puis Sarah arriva, le visage tourmenté. Annah avait perdu tout espoir et se contentait d'attendre, muette.

— Ne partez pas, lança Michael.

Ses paroles tombèrent dans un silence attentif. Les oreilles de tous se dressaient, à l'affût.

Annah scruta Michael avec incertitude. Il baissa les yeux.

— Je suis désolé.

Il avait parlé doucement, mais les mots la transpercèrent d'une vive chaleur.

— Je suis désolé, répéta Michael plus haut, de manière à être entendu.

Cette fois, les mots s'envolèrent et les gens firent un mouvement pour se rapprocher. Ils s'arrêtèrent à quelques pas, encore perplexes.

Alors Ordena se détacha du groupe et s'avança vers Annah.

— Bonjour, sœur, dit simplement l'ayah.

Les plis de son visage s'étaient creusés depuis qu'Annah l'avait vue pour la dernière fois, mais à part cela, elle n'avait pas changé. Elle étreignit chaleureusement Annah, qui eut l'impression de respirer à nouveau une bonne odeur de cuisine et de fumée de bois.

Au bout de quelques secondes, l'Africaine se recula pour examiner Annah et tâter ses épaules.

— Vous avez maigri, dit-elle. (Puis elle se tourna vers Sarah.) Ne faut-il pas aller maintenant à la maison et partager le repas avec ces voyageurs arrivés du matin ?

Ces manières simples et directes firent instantanément tomber la tension. Ce qui semblait impossible devint soudain normal, routinier. Sarah regarda l'ayah comme si elle venait d'accomplir un miracle.

— Bien sûr, opina-t-elle enfin.

La lumière sembla revenue dans la cour. Des enfants se remirent à rire et à jouer.

Annah, Michael et Sarah étaient de nouveau réunis, côte à côte, silencieux ; ils avaient retrouvé le comportement d'autrefois. Ils regardèrent Stanley, que des parents étaient venus saluer et qui répondait à des questions, un enfant dans les bras, une vieille femme près de lui.

Il souriait et parlait ; cependant ses yeux revenaient sans cesse à Annah.

— N'allons pas à la Maison, décida soudain Sarah. Mangeons plutôt ici. Tous ensemble.

Michael la dévisagea, surpris, mais Ordena accueillit cette proposition avec enthousiasme.

— C'est une bonne idée, déclara-t-elle. Après tout, n'est-ce pas un jour exceptionnel ?

En quelques minutes, des nattes furent étendues à l'ombre des gommiers de sœur Barbara. Puis, toutes sortes d'aliments arrivèrent du village dans des corbeilles de sisal – fèves, papayes, cacahuètes, gourdes de lait fermées par un tampon d'herbes et, un peu plus tard, de l'ugali fumant dans des marmites de terre cuite. À son tour, Tefa apparut, portant un plateau chargé de brioches à la cannelle coiffées d'un glaçage sur lequel il avait tracé des croix.

Annah prit place sur une natte, Stanley à sa droite, les bras sur les genoux à la mode africaine et Michael à côté de lui, jambes croisées, son short du dimanche un peu fripé, ses chaussettes poussiéreuses. Il avait l'air étonné de se retrouver là, dans cette posture, mais néanmoins assez à l'aise. On lui passa une corbeille de fèves et il se servit avant de l'offrir à Annah. Les événements de la matinée semblaient avoir tout balayé pour suivre un cours inattendu.

— Nous avons construit un nouveau bâtiment pour la maternité, dit-il à Annah. Là-bas.

— Il a l'air important, observa-t-elle.

Cet échange si simple et concret les fit sourire. Mais comment commencer à se reparler après tant d'années de silence ?

Michael se tourna vers Stanley et leurs deux têtes se rapprochèrent tandis qu'ils abordaient toutes sortes de sujets autrefois familiers.

Annah contemplait la scène, qui lui semblait irréelle. La réaction finale de Michael, l'accueil chaleureux des Africains, tout cela dépassait de loin son attente. Seul le prêtre évangéliste était resté à l'écart en compagnie de quelques vieillards qui n'avaient pas très bien compris l'identité de ces visiteurs impromptus. À cette exception près, tous semblaient se réjouir de leur retour.

Sarah veillait à lui faire passer les aliments, et Annah dévora tout ce qui tombait dans son assiette, son appétit aiguisé par l'ambiance de fête alentour. On s'empressa de la tenir au courant des derniers événements, de lui donner des nouvelles d'enfants qu'elle avait connus et qui, désormais, étaient mariés, avaient construit leur propre hutte, possédaient du bétail. Des adolescents qu'elle avait aidés à venir au monde vinrent la saluer. Comment imaginer que ces corps vigoureux avaient été ces minuscules bébés pâles, à la peau toute plissée ?

Erica s'approcha pour lui présenter son dernier-né. C'était elle qui avait donné son sang à Sarah la nuit où Kate était née.

Puis Sarah fit signe à une jeune femme assise un peu à l'écart. Celle-ci se leva – étonnamment grande et mince, la peau couleur de miel, de longs cheveux.

— Voici Mileni, expliqua Sarah. Elle vient d'une mission d'Addis-Abeba. C'est une infirmière expérimentée.

Elles échangèrent poignées de main et salutations.

— Mileni m'aide dans toutes mes tâches, précisa Sarah.

Annah lui jeta un regard étonné mais Sarah ne broncha pas, se contentant de lui passer un panier de fruits et de déposer sur son assiette une tranche de mangue.

En la dégustant, Annah jeta un coup d'œil à Stanley. Il participait aux conversations et aux rires de l'assistance, comme elle-même, mais leurs regards se croisaient fréquemment – ils se rappelaient alors la menace suspendue au-dessus de tous. Il devenait évident que Michael refuserait de souscrire à leurs avertissements. Sarah s'était alarmée ; cependant elle ne ferait rien contre la règle établie. Quant aux Africains, ils avaient sans doute conscience d'un danger latent mais devaient penser, résignés, qu'il n'y avait aucun moyen de s'en prémunir. Tout en parlant ou en prêtant l'oreille, Annah tournait souvent les yeux vers l'ouest. Elle pensait alors au Land Rover blanc et bleu garé non loin de là. Et aux fusils à l'intérieur, avec des munitions juste à portée de main...

Quand il lui fut impossible de retarder plus longtemps la visite matinale des salles, Michael prit la direction de l'hôpital. Alors, Sarah se leva.

— Venez avec moi.

Saisissant Annah par la main, elle l'attira à l'écart. Annah pensait qu'elles allaient regagner la Maison mais, quand elles en furent tout près, Sarah obliqua sur la gauche et se dirigea vers la petite case dans laquelle Annah avait dormi à son arrivée à la mission.

— Puisque nous n'avons plus d'infirmière occidentale, expliqua-t-elle, nous nous en servons comme salle d'isolement.

La porte s'ouvrit, laissant échapper une forte odeur de désinfectant. Sarah alluma l'unique ampoule électrique. La pièce avait été récemment passée à la chaux et paraissait étrangement lumineuse. Sarah entra et referma la porte.

— Nous avons vu Alice, fit Annah à voix basse.

Sarah frissonna.

— Est-ce que tout le monde va bien, là-bas ?

Annah la rassura d'un signe de tête.

— Nous lui avons laissé des quantités de médicaments et un peu de nourriture...

— Merci, mon Dieu, soupira Sarah avec soulagement. Quand vous avez parlé de ces bandits, j'ai craint qu'il ne s'agisse d'hommes de la tribu qui cherche à tuer les réfugiés. S'ils viennent dans notre direction, cela signifie au moins qu'ils ne connaissent pas l'existence du camp. À moins qu'il ne s'agisse de bandits ordinaires. C'est probablement le cas...

Elle se tut un instant et regarda Annah, un sourire légèrement ironique aux lèvres.

— Ainsi, vous êtes au courant de ce que je fais à Cone Hill... Cela ne vous scandalise pas ? Je veux dire, que j'ai pris cette décision toute seule, sans en avoir parlé à Michael. Et de m'occuper de sorcières !

Annah lui rendit son sourire mais reprit vite son sérieux.

— Zania m'a raconté comment il vous a appelée à l'aide. Et comment vous avez aussitôt accepté. À cause de moi... de nous.

— Au début, ce fut cette seule raison qui m'a fait agir, reconnut Sarah. Mais maintenant... (Elle hésita, s'appliquant à trouver les mots justes.)... mes motivations sont plus personnelles. Je... j'ai changé ma vision des choses... et de la vie que je mène ici. Savez-vous que l'on m'a donné un surnom ? On m'appelle la Femme aux œufs parce que je leur ai apporté des poulets et que je leur ai fait promettre de mettre un œuf dans l'ugali de leurs enfants.

À ces mots, Annah se sentit remplie de fierté pour son amie.

— Au début, les femmes n'étaient pas d'accord, poursuivit Sarah. Elles prétendaient que cela rendrait les filles stériles. Je n'avais pas le moyen de leur prouver qu'elles se trompaient. Mais les enfants avaient besoin de protéines. Pour finir, je leur ai dit qu'elles devaient me croire sur parole. Et c'est ce qu'elles ont fait. (Elle sourit de nouveau, les yeux brillants.) Elles m'ont fait confiance.

— Michael ne sait toujours rien ?

— Je déteste le lui cacher. Surtout quelque chose de si important. Mais moins de gens sont au courant et mieux cela vaut. Par ailleurs, tout cela est illégal. Si Michael l'apprend, il devient responsable – vis-à-vis du gouvernement comme de la mission. Ce qui entraînerait d'énormes problèmes si jamais cela s'apprenait. Tant que je suis la seule impliquée... les choses paraissent moins graves. Après tout, ne suis-je pas qu'un petit « m » ?

Annah hocha la tête. C'était bien pensé, mais comme il devait en coûter à son amie de porter seule un tel secret !

— Quand vous allez là-bas, quelle excuse lui donnez-vous ?

— Je pars toujours avec Mileni. Elle m'accompagne quand je vais rendre visite aux mères et à leurs enfants. Tout le monde pense que je fais une de mes visites habituelles.

— Elle vous accompagne jusqu'au camp ?

— Nous quittons Langali ensemble, puis Mileni m'attend au départ de la piste ouverte par Zania. Je suis la seule à connaître le chemin.

— Seule dans la forêt ! s'exclama Annah.

— Quand le courage me manque, je pense à vous. Et à tout ce que vous avez fait chaque fois que vous estimiez que c'était juste. Sans jamais vous laisser détourner de votre but.

Annah fut touchée que son amie ait retenu dans son cœur une telle image d'elle. Un corbeau solitaire passa devant la vitre, battant des ailes avec bruit. Il se dirigeait vers l'ouest. Toutes deux le suivirent des yeux.

— Je me demande si ces hommes vont venir, dit doucement Sarah.

Son assurance semblait l'avoir abandonnée, et elle se rapprocha d'Annah pour se réconforter à sa chaleur.

Sa carabine serrée contre elle, Annah se hâtait vers la chapelle dans la lumière déclinante. Elle se sentait hors la loi car Michael lui avait demandé de respecter la règle de la mission et de laisser ses armes dans le Land Rover fermé à clé. Heureusement, elle n'avait rencontré personne sur son chemin, tout le monde était occupé par la préparation du dîner. Sarah surveillait Tefa à la cuisine. Michael était encore à l'hôpital, terminant une opération. Difficile de trouver moment plus propice.

Après le petit déjeuner de fête partagé avec tous et une visite de l'hôpital, il avait été décidé qu'Annah et Stanley resteraient quelque temps à Langali – Annah en tant qu'invitée à la Maison de la mission et Stanley avec la famille de son frère au village. Au fur et à mesure que les heures passaient sans incident, Annah s'était mise à espérer que les bandits avaient changé de direction. Mais, quand la lumière se mit à décliner et que la nuit approcha, ses craintes se réveillèrent. Elle était bien décidée à faire quelque chose, ne serait-ce déjà que pour calmer la tension qui montait en elle.

Elle s'arrêta à l'endroit où la clôture rejoignait le flanc de la chapelle. Puis, après avoir déposé la carabine au sommet du mur en briques de boue séchée, elle l'escalada et sauta de l'autre côté, atterrissant sans bruit sur une couche de feuilles. Elle poursuivit son chemin silencieux, le dos au mur. Levant les yeux, elle vit que les fenêtres étaient obscures. En ce soir de vendredi saint, aucune bougie n'avait été allumée.

En serrant sa veste rose plus étroitement contre elle pour se protéger de la fraîcheur du soir, elle sentit un objet dur dans la poche. Le cadeau de Naaga. Saisie d'un sentiment de culpabilité, Annah enfouit la poupée encore plus profondément. Elle n'osait pas penser à ce que ferait Michael si jamais il la découvrait.

Du bout des doigts, elle caressa la crosse sculptée de son fusil. Ses yeux revenaient toujours à l'ancienne route des esclaves, un peu plus loin à l'ouest. Elle savait qu'on pouvait pénétrer dans le poste par plusieurs points, mais si les bandits avaient poursuivi leur route, c'était de là qu'ils arriveraient, juste devant elle.

Tout semblait en paix ; seuls lui parvenaient les bruits habituels de la forêt – insectes, oiseaux, animaux en train de chasser, de se nourrir ou de se fondre dans l'obscurité grandissante. Des bruits familiers et inoffensifs.

Soudain, sur sa gauche, un froissement de feuilles rompit le calme. Annah se raidit. Des pas s'approchaient, étouffés, prudents.

Elle repoussa le cran de sûreté de sa carabine et se glissa le long de la chapelle, scrutant l'espace entre les arbres.

Elle leva son arme en apercevant une silhouette sombre, qui avançait le dos courbé.

Le mouvement cessa aussitôt.

— Ne tirez pas ! C'est moi...

— Stanley !

Ils s'approchèrent l'un de l'autre tandis qu'Annah laissait échapper un soupir de soulagement.

— Nous avons eu la même idée ! dit Stanley.

Ils se mirent à rire.

— Je croyais que vous étiez parti au village, chuchota Annah.

— Je suis revenu. (Son regard cherchait à percer l'obscurité en direction de l'ancienne route.) Ils devraient déjà être ici.

— Oui. À moins qu'ils aient changé d'avis. Ou qu'ils aient été retardés.

Stanley approuva de la tête. Sa peau sombre et ses vêtements se fondaient dans l'ombre, mais le blanc de ses yeux brillait.

— Je vais attendre ici, décida-t-il.

— Et moi je reviendrai dès que tout le monde sera couché.

— Je veillerai sur vous.

Stanley s'accroupit, sa carabine sur les genoux.

Annah hésitait. Elle aurait voulu rester, partager ce moment avec Stanley, mais Sarah et Michael l'attendaient et elle désirait aussi être près d'eux.

Sur le point de s'en aller, elle se pencha vers Stanley, effleura son épaule.

— Faites bien attention ! murmura-t-elle.

Il inclina la tête.

— Que Dieu soit avec vous.

La réponse vint tout naturellement aux lèvres d'Annah.

— Et avec vous !

24

Annah s'adossa à sa chaise pour se détendre. Obéissant aux injonctions de Sarah, elle avait pris avant le dîner un bain chaud parfumé avec des pétales de fleurs séchées, enfilé des vêtements frais et brossé ses cheveux emmêlés. Elle se sentait propre comme elle ne l'avait pas été depuis longtemps, heureuse de se retrouver avec ses amis. Mais, incapable d'écarter de sa pensée la vision de Stanley affrontant seul les dangers de la nuit, elle se sentait animée de sentiments contradictoires. Peur et plaisir s'affrontaient ; ses lèvres souriaient, et une boule de peur lui serrait la gorge.

— Écoutez ça !

Sarah sortit un disque de son enveloppe et le plaça sur le plateau de l'appareil.

— Qu'est-ce que c'est ?

Annah s'était adressée à Michael, certaine qu'il s'agissait d'une nouvelle pièce de sa collection de musique classique. Assis à l'extrémité de la table de la salle à manger, il préparait dans un bol de la teinture pour les œufs de Pâques. Il ne répondit pas mais regarda Sarah penchée sur le tourne-disque. Ses longs cheveux noirs se répandaient souplement sur ses épaules. Elle semblait plus jeune, plus libre, avec cette jolie robe couleur de bleuet achetée à Melbourne, qui lui allait très bien. Jamais Annah ne l'avait vue aussi jolie.

Le silence fut rompu par les premiers rythmes d'une chanson populaire.

— Sandy Shaw, annonça Sarah. *Puppet on a String*.

Annah observa de nouveau Michael. Autrefois, lui seul choisissait les disques. Imperturbable, il continuait à remuer sa teinture. Sarah fredonnait les paroles de la chanson tout en battant du pied en mesure. C'était une mélodie joyeuse où il était question d'une femme qui avait l'impression d'être une marionnette soumise aux caprices de son mari, et Sarah semblait prendre ces paroles très à la légère. Elle avait acquis une indépendance nouvelle qui stupéfia Annah.

Tefa entra – toujours pieds nus et silencieux – avec un plateau, sa peau noire contrastant avec son tablier blanc.

— C'est un véritable professionnel, maintenant, expliqua Sarah en jetant au jeune homme un coup d'œil affectueux.

— Le meilleur boy de toute la Tanzanie, précisa gaiement Michael.

Tefa sourit et posa le plateau couvert d'une demi-douzaine d'œufs. Vu leur petite taille et la finesse de leur coquille, ils provenaient manifestement du village.

— Est-ce que tu les as bien fait bouillir ? demanda Sarah.

Tefa hocha vigoureusement la tête.

— J'en ai mangé un. Il était très dur.

— Merci.

— Bonne nuit, *mama*. Bonne nuit, *bwana*. Bonne nuit, sœur, lança-t-il avant de disparaître dans la cuisine.

Michael plaça le bol de teinture au milieu de la table et tendit à chacune des petits pinceaux et quelques morceaux de tissu.

Décorer les œufs de Pâques était un rituel intime. Les pinceaux glissèrent sur les œufs, étrangement lourds dans la main. Michael traçait des lignes précises et symétriques, Sarah des boucles, des spirales, et Annah jetait des taches de couleur semblables à des nuages dans un ciel crépusculaire.

Quand tous les œufs furent peints, ils les remirent sur le plateau, où leurs décorations diverses se fondirent en un seul motif original. À ce spectacle, ils échangèrent tous trois des sourires de satisfaction.

Des œufs de Pâques... symboles de la renaissance.

Dans la chambre de Kate, les étagères exposaient les trésors de la fillette : un ours à la tête penchée, un pot à lait plein de plumes colorées et de piquants de porcs-épics et une vieille poupée qui était déjà à la mission avant la naissance de Kate, un poupon que l'on enveloppait d'un linge à chaque Noël pour figurer l'Enfant Jésus dans la crèche.

Annah fouilla la chambre à la recherche de la pierre portant un caméléon gravé qu'elle avait offerte à sa filleule lors de leur dernière rencontre à Langali. Juste avant la forte averse… Sans résultat. Elle se demanda si la pierre avait été cachée ailleurs, ou tout simplement jetée. Puis lui vint l'idée que l'enfant l'avait peut-être emportée avec elle à Dodoma en souvenir de sa marraine.

Elle déballa quelques vêtements pour donner l'impression qu'elle allait passer la nuit dans la chambre, alors qu'elle comptait bien rejoindre Stanley dès que Michael et Sarah seraient couchés.

— Elle se plaît à la pension, vous savez.

Annah fit volte-face et découvrit Michael sur le seuil. Il regardait le lit étroit avec sa couverture de satin rose.

— Elle nous manque beaucoup. En fait, nous envisageons de démissionner à la fin de notre contrat.

Annah ne put dissimuler sa surprise. Les Carrington avaient toujours affirmé qu'ils resteraient en Afrique aussi longtemps qu'ils pourraient s'y rendre utiles.

— Nous pensions que des enfants pourraient cadrer dans nos plans, poursuivit-il. Les plans de Dieu. C'est peut-être possible. Mais quand il s'agit de *votre* enfant… (Il leva les mains dans un geste d'impuissance.) … eh bien, ça ne se passe pas comme ça.

D'en bas leur parvinrent des bruits de tasses et de soucoupes. Sarah préparait le couvert pour le petit déjeuner du lendemain. Une certaine gêne s'installa entre Annah et Michael. Il prit un livre d'images et le feuilleta.

— Vous savez, dit-il soudain, l'évêque ne vous a pas oubliée. On lui a parlé du travail que vous avez accompli sur le plan médical et il a été très impressionné. Il désire que la mission s'organise pour avoir un médecin itinérant. Il m'a chargé de vous transmettre ses salutations si je vous rencontrais. (Annah baissa les yeux pour dissimuler le plaisir que lui causaient ces quelques mots.) Avez-vous sorti de la voiture tout ce dont vous avez besoin ?

— Oui, merci, répondit-elle.

Elle songea à la carabine dissimulée dans la penderie de Kate, derrière une robe de chambre. Elle l'avait introduite subrepticement dans la maison à son retour de la chapelle. Elle se sentit rougir sous le regard de Michael. Était-il possible qu'il devine la présence de cette arme si proche ?

— Voulez-vous quelque chose d'autre ? Nous désirons que vous vous sentiez tout à fait bien.

— C'est parfait ainsi.

Sarah avait déjà apporté une chemise de nuit et un pot de crème pour le visage. Les deux amies s'étaient alors souhaité bonne nuit dans le sanctuaire rose de la petite fille.

— Tefa a couvert le pot d'eau chaude avant de partir et il y en a autant qu'on veut. (Sur le point de franchir la porte, Michael se retourna pour plonger son regard dans celui d'Annah.) Je suis heureux que vous soyez ici, dit-il simplement.

La jeune femme sourit.

— Moi aussi.

Annah se regarda dans la glace suspendue au-dessus du lavabo. Il n'y avait pas d'électricité dans la salle de bains, mais l'ampoule du corridor dispensait une lueur qui dessinait durement ses traits. Elle avait près de quarante ans, et dix années de soleil africain avaient laissé leurs traces. Sa peau brunie était déjà marquée ; quelques cheveux gris striaient la masse rousse dont l'extrémité, plus pâle, était décolorée par le soleil. Pour la première fois, elle crut voir devant elle Eleanor levant les yeux au ciel et se lamentant qu'une fille comme elle, qui aurait pu tourner toutes les têtes et conquérir tous les cœurs, gâche ainsi sa vie.

La pensée de sa mère ne suscitait en elle aucune émotion. Depuis son télégramme l'enjoignant de ne pas épouser Mtemi, elles n'avaient eu aucun contact. Annah avait écrit à deux reprises à ses parents sans recevoir de réponse. L'inconsistance des liens avec sa famille ne faisait que souligner la valeur de l'affection qui l'entourait ici. Elle songea à la vieille reine – sa « mère » africaine – et l'imagina, assise près du feu, en train de manger la nourriture préparée par ses amies à l'ombre de Cone Hill. Après Pâques, quand Sarah pourrait se libérer, elle l'emmènerait jusque-là. Elles emporteraient des aliments, des remèdes, des cadeaux. La Femme aux œufs et la reine des Waganga…

Elle huma le parfum de la savonnette. « Cuir impérial », un des luxes préférés de Sarah. La voix de Tefa appelant le *bwana* à la porte d'entrée lui fit lever les yeux. Elle se dirigea vers la fenêtre, scruta la nuit à travers le rideau de dentelle.

La porte d'entrée s'ouvrit dans un carré de lumière. Puis Michael fit un pas au-dehors. Au même instant, Annah aperçut une silhouette derrière Tefa. Elle hurla, mais il était déjà trop tard. D'autres formes surgirent de l'ombre. Un éclat métallique troua l'obscurité. Le corps de Michael s'affaissa, une machette plantée dans le crâne, son sang jaillissant sur le sol comme un geyser.

Une poussée d'adrénaline courut dans les veines d'Annah. Elle avança discrètement sur le palier et, en se penchant un peu, aperçut dans le vestibule six ou sept hommes qui poussaient Tefa devant eux. Avec un mouvement de recul et de terreur, elle reconnut parmi eux le chef des bandits, le bras toujours enveloppé dans le pansement qu'elle avait confectionné.

Sarah bondit, les yeux agrandis de peur. L'homme se rua vers elle et la saisit par les cheveux en lui tordant violemment la tête.

— Où sont les femmes ? Les femmes du Rwanda. Toi parler ! cria-t-il dans un swahili hésitant.

— Je ne sais pas !

Annah calcula mentalement la distance qui la séparait de la penderie. La carabine... Elle garda les yeux fixés sur le groupe en bas pour choisir le moment de traverser le corridor.

— Tu *dois* savoir ! aboya l'homme. Tu es la Femme aux œufs. Tu vas chez elles. Tu les aides. On nous l'a dit !

Sarah ne put que secouer la tête en signe de dénégation. Annah aperçut son visage blêmi par l'épouvante, sur lequel on pouvait cependant lire une expression de défi. L'homme hurla de fureur et, d'un seul geste, il déchira du haut en bas la robe bleue de Sarah.

Annah courut sans bruit jusqu'à la chambre et, en un éclair, entrevit au passage le corps blanc et tremblant de son amie ainsi que Tefa, à genoux à ses côtés, qui demandait grâce. Une machette siffla dans la pièce, décrivant un arc de cercle.

— Non ! s'écria Sarah.

Le corps de Tefa s'écroula sur le sol.

Annah étouffa un hoquet d'angoisse et ouvrit à la hâte la penderie pour saisir sa carabine. Repoussant les vêtements suspendus, elle tâta l'espace de ses mains de plus en plus fiévreuses. Rien ! le fusil n'était plus là ! Elle se mit à fouiller la chambre au hasard, mais elle savait maintenant qu'elle ne trouverait rien. Michael lui avait dit que la règle ne souffrait aucune exception. Il avait dû l'apercevoir quand elle avait apporté l'arme dans la chambre.

Sarah poussa un nouveau cri, chargé d'une peur atroce ; Annah crispa les poings devant sa bouche. Il y avait une autre carabine dans le Land Rover, mais elle ne pourrait jamais l'atteindre à temps.

Soudain, elle entendit des pas dans le corridor et fit un bond pour se dissimuler derrière la porte juste au moment où celle-ci s'ouvrait brutalement. Un des hommes entra. Il se déplaçait par mouvements saccadés, la respiration courte et rauque, les yeux fous, injectés de sang, mû par l'excitation, mais aussi peut-être par la terreur. Il inspecta brièvement la chambre puis sortit.

D'en bas parvenait la voix de Sarah, étouffée par la douleur mais toujours courageusement nette.

— Je vous dis que je... ne... sais pas !

Des prières désespérées tournaient dans la tête d'Annah, rageuses, inutiles. Soudain une image claire et précise se forma...

Le cadeau de Naaga. Dissimulé tout au fond de sa veste rose. Pendue à un crochet dans le couloir.

Elle y courut pour saisir la veste de ses mains tremblantes – ce vêtement de sorcière dont les hommes avaient bien trop peur pour le garder.

Elle arracha le fétiche de la poche, se rua sur le palier et descendit les marches quatre à quatre. Le corps nu de Sarah était rouge de sang, strié de profondes blessures. Seul son visage était encore blanc. Si blanc. Ses membres étaient agités de mouvements désordonnés, ses doigts griffaient l'air. Elle avait les yeux grands ouverts et fixait l'homme agenouillé au-dessus d'elle, mais aucun son ne sortait de sa bouche : on y avait introduit quelque chose qui lui déformait la figure.

Annah voulut crier ; elle en fut incapable. Elle se voyait brandir son fétiche en hurlant des imprécations, sorcière possédée par de redoutables esprits. Pourtant, elle restait là, figée comme dans un cauchemar, impuissante.

Le cri jaillit enfin, et les hommes se tournèrent vers elle d'un seul bloc, tels les membres d'une bête géante aux multiples yeux. Immobiles, paralysés par ces cris qui se déversaient sur eux avec la force d'un torrent, ils reconnurent l'apparition. La sorcière de la forêt.

Le premier choc passé, la terreur s'empara d'eux. Elle les avait poursuivis jusqu'ici...

Elle hurlait des mots qui n'avaient pas de sens. Ses yeux immenses étaient deux lacs sombres dans un visage aussi pâle que celui d'un fantôme.

L'homme accroupi au-dessus de Sarah sauta sur ses pieds et recula. Sa peau noire était tachée du sang de sa victime.

Un autre regarda fixement le fétiche, dont les cheveux étaient semblables à ceux de la femme qui les invectivait, puis il bondit vers la porte. Son mouvement brisa le maléfice qui paralysait les autres et tous déguerpirent dans une débandade affolée. Seul leur chef resta, tenant à la main sa machette ensanglantée.

Annah se précipita sur lui et heurta le bras de l'homme avec son fétiche. Il s'en écarta d'un bond, comme s'il l'avait brûlé, et disparut à son tour.

Annah s'accroupit à côté de Sarah. Elle était immobile, mais ses yeux vitreux, pleins de douleur, restaient fixés sur son amie. Des yeux d'enfant.

D'un regard, Annah examina le corps nu et frémit devant l'étendue des blessures. Saisissant la robe lacérée, elle tenta d'éponger le sang qui coulait des plaies les plus profondes, mais il jaillissait de sources trop nombreuses. Doucement, elle força la bouche crispée à s'ouvrir, révélant des gencives saignantes, des dents brisées et un œuf enfoncé jusqu'à la gorge. Un œuf peint, brisé, écrasé, qu'elle sortit avec précaution.

Sarah eut un hoquet et voulut bouger.

— Annah. Tenez-moi… Serrez-moi fort…

Des paroles à peine audibles.

Elle prit Sarah dans ses bras, soulevant le corps léger et inerte tel celui d'une poupée de son. *Puppet on a String…* Elle la serra contre elle, lui parla comme à un petit enfant.

— Tout va bien maintenant. Je suis là.

Elle sentait sur sa joue la respiration de Sarah ; alors, elle se mit à respirer à la même cadence, comme si cela pouvait la soutenir, l'inciter à se battre. Elle pressa un morceau de tissu sur les blessures les plus graves, mais le sang s'en écoulait toujours et elle sut que ce n'était plus qu'une question de temps.

Levant les yeux, elle aperçut le portrait de Kate et fixa le visage de l'enfant, l'invitant à partager sa peine.

Il n'y avait plus rien d'autre à faire qu'attendre…

Puis elle comprit que c'était fini.

Un tumulte se fit entendre au-dehors, des pas précipités traversèrent la véranda, des cris d'horreur retentirent. Des gens se précipitèrent dans la pièce – les gardiens de nuit de l'hôpital, quelques malades. Plusieurs portaient des pangas et des armes improvisées. Ils contournèrent le corps inerte de Tefa et se figèrent à la vue d'Annah serrant dans ses bras Sarah inanimée.

— Il en reste une en vie ! cria un homme.

Les mots lui firent reprendre conscience.

Sarah et Michael sont morts. Moi, je suis vivante…

Les gens regardèrent le fétiche abandonné par terre. Une femme se mit à crier et recula pour se dissimuler derrière les autres. Un mot circula.

— Sorcellerie ! Sorcellerie !

— La sorcière a réussi à s'en sortir !

Les voix étaient imprégnées d'une note d'hystérie. Annah les entendait comme si elles provenaient de très loin. Elle vit la foule s'ouvrir pour livrer passage à l'un des assistants médicaux, le visage figé, luttant pour garder son contrôle. Il réprimanda les femmes surexcitées et ordonna à tous de s'écarter. Après quoi, il sembla hésiter sur la marche à suivre. Il se retrouvait seul avec une femme blanche, nue, morte, et une autre encore en vie qui regardait fixement devant elle, l'air absent. Il finit par ôter sa veste blanche pour en recouvrir le corps de Sarah et fit un geste en direction des villageois afin qu'ils prennent sa blouse et la placent sur le corps de Tefa. Il cria ensuite à ceux qui se tenaient dans la véranda :

— Couvrez aussi le corps du *bwana* !

En dehors de cela, une seule pensée paraissait l'occuper.

— Qu'on ne touche à rien ! répétait-il. Laissez tout en place ! La police va venir.

Pendant quelque temps, l'homme parut maîtriser la situation. Mais un petit chien se faufila dans la pièce et se mit à lécher le sang par terre. Il saisit alors l'animal des deux mains et le jeta avec force dehors en hurlant.

Le silence tomba, troublé seulement par le grondement lointain du générateur. Annah reposa avec douceur le corps de Sarah sur le sol et alla s'adosser à un mur. Elle sentait les yeux des Africains fixés sur elle, roulant en tous sens dans leurs visages immobiles. Rejetant la tête en arrière, elle se mit à pleurer en silence.

L'assistant médical s'approcha d'elle.

— Nous avons entendu crier. Ensuite, nous avons vu des hommes s'enfuir.

Il tendit les mains en avant dans un geste d'impuissance.

— Stanley ! s'écria soudain Annah. Il montait la garde derrière la chapelle !

La gorge nouée, elle ne put en dire davantage.

— J'envoie quelqu'un tout de suite, dit l'homme.

On lui donna un gobelet d'eau et elle essaya de boire, mais ses lèvres tremblaient, l'eau coula sur son menton.

Sur sa peau, le sang de Sarah durcissait.

Jetant un regard vers la porte d'entrée, elle imagina le corps de Michael écroulé dans la véranda, ses cheveux blonds tachés de rouge. Elle se tourna vers celui de Sarah, si petit, libéré de toute douleur. Étrangement en paix.

Tandis que les larmes coulaient sur ses joues, elle songea aux femmes de Cone Hill, saines et sauves avec leurs enfants – grâce au sacrifice de Sarah. Un autre visage d'enfant s'imposa à elle, une jolie frimousse criblée de taches de rousseur, aux yeux souriants.

Dans le calme retentit le battement lointain du tambour. Les nouvelles étaient en route. Les tam-tams se chargeaient de la répandre.

Des pas rapides franchirent la véranda. Les Africains pivotèrent vers la porte et Annah leva son visage gonflé par les larmes.

Stanley surgit, le teint gris, glacé d'horreur. D'un coup d'œil, il embrassa la scène en quelques secondes, puis il vint s'agenouiller à côté d'elle.

Soulagée de le savoir sain et sauf, quelque chose se dénoua en elle. Elle s'agrippa à ses épaules comme si elle se noyait, les yeux fermés, s'abandonnant au désespoir.

Au moment où elle s'écroulait, deux bras puissants l'atteignirent à travers son cauchemar et la tirèrent à l'abri.

Le dimanche de Pâques, aucun cantique ne célébra le lever du soleil dans la chapelle de Langali, vide et silencieuse. La Maison de la mission était entourée d'un cordon interdisant tout accès, et un poste de police improvisé avait été érigé à l'entrée du jardin de devant. Les villageois reçurent l'ordre de rester à l'écart de la cour tandis que deux fonctionnaires de Murchanza accomplissaient leur tâche.

Ils commencèrent par le seul témoin survivant, Annah Mason, cette femme qui avait déjà attiré leur attention en occupant illégalement une propriété près de Germantown. Ils la firent comparaître devant un bureau sur lequel ils avaient disposé avec soin des documents officiels et un certain nombre de tampons.

Annah s'assit devant eux, docile, son corps et son esprit obéissant aux ordres, ses émotions enfouies si profondément en elle qu'elle en restait vide, anesthésiée. D'une voix calme, elle décrivit l'attaque dans la forêt et comment les bandits avaient cru, en fin de compte, qu'elle avait partie liée avec la sorcellerie. Elle expliqua pourquoi elle était venue en hâte à Langali, relatant avec précision la journée passée à la mission. Puis elle en vint au moment où elle avait découvert les bandits devant la porte. Pour atténuer l'horreur de ces instants, elle se borna à un sobre récit, parla de la carabine cachée et déplacée – sans doute par Michael. À cet instant, elle avait su que le fétiche était son seul recours, sa seule arme. Enfin, elle mentionna qu'elle avait bien retiré de la bouche de Sarah l'œuf que l'on avait retrouvé à côté de son corps.

À la fin de son témoignage, la police avait appris tout ce qu'elle savait, tout ce qu'elle avait vu et fait.

Sauf en ce qui concernait les femmes de Cone Hill. Sur ce sujet, Annah avait préféré se taire pour les protéger.

Elle fut soumise ensuite à un nouveau et interminable interrogatoire. La police suggéra que les bandits l'avaient peut-être suivie jusqu'à Langali. Auraient-ils attaqué la maison parce qu'ils savaient y trouver une sorcière ? Ce ne serait pas la première fois que des gens seraient tués pour avoir accueilli ce genre de femme.

La question fit l'objet d'un débat. Les policiers se montraient tour à tour courtois ou agressifs selon qu'ils considéraient Annah comme une femme blanche ou comme une hors-la-loi ayant perdu son statut. Annah refusait à présent de répondre, aussi finirent-ils par penser qu'elle avait plus ou moins perdu la tête, et ils la laissèrent tranquille.

À l'ombre des gommiers de sœur Barbara, Annah effritait de ses doigts un morceau d'écorce et la dispersait ensuite autour d'elle. Elle se sentait plongée dans une sorte d'engourdissement qui annihilait ses pensées et ses sentiments.

La cour était déserte, à l'exception des deux policiers. Après l'interrogatoire du matin, ils lui avaient fait comprendre qu'elle devait rester à leur disposition.

Elle entendit soudain au-dessus de sa tête le vrombissement d'un moteur. Quelques instants plus tard, un bimoteur fit son apparition et, après avoir survolé la cour à deux reprises, atterrit juste derrière les jardins du village.

Les policiers se levèrent et se rapprochèrent d'Annah. Un petit garçon surgit, tout essoufflé, impatient d'apporter les nouvelles.

— Deux Occidentaux sont arrivés de Dodoma ! Un homme et une femme. L'homme est un personnage très important, peut-être même un chef.

L'un des policiers se baissa pour essuyer la poussière de ses chaussures. Annah ne bougea pas.

Une demi-heure s'écoula avant qu'apparaisse un petit groupe de villageois escortant les deux Européens. Une jeune femme blonde vêtue de gris s'avançait à côté d'un homme grand aux cheveux poivre et sel et au teint rose. Même à distance, Annah sut qu'elle ne l'avait jamais rencontré.

La femme fit un signe de tête en direction d'Annah mais prit le chemin de la Maison de la mission. Son compagnon portait un costume de safari un peu froissé dont le col à la romaine révélait qu'il s'agissait d'un ecclésiastique.

Il ralentit le pas en approchant d'Annah et la scruta d'un regard perçant. S'il fut déconcerté, il ne le montra pas.

— Je suis l'archidiacre Sanders, dit-il en arrivant près d'elle. (Son visage affichait un intérêt soigneusement mesuré.) Allons parler dans la chapelle.

Il posa sur l'épaule d'Annah une main réconfortante. Elle sentit une sourde appréhension la gagner.

— Où est l'évêque ?

Elle aurait préféré que ce soit lui qui vienne à Langali car elle avait encore en mémoire les paroles rapportées par Michael.

L'évêque ne vous a pas oubliée...

— Il est en congé à Nairobi. Nous n'avons pas réussi à le joindre. Je ne connaissais pas les Carrington, mais je vous assure que je comprends combien tout cela doit être affreusement pénible pour vous.

Le regard vague, elle contemplait l'autel avec sa simple croix dorée. L'archidiacre priait en silence, la tête inclinée. Quand il eut fini, il se tourna pour lui faire face.

— Vous pouvez me parler franchement. Et vous le devez. Cette affaire soulève de multiples questions et il est nécessaire que j'en connaisse tous les faits. Le plus vite possible. On m'a dit que vous aviez travaillé ici avec les Carrington.

— J'étais infirmière en chef.

— Vous étiez venue ici à l'invitation des Carrington ? Comme une vieille amie ?

Annah chercha en vain une réponse. L'homme lui souriait avec compassion mais il continuait à la presser de questions. Avait-elle l'habitude de leur rendre ainsi visite ? Souvent ? Qui l'accompagnait ?

— Que s'est-il passé exactement la nuit dernière ?

Comment ? Pourquoi ? Sa curiosité semblait insatiable.

Annah s'efforçait de répondre simplement ; elle répéta ce qu'elle avait dit à la police en se limitant à l'essentiel.

L'archidiacre approuvait de la tête pour l'encourager, cependant, plus il obtenait d'informations, plus le rôle d'Annah dans cette tragédie lui paraissait ambigu. En fin de compte, la seule explication au fait que cette femme ait survécu – sans la moindre blessure – se trouvait curieusement en rapport avec la sorcellerie indigène.

— Où se trouve à présent ce « fétiche » ? demanda-t-il.

— À la Maison de la mission.

Les policiers s'étaient d'abord emparés du talisman de Naaga, mais avaient vite conclu qu'il était préférable pour eux de ne pas y toucher.

L'archidiacre alla jusqu'à la porte de la chapelle et demanda qu'on lui apporte ce « fétiche indigène ». Au bout d'un certain temps, un Africain entra pour lui remettre la poupée. Annah laissa échapper un soupir de soulagement en reconnaissant la silhouette, les vêtements, la démarche : Stanley avait saisi cette occasion pour la rejoindre. Personne n'avait osé s'y opposer car, les policiers étant tous africains, ils désiraient n'avoir aucun contact avec un objet créé par une sorcière.

L'archidiacre esquissa une moue de dégoût en prenant le fétiche, puis il demeura interdit à la vue des cheveux, identiques à ceux d'Annah, et de sa figure grossièrement taillée.

— Emportez ça !

Il lança la poupée à Stanley, lui fit signe de partir. Mais Stanley l'ignora et se rapprocha d'Annah.

— Est-ce que tout va bien ? demanda-t-il en swahili.

Elle le rassura d'un signe de tête.

— Je reste là, dehors. Si vous avez besoin de moi, appelez-moi.

Il avait parlé avec douceur mais d'un ton résolu, et elle leva vers lui un regard reconnaissant.

L'archidiacre avait suivi cet échange avec étonnement et détaillé Stanley d'un air soupçonneux tandis que ce dernier s'éloignait.

— Vous voulez me faire croire que vous vous êtes délibérément servie de cet objet diabolique ?

— Je voulais sauver Sarah ; pour cela, il fallait que j'exploite leurs craintes. Je n'avais aucune autre arme à portée de main.

L'archidiacre la considéra un long moment, consterné.

— Un chrétien peut toujours recourir à la prière !

Mais il n'avait pas l'air à l'aise et bougeait sans cesse, faisant craquer le banc sur lequel il était assis. Il était manifeste que toute allusion à la sorcellerie lui faisait horreur, ne serait-ce que le simple fait d'en parler. Le calme d'Annah le déconcertait. Il s'était attendu qu'elle pleure, trépigne ou réclame du réconfort. Mais elle se contentait de le regarder, les yeux vides.

Il finit par se lever pour arpenter la chapelle de long en large. Ses pas résonnaient dans le calme ambiant, le calme de cette mission sans missionnaires, de cet hôpital sans médecin.

Il ouvrit en grand une des portes et se tint sur le seuil en regardant alentour. Son corps obstruait la lumière, seul un rayon de soleil

407

s'écoula sur le sol telle une traînée de miel. Annah regarda la tache brillante, la poussière dorée qui voltigeait au-dessus. Des images de cauchemar défilaient dans sa tête, le corps nu de Sarah strié de rouge, des bras noirs la maintenant par terre, ses cris étouffés. Son chagrin était plus fort que sa peur.

Je marche dans la vallée des ombres de la mort...

Les mots surgirent d'eux-mêmes dans sa pensée comme s'ils flottaient encore dans l'air pour avoir été si souvent lus à haute voix en ce lieu.

Mais je ne redoute rien...

Quelle était donc la suite ? Annah la cherchait, quand il lui sembla soudain entendre une autre voix, puissante et grave, chanter en swahili.

Car Tu es avec moi...

Alice...

Elle leva les yeux, s'attendant presque à la voir dressée devant elle. Mais il n'y avait que le vide et le silence. Un calme mortel.

L'air de la cour était chargé de l'odeur âcre de l'eucalyptus. Les arbres de sœur Barbara avaient été coupés jusqu'à la racine, débarrassés de leurs branches et de leur écorce, sciés puis réduits en planches. À présent, celles-ci étaient assemblées avec amour pour former deux cercueils.

Tefa avait été enterré dans le cimetière de la mission, enveloppé dans sa plus belle blouse et placé directement dans le sol. Mais les corps des missionnaires devaient voyager par train jusqu'à Dodoma pour être ensevelis à côté de la cathédrale. Quand l'archidiacre avait annoncé sa décision, tout le monde avait été choqué. Les Carrington n'avaient jamais vécu à Dodoma. C'était à Langali qu'ils se sentaient chez eux. Annah avait essayé d'intervenir mais l'archidiacre s'était montré très ferme. Il n'avait accordé aux gens de Langali que le seul privilège de confectionner les cercueils.

Annah se tenait près des souches d'eucalyptus, observant les charpentiers. Leur travail devenait un véritable rituel qui les aidait à surmonter leur peine. Ils étaient plusieurs à vouloir y mettre la main, ne serait-ce que quelques minutes, se relayant tour à tour tandis qu'une petite foule les regardait. Quoi qu'il arrive, on savait qu'une part de Langali resterait ainsi toute proche de Michael et de Sarah Carrington, leurs infatigables assistants, leurs amis si chers.

Stanley avait dressé leur camp dans une petite clairière. On distinguait tout autour des murs de boue séchée croulants, surmontés de toits de chaume en partie effondrés. De l'autre côté de la rivière, le poste de Langali était dissimulé par un rideau d'arbres. L'ancien village se révélait ainsi un refuge idéal.

Ordena était assise à côté d'Annah et de Stanley près des cendres fumantes d'un feu de camp sur lequel ils avaient cuit leur repas. Un pot d'ugali refroidissait sur les pierres, à peine entamé.

— Cette dame blanche, elle a touché à tout, disait Ordena, la voix tremblante d'émotion. Elle a touché à tout, ramassant une chose ici, en mettant une autre de côté. Partout dans la maison.

Stanley secoua la tête d'un air réprobateur.

— Un étranger ne doit pas toucher aux choses ayant appartenu à des morts.

Annah soupira. Comment leur faire comprendre que la mission se sentait responsable de ce qui avait appartenu aux Carrington ? Elle voulut changer de sujet.

— J'ai entendu dire que le prêtre évangéliste s'était arrangé pour qu'un camion transporte la population du village jusqu'à Murchanza et que, de là, tous prendront le train pour Dodoma afin de se rendre aux obsèques.

— C'est vrai, soupira Ordena. Mais je préférerais voyager avec vous, si c'est possible, pour éviter la foule.

— Bien entendu, la rassura Annah.

En Afrique, ne pas assister aux enterrements était impensable et, de toute façon, Annah ne voulait y manquer sous aucun prétexte. Elle n'ignorait pas que la cérémonie serait un moment atroce, et elle redoutait de se retrouver face aux autres missionnaires, de voir les cercueils mis en terre. Mais elle voulait rester jusqu'au bout près de Michael et Sarah.

Et de Kate...

Une voix venant du pont brisa le silence.

— Sœur Annah ! Sœur Annah !

— Nous sommes ici ! cria Stanley à travers les arbres.

Des branches craquèrent et un homme apparut dans la clairière. Le frère du prêtre.

— Il y a un sentier depuis le pont, fit observer Stanley.

— Je sais bien, répondit l'homme. Mais qui sait quelle sorte de personne a pu l'emprunter ?

Il y eut une brusque tension dans l'air.

— Que veux-tu ? demanda vivement Annah.

— Il faut que vous veniez à la radio. L'archidiacre veut vous parler.

La voix crachota dans l'appareil et s'interrompit.

— Pouvez-vous répéter ? insista Annah.

— Le conseil d'administration de la mission s'est réuni. Nous avons décidé qu'il serait préférable que vous n'assistiez pas aux obsèques.

Sans voir, Annah contempla le micro. À ses côtés, l'opérateur avait sursauté.

— De nombreux journalistes sont déjà arrivés. L'affaire suscite partout un grand intérêt. Dans ces circonstances, nous estimons qu'il vaut mieux que vous restiez à l'écart.

Annah resta sans réponse.

— Avez-vous entendu ? insista l'archidiacre.

— Je vous ai entendu. Est-ce l'évêque qui a pris cette décision ?

— Il n'est pas encore de retour. Mais je suis certain qu'il aurait…

Sans attendre la fin, Annah rendit le micro à l'opérateur et quitta la pièce. En s'éloignant, elle entendit la voix qui continuait à crachoter dans l'appareil mais, cette fois, ce fut l'Africain qui répondit.

— Oui, *bwana*. Oui. Naturellement, naturellement.

Chancelante, elle sortit dans la cour, prit la direction de la rivière. Soudain, elle distingua la silhouette d'une femme qui lui sembla familière. En approchant, elle reconnut Mileni. Elle n'avait pas encore eu l'occasion de lui parler.

— Mileni ! appela-t-elle.

La femme se figea au son de sa voix puis, sans un regard en arrière, disparut en courant. Annah la regarda fuir sans comprendre les raisons de sa peur. Au village, elle le savait, certains Africains racontaient que la femme blanche était une sorte de sorcière, mais il était impossible que la jeune infirmière puisse croire une telle chose. Craignait-elle de subir le même sort que Sarah ? On devait lui avoir parlé de la Femme aux œufs. Des bruits avaient couru à ce sujet.

Annah poursuivit son chemin. Toutes ces conjectures étaient à présent inutiles. On ne pouvait rien changer à ce qui s'était passé. Ce qui avait été perdu l'était à jamais…

Non loin de la clairière, Annah ralentit le pas. Il y avait quelqu'un avec Stanley et Ordena ; une autre voix se mêlait aux leurs.

Elle cherchait encore à l'identifier en contournant la dernière rangée d'arbres quand elle découvrit devant elle une vieille femme.

— Alice !

Son apparence avait bien changé. Plus de paquets d'herbes médicinales, plus de charmes, plus de guenilles, mais un simple kitenge des
plus ordinaires. Elle ouvrit spontanément les bras pour étreindre la
vieille femme.

— Vous êtes venue ! Avez-vous appris la nouvelle ? demanda-t-elle
à voix basse.

Alice se dégagea et recula pour regarder Annah bien en face.

— J'ai su dans mon cœur que quelque chose de terrible était arrivé.
C'est pourquoi je suis là. Et maintenant… (Elle jeta un coup d'œil en
direction de Stanley.)… maintenant je sais tout.

Le chagrin s'abattit sur elles.

— Êtes-vous venue seule ?

— Quelqu'un était avec moi. Mais elle est déjà repartie pour porter
les nouvelles. Je reste. S'il doit y avoir une cérémonie de deuil dans un
lieu étranger, l'une de nous au moins doit y aller. (Sa voix ne fut plus
qu'un murmure.) Car c'est pour nous qu'elle est morte.

25

Indifférente aux changements du paysage, qui de marécageux au sortir de la forêt s'était transformé en savane, Annah avait l'impression que tous ses sens étaient engourdis. Ils lui transmettaient juste le ronronnement monotone du 4 × 4 parcourant péniblement la longue route jusqu'à Dodoma.

— Nous approchons d'Iringa.

La voix de Stanley sortit Annah de sa torpeur. Elle regarda par la vitre, aperçut au-dehors une terre rouge parsemée de rochers entre lesquels poussaient des touffes d'herbe, des buissons d'épineux et quelques arbres secs. Le Tanganyika d'Eliza.

— Nous devrions y arriver au milieu de la matinée, précisa Stanley.

Annah se retourna et vit qu'Ordena s'était endormie, le coude sur la portière, la tête appuyée dans sa main, ses précieuses sandales de plastique posées sur le siège. À côté d'elle, Alice se tenait bien droite, parfaitement éveillée. Son regard curieux détaillait le paysage qui défilait, cherchant à en comprendre les secrets.

En abordant un virage, Stanley ralentit et, au sortir de la courbe, découvrit devant lui un groupe de guerriers massaïs. Leurs corps élancés couverts d'ocre, armés de leur lance, les hommes marchaient à grands pas au milieu de la route. Ils se rangèrent sur le bas-côté au bruit du moteur. Comme il le faisait toujours, Stanley s'arrêta à leur hauteur pour les saluer. Annah les observa, impressionnée par leur fière prestance, leurs visages souriants, leurs yeux brillants et l'aisance de leur comportement. Comme les Waganga, les Massaïs avaient résisté aux changements et s'accrochaient à leurs traditions.

Les jeunes hommes de leur race étaient réellement des guerriers. Chacun d'eux devait faire la preuve de son courage en tuant un lion d'un seul coup de lance. Annah reconnut l'atmosphère de camaraderie qui régnait dans le groupe, cet air de dignité, d'autorité et de véritable maîtrise de soi qui en est la contrepartie. Quand l'un d'eux se mettait à rire, les autres ne tardaient pas à suivre son exemple avec des manifestations exubérantes de joie, mais en tenant toujours fermement leur lance.

Elle comprit soudain que Stanley était en train d'offrir aux guerriers de les prendre en voiture. Les portières s'ouvrirent, deux d'entre eux s'installèrent entre Alice et Ordena, qui s'éveilla à peine. Quatre autres grimpèrent sur le toit. Il en restait encore un. Après un bref coup d'œil à Annah, il s'installa sur le capot dans le creux de la roue de secours.

Stanley se remit en marche. Malgré les vitres ouvertes, l'air se chargea bientôt de relents de sang de bœuf séché et de boue. Des voix d'hommes se mêlaient au bruit du moteur. Annah ne comprenait pas le massaï mais tendait néanmoins l'oreille, devinant que Stanley expliquait les circonstances qui les avaient conduits ici. Elle fixait la route sur laquelle se profilait à présent le noble visage du guerrier assis sur le capot, face au vent, les yeux mi-clos, la couverture rouge drapée sur son épaule flottant derrière lui. Ceux qui se trouvaient dans la voiture posaient à Stanley d'incessantes questions avec l'assurance d'hommes qui se sentent supérieurs. Stanley leur répondait volontiers, sans doute distrait de son chagrin latent.

Elle réalisa soudain qu'ils la regardaient avec un intérêt accru. Ils se penchèrent pour l'examiner de plus près, s'arrêtant sur le bracelet d'ivoire de Zania et sur le collier d'ambre de Mtemi.

Le reste du voyage leur parut court. Avant d'entrer dans Dodoma, ils s'arrêtèrent au bord d'une rivière pour faire un peu de toilette. Stanley défripa ses vêtements, Ordena rattacha sa tunique, et Alice considéra avec consternation sa tenue dénuée de tout ornement. Elle expliqua à Annah qu'elle avait retiré tous les symboles de sa profession afin de ne pas attirer l'attention. Mais il était évident qu'à présent elle trouvait étrange d'avoir à assister à une cérémonie importante sans ses attributs.

Les Massaïs se reposaient sous un arbre. Avec leurs perles de couleur et leurs ornements que le voyage n'avait pas dérangés, ils donnaient l'impression d'une élégance simple et naturelle. Annah peigna ses cheveux pour les débarrasser de la poussière et contempla sa chemise et son pantalon froissés. Elle se sentait à l'aise dans sa tenue de brousse, qui plus que jamais lui paraissait convenir à sa situation.

La voiture longea une large avenue bordée d'arbres à l'extrémité de laquelle se dressait la haute silhouette grise de la cathédrale. Des véhicules encombraient ses parages en nombre incalculable : Land Rover, Humber, Hillman et quelques Mercedes noires. Stanley ralentit à la recherche d'une place où se garer et, comme ils approchaient de l'entrée, ils virent les hautes portes s'ouvrir. Un flot de personnes en sortit pour se diriger vers le cimetière, à la gauche du bâtiment. Surpris, les occupants du Land Rover gardèrent le silence.

— La cérémonie est terminée, dit enfin Annah.

— Je n'y comprends rien, déclara Stanley. Ils ont dû modifier l'horaire.

Annah serrait les poings, profondément déçue. Certes, elle avait appréhendé les funérailles, mais il lui semblait insupportable qu'elles aient pu se dérouler sans elle.

— Nous n'avons manqué que le service à l'église, remarqua calmement Ordena. Ce n'est pas le plus important.

Elle posa une main sur l'épaule d'Annah.

— Elle a raison, intervint Stanley. Pour les Africains, c'est l'ensevelissement qui compte. Les gens font de longs voyages à pied pour y assister.

Annah regarda par la vitre ouverte. C'était à croire que presque tous les habitants du pays s'étaient rassemblés là. Drapés dans leurs costumes traditionnels, les indigènes représentaient le gros de la foule. Après eux venaient quelques rangées d'Africains vêtus à l'occidentale. Plissant les yeux, Annah aperçut parmi eux un petit groupe compact, les gens de Langali serrés autour de leur prêtre africain. Plus loin encore se tenaient les missionnaires, debout les uns contre les autres comme pour se réconforter mutuellement, les hommes en costume noir, les femmes en larmes, tête baissée.

Au centre de la foule, on apercevait la chasuble pourpre de l'évêque et, à son côté, son épouse coiffée d'un chapeau enrubanné de noir. Près d'eux se dressait la haute silhouette de l'archidiacre.

— Il faut que nous y allions, insista Stanley.

Annah sentit sa gorge se nouer. Elle avait compté se glisser au fond de la cathédrale et y demeurer inaperçue. Traverser ouvertement une foule, exposée à tous les regards, c'était au-delà de ses forces, après toutes les épreuves déjà affrontées.

Non. Pas maintenant. Plus jamais...

Les mots lui vinrent aux lèvres, presque malgré elle.

— Je ne peux pas.

Elle eut conscience d'un échange de paroles. L'instant d'après, les guerriers se groupaient près de sa portière.

L'un d'eux s'adressa à elle dans sa langue sur un ton décidé. Stanley traduisit ses paroles de sa voix paisible.

— Les guerriers de ton peuple sont loin. Ne crains rien, sœur, nous nous tiendrons près de toi à leur place et nous te communiquerons notre force.

Les Massaïs escortèrent les nouveaux venus à travers la foule, écartant les gens de leurs épaules nues. Annah marchait en tête, suivie de Stanley, d'Alice et d'Ordena. Elle avançait bien droite, évitant les regards tournés vers elle. Des images traversaient rapidement son champ de vision, visages surpris, choqués, outrés, yeux gonflés de larmes, mains crispées sur des mouchoirs...

Puis l'archidiacre se dressait devant elle tel un spectre, la bouche serrée, les traits figés par la colère.

À ses côtés, l'évêque regardait lui aussi avec stupéfaction Annah et les guerriers. Il la salua brièvement d'un signe de tête avant de se retourner à la hâte vers le livre que tenait devant lui un prêtre africain. Sa voix plana au-dessus de la foule sans défaillance.

Les guerriers poursuivirent leur avance et s'arrêtèrent enfin à la hauteur des deux cercueils.

Annah aperçut alors Kate. La fillette se trouvait avec les missionnaires, bien droite, la tête penchée, comme étrangère à ce qui l'entourait. Elle tenait dans ses bras deux bouquets, non pas des couronnes venues de chez le fleuriste mais de simples fleurs sauvages.

Annah enregistra chaque détail : les cheveux bien coiffés, les épaules minces, courbées, les joues pâles. Derrière elle se tenait une autre fillette d'âge semblable, une amie peut-être...

Comme si elle avait senti son regard, Kate releva la tête et leurs yeux se croisèrent. Les siens étaient secs, lointains. L'enfant vive et rieuse qu'elle avait toujours été semblait évanouie, laissant place à une enveloppe vide. Un bref éclair de reconnaissance traversa son regard puis disparut. Elle baissa la tête pour dissimuler son visage.

Annah se tourna vers les fosses creusées dans le gazon, carrées, bien nettes, et vers les deux cercueils à côté. Celui de Michael, plus long, et celui de Sarah tout contre lui.

Les premiers mots d'un cantique s'élevèrent et enflèrent quand la foule les reprit. Annah les connaissait bien, mais ils lui parurent venir de très loin, d'un autre monde.

Le cantique terminé, il y eut un silence et Kate s'approcha des cercueils. Tous les yeux se tournèrent vers elle, les journalistes armèrent leurs appareils photo.

Le chagrin passa sur toute la foule telle une vague...

Du fond du cimetière parvint le gémissement d'une femme africaine. Ses cris fendaient l'air, dépouillés, bouleversants, brisant les barrières qui retenaient encore l'émotion générale. D'autres voix se joignirent à elle, faisant soudain paraître bien compassée la cérémonie anglaise. L'évêque restait immobile, les yeux fixés sur Kate, le visage empreint de douleur.

Lentement, comme une somnambule, la fillette plaça les bouquets au milieu de chaque cercueil, Michael d'abord, puis Sarah. Elle semblait absente. Annah l'observait, les yeux pleins de larmes. Elle savait par expérience comment le chagrin peut plonger un être dans une sorte de nuage, une torpeur qui isole du monde. La douleur ainsi dissimulée n'était que momentanément atténuée et s'aiguisait pour rejaillir plus vive encore.

Elle se tourna vers Ordena qui pleurait en silence, les yeux fixés sur Kate.

Soudain, Ordena sursauta.

— Ils l'emmènent !

Annah vit une des femmes missionnaires entraîner vivement Kate et l'autre fillette loin de la foule. Elle voulut parler à Ordena mais celle-ci était déjà en train de suivre Kate.

L'évêque reprit son livre de prières et un petit groupe de missionnaires s'avança. Ils soulevèrent les cercueils l'un après l'autre, les descendirent dans les fosses.

Annah songea que sa présence à la cérémonie ne lui avait apporté aucun réconfort. Pas un instant elle ne s'était sentie proche de Michael et de Sarah. Elle n'avait trouvé ici que des paroles étrangères, des chants et une peine qui, bien que partagée avec toute l'assistance, n'en était que plus lourde.

Elle leva la tête avec le sentiment d'une brusque tension.

Alice s'avançait vers la tombe de Sarah d'un pas décidé. Un des pasteurs africains fit un geste vers elle mais l'évêque le retint. Ce n'était qu'une vieille femme, après tout. Une pauvre villageoise. Inoffensive sûrement. Cependant, le religieux ne la quittait pas des yeux, prêt à intervenir.

Quand Alice fut au bord de la tombe, elle observa longuement les cercueils, le visage empreint d'une profonde tendresse. Puis d'une voix douce, comme une mère berçant son enfant, elle se mit à chanter en swahili.

416

Nous avons bien éduqué nos enfants
À présent ils sont forts et braves.

Annah retint son souffle. Elle connaissait ce chant, l'un de ceux que Sarah avait composés pour les classes où elle apprenait aux mères à soigner leurs bébés. Celui-là était son favori, et il était devenu une sorte d'hymne dans lequel toutes les mères se reconnaissaient.

Le chant de la Femme aux œufs.

Annah retrouva sans peine les paroles et joignit sa voix à celle d'Alice.

Jour et nuit, nous les protégeons du mal
Et personne ne les arrachera de nos mains.

Des chœurs de femmes, dans la foule, reprirent le refrain.

Annah se tourna, reconnut les villageoises de Langali. Grâce à Alice, elles partagèrent un instant privilégié : Sarah n'appartenait qu'à elles. Sarah.

Annah l'imagina, un enfant dans les bras, souriante, son mari derrière elle, fort, infatigable, ses mains de chirurgien posées sur les hanches de sa femme.

De la tombe monta un lourd parfum d'eucalyptus qui se mêla dans sa pensée aux effluves de lavande que Sarah aimait tant. Annah inspira profondément. Il lui sembla sentir encore de façon palpable la présence douce et aimante de ces deux êtres si chers.

Une présence éternelle.

La cérémonie terminée, la foule s'était dispersée. Annah était encore près de la cathédrale avec Alice, Ordena et les guerriers, attendant Stanley. Ordena était revenue sans avoir pu rencontrer Kate, et il était parti pour tenter d'apprendre où se trouvait l'enfant.

La fille des Carrington absente, les journalistes durent se contenter de l'archidiacre, qui posait pour les photographes sur le parvis de la cathédrale et répondait à leurs questions.

L'évêque s'attardait près des tombes, rassemblant ses livres et ses papiers avec des gestes lents. Il paraissait soudain très vieux. Quand il eut fini, il leva les yeux et aperçut la jeune femme. Leurs regards se croisèrent ; il se dirigea vers elle.

Une sourde inquiétude naquit en elle mais, quand il fut proche, l'évêque ouvrit les bras, faisant voleter les manches de sa robe comme des ailes. Son visage était animé d'une profonde compassion.

417

Les Massaïs s'écartèrent et Annah s'avança. Sans un mot, il la serra contre lui. Ils restèrent ainsi un long moment, se reposant l'un sur l'autre, isolés du reste du monde.

La maison du Dr Layton se dressait derrière une rangée de poivriers, dissimulée par une haute haie de *manyara*. Annah, Stanley, Alice et Ordena pénétrèrent dans le jardin et frappèrent à la porte d'entrée. Ils attendirent avec anxiété. Un des assistants de l'évêque avait dit à Stanley que Kate devait y passer la nuit, mais ils n'étaient pas certains que l'information soit exacte.

La porte s'entrouvrit juste assez pour qu'une femme aux cheveux gris y glisse un œil méfiant. À la vue d'Annah, elle eut un mouvement de recul.

— Vous ne pouvez pas entrer, dit-elle sèchement. Le Dr Layton a donné des ordres très stricts. Elle ne doit voir personne.

— Mais je suis sa marraine, s'écria Annah, et je désire la voir !

La fente se rétrécit encore.

— Je suis désolée. Ce n'est pas possible.

— Demain, peut-être ?

— Je crains que non. (La femme regarda derrière elle comme pour appeler quelqu'un à l'aide.) L'enfant doit partir pour Nairobi. Le Dr Layton pense que le mieux pour elle est de retourner en Australie aussi tôt que possible. Il faut lui éviter tout nouveau traumatisme. Au revoir.

Elle esquissa un sourire et s'apprêta à refermer la porte lorsque Annah, faisant un signe à Ordena, s'écria :

— Attendez ! Voici l'ayah des Carrington. Laissez-la entrer. C'est elle qui s'occupe de Kate depuis sa naissance.

Dans son désespoir, Annah se mit à parler d'une voix aiguë.

— Vous devez la laisser entrer ! Si vous refusez, j'en appellerai à l'évêque !

La femme prit un air revêche.

— Je ne pense pas...

Annah lui coupa la parole.

— Pourquoi refusez-vous ? Kate aime cette femme, elle a besoin d'elle !

Elle avança pour forcer la porte, mais Stanley la retint et elle se calma.

Un long moment s'écoula. Finalement, la porte s'ouvrit.

— Très bien. Mais seulement elle.

Il ne leur fallut pas longtemps pour quitter les abords misérables de la ville et se retrouver en pleine campagne. La plaine était parsemée d'arbres épineux se découpant sur fond de poussière rouge. Le ciel était d'un bleu profond, strié de vols d'oiseaux blancs.

Stanley jeta un coup d'œil à Annah puis, dans le rétroviseur, à Alice assise sur le siège arrière, avant de reporter son attention sur la route.

— Si nous ne faisons pas de halte, dit-il, nous pourrons camper ce soir près des deux baobabs.

Annah approuva de la tête. C'était un de leurs lieux favoris ; ils avaient souvent accroché leurs moustiquaires aux branches les plus basses pour dormir là-bas à la belle étoile.

— Et nous arriverons à Cone Hill vendredi à la tombée de la nuit, ajouta Stanley.

Cone Hill.

Ce nom éveillait chez Annah un mélange de soulagement et d'appréhension. À leur arrivée, ils allaient certainement devoir répondre à un feu roulant de questions, donner des détails, revivre toute cette terrible histoire. Mais ils pourraient aussi partager avec les autres leur chagrin. La vieille reine serait là, ainsi que Zania et Naaga. Ils se montreraient forts, sages, aimants. N'étaient-ce pas des guérisseurs ?

— Ceci est à vous, fit Stanley en tendant à Annah un petit paquet enveloppé d'un morceau de tissu. La police ne l'a pas repris. J'ai pensé le garder en souvenir de vous, pour le cas où... vous ne seriez pas restée.

Sa voix avait fléchi sur les derniers mots. Alice se pencha en avant tandis qu'Annah dégageait du tissu la statuette.

— Ah ! s'exclama Alice en reconnaissant la poupée. C'est bien que le cadeau de Naaga ne soit pas tombé dans des mains étrangères !

Satisfaite, elle se cala de nouveau sur son siège.

Annah aplatit les cheveux roux sur la tête sculptée dans le bois en songeant aux ours et aux poupées de Kate sur l'étagère de sa chambre, les petits trésors de l'enfant attendant son retour. Cette enfant qui serait bientôt à l'autre bout du monde.

Les missionnaires avaient peut-être raison. Une nouvelle vie dans un endroit nouveau était sans doute pour Kate le meilleur moyen de surmonter le drame de Langali.

Car, maintenant, il lui faudrait vivre en croyant, comme tout le monde, que ses parents étaient des martyrs chrétiens. Qu'ils étaient morts à cause de leur foi. Ainsi les femmes de Cone Hill seraient à l'abri. Mais, un jour, Kate devrait connaître la vérité – apprendre que sa mère n'avait pas été une victime impuissante mais une femme courageuse et brave. Une femme qui avait regardé la mort en face et l'avait acceptée au nom de l'amour et de la confiance.

Quand le moment sera venu, se dit Annah, se faisant ainsi une promesse, je retrouverai Kate, où qu'elle soit, et je lui apprendrai la véritable histoire.

Une longue histoire de douleur, d'amour et de mort.

De vie aussi...

QUATRIÈME PARTIE

26

1990, Langali, Tanzanie

Kate contemplait le bleu profond de l'océan Indien qui s'étendait au loin, neuf mille mètres sous elle. Calée dans le siège de l'avion, elle songeait à la distance déjà parcourue et sentait l'impatience, l'excitation grandir en elle. Encore onze heures à attendre.

Elle tourna la tête vers le siège voisin, où Annah dormait, un petit oreiller sous la tête, les bras étendus devant elle et le bracelet de Zania à l'un de ses poignets.

Kate scruta son visage avec inquiétude. Un long voyage était un supplice pour une personne si gravement malade. Des ombres cernaient ses yeux et la douleur avait creusé des plis autour de sa bouche, mais elle semblait sourire à un rêve aux images colorées.

Une bouffée de tendresse envahit Kate. Elle avait appris à connaître si bien ce visage au cours des dernières semaines, tandis qu'Annah poursuivait inlassablement son récit. Elles avaient pleuré, ensemble ou séparément, partagé des silences, mangé, bu, dormi. Et, pendant tout ce temps, la narration n'avait pratiquement pas cessé, les unissant comme le cours d'une rivière unit ses deux rives. Une rivière tumultueuse, si profonde...

À la fin de cette longue et épuisante confession, Kate avait été la première à reprendre la parole.

— Quand vous vous sentirez assez forte, nous partirons.

Annah l'avait fixée sans comprendre.

— Là-bas, avait précisé Kate. En Afrique.

Annah était restée un moment immobile, laissant les paroles de Kate se frayer un chemin en elle. Puis la joie avait pris possession d'elle, une joie pure, intense.

Une hôtesse se pencha vers Kate, un plateau à la main.

— Désirez-vous une boisson ?

— Non, merci. Mon amie se repose.

La femme jeta un coup d'œil à Annah, notant le pantalon de toile, les perles de couleur, le collier d'ambre, la ceinture de cuir et les longs cheveux gris tombant librement sur les épaules. Elle aperçut dans le filet un flacon rempli d'un liquide verdâtre et haussa les sourcils.

— C'est un médicament, expliqua Kate. Prescrit par le médecin.

L'hôtesse sourit poliment.

— Allez-vous à Nairobi ?

— Oui.

— Pour un safari ?

— Non. (Kate lui rendit son sourire.) Nous rentrons chez nous.

Il faisait frais à l'intérieur de la chapelle. L'air sentait la poussière et le bois encaustiqué. Des branches fanées de bougainvillée datant du précédent dimanche emplissaient un grand vase à l'entrée.

Kate ferma la porte, laissant dehors le petit groupe qui l'avait accompagnée jusque-là. Elle contempla les alignements de bancs vides devant elle. Une impression de solitude se dégageait de ce lieu hors du temps. La jeune fille aurait voulu qu'Annah soit avec elle mais cette dernière se trouvait encore près de l'avion, attendant qu'on la transporte en litière. Elle avait insisté pour que Kate ne prenne pas de retard.

— Je te rejoindrai bien assez tôt.

Kate avait plongé les yeux dans les siens et compris ce qu'elle n'avait pas exprimé. « C'est à toi seule de faire face. Personne ne peut le faire pour toi. »

Elle avança lentement dans la contre-allée, effleurant le sombre dallage lisse. En approchant de l'autel, elle chercha la plaque mentionnée par Annah.

Un rectangle de cuivre luisait dans l'ombre. Elle se pencha pour lire les mots gravés :

À la mémoire de Michael et Sarah Carrington
Fidèlement unis jusque dans la mort.

La jeune femme relut deux fois l'épitaphe dont le libellé conventionnel ne témoignait aucune chaleur. Puis elle aperçut une autre plaque où s'inscrivait, gravé sur le bois, un texte rédigé en swahili :

Car il n'y a pas de plus grand amour
Que de donner sa vie pour ses amis.

Kate contempla fixement les mots autour desquels était sculptée une guirlande d'étoiles, d'oiseaux et de fleurs en témoignage de beauté et de lumière. Une émotion si puissante la traversa qu'elle se transforma en colère. Ceux qui avaient gravé de telles paroles avaient arraché quelque chose à son cœur. Ils lui avaient pris sa mère...

Elle s'éloigna rapidement de l'autel, maîtrisant son envie de fuir à toutes jambes pour se perdre dans la forêt profonde.

Le soleil l'inonda quand elle ouvrit la porte. Une petite foule de villageois l'attendait dehors. Elle sentit leurs regards emplis de compassion ou de curiosité. Elle savait que tous attendaient de lui parler, de lui poser des questions, de fêter son retour. Mais, avec délicatesse, ils lui laissaient le temps de se recueillir et de choisir elle-même le moment de la rencontre.

Elle prit la direction de l'endroit où se dressait autrefois la Maison de la mission, progressant lentement sur le sentier familier, retrouvant les odeurs d'autrefois. Elle s'arrêta près d'un buisson aux grosses fleurs rouges épanouies et se souvint qu'enfant elle aimait en cueillir les bourgeons pour les écraser et en extraire un suc épais, censé représenter du sang quand elle jouait à l'infirmière. Ordena n'aimait pas ce jeu, pas plus que les taches sur ses vêtements.

Ordena.

Dès son arrivée, Kate avait cherché en vain autour d'elle le bon visage si cher. Alors, elle avait demandé des nouvelles de son ayah.

— Elle est là... quelque part, lui avait-on répondu. Elle viendra.

Mais Ordena ne s'était pas montrée. Kate songea qu'elle arrivait d'Australie sans prévenir, après tant d'années de silence. Rien d'étonnant à ce que la personne qu'elle souhaitait le plus rencontrer ne soit pas là pour l'accueillir.

Après avoir contourné une haie épineuse, elle stoppa net. Devant elle s'étendait un champ de manioc récemment planté. En son centre, elle distingua le tracé des fondations d'une maison, les bordures de pierres marquant le jardin de Sarah et le vieux poivrier surplombant autrefois le réservoir d'eau. Elle avait aimé grimper dans ses branches pour se dissimuler dans le feuillage et, le soir, ouvrir la fenêtre de sa chambre et respirer les parfums épicés.

Il ne restait rien de la maison. Annah l'avait avertie que la construction avait été démolie des années auparavant. Personne n'avait voulu y habiter après le drame.

Debout au bord du champ dont les pousses vertes frôlaient ses pieds, elle tenta d'imaginer la maison de son enfance, avec ses fenêtres ouvertes sur la véranda, une brise légère faisant voleter les rideaux imprimés de boomerangs.

Mais ce temps était trop lointain. Trop de choses avaient changé. Pas seulement à cet endroit, mais partout à Langali. L'hôpital, qui paraissait si grand au milieu des bâtiments, semblait maintenant tout petit. On avait construit dans son voisinage une vaste maison en béton à la façade grise qui abritait sans doute le nouveau chef de poste et sa famille. Un coq était perché sur le toit de la véranda. Des kitenges étaient suspendus à côté, séchant au soleil. Près de la porte d'entrée, on apercevait un petit tas de tomates, un panier d'œufs et un chien endormi.

Kate observa la scène avec un sentiment de soulagement. Dans sa pensée, rien n'avait changé à Langali, figé dans le temps, insensible au flux de la vie réelle. Pourtant, elle se trompait. D'autres histoires se déroulaient aujourd'hui, d'autres chapitres s'écrivaient et le poids de ces nouvelles pages protégeait celles du passé, ce livre secret dans lequel elle pouvait puiser à son gré.

Elle se retourna vers le groupe qui l'observait toujours. Comme à un signal, des enfants accoururent en se bousculant, chacun voulant être le premier. Ils s'assemblèrent autour de la jeune femme, riant et parlant avec excitation. Kate s'efforça de leur répondre dans un swahili devenu hésitant, mais son attention fut bientôt détournée par un mouvement dans la cour, où une mosaïque de corps noirs vêtus de tissus bariolés venait de faire son apparition.

Portée par quatre hommes vigoureux s'avançait la litière sur laquelle Annah était étendue au milieu de confortables coussins. Une véritable procession l'accompagnait.

Kate courut à sa rencontre, les enfants sur ses talons. La petite foule s'écarta pour la laisser passer. Elle se pencha avec anxiété sur Annah. Son teint était cireux et couvert de sueur, mais les yeux verts étincelants enregistraient tout avec vivacité. Kate lui sourit, soulagée.

— Est-ce que ça va ?

C'était Annah qui s'adressait à Kate, scrutant attentivement le visage de la jeune femme.

— Oui, je me sens bien.

Annah se contenta de cette simple réponse.

— Alors, continuons !

Elle s'adressa en swahili aux porteurs avec, dans la voix, une note d'impatience qui eut son effet car les hommes sortirent à grands pas de la cour, toujours suivis de la foule.

Selon les instructions d'Annah, ils s'engagèrent sur le chemin de la rivière puis sur le petit pont qui la franchissait. Kate devait presque courir pour suivre la cadence.

Quelques minutes plus tard, Annah tendit la main et effleura l'épaule de Kate. Ses doigts étaient fermes, ses yeux brillants.

— Maintenant, dit-elle, tu vas voir enfin ma véritable demeure. Kwa Moyo.

Sur l'autre rive, Kate reconnut l'écran de hauts arbres toujours semblable à ses souvenirs. Mais au-delà, à l'endroit où seul régnait autrefois le silence inquiétant du village abandonné, s'élevaient à présent des colonnes de fumée révélant la présence de nombreux foyers. Des toits pointus dépassaient des frondaisons et on apercevait entre les troncs les taches de couleur des jardins en pleine floraison.

Après avoir franchi le pont, les porteurs empruntèrent un vaste chemin, mais Annah les fit arrêter avant qu'ils aient atteint les premières cases du village. Elle désigna du doigt une clairière où pointaient un certain nombre de pierres dressées comme des stèles.

— La grand-mère de Stanley repose là. Et, près d'elle, la vieille reine, la mère de Mtemi. Plus loin, là-bas, se trouvent Alice et Naaga.

On aurait dit que ces quatre femmes étaient encore en vie et elle souriait en prononçant leur nom. Puis, montrant une pierre située un peu à l'écart des autres, elle ajouta :

— Celle-ci ne marque pas l'emplacement d'une tombe. Nous l'avons dressée en souvenir de l'évêque Wade.

De la tête, Kate fit signe qu'elle se souvenait. Pendant les longues heures passées à côté du feu à Melbourne, Annah lui avait expliqué qu'après la disparition de Sarah et Michael l'évêque leur avait accordé son soutien, à elle et à Stanley. Ne sachant vers qui se tourner, ils étaient venus lui demander son assistance. Ils avaient raconté leur histoire par étapes, attendant qu'il soit à même d'en comprendre le déroulement. L'évêque s'était aussitôt rangé à leurs côtés. Grâce à son aide, l'ancien camp de Cone Hill avait été déplacé et installé à l'emplacement du village abandonné. Mieux, il avait obtenu du gouvernement le droit pour les réfugiées de rester en Tanzanie. Ensuite, il avait fait l'impossible pour assurer une plus grande sécurité à la frontière.

La foule se fit silencieuse devant le champ de stèles, mais les bavardages et les chants reprirent aussitôt après. Annah se dressa sur un coude.

À Kwa Moyo, personne n'attendait les deux femmes blanches. Dès qu'elles s'étaient senties prêtes, Kate et Annah avaient décidé de partir sans délai. Le jeune garçon qu'elles croisèrent en premier à l'entrée du village les regarda avec surprise. Un peu plus loin, elles virent une vieille femme en train de jardiner. Celle-ci redressa lentement la tête et, quand elle aperçut Annah, ses yeux s'élargirent.

— C'est elle ! C'est elle ! (Sa voix était haute et claire.) Annah !

La nouvelle se répandit à la vitesse d'une traînée de poudre. De partout des gens accoururent, contemplant la nouvelle venue comme s'il s'agissait d'une revenante.

— Nous nous étions dit adieu ! s'écrièrent-ils. Jamais nous n'avions espéré te revoir !

Après l'étonnement, ce fut la joie. Tous les habitants de Kwa Moyo s'approchèrent de la litière. Les vieilles femmes s'attardaient plus longtemps, saisissant les frêles mains d'Annah entre leurs doigts noueux, usés par le travail, laissant leurs larmes couler sur leurs joues ridées.

Peu à peu, l'attention se porta également vers Kate, plantée là, l'estomac serré. Parmi eux se trouvaient encore quelques-uns de ceux pour qui Sarah était morte, qu'elle avait protégés de sa vie.

— Sarah.

Le nom courut sur toutes les lèvres, prononcé avec respect, avec piété.

— Sarah ! Sarah ! Sarah !

— Elle est venue !

— Notre fille !

Quatre adolescents s'avancèrent.

— Je m'appelle Katerina, en ton honneur.

— Et moi Mikeli.

— Moi je suis Sera !

— Moi aussi !

Annah posa une main sur l'épaule de Kate.

— Nombreux sont ceux qui ont reçu un prénom en souvenir de ta famille, expliqua-t-elle. Ils n'ont rien oublié.

Un bébé fut placé dans les bras de la jeune femme.

— Elle vient de naître, dit la mère avec fierté. C'est la nouvelle Sera.

Kate regarda le petit visage niché contre sa poitrine. Une main minuscule s'agita et se referma avec force autour de son doigt. Le bébé

428

était nu, à l'exception d'un rang de perles de couleur autour de la taille. Sa peau était encore pâle. Il était si léger entre ses bras ! Mais elle sentait son cœur battre déjà avec toute la force de la vie.

Kate se tourna vers Annah. Leurs yeux étaient pleins de larmes.

Les porteurs continuaient d'avancer dans Kwa Moyo, et Kate regardait partout autour d'elle. Sur un côté du chemin, entre des arbres chargés de fruits, s'étendaient les jardins où se mêlaient des légumes variés, des herbes aromatiques et des fleurs. La terre était parsemée de petits tas de compost brun d'où se dégageait une sorte de vapeur qui partait alimenter la moiteur de la forêt.

Annah avait expliqué à Kate que, malgré les nombreuses années passées à Kwa Moyo, la communauté continuait de respecter les règles de jardinage établies par sœur Charité. Elle produisait assez de fruits et de légumes pour subvenir aux besoins de la région et même un surplus, acheminé par camion à Murchanza pour y être vendu. Certains produits voyageaient jusqu'à Dar es-Salaam par le train.

Les jardins n'étaient pas seulement fertiles, ils étaient beaux. Ils n'offraient pas cette structure ordonnée que Kate avait aimée jusqu'alors, mais donnaient une impression de vitalité presque tangible. Comme si chaque plante, autorisée à pousser à sa guise, récompensait cette liberté par une floraison généreuse.

— Est-ce que nos jardins te plaisent ? demanda Annah à Kate, devinant le cours de ses pensées.

— Je ne vois pas de chèvres, répondit Kate avec un sourire.

Annah se mit à rire, un rire sain et fort.

— On ne laisse jamais de chèvre en liberté dans un vrai jardin !

Elle redevint sérieuse, laissa son regard errer de Kate à la végétation environnante.

— J'ai été si heureuse ici.

Entre-temps, les porteurs avaient atteint la partie la plus ancienne du village, là où les cases étaient plus petites, plus simples. On y voyait davantage de vieilles femmes et d'enfants. Annah examinait tout autour d'elle avec une concentration nouvelle.

Soudain, elle poussa un cri : dans un coin éloigné, un jardin venait tout juste d'être bêché. Kate suivit son regard et vit un homme de haute taille aux cheveux gris courbé sur une houe. Il portait un pantalon kaki et une chemise de même couleur. Ignorant l'agitation du groupe, il continuait tranquillement son travail avec des gestes réguliers dont on devinait qu'ils auraient pu durer ainsi des heures. Un large sourire illumina le visage d'Annah.

— Stanley !

Elle avait seulement murmuré son nom, et un moment s'écoula avant que l'homme se redresse lentement puis se retourne.

Son regard se posa sur la litière et il secoua la tête comme s'il cherchait à s'éveiller. Puis il s'élança, courant avec la vigueur d'un jeune homme.

Une fois près d'elle, haletant, doucement, il toucha Annah d'une main hésitante pour s'assurer qu'elle était bien réelle.

— Dieu vous a ramenée, murmura-t-il enfin d'une voix assourdie par l'émotion.

Annah hocha la tête. Des larmes ruisselaient sur ses joues. Pendant longtemps, ils restèrent immobiles, les yeux dans les yeux.

Les porteurs abaissèrent précautionneusement la litière puis la déposèrent sur le sol. Annah fit un geste en direction de Kate.

— Cette femme est venue, elle aussi. La fille de Michael et de Sarah !

Les yeux de Stanley s'attardèrent sur Kate. Elle sentit qu'il l'examinait avec soin, cherchant à deviner ce qu'elle était devenue après toutes ces années.

— Bienvenue à Kwa Moyo, Kate Carrington, dit-il enfin.

Négligeant le questionnaire d'usage qui accompagnait les salutations, il se contenta de demander :

— *U hali gani moyoni, je ? Kweli kweli...*

Dans quel état est ton cœur ? Réellement, sincèrement...

Les mots ouvrirent leur chemin jusqu'aux replis les plus profonds de l'âme de Kate, et c'est de la même source que vint sa réponse.

— Il est heureux, mon frère.

Puis elle demanda à son tour :

— *U hali gani moyoni ?*

Stanley regarda Annah avant de répondre :

— Mon cœur... est heureux.

Il s'accroupit à côté de la litière et prit doucement Annah dans ses bras. Avec une force exceptionnelle pour un homme de son âge, il la souleva.

La tête penchée sur la sienne, il la porta vers une vieille hutte couverte d'herbe, écartant la foule sur leur passage.

Kate les regarda disparaître dans l'intérieur sombre. Il lui semblait étrange de rester seule dehors. N'était-elle pas responsable de la santé d'Annah en tant qu'infirmière ? Mais il y avait autre chose. Annah partie, elle se sentait redevenue étrangère. Sa peau était trop blanche. Elle était trop habillée, ses vêtements étaient trop propres. Elle ne parlait plus vraiment le swahili.

Le passé reculait... reculait... vers un monde de plus en plus lointain...

Un mouvement dans le groupe de curieux attira son attention. Une silhouette courbée en deux, tête penchée, marchait vers elle.

Elle entendit alors un rire familier qu'elle reconnut aussitôt, bien que l'âge – et sans doute aussi la fumée de tous les feux sur lesquels elle avait soufflé pour les attiser – l'eût rendu un peu plus rauque.

Ordena !

Le groupe s'ouvrit pour laisser passer la vieille femme, qui s'avança vers Kate. Le temps avait ridé son visage mais, pour le reste, elle n'avait guère changé.

Les deux femmes s'enlacèrent – la vieille Africaine, voûtée par les ans, et la jeune femme blanche qu'elle avait autrefois choyée.

— Je savais que tu reviendrais, dit Ordena en serrant Kate dans ses bras, l'entourant de son amour. Il fallait bien que tu reviennes un jour. Après tout, tu es une enfant de ce pays.

Épilogue

1991, Kwa Moyo

Zania écrasa entre ses doigts un morceau de résine odorante et l'éparpilla sur des braises contenues dans un récipient.

— C'est pour assainir l'air des choses qu'on ne peut pas voir, expliqua-t-il.

Par la porte ouverte, le soleil pénétrait jusqu'au lit sur lequel Annah était étendue. On l'y avait transportée quand elle était devenue trop faible pour être déplacée en litière. De là, elle voyait et entendait tout ce qui se passait au-dehors – la vie des gens de son peuple.

Des cadeaux étaient alignés contre le mur de la case. Des guirlandes, des sculptures, des pierres, des sacs d'herbes séchées – symboles d'amour, de prière, de magie. On y voyait aussi certains objets rapportés de Melbourne par Annah. La boîte du microscope voisinait avec le vieux tourne-disque. Sa valise au cuir fatigué et la taie d'oreiller brodée autrefois par Sarah. Sans oublier un livre aux feuilles écornées, *La Ferme africaine*, dont la page de garde manquait. Sur une table basse, à côté du lit, se trouvait le calice de sœur Charité et le tissu roulé où l'on pouvait lire quelques lignes d'un poème :

> *Je suis la pluie née de la rosée*
> *Qui fait rire l'herbe,*
> *Heureuse d'être en vie.*

Tout le jour, les gens de Kwa Moyo et de Langali entraient et sortaient, mais un petit groupe ne quittait pas le chevet d'Annah : Stanley, Kate, Zania, Ordena. Ainsi qu'une femme nommée Lela qui avait appris d'Alice comment soigner.

Elle préparait des potions pour chasser la douleur, et Kate en glissait quelques gouttes entre les lèvres desséchées de la malade. Tout en fredonnant un chant de guérison, Lela massait le corps meurtri qui se détendait sous ses mains.

Ce fut Zania qui avertit Stanley que l'heure était proche.

— Elle est prête à se libérer, dit-il. Nous devons nous préparer à la laisser partir.

Stanley caressa le visage d'Annah en lui parlant doucement. Zania se pencha sur elle et, avec des gestes délicats, lui ôta le collier d'ambre de Mtemi et son bracelet d'ivoire. Comme l'avait demandé Annah, il les tendit à Kate.

— Je les porterai à ta place, murmura Kate à Annah, bien qu'elle ne sût pas si elle pouvait encore entendre ses mots.

Parmi les cadeaux, elle choisit une plume de flamant rose et la déposa sur le cœur d'Annah. Le jour tirait à sa fin. Au-dessus de la foule qui attendait dehors, le ciel avait pris une teinte rose pâle.

Annah ouvrit les yeux pour la dernière fois. Rassemblant ses pauvres forces, elle leva la tête afin de les voir tous. Puis elle poussa un long, très long soupir, et son âme s'envola pour toujours, libérée.

Le silence tomba sur la hutte.

Dehors, il se mit à pleuvoir.

Remerciements

Je voudrais remercier les nombreuses personnes qui m'ont aidée pour la rédaction de cet ouvrage.

À commencer par mes parents, Robin et Elizabeth Smith, auxquels je dois une enfance africaine et la connaissance, sans cesse enrichie, d'anecdotes racontées au cours des repas. Pendant la rédaction de *La Reine des pluies*, je les ai fréquemment consultés sur des sujets aussi variés que l'histoire de la Tanzanie et la médecine de brousse, ou la théologie et la langue swahili. Je leur suis infiniment reconnaissante de leur participation, sans laquelle ce livre n'aurait pas vu le jour.

Mais sans oublier les autres membres de ma famille, les voisins et amis, tous précieux soutiens pendant ce long voyage littéraire, en particulier ma sœur, Clare Visagie, qui m'a assistée de tant de façons, ne serait-ce que par la lecture des multiples brouillons du manuscrit.

Et tous ceux, si nombreux, qui m'ont fait part de leurs expériences en Afrique, m'autorisant même parfois à prendre connaissance de lettres personnelles ou de journaux intimes.

Gaby Naher, qui a cru à ce travail dès ses premiers stades, mon agent Fiona Inglis, mais aussi Cate Paterson et Anna McFarlane, de Pan Macmillan, Australie, qui furent pour moi une source vitale d'encouragements et de conseils.

La famille Ball, avec laquelle je partage mes racines africaines, et tout spécialement Phyllis Bayldone, dont la longue vie s'est achevée avant que ce manuscrit soit terminé. Son image m'a fréquemment inspirée, me rappelant que la vieille femme qui se tient devant vous pourrait bien avoir, autrefois, chassé le crocodile...

Mes fils, Jonathan et Lynden, qui ont dû si souvent partager leur mère avec des étrangers invisibles venus la déranger. Leur présence était là pour me rappeler combien la vie est précieuse et me donner une raison de plus d'écrire des romans.

Et, pour finir, mais par l'essentiel, Roger Scholes, avec qui je partage tant d'histoires dans notre vie commune. *La Reine des pluies* n'en représente qu'un chapitre. Je lui suis profondément reconnaissante de ses conseils rédactionnels, toujours perspicaces, bienveillants, et de la fermeté avec laquelle il m'a poussée à poursuivre ce récit jusqu'au bout. Une part de ce texte lui revient.

Pour en savoir plus
sur les éditions Belfond
(catalogue complet, auteurs, titres,
extraits de livres),
vous pouvez consulter notre site Internet :

www.belfond.fr

Transcontinental
IMPRESSION
IMPRIMERIE GAGNÉ

IMPRIMÉ AU CANADA